BASTEI
LÜBBE

JERRY COTTON JUBILÄUM

Die Mafia-Prinzessin

Die Prominenten-Killer

Das letzte Lächeln

Drei Kriminalromane

BASTEI LÜBBE

BASTEI LÜBBE TASCHENBUCH
Band 31 931

Erste Auflage: Februar 2001

Lektorat: Rainer Delfs
Titelbild: UIP-Filmverleih
(Der abgebildete Schauspieler steht in keinem Zusammenhang
mit den Romantiteln und dem Inhalt der Romane)
Umschlaggestaltung: QuadroGrafik, Bensberg
Satz: QuadroPrintService, Bensberg
Druck und Verarbeitung: 53652
Société Nouvelle Firmin-Didot
Mesnil-sur-l'Estrée, Frankreich
Printed in France
ISBN 3-404-31931-1

Die Mafia-Prinzessin

Irgendetwas war mit meinem rechten Bein nicht in Ordnung. Vorsichtig zog ich es ein wenig an und verlagerte mein Körpergewicht auf die linke Hüfte und den linken Ellbogen. Ein Tier wieselte neben mir her und wühlte sich raschelnd ins modernde Laub. Es war lausig kalt hier oben am See, obwohl der Frühling schon bald vorbei war. Das Wasser unten schimmerte wie eine schwarze Scheibe. Über dem Schilf hingen weiße Dunstschleier. Das Haus auf der anderen Seite, hoch über dem Ufer, sah mit seinem hölzernen, von weißen Säulen getragenen Vorbau und dem gedämpften Licht hinter schweren Gardinen wie die Kulisse eines Hitchcockfilms aus.

Wir verbrachten jetzt schon die vierte Nacht in der freien Natur. Aber heute würde es passieren, in dieser Nacht, das wusste ich, und dafür brauchte ich meinen Instinkt nicht zu bemühen. Zum ersten Mal waren die Lichter angeblieben. Die ganze Bande war wach und wartete auf den Deal.

Aber es wartete auch eine Überraschung auf sie. Die nächste Nacht und die folgenden Jahre würden ein paar der namhaftesten Vertreter der Mafia von Atlantic City und Chicago in Gefängniszellen verbringen.

Es wurde jetzt Zeit, verdammt. Drei Tage und vier Nächte, und die Nase immer im feuchten Laub, weil niemand genau wusste, welche elektronischen oder sonstigen Kinkerlitzchen die Leute da unten aufgeboten hatten, um sich vor ungebetenen Besuchern zu schützen.

Dabei war das hier nicht einmal eine FBI-Aktion. Die Kollegen von der Drogenfahndung hatten uns nur gern dabei, wenn es um einige hundert Pfund Kokain und Heroin ging. Und um ein paar Millionen Dollar in bar.

Uns hatten die Kollegen mit Joe Orlando und Vic Colasanto vom Atlantic City-Mob geködert. Don Joseph, wie sich der alte Orlando gern nennen ließ, galt als die graue Eminenz unter den alten, großen Mafia-Familien des Landes. Er genoss das Vertrauen selbst verfeindeter Familien. Ihn holte man als Mittler und Schiedsrichter. Und als Kurier.

Es waren gigantische Mengen Rauschgift, die, wenn sie einmal im Lande waren, verteilt werden mussten. Und ebenso gigantisch waren die Summen Geldes, die bei jedem großen Deal anfielen und irgendwohin transportiert werden mussten. Nach Las Vegas oder auf die Bahamas, nach Europa oder Südamerika und zurück. Die Kurierdienste besorgte Joe Orlando zusammen mit Vic Colasanto, dem smarten Aufsteiger mit College-Abschluss.

Orlando lebte in einem Hotel in Atlantic City, das ihm gehörte. Die Casino-Lizenz hatte er einem Neffen überlassen, um sich besser seinen Mittler- und Kurierdiensten widmen zu können. Quartiere wie das Herrenhaus an dem kleinen See in den Pocono Mountains kaufte oder mietete er dutzendweise und gab sie auch schnell wieder auf, was die Chance, ihn bei einem Deal zu erwischen, zum Lotteriespiel machte. Aber dieses Mal hatten wir ihn am Wickel. Denn den Kollegen von der Drogenfahndung war es gelungen, einen Spitzel in die Bande kolumbianischer Gangster einzuschleusen, die das Heroin ins Land schmuggelten und es nicht aus den Augen ließen, bis sie die knisternden Scheine in den Händen hielten. Und weil es um besonders viel Geld ging, und weil der alte Orlando sich so sicher wie der Boss einer Hemdenfabrik fühlte, hatte er es sich nicht nehmen lassen, diesen Deal persönlich zu managen.

Es knackte im winzigen Hörer meines Walkie-Talkie. Die Kapsel befand sich in meinem Ohr, das Gerät selbst steckte in einer der zahlreichen Taschen meines Overalls.

»Kann sein, dass es bald so weit ist. Der Radar-Beobachter am Pecks Point hat was auf dem Schirm«, meldete Bob Denkin, der Einsatzleiter. Denkin war ein paar Jahre älter als ich. Wir hatten schon mehrere Einsätze gemeinsam gemeistert, und ich schätzte ihn als zuverlässigen Partner in heiklen Situationen. »Lasst eure Nasen unten, Jungs, bis ich das Zeichen gebe.«

Okay, okay, Bob, dachte ich und bewegte das gefühllos gewordene Bein. Hoffentlich ließen mich meine steifen, ausgekühlten Knochen gleich nicht im Stich.

Genau in diesem Moment begann es zu regnen.

»Noch drei Minuten«, sagte Paul Gilligan über die Schulter hinweg zu Joe Orlando, der seit einer Stunde reglos hinter ihm stand. Nur der Rauch seiner Zigarre verriet seine Anwesenheit. Paul rieb verstohlen über seine brennenden Augen und lockerte dabei die Kopfhörer.

Sofort hörte er das Trommeln des Regens auf dem Dach.

Joe Orlando kniff die Lider zusammen. Er legte Paul eine Hand auf die Schulter und drückte sie kurz.

»Pass auf, Paul«, sagte er. »Wir wollen die Lichter nicht zu früh einschalten. Hol ihn möglichst nah ran.«

Orlando zog die breiten Schultern fast bis zu den Ohren hoch. Er vergaß die Zigarre zwischen seinen Lippen. Sein verwittertes Gesicht verwandelte sich in eine Maske aus Stein. Er fragte sich, was die braunhäutigen Latinos unten in der Halle jetzt machten. Er sah jetzt ein, dass es ein Fehler von ihm gewesen war, selbst herzukommen - und Andrea mitzubringen. Er hatte die Blicke dieser kleinen Kerle gesehen, mit denen sie seine Tochter musterten. Seine Andrea. Dabei war sie noch ein Kind, trotz ihrer neunzehn Jahre. Nun, Vic würde schon auf sie aufpassen, aber ihre Tugend war bei ihm auch nicht sicher. Warum hatte er sich nur breitschlagen lassen, die Sicherheit seines Hauptquartiers in Atlantic City zu verlassen und selbst hierher zu kommen? Es war Andreas Wunsch gewesen, dieses Haus, das sie nur von Fotos her kannte, kennen zu lernen. Aber war das der wirkliche Grund? Vic Colasanto bildete sich ein, dass Andrea in seiner Nähe sein wollte. Er, Joseph Orlando, wusste es besser. Er war Andreas Vater, er kannte jeden Gedanken in dem hübschen Köpfchen seiner Tochter. Deshalb wusste er genau, dass Andrea Vic nicht mochte. Auch wenn sie ihn, weil sie eine folgsame Tochter war und sich den alten Traditionen und Werten verpflichtet fühlte, eines Tages heiraten würde. Doch dass sie an dem Tag unberührt sein würde, dessen war er nicht so sicher. Andrea hatte das wilde, heiße Blut ihrer Mutter geerbt.

Orlando nahm den Hörer des Haustelefons ab und drückte eine Taste. Vic Colasanto meldete sich sofort.

»Ja, Joe?«

Es gab nur wenige, denen es Orlando gestattete, ihn nur mit dem Vornamen anzureden. Vic hatte er es nicht erlaubt. Vic hatte sich das Recht selbst herausgenommen, und er, Joe Orlando, hatte es hingenommen.

Vic war ein Neffe von Silvio Tomassetti aus Las Vegas, und Orlando wusste genau, weshalb Don Silvio ihn um den Gefallen gebeten hatte, Vic unter seine Fittiche zu nehmen. Auch er, Joe Orlando, hatte nichts gegen eine Verbindung mit der einflussreichen Familie der Tomassettis einzuwenden, nachdem er Vics Intelligenz, Kaltblütigkeit und Loyalität schätzen gelernt hatte. Nur, die Erlaubnis, ihn einfach mit Joe anzureden, hätte er ihm gern selbst erteilt - an dem Tag, an dem Vic ihn um die Hand seiner Tochter gebeten hätte.

»Alles in Ordnung da unten?«, fragte Orlando.

»Natürlich«, antwortete Vic kühl.

Vic war ein wenig zu selbstbewusst, wie Orlando meinte. Das war Vics einziger Fehler, und der würde ihm eines Tages zu schaffen machen.

Paul Gilligan hob eine Hand. »Tom braucht jetzt das Signal«, sagte er.

Orlando nickte. »Tom kommt rein«, sagte er in den Hörer.

»Okay«, bestätigte Vic. »Ich gehe dann raus mit den Jungs.«

»Wo ist Andrea?«, wollte Orlando wissen.

»In ihrem Zimmer, und dort wird sie auch bleiben.«

Da war er wieder, dieser selbstsichere, beinahe schon arrogante Unterton. Orlando legte schnell den Hörer auf.

Regenwasser lief den Hügel hinab und sammelte sich in der flachen Mulde, in der ich lag. Mein Overall hatte sich mit Wasser voll gesogen, und die dünne schussfeste Nylonweste klebte auf meiner Haut.

Der trommelnde Regen zersplitterte die vorher so glatte Oberfläche des Sees und zog einen Vorhang vor das Haus am anderen Ufer. Die Kollegen mit ihren Horch- und Nachtsichtgeräten waren jetzt auch gehandikapt. Ich tastete nach dem Walkie-Talkie, zog die Hand aber wieder zurück. Bob Denkin würde sich schon melden, wenn es Neues gab oder wenn er eine Planänderung in Erwägung zog.

Ich wischte das Wasser aus den Okularen meines Feldstechers und presste ihn an die Augen. Der dichte Wacholderstrauch halblinks von mir war nur als verschwommener Schatten zu erkennen. Dort lag Phil Decker, mein Freund, Kollege und Partner. Ich schwenkte das Glas herum. Die Lichter hinter den Fenstern verschwammen zu diffusen Flecken. Ich strengte alle Sinne an. Plötzlich zog sich die Haut in meinem Nacken zusammen. Ich hörte ein schnell anschwellendes Rauschen, das von überall her zu kommen schien. Ich riss den Kopf herum und warf mich auf den Rücken.

Der Umriss eines kleinen Helikopters erschien über den dunklen Fichten. Die Rotorblätter peitschten die Spitzen, dann strich die Maschine den Hügel hinab wie ein Raubvogel auf der Jagd nach Beute - genau auf mich zu. Das Heulen der Turbine füllte die Luft, der Druck schien mich tiefer in meine Mulde zu pressen. Das Positionslicht unter der Kabine funkelte wie ein Brillant, dann strich der Hubschrauber den Hang hinab und auf den See zu.

Ich stieß den angehaltenen Atem aus. Mein jagender Herzschlag beruhigte sich schnell wieder. Drüben stach plötzlich eine Lichtlanze senkrecht in den Himmel. Unter einer Dachluke musste sich ein starker Scheinwerfer befinden, der dem Hubschrauberpiloten als Orientierungsmarke diente. Im nächsten Moment schaltete der Pilot seinen Außenscheinwerfer ein. Der grellweiße Lichtkegel schnitt einen hellen Kreis in die Dunkelheit. Der Kreis flog wie eine von einer geheimnisvollen Kraft angetriebene Scheibe über den See, wanderte drüben das Ufer hinauf und kam auf dem ebenen Rasen, nur vierzig oder fünfzig Yards vor dem Haus, zum Stillstand. Der Helikopter senkte sich auf die Scheibe nieder. Die Lichtlanze, die in den Himmel stach, erlosch, als der Pilot die Maschine aufsetzte.

Ich versuchte, das Glas schärfer auf den Lichtfleck einzustellen, ohne jedoch mehr als den Umriss des Helikopters erkennen zu können. Ich knirschte mit den Zähnen. War ich hier zur Untätigkeit verdammt? Sollte ich nicht einmal mit ansehen, wie die drei oder vier Abgesandten des Chicagoer Syndikats ihre Koffer mit den Dollars und die tragbare Laborausrüstung ins Haus schleppten, um den Deal perfekt zu machen?

Phil und mir war die Aufgabe zugefallen, die linke Flanke des Sees zu sichern. Die Hauptzufahrt zum Haus befand sich auf der rechten Seite, aber für Jäger und Holzfäller gab es einen unbefestigten Weg, der links um den See herum in die Wälder führte.

Und in der großen Remise hinter dem Haus stand ein hochrädriger Jeep.

Ich zog die Beine unter meinen Körper und richtete mich ein wenig auf. Von hier oben aus konnten wir bei den herrschenden Lichtverhältnissen den Weg in die Wälder nicht sichern. Wir mussten es riskieren, näher an das Haus und den Hubschrauber heranzugehen, auch wenn wir damit gegen den Einsatzplan handelten.

Das Gelände um den See herum war zwar weiträumig von Beamten der Staatspolizei umstellt, die auf Bob Denkins Befehl hin alle Straßen absperren würden, aber um das Haus herum befanden sich nur zwölf Männer. Jeder weitere Mann hätte das Risiko, von Orlandos Männern entdeckt zu werden, erhöht. Es grenzte ohnehin an ein Wunder, dass in diesen drei Tagen und vier Nächten keine Panne passiert war.

Ich streckte ein paar Mal das rechte Bein, um die Blutzirkulation in Gang zu setzen, bevor ich die kurzläufige Maschinenpistole aus dem Etui, das an meinem Gürtel befestigt war, herauszog. Ich überprüfte die Waffe, entsicherte sie und hielt sie schussbereit in der Hand, als ich geduckt den aufgeweichten Hang hinabschlitterte.

Phil erwiderte meinen Erkennungspfiff und kam hinter dem Wacholderstrauch hervor. Wir brauchten keine Worte, um uns zu verständigen. Nur auf Armlänge voneinander entfernt, arbeiteten wir uns auf die Stelle zu, wo das Flappen der Rotoren dünn das Rauschen des Regens durchdrang und wo der Lichtfleck uns den Standort der Maschine verriet.

Die Stimme des Einsatzleiters knisterte in meinem Ohr. Sie klang absolut ruhig. Dabei wusste jeder, wie viel auch jetzt noch schief gehen konnte.

»Sie sind alle drin«, sagte Bob Denkin. »Also los, machen wir den Laden dicht!«

Paul Gilligan streifte die Kopfhörer ab und stand auf. Er wollte seinen Bruder Tom begrüßen, der die Typen aus Chicago und ihre Millionen herübergeflogen hatte. Tom war ein schneidiger Bursche, Paul bewunderte ihn sehr.

Er trat unter die Dachluke. Das Metallgehäuse des Scheinwerfers, dessen Licht Tom als Orientierungshilfe gedient hatte, war noch warm. Er stellte sich auf die Zehenspitzen.

Regen strömte über sein Gesicht, aber er achtete nicht darauf. Er sah die langsam im Leerlauf kreisenden Rotoren, hörte das schwache Pfeifen der Antriebsturbine. Es war ein Fairchild Hiller, Paul kannte die Maschine genau, er hätte sie sogar fliegen können, weil sein Bruder ihm bei ihren gemeinsamen Flügen im Auftrag des Don alle Funktionen erklärt hatte. Vielleicht ließ Don Joseph ihn jetzt doch bald den Pilotenschein machen, nachdem er ihm schon vor zwei Jahren den Funklehrgang bezahlt hatte. Mit der Sprechfunklizenz konnte er jederzeit mit den Flugstunden beginnen.

Er wollte sich schon abwenden, um nach unten zu gehen, als ihn eine schattenhafte Bewegung am Hubschrauber innehalten ließ. Und dann sah er sie. Die Umrisse mehrerer Gestalten huschten vor dem Lichtkegel des Bodenscheinwerfers her. Das waren nicht die Wachen, die Vic aufgestellt hatte. Es waren zu viele. Und die rannten auf das Haus zu.

Paul Gilligan warf sich herum, riss die Tür auf und stürmte die schmale Speichertreppe hinab.

Keuchend erreichte er die Galerie über der Halle. Der Don, Vic, ihre Bodyguards, Tom, die Männer aus Chicago und die Kolumbianer hockten jetzt in der Küche im Tiefgeschoss und prüften das Heroin und zählten die Dollars. In der Halle standen nur Sid, das schmale Vogelgesicht, und der bullige Lenny. Sie sahen nach oben und winkten ihm grinsend zu, während er mit überschnappender Stimme immer dasselbe brüllte: »Die Bullen – die Bullen – sie sind draußen …«

Es war zu spät. Bevor die Information irgendwelche Reaktionen in den Köpfen der Gorillas auslöste, zersplitterte hinter ihnen die Eingangstür, und Männer in durchnässten Kampfanzügen und schweren Schutzwesten, die Maschinenpistolen im Anschlag, walzten über sie hinweg.

Paul wirbelte herum, als er eine Bewegung am Ende des Flurs bemerkte. Andrea stand vor ihrer Zimmertür, und sein Herz zog sich zusammen. Sie war ein langbeiniges Geschöpf mit sanften, mädchenhaften Formen. Aber fraulich waren ihre großen Brüste, die sich deutlich unter dem dünnen Stoff ihres Nachthemdes abzeichneten.

Paul stand einen Moment steif da, starrte in die großen, sanft schimmernden dunklen Augen, dann ging er auf sie zu, während unten die Hölle aufbrach.

Ein paar Warnschüsse krachten, begleitet vom Gebrüll der hereinstürmenden Polizisten, dann wachten die Kolumbianer endlich auf. Die Salven ihrer ekelhaft schnarrenden Hochrasanzgeschosse sägten über Wände und Türen. Irgendjemand schrie gellend auf, der Schrei erstarb aber gleich darauf in einem Gurgeln.

»Paul«, flüsterte Andrea, »ich habe auf dich gewartet!«

Pauls Magen krampfte sich unwillkürlich zusammen, und er sah sich hastig um. Doch von Vic Colasanto war nichts zu sehen. Vic hatte jetzt andere Probleme. Aber Schritte polterten nun die breite Treppe hinauf. Das waren Sid und Lenny, und sie schossen auf die Bullen unten in der Halle. Und die Bullen schossen zurück. Ihre Neun-Millimeter-Kugeln zerfetzten das Geländer und stanzten Löcher in die Holztäfelung.

Paul fasste einen Entschluss. Er hob Andrea einfach hoch und rannte mit ihr auf die unauffällige Tür am

Ende des Flurs zu. Dahinter lag eine Treppe, die Dienstbotentreppe, vermutete Paul. So was kannte er nur aus den Romanen, die er früher gelesen hatte.

Andrea schlang die Arme um seinen Hals und schmiegte ihren Kopf an seine Schulter. Das volle, schwarz glänzende Haar floss in weichen Wellen über das weiße Nachthemd und die Wölbung ihrer Brüste.

Er stieß die Tür mit dem Fuß auf, sprang durch die Öffnung, stolperte über die Zementstufen abwärts. Über ihm schlug die Tür in den Rahmen, und Finsternis hüllte ihn ein. Andrea schauderte und klammerte sich enger an ihn.

»Weißt du nicht, dass ich nur wegen dir mitgekommen bin?«, fragte sie. Er spürte ihre Lippen an seinem Hals. Ein Schauer lief durch seinen Körper, doch da rannte er am Fuß der Treppe gegen eine massive Mauer und fand sich unvermittelt am Boden wieder.

»Was ist passiert?«, flüsterte Andrea. Ihr warmer Atem strich über seine Wange.

»Wir haben die Bullen im Haus«, antwortete er und wand sich behutsam aus der Umklammerung des Mädchens. Er bedauerte es, den Druck der großen festen Brüste nicht mehr zu spüren, aber wenn Vic ihn hier mit Andrea überraschte, wie sie am Boden einer finsteren Treppe hockten, großer Gott, dachte er, Vic würde ihn ohne zu zögern umlegen!

Er tastete seine Umgebung ab. Seine Hände strichen über das Metall einer Tür, wanderten aufwärts bis zum Drehknauf. Er drehte ihn behutsam und hielt dann inne. Was erwartete ihn hinter der Tür? Er vermutete, dass die Tür ins Tiefgeschoss des Hauses führte, dorthin, wo sich der Küchentrakt befand. Noch zögerte er.

»Die Bullen?«, flüsterte Andrea. »Meinst du die Polizei?«

Mein Gott, dachte Paul, wusste sie wirklich nicht, was hier gespielt wurde? Hielt sie den Trip in die Pocono Mountains für eine Urlaubsreise?

Er zog vorsichtig an der Tür. Sie war nicht abgeschlossen. Ein schmaler Lichtstreifen fiel über staubgrauen Zementboden und Andreas schlankes nacktes Bein. Paul brachte ein Auge an den Spalt.

Er hatte sich nicht getäuscht. Er blickte in einen Vorraum der Küche. Gegenüber befand sich die Treppe, die von der Halle herabführte. Und dann zuckte er zusammen, als er das verzerrte Gesicht eines Kolumbianers sah, der mit fliegenden Fingern versuchte, ein neues Magazin in seine Maschinenpistole einzusetzen. Blut floss aus einer Stirnwunde und tropfte auf seine Hände. Und dann kollerten zwei Tränengaspatronen die Treppenstufen auf der anderen Seite des Vorraumes herunter. Gelbliche Gasschwaden breiteten sich rasend schnell aus.

Der Kolumbianer sprang auf und sah sich gehetzt um. Er wusste, dass oben die Polizei wartete. Sein Blick fiel auf die Tür, auf den Spalt, und Paul glaubte, den Blick der kleinen schwarzen Augen wie Dolchstiche zu spüren. Der Kolumbianer riss die Maschinenpistole herum und sprang auf die Tür zu.

Paul schmetterte die Tür in den Rahmen. Er presste sich gegen das Metall und stemmte seine Füße gegen die Wand. Er spürte den Aufprall des Kolumbianers, er hörte gedämpft Schüsse, die Kugeln pochten laut gegen das Metall der Tür, und Paul glaubte, den schrillen Schmerzensschrei des Kolumbianers zu hören, bevor der Druck gegen die Tür nachließ.

Er keuchte laut, und dann hätte er beinahe einen Schrei ausgestoßen, als Andrea eine Hand über seine Lippen legte.

»Psst!«, sagte sie und schmiegte sich an ihn.

Phil und ich rannten jetzt. Der aufgeweichte Boden hing wie Blei an unseren Füßen.

Wir waren noch gut hundert Schritte von dem

Hubschrauber entfernt, als der hochrädrige Jeep hinter dem Haus hervorkam. Sehen konnten wir ihn natürlich nicht. Der Fahrer hütete sich, die Scheinwerfer einzuschalten. Wir hörten nur das Dröhnen der Maschine, die den Wagen über den tiefen Boden vorantrieb. Das Motorgeräusch schwoll rasch an.

Phil rannte nach links hinauf, um dem Fahrzeug den Weg abzuschneiden, bevor es den Wald erreichte. Ich lief auf den Hubschrauber zu.

Der helle Fleck des Außenscheinwerfers wies mir den Weg. Und immer noch flappten die Rotorblätter durch den strömenden Regen. Niemand war bisher dazu gekommen, das Triebwerk abzuschalten, um die Maschine am Starten zu hindern. Irgendetwas lief verdammt schief. Die Schüsse im Haus wollten einfach nicht verstummen.

Neben und hinter dem Haus stiegen lautlos drei Leuchtraketen in den Himmel. Die Leuchtsätze zerplatzten und schwebten langsam herab. Ihr Licht hätte ausgereicht, das Aktionsfeld schattenlos auszuleuchten – wenn der verdammte Regen nicht gewesen wäre. So reichte es nur für ein gespenstisches Leuchten, das bizarre Schatten über die Hausfassade und den Platz davor warf.

Immerhin erfassten die Stoßfänger und die Frontscheibe des Jeeps etwas von dem sprühenden Licht. Der Wagen schlingerte quer über den Rasen und steuerte dann direkt den Helikopter an – und nicht den Waldrand! Er legte einen Zahn zu. Trotzdem würde der Jeep die Maschine vor mir erreichen, das war klar.

Plötzlich schepperte Bob Denkins Megaphonstimme metallisch herüber.

»Halt! Bleiben Sie stehen!«

Der Jeep hielt unbeirrt auf den Hubschrauber zu. Mehrere Gestalten klammerten sich am Überrollbügel fest.

»Phil! Jerry!«, klirrte es gleichzeitig aus dem Megaphon und der winzigen Hörkapsel in meinem Ohr. »Sie wollen zum Hubschrauber!«

Verdammt, das sah ich auch. Und noch etwas erkannte ich im schwächer werdenden Schein der Leuchtraketen. Der Jeep schlitterte seitlich auf den Helikopter zu und kam haarscharf außerhalb des Drehkreises der Rotorflügel zum Stehen.

Eine Maschinenpistole ratterte los, ein kurzer Feuerstoß aus einer Polizeiwaffe. Bob Denkin? Verdammt, Bob, bleib, wo du bist, dachte ich. Bob sollte den Einsatz aus sicherer Entfernung von außen leiten. Deshalb trug er als einziger keine schusssichere Weste, weder das dünne Zeug, das Phil und ich unter unseren Overalls trugen, noch eine schwere Schutzweste wie die Männer, die in das Gebäude eingedrungen waren.

Plötzlich flammten die Scheinwerfer des Jeeps auf und erfassten den heranrennenden Bob Denkin. Es war eine alptraumhafte Szene. Meine Lungen brannten, und ich hatte das Gefühl, auf der Stelle zu treten.

Ich riss meine MPi hoch und feuerte im Laufen. Die Kugeln prasselten in das Blech des Wagens, ohne erkennbaren Schaden anzurichten.

Bob schlug einen Haken, um die breiten Lichtbahnen der Scheinwerfer zu verlassen. Die Kugeln seiner MPi hämmerten in den Vorderteil des Wagens. Blech riss, Glas klirrte. Die Gestalten hechteten aus dem Jeep und rollten sich neben dem Wagen ab. Dabei feuerten sie aus allen Rohren.

In der Sekunde, als die Scheinwerfer, von Bob Denkins Feuerstoß getroffen, erloschen, erwischte es ihn. Er überschlug sich mehrere Male, dann verschluckte ihn die Dunkelheit.

Mein Inneres gefror. Ich stellte meine MPi auf Dauerfeuer und zog durch.

Die Schatten spritzten auseinander, als die Kugeln aus meiner Waffe in das Blech des Jeeps klatschten. Geduckte Gestalten kreuzten das Licht des Hubschrauberscheinwerfers. Ich achtete nicht auf sie. Der Motor des Jeeps heulte plötzlich auf. Die Grobprofile der Reifen rissen Grasbrocken aus dem Boden, wirbelten sie hoch in die Luft, packten dann und schleuderten das geländegängige Fahrzeug vorwärts.

Ich leerte das Magazin auf den davonschießenden Wagen und setzte im Laufen ein neues ein. Der Jeep hielt auf den Waldrand zu. Phils Waffe bellte auf.

»Bob!«, schrie ich. »Bob! Wo bist du?«

In meinem Ohrhörer krächzte eine undeutliche Stimme. Das Licht der Leuchtraketen war längst erloschen. Aber ich sah ihn im nassen Gras liegen. Der schwache Widerschein des zuckenden Positionslichtes unter der Hubschrauberkabine warf einen gespenstischen Schimmer über Bobs nasses Gesicht.

Ich warf mich neben ihn, ließ die MPi fallen, tastete nach Bobs Kopf. Meine Finger spürten klebrige Nässe. Blut, vom Regenwasser verdünnt. Seine Hand suchte meinen Arm, krallte sich in den Stoff meines Overalls.

»Mein Fehler«, keuchte er. »Zu viele im Haus – miserable Vorbereitung – ich bin verantwortlich ...«

»Ruhig, Bob«, sagte ich heiser, während ich seinen Oberkörper abtastete, um die Art und Schwere der Verletzungen festzustellen. Gleichzeitig versuchte ich, das Walkie-Talkie aus der Halterung an Bobs Koppel zu zerren. Jemand musste das Kommando übernehmen. Nach Lage der Dinge war ich der Einzige, der dafür in Frage kam.

Als ich Bobs Jacke aufriss und über seine Brust tastete, zog ich scharf den Atem ein. Überall war Blut und aufgerissene Haut. Und Bob bewegte sich nicht mehr. Ich ließ das Walkie–Talkie, wo es war, und stieß die Finger in Bobs Halsgrube. Vergeblich tastete ich nach dem Puls.

Regen strömte kalt über mein Gesicht. Ich presste einen Augenblick die Lider zusammen. Sie hatten ihn abgeknallt wie ein Kaninchen.

Das jähe Anschwellen des Hubschraubertriebwerks traf mich wie ein Tritt in den Magen. Die Gestalten, die vom Jeep gesprungen und in der Dunkelheit untergetaucht waren!

Ich ließ Bob Denkins Oberkörper zurücksinken, griff nach meiner Maschinenpistole, lud sie durch. Die Rotorblätter pfiffen schrill und peitschten Wassertropfen über mein Gesicht. Ich riss die MPi hoch, als die Maschine abhob.

Ohne zu zögern, riss ich den Abzug durch.

Ich hörte die Einschläge der Kugeln. Die Kabine begann zu schwanken, setzte hart auf, sprang wieder hoch. Der Scheinwerfer unter dem Kabinenboden brannte immer noch. Die helle Lichtscheibe tanzte den Hang hinunter auf das Seeufer zu.

Ich jagte noch einen Feuerstoß in den Heckpropeller. Sofort geriet die Maschine außer Kontrolle. Die Kabine torkelte, der Lichtfleck schwankte, die Maschine setzte schräg auf nur einer Kufe auf.

Ein Ruck ging durch die Kabine. Mit einem scharfen Laut sprang einer der Rotoren ab und zischte ins Wasser. Die Kabine neigte sich, der Lichtfleck wanderte zu mir herauf, dann kippte die Kiste wie ein überdimensionaler Gummiball ins Wasser.

Ich rannte ihr nach. Hinter mir brachte Phil den Jeep mit einigen Feuerstößen aus seiner Waffe zum Stehen.

Ich erreichte das Seeufer. Undeutlich erkannte ich eine Gestalt, die aus der Kabine turnte.

Rechtzeitig sah ich die Flammenzunge im Mündungsloch einer großkalibrigen Pistole. Ich warf mich in den Morast, rollte herum, zielte auf den Schatten und schoss.

Die Gestalt fiel zurück und rutschte über das schräg liegende Kabinendach. Mit einem leisen Geräusch verschwand sie im Wasser.

Die Kabine glitt allmählich tiefer in den See. Die Scheinwerferscheibe schnitt unter die Oberfläche. Das

Wasser nahm ihr Licht auf und streute es wie die Milchglasscheibe vor einer Laterne.

Eine zweite Gestalt kletterte gewandt aus der Kabinentür und stand dann auf dem schrägen gläsernen Seitenteil wie an Deck einer Segeljacht. Im Widerschein des Streulichts erkannte ich sein glattes, scharf geschnittenes Gesicht mit den tief liegenden Augen.

»Nicht schießen!«, rief Vic Colasanto mit angespannter Stimme. »Ich bin unbewaffnet!«

Ich watete auf den sinkenden Hubschrauber zu, damit er meine MPi besser erkennen konnte. Colasanto wartete auf mich wie auf einen dienstbaren Geist. Wahrscheinlich rechnete er damit, dass ich ihn trockenen Fußes ans Ufer schleppte.

»Kommen Sie runter!«, herrschte ich ihn an. »Aber lassen Sie die Hände hinterm Kopf!«

Colasanto rutschte von der Kabine und versank sofort bis zum Scheitel im aufgewühlten Schlamm. Ich stützte mich an der hoch in die Luft ragenden Kufe des Helikopters ab und zog den smarten jungen Gangster am Kragen aus dem Morast. Er spuckte Wasser und schnappte nach Luft.

»Wer sind Sie eigentlich?«, gurgelte er.

»Cotton, FBI«, antwortete ich.

Wasser schwappte jetzt durch die Tür ins Innere der Hubschrauberkabine. Ein großer Hartschalenkoffer schwamm vor der Steuersäule. Ich packte den Griff und schleuderte den Koffer ans Ufer. Durch den Aufprall sprang der Deckel auf. Pralle, mit weißem Pulver gefüllte Beutel fielen heraus – Kokain aus Kolumbien.

»Da habe ich nichts mit zu tun!«, beteuerte Colasanto. »Ich bin hier nur …«

»Sie machen besser den Mund nicht auf, bevor Sie mit Ihrem Anwalt gesprochen haben«, unterbrach ich ihn. Ich nahm seinen Arm und stieß ihn vor mir her ans Ufer. Dort warf ich ihn auf den Boden und fesselte seine Hände mit Plastikbändern.

Ich blickte den Hang hinauf, wo Phil die Besatzung des Jeeps, die er überwältigt hatte, vor sich hertrieb. Plötzlich riss Phil die Arme hoch und schrie mir eine Warnung zu. Gleichzeitig hörte ich hinter mir ein platschendes Geräusch. Ich wirbelte herum.

Keine Sekunde zu früh. Eine Kugel jaulte an meinem Kopf vorbei. Und ein Mann, es war Tom Gilligan, der Pilot, stieg wie ein Geist aus dem Wasser. Ich war so sicher gewesen, ihn tödlich getroffen zu haben. Einen Moment lang hatte ich vergessen, wie hart und kaltblütig Gilligan war. In Vietnam war er der jüngste Pilot gewesen, der einen Kampfhubschrauber im Einsatz geflogen hatte, bevor Joe Orlando ihn in seine Familie aufgenommen hatte.

Jetzt watete er auf das schwimmende Licht zu, die linke Hand auf die Hüfte gepresst, wo ich ihn getroffen hatte. Mit der Rechten hielt er seine schwere Pistole. Die Mündung war auf mich gerichtet. »Waffe weg!«, brüllte ich.

Ich hielt die MPi im Hüftanschlag. Gilligan blieb stehen und zog die Schultern hoch.

»Knall ihn ab!«, keuchte Colasanto heiser. »Verdammt, Tom, worauf wartest du!«

Mein Finger zog den Abzug bis an den Druckpunkt heran. Ich suchte Gilligans Augen, die wie schwarze Löcher in seinem geisterhaft bleichen Gesicht zu schwimmen schienen. Sein Mund verzerrte sich. Er würde schießen, ich wusste es.

Aber, verdammt noch mal, alles in mir sträubte sich dagegen, auf einen Verletzten zu schießen. Auch wenn es der Mann war, der wahrscheinlich Bob Denkin erschossen hatte.

Ich schnellte zur Seite, als Gilligan abdrückte. Die Kugel streifte meinen Rücken und riss den Overall auf. Ich spürte ein heißes Brennen wie von einem Peitschenhieb durch das dünne Nylongewebe meiner Schutzweste.

Ich jagte einen Feuerstoß neben Gilligans Beine und rannte im Zickzack auf ihn zu. Schwerfällig folgte seine Pistole meiner Bewegung, aber die nächsten Kugeln jaulten wirkungslos an mir vorbei.

Trotz seiner schweren Verletzung wehrte sich Gilligan wie ein Tier, als ich ihn ansprang. Wir stürzten in den Uferschlamm. Gilligan klammerte sich an mich und versuchte, meinen Kopf in den Morast zu drücken.

Aber er war angeschlagen. Ich warf ihn ab und schleifte ihn durch den Sumpf an Land. Neben Vic Colasanto brach er zusammen.

Phil Decker zwang seine beiden Gefangenen, sich neben Colasanto und dem verletzten Tom Gilligan auf den Boden zu legen.

»Alles in Ordnung?«, fragte er.

Ich stieß nur einen heiseren Laut aus und deutete vage ins Halbdunkel. Phil folgte der Richtung, die ich ihm wies.

Es hatte aufgehört zu regnen. Der Bodenscheinwerfer des Helikopters brannte immer noch, und ein blasser Lichtschimmer reichte vom Seeufer bis hinauf zum aufgewühlten Rasen. Phils Blick fiel auf das längliche Bündel.

»Bob Denkin?«, fragte er betroffen.

Meine Kehle war wie zugeschnürt. Ich räusperte mich.

»Du bleibst hier«, sagte ich. »Ich sehe nach, was oben los ist.«

Von der Seite her lief ich auf das Haus zu. Die Schüsse waren inzwischen verstummt, aber ich hatte den Ohrhörer meines Walkie-Talkie verloren, und das Gerät selbst hatte das Bad im See nicht überstanden.

Ich war also über die Lage im Haus nicht informiert.

Mit der schussbereiten Maschinenpistole im Anschlag schob ich mich zwischen den weißen Holzsäulen hindurch auf den Eingang zu. Plötzlich wuchs eine unförmige Gestalt neben mir auf und rammte mir eine Pistolenmündung in die Seite. Ich erstarrte.

»Weiße Taube«, presste ich nach einer endlosen Sekunde hervor. Beinahe hätte ich das Erkennungswort vergessen.

Der Druck in meiner Seite ließ augenblicklich nach. Ich wandte den Kopf und blickte in ein geschwärztes Gesicht, in das der Regen helle Streifen gewaschen hatte.

»Vier sind entwischt«, sagte der Kollege von der Drogenfahndung.

»Wir haben sie geschnappt«, sagte ich knapp. »Wie ist die Lage?«

»Sie kämmen das Haus durch«, antwortete der Kollege.

Vorsichtig stieg ich über die Trümmer der gesprengten Eingangstür. Reste der Tränengasschwaden waberten wie Nebelschleier durch die Halle. Am Boden lagen fünf Gestalten, zwei waren anscheinend tot. Ein Rauschgiftfahnder bemühte sich um die Verletzten.

Im Obergeschoss brüllte eine raue Stimme einen Befehl, dann polterte ein schmächtiger Kolumbianer die Treppe herunter. Ein Kollege mit schwerer Schutzweste und Gasmaske stieß ihn durch die Halle in einen großen, hell erleuchteten Raum, der als Bibliothek eingerichtet war. Dort trieben die Kollegen die unverletzten Gangster zusammen. Sechs oder sieben waren Kolumbianer, die anderen stammten aus Chicago oder Atlantic City. Die meisten Gesichter kannte ich aus den Ermittlungsakten, mit deren Hilfe wir die Aktion vorbereitet hatten.

Ich erkannte auch Andrea Orlando, die Tochter des Don, die sich in der hintersten Ecke an einen gut aussehenden schwarzhaarigen Burschen klammerte. Sie trug nur ein dünnes Nachthemd. Ich knirschte mit den Zähnen. Mit ihrer Anwesenheit hatte niemand gerechnet. Erwarteten uns noch weitere Überraschungen?

Die Kollegen von der Rauschgiftfahndung sprangen recht unsanft mit den kolumbianischen Gangstern und ihren amerikanischen Komplizen um. Als sich einer der dunkelhäutigen Südamerikaner gegen die Durchsuchung seiner Kleidung wehrte, wurde er kurzerhand zu Boden geworfen und mit Plastikbändern verschnürt.

Ich tastete die Anwesenden mit den Augen ab. Der schwarzhaarige Bursche legte zögernd einen Arm um Andrea Orlandos Schultern, als mein Blick ihn traf.

»Warum trägt er keine Handfessel?«, fragte ich laut.

Einer der Männer in den schweren Schutzwesten fuhr zu mir herum. Als er sich die Gasmaske vom Kopf riss, erkannte ich Harry Brubaker. Er hatte den Angriff auf das Haus geführt.

Brubakers Gesicht zeigte Anzeichen von Erschöpfung. Sein schwarzer Kampfanzug war am Oberarm aufgerissen, darunter blutete eine hässliche Fleischwunde.

»Wir haben uns erst mal die harten Kerle vorgenommen, zu den Frauen und Kindern kommen wir noch«, sagte er unnötig aggressiv. »Wir haben hier alles im Griff, Cotton, halten Sie sich raus!«

»Wenn Sie alles im Griff haben – wo steckt Orlando?«

Die Männer warfen ihre Gasmasken ab und sahen sich ratlos um. Nur ich bemerkte Andreas Blick, der kurz zu einer Stelle in der Mitte der linken Bücherwand huschte und sofort wieder zurückzuckte.

Ich schob Harry Brubaker aus dem Weg und ging auf das Regal zu.

Ich glaubte, Andreas glühende Blicke zu spüren, als ich die glatten Stege mit beiden Händen abtastete.

Zwischen europäischen Klassikern und amerikanischen Modernen ertasteten meine Finger eine Reihe flacher Vertiefungen. Ich presste die Fingerkuppen in die Mulden und zog.

Es gab ein saugendes Geräusch, als das Segment der Bücherwand herumschwang und den Blick auf einen kurzen Gang frei gab. Am Ende des Ganges schimmerte Licht, und ich sah einen Schatten, der sich vor der Lichtquelle bewegte.

»Warten Sie, Cotton!«, rief Harry Brubaker, als ich den ersten Fuß in den Gang setzte. »Wir schicken ihm erst eine Ladung Tränengas. Und Bob Denkin sollte dabei sein, wenn wir den Boss hochnehmen! – He, wo ist Bob?«

Meine Hände krampften sich um die Maschinenpistole. »Bob ist tot«, sagte ich über die Schulter und ging weiter. Das bestürzte Schweigen blieb hinter mir.

Mit schussbereiter Waffe schob ich mich in einen länglichen Raum, der nur mit einem einfachen Stuhl, einem Stahltisch und einem Panzerschrank ausgestattet war. Die Safetür war geschlossen.

Orlando stand hoch aufgerichtet neben dem Tisch, auf dem ein großer Aluminiumkoffer lag, und hob langsam die Hände bis zu den Schultern.

Ich schob ihn zur Seite und klappte den Kofferdeckel auf. Die Menge des Geldes darin verschlug mir für einen Augenblick die Sprache.

»Leider konnte ich in der Eile den Safeschlüssel nicht mitnehmen, sonst hätten Sie einen riesigen Papierkrieg anfangen müssen, um an den Inhalt des Safes heranzukommen«, sagte Orlando. »Vielleicht hätten Sie das nie geschafft und dann auch nicht viel gegen mich in der Hand gehabt.«

Ich knallte den Deckel herab und ließ die Schlösser einschnappen. »Aber wir haben Sie mit dem Geld erwischt«, sagte ich. »Und Ihre Leute mit dem Kokain. Dieses Mal gibt es keine Tricks mehr, Orlando.«

Orlandos verwittertes Gesicht verzog sich zu einer gelangweilten Grimasse. »Bitte keine dramatischen Gesten«, sagte er. »Ich kenne meine Rechte, Sie kennen Ihre. Die Einzelheiten überlassen wir besser den Anwälten.«

Ein heißes Brennen stieg in meine Kehle. Irgendetwas in mir rastete aus. Ich sprang den Gangsterboss an, zerrte ihm das Jackett über die Oberarme und filzte ihn gründlich nach Waffen durch. Er trug keine, ich hatte kaum etwas anderes erwartet.

Mit groben Stößen trieb ich ihn vor mir her in die Bibliothek. Er prallte gegen einen niedrigen Tisch und sackte in die Knie. Er wollte sich wieder aufrichten, aber ich drückte ihm ein Knie zwischen die Schulterblätter, während ich zwei der starken Plastikbänder hervorholte und Orlandos Hände und Füße zusammenband.

Schwer atmend richtete ich mich auf. Mein Blick fiel auf Andrea Orlando. Ihre großen dunklen Augen saugten sich an meinem Gesicht fest, als wollten sie es ein für alle Mal in ihr Hirn brennen. Wie hypnotisiert bemerkte ich, wie sich der Ausdruck dieser Augen veränderte, wie die letzte Spur kindlicher Sanftheit daraus entwich und kaltem Hass Platz machte. Ich schauderte. Im Unterbewusstsein hörte ich anschwellendes Hubschraubergeräusch. Aber erst Harry Brubakers raue Stimme ließ mich in die Gegenwart zurückkehren.

»Schafft sie raus!«, brüllte er.

Ich ging nach draußen und schob mir eine Zigarette zwischen die Lippen. Es hatte wieder zu regnen begonnen. Die ersten beiden Hubschrauber mit der Eingreifreserve setzten eben auf dem Rasen vorm Haus auf. Die Rotoren peitschten Regentropfen wie Sandkörner in mein Gesicht und bliesen die Flamme des Feuerzeugs wieder aus. Ich warf die Zigarette weg.

»Wir werden hier nicht mehr gebraucht«, sagte Phil,

der plötzlich neben mir stand. »Lass uns verschwinden.«

Ich warf einen Blick über meine Schulter zurück. Von Andrea Orlando war nichts zu sehen. Ich hoffte, ihr nie im Leben wieder begegnen zu müssen.

Andrea Orlando blickte auf, als ihr Vater in die Besucherkabine geführt wurde, aber das erwartungsvolle Lächeln gefror auf ihren Lippen, als sie die Veränderungen bemerkte, die seit ihrem letzten Besuch mit dem einst so energiegeladenen Mann vorgegangen waren. Von seiner straffen Haltung und dem harten Ausdruck in den scharf geschnittenen Gesichtszügen war kaum noch etwas übrig geblieben. Dabei lag ihr letzter Besuch im Bundesgefängnis von Trenton, New Jersey, erst drei Wochen zurück.

Aber da war gerade erst das Urteil verkündet worden – dreiunddreißig Jahre Haft.

Dreiunddreißig Jahre!

Sie hatte gellend aufgeschrien, als der Richter mit seiner monotonen Stimme das Strafmaß verkündet hatte.

Mit schleppenden Schritten kam Joe Orlando auf den breiten Tisch zu und setzte sich auf den Hocker. Andrea legte ihre Hände flach auf die Tischplatte. Orlando berührte sie kurz, zog seine Hand aber schnell zurück, als er den Blick des Aufsehers bemerkte. Berührungen waren streng verboten. Ihr Vater hatte ihr erklärt, dass es ein Privileg darstellte, sich hier treffen zu dürfen, statt in einer der Kabinen, wo sich die Häftlinge und ihre Besucher nur hinter dicken Glasscheiben sehen und nur über Mikrofone und Lautsprecher miteinander reden konnten.

Orlando lächelte, und Andreas Herz zog sich zusammen.

»Wie geht es dir?«, fragte sie.

»Ich komme zurecht.«

»Brauchst du irgendetwas?«

Er schüttelte den Kopf. Sein Lächeln vertiefte sich.

Sie wusste, dass es für einen Mann wie ihren Vater Mittel und Wege gab, sich den Aufenthalt im Gefängnis zu erleichtern, und sie wusste auch, dass es für ihren Vater kein Problem darstellte, Informationen von draußen zu erhalten und Anordnungen zu erteilen, ohne dass die Gefängnisbehörden oder gar die Polizei irgendetwas dagegen unternehmen konnten. Ein Mann wie Joseph Orlando genoss selbst hinter Gefängnismauern noch Respekt.

Andrea hatte vieles begriffen und noch mehr gelernt in dem halben Jahr, das seit der Verhaftung ihres Vaters vergangen war. Auch sie hatte sich verändert. In den zurückliegenden Monaten hatte sie sich von der wohlbehüteten Tochter in eine Frau verwandelt.

Vic Colasanto hatte an dieser Entwicklung maßgeblichen Anteil, wenn auch nicht als Mann. Vic konnte hart und zupackend sein, aber er respektierte ihre Zurückhaltung, die er für mädchenhafte Scheu hielt. Er wusste, dass Orlando ihn bereits als Schwieger-sohn akzeptierte, deshalb fasste er sich in Geduld. Noch. Wenn die Kraft ihres Vaters jedoch weiter nachließ, würde er bald das Kommando an sich reißen – und sie zwingen, seine Frau zu werden. Sie fröstelte.

Vic Colasanto war nach kurzer Untersuchungshaft wieder auf freien Fuß gesetzt worden. Ihr Vater hatte ausgesagt, dass Vic mit Andrea verlobt sei und nur deshalb mit zum See gekommen sei, um ein paar Urlaubstage mit ihr zu verbringen. Von dem geplanten Deal habe er keine Ahnung gehabt, er habe auch nicht gewusst, was sich in dem Koffer befand, den er auf Orlandos Bitte hin zum Hubschrauber transportiert hatte.

Und er war damit durchgekommen! Auch die Anklage gegen Paul Gilligan war fallen gelassen worden. Dagegen war Tom, Pauls Bruder, zu vierzehn Jahren Haft verurteilt worden, obwohl dieser G-man ihn zum Krüppel geschossen hatte.

Andrea schüttelte die düsteren Gedanken ab. Sie wollte ihren Vater aufheitern und verhindern, dass er sich gehen ließ. Deshalb begann sie, geschäftliche Dinge mit ihm zu besprechen, die die »Familie« betrafen. Orlando hörte aufmerksam zu, während sie über Geldanlagen und Kontostände, Aktienkurse und Mieteinnahmen sprach.

Auf eine Anordnung ihres Vaters hin hatte Vic sie über die vielfältigen Aktionen der Orlando-Familie und die schwer zu durchschauenden Verflechtungen mit den anderen Mafia-Familien informiert. Sie vermutete, dass Vic ihre neu gewonnene Autorität nur deshalb akzeptierte, weil ihr Vater es von ihm verlangte. Seine Haltung war bisher tadellos. Er war auch viel zu klug, um seinen Platz an der Spitze der Orlando-Familie durch Ungeduld aufs Spiel zu setzen.

Sie spürte, dass ihr Vater nicht mehr bei der Sache war, und verstummte.

»Ich sehe, dass du zurechtkommst«, sagte er abwesend. »Vic ist sehr zufrieden, weil er sich nicht auch noch um die organisatorischen Dinge kümmern muss.«

Um die legalen Dinge, dachte Andrea und lächelte dünn. In die Abwicklung der illegalen Aktionen ließ sich Vic nicht hineinreden. Die Flüge von Florida in die Großstädte wurden von ihm organisiert. Oder die Bargeldtransporte, die in unregelmäßigen Abständen durchgeführt werden mussten. Das eigentliche Geschäft lief wie eine gutgeölte Maschine weiter, obwohl das Oberhaupt der Familie im Gefängnis saß und vermutlich nie im Leben wieder herauskommen würde.

Vielleicht war es das, was ihrem Vater zusetzte, überlegte Andrea. Das Gefühl, nicht mehr gebraucht zu werden. Unwillkürlich schob sie die Hand über die Tischplatte, aber er bewegte sich nicht.

»Du wirst Vic heiraten«, sagte er plötzlich.

Sie spürte, wie ihr das Blut aus dem Gesicht wich. Sie versuchte zu lächeln, während sie nach einer Antwort suchte.

»Du kannst ihn nicht endlos hinhalten«, fuhr Orlando fort. »Du darfst nicht mit ihm spielen, weil du sonst seinen Stolz verletzen würdest.«

»Dad«, sagte sie, »ich – möchte noch warten. Du sollst mich zum Traualtar führen.«

Orlando schüttelte ernst den Kopf. »Manzetti sieht keine Chance, dass ich in den nächsten zehn Jahren hier rauskomme.«

Lou Manzetti war einer der Anwälte ihres Vaters, ein mit allen Wassern gewaschener Intrigant, der sich rühmen konnte, Politiker und Staatsanwälte dutzendweise in der Hand zu haben. Wenn Manzetti aufsteckte, gab es keine Hoffnung mehr. Orlando saß in einem Bundesgefängnis. Manzetti hatte vergeblich darum gekämpft, dass Orlando ins Staatsgefängnis von New Jersey kam. Dort hätte er Möglichkeiten gehabt, nach angemessener Zeit Haftverschonung oder zumindest offenen Vollzug für seinen Mandanten zu erreichen.

»Du wirst mir ein Datum nennen«, sagte Orlando und straffte die Schultern. Etwas von der gewohnten Energie kehrte in den zusammengesunkenen Körper zurück. Die Augen begannen zu funkeln. »Bei deinem nächsten Besuch wirst du mir sagen, wann du Vic heiraten wirst. Und ich werde es ihm mitteilen. Wie es sich ziemt.«

Er starrte sie an, und sie nickte unmerklich.

»Sie spielen mit uns. Sie bilden sich ein, sie könnten machen, was sie wollen. Als ob wir überhaupt nicht existierten!«

Henry S. Adams, der Bundesanwalt, trommelte mit den Fingern auf die polierte Tischplatte und sah dabei durch das hohe Fenster in seinem Büro des Federal Court House in den Dunst des frühen Herbstabends. Das gleichmäßige Getrommel nervte mich allmählich. Der Vortrag des Federal Attorney dauerte nun schon zwei Stunden.

Verdammt, er hatte ja Recht. Die Brut tanzte uns auf der Nase herum. Und wir saßen hier und analysierten das Gerichtsverfahren, während draußen wieder Koks und Heroin zentnerweise verschoben und Milliardengewinne eingefahren wurden. Es war der ewige Kampf zwischen Gut und Böse, bei dem es keinen Sieger und keinen Verlierer geben würde. Niemals.

John D. High, Chef des FBI District of New York, warf mir einen warnenden Blick zu. Er kannte mich und wusste, wie sehr mir unnützes Gerede zuwider war. Der Federal Attorney hat noch etwas auf dem Herzen, sollte mir der Blick zu verstehen geben.

Okay, Jerry, reiß dich zusammen. Ich konnte Adams' Frust verstehen, mir selbst ging es nicht anders. Wir hatten fast zwei Dutzend Gangster – acht Kolumbianer, zwei hohe Abgesandte der Chicagoer Mafia mitsamt Leibwächtern und die Elite des Atlantic City-Mob – mit fünfundsiebzig Kilogramm Kokain und drei Millionen Dollar erwischt. Bob Denkin war bei dem Einsatz getötet worden. Doch die meisten Beteiligten an der Schlacht in den Pocono Mountains befanden sich wieder auf freiem Fuß. Die überlebenden Kolumbianer waren abgeschoben worden, weil ihre Hintermänner über ihre Regierung politischen Druck ausübten. Vic Colasanto war frei, genau wie Ben Luccliesi und Al Sperotto aus Chicago.

Nur Tom Gilligan, den abgebrühten Hubschrauberpiloten, und Joe Orlando, den Don, hatte es kalt erwischt. Den Don hatte ich auf einem Koffer mit drei Millionen Dollar angetroffen, dem Kaufpreis für das

Kokain, das Tom Gilligan mit seinem Helikopter wegzuschaffen im Begriff gewesen war, als ich ihn gestoppt hatte. Nur die beiden hatten hohe Freiheitsstrafen kassiert – aber nicht für den Mord an meinem Kollegen Bob Denkin.

Für Bob Denkins Tod hatte der Richter den Tatbeteiligten mildernde Umstände zugestanden. Denn die Anwälte hatten ihre Verteidigung auf der Behauptung aufgebaut, dass Orlando und die anderen im Haus geglaubt hatten, sie würden von einer konkurrierenden Bande überfallen, als das Einsatzkommando der Rauschgiftfahndung in die Villa stürmte und auf erbitterten Widerstand stieß.

»Mir liegen Informationen aus Atlantic City vor, die besagen, dass Orlandos Kurierdienst nach wie vor im Einsatz ist«, sagte Henry Adams. »Es gab keine Unterbrechung. Ein Vertrauensverlust hat anscheinend nicht stattgefunden.«

»Was haben Sie denn erwartet?«, fragte ich bitter. »Orlandos Organisation hat den Chicago-Leuten den Verlust ersetzt. Wie die Post den Wert eines verloren gegangenen Briefes.«

Der Federal Attorney fuhr zu mir herum. Er war ein kleiner Mann mit beginnender Glatze und scharfen grauen Augen.

»Ich verabscheue überflüssige Kommentare, Mr. Cotton«, sagte er. »Orlandos Organisation befördert etwa sechzig Prozent des Heroins und fünfundsiebzig Prozent des Kokains, das an der Ostküste verkauft und konsumiert wird. Wenn wir diesen Drehpunkt mit den üblichen Mitteln der Justiz – Beweissicherung, Anklage, Gerichtsverfahren – nicht zerschlagen können, müssen wir eben andere Methoden anwenden.« Adams' Blick ruhte unverwandt auf mir. »Haben Sie irgendwelche Vorschläge, Mr. Cotton?«

»Man müsste die Organisation mit vielen kleinen Aktionen treffen«, sagte ich.

Adams lächelte plötzlich. »Ah ja, und weiter?«

»Wenn es uns gelänge, weitere Lieferungen wie die am Pocono-See abzufangen, müsste Orlando bald ans Eingemachte heran, wenn er alle Verluste ersetzen will«, fuhr ich fort. »Oder die Geier fallen über ihn und seine Leute her.«

Der Federal Attorney nickte John D. High zu. »Sie hatten Recht, John. Der einzige vernünftige Vorschlag, den ich in dieser Angelegenheit bisher gehört habe.« Adams wandte sich wieder an mich. »Ihr Chef hat Sie als Mann der Tat geschildert, der trotzdem in der Lage ist, zu koordinieren und die Gesamtaufgabe nie aus dem Auge zu verlieren. Aber ich sehe, Sie haben auch Fantasie, Mr. Cotton. Die werden Sie auch für den Job brauchen.«

»Für welchen Job?«, fragte ich, obwohl ich die Antwort kannte, seit ich dieses Büro betreten hatte.

»Zerschlagen Sie Orlandos Organisation«, sagte Adams knapp. »Ich gebe Ihnen freie Hand.«

»Wäre dafür nicht New Jersey zuständig?«, erkundigte ich mich unbehaglich. »Entweder das Field Office in Trenton oder das Büro in Atlantic City?«

»Seinen eigenen Stall hält der Orlando-Clan sauber«, erklärte Adams. »In Atlantic City selbst würden wir kaum Ansatzpunkte finden. Sie müssen dort sein, wo Orlandos Leute hinkommen. Verstehen Sie? Wir lassen sie ausbluten.«

Plötzlich kannte ich den Grund für das unbehagliche Gefühl, das sich in den letzten Minuten verstärkte. Ich sah ein Paar Augen vor mir, die sich mit Hass füllten und zu glühen begannen. Andrea Orlandos hübsches Gesicht verzerrte sich …

»Was haben Sie, Jerry?«, erkundigte sich John D. High.

Ich schüttelte den Kopf. »Nichts, Sir«, antwortete ich.

Ein eiskalter Wind pfiff über die Dachbrüstung des Golden Globe Hotel in Atlantic City. Jenseits der Straße leuchteten die Schaumkämme der Wellen, die gegen den Strand liefen, in der Dunkelheit.

Paul Gilligan zitterte, obwohl er das schönste Mädchen in den Armen hielt, von dem er je geträumt hatte. Andrea klammerte sich an ihn. Ihr kleiner Körper war geschmeidig wie der einer Katze. Sie nahm seine Hand und schob sie unter ihre Windjacke, und er spürte ihre heiße Haut durch den dünnen Stoff der Bluse. Ihr Mund saugte sich an seinen Lippen fest.

Behutsam löste er sich von ihr. Sie schmiegte ihren Kopf an seine Schulter.

»Wir mieten uns einen Bungalow, irgendwo am Rand der Stadt«, sagte sie.

Paul schüttelte den Kopf. Andrea bewohnte eine Suite im Hotel, genau wie Vic Colasanto und ein paar andere leitende Figuren der Familie. Das Fußvolk, zu dem er, Paul Gilligan, nach wie vor zählte, lebte außerhalb des Hotels, das Joe Orlando gehörte.

Wenn er einen Grund hatte, sich im Hotel aufzuhalten, trafen sie sich hin und wieder auf dem Dach. Nur dreimal hatten sie es bisher riskiert, für ein, zwei Stunden in ein leer stehendes Zimmer zu schlüpfen, immer in Angst, entdeckt zu werden.

Andrea streichelte seinen Nacken. »Ich werde Vic nicht heiraten«, sagte sie. Ihre Stimme klang leise, der Wind fetzte die Worte von ihren Lippen. Aber er verstand sie trotzdem.

»Du hast es deinem Vater versprochen«, sagte er. »Vic lässt mich umlegen, sowie er von uns erfährt. Oder er tut's selber.«

»Das wird er nicht riskieren«, sagte sie in beschwörendem Ton. »Nicht ohne die Einwilligung meines Vaters. Und der würde es nie zulassen, nie! Schon wegen Tom nicht. Mein Vater vergisst nicht, was dein Bruder für ihn getan hat und was mit ihm passiert ist.«

Paul schwieg. Er wusste es besser. Vic würde den Don vor vollendete Tatsachen stellen, und der Don würde nichts tun, nichts. Weil Vic im Recht wäre. Gedankenverloren streichelte er über Andreas Rücken.

»Ihm müsste etwas misslingen«, überlegte Andrea.

»Er ist perfekt«, meinte Paul.

»Etwas, das Zweifel an seiner Loyalität aufkommen lässt!«

»Das kannst du vergessen. Er ist doch der Boss. Was will er mehr? Sein Onkel sitzt dick im Las Vegas-Geschäft ...«

»Es muss doch eine Möglichkeit geben! Paul, wir gehören zusammen!« Sie klammerte sich an ihn. »Lass mich nicht im Stich! Ich liebe dich doch!«

»Ich dich auch«, sagte er.

Andrea entging der unsichere Unterton in seiner Stimme. »Dann wird alles gut«, meinte sie überzeugt. Ich werde ihn nicht heiraten, das verspreche ich dir. Was wollte er eigentlich von dir?«

»Ich soll einen Transport nach New York abwickeln«, antwortete Paul Gilligan. Voller Angst war er an diesem Abend ins Hauptquartier gekommen. Vic hatte ihn kurzfristig herbestellt. Er war überzeugt gewesen, dass Vic Colasanto Wind von seinem Verhältnis zu Andrea bekommen hatte. Aber Vic hatte nur über den Auftrag mit ihm gesprochen.

Paul hatte schon gar nicht mehr damit gerechnet, dass Vic ihm eine Chance geben würde. In den vergangenen Monaten hatte er ihn wie einen Laufburschen behandelt. Und jetzt, von heute auf morgen, sollte er seinen ersten Transport völlig selbstständig abwickeln, mit allen Konsequenzen und allen Rechten, einschließlich der üblichen Prämie. Normalerweise wäre er stolz auf das Vertrauen gewesen, das Vic in ihn setzte. Wenn da nicht Andrea wäre ...

»Tu's nicht, Paul!«, sagte Andrea eindringlich. Sie hob den Kopf. Das Weiße ihrer Augen fing das Streulicht ein, das wie eine Glocke über der Spielerstadt am Meer lag. »Ich habe kein gutes Gefühl. Sag ihm, du wärst noch nicht reif für die Verantwortung!«

»Ich würde nie wieder eine Chance bekommen!« Und er konnte weder Vic Colasanto noch den Don vor den Kopf stoßen, solange Tom im Staatsgefängnis saß. Ohne die Unterstützung der »Familie« wäre er verloren. Nur mit Hilfe der Orlando-Familie hätte Tom eine Chance, vorzeitig herauszukommen.

»Geh nicht«, flüsterte sie. »Wenn ich dich verliere, bin ich ganz allein.«

»Es ist eine Chance«, sagte er. »Es ist meine Chance.«

Und es war auch seine Chance, von Andrea loszukommen, dachte er, denn er wusste, dass es für sie keine gemeinsame Zukunft gab.

G-man Phil Decker fluchte unterdrückt. Ein Regenguss, der wievielte an diesem Abend, zwang ihn in den Hauseingang zurück. Er schüttelte das Wasser aus seinem Hut und peilte vorsichtig um die Ecke.

Auch der Portier des Montrose Building hatte sich tiefer in seinen Hauseingang verzogen. Durch die Löcher des Baldachins pladderte das Wasser und tränkte den zerschlissenen Teppich, der vom Eingang bis zur Bordsteinkante reichte und der vermutlich dort lag, seit das Gebäude während des Baubooms der dreißiger Jahre seiner Bestimmung übergeben worden war. Der zerschlissene Teppich und der durchlöcherte Baldachin zeugten auf augenfällige Weise vom Verfall der einstmals blühenden Gegend um den Madison Square Park.

In dem ehemals bürgerlichen Apartmenthaus, in dem früher Geschäftsinhaber, leitende Angestellte oder junge Makler aus dem Süden Manhattans gewohnt haben mochten, befand sich jetzt ein

Apartment-Hotel – das Wort bedeutete nichts anderes als ein Minimum an Service bei größtmöglicher Anonymität für die Bewohner.

Deshalb stellte das Montrose Building nicht nur eine günstige Unterkunftsmöglichkeit für einkommensschwache Singles dar, die sich die hohen Mieten in den besseren Wohnlagen nicht leisten konnten, es war auch die bevorzugte Basis der Prostituierten, die zwischen dem Union Square und der 23rd Street auf Freier warteten.

Phil verharrte reglos, als gegenüber ein 84er Oldsmobile am Gehwegrand ausrollte. Der Portier machte keine Anstalten, seinen trockenen Platz im Eingang aufzugeben und dem Ankömmling aus dem Wagen zu helfen.

Die Scheinwerfer erloschen. Die Beifahrertür wurde aufgestoßen, und ein Mann im dunklen Regenmantel stieg aus. Er schmetterte die Wagentür ins Schloss, zog die Hutkrempe tief herab und betrat das Haus. Der Mann am Steuer des Olds zündete sich eine Zigarette an und lehnte sich zurück. Phil verließ den Hauseingang. Er überquerte die Straße und näherte sich dem Olds auf der rechten Seite von hinten. Als er mit dem Wagen auf gleicher Höhe war, riss er die Beifahrertür auf und ließ sich in den freien Sitz fallen.

Der Mann am Steuer fuhr in die Höhe. Die Zigarette fiel ihm auf den Mantel, während er versuchte, seine Rechte unter den Aufschlag der Jacke zu zwängen und mit der Linken das Mikrofon des Sprechfunkgerätes zu erreichen.

Phil hielt seinen Dienstausweis vor die Innenleuchte, bevor er die Tür zuzog. Das Licht erlosch. Trotzdem konnte Phil das erleichterte Grinsen im fleischigen Gesicht des Mannes am Steuer erkennen.

»Ein Kollege!«, stieß er aufatmend hervor. »Mann, haben Sie mich erschreckt!« Er klopfte Funken von Zigarettenasche von seinem Mantel und drückte das

Stäbchen im Bordaschenbecher aus.

»Lasley, wenn Sie das Wort Kollege, auf meine Person bezogen, noch einmal in meiner Gegenwart in den Mund nehmen, kotze ich auf Ihren schönen Kamelhaarmantel!«

Detective Dick Lasley vom 13. Revier wurde blass. Er kniff die Lider zusammen und leckte sich über die Lippen, bis der erste Schock abklang.

»He, was soll das? Wer sind Sie überhaupt? Zeigen Sie mir noch mal Ihren Ausweis!«

»Sie haben genug gesehen.« Phil deutete nach draußen, auf den Eingang des Montrose Bullding, in dem sich der Portier langweilte. »Bei wem fängt er an?«

»Wer?«

Urplötzlich schlug Phil seine Hände in die Mantelaufschläge des massigen Detective und riss ihn zu sich heran.

»Dave Edlund. Ihr – Komplize. Er kassiert die Nutten ab.«

Lasley begann zu keuchen. Dabei hatte Phil noch nicht einmal seine ganze Munition verschossen. Die beiden Detectives waren den Rauschgiftfahndern aufgefallen, als sie einige drogenabhängige Prostituierte überwachten, um an ihre Dealer heranzukommen. Edlund und Lasley besorgten ihren Schützlingen, was sie brauchten. Gutes, reines Zeug, das nicht aus dem Straßenhandel stammte. Sie mussten über eine Quelle ziemlich weit oben verfügen. Einen Großverteiler, den sie deckten und abschirmten. Einen Typen, der wusste, wann und auf welchen Wegen Koks und Schnee in die Stadt gelangten. An diesen Typen wollten wir herankommen. Deshalb hatten wir die Kollegen von der Rauschgiftfahndung überredet, Edlund und Lasley zunächst uns zu überlassen.

»Bei welcher fängt er an? Ist die Frage klar genug?«, zischte Phil in das blasse Gesicht.

Lasley begann zu keuchen. »Wenn das ein Verhör sein soll, Mann, sollten Sie sich an die Vorschriften halten. Und mit Beweisen rüberkommen!«

»Sie wagen es, von Vorschriften zu reden? Gut, dazu kommen wir gleich. Und was die Beweise angeht, die kriegen wir schon. Wir setzen einfach ein paar von den Girls auf Entzug. Dann können wir Wetten abschließen, welche zuerst auspackt, um wieder auf die Straße zu kommen. Und an einen Schuss. Jenny Magnotta? Linda Wallace? Zelda Blocker?«

Jeder dieser Namen traf Lasley wie ein Faustschlag. Phil stieß ihn mit einer heftigen Bewegung zurück.

»Also, bei wem ist er jetzt?«

»Bei Zelda, glaub ich«, sagte Lasley mit belegter Stimme. »Zelda Blocker, achter Stock. Ich – wir, ich meine, ich weiß nicht, wie Edlund darüber denkt, ich glaube, ich nehme mir einen Anwalt und stelle mich der Inneren Abteilung.«

Phil war jetzt wirklich kurz davor, sich übergeben zu müssen. Lasley wollte als Erster im Police Headquarters aufkreuzen und seinen Partner in die Pfanne hauen, weil er sich davon Vorteile versprach.

»Überstürzen Sie nichts«, sagte Phil verächtlich. Er knipste die Innenbeleuchtung an und öffnete das Handschuhfach. Er riss den Inhalt heraus. Lasleys Augen flackerten, sein Gesicht überzog sich mit einer glänzenden Schweißschicht.

»Wo haben Sie es versteckt? Im Kofferraum? Na los, wir finden es ja doch!«

Phil beugte sich über die Rückenlehne. Dort entdeckte er das Fach, in dem der Verbandskasten untergebracht war. Er nahm den Kasten heraus und öffnete ihn.

Sein Inhalt stellte keine Überraschung für den G-man dar. Der Kasten war mit verschiedenfarbigen quadratischen Briefchen und ungebrauchten Einwegspritzen vollgestopft.

»Blau für Koks und gelb für Schnee? Oder umgekehrt?«

Lasley presste die Lippen aufeinander. Immerhin versuchte er gar nicht erst so zu tun, als wüsste er nicht, was Phil da entdeckt hatte.

»Woher habt ihr das Zeug?«, fragte Phil. Er starrte in das teigige Gesicht. »Sie haben eine Chance, Lasley. Sie können Ihren Kopf aus der Schlinge ziehen.«

»Ich weiß es nicht, ehrlich nicht! Edlund – es ist Edlunds Mann. Er hat ihn mal hochgenommen vor vielen Jahren, ihn aber nicht angezeigt – er ist jetzt ein Top-Mann, ganz oben im Syndikat!«

Phil nickte. Er hatte keine andere Antwort erwartet. Dave Edlund war die treibende Kraft des Duos.

Phil nahm das Mikrofon aus der Halterung und drückte die Sprechtaste.

»Er gehört euch«, sagte er nur und hakte das Mikro zurück.

Eine große Limousine, bei der nur die Standlichter eingeschaltet waren, glitt neben den Olds. Phil stieg aus, als zwei Beamte der Inneren Abteilung der City Police, die für die Untersuchung von Korruptionsfällen innerhalb der Polizeibehörde zuständig ist, die Wagentür auf Lasleys Seite öffneten und den Detective zum Aussteigen aufforderten.

Ich stand ganz hinten an der Garderobe des Manhattan Majestic Club und sah über die Köpfe der Gäste hinweg auf die kleine Bühne.

Sie sah hinreißend aus, die Frau, die da im Spotlight stand und herausfordernd eine Hüfte vorschob. Der Lärm der Musik übte eine betäubende Wirkung auf die Anwesenden aus. Die Tänzerin spreizte jetzt leicht die Beine und zog eine blauschillernde Federboa zwischen den glatten Schenkeln hindurch. Vor mir stöhnte jemand, als wäre er am Ersticken.

Das Girl auf der Bühne hieß Donna D'Angelo, so stand es jedenfalls unter den Bildern draußen im Schaukasten. Und dass sie nach Auftritten in Las Vegas und Atlantic City nach Manhattan gekommen war, um das Nachtleben der Hudson-Metropole zu bereichern.

Der Name Donna D'Angelo war zu schön, um echt zu sein, aber die zweite Behauptung stimmte. Donna D'Angelo hatte in erstklassigen Clubs und Casinos der Spielerstädte gearbeitet, bevor es sie nach New York City ins Manhattan Majestic verschlug. Der Majestic Club hatte bei weitem nicht die Klasse der Clubs oder Casinos, in denen sie bisher aufgetreten war.

Der glänzende Slip fiel. Donna drehte sich auf den Zehenspitzen. Die angespannten Muskeln ihrer Schenkel bildeten eine klassisch schöne Linie. Der schmale BH wirbelte ins Publikum. Die Musik hämmerte in die Köpfe der Zuschauer, bis das Licht jäh erlosch und die Musik abbrach.

Nach einem Augenblick atemloser Stille brandete Beifall auf. Der Spot flammte wieder auf, tastete durch den dunklen Raum und schien nach der nackten Frau zu greifen wie die Hand eines zärtlichen Liebhabers. Donna D'Angelo verbeugte sich. Ihr schwarzes Haar fiel wie ein Fächer über ihr Gesicht, dann drehte sie sich um und ging mit schwingenden Hüften auf den Vorhang im Hintergrund der Bühne zu. Ich starrte, wie die anderen, auf den herrlichen Po, bis er zwischen den Portieren verschwand und die Musik dröhnend wieder einsetzte.

Ich schob mich zwischen schwitzenden Männern hindurch auf die kleine Tür rechts neben der Bühne zu, die keine Aufschrift trug. Die sechs Girls hinter der Bar hatten nach Donnas Auftritt alle Hände voll zu tun, und der Typ, der den Empfangschef mimte und mir zehn Dollar abgeknöpft hatte (»Der erste Drink ist gratis, Sir«), schien mich aus den Augen verloren zu haben.

Ich drehte am Knauf und drückte gegen die Tür, aber sie gab nicht nach. Ich drückte etwas fester und klopfte gegen das Holz, ohne damit irgendeine Wirkung zu erzielen.

»Die Toiletten sind auf der anderen Seite, Sir.«

Der Typ vom Empfang hatte mich doch nicht aus den Augen verloren. Er war ein knochiger Mensch, nicht allzu groß, das blasse Gesicht zu einem argwöhnischen Lächeln verzogen. Nun ja, das Misstrauen hielt sich in Grenzen. Es war schließlich nicht ungewöhnlich, dass jemand eine Frau wie Donna D'Angelo sah und umgehend den Wunsch verspürte, mit ihr in nähere Verbindung zu treten.

Ich lächelte breit. »Ich will nur Donna schnell guten Abend sagen«, sagte ich.

»Miss D'Angelo ist nach ihren Auftritten immer sehr erschöpft und braucht Ruhe. Tut mir Leid, Sir. Gehen Sie an die Bar, nehmen Sie Ihren Drink, und warten Sie auf Donnas nächsten Auftritt. Genau um Mitternacht.«

Das wäre in einer knappen Stunde, und dann würde ich sie auch nur wieder auf der Bühne sehen, ihren Körper zuckend im Rhythmus der wilden, harten Musik.

Ich zog einen zusammengefalteten Zehndollarschein aus meiner Brusttasche und wedelte damit vor der spitzen Nase meines Gegenübers herum. Die knochige Hand machte keine Anstalten, nach dem Schein zu greifen.

»Sie haben mich wohl nicht richtig verstanden, Sir«, sagte er. Das Lächeln hing jetzt wie vergessen in dem blassen Gesicht.

Ich grinste. »Es war immerhin einen Versuch wert?«

Ich klopfte dem Mann herablassend auf die Schulter und wandte mich ab. Aus den Augenwinkeln sah ich, wie der Kerl auf eine bestimmte Stelle im Türrahmen drückte. Die Tür sprang auf, und der Knochige trat hindurch.

Vielleicht wollte er Donna D'Angelo die Zeit bis zu ihrem nächsten Auftritt vertreiben.

Ich wirbelte auf dem Absatz herum und glitt durch den Türspalt, bevor die Tür wieder ins Schloss fiel. Der Knochige zog scharf die Luft ein, als ich ihn anrempelte.

Wir standen uns in einem schmalen Gang gegenüber, der von einigen gelblichen Glühlampen schwach beleuchtet wurde. Auf der rechten Seite befanden sich mehrere Türen.

Die Hand des Knochigen zuckte zur Hüfte. Ich packte zu und nagelte die Hand gegen die Wand.

»Sie haben mich nicht verstanden, mein Freund«, sagte ich, ohne die Stimme zu heben. »Ich wollte Miss D'Angelo guten Abend sagen. – Was haben wir denn hier?«

Der Kerl trug eine flache Pistole in einem Futteral an der Hüfte. Ich zog die Waffe heraus und ließ das Magazin aus dem Griff fallen. Es schepperte über den Boden.

Eine träge, heisere Stimme vom anderen Ende des Ganges her ließ mich den Kopf wenden.

»Schwierigkeiten, Al?«

Der Kerl mit der lahmen Stimme lehnte lässig neben einer der Türen an der Wand. Er hatte ein rundes Gesicht und die breiten Schultern eines Ringers. Die schweren Fäuste hingen locker herab. Seine glanzlosen Augen musterten mich abschätzend.

Al, der Knochige, schüttelte den Kopf. »Er will nur Donna guten Abend sagen«, sagte er. »Lass ihn rein.«

Ich ließ Als Hand los, zog den Schlitten seiner Pistole zurück und ließ die Patrone, die sich in der Kammer befand, auf den Boden springen, bevor ich Al die Kanone zurückgab.

»Lassen Sie sich nicht von den Bullen erwischen, Al«, sagte ich. »Der Besitz einer Waffe ist ein bisschen illegal.«

Er machte ein verkniffenes Gesicht. »Gehen Sie da rein, und sagen Sie Ihren Spruch auf, bevor ich Greg auf Sie loslasse!« Al wandte sich abrupt ab.

Greg deutete mit einem großen Daumen auf die Tür an seiner Seite. Ich klopfte, und während ich auf das ›Herein‹ wartete, fragte ich mich, wieso eine Tänzerin wie Donna D'Angelo so abgeschirmt wurde. Ich beschloss, besonders vorsichtig zu sein.

»Herein!«, rief ihre Stimme, und ich öffnete die Tür.

»Hallo«, sagte ich munter, als ich ihre Garderobe betrat.

Ich strahlte wie ein Verehrer, der endlich seiner Angebeteten Auge in Auge gegenübersteht.

Sie lag auf einer fleckigen Couch, angetan mit einem verschossenen Flauschmantel von unbestimmbarer Farbe. Sie öffnete die Lider ein wenig und strich dann die Haare aus dem Gesicht, um mich genauer in Augenschein nehmen zu können. In den grünlichen Augen erschien ein interessiertes Funkeln.

Sie richtete sich ein wenig auf, stellte die Füße auf den Boden und stand mit einer geschmeidigen Bewegung auf. Der Flauschmantel klaffte vorne auseinander und gewährte mir einen freien Blick auf ein Paar perfekt geformte Beine. So aus der Nähe betrachtet, wirkten sie noch schöner als auf der Bühne. Und das Gesicht und die übrigen Attraktionen ihrer Anatomie ebenfalls.

»Wenn Sie noch mehr sehen wollen, ziehe ich den Lappen aus«, sagte sie und lächelte kokett.

»Nein, nein, entschuldigen Sie«, sagte ich hastig. »Ich – wollte Sie gern kennen lernen.«

»Sie haben mich in der Show gesehen und sind Feuer und Flamme.« Es war ein spöttischer Unterton in der Stimme, der mir nicht entging.

»Ich habe Sie gesehen«, bestätigte ich.

»Männer wie Sie treiben sich gewöhnlich nicht in so miesen Clubs wie diesem herum«, sagte sie. »Haben

Sie eine Zigarette? Ich habe keine hier, weil ich versuche, mir das Rauchen abzugewöhnen.«

Ich hielt ihr meine Schachtel hin und gab ihr Feuer. Sie nahm einen tiefen Zug und blies mir den Rauch ins Gesicht.

»Wer sind Sie?«

»Ich heiße Jerry«, sagte ich.

»Nur Jerry?« Die langen Wimpern senkten sich halb über die grünen Augen. »Wie sind Sie an dem Bluthund vor der Tür vorbeigekommen?«

Ich hob die Schultern und grinste. »Bluthunde wie Greg fressen mir aus der Hand.«

Plötzlich begriff ich, weshalb Donna D'Angelo hier abgeschirmt wurde wie die Gattin eines von Attentätern bedrohten Politikers. In Las Vegas waren die D'Angelo und Vic Colasanto ein stadtbekanntes Liebespaar gewesen. Die beiden waren aufeinander fixiert wie Romeo und Julia, ihre Eifersuchtsszenen, die sie sich in der Öffentlichkeit lieferten, galten als bühnenreif.

Als Joe Orlando Vic in seine Familie aufnahm, hatte Colasanto Donna mit nach Atlantic City genommen. Doch ihr Gastspiel in der Spielerstadt am Atlantik hatte nicht lange gedauert. Weil der Don den smarten Aufsteiger als Mann für seine einzige Tochter ausgeguckt hatte, musste Vic Colasanto seine Geliebte abschieben.

Aber er hatte sie deshalb nicht aufgegeben!

»Wie geht es Vic?«, fragte ich. »Wann kommt er wieder nach Manhattan?«

»Vic? Vic?« Sie runzelte die Stirn.

»Vic Colasanto.«

»Warum fragen Sie nicht den Bluthund vor der Tür?«

»Ich frage Sie. Bluthunde stinken mir zu sehr aus dem Hals.«

»Sie sind ein Freund von Vic?«

»Freund wäre zu viel gesagt«, antwortete ich. Ich grinste humorlos. Als ich ihn zuletzt sah, hatte ich gerade sein Gesicht in den Uferschlamm des Lake Pocono gedrückt und seine Hände mit Plastikbändern gefesselt. »Ich hätte ihn nur mal gern wiedergesehen, und weil ich hörte, dass Sie in der Stadt sind …«

Donna lachte. »Wie kommen Sie darauf, dass ich wissen könnte, wo sich Vic gerade herumtreibt oder wann er sich an mich erinnern könnte?«

»Eine Frau wie Sie hält man sich warm, selbst wenn man das reichste Mädchen der Staaten heiraten könnte«, sagte ich.

Donna lachte erfreut. Es war ein hinreißendes Lachen. »Das hast du hübsch gesagt, Jerry. Er hält mich warm, zu warm.«

Sie machte einen Schritt auf mich zu, stand dann hautnah vor mir. Ihre vollen Brüste berührten mich leicht. Sie war ziemlich groß, und als sie sich auf die Zehenspitzen stellte und ihr Gesicht hob, kamen mir ihre vollen Lippen verführerisch nahe.

Ich drehte mich halb um und zündete mir ebenfalls eine Zigarette an.

»Warum traust du dich nicht, Jerry-Boy?« Ihre Stimme nahm einen metallischen Unterton an. »Wegen Greg oder wer immer gerade draußen auf meiner Fußmatte liegt?« Ihre Lippen wurden schmal und blass, die Augen glitzerten böse. »Sag Vic, ich finde es abgeschmackt wenn er mir einen gut aussehenden Typen schickt, der meine Tugend testen soll!«

Ich sah sie verblüfft an, dann musste ich unwillkürlich grinsen, was ihren Zorn weiter anheizte.

»Sag ihm, ich habe es satt, wie eine Nonne zu leben, während er sich in Atlantic City mit dieser kleinen Zuckerpuppe amüsiert! Was gibt es da zu grinsen?«, fragte sie aufgebracht.

»Ich will wirklich nur wissen, wann Vic in die Stadt kommt«, sagte ich.

»Warum?«

»Ich habe ihn lange nicht gesehen«, antwortete ich.

»Ich auch nicht«, sagte Donna unwirsch.

Sie drehte sich abrupt um und setzte sich an den Garderobentisch. Den Flauschmantel zog sie fest vor ihrer Brust zusammen, wobei sie mich im Spiegel musterte.

Ich beugte mich über sie und drückte meine Zigarette auf einem schmutzigen Teller aus. Ihr Haar duftete verführerisch.

Kein Flackern ihrer grünen Augen warnte mich. Ich sah die Pistole in ihrer Hand erst, als sie unter dem Tisch hervorkam. »Sei jetzt ganz vorsichtig, Jerry-Boy«, sagte sie.

Ich bewegte mich nicht. Meine Rechte schwebte noch über dem Teller, der mir als Aschenbecher diente.

»Hat die Puppe dich geschickt?«, fragte sie.

»Welche Puppe?«

Donnas Lippen verzerrten sich für einen winzigen Moment.

»Die Puppe, die er heiraten will. Andrea Orlando.« Ihre Stimme hob sich. »Du solltest mich beseitigen …«

»Du spinnst«, sagte ich.

»Meinst du, ich habe nicht bemerkt, dass du eine Kanone unter deinem Jackett trägst?«

Sie wollte nach dem Smith & Wesson greifen, aber ich drehte mich schnell ab. Ihre Hand mit der Pistole folgte meiner Bewegung. Ich konnte genau erkennen, dass die Waffe entsichert war.

»So große Kanonen sind nichts für eine zarte Frauenhand«, sagte ich. »Die Pistole ist schon gefährlich genug.«

»Darauf kannst du Gift nehmen. Was hat sie dir dafür versprochen, dass du mich umlegst?«

»Ich bin kein Mietkiller«, sagte ich.

»Ich will wissen, wer du bist. Leg deine Brieftasche hier auf den Tisch. Aber sei vorsichtig!«

Ich rührte mich nicht, versuchte nur ein Lächeln, das aber an Donna abprallte wie ein Pingpongball. Sie bewegte das Handgelenk. Die Pistole wies jetzt knapp an meiner Schulter vorbei auf die Tür.

»Wenn ich abdrücke, kommst du hier nicht mehr lebend raus«, sagte Donna kühl. »Greg und die anderen schießen dich zusammen.«

Ich griff mit der Linken unter mein Jackett und warf dann das Etui zwischen Schminktiegel und Puderquasten. Doch Donna ließ sich nicht ablenken. Die Pistolenmündung wies jetzt auf eine Stelle irgendwo in der Nähe meines Bauchnabels.

Vorsichtig klappte Donna das Etui auf. Ihre Augen zuckten zwischen dem Bundesadler, meinem Foto und meinem Gesicht hin und her.

»FBI? Jerry Cotton?« Die Hand mit der Pistole bewegte sich unsicher, die Mündung schwankte gefährlich hin und her, bevor Donna die Waffe auf den Tisch legte.

Ich steckte die Pistole ein und nahm meine ID-Card wieder an mich. Ich war unzufrieden. Ich hatte damit gerechnet, eine abgeschobene, ausgebootete Geliebte anzutreffen, die ich mit meinem Charme beeindrucken konnte. Ich hatte mich geirrt. Donna war ein Vulkan, dessen Feuer nur für Vic Colasanto glühte.

Aber ich hatte den Versuch machen müssen, sie für unsere Zwecke einzuspannen. Denn Colasantos Reisepläne konnten uns wichtige Aufschlüsse über die Geschäfte der Orlando-Familie vermitteln. Und da die Hauptauftraggeber des Mafia-Kurierdienstes in New York saßen, war davon auszugehen, dass Vic jede Gelegenheit nutzen würde, um seine feurige Geliebte wiederzusehen.

Ich ging zur Tür. Donna ließ mich nicht aus den Augen.

»Was geschieht mit mir? Ich meine, ich habe meinen Waffenschein vergessen.«

»Das habe ich mir gedacht. Aber es gibt jetzt Wichtigeres zu tun.«

Sie lächelte erleichtert.

»Dafür bist du mir einen Gefallen schuldig«, sagte ich. »Irgendwann. So long.«

Phil knöpfte seinen Mantel auf und lockerte den 38er im Schulterholster, als er vor Zelda Blockers Apartment stehen blieb. Nur am Ende des Ganges brannte eine schwache Birne hinter einem verstaubten Schirm. Der Türspion funkelte wie ein Irrlicht in der Nacht. Phil atmete ein paar Mal tief durch. Edlund war von anderem Kaliber als Dick Lasley. Er würde sich nicht so einfach überrumpeln lassen und umkippen wie sein Partner.

Phil trommelte mit den Fingerspitzen gegen die Tür. Endlose Sekunden vergingen, bis ein Schatten das Funkeln hinter dem Guckloch unterbrach und Phil eine männliche Stimme vernahm. Edlunds Stimme?

»Wer ist da, zum Teufel?«

Phil senkte ein wenig den Kopf, für den Fall, dass Edlund im Dunkeln sehen konnte.

»Wer schon«, sagte er undeutlich.

Eine Kette klirrte, dann knirschte ein Schloss, ein Lichtstreifen erschien zwischen Tür und Rahmen, ein halbes Gesicht, ein helles, tückisch glänzendes Auge und eine behaarte nackte Schulter.

»Herrgott, was ist los? Kannst du nicht warten, bis du …?«

Das Auge weitete sich verblüfft, als sein Besitzer den Irrtum erkannte und versuchte, die Tür wieder ins Schloss zu drücken.

Phil warf sich gegen die Tür. Die Wucht schleuderte Edlund in den Raum zurück. Er ruderte mit den Armen, um das Gleichgewicht zu halten, während Phil in den Raum hechtete. Eine nackte, dunkelhäutige

Frau wälzte sich träge von dem schwarzen, mit weißen Fellen abgedeckten Rundbett, als Edlund neben ihr auf die Matratze krachte. Er trug nur seine Unterhose. Sein Holster mit dem Dienstrevolver hing auf der anderen Seite des Bettes über einer Stuhllehne. Als er sich herumwarf und die Hand nach der Waffe ausstreckte, riss Phil seinen Smith & Wesson heraus und zog den Hammer zurück.

»Versuch es!«, sagte er scharf.

Edlund erstarrte. Vorsichtig drehte er sich herum und starrte in das Mündungsloch von Phils Revolver. Seine Lippen verzogen sich wie Wolfslefzen.

»Auf den Boden!«, befahl Phil. »Los, mach schon!«

Während sich Edlund vom Bett rollen ließ, sah sich Phil im Zimmer um. Zelda Blocker war eine schlanke, hochgewachsene Farbige, der das Rauschgift noch nicht allzu sehr zugesetzt hatte. Mit unbewegtem Gesicht zerrte sie einen einteiligen gelben Badeanzug über die runden Hüften und die hohen, üppigen Brüste. In dem Anzug sah sie aufreizender aus als vorher in voller Nacktheit.

»Was soll das hier darstellen?«, fragte Edlund. »Ist das dein Zuhälter?«

»Ich denke, sie hat schon einen«, sagte Phil.

»Ich habe den Kerl nie gesehen«, sagte Zelda gleichmütig.

»Auf den Bauch, und Hände hinter den Kopf«, befahl Phil.

Edlund wälzte sich langsam auf den Bauch und verschränkte ächzend die Hände im Nacken. Er war ein gedrungener Mann mit mächtigen Muskelpaketen auf den Schultern.

»Verschwinde«, sagte Phil zu Zelda Blocker.

Zelda warf Edlund einen fragenden Blick zu.

»Tu, was er sagt«, sagte Edlund. »Los, hau schon ab!«

Zelda zog einen leichten Regenmantel an und verließ das Apartment. Edlunds Augen funkelten tückisch. Wahrscheinlich hoffte er, dass Zeldas Erscheinen unten auf der Straße seinen Partner Dick Lasley alarmieren würde.

Phil ging um das Bett herum. Edlund verdrehte mühsam den Kopf, um Phils Bewegungen besser verfolgen zu können. Phil warf Edlunds Schulterholster mitsamt dem Revolver auf den Schrank.

»Ich sag's dir lieber gleich«, zischte Edlund. »Ich bin Bulle.«

»Ich auch«, sagte Phil, während er Edlund Handschellen anlegte.

Er half Edlund auf die Füße und setzte ihn aufs Bett. Dann klappte er sein Etui mit der ID-Card auf und ließ Edlund einen Blick auf den Bundesadler werfen.

Edlund riss die Augen auf. »FBI? Sie sind G-man? Mann, was ist das für eine Show? Ich habe Rechte!«

»Einen Scheißdreck haben Sie!«, sagte Phil ungerührt, während er begann, das kleine Apartment zu durchstöbern. »Ein Bulle als Zuhälter, einer noch dazu, der sich sein Schutzgeld zum Teil in natura holt, ist der letzte Dreck. Lassen Sie sich von den anderen auch kostenlos bedienen?«

»Von welchen anderen?«

»Linda Wallace, Jenny Magnotta …«

»Ich sage gar nichts mehr.«

»Brauchen Sie auch nicht.«

Im kleinen angrenzenden Bad fand Phil ein Spritzbesteck, zwei verschlossene und ein angebrochenes Briefchen von der gleichen Art, wie er sie im Wagen der Detectives entdeckt hatte. Er kehrte ins Wohn-Schlafzimmer zurück und warf die Utensilien neben Edlund aufs Bett. Er schob einen Stuhl neben die Tür, setzte sich und sah Edlund abwartend an.

Edlund wurde nervös. In seinem Gesicht arbeitete es. »Was Sie machen, ist ungesetzlich, und das wissen Sie!«

Phil schwieg.

»He, was wollen Sie eigentlich? Soll Zelda es ihnen auch umsonst machen?« Edlund lachte gehässig. Das Lachen erstarb sofort wieder. Phils Schweigen zerrte an seinen Nerven. »Was ist? Bin ich festgenommen, oder was?«

»Noch nicht. Ich sage Ihnen schon Bescheid«, antwortete Phil gelassen.

»Und wann wäre das?«

Phil deutete auf das Telefon, das neben dem Bett an der Wand hing. »Ich werde hier angerufen, wenn Ihr Partner fertig ist.«

»Mein Partner?« Edlunds Stimme klang schrill.

»Dick Lasley. Er hat sich abgeseilt, Edlund.«

Edlund starrte Phil an. Stoßweise kam der Atem aus seinem aufgerissenen Mund. Dann lachte er ungläubig. Das Lachen klang unsicher. Er stand auf und ging ans Fenster, das nach vorne hinausging. Der Platz vor dem Baldachin, wo vorher der Olds der beiden Detectives gestanden hatte, war leer. Edlund drehte sich wieder um.

»Lasley packt aus, und zwar vor den Bundesbehörden, weil er sich da bessere Chancen verspricht. Wahrscheinlich hat er einiges zu bieten.«

»Sie bluffen!«, keuchte Edlund. »Was hat er schon anzubieten? Die Namen von ein paar Nutten ...«

»Die kennen wir längst. Uns interessiert der Mann, der Ihnen Koks und Schnee verschafft.«

»Den kennt Dick ...« Edlund presste schnell die Lippen zusammen.

»Lasley hat seinen Ausstieg lange vorbereitet«, behauptete Phil.

Was er hier spielte, war kein faires Spiel. Aber Edlund war kein gewöhnlicher Krimineller. Es war Polizist. Er kannte seine Rechte und jeden schmutzigen Trick. Dafür, dass er Schutzgeld von Prostituierten nahm, würde er aus dem Polizeidienst fliegen und seine Pension verlieren. Viel mehr würde ihm nicht passieren. Er mochte damit rechnen, dass ihn der Syndikatsgangster, den er deckte und der ihn im Gegenzug mit Stoff für seine Pferdchen versorgte, auffangen würde. Ohne Not würde er diesen Mann nicht ans Messer liefern.

Aber gerade dazu musste Phil ihn bringen.

»Sie können mir gar nichts, Mann!«, sagte Edlund laut. »Sie haben schon gegen so viele Bestimmungen verstoßen, dass gegen mich gar keine Anklage erhoben werden kann.«

»Sie irren, Edlund. Ich habe Sie bisher weder festgenommen noch formell eines Verbrechens beschuldigt. Aber keine Sorge, das kommt noch.«

»Sie bluffen doch nur!«

»Lasley hat Sie beobachtet, Edlund. Er weiß anscheinend genug. Sowie er seinen Vertrag mit dem Federal Attorney unter Dach und Fach hat, packt er aus. Und dann werde ich hier angerufen. Und dann sind Sie dran. Wegen Rauschgifthandels. Sie wissen, was Ihnen im Knast blüht. Da warten sie nur auf einen abgehalfterten Detective ...«

Schweißtropfen sickerten aus Edlunds hellen Borstenhaaren, rannen über die Stirn in seine Augen.

»Das können Sie nicht machen! Das ist Mord!«

Phil lachte. »Ich mache gar nichts«, behauptete er. »Ich habe nur den Auftrag, Sie gleich ins FBI District Office zu bringen. Sowie Dick Lasley gesungen hat. Sie haben Pech, Edlund. Sie hätten sich Ihren Partner genauer ansehen müssen.«

»Und er geht wirklich straffrei aus?«

»Der Federal Attorney wird keine Anklage gegen ihn erheben, wenn er den Namen des Mannes nennt, der Ihnen den Stoff liefert.« Phil deutete auf das Etui mit dem Spritzbesteck und den Briefchen.

Edlunds Augen begannen tückisch zu funkeln. »Und wenn er ihn nicht kennt?«

»Hätte er sonst den Deal angeboten?«, fragte Phil.

»Ein hohes Tier aus dem Syndikat, so viel ich weiß. Es geht jetzt nur um die Vertragsbedingungen. Tja, Edlund, Sie sind verratzt. Wenn Sie als Erster gekommen wären ...«

Edlund schob den nackten Oberkörper vor. »Vielleicht ist es noch nicht zu spät?«

»Wie meinen Sie das?« Phil hatte Mühe, weiterhin Gelassenheit zu demonstrieren.

»Was ist, wenn er noch nicht gesungen hat? Wenn sie noch um die Bedingungen feilschen?«

Phil sah auf die Uhr. Es war jetzt 11 Uhr 42. Er hob die Schultern. »Schon möglich. Aber warum fragen Sie?«

»Was ist, wenn ich Ihnen den Namen zuerst nenne? Bin ich dann derjenige, welcher?« Edlund keuchte.

Phil runzelte die Stirn und hob in gespielter Ratlosigkeit die Schultern. Dann grinste er plötzlich. »Ihr Freund Dick würde ziemlich blass aussehen ...«

»Na los, tun Sie doch was, Mann! Rufen Sie Ihre Leute an, sagen Sie, ich steige aus, ich!« Edlund heulte beinahe. Der Schweiß rann jetzt in hellen Strömen über seinen Oberkörper.

Phil zuckte unschlüssig mit den Schultern, dann stand er auf und trat ans Telefon. Er stellte sich so, dass Edlund erkennen konnte, welche Nummer er wählte – die der FBI-Zentrale.

»Hier ist Decker. Verbinden Sie mich bitte mit dem Chef.«

Phil sah Edlund an, dessen Nasenflügel bebten. Und dann meldete sich John D. High, der eigens wegen dieses Anrufs die Stellung in seinem Office hielt. Denn es war immerhin möglich, dass Edlund verlangte, selbst mit ihm zu sprechen.

»Wie läuft es bei Ihnen, Phil?«, erkundigte sich der FBI-Chef.

»Ich komme zurecht«, antwortete Phil. »Ist Lasley schon da?«

»Er sitzt hinter Schloss und Riegel. Die Innere Abteilung schottet ihn ab. Ziehen Sie die Schraube an, Phil.«

»Verstanden, danke, Sir.« Phil legte wieder auf.

»Warum haben Sie aufgelegt?« Edlund beugte sich vor. Die stählerne Handfessel klirrte. »Warum haben Sie nicht gesagt, dass ich auspacken will? Was ist los? Mann, reden Sie doch!«

»Sie warten noch auf den Federal Attorney …«

»Lasley hat also noch nicht ausgesagt?«

»Nein, aber es dauert jetzt nur noch ein paar Minuten, die Bedingungen sind klar.«

»Ich liefere Ihnen den Kerl, ich!«, schrie Edlund. Die Sehnen an seinem Hals traten scharf hervor, und sein Gesicht lief rot an, als sich Phil wieder neben die Tür setzte und gelassen die Beine übereinander schlug. »Hören Sie schlecht, Mann? Ich nenne Ihnen den Namen!«

»Ich weiß nicht, ob es Sinn hat, Edlund. Sie könnten mir einen Bären aufbinden. Und wie stehe ich dann da?«

Edlund sprang auf. Er stampfte mit nackten Füßen über den Boden. »Was muss ich tun? Was? Sagen Sie es mir! Mann, geben Sie mir doch auch eine Chance!«

»Für einen Deal reicht die Zeit nicht mehr.«

»Aber Sie würden doch für mich aussagen, oder? Sie würden doch anrufen und sagen, Edlund packt ebenfalls aus?«

»Sicher.«

»Dann lassen Sie es doch darauf ankommen. Los, Mann, rufen Sie wieder an! Nehmen Sie den Hörer!«

Phil stand auf und griff erneut zum Hörer. »Fangen Sie schon mal an, Edlund«, sagte er, während er zu wählen begann.

»Es ist Vargo. Jeff Vargo.« Edlunds Stimme überschlug sich. »Ihm gehört ein Filmstudio oben an der 55th, er macht Werbespots und so was.« Erschöpft ließ sich Edlund auf das Bett zurückfallen.

Vic Colasantos Augen hingen auf der Wand mit den Monitorschirmen. Zwei von ihnen überwachten den Teil der Tiefgarage des Golden Globe Hotels, in dem die Fahrzeuge der Familie untergebracht waren.

Eben bog Andreas weißer Camaro mit Schwung in die Garage ein, gefolgt von dem kompakten Dodge ihrer beiden Leibwächter.

Colasantos schmale Finger rollten einen Bleistift, sonst verriet er mit keiner Geste, was er fühlte. Denn er wusste genau, wo Andrea herkam mitten in der Nacht. Und er wusste, dass auch die anderen Bescheid wussten. Kevin Polonsky und Sid Ferrucci, seine engsten Vertrauten, zum Beispiel. Sie alle wussten, dass Andrea hinter diesem unbedeutenden Jungen her war wie eine läufige Hündin. Alle erwarteten von ihm, dass er endlich handelte. Auch der Don erwartete es, obwohl er es nicht aussprach. Ein Mann, der eine Frau wirklich besitzen wollte, musste selbst wissen, was zu tun war. So war es immer gewesen. Wenn er noch länger zögerte, würde er den Respekt von Orlando und seinen Leuten verlieren.

Vic Colasanto hatte sich entschieden. Er würde das Problem Paul Gilligan lösen, und zwar endgültig. Der Bleistift zwischen seinen Fingern zerbrach mit lautem Knacken.

»Telefon, Vic«, sagte Polonsky mit leiser Stimme. »Es ist Donna.«

Kevin Polonsky sah Vic fragend an. Er stand hinter dem Pult, das die Nachnichtenzentrale der Orlando-Familie darstellte und mit Telefonen, Fernschreibern und Monitorschirmen vollgestopft war.

»Stell nach nebenan durch«, sagte Vic.

Vic schloss die Tür seines Arbeitszimmers hinter sich und setzte sich an seinen Schreibtisch. Er schob die Lampe ein Stück zurück, bevor er den Hörer abnahm und sich meldete.

»Hallo, Baby«, sagte er weich.

»Ich dachte, du hast mich vergessen, Darling«, sagte Donna D'Angelo. Ihre Stimme kam wie ein sanftes Gurren aus dem Hörer.

»Wie kann ich dich je vergessen! Wie geht es dir?«

»Ich fühle mich verdammt einsam, Darling. Ich bin nicht für ein Leben in Keuschheit geschaffen. Wenn du deinen Wachhund endlich zurückpfeifen würdest, käme ich vielleicht dazu, meinen Hormonhaushalt wieder ins Gleichgewicht zu bringen.«

»Das meinst du nicht ernst«, sagte er.

»Und ob. Du hast diese niedliche kleine Puppe. Oder etwa nicht? Sag mal, hast du sie überhaupt schon angerührt? Du bist so verdammt altmodisch, Darling. Du treibst es mit jeder, die dir gefällt, aber die Mutter deiner Kinder muss als Jungfrau in die Ehe gehen. Nicht dass du eine bittere Enttäuschung erlebst, mein Lieber. Wir Frauen sind nicht mehr so altmodisch.«

Ob sie auch etwas wusste?

»Sie bedeutet mir nichts, das weißt du.«

»Aber du wirst sie heiraten. Und dann?«

»Sowie sie meine Frau ist, hole ich dich nach Atlantic City. Bis dahin muss ich gewisse Rücksichten nehmen.«

»Wann kommst du?«

»Vielleicht schon am Wochenende. Ich rufe dich an.«

»Bis dahin werde ich mich trösten.«

»Mit wem?« Manchmal ging er auf Donnas kokettes Spiel ein, obwohl ihm jeder Sinn für diese Art von Geplänkel fehlte.

»Ein G-man, verdammt attraktiv. Ich könnte schwach werden, Darling.«

In Vic Colasantos Augen erschien ein alarmierter Ausdruck. »Du hattest Besuch von einem G-man? Warum ruft Al mich nicht an? Oder Greg? ich zahle ihnen verdammt genug ...«

»Weil ich ihnen gesagt habe, dass ich das erledige. Warum regst du dich auf, Darling?«

»Was wollte er?«

»Mit mir flirten.«

Vic stieß einen warnenden Grunzlaut aus.

»Er wollte wissen, wann du nach Manhattan kommst«, sagte sie schnell.

»Weißt du, wie er heißt?«

»Jerry Cotton. Kennst du ihn?«

Seine Kiefermuskeln verkrampften sich. Er glaubte, wieder den modrigen Uferschlamm zu schmecken, der in seinen Mund quoll. Nein, er würde die Schmach nicht vergessen, nie, solange Cotton lebte. Aber er wusste jetzt, was er zu tun hatte.

Andrea Orlando stieß die Tür zur Zentrale auf und ging sofort auf die gegenüberliegende Tür zu, die in Vics Arbeitszimmer führte.

»Er telefoniert gerade, Miss Orlando«, sagte Kevin Polonsky. Er deutete auf das rote Licht auf dem Schaltpult.

Andrea blieb stehen. Sie sah Polonsky an. Vic hatte ihn aus Las Vegas mitgebracht. Anfänglich hatte sie sich vor diesem düsteren Mann mit der hässlichen Messernarbe am Hals gefürchtet. Inzwischen hielt sie dem Blick der ausdruckslosen Augen mühelos stand.

»Ich warte hier«, sagte sie. »Besorgen Sie mir einen Kaffee.«

»Gern, Miss Orlando«, sagte Polonsky. »Wenn das Licht ausgeht, können Sie schon reingehen.« Er verließ den Raum.

Andrea drückte die Taste über der roten Lampe. Sofort hörte sie Vics Stimme im Mithörlautsprecher, und dann die Stimme einer Frau.

»Danke, Donna«, sagte Vic.

»Wofür?«

Andrea lächelte dünn. Sie wusste von Vics Eskapaden mit den Show-Mädchen oder Zigarettenverkäuferinnen unten aus dem Casino, und sie wusste auch von seinem Verhältnis mit Donna D'Angelo, die er nach Manhattan ausgesiedelt hatte, weil es mit ihr ernster war als mit den anderen Mädchen. Andrea wusste vieles. Die meisten Männer der ›Familie‹ fühlten sich ihr, der Tochter des Don, verpflichtet, und nicht Vic Colasanto. Ihn fürchteten sie.

»Wofür?«, wiederholte Donna ihre Frage, weil Vic nicht sofort antwortete.

»Ich weiß jetzt, wie ich zwei Fliegen mit einem Streich erlegen kann, deshalb. Ich rufe dich wieder an. Vielleicht musst du mir noch einen Gefallen tun. Bis bald, Baby.«

Andrea ließ die Taste los. Gleich darauf erlosch die Lampe, und sie öffnete die Tür zu Vics Arbeitszimmer.

Er hatte sich in seinem Sessel zurückgelehnt, sodass sein Gesicht im Schatten lag. Nur die tief liegenden Augen fingen das Licht der Schreibtischlampe ein und schienen selbst zu leuchten.

»Du wolltest mich sprechen?«, fragte sie knapp.

»Du kommst spät. Wie war das Konzert?«

»Bitte, Vic, ich bin müde. Gibt es irgendetwas Besonderes?«

»Hast du morgen schon etwas vor?«, fragte er.

»Ich fahre nach Trenton«, antwortete sie. »Warum?«

Vic runzelte unwillig die Stirn. »Davon hast du mir ja gar nichts gesagt. Ich hatte andere Pläne. Aber schön, darüber können wir auch morgen reden. Lass uns zusammen frühstücken.«

Andrea biss sich auf die Unterlippe. Vic liebte es nicht, wenn sie Entscheidungen traf, ohne sich vorher mit ihm abzustimmen. Doch nie hatte er Einwände erhoben, wenn sie ihren Vater besuchen wollte. Sie bemerkte seinen kühlen, prüfenden Blick, und ihr Herzschlag beschleunigte sich.

Wusste er etwa, woher sie kam? Und was sie vorhatte?

»Ich fahre morgen sehr früh«, sagte sie beherrscht. »Ich nehme Jim und Gene mit.«

Sie verfügte über insgesamt sechs Leibwächter. Jim Russo und Gene Nydick waren die zuverlässigsten von ihnen, besonnene Männer, die ihr Vater vor Jahren für sie ausgewählt hatte und die sich für sie in Stücke reißen lassen würden.

Vic wollte etwas sagen, aber er unterbrach sich, als Polonsky mit einem Becher Kaffee hereinkam.

»Ihr Kaffee, Miss Orlando«, sagte er.

»Stellen Sie ihn irgendwohin«, sagte sie, ohne ihn anzusehen.

»Hol mir Sid her, ich muss ihn gleich sprechen«, sagte Vic zu Polonsky. »Und bleib in der Nähe, ich brauche dich noch.«

Polonsky verließ das Arbeitszimmer wieder. Vic wandte sich verärgert an Andrea.

»Ich will nicht, dass du meine Leute als deine Butler betrachtest«, sagte er.

»Sollte ich mir den Kaffee vielleicht selbst holen?«, entgegnete sie kühl.

Vic stand auf und trat auf sie zu. Sein harter Gesichtsausdruck entspannte sich ein wenig. Andrea wich nicht zurück, als er ihr die Hände auf die Schultern legte, und sie sträubte sich auch nicht, als er sie an sich zog.

»Du warst doch erst vorige Woche bei deinem Vater«, sagte er. »Oder willst du ihm den Termin nennen?«

Sie schwieg. Vic legte eine Hand unter ihr Kinn und zwang sie, ihr Gesicht zu heben.

»Du siehst blass aus«, stellte er fest. »Du brauchst etwas Abwechslung, oder irre ich mich?«

»Vielleicht«, antwortete sie.

»Ich wollte dich fragen, ob du mich nach New York begleitest«, sagte er.

»Du fährst nach New York?«, fragte sie überrascht. »Morgen schon?«

»Ich fliege«, korrigierte er. »Morgen Mittag.« Seine Augen blieben seltsam kalt, als er die Lippen zu einem plötzlichen Lächeln verzog. »Ich habe eine Idee. Fahr nach New York weiter, wenn du deinen Vater besucht hast. Von Trenton nach Manhattan, das ist nur ein Katzensprung. Wir treffen uns am Abend im Hillside Hotel. Wir besuchen eine Show, gehen anschließend essen …«

Ihre Wangen glühten, aber ihr Inneres war eiskalt. Paul war jetzt unterwegs nach New York. Vor einer halben Stunde war er abgefahren. Warum wollte Vic jetzt ebenfalls nach New York? Um Paul zu kontrollieren? Unsinn, damit würde er seine Leute beauftragen. Was hatte er eben zu seiner Freundin, dieser Tänzerin, gesagt? Ich weiß jetzt, wie ich zwei Fliegen mit einem Streich erlegen kann. Paul? Und wen noch?

Sie spürte seinen Blick, und sie wusste, dass ihre Augen zuckten, aber sie konnte nichts dagegen tun. Er weiß alles, schoss es ihr durch den Kopf. Er wusste, dass sie sich mit Paul getroffen hatte.

Paul hatte das Beladen seines Lieferwagens überwacht. Fünfhundert Dosen Lackfarbe, bestimmt für einen Anstreicherbetrieb in Hoboken, New Jersey. Einige der Dosen enthielten keinen Lack, hatte Vic ihm erklärt. Welche und wie viele es waren, brauchte Paul nicht zu wissen.

Paul war so ernsthaft gewesen, weil er jetzt endlich eine Aufgabe hatte. Sie hatte ihn überredet, dass sie sich morgen Abend in seinem Motel in Hoboken trafen. Die Skyline Manhattans läge dann vor ihnen. Und eine ganze Nacht …

Aber irgendetwas stimmte nicht. Das hatte sie sofort gespürt, als Paul ihr zum ersten Mal von dem Auftrag erzählt hatte. Ausgerechnet ihm, der noch nie selbstständig einen Transport durchgeführt hatte, vertraute

Vic eine Sendung im Wert von mehreren Millionen Dollar an? Doch Paul hatte ihre Warnungen in den Wind geschlagen.

»Was hast du?«, fragte Vic. »Irgendwann musst du dich an mich gewöhnen. Je eher du damit anfängst, desto besser.«

»Vielleicht hast du Recht, Vic. Aber gib mir noch etwas Zeit.«

»Also nicht Manhattan?«

Sie musste Vic hinhalten und versuchen, mehr über seine Absichten herauszufinden.

»Doch«, antwortete sie leise.

»Dann geh jetzt schlafen«, sagte er. »Es ist schon spät.«

Wer Gino's in Manhattans Downtown nicht kennt, ist nie im Morgengrauen durch die Stadt gelaufen, hat nie den Morgennebel auf dem East River gesehen oder am Fluss gestanden und gewartet, bis die Umrisse der Brooklyn Bridge im Grau des beginnenden Tages hervortraten. Gino's liegt dort, wo das Herz der Stadt niemals zur Ruhe kommt, irgendwo zwischen dem alten Fulton Fishmarket und dem neuen Southport. Am frühen Morgen hängen hier die Arbeiter vom Fischmarkt zwischen abgeschlafften Strichjungen am langen, abgewetzten Tresen, unausgeschlafene Cops trinken schnell noch einen Kaffee, bevor ihre Schicht beginnt, oder zwei müde G-men versuchen, sich zwischen ebenso müden Nutten, Feuerwehrmännern oder Cabdrivern zu behaupten.

Aber der Kaffee bei Gino's weckt die Lebensgeister, die Buchweizenpfannkuchen schmecken genau so, wie man sich ihren Geschmack immer vorstellt, und die Mädchen hinterm Tresen sehen selbst um sechs Uhr morgens noch genauso knackig aus wie die Salatblätter zwischen den Sandwichscheiben.

»Vargo ist allenfalls ein Strohmann, wahrscheinlich ein Niemand«, sann Phil.

»Ich hab's vermasselt«, sagte ich.

»Es wäre auch unwahrscheinlich gewesen, wenn Edlund mit einem der ganz Großen in Verbindung stünde«, überlegte Phil weiter.

»Colasanto und der ganze Orlando-Clan sind jetzt gewarnt«, sagte ich.

»Und dafür habe ich Edlund reingelegt«, sagte Phil.

Er zuckte zusammen, als ich die flache Hand auf den Tresen klatschte. »Edlund ist ein korrupter Polizist«, sagte ich. »Einer, der einen Rauschgiftgangster deckt, einer, der selbst dealt.«

»Ich weiß. Aber es war nicht richtig ...«

»Hatten wir eine andere Wahl?«, fragte ich.

»Haben wir alle anderen Möglichkeiten ausgeschöpft?«, gab Phil zurück. »Wenn der Name Vargo wenigstens ein heißer Tipp wäre ...«

Weil wir Edlund und Lasley, die korrupten Detectives, nicht allzu lange von allen Kontakten zur Außenwelt abhalten und sie somit aller ihrer Rechte berauben durften, hatten wir den Rest der Nacht damit zugebracht, alles verfügbare Material über Jeff Vargo zu sichten.

Viel war nicht dabei herumgekommen. Jeff Vargo hatte in jungen Jahren mit Drogen gehandelt. Dabei war er vermutlich irgendwann einmal von Detective Edlund verhaftet, aber wieder laufen gelassen worden. Was er zwischen seiner Zeit als Kleindealer und seinem Auftreten als Werbefilmproduzent gemacht hatte, hatten wir bisher nicht herausfinden können. Und an eine Telefonüberwachung, der einzig Erfolg versprechenden Maßnahme, war beim derzeitigen Stand der Ermittlungen nicht zu denken.

Der Federal Attorney hätte uns einen entsprechenden Antrag um die Ohren gefetzt.

Es wäre ohnehin geprahlt gewesen, überhaupt von

einem Ermittlungsstand zu reden. Wir traten auf der Stelle.

»Ich hab's vermasselt«, wiederholte ich düster.

»Fällt dir eigentlich nicht auf, dass wir hier rumjammern wie die Klageweiber?«, fragte Phil unvermittelt.

»Soll ich mir vielleicht vor Stolz selbst auf die Schulter klopfen?«

»Es ist noch nicht raus, dass deine Tänzerin ihrem Geliebten brühwarm von deinem Besuch erzählt!«

»Wollen wir wetten?«

»Lieber nicht«, meinte Phil.

»Du hast immerhin einen Namen«, stellte ich fest. »Aber weil wir sonst nichts tun können, lassen wir Vargo beschatten.«

»Und was ist mit deiner Tänzerin?«

»Sie ist mir einen Gefallen schuldig …«

»Du bist naiv, Jerry.«

»Mag sein«, räumte ich ein. »Überleg mal lieber, wo wir mehr über Vargos Werbefirma erfahren können.«

»Es gibt da einen Verband, der sitzt an der Madison …« Phil sah mich groß an. »Himmel, die Leute werden erst am späten Vormittag richtig wach!«

Ich grinste. »Dann können wir in der Zwischenzeit die Bewachung für Vargo aufziehen«, sagte ich. Ich fühlte mich besser. Wie immer, wenn ich etwas tun konnte.

Andrea Orlando fuhr mit dem Privatlift in die Tiefgarage des Golden Globe hinunter.

Jim Russo und Gene Nydick warteten schon neben dem Lincoln auf sie. Die Besuche bei ihrem Vater stimmten sie entweder zornig oder depressiv, deshalb zog sie es vor, die große Limousine zu benutzen und sich fahren zu lassen. Sie konnte dann ihren Gefühlen freien Lauf lassen.

Auf der Rückfahrt weinte sie meistens. Jim und

Gene verstanden sie. Sie standen selbst bedingungslos zu ihr und zum Don.

Gene Nydick hielt die hintere Tür für sie auf. Er war ein schmächtiger Mann mit einem freundlichen Gesicht und dünnen hellen Haaren. Gene war schüchtern und zurückhaltend, und wer ihn nicht gut kannte, neigte dazu, ihn zu unterschätzen. Doch Gene war gewandt wie eine Katze, und er hatte den Mut einer Ratte. Und weil er ein anpassungsfähiger Mann war, kam er gut mit Jim Russo aus, obwohl dieser einen ganz anderen Typ repräsentierte. Russo wog an die zweihundert Pfund, was bei seiner Körpergröße – er maß an die sechs Fuß – kaum auffiel. Doch er wirkte ungemein kräftig, und seine harten dunklen Augen waren eher dazu angetan, freundschaftliche Annäherungsversuche im Keim zu ersticken.

Zum Glück waren beide nicht dabei gewesen, als die Rauschgiftfahnder in das Haus am Lake Pocono eindrangen und ein Blutbad anrichteten. Ihr Vater hatte den beiden freigegeben, weil er seine eigenen Leute mitgenommen hatte. Weder Jim noch Gene hätten aufgegeben, bevor die letzte Patrone verschossen worden wäre.

Andrea stieg in den Wagen. Gene schlug die Tür zu und lief um den Lincoln herum. Jim Russo setzte sich hinters Steuer. Er wandte den Kopf und lächelte sie an.

»Guten Morgen, Miss Orlando«, sagte er.

»Guten Morgen, Jim. Hast du etwas gehört?«

Russo nickte. »In der Nacht hat Vic ein paar Mal mit Gianetti telefoniert. Morgen trifft er sich mit ihm in Manhattan.«

Andrea nickte unwillkürlich. Aldo Gianetti war einer der ältesten und besten Geschäftspartner der Orlando-Familie. Zwischen den beiden Familien herrschte ein absolutes Vertrauensverhältnis, sodass sie es sich leisten konnten, Geschäfte nicht wie üblich Zug um Zug abzuwickeln, sondern Lieferung und

Zahlung voneinander getrennt durchzuführen, was die Sicherheit erhöhte und die Verluste begrenzte. Eine Panne wie die am See in den Pocono Mountains war bei einem Deal mit der Gianetti-Familie ausgeschlossen. Niemals würden der Polizei Rauschgift und Geld zusammen in die Hände fallen.

Paul brachte die bestellten zwanzig oder dreißig Kilogramm Heroin oder Kokain zu einem Zwischenlager in Hoboken, und Vic holte drei Tage später das Geld ab – so, wie es vorher ihr Vater getan hatte –, um es an den Lieferanten weiterzuleiten – nach Abzug der Provision für Transport, Lagerung und Risiko.

Sah sie Gespenster?

»Sid Ferrucci ist ebenfalls auf dem Weg nach New York«, berichtete Russo weiter. »Er fliegt mit einer Chartermaschine zum Linden Airport und nimmt von dort aus einen Leihwagen.«

Da war es wieder, das Gefühl der Angst, das ihr die Kehle zuschnürte. Dass Vic heute Nachmittag nach New York fliegen wollte, wusste sie, er hatte es ihr selbst gesagt. Aber warum ließ er Ferrucci vorausfliegen? Sid Ferrucci war ein Killer. Vic hatte ihn zusammen mit Kevin Polonsky aus Las Vegas mitgebracht. Er vertraute den beiden bedingungslos.

»Was soll er in New York?«, fragte Andrea alarmiert.

»Es lief alles sehr geheimnisvoll ab«, antwortete Russo. »Wenn ich nicht wüsste, dass Paul dieses Mal den Transport macht, würde ich sagen, Sid bringt die Lieferung nach Manhattan.« In Russos Augen trat ein mitleidiger Ausdruck.

Andrea unterdrückte ein Zittern. Also doch, sie hatte es gewusst. Seine New Yorker Geschäftspartner waren Vic zu wichtig, als dass er einem Jungen wie Paul eine Lieferung für sie anvertraut hätte.

Aber warum schickte er Paul nach New York?

Um ihn auf die Probe zu stellen? Um die Polizei abzulenken? Beide Möglichkeiten wären plausibel, wenn es nicht noch eine dritte gäbe – sie wäre die Wahrscheinlichste, falls Vic tatsächlich etwas von ihrem Verhältnis zu Paul wusste.

Das Gefühl der Angst wurde unerträglich. Hatte Vic Paul nach Hoboken geschickt, um ihn dort umbringen zu lassen? Weil er es nicht in Atlantic City, vor ihren Augen, tun wollte?

Wann sollte es geschehen? Paul war noch unterwegs. Irgendwo zwischen New Brunswick und Plainfield mochte er jetzt sein, sich gewissenhaft an die vorgegebene Route und den vorgegebenen Zeitplan haltend.

Heute Abend sollte es geschehen! Die Ahnung wurde für sie zur Gewissheit. Vic wollte sich heute Abend mit ihr in Manhattan treffen. Weil er sie unter Kontrolle halten wollte und sie ihm gleichzeitig ein Alibi geben sollte. Sie würde ihn versetzen. Das war eine Erfahrung, die Vic noch nicht gemacht hatte.

Bisher hatte Paul ihre Warnungen in den Wind geschlagen. Sie würde es ein letztes Mal versuchen. Notfalls wollte sie ihn mit Gewalt davon abbringen, auf den Tod zu warten.

»Fahr los«, sagte sie heftig. »Na los, fahr schon!«

Gene Nydick stieg vorne ein. Jim Russo startete den Motor und ließ den schweren gepanzerten Wagen auf das geschlossene Rollgitter vor der Ausfahrt zurollen.

Andrea biss sich auf die Unterlippe. Sie wollte Paul nicht verlieren. Eher wollte sie alles aufgeben und sich mit ihm verstecken, wenn es sein musste, ein Leben lang.

Russo stoppte vor dem Rollgitter. Er blendete die Scheinwerfer auf und gestikulierte zu der Monitorkamera hinauf, die in der Ecke über dem Tor angebracht war.

Das Gitter blieb unten.

»Die haben noch nicht ausgeschlafen da oben«, meinte Russo und hämmerte auf die Hupe.

Gene Nydicks Haltung spannte sich, als eine Gestalt aus der Tiefe der Garage auf den Lincoln zutrat.

»He, das ist Jauncey«, knurrte Russo. »Was will der denn hier?«

Bruce Jauncey war einer von den neuen Leuten, die Vic nach Joseph Orlandos Festnahme eingestellt hatte. Jauncey hatte den Don nie gesehen. Er gehörte zu den hungrigen jungen Kerlen, die es um jeden Preis zu etwas bringen wollen. Er war nur mittelgroß, aber er hatte breite Schultern und schmale Hüften. Dem glatten hübschen Gesicht hatte das Leben bisher noch keinen Stempel aufgedrückt.

Jauncey schleppte einen Seesack mit sich. Er grinste und winkte Russo zu, bevor er an den Kofferraum trat, den Deckel öffnete und den Seesack hineinwarf. Er schlug die Klappe wieder herab und zog die hintere Tür auf. Unbekümmert setzte er sich neben Andrea Orlando. Seine abgewetzte Lederjacke fiel auf, und Andrea konnte den Griff des Revolvers sehen, den er in einem Schulterholster unter der Achsel trug.

»Da bin ich«, sagte er munter. »Verdammt früh, ist aber auch ein langer Trip.«

Jim Russo drehte sich um und starrte ihn an. »Was willst du hier?«, fragte er.

»Vic braucht mich in Manhattan, und weil ihr sowieso hinfahrt ...« Er grinste Andrea bewundernd an. »Hat Vic euch das nicht gesagt?«

Russo sah Andrea fragend an.

»Soll ich ihn sofort rausschmeißen oder erst an der nächsten Bushaltestelle?«

Andrea schüttelte stumm den Kopf. Jaunceys Anwesenheit sollte ihr zeigen, dass Vic Bescheid wusste und nicht daran dachte, sich von ihr an der Nase herumführen zu lassen. Wie weit würde Jauncey gehen? Hatte er den Befehl, sie notfalls mit Gewalt zu ihrem Rendezvous nach Manhattan zu befördern?

Das Gitter fuhr rasselnd in die Höhe. Russo gab Gas,

und der schwere Wagen schoss die Einfahrt hinauf in den beginnenden Tag. Sofort prasselte ein Regenschauer über die Windschutzscheibe.

»Ein Sauwetter ist das!«, schimpfte Bob Linton. »Hört der Mist denn überhaupt nicht auf?«

Paul Gilligan antwortete nicht. Das Gerede seines Beifahrers ging ihm auf die Nerven, doch er ließ sich nichts anmerken. Mit konzentrierter Aufmerksamkeit lenkte er den Dodge Van in die lange Kurve, die vom New Jersey Turnpike hinunterführte. Das Licht der Scheinwerfer versickerte im Grau des frühen Morgens. Vorsichtig überholte er einen Truck, dessen Zwillingsreifen hohe Wasserschleier hinter sich herschleppten.

»Warum fahren wir nicht durch Elizabeth?«, wollte Bob wissen. »Das ist doch viel näher!«

»Weil ich es so will!« Pauls Antwort fiel gereizter aus, als es seiner Absicht entsprach. »Ich fahre über Newark und Jersey City nach Hoboken, alles klar?«

»Klar, Mann, was regst du dich auf? Hab ja nur gefragt, weil's näher ist.« Bob raschelte mit der Straßenkarte und kramte dann im Handschuhfach. »Hast du noch'n Sandwich, Paul?«

»Mein letztes hast du vor 'ner Stunde gegessen«, sagte Paul. »Aber wir können gleich frühstücken.«

Er hatte den Zeitplan bisher genau eingehalten, und darauf war er stolz, obwohl eine ausreichende Reserve in den Plan eingearbeitet war. Die Übergabe der Ladung sollte erst am Abend erfolgen.

Bob Linton zündete sich eine Zigarette an und stemmte die Füße gegen das Armaturenbrettpolster. Paul warf ihm einen unwilligen Seitenblick zu, den Bob jedoch ignorierte. Bob war ein nervöser Typ, und Paul glaubte nicht, dass er sich in einer kritischen Situation auf ihn verlassen konnte. Er fragte sich, warum Vic Colasanto ihm ausgerechnet diesen Mann mitgegeben hatte. Wahrscheinlich hielt Vic diesen Transport für problemlos.

Nun, ihm sollte es recht sein. Es war sein und nicht Bob Lintons Job. Bob würde nie selbstständig einen Auftrag durchführen, dafür war er viel zu sprunghaft und disziplinlos. Bob brauchte jemanden als Partner, dessen Autorität er respektierte.

Paul bemerkte das Schild, das auf den nächsten Rastplatz hinwies. Er nahm das Gas zurück und wechselte in die Ausfahrtspur. Die Lichter der Tankstelle glitten vorbei. Er hielt auf die grünblaue Neonschrift vor dem Coffeeshop zu.

Plötzlich spuckte Bob die Zigarette aus und stellte seine Füße auf den Wagenboden.

»Verdammt, da sind Bullen!«, schrie er.

Im selben Moment bemerkte auch Paul den Streifenwagen und die beiden uniformierten Cops, die aus dem Coffeeshop kamen. Einer von ihnen deutete mit dem Kopf auf den heranrollenden Dodge Van. Die beiden Cops blieben stehen.

Paul spürte, wie ihm das Blut in den Kopf schoss und der Schweiß aus allen Poren brach, doch er fing sich sofort, wurde eiskalt. Wenn er jetzt nicht die Nerven behielt, wäre sein erster selbstständiger Job auf diesem verdammten Rastplatz gescheitert.

Bob Linton beugte sich vor und griff unter das Armaturenbrett. In Spezialhalterungen waren dort ihre Waffen befestigt, zwei langläufige Coltrevolver und eine automatische Schrotflinte.

»Wenn du deine Hände nicht oben lässt, bringe ich dich um!«

Paul Gilligan erschrak vor der Härte seiner eigenen Stimme. Bob Linton zuckte zusammen und setzte sich aufrecht hin.

»Ganz cool, Bob, sie können uns nichts, verstehst du?«, sagte er flach. »Sie langweilen sich nur.«

Bob entspannte sich ein wenig. Paul ließ den Wagen

ausrollen und stellte den Motor ab. Die Cops bauten sich links und rechts neben der Fahrerkabine auf. Paul stieß die Tür an seiner Seite auf.

Der Cop blickte zu ihm hinauf. Er trug einen rötlichen Schnurrbart. Ein Ire, dachte Paul aufstöhnend.

»Guten Morgen, Officer«, sagte er höflich.

»Schalten Sie die Zündung wieder ein, lassen Sie die Beleuchtung brennen, und steigen Sie aus«, befahl der Cop. »Und nehmen Sie Ihre Papiere mit.«

Paul nahm die Mappe, die seinen Führerschein und die Lieferpapiere enthielt, drehte den Zündschlüssel herum und sprang aus dem Wagen.

Ein kühler Wind trieb ihm den Regen ins Gesicht. Er schlug den Kragen seiner Jacke hoch und folgte dem Cop, der sich vor dem Dodge aufbaute und anklagend auf den rechten Scheinwerfer deutete, der wie ein blindes Auge im hellen Blech steckte.

Paul schluckte den aufsteigenden Ärger hinunter. Aus den Augenwinkeln beobachtete er den anderen Polizisten, der unverwandt zu Bob hinaufblickte. Bob bewegte sich nervös.

»Beim letzten Tanken war der Scheinwerfer noch in Ordnung«, sagte Paul. »Ehrlich, Officer.« Er bedeutete Bob mit einem Handzeichen, auszusteigen.

Bob kam der Aufforderung so schnell nach, dass er dem Cop an seiner Seite um ein Haar die Wagentür gegen den Kopf gestoßen hätte.

»Lauf zur Tankstelle und hol 'ne neue Birne«, sagte Paul.

Bob starrte auf den blinden Scheinwerfer und trat mit dem Fuß gegen den verchromten Ring.

»Das Scheißding hat 'nen Wackelkontakt, ich hab immer gesagt, da muss 'n neuer Einsatz rein«, sagte Bob.

»Geh zur Tankstelle!«

Bob Linton zuckte zusammen, nickte und lief davon.

Der Cop mit dem rötlichen Schnurrbart grinste, als er die Papiere in der Mappe durchblätterte.

»Ich wette, der Wagen ist auch überladen«, sagte er. Er sah seinen Kollegen an. »Was meinst du, Hank?«

Der andere hob die Schultern.

»Fünfhundert Dosen Lack, zusammen eintausend Pfund«, sagte Paul. »Der Wagen ist für zweitausensiebenhundert Pfund zugelassen. Steht alles in den Papieren.«

»Er weiß genau Bescheid, Hank, er kennt seine Rechte.« Der schnauzbärtige Cop war unzufrieden. Der Regen rann von seinem Mützenschirm auf die Ladepapiere. Der Cop gab seinem Kollegen Pauls Führerschein und die Zulassung für den Wagen. »Gib die Daten mal durch. Und wir«, sagte er zu Paul, »schauen uns inzwischen die Ladung an.«

Paul schloss die hintere Tür auf und trat zur Seite. Die zugeklebten Kartons mit dem Aufdruck eines bekannten Farbenherstellers füllten nicht einmal den halben Laderaum. Der Cop beugte sich in den Wagen, dann drehte er sich um und sah Paul an. Er grinste.

»Ich könnte vier Dosen braunen Lack brauchen«, sagte er. »Ich hab meiner Frau versprochen, am Wochenende die Türen in unserer Wohnung zu streichen. Sie haben doch sicher 'n paar Muster dabei, oder?«

Paul schluckte. Wieder schoss ihm das Blut in den Kopf. Und wenn du mir den Revolver an den Kopf hältst, dachte er, ich kann dir keine einzige Dose geben! Er wusste nämlich nicht, in welchen Dosen der Stoff war, den er nach Hoboken bringen sollte.

»Es tut mir Leid, mein Boss wartet auf das Material. Es ist genau abgemessen.«

Die Augen des Cop wurden eng. Sein Kollege kam mit den Papieren zurück, gleich darauf trat auch Bob hinzu. Er machte sich sofort daran, die Scheinwerferlampe auszuwechseln.

»Negativ«, sagte Hank.

»Okay«, sagte der Schnauzbärtige. »Wenn Sie den Scheinwerfer in Ordnung gebracht haben, fahren Sie hinter mir her zur Kenilworth Station, dort werden wir Ihren Wagen wiegen.«

Bob Linton richtete sich langsam auf. »Das ist doch Schikane!«, schrie er, Pauls harten Blick ignorierend.

Der Schnauzbärtige grinste Paul an. »Wollen Sie Einspruch erheben?«

»Nein, Officer«, sagte er.

»FBI?«, fragte der Typ vom Interessenverband freier Werbetreibender und sah uns verwirrt an. »Oh, kommen Sie doch herein. Ich heiße Alex Tweedle. Ich bin ganz allein hier ...«

In dem Büro an der unteren Madison Avenue sah es aus, als hätte eine Orgie darin stattgefunden. Tweedle stakste vor uns her über leere Flaschen, zerdrückte Pappbecher und zerrissene Prospekte in eine winzige Teeküche. Unter einem Stapel Papier schnarrte ein Telefon. Tweedle kümmerte sich nicht darum.

»Entschuldigen Sie das Durcheinander«, sagte er. »Wir hatten eine Sitzung.«

»Das kennen wir«, sagte Phil Decker ernsthaft.

Tweedle sah uns abwechselnd an, während er gleichzeitig versuchte, Wasser in eine Kaffeemaschine zu füllen. Das meiste ging daneben.

»Wollt ihr Jungs vom FBI euer Image aufbessern lassen? Oder – oh, das Wasser ...«

Er lachte sorglos. »Ich bin noch nicht ganz da, es ist ziemlich spät geworden die Nacht.«

Er schaltete die Maschine ein und suchte die Taschen seiner zerknitterten Hose vergeblich nach Zigaretten ab. Phil fand eine angebrochene Packung neben dem umgestürzten Papierkorb und warf sie ihm zu.

»Oh, danke. Also, wie war das jetzt?«

»Wir hätten gern einige Auskünfte über eine Firma, die Werbefilme produziert«, sagte ich.

Tweedle machte ein nachdenkliches Gesicht. »Wenn sie dem Verband angehört, muss der Mitgliederausschuss zustimmen«, meinte er. »Das hat die Mitgliederversammlung so beschlossen. Wir dürfen nämlich keine Empfehlungen aussprechen, verstehen Sie? Jedes Mitglied hat die gleichen Rechte im Verband, und niemand soll sich einen Wettbewerbsvorteil durch seine Zugehörigkeit verschaffen können.«

Ich lächelte. »Wir haben keinen Auftrag zu vergeben.«

»Nein? Ja, dann …«

»Was wissen Sie über die Firma TV & Film Advertising Service?«, fragte Phil.

»Jeffrey Vargo?«, fragte Tweedle prompt. »Er gehört unserem Verband nicht an.«

»Warum nicht? Will er den Beitrag sparen? Oder dreht er auch Pornofilme?«

Tweedle lächelte nicht. »Die Mitgliederversammlung hat den Aufnahmeantrag abgelehnt«, sagte er reserviert. »Möchten Sie einen Kaffee?«

»Wir bleiben lieber beim Thema«, sagte ich. »Warum wurde der Antrag abgelehnt?«

»Ablehnungsgründe werden nicht mitgeteilt«, antwortete Tweedle. Als er meinen grimmigen Blick bemerkte, fügte er schnell hinzu: »Vargos Firma ist die Tochter eines bedeutenden Dienstleistungsunternehmens, und das gehört einer anderen Branche an, die Aufnahmevoraussetzungen waren also nicht gegeben.«

Jetzt blickte auch Phil grimmig drein. Tweedle seufzte.

»Es ist die Interlist Corporation«, sagte er.

Bingo, dachte ich, Volltreffer. Phil und ich sahen uns an. jeder von uns kannte den Namen. Die Interlist Corporation war eine Holdinggesellschaft, unter deren

Dach Immobilienmakler und Bauunternehmer, Schallplattenproduzenten und Autoverwertungen vereint waren. Sogar eine Hotelkette und eine Charterfluggesellschaft gehörten dazu und eine Firma, die Werbefilme herstellte. Allen diesen Firmen war eins gemeinsam – sie gehörten Mafia-Mitgliedern oder wurden von Mafia-Familien kontrolliert. Und der Interlist Corporation stand Aldo Gianetti vor, der das Verbrechen wie ein Manager verwaltete und nebenbei den Rauschgifthandel in New York kontrollierte.

Es regnete immer noch, und mein Jaguar stand einen ganzen Block weit entfernt an der East 33rd Street. Wir sprangen über Pfützen und suchten dann Schutz unter einer Ladenmarkise, wo wir darauf warteten, dass die Ampel umsprang.

Phil machte ein unzufriedenes Gesicht, was nicht allein am Wetter lag. Er hätte Vargo am liebsten sofort auseinander genommen. »Was hätten wir davon, wenn wir uns Vargo zum Verhör holen?«, fragte ich. »Für eine Festnahme reicht das Material nicht aus, von einer Anklage ganz zu schweigen. Oder glaubst du, dass Edlund vor Gericht beschwören würde, dass Vargo ihn mit Stoff versorgt?«

»Also vergessen wir ihn?«

»Im Gegenteil. Vargo steht wahrscheinlich höher in der Hierarchie, als selbst Edlund annimmt«, erklärte ich.

»Wie kommst du darauf?«

»Hätte er ihn dir sonst zum Fraß hingeworfen?«, fragte ich. »Das hat er nur getan, um von dem Mann abzulenken, den er eigentlich deckt.«

»Was du nicht alles weißt ...«

Die Fußgängerampel schaltete auf Grün, und wir liefen über die Straße.

»Edlund hat Vargo seinerzeit hochgenommen und

wieder laufen lassen, aber damit hat er nicht Vargo einen Gefallen getan, sondern einem anderen. Nämlich Gianetti.«

Ich schloss meinen Jaguar auf und warf mich hinein. Phil ließ sich auf den Beifahrersitz fallen und wischte sich den Regen aus dem Gesicht.

»Okay, Vargo ist also Gianettis Mann. Aber was bringt uns diese Erkenntnis? Unser Auftrag lautet, die Orlando-Organisation zu zerschlagen.«

»Wenn Vargo ein Großverteiler ist, wird er uns signalisieren, wann neuer Stoff in die Stadt kommt«, sagte ich. »Unfreiwillig, aber er wird es tun.«

Ich nahm das Mikrofon aus der Halterung und meldete mich bei der Zentrale zurück.

»Verstanden«, bestätigte unser Kollege George Baker, der in dieser Woche den Innendienst in der Einsatzzentrale versah. »Da war ein Anruf für dich. Eine Dame. Sie hörte sich recht dringend an.«

Phil begann zu grinsen. »Na, wen hast du denn wieder vernachlässigt?«, murmelte er.

»Hat sie einen Namen genannt, George?«

»Hat sie. D'Angelo, Hotel Mansfield. Du sollst sie anrufen. Ich kann dich verbinden, warte …«

Ich sah in Phils grinsendes Gesicht. »Was willst du eigentlich«, sagte ich. »Das Geschäft läuft doch …«

Und dann kam ihre Stimme aus dem Bordlautsprecher. Sie klang klein und hilflos.

»Jerry, ich habe Angst …«

»Das haben Sie gut gemacht, Miss D'Angelo«, sagte Sid Ferrucci ernsthaft, als Donna den Hörer auflegte.

Sie nahm die Zigarette, die Ferrucci ihr hinhielt. Ihre Finger zitterten leicht. Sie brauchte die Angst, die sie am Telefon in ihre Stimme gelegt hatte, nicht zu heucheln.

Ferrucci sah wie ein Tier aus, dessen grobknochige

Gestalt schlecht in den nachtblauen Anzug zu passen schien. Das Gesicht wirkte wie aus einem Holzklotz herausgehauen, und in den kleinen runden Augen bemerkte sie versteckte Grausamkeit.

Dabei hatte sich Ferrucci bisher untadelig benommen. Doch die Geschwindigkeit, mit der Vic diesen Mann zu ihr beordert hatte, verriet, dass etwas im Gange war, etwas, das ihren Horizont überstieg.

Sie zuckte zusammen, als er ihr eine seiner klumpigen Hände um den Oberarm legte und sie aus dem Sessel zog.

»Sie müssen daran denken, dass Sie es für Vic tun«, sagte er.

»Was – werden Sie mit ihm machen?«, fragte sie.

»Keine Angst, ich werde ihn nicht umbringen ...« Ferruccis runde Augen glitzerten. »Aber jetzt machen Sie lieber die Augen zu, Miss D'Angelo, es soll schließlich echt aussehen.«

O Gott, dachte sie, worauf habe ich mich da nur eingelassen! Sie schloss die Augen.

»Bitte, nicht ins ...«

Nicht ins Gesicht, hatte sie sagen wollen, doch da spürte sie schon den Schlag, der ihr Auge traf wie ein Huftritt. Sie wurde quer durch ihr Hotelzimmer geschleudert und prallte gegen den Tisch mit dem Fernsehapparat. Der Apparat krachte auf den Boden.

Donna presste eine Hand auf das getroffene Auge. Der Schmerz füllte ihren Schädel und schaltete jedes andere Gefühl aus.

Sie schrie auf und wollte zurückweichen, als sie eine Berührung an ihrer Schulter spürte, aber Ferrucci packte fester zu und schob sie vor sich her.

Sie konnte nichts sehen. Mit einem ihrer nackten Füße stieß sie gegen ein Tischbein. Der Schmerz in ihrem getroffenen Auge überlagerte immer noch jedes andere Gefühl, doch das Denken setzte allmählich wieder ein.

»Was haben Sie getan?«, schrie sie. »Warum ins Gesicht? Warum das Auge?«

»Sie werden eben ein paar Tage eine Sonnenbrille tragen müssen«, sagte Ferrucci. »So was sieht unheimlich cool aus.« Er schob sie mit einer energischen Bewegung ins Bad.

Sie hörte, wie er das Wasser laufen ließ und einen Lappen anfeuchtete. Vorsichtig öffnete sie das intakt gebliebene Auge.

Der Anblick des geröteten, schnell anschwellenden und eine blauschillernde Färbung annehmenden anderen Auges traf sie wie ein Schock. Sie schluchzte auf. Ferrucci legte ihr eine Hand unter das Kinn und zwang sie, den Kopf in den Nacken zu legen. Mit überraschender Behutsamkeit legte er ihr den feuchten Waschlappen auf das Auge.

»Nachher lassen Sie sich Eis raufbringen und packen es aufs Auge. Sie werden sehen, die Schwellung wird bald zurückgehen, dann tut's etwas Schminke.«

Sie stieß den Mann zurück. »Hat Vic Ihnen das gesagt?« Sie deutete auf ihr Gesicht. »Hat er gesagt, dass Sie das tun sollen?«

»Er wird Ihnen alles selbst erklären, Miss D'Angelo«, sagte Ferrucci.

»Lassen Sie mich allein«, stieß sie hervor. »Gehen Sie nach nebenan, bitte, gehen Sie!«

Ferrucci musterte sie im Spiegel.

»Raus!«, schrie sie.

Ferrucci verließ das enge Bad. Die Tür lehnte er an.

Er sah sich in dem Zimmer um, das die Geliebte seines Bosses jetzt seit eineinhalb Jahren bewohnte. Sie hatte ein paar Bilder aufgehängt, die dem Raum eine persönliche Note gaben. Den Videorecorder und die Hi-Fi-Anlage hatte Vic ihr geschenkt, ebenso den kostbaren Blaufuchs, der über dem Bett lag.

Das Bild, das der Raum bot, bedurfte einiger Korrekturen. Den umgestürzten Fernsehapparat ließ er, wo er lag. Er schleuderte den Pelzmantel in eine Ecke, fetzte die Tagesdecke vom Bett, kippte Donnas Tonbandkassetten auf den Boden und warf eins der Bilder über den Hi-Fi-Turm. Das Glas zersprang. Ferrucci war zufrieden. Er setzte sich mitten in das Chaos und wartete geduldig. Nebenan im Bad lief das Wasser, und gelegentlich hörte er Donna leise stöhnen.

Als es an der Tür klopfte, sprang er ins Bad. Er packte Donna an den Schultern, riss sie herum und entwand ihr den nassen Waschlappen. Die Schwellung reichte jetzt vom Jochbein bis zum Stirnwulst.

»Sie wissen Bescheid«, sagte Ferrucci. »Kommen Sie jetzt!«

Sie schrie leise auf, als er sie vor sich her auf die Tür zum Gang zustieß.

Das Mansfield an der West 44th ist ein ruhiges kleines Hotel, das von Dauermietern bevorzugt wird. Phil und ich standen auf dem tiefen roten Läufer im Flur des elften Stocks und blickten auf die Tür zu Donna D'Angelos Zimmer. Am Ende des Ganges rumorte das Zimmermädchen und klapperte mit dem Etagenwagen, sonst war es sehr still hier oben.

Ich klopfte ein zweites Mal gegen die Tür.

»Ich habe ihr doch gesagt, dass ich komme …«

»Sie hat wahrscheinlich beschlossen, keine Angst mehr zu haben, und ist zum Frisör gegangen«, flachste Phil. »Frauen sind nun mal so.«

Doch plötzlich spannte sich Phils Haltung, womit er zeigte, dass er voll da war. Denn hinter der Tür gab es ein undefinierbares Geräusch.

Und dann hörte ich ihre Stimme.

»Ja, wer ist denn da?«, fragte Donna D'Angelo.

»Ich bin's, Jerry Cotton.«

Hinter der Tür fiel etwas zu Boden.

»Donna! Miss D'Angelo! Öffnen Sie bitte!«

»Bitte, Jerry, gehen Sie ...«

Sie verstummte. Ich hämmerte gegen die Tür. Das Zimmermädchen blickte in unsere Richtung. Phil versenkte seine Hand bereits unter dem Jackenaufschlag.

»Donna! Hören Sie mich?«

»Ich – ich kann jetzt nicht. Ich rufe Sie an ...«

»Ich gehe hier nicht weg, bevor ich Sie gesehen habe«, sagte ich fest.

Nach einer endlos scheinenden Pause scharrte der Innenriegel, dann knirschte das Schloss. Phil presste sich neben dem Rahmen gegen die Wand. Die Tür wurde einen Spaltbreit geöffnet.

Ich drückte gegen die Tür. Donna D'Angelo wich zurück. Und ich zog scharf die Luft ein, als ich ihr zugeschwollenes Auge sah. Ich wollte gerade etwas sagen, da entdeckte ich das Durcheinander hinter ihr, und im selben Moment fiel ein Schatten hinter der Tänzerin über den Teppichboden.

Ich riss meinen Smith & Wesson heraus, schob Donna mit der linken Hand aus dem Weg und drückte mit der Schulter die Tür auf. Mit einem Satz sprang ich über die Schwelle und wirbelte herum.

Der knochige Mann stand hinter der Tür, die eckigen Schultern vorgewölbt, die schweren Fäuste schwebten kampfbereit vor dem grob geschnittenen Gesicht. Ich erkannte es sofort. Die Visage mit dem riesigen Kinn gehörte Sid Ferrucci.

Phil, der hinter mir ins Zimmer sprang, legte einen Arm um Donnas Hüfte und wirbelte sie aus der Gefahrenzone.

Auch er kannte Sid Ferrucci. Er hatte ihn vor gut einem halben Jahr am Lake Pocono festgenommen. Ferrucci gehörte zu der Besatzung des Jeeps, die mit Maschinenpistolen auf Bob Denkin geschossen hatte. Vielleicht stammte die Kugel, die unseren Kollegen getötet hatte, aus Ferruccis Waffe, denn wer ihn erschossen hatte, konnte nie einwandfrei geklärt werden. Und Ferrucci gehörte zu den Gangstern, die schließlich freigesprochen worden waren.

Ferrucci breitete langsam die Arme aus. Sein geschlitzter Mund verzerrte sich zu einem Grinsen.

»He, Cotton, so 'n Ding kann schnell losgehen«, sagte er. »Behalten Sie die Nerven!«

»Umdrehen! An die Wand! Und Beine auseinander!«, befahl ich. Mit aufreizender Langsamkeit kam er meinem Befehl nach. Phil gab Donna D'Angelo frei und machte sich daran, Ferrucci zu filzen. Er machte es gründlich. Während er seine Taschen leerte und alles, was er fand, auf den Stuhl neben der Tür legte, sah ich mich nach Donna um.

Mit dem zerschlagenen Auge bot ihr hübsches Gesicht einen erbärmlichen Eindruck. Das unverletzt gebliebene Auge funkelte mich herausfordernd an, hielt meinem Blick aber nicht lange stand. Sie wandte das Gesicht ab und begann, die herumliegenden Gegenstände einzusammeln.

»Ich rufe einen Arzt«, sagte ich.

»Nein!« Erschreckt fuhr sie herum.

Sie trug eine eng anliegende schwarze Hose und eine blauweiß gemusterte ärmellose Bluse. Erst jetzt bemerkte ich die dunkel angelaufenen Druckstellen an ihren Oberarmen.

»Er hat Sie misshandelt! Was hätte er noch mit Ihnen angestellt, wenn wir nicht gekommen wären?«

Donna betastete vorsichtig die Umgebung des geschwollenen Auges. »Ich – ich bin im Bad ausgerutscht«, sagte sie.

Ferrucci verdrehte den Kopf und sah mich höhnisch an. »Was dachten Sie denn, Cotton? Leiden Sie unter Wahnvorstellungen?«

»Schnauze!«, sagte Phil scharf und stülpte die Hosentaschen des Gangsters nach außen. Eine Waffe hatte der nicht bei sich, das stand bereits fest.

Behutsam nahm ich Donnas Hand, aber sie zuckte doch leicht bei der Berührung zusammen. Ich schob sie in den Hotelflur hinaus. Das Zimmermädchen verschwand gerade in einem Raum am Ende des Flurs.

»Was war los?«, fragte ich Donna.

»Nichts«, antwortete sie.

»Donna! Colasanto schickt Ihnen seinen härtesten Schläger! Warum?«

»Sid war gerade in der Stadt …«

»Herrgott, Donna! Sie bilden sich doch nicht ein, dass Sie ihm etwas bedeuten!«

»Er ist eifersüchtig.«

»Auf wen? Er lässt Sie doch bewachen wie …«

»Auf Sie, Jerry.«

»Auf mich?« Verblüfft starrte ich die Tänzerin an. Sie war eine verdammt hübsche Frau, mehr noch, sie war eine hinreißende Person, und wenn wir uns unter anderen Umständen begegnet wären, hätte ich versucht, sie zum Essen einzuladen. Aber sie war Vic Colasantos Mieze.

»Wie kommt er darauf, dass Sie und ich …?«

»Weil ich ihm nicht gesagt habe, dass Sie mich besucht hatten, deshalb! Das hat Greg getan.«

Greg, der Bluthund. Er hatte also an der Tür gelauscht und sogleich seinen Boss in Atlantic City angerufen. Und weil sie das nicht ebenfalls tat, hatte Colasanto sofort angenommen, wir beide hätten was miteinander oder wollten etwas miteinander anfangen, oder Donna wollte ihren Geliebten an den FBI verraten. Absurd, dachte ich, aber ich sah keinen Anlass, an Donnas Geschichte zu zweifeln.

»Okay«, sagte ich entschlossen. »Sie brauchen ihn nicht einmal anzuzeigen, Sie brauchen nur eine entsprechende Aussage zu Protokoll zu geben, den Rest erledigen wir.«

Donna D'Angelo schüttelte den Kopf. »Ich – ich kann nicht. Ich bin im Bad gestolpert.«

Zehn Minuten lang redete ich mit Engelszungen auf sie ein, dann gab ich es auf und kehrte mit ihr ins Zimmer zurück.

Ferrucci hockte auf einem Stuhl. Phil hatte ihm inzwischen Handschellen verpasst. Unsicher sah der Gangster zwischen Donna und mir hin und her, dann grinste er und hob die gefesselten Hände.

»Aufschließen«, sagte er zu Phil.

Phil reagierte nicht. Er deutete auf Ferruccis Tascheninhalt.

»Sechshundert Dollar in bar, Kreditkarten, Führerschein, ein Satz Wohnungsschlüssel, Zigaretten, Feuerzeug, das Übliche. Aber hier, dieser Wagenschlüssel, der gehört zu einem Leihwagen.«

Phil hielt den Schlüssel hoch. Am Ring baumelte ein Anhänger mit dem Kennzeichen des Wagens und dem Namen des Vermieters – National Car Rental.

»Den wollen wir uns doch mal etwas genauer ansehen«, sagte Phil. Er sah Ferrucci an. »Wo steht der Wagen?«

Ferrucci zog die Oberlippe in die Höhe. »Haben Sie einen Durchsuchungsbefehl oder so was?«, fauchte er.

Phil warf den Schlüssel in die Höhe und fing ihn wieder auf. Er betrachtete das Kunststoffgriffstück. »Ein Mustang!«, stellte er erfreut fest. »Na, den werde ich bald finden.«

Phil verließ das Hotelzimmer. Ferrucci schüttelte wütend die gefesselten Hände. »Dazu haben Sie kein Recht!«

»Sie haben sich einer strafbaren Handlung verdächtig gemacht«, sagte ich.

»Was für einer Handlung?« Ferrucci deutete auf Donna. »Fragen Sie doch! Habe ich ihr etwas getan?«

»Ich habe den Eindruck, dass die Zeugin lügt«, antwortete ich ungerührt. »Meine Pflicht und die meines Kollegen ist es, jeder Möglichkeit nachzugehen, um den Sachverhalt aufzuklären.«

Ferrucci warf den Kopf in den Nacken und lachte lautlos.

Ich half der Tänzerin, das Zimmer notdürftig aufzuräumen. Ferrucci gab sich zunächst gelassen, doch als Phil nach einer halben Stunde noch nicht zurückgekehrt war, rutschte er unruhig auf seinem Stuhl hin und her, und schließlich protestierte er.

»He, G-man, was ist mit Ihrem Kumpel los? Macht er 'ne Spritztour auf meine Kosten?«

»Wenn Sie eine Verabredung haben, sagen Sie's ruhig. Ich rufe für Sie an.«

»Das wäre ein Spaß für Sie, was? Vergessen Sie's.«

Als Phil endlich zurückkehrte, verschwand Donna im Bad. Phil warf den Schlüssel des Leihwagens zu Ferruccis anderen Sachen, schloss die Handfessel auf und trat zurück.

»Negativ«, sagte er. Er war sehr ruhig, fast kalt, und ich bewunderte seine Selbstbeherrschung. »Verschwinden Sie, Ferrucci!«

Ferrucci sammelte seine Sachen ein, verbeugte sich ironisch und klopfte an die Tür zum Bad.

»Ich gehe dann, Miss D'Angelo«, sagte er. »Soll ich Vic Grüße bestellen?«

Ich riss die Zimmertür auf, und Phil schlug eine Hand in Ferruccis Schulter. Der Gangster wirbelte herum. Einen Moment lang sah es so aus, als wollte er sich auf meinen Freund stürzen, doch er fing sich rechtzeitig. Er grinste, als Phil ihn aus dem Zimmer beförderte.

Zehn Minuten später fuhren wir mit dem altersschwachen Lift abwärts. Wütend schlug ich mit der Faust gegen die ledergepolsterte Kabinenwand.

»Verdammter Mist!«, sagte ich. »Da ist irgendetwas im Busch, das sage ich dir! Colasanto schickt nicht eigens einen seiner Vertrauten nach Manhattan, nur um seiner Geliebten eins aufs Auge hauen zu lassen!«

»Da hast du Recht«, sagte Phil. Er lächelte geheimnisvoll.

Der Lift stoppte, die Tür glitt zur Seite.

»He, was ist los?«, wollte ich wissen.

Phil sah sich in der Halle um. Ferrucci war längst abgefahren, aber in einer Ecke wälzten sich Greg und ein fetter Kerl mit blassem Gesicht in abgewetzten Ledersesseln.

»Nicht hier«, sagte Phil mit einem Blick auf Donnas Tugendwächter. Er zog mich nach draußen.

»Also, wenn er eine Maschinenpistole in seinem Wagen versteckt hatte ...«

»Dafür ist der Halunke zu vorsichtig«, antwortete Phil. »Wenn wir ihn das nächste Mal mit einer Kanone erwischen, wird er für viele Jahre weggesteckt, und das weiß er. Warte ...«

Als wir in meinem Jaguar saßen, gab Phil mir einen zusammengefalteten Zettel.

»Ferrucci reist mit kleinem Gepäck, nichts Verdächtiges dabei, bis auf das da, das steckte zwischen den Leihwagenpapieren«, erklärte Phil, während ich das Blatt auffaltete. »Das ist eine Kopie, die habe ich gleich da vorne in dem Fotogeschäft gemacht, das Original liegt wieder an seinem Platz.«

»Hast du deshalb so lange gebraucht?«, fragte ich.

»Hat er etwas gemerkt?«, fragte Phil besorgt.

Ich hob die Schultern. »Wahrscheinlich hat er gedacht, du schraubst seinen Wagen auseinander.«

Die Kopie zeigte den Umriss eines kleineren Notizzettels, darauf standen eine Reihe Zahlen und Buchstaben, sorgfältig in Handschrift notiert.

»Ein Kraftfahrzeugkennzeichen, eine Telefonnummer und eine Uhrzeit«, sagte Phil.

»Und nicht einmal verschlüsselt«, ergänzte ich. »Das Autokennzeichen ist aus dem Staat New Jersey. Und die Telefonnummer 201/65349 ...«

»201 ist die Vorwahl von Jersey City«, sagte Phil.

»Das weiß ich auch. Aber weißt du, in welchem Teil der Stadt die Telefonnummern mit 65 anfangen?«

»Hoboken, glaube ich«, antwortete Phil.

Über Funk gab ich die Telefonnummer und das Autokennzeichen an die Zentrale weiter und bat George Baker, die dazugehörenden Namen zu ermitteln.

Ich sah mir den Zettel noch einmal an. Hinter der Telefonnummer stand 5 pm. Fünf Uhr nachmittags.

»Was meinst du, Phil? Soll Ferrucci um fünf Uhr die Nummer anrufen?«

»Anrufen oder gleich hinkommen«, vermutete Phil. »Fragt sich nur, wann. Heute? Morgen? Oder war der Termin schon gestern?«

»Gestern bestimmt nicht, wenn der Zettel in einem Wagen lag, den er erst heute gemietet hat«, antwortete ich.

»Wahrscheinlich hat Ferrucci eine Freundin drüben in Hoboken«, meinte Phil. »Oder die Telefonnummer gehört einem Super-Callgirl.«

»Du hättest ihm einen Schatten anhängen sollen«, sagte ich. »Dann wüssten wir es bald.«

Phil grinste. »Was glaubst du, weshalb ich so lange weg war?«, fragte er.

»He, sag bloß?« Jetzt musste ich auch grinsen. »Wenn ich könnte, würde ich dich befördern. Oder dir einen Orden verleihen.«

Das rote Licht am meinem Funkgerät begann zu flackern, und ich schnappte das Mikrofon.

»Hi, Jerry, sperr die Lauscher auf«, sagte George Baker. »Die Telefonnummer gehört zu einem Motel in Hoboken, dem Treadway Inn am Observer Highway. Und unter dem Autokennzeichen ist in Atlantic City ein Lieferwagen auf die Firma Mavis Paintings zugelassen.«

Ein Motel in Hoboken, nur einen Steinwurf von

Manhattan entfernt, und ein Lieferwagen aus Atlantic City. Das Gefühl, dass etwas im Busch war, dass bald etwas passieren würde, verstärkte sich. Kamen wir hier einmal einem Deal auf die Spur? Leitete Ferrucci einen Transport? Dann würde irgendwann auch Vic Colasanto auf der Bildfläche erscheinen.

Aber da war auch etwas, das mich störte.

Wenn Colasanto dabei war, einen Deal abzuwickeln, war uns der Hinweis ein wenig zu glatt in die Finger gefallen. Er ist eifersüchtig, beschwichtigte ich den aufkeimenden Zweifel. Der menschliche Faktor ließ sich eben nicht so einfach beherrschen wie eine Maschine.

»Habt ihr Ferrucci unter Kontrolle?«, fragte ich.

»Den habe ich am Draht«, bestätigte George. »Erst hat er telefoniert, ziemlich lange, jetzt ist er gerade in die Eighth Avenue eingebogen.«

Er war also auf der Eastside. Das Hillside Hotel, das der Orlando-Clan bei seinen Aufenthalten in New York City bevorzugte, lag auf der oberen Westseite. Wohin trieb es Ferrucci? Über die Eighth kam er nicht einmal nach Hoboken hinüber.

»Aber wir fahren nach Hoboken«, sagte ich entschlossen und gab meinem Jaguar Zunder.

Paul Gilligan ließ den Dodge Van die abschüssige Straße hinunterrollen. Plötzlich sah er das Schild mit dem Namen Treadway Inn und dem Pfeil, der nach links deutete. Er wirbelte das Lenkrad herum und bog in die asphaltierte Straße ein, die zwischen alten Lagerschuppen, Baustellen und neuen Fabrikhallen her zu den verkommenden Piers hinunterführte. Grau wälzte sich der Hudson River unter der tief hängenden Wolkendecke nach Süden. Die Skyline Manhattans verschwamm hinter dichten Regenschleiern.

»Mein Gott, sind wir hier am Arsch der Welt, oder

wo?«, sagte Bob Linton. Er zündete sich eine neue Zigarette an.

Paul antwortete nicht. Bob Linton ging ihm zunehmend auf die Nerven. Sein dummes Gerede und seine unbeherrschte Art hätten ihn um ein Haar hereingerissen. Es war nicht Bob Lintons Verdienst, dass die Cops vorhin den Schwanz eingekniffen und ihnen nur wegen des defekten Scheinwerfers einen Strafzettel verpasst hatten. Zum Glück hatte er reichlich Zeit als Reserve einkalkuliert, sodass die eineinhalb Stunden, die er wegen der Fahrt zur Polizeistation und das anschließende Wiegen verloren hatte, keine Rolle spielten.

Das Treadway Inn bestand aus einem vierstöckigen L-förmigen Betongebäude. Der längere Flügel des L stand quer zum Fluss, der Parkplatz befand sich auf der dem Land zugewandten Seite. Paul zählte nur ein gutes Dutzend Fahrzeuge. Es war erst drei Uhr, zu früh für die Monteure und Vertreter, die in diesem heruntergekommenen Motel gewöhnlich abstiegen.

Paul rangierte den Dodge rückwärts in eine Parktasche in der Nähe des Eingangs und stellte den Motor ab.

»Mann, endlich!«, sagte Bob und blies Paul eine Wolke Zigarettenrauch ins Gesicht. »Ich denke doch, dass jeder sein eigenes Zimmer kriegt, oder reichen die Spesen nicht?«

»Wir brauchen nur ein Zimmer«, antwortete Paul, während er aufmerksam seine Umgebung musterte. »Einer von uns bleibt immer im Wagen. Im Wagen, damit das klar ist. Und du fängst an.«

Paul stand auf und kletterte zwischen den Sitzen hindurch in den Laderaum. Er öffnete seine Reisetasche und holte ein flaches Walkie-Talkie heraus.

»Wieso ich, Mann?« Bob Linton protestierte prompt. »Ich habe Hunger! Ich habe seit heute Morgen nichts mehr zwischen den Zähnen gehabt!«

Paul Gilligan wurde jetzt doch wütend. »Bis auf meine Sandwiches, zwei Tüten Popcorn, eine Dose Erdnüsse – hier, verdammt, nimm das und tu endlich, was ich dir sage!«

Er stieß Bob Linton das Walkie-Talkie vor die Brust, zerrte seine Reisetasche nach vorn und klinkte die Tür auf der Fahrerseite auf.

»Ich löse dich irgendwann ab. Bis dahin bleibst du hier drin und passt auf. Wenn du einschläfst oder irgendetwas vermasselst, weil du was fressen willst oder was weiß ich, bringe ich dich um!«

Er starrte Bob Linton grimmig an, bis dieser den Blick abwandte.

»Okay, okay, Paul, ich weiß gar nicht, was du hast«, sagte Bob. »Wir sind doch Partner!«

Gilligan schnaubte verächtlich, als er aus dem Wagen sprang und die Tür in den Rahmen schmetterte.

Die Halle war leer bis auf drei Männer, die sich über eine Bauzeichnung beugten. Ihre Schutzhelme lagen neben ihren Stühlen am Boden.

Das Gitter vor der Bar war herabgelassen, der Durchgang zur Cafeteria mit einem Seil versperrt.

Paul Gilligan stellte sich an den Rezeptionstisch und schlug auf die Glocke.

Das schrille Signal lockte einen farbigen Clerk mit glattem Gesicht aus dem Hinterzimmer.

»Willkommen im Treadway, Sir«, sagte er. »Sie möchten ein Zimmer? Sie reisen allein?«

»Ich bin Paul Gilligan, für mich ist ein Zimmer reserviert«, sagte Paul. Er hielt es für einen klugen Schachzug von Vic, ihn unter seinem richtigen Namen reisen zu lassen. Keinen unnötigen Verdacht erregen, hieß die Devise.

Der Clerk sah in seiner Liste nach, nickte und wandte sich zum Schlüsselbrett um. »Zimmer 437 im vierten Stock«, sagte er. »Hier ist auch eine Nachricht für Sie, Sir.«

Er nahm einen Briefumschlag mit dem Aufdruck des Hotels aus dem Schlüsselfach und schob ihn zusammen mit dem Zimmerschlüssel über den Tisch.

Als sich die Lifttür hinter Paul Gilligan schloss, verloren die drei Männer hinten in der Halle das Interesse an der Bauzeichnung.

Einer von ihnen stand auf und ging zu den Kabinen mit den Münztelefonen hinüber, um eine Nummer in Manhattan anzurufen.

In seinem Zimmer warf Paul die Reisetasche auf das breite Bett und öffnete zuerst den Umschlag. *Termin verschoben auf 5 pm. Erwarten Sie meinen Anruf. F. Ende der Mitteilung, aufgenommen 2.36 Uhr, Dilworth, Telefonzentrale.* Das F stand für Sid Ferrucci.

Paul sah auf die Uhr. Es war kurz vor halb vier. Er war nicht beunruhigt, aber er fragte sich doch, was die Terminverschiebung zu bedeuten hatte. Die Übergabe der Ladung war ursprünglich für neun Uhr abends vorgesehen gewesen. Jetzt sollte sie eben schon um fünf stattfinden. Vic Colasanto und seine Partner in New York City würden ihre Gründe haben, und ihm, Paul Gilligan, sollte es recht sein, die Verantwortung loszuwerden.

Er zerriss den Zettel in winzige Schnipsel, warf sie ins WC und kehrte ins Zimmer zurück. Er zog sein Walkie-Talkie aus der Reisetasche und trat ans Fenster. Wenn er sich vorbeugte, konnte er auf das Dach des Dodge Van sehen. Er schaltete das Funkgerät ein und drückte die Ruftaste.

Sofort schepperte Bob Lintons Stimme aus dem Lautsprecher.

»Mann, hast du mich erschreckt!«

»Der Termin ist vorgezogen«, sagte Paul. »Um fünf geht's los. Ich muss auf einen Anruf warten, deshalb hältst du bis dahin die Stellung da unten.«

Bob protestierte sofort. »Das sind ja noch mehr als eineinhalb Stunden!«

»Und wenn es drei Tage sind!«, sagte Paul scharf. »Halt den Kopf unten, aber sperr Augen und Ohren auf!«

Paul stellte das Walkie-Talkie auf den Nachttisch und streckte sich auf dem Bett aus. Er dachte an Andrea, die am Abend herkommen würde, und sein Magen zog sich für einen Moment zusammen. Es könnte so verdammt schön sein, eine Frau wie sie in den Armen zu halten – wenn sie nicht die Tochter des Don und längst einem anderen Mann versprochen wäre.

»Dad, Dad!« Andrea beugte sich weit über den Tisch. Der Aufseher sah missbilligend herüber, griff aber nicht ein. »Du musst etwas tun, Dad! Nur du kannst verhindern, dass Vic …«

Joe Orlando klopfte kurz und hart auf den Tisch, und sie verstummte. Andrea sah ihren Vater an. Sein Gesicht kam ihr heute schlaff vor, den sonst so harten Augen fehlte der Glanz.

»Ich kann nichts tun, Andrea, tut mir Leid …«

»Du kannst ein Gespräch mit Manzetti verlangen. Dazu hast du das Recht! Er muss herkommen, und er …«

»Du verstehst mich nicht.« Für einen Moment kehrte der alte harte Glanz in die Augen des Don zurück. »Vic ist mein Nachfolger. Und du wirst allen zeigen, dass er auch das Oberhaupt der Familie ist.«

»Dad, heißt das, du willst nichts tun? Du billigst es, wenn Vic Paul um…« Dass Vic Paul umbringt, hatte sie sagen wollen, aber wieder unterbrach er sie mit einem harten Pochen seines Fingerknöchels.

»Ein Mann tut, was er tun muss«, sagte Joe Orlando. »Und wir, wir alle, haben Pflichten der Familie gegenüber.«

Andrea sah ihren Vater fassungslos an. »Mein Gott,

in welcher Zeit lebst du? Du bist kein König, Dad!«

»Aber du, du hast natürliche Rechte und Pflichten, weil du meine Tochter bist. Wie eine Prinzessin. Denk immer daran, was du versprochen hast. Und vergiss nie, wer du bist.«

Andrea schüttelte unmerklich den Kopf. Nein, das würde sie nie vergessen. Sie hatte nicht nur das heiße, unruhige Blut ihrer Mutter geerbt, sondern auch den Durchsetzungswillen und das aufbrausende, zerstörerische Temperament ihres Vaters.

Doch ihr Vater war nicht mehr der Alte. Er war schon dabei, den Kontakt zur Wirklichkeit zu verlieren. Sein Machtanspruch war nur noch eine Fassade. Sie bröckelte bereits und würde bald in sich zusammenstürzen.

Andrea musste ihre Tränen zurückhalten, als sie auf den Lincoln zuging. Sie war wie ihr Vater, und sie hatte ihren Entschluss längst gefasst. Sie würde tun, was sie für richtig hielt. Damit beanspruchte sie nur dasselbe Recht wie die Männer, nicht mehr, nicht weniger.

Gene Nydick sprang aus dem Wagen und hielt die hintere Tür für sie auf.

Andrea blieb kurz neben ihm stehen.

»Ich will vorne sitzen«, sagte sie.

Gene drehte sich um und riss die Beifahrertür auf.

»Warte auf mein Zeichen«, sagte Andrea leise zu Gene. »Sowie er telefoniert hat …«

Gene sah sie groß an, dann schien er zu begreifen, und ein Lächeln huschte über sein Gesicht.

»Wie geht es dem Don?«, erkundigte sich Russo, als sie einstieg.

»Gut, Jim, wie immer. Er lässt euch grüßen.« Sie wandte sich zu Bruce Jauncey um, den Vic ihr als Wachhund mitgegeben hatte. »Müssen Sie nicht telefonieren, Jauncey?«, fragte sie.

Jauncey lächelte unsicher. »Das hat doch Zeit, Miss Orlando«, antwortete er höflich.

»Tun Sie's jetzt«, befahl Andrea schroff. »Ich mag das Gerede nicht während der Fahrt.«

»Ja, natürlich, Miss Orlando.«

Jim Russo öffnete die Klappe über der Mittelkonsole, in der sich das Telefon befand. Er tippte die Nummer ein, unter der Vic Colasanto zu erreichen war, und gab Jauncey den Hörer.

Der Lincoln stand in der Mitte des großen Besucherparkplatzes, umgeben und gedeckt von anderen Fahrzeugen. Die Wachen auf den Ecktürmen über der hohen Mauer interessierten sich nicht für das, was auf der Außenseite vor sich ging.

»Hallo, Vic«, sagte Jauncey in den Hörer. »Ja, wir fahren jetzt weiter – ja, ich verstehe. Einen Moment.« Er hielt Andrea den Hörer hin. »Er möchte Sie sprechen, Miss Orlando.«

Andrea presste den Hörer an ihr Ohr. »Ja, Vic?«

»Das war aber ein kurzer Besuch, Andrea«, sagte Vic Colasanto.

»Lang genug für das, was ich wollte«, sagte sie schroff. »Sag, was du willst ...«

»Ich erwarte einen anderen Ton von dir, Andrea«, sagte Vic. »Besonders, wenn jemand zuhört.«

Die Fassade war wichtig, nur die Fassade, dachte Andrea bitter. Ihr Vater war genauso.

»Ich fliege in einer halben Stunde«, fuhr Vic fort. »Ich weiß noch nicht, wie lange ich für die Besprechungen mit Spelta und Odetto brauchen werde, aber der Abend gehört uns. Ich hole dich um neun ab, warte in deinem Zimmer auf mich.«

Mario Spelta und Frank Odetto waren renommierte Finanzmakler, die der Orlando-Familie seit vielen Jahren bei Geldwaschaktionen behilflich waren.

»Was immer du mit Paul vorhast, Vic, vergiss es.«

»Paul?«

»Ich weiß Bescheid, Vic. Wenn ihm etwas zustößt, bist du erledigt.«

»Gib mir Jauncey«, befahl Vic.

Andrea lächelte, als sie den Hörer auflegte und den Stecker abzog, der das Autotelefon mit der Batterie verband.

Jim Russo startete den Motor. Er bemerkte nicht Jaunceys verwirrten Gesichtsausdruck.

»Und jetzt nach Manhattan«, sagte Russo munter.

Andrea legte ihre Hand auf Russos Arm und drückte ihn kurz. Russo fuhr noch nicht an.

»Wir fahren nicht nach Manhattan«, sagte Andrea.

Jauncey richtete sich steil auf. Andrea begegnete Gene Nydicks Augen im Rückspiegel, und sie nickte ihm zu.

Jaunceys Hand fuhr an den Griff seines Revolvers.

»He, stopp, einen Moment! Ich …«

Gene Nydicks Faust wühlte sich in Jaunceys Bauch und trieb ihm die Luft aus dem Körper. Jauncey brachte den Revolver noch heraus, aber Nydick warf sich auf ihn und stieß seine Hand unters Wagendach. Jim Russo langte nach hinten und hielt die Hand fest. Jauncey riss sein Knie hoch und rammte es in Gene Nydicks Seite.

Aber Nydick war zäh. Er stöhnte nur unterdrückt, und als Jaunceys Knie ein zweites Mal kam, drehte er sich halb herum und packte zu.

Er erwischte Jauncey am Unterschenkel, und mit einer einzigen gemeinen Bewegung drehte er das Bein des anderen nach außen. Jauncey schrie gellend auf und ließ sich nach hinten fallen. Jim Russo brachte den Revolver an sich, dann sah er Andrea an.

»Und jetzt, Miss Orlando?«, fragte er. Nur ein verwundertes Zucken seiner Augenbrauen verriet, dass er sich keinen Reim darauf machen konnte, was vorging.

»Fesselt ihn und packt ihn in den Kofferraum, der ist groß genug.«

»Das könnt ihr doch nicht machen!«, stöhnte Jauncey. »Jim, Gene …«

»Er wird Lärm machen«, gab Russo zu bedenken.

»Das wird er nicht«, sagte Andrea, »weil er weiß, dass du ihn dann umbringst.«

Russo nickte. Das war ein Job nach seinem Geschmack. Gemeinsam mit Nydick fesselte er Bruce Jauncey und beförderte ihn dann nach draußen. Jaunceys Gesicht war verzerrt, er hatte Angst.

»Jim, Gene! Wenn euch einer hinten reinfährt ...«

»Das Leben hält überall Risiken bereit«, sagte Russo ungerührt. Er öffnete die Kofferraumklappe. »Na los, steig ein.«

»Er liegt dort gar nicht mal so schlecht«, sagte Russo, als er sich wieder hinters Steuer setzte. »Der Boden ist mit Teppich ausgekleidet, und 'ne Decke liegt auch drin.«

»Wir fahren nach Hoboken«, sagte Andrea. »Fahr los, Jim, fahr!«, drängte sie. Sie hatte Angst, doch noch zu spät zu kommen, jetzt, wo sie Vic den Kampf angesagt hatte.

Jim Russo drehte auf, als er am Messegelände vorbei war und den Zubringer zum Highway erreichte.

»Ich werde dafür einstehen, dass ihr keine Schwierigkeiten bekommt«, sagte Andrea.

Jim Russo lächelte knapp. »Machen Sie sich keine Gedanken, Miss Orlando, wir haben lange genug 'ne ruhige Kugel geschoben.«

»Das ist wahr«, sagte Gene Nydick.

Es war das erste Mal, dass Gene Nydick den Mund aufmachte, seit sie vor sieben Stunden in Atlantic City abgefahren waren.

Ich hatte mich für die Fahrt durch den Lincoln-Tunnel entschieden, dessen Fahrspuren am frühen Nachmittag meistens noch ein schnelles Durchkommen ermöglichen, und mich nicht verrechnet. Doch drüben in Union City hing ich in der Ausfahrspur fest. Ich fluchte.

Phil deutete nach unten, wo die Spur in die Willow Park Avenue mündete. »Ein Unfall«, sagte er.

Ich sah es auch. Ein Laster war auf das Ende der Wagenreihe vor der Einmündung aufgefahren und hatte vier, fünf Personenwagen ineinander geschoben. Zwei Hubschrauber kreisten bereits über der Unfallstelle. Von Union City her näherte sich Sirenengeheul.

Ich sah aus dem Heckfenster meines Jaguar. Hinter mir bogen andere Fahrzeuge in die Union-City-Ausfahrt ein, der Rückstau baute sich schnell auf. Wenn ich jetzt nicht sofort schaltete, hingen wir hier bis zum späten Abend fest.

Ich klatschte die rote Lampe mit dem Magnetfuß aufs Dach, ließ ein paar Mal die Sirene aufheulen und legte den Rückwärtsgang ein. Über den Randstreifen schlängelte ich mich zurück auf die Schnellstraße. »Nimm die westliche Umgehung«, schlug Phil vor. »Die kostet uns zwar eine Stunde, aber um diese Zeit durch Union City …«

Das Ruflicht am Funkgerät begann zu flackern. Phil griff zum Mikrofon und meldete sich. »Ein paar Neuigkeiten, Freunde, die euch interessieren dürften«, sagte George Baker. »Unsere Kollegen in Atlantic City sind voll in Aktion, Phil. Die Firma Mavis Paintings ist sauber, da schwören sie Stein und Bein, sie kennen nämlich ihre Kunden – behaupten sie. Sie versuchen jetzt festzustellen, wo sich der Lieferwagen zur Zeit befindet. Mit der gebotenen Vorsicht, versteht sich.«

»Okay …«

»Die Kollegen melden, dass der Privatjet des Orlando-Clans startklar gemacht wird. Der Pilot hat für vier Uhr einen Flug nach Newark angemeldet.«

»Colasanto kommt nach New York!«, sagte ich laut. Ich erwischte endlich eine freie Spur und rammte den Fuß aufs Gaspedal. »Ich will, dass er beschattet wird! Er darf keinen unbeobachteten Schritt machen, von dem Moment an, wenn er die Maschine verlässt!«

Da lief ein Deal, ich wusste es. Ferrucci war bereits in Manhattan, und Colasanto stand im Begriff, ihm zu folgen.

»Hast du verstanden?«, vergewisserte sich Phil.

»Jerry war ja laut genug«, bestätigte George.

»Sonst noch was?«, fragte Phil.

»Ja, aber Augenblick, der Chef will euch erst sprechen.«

»Phil? Wo sind Sie jetzt?«, fragte John D. High.

»Nördlich von Union City. Wir wollen uns das Treadway ansehen. Wir schaffen es noch so gerade bis fünf Uhr.«

»Lassen Sie sich nicht in Zeitdruck bringen«, warnte der Chef. »Das Motel kann auch von einem anderen Team überwacht werden.«

»Ein anderes Team schafft es nicht bis fünf«, gab Phil zu bedenken. »Und vor allen Dingen – worauf sollte es achten?«

Das wissen wir selber nicht so genau, dachte ich.

»Seien Sie vorsichtig, Phil. Ich habe kein gutes Gefühl. Was George Ihnen noch mitteilen wollte – Ferrucci hat eben ein Gebäude an der West 55th betreten.«

»Vargo?«, fragte Phil.

»Genau. Die Geschäftsräume der TV & Film Advertising Service …«

Jeffrey Vargo führte seinen Besucher über einen langen, hell erleuchteten Flur. Ferruccis kleine Augen fixierten ein schlankes Mannequin, das ihnen entgegenkam. Das Mädchen trug einen durchsichtigen Hauch von einer Bluse und einen schwingenden Rock, dessen leichter Stoff sich beim Gehen eng um die Schenkel legte. Mannequins sind nicht prüde, aber dieses hob unwillkürlich die Hände vor die Brüste, als sie den kalten Blick des Mannes direkt auf ihrer Haut zu spüren glaubte.

Vargo öffnete die Tür zu seinem Privatbüro. Er ließ Ferrucci vorgehen, trat dann selbst ein und drückte die Tür hinter sich ins Schloss. Er lächelte, als er Ferrucci endlich die Hand gab.

»Schön, dich wiederzusehen, Sid«, sagte er.

Ferrucci nickte. »Wie läuft es, Jeff?«

Vargo sah auf die Uhr an seinem Handgelenk. Es war eine goldene Schweizer Uhr, die er von einem New Yorker Juwelier mit Brillanten im Wert von fünfzigtausend Dollar hatte besetzen lassen.

»Euer Mann hat das Motel vor genau vierundzwanzig Minuten betreten«, sagte er. »Ich kann mir zwar nicht vorstellen, was ihr da für ein Ding abkocht, aber was es auch immer ist, es läuft alles nach Plan. Ich habe drei Mann in der Lobby sitzen und noch zwei in verschiedenen Zimmern. Wie Vic es verlangt hat.«

Ferrucci setzte sich in einen der tiefen Sessel und betrachtete die überdimensionalen Plakate, die die besten Arbeiten aus Jeff Vargos Atelier darstellten. Ferrucci konnte Vargos Qualitäten als Werbemann nicht beurteilen, er wusste aber, dass Vargo so gut war, dass er die Hilfe der Gianetti–Familie nicht nötig gehabt hätte. Jetzt saß er in der Falle und war an Aldo Gianetti gekettet, auf Gedeih und Verderb.

Jeff Vargo war erst Anfang dreißig. Er war ein schlanker Mann mit dichten schwarzen Haaren und einem gut geschnittenen Gesicht. Er trug eine gelbe Seidenbluse und hautenge schwarze Hosen, dazu Stiefel aus weichem Leder. In seinem rechten Ohrläppchen glitzerte ein Brillant.

»Dass du immer wie ein verdammter Schwuler rumlaufen musst«, sagte Ferrucci und schüttelte den Kopf.

Vargo war nicht beleidigt. Er strich über seinen Brustkorb und die Hüften. »Das ist nun mal die Uniform, die du heutzutage brauchst, wenn du irgendwo reinkommen willst. Natürlich, bei McDonalds und in Bernie's Bar lassen sie auch Typen wie dich rein«, spottete Vargo.

Ferrucci kniff die nackten Lider zusammen, als er sich eine Zigarette anzündete. Vargo lächelte.

»Mit dem Zeug ruinierst du deine Gesundheit«, sagte er. »Warum nimmst du keinen Joint?«

»Weil ich meinen Verstand brauche«, antwortete Ferrucci brüsk.

»Du bist nervös«, stellte Vargo fest. »Was passiert, wenn was schief geht?«

Ferrucci runzelte die Stirn. »Es geht nichts schief«, sagte er ungehalten.

Das Telefon auf Vargos gläsernem Schreibtisch summte eine Melodie. Vargo nahm den Hörer ab und meldete sich.

»Oh, hallo, Vic! Ja, wir sitzen gerade beieinander und tauschen Bosheiten aus.« Vargo gab den Hörer an Ferrucci weiter.

Vic Colasanto kam sofort zur Sache. »Ich bin hier am Flughafen, Sid. Du hast alles im Griff?« Das war weniger eine Frage, mehr eine Feststellung.

»Alles okay, Vic.«

»Diese kleine Ratte soll endlich verrecken! Und Cotton – ich will ihn im Dreck sehen, verstehst du, Sid?« Vic zögerte. »Hör zu«, fuhr er dann umständlich fort. »Es ... geht um Andrea. Ich weiß nicht, was sie vorhat ...«

»Ich denke, Bruce Jauncey ist mitgefahren?«, sagte Ferrucci vorsichtig.

»Ich kann ihn nicht erreichen. Wahrscheinlich ist nur das Autotelefon mal wieder defekt. Aber falls sie irgendwo auftaucht – pass auf sie auf, Sid, ja?«

Ferrucci fluchte lautlos. Was hatte das nun wieder zu bedeuten? Er wagte es nicht rückzufragen. Er wusste, wie empfindlich Vic reagieren konnte, wenn jemand ein falsches Wort über Andrea oder ihr Verhältnis zu Vic fallen ließ. Verdammt, da hatte er einen Schwarzen Peter und wusste nicht, wie er ihn wieder loswerden konnte. Was sollte er sich darunter vorstellen, wenn Vic sagte, er solle aufpassen, wenn Andrea irgendwo auftauchte? Wo konnte sie denn aufkreuzen? Doch nur in Hoboken. Jeder wusste von der Affenliebe der kleinen Prinzessin zu Paul Gilligan. Deshalb sollte Gilligan ja endlich …

»Ich melde mich wieder, wenn ich in Newark ankomme«, sagte Colasanto. Er hatte sich gefangen. In seiner Stimme lag wieder die gewohnte Schärfe. »Bis dahin ist wahrscheinlich alles vorbei.«

Ferrucci legte auf. Er spürte Vargos Blick, aber er sah keinen Anlass, ihm mehr als unbedingt notwendig zu erklären. Vargo war Gianettis Mann, und er tat nichts ohne Gianettis Einwilligung. Ferrucci wusste nicht, was Colasanto Gianetti erzählt hatte, um sich die Hilfe des New Yorker Mafia-Bosses zu sichern, bestimmt aber nicht die Wahrheit.

Ferrucci deutete auf das Telefon. »Ruf deine Leute im Treadway an. Einer soll sich vorne an der Straße aufbauen, die zum Motel führt. Sag ihm, er soll sofort anrufen, wenn ein roter Jaguar dort aufkreuzt.«

»Ein roter Jaguar? Wer fährt denn so einen Schlitten? Den müsste ich doch kennen!«

»Er heißt Jerry Cotton …«

»Der G-man?«

»… und wird eine böse Überraschung erleben.«

Paul Gilligan schreckte auf, als das Telefon neben ihm zu summen begann. Er brauchte einen Augenblick, um sich zurechtzufinden. Regen rann über die Scheiben des einzigen Fensters. Graue Schatten schienen in den Zimmerecken zu kauern wie Gestalten aus einem Albtraum.

Er sah auf die Uhr, und sein Herzschlag beschleunigte sich. Es war gleich fünf. Hatte er geschlafen? Er riss den Hörer an sein Ohr.

»Ja?«

»Hör jetzt genau zu, und keine Namen!«

Paul erkannte Ferruccis Stimme. »Klar«, sagte er. Er war jetzt hellwach.

»Hast du deine Schnauze nicht halten können?«, fragte Ferrucci.

Paul richtete sich steil auf und stellte seine Füße auf den Boden. Er spürte, wie ihm alles Blut aus dem Kopf lief. Sein Herz pumpte hart gegen die Rippen, und eine Hand schien ihm die Kehle zuzuschnüren.

»Sid, was denkst du von mir?«, würgte er heiser.

»Keine Namen!«

»Ich habe niemandem ...«

»Schnauze, darüber reden wir später.«

»Was ist denn los?« Das Gefühl der Panik drohte Paul zu überwältigen.

»Ein paar Geier haben Wind von deiner Ladung bekommen, das ist los. Ich schicke Verstärkung. Aber ich hoffe, dass es nicht zu spät ist. Das hoffe ich in deinem Interesse!«

»Was soll ich denn tun?« Paul presste die Knie zusammen, um das Zittern zu unterdrücken. Es durfte einfach nichts schief gehen, dachte er verzweifelt, es wäre nicht gerecht.

»Du musst die Ware abliefern, um jeden Preis!«

»Ja, ja!«

»Ich sage dir jetzt, wo du sie hinbringen musst. Die Straße führt am Motel vorbei zum Fluss. Unten vor dem alten Pier biegst du links ab. Ungefähr eine halbe Meile in nördlicher Richtung liegt auf der linken Seite eine neue Lagerhalle. Du kannst sie gar nicht verfehlen. Die Seite des Gebäudes ist bunt angestrichen. An der Straße steht ein großes Schild. Gordon Bannerman, Industrieanstriche ...«

»Derselbe Name wie auf den Lieferpapieren?«, fragte Paul.

»Genau. Frag nach Bannerman.«

»Ja, ja. Ich fahre sofort los ...«

»Warte!«, sagte Ferrucci scharf. »Achte auf einen roten Jaguar.«

»Sind das die Typen?«

»Das sind sie«, bestätigte Ferrucci. »Die sind knallhart. Wenn sie dich erwischen, bist du erledigt!«

Paul stand auf. Er kämpfte das Zittern seiner Knie nieder. Mit dem Telefonapparat in der Hand trat er ans Fenster.

Das über die Scheibe rinnende Wasser ließ die Konturen draußen verschwimmen. Paul stieß einen erleichterten Seufzer aus, als er das helle Blechdach des Dodge unter sich sah.

Der strömende Regen zog einen grauen Schleier über den Parkplatz des Motels. Die Reihen zwischen diesem und der Straße waren jetzt besetzt. Das Neonlicht mit dem Namen des Motels flackerte turmhoch über der Einfahrt und färbte den Regenvorhang blutrot. Unter der Einfahrt hatte sich eine riesige Pfütze gebildet. Paul starrte in den dichten Schleier, und dann kniff er die Lider zusammen.

Wie ein Phantom schälte sich der flache Umriss eines Wagens aus dem Dunst, grau noch, weil der Regen die Farben veränderte, aber im Näherkommen nahm er eine blassrote Färbung an, die allmählich kräftiger wurde.

Pauls Herz krampfte sich schmerzhaft zusammen, sein Atem rasselte laut in den Hörer.

»Was ist los?«, fragte Ferrucci. Seine Stimme schnitt wie ein Messer in Paul Gilligans Hirn.

»Der rote Jaguar ...«

Wie eine Katze glitt der Wagen näher heran, beschrieb eine weite Kurve und rollte langsam in die Pfütze. Die Räder versanken bis über die Radkappen im Wasser, das im Widerschein der Leuchtreklame wie frisches Blut aussah. Die vordere Stoßstange schob eine fußhohe Bugwelle vor dem Wagen her.

»Der rote Jaguar? Du darfst die Ware nicht verlieren! Unter keinen Umständen!«

Ferruccis Stimme hämmerte die Worte förmlich in Pauls Ohren.

»Nein, nein, du kannst dich auf mich verlassen!«

»Du weißt, was du zu tun hast. Viel Glück!«

Paul warf den Telefonapparat einfach auf den Boden und hechtete zum Bett. Er riss das Walkie-Talkie vom Nachttisch und drückte die Sprechtaste.

»Bob! Lass um Himmels willen den Kopf unten! Steckt der Zündschlüssel?«

»Was ist denn los?«, klirrte Bobs Stimme aus dem Gerätelautsprecher.

»Stell jetzt keine Fragen und hör zu, hör einmal nur zu!«, schrie Paul mit überschnappender Stimme. »Ich komme jetzt runter. Nimm die Flinte und halt dich bereit. Es wird heiß werden!« Verdammt heiß, dachte Paul.

Ich kam mir vor wie in einem U-Boot, das in einem unwirklichen roten Meer schwamm. Treadway Inn. Das zuckende Licht wurde vom Regen über die Windschutzscheibe verteilt und in die Pfütze gespült, die schon die Ausmaße eines Tümpels angenommen hatte. Die Scheibenwischer kamen kaum gegen die Flut an, die vom Himmel herabströmte. Wasser gluckerte unter dem Wagenboden, als der Jaguar aus der Pfütze kroch. Längst hatte ich die Sirene wieder abgestellt und das Dachlicht hereingeholt.

Phil saß gespannt auf seinem Sitz und spähte nach draußen. Ich fuhr außen um die Reihen geparkter Autos herum.

»Das könnte er sein«, sagte Phil plötzlich. Er deutete

auf einen hellen Lieferwagen mit geschlossenem Kasten, der neben dem Eingang des Motels stand.

Ich rangierte den Jaguar in eine freie Parktasche und drehte die Seitenscheibe herab. jetzt konnte ich die Schrift auf der Flanke des Wagens erkennen. *Mavis Paintings, 354 Little Bay Street, Atlantic City, N.J.*

Phil hielt bereits das Mikrofon. »Wir haben den Dodge«, meldete er. »Er steht auf dem Parkplatz des Treadway.«

»Verstanden«, bestätigte George.

»Mehr hast du nicht dazu zu sagen?«, fragte Phil. »Es ist fünf Uhr am Nachmittag, der Mavis-Wagen steht auf dem Parkplatz des Treadway, wie es auf Ferruccis Zettel stand, und du sagst nur verstanden.«

»Ihr müsst die Lage vor Ort beurteilen«, gab George nüchtern zurück. »Ich rufe den Chef an.«

Phil hakte das Mikrofon ab. Ich starrte zu dem Wagen hinüber. Die Sicht war miserabel. Im überdachten Moteleingang konnte ich zwei oder drei Gestalten erkennen. Ein Wagen rollte unter dem Vordach aus, zwei Männer stiegen aus und schleppten Koffer ins Motel.

Phil angelte sein Walkie-Talkie vom Rücksitz. »Einer muss sich opfern«, sagte er. »Ich sehe mich mal in der Lobby um.«

Phil stieß die Wagentür auf und sprang hinaus. Ich zog die Tür wieder heran.

Phil rannte zwischen den geparkten Wagen hindurch. Bevor er das Motel erreichte, verließ ein Mann das schützende Vordach und rannte mit hochgezogenem Jackenkragen auf den Dodge zu.

Das Funkgerät knackte, dann drang die Stimme des New Yorker FBI-Chefs aus dem Bordlautsprecher.

»Jerry, wir müssen erst rausfinden, was mit dem Wagen los ist«, sagte John D. High. »Wir müssen damit rechnen, dass Ferrucci uns den Zettel zugespielt hat, um uns abzulenken.«

Keiner von uns konnte in diesem Moment ahnen, wie nah der Chef mit seiner Vermutung an die Wahrheit herankam.

Der Regenvorhang schien noch dichter zu werden, was an der jetzt schnell zunehmenden Dunkelheit lag. Der Mann mit dem hochgezogenen Jackenkragen verschmolz mit dem hellen Lieferwagen aus Atlantic City.

»George Baker kümmert sich um Ihre Ablösung«, sagte John D. High jetzt.

Ich drehte den Zündschlüssel herum. »Ein Mann steigt in den Wagen«, sagte ich. Ich setzte den Jaguar zurück und wirbelte das Lenkrad herum. Hoffentlich hat Phil den Mann auch gesehen, dachte ich.

»Bleiben Sie ihm auf den Fersen, Jerry«, sagte mein Chef. »Aber keine Aktionen, es sei denn, es ist Gefahr im Anzug.«

Mit gelöschten Scheinwerfern rollte ich an der Reihe der geparkten Fahrzeuge entlang. Der Dodge fuhr an, seine Scheinwerfer flammten auf. Mit mäßiger Geschwindigkeit hielt er auf die Ausfahrt zu.

Phil stand unter dem Vordach. Ich stoppte kurz, und er sprang auf den Beifahrersitz. Regen rann aus seinen Haaren.

»Es ist Paul Gilligan«, sagte er.

Wie ein Dia erschien sein junges Gesicht mit dem schwarzen Lockenhaar vor meinen Augen, wurde verdrängt von einem anderen Gesicht. Andrea Orlando, die sich an den jungen Burschen klammerte und mich voller Hass anstarrte.

Auch gegen Paul Gilligan war damals keine Anklage erhoben worden, obwohl jedem klar gewesen war, dass er sich nicht zur Erholung am Lake Pocono aufgehalten hatte.

»War er allein?«, fragte ich.

»Ich habe niemanden sonst gesehen«, antwortete Phil.

Der Dodge Van rollte gut dreißig Yards vor uns her.

Er hatte die Ausfahrt und die große Pfütze noch nicht erreicht.

Plötzlich flammten die Bremslichter auf, und die rechte Tür flog auf. Ich nahm den Fuß vom Gas.

»Es war schon einer drin!«, sagte Phil überrascht.

Ein Mann sprang vom Fahrersitz. Gegen den rotschimmernden Hintergrund erkannte ich den Umriss einer plumpen Waffe in der Hand der Gestalt, die jetzt herumwirbelte.

»Jerry, pass auf!«, brüllte Phil. Er riss seinen Revolver heraus und warf sich gegen die Tür.

Ich rammte den Fuß auf die Bremse, klinkte die Tür auf meiner Seite auf und wollte mich hinausfallen lassen, aber da blitzte es auch schon rot in der Gewehrmündung neben dem Dodge auf, und zusammen mit dem dumpfen Wummern des Schusses prasselte das Blei vorne in meinen Jaguar.

O nein, dachte ich, nicht schon wieder. Erst vor vier oder fünf Wochen hatte ich ein gutes halbes Dutzend Kugellöcher zuschweißen und den durchlöcherten Kühler auswechseln lassen, von der Neulackierung ganz zu schweigen.

Der zweite Schuss lag etwas höher und hackte Löcher in den rechten Kotflügel und die rechte Tür, die Phil eben aufgestoßen hatte, um sich hinausrollen zu lassen.

Hart landete ich auf dem nassen Asphalt. Der Smith & Wesson lag in meiner Faust. Ich rollte vom Wagen weg, doch zum Schuss kam ich nicht mehr.

Die Tür des Dodge knallte zu. Gleichzeitig heulte der Motor auf, als der Fahrer aufs Gas trat. Die durchdrehenden Räder schleuderten Wasserkaskaden und Steinsplitter über den Jaguar. Dann packten die Reifen und trieben den großen Lieferwagen in die Pfütze.

Ich sprang auf und hechtete in meinen Schlitten. Mein Jackett hing nass wie ein Wischlappen über meinem ebenfalls nassen Hemd.

Phil landete neben mir und zog die Tür ran, während ich den Gang einlegte und vorsichtig Gas gab.

»Bist du in Ordnung?«, erkundigte ich mich.

»Kümmere dich um die Bastarde da vorne«, knurrte Phil.

Der Jaguar blieb in der Spur, das Lenkrad lag ruhig in meiner Hand. Die Reifen hatten der Attacke also standgehalten. Beherzt senkte ich den Fuß tiefer aufs Gaspedal.

Der Dodge rauschte durch die riesige Pfütze. Dank seiner Bodenfreiheit kam er glatt durch.

Der Jaguar dagegen schien gegen eine Gummiwand zu fahren, als sich die Welle vor dem Vorderwagen aufbaute und der Boden aufschwamm. Ich fluchte und nahm den Fuß vom Gas, bis die Reifen wieder den Boden berührten.

Der Dunst vom Dodge leuchtete grellweiß auf, dann kam eine Batterie aufgeblendeter Scheinwerfer direkt aus der Regenwand. Die Scheinwerfer gehörten zu einer großen Limousine, die genau auf den Lieferwagen zuhielt.

Ich presste die Zähne aufeinander. Der Jaguar schob sich quälend langsam durch den Tümpel. Ein Hauch zu viel Gas, und die Räder würden erneut den Bodenkontakt verlieren.

Und die Limousine kam näher.

»He, die gehen auf Kollisionskurs!«, schrie Phil.

Bob Linton schob zwei neue Patronen in das Magazin der automatischen Schrotflinte. Der Lauf und das Schloss fühlten sich heiß an.

»Dem hab ich's gegeben!«, hechelte er aufgeregt.

»Einen Scheißdreck hast du!«, sagte Paul Gilligan mit heiserer Stimme. »Er ist hinter uns …« Seine Augen hingen im Rückspiegel. Deshalb sah er die Lampenreihe nicht, die auf ihn zukam.

Lintons Kopf ruckte hoch. »Pass auf!«, brüllte er. »Die sind besoffen!«

»O verflucht!«, keuchte Paul Gilligan entsetzt.

»Jim, halt ihn auf!«, schrie Andrea. »Das ist Paul, das ist er, ich kenne den Wagen!«

Als Russo zögerte, den Lincoln über die Mitte der schmalen Straße hinaus auf die Gegenfahrbahn zu ziehen, fiel Andrea ihm ins Lenkrad. Die schwere Limousine schlingerte auf den Dodge zu.

Im letzten Moment verriss Paul das Lenkrad. Die Räder rumpelten über den rechten Randstreifen, aber die Straße war nicht breit genug. Es gab ein hässliches Geräusch, als die beiden Wagen längsseits aneinander entlangschrammten. Der Außenspiegel des Lincoln wurde abgerissen, die Endstücke der hinteren Stoßstangen verhakten sich ineinander. Ein harter Ruck ging durch beide Wagen, als die Stoßstange des Dodge aus ihrer Halterung gerissen wurde und dann über die Straße schepperte.

»Hinterher, Jim! Hinterher!«, rief Andrea. »O Jim, ihm darf nichts passieren!«

Jim Russo nickte stumm. Er hatte Mühe, den schweren Wagen unter Kontrolle zu halten. Im Rückspiegel sah er, wie der Dodge auf die Straße zurückkam und dann nach links hinüberzog, wo die Piers lagen.

»Auf dem Motelparkplatz kannst du wenden!«, sagte Gene Nydick.

Jim Russo nickte erneut und spannte die Armmuskeln, als das Scheinwerferlicht über die Pfütze fiel und er den roten Jaguar sah, der wie ein Spielzeugauto im Wasser schwamm.

Ich kniff die Lider zusammen, weil der Fahrer der Limousine es nicht für nötig hielt, seine verdammten Scheinwerfer abzublenden. Ich hatte natürlich gesehen, dass er den Dodge fast von der Straße gefegt hätte, aber dann war der Lieferwagen nach links abgebogen, runter zu den Piers.

Der große Wagen schoss in die Pfütze. Wasser stieg wie eine Wand neben der Limousine auf und klatschte dann auf den Jaguar herab.

Phil sah sich um. »Die wenden«, sagte er. »Hast du eine Ahnung, was hier los ist?«

Ich hatte jetzt andere Probleme, als mir über das Gesehene den Kopf zu zerbrechen. Ich wusste nur eins – die Lage hatte sich geändert. Jetzt ging es nicht mehr um eine verdeckte Beobachtung, jetzt ging es nur noch darum, den Wagen mit seinen schießwütigen Insassen zu stellen.

Endlich lag das Gewicht meines Renners wieder fest auf dem Boden, die Reifen griffen, als ich beschleunigte. Ich hoffte, dass das Kühlsystem noch eine Zeitlang in der Lage war, die empfindliche Maschine auf der richtigen Betriebstemperatur zu halten. Die Nadel des Thermometers zeigte noch keinen beunruhigenden Wert an.

Ich riss den Jaguar in die enge Kurve. Ich wusste, dass irgendwo da unten am Ende der Straße ein Pier lag, sehen konnte ich ihn nicht, genauso wenig wie den Fluss. Aber ich sah die Rückleuchten des Dodge auf der abschüssigen Straße.

»Sie sind verdammt schnell«, sagte Phil.

Der Jaguar zog an. Die Rückleuchten kamen schnell näher. Die Bremslichter flackerten hektisch, der Lieferwagen brach hinten kurz aus, doch der Fahrer bekam den Wagen wieder unter Kontrolle.

Meine Augen zuckten zum Rückspiegel, als es darin aufblitzte. Die Limousine folgte uns tatsächlich.

Der Dodge zog jetzt nach links. Eine hohe Bogenlampe funzelte schwach über der Einmündung in die Uferstraße, die parallel zum Fluss verlief. Der Dodge brach erneut aus. Er schlitterte quer auf die Uferstraße, trieb über die Straße auf den hohen Zaun zu, der den Zugang zu dem baufälligen Pier versperrte.

»Sie schaffen es nicht«, sagte Phil.

Er hatte Recht. Dieses Mal brachte Gilligan den Dodge nicht mehr unter Kontrolle. Der Wagen krachte seitlich in den Zaun.

Die Pfosten knickten wie Streichhölzer, der verrostete Maschendraht riss. Der Lieferwagen wurde herumgeschleudert und kam endlich zum Stehen. Seine Scheinwerfer stachen in den Regenvorhang, ohne die Schwärze zu durchdringen. Hinter dem Vorhang lag ein Hafenbecken oder der Pier, was es auch immer war, es war unseren Blicken und auch denen des Fahrers entzogen.

Ich hielt auf das Loch im Zaun zu, tippte dabei auf die Bremse. Hinter mir rauschte die große Limousine heran.

Wieder sprang der Beifahrer aus dem Dodge, wieder hielt er die Schrotflinte in den Händen. Doch dieses Mal konnte er uns nicht überraschen. Ich trat das Gas durch. Der Jaguar sprang durch die Lücke im Zaun. Der Regen, silbrige Schnüre im Licht meiner Scheinwerfer, erfasste im Näherkommen den Umriss des Schützen, der jetzt die Flinte hochriss.

»Festhalten!«, sagte ich.

Ich wirbelte das Lenkrad herum, trat kurz und hart auf die Bremse und senkte den Fuß erneut auf das Gas.

Der Gangster kam nicht mehr zum Schuss. Er wollte sich herumwerfen und vor der heranstürmenden Masse in Sicherheit bringen, doch es war zu spät. Das Heck des Jaguars brach aus. Der Wagen drehte sich um seine Mittelachse, der hintere Kotflügel traf den Gangster und schmetterte ihn zu Boden.

Bevor der Renner endgültig stand, waren Phil und

ich schon draußen. Phil rannte auf den Schützen zu, der sich aufzurichten versuchte und auf dem Boden nach der Flinte herumtastete.

Und ich hetzte mit gezogenem Smith & Wesson hinter dem Dodge her, der mit aufheulender Maschine in die Dunkelheit jagte. Der Fahrer wählte die falsche Richtung. Irgendwo hinter der Wand aus strömenden Regen wartete der Fluss …

Im Rückspiegel hatte Paul Gilligan gesehen, wie Bob Linton vom Heck des herumschleudernden Jaguars getroffen und zu Boden geworfen wurde. Er kämpfte gegen den Schock an und trat das Gas durch. Die Ladung war wichtig, nur die Ladung. Er hatte die Orientierung verloren, nachdem der Dodge durch den Zaun gebrochen war und sich halb herumgedreht hatte. Wie eine schimmernde silbrige Leinwand hingen die Regenschnüre vor dem Wagen.

Unter den Rädern knirschte Schotter, als der Wagen beschleunigte. Die Gestalt, die Paul eben kurz im Rückspiegel gesehen hatte, blieb zurück.

Urplötzlich sackte der Dodge vorne weg, der Wagenboden schrammte über eine Kante, dann krachten die Vorderräder ein paar Fuß tiefer irgendwo auf. Bevor Paul mit dem Brustkorb auf das Lenkrad prallte, sah er im Scheinwerferlicht nassglänzende Holzbohlen. Benommen stemmte er sich zurück. Sein Fuß blieb wie festgenagelt auf dem Gaspedal. Ein Ruck ging durch den Lieferwagen, als auch die Hinterräder hart auf den glitschigen Bohlen des Piers landeten, einige Runden jaulend durchdrehten und dann plötzlich fassten. Der Dodge rumpelte über die morschen Bohlen des gesperrten Piers.

Paul Gilligan wischte sich über die Augen. Die Sicht wurde dadurch nicht besser. Zu spät sah er die gusseiserne Säule eines Pollers, die wie ein kleiner Mann am

Rand des Piers stand. Erschreckt trat er auf die Bremse. Die Reifen fanden auf den regennassen Bohlen keinen Halt. Unaufhaltsam trieb der Wagen auf den Pfosten zu.

Paul war nicht bewusst, dass dort, wo ein Poller war, auch Wasser sein musste. Mit der rechten vorderen Ecke knallte der Lieferwagen gegen den Metallpfosten. Dieser, einst auf dem Pier errichtet, um den Trossen eines Überseefrachters Halt zu geben, hielt dem Anprall mühelos stand.

Paul wurde erneut nach vorn geworfen. Dieses Mal schlug er mit dem Kopf gegen die Windschutzscheibe. Er spürte im Unterbewusstsein, wie der Wagen seitlich wegschlitterte, dann gerieten die rechten Räder über die Kante des Piers. Der Boden setzte auf, und jetzt brachen die Kartonstapel zusammen. Eintausend Pfund rutschten über die schräge Ladefläche gegen die rechte Wand des Kastenaufbaus. Sekundenlang hing der Lieferwagen schwankend auf der Kante, ehe er seitlich abrutschte und hinabstürzte.

Ich rannte nah an der Kante des Piers entlang. Das Wasser links unter mir konnte ich nicht sehen, ich roch nur dieses Gemisch aus Öl und Tang, Teer und vermoderndem Holz.

Ich sah den Dodge gegen den Poller prallen und über die Kante stürzen. Die Scheinwerfer stachen in den Regen, während sich der Wagen im Fallen träge auf die Seite drehte, bevor er zwölf Fuß tiefer aufs Wasser schlug.

Mit pfeifenden Lungen erreichte ich die Stelle, wo der Dodge über die Kante gestürzt war. Schäumend schlug das dunkle Wasser über dem Kastenaufbau zusammen. Der Wagen kam noch einmal hoch wie eine Blechdose, bevor sie volläuft und endgültig untergeht. Dann sprang mit einem Knall eine der Ladetüren auf, Wasser schoss ins Fahrzeuginnere, und der Wagen sackte ab wie ein Stein.

Und immer noch brannten die Scheinwerfer wie zwei Augen, die allmählich kleiner und blasser wurden. Ich starrte auf die Lichttümpel und die hellen Luftblasen. Ich spürte nicht den Regen, der meinen Anzug bis auf die Haut durchnässt hatte, hörte kaum die Schritte und Stimmen hinter mir. Wo blieb der Mann, der den Dodge Van gefahren hatte? War er bei dem Anprall verletzt worden? War er in dem Fahrerhaus eingeschlossen oder eingeklemmt? Kämpfte er jetzt da unten verzweifelt um sein Leben?

Ich riss mir das Jackett von den Schultern und streifte die Schuhe ab, als ich von zwei kleinen harten Fäusten gepackt und geschüttelt wurde.

Ich fuhr herum. In der Dunkelheit konnte ich ihr Gesicht kaum erkennen, aber ich hörte ihre vor Angst schrille Stimme.

»Wo ist er? Was haben Sie mit ihm gemacht?«, schrie Andrea Orlando.

Als sie mich erkannte, verzerrte sich ihr regennasses Gesicht, die Augen schienen von innen heraus zu glühen.

»Sie – schon wieder Sie …« Hass und Angst schnürten ihr die Kehle zu.

Ich versuchte, ihre Hände abzuschütteln, aber sie krallte sich an mir fest wie eine Raubkatze.

»Wenn Sie mich endlich loslassen würden, könnte ich versuchen, ihn da rauszuholen!«, schrie ich.

Ich hatte nicht gesehen, dass Phil und Andrea Orlandos Begleiter herangekommen waren. Phil und Gene Nydick trugen Handscheinwerfer.

Jim Russo umfasste Andrea von hinten an den Schultern und zog sie sanft, aber mit Nachdruck von mir weg. Widerwillig lösten sich ihre Hände von mir.

Ich schleuderte meine Hose auf den Pier und warf Phil das Schulterholster mit dem 38er zu. Ich sah nach unten. Der Regen zerriss die Wasseroberfläche. Die Scheinwerfer glommen immer noch schwach.

»Jerry, du bist verrückt!«, schrie Phil. Er versuchte, mich festzuhalten. »Die Strömung ist unberechenbar!«

Der Lieferwagen war an der Seite des Piers in eins der Hafenbecken gestürzt und nicht vorne in den Fluss. Ich musste mit heimtückischen Wirbeln rechnen.

Ich stieß meinen Freund zurück, pumpte meine Lungen voll Luft und versuchte, nicht an die anderen Gefahren zu denken, die mich dort unten erwarteten – Wrack- und Maschinenteile, Schrott oder Reste von Schiffskränen, die man einfach in den Hafen gekippt hatte, als die Aufbauten der alten Hoboken-Piers vor Jahren abgerissen wurden.

Nach einem letzten Blick auf Andrea Orlando, die sich die Lippen blutig biss, sprang ich mit den Füßen voran vom Pier.

Das Wasser schlug über meinem Kopf zusammen. Es war nicht so kalt, wie ich gedacht hatte. Ein Wirbel drückte mich gegen einen der mit Muscheln bewachsenen Pfähle, auf denen der Pier ruhte. Ich streckte die Arme aus. Meine Hände glitten über dicke Muschelkolonien. Ich war schon ziemlich tief, über zehn Fuß, schätzte ich, aber ich musste noch weiter runter. Hand über Hand schob ich mich an dem Pfahl entlang, immer darauf bedacht, mich langsam zu bewegen, um möglichst wenig Sauerstoff zu verbrauchen. Denn ich wusste, dass ich nur diesen einen Versuch hatte. Und Paul Gilligan hatte vermutlich ohnehin nur eine Chance, wenn sich im Fahrerhaus eine Luftblase gebildet hatte und er noch die Kraft besaß, seinen Kopf dorthin zu bewegen, wo die Luft war.

Ich spürte jetzt deutlich den zunehmenden Druck auf meinen Ohren, während der Abwärtsschwung nachließ. Mein linkes Bein berührte etwas, das wie ein Säbel aus dem Grund des Hafenbeckens ragte. Ich hielt mich daran fest. Es war ein verbogener Eisenträger.

Ich drehte mich um meine Körperachse und öffnete die Augen.

Um mich herum war Dunkelheit, tiefe schwarze Nacht. Die Scheinwerfer hatten endlich ihren Geist aufgegeben.

Der muschelbewachsene Pfahl, an dem ich abwärts geglitten war, befand sich jetzt in meinem Rücken. Der Dodge musste demnach halbrechts von mir auf der Seite liegen. Behutsam stieß ich mich von dem Eisenträger ab.

Ich spürte eine saugende Unterströmung und machte einen kräftigen Schwimmstoß, was zur Folge hatte, dass ich mit dem Kopf gegen etwas Hartes stieß. Im selben Moment berührten meine Hände glattes Blech, strichen über Glas. Irgendwo war eine Kante, ich krallte meine Finger in einen winzigen Spalt und gestattete mir endlich, einen Mundvoll Luft auszustoßen.

Die tastenden Finger meiner freien Hand fanden den Türgriff. Ich stemmte beide Füße gegen den Rahmen der Karosserie und zog mit aller Kraft. Meine Lungen drohten zu bersten.

Nichts geschah.

Ich wusste, dass ich jetzt nur noch wenige Sekunden hatte, bevor ich aufgeben musste. Ich zog mich am Türgriff hinab, legte mich auf die Tür. Mit der freien Hand tastete ich den Umriss der geschlossenen Türscheibe ab. Ich winkelte den Arm an und sammelte meine letzten Kräfte, dann stieß ich den Ellbogen gegen das Glas.

Um ein Haar hätte ich den Mund zu einem Schrei aufgerissen, als der Schmerz durch den Oberarmknochen in die Schulter zuckte. Ob die Scheibe durch den Druck, den das Wasser von außen auf sie ausübte, nach innen zersprang, oder ob es der Druck der komprimierten Luft in der Fahrerkabine war, der das Glas platzen ließ, interessierte mich nicht. Ich schaffte es jetzt, die Tür aufzuziehen, auch wenn mich diese

Anstrengung den letzten Rest Sauerstoff kostete, der sich noch in meinem Blutkreislauf befand.

Wasser gurgelte, vermischte sich mit aufsteigender Luft. Ich bekam einen Arm zu fassen, der mir schlaff entgegentrieb. Ich hielt den Arm fest. Der zugehörige Körper löste sich nur zögernd aus der Tiefe der Fahrerkabine. Das Lenkrad war im Weg. Aber ich ließ den Arm nicht mehr los.

Plötzlich stieg mir der Körper entgegen. Ich legte eine Hand unter die Achsel der leblosen Gestalt und stieß mich mit letzter Kraft vom Rahmen des Fahrerhauses ab.

Wasser tretend trieben wir nach oben. Augenblicke später durchbrach mein Kopf die Wasseroberfläche.

Gierig saugte ich die regenfeuchte Luft in meine brennenden Lungen.

»Jerry! Jerry!«

Als ich die Stimme meines Freundes hörte, wusste ich, dass ich wieder unter den Lebenden weilte.

»Jerry, hierher! Hier ist eine Treppe!«

Phil beschrieb Kreise mit seiner Lampe. Auf dem Rücken liegend, ließ ich mich gegen den Pier treiben. Gilligans Kopf hielt ich dabei über Wasser. Ein anderer Scheinwerferfinger stocherte in der Dunkelheit herum, bis das Licht meine Augen traf. Der helle Fleck begann zu zittern, blieb dann auf Paul Gilligans bleichem Gesicht haften.

Ich stieß gegen einen Pfahl. Erschöpft zog ich mich auf das Licht zu, das Phils Standort markierte. Ich hielt mich an seiner Hand fest und schob Gilligan gegen die Treppe. Das nasse Holz war glitschig und bot kaum eine Möglichkeit, mich festzuhalten.

»Warte, ich kann ihn nicht halten!«, keuchte Phil. Er nahm die Lampe zwischen die Zähne, hakte seinen linken Arm um den stehen gebliebenen Rest des Geländers und packte Gilligans Jackenkragen.

Jim Russo kam die Treppe herab. Eine Stufe brach

unter seinem Gewicht. Er klammerte sich irgendwo fest und tastete sich dann vorsichtig auf uns zu. Er fasste mit an, und gemeinsam schafften wir Gilligan auf den Pier hinauf.

Andrea Orlando stieß mich zur Seite. Bestürzt starrte sie in das reglose Gesicht ihres Geliebten, während Phil und Russo ihn auf die Bohlen legten.

»Paul! Paul! Sag doch was!« Andreas Stimme klang schrill vor Angst. Sie hob den Kopf und blickte mich von unten herauf an. »Sie – Sie haben ihn umgebracht!« Ihr Gesicht verzerrte sich.

»Reden Sie keinen Unsinn, Miss«, sagte Phil barsch.

Er bog den Kopf des Bewusstlosen zurück, und, ohne zu zögern, begann er mit der Mund-zu-Mund-Beatmung.

Russo trat von hinten an Andrea heran. Er legte seine großen Hände um ihre Schultern. Behutsam zog er sie zur Seite.

Dünn durchdrang Sirenengeheul das Rauschen des Regens. Erschöpft setzte ich mich auf den Poller. Andreas hasserfüllte Augen ließen mich nicht los.

Andrea Orlandos Gesicht war hart wie Stein, als zwanzig Minuten später die Türen des Krankenwagens hinter Paul Gilligan und Bob Linton zugeschlagen wurden und sie Pauls elendes Gesicht mit der Sauerstoffmaske über Nase und Mund nicht mehr sehen konnte.

»Sie lassen mich nicht mitfahren«, sagte sie hilflos zu Jim Russo, der wie ein Fels neben ihr stand.

»Das ist normal, weil sie in ein Gefängniskrankenhaus kommen«, erwiderte Russo ruhig.

Andrea strich über ihr Haar. Ihr war, als erwachte sie aus einem langen, bösen Traum. Sie sah sich um.

Überall flackerte Rotlicht. Standscheinwerfer erzeugten grotesk verzerrte Schatten. Auf dem Pier und oben an der Straße wimmelte es von Polizei. Ein Boot der New York City Police hatte am Pier festgemacht, um die Stelle zu sichern, wo der Dodge am Grund des Hafenbeckens lag.

Andrea sah den verschwimmenden Rücklichtern des Krankenwagens nach, bis sie nicht mehr zu erkennen waren.

»Keine Sorge, Miss Orlando, der Don holt ihn schon wieder raus«, versuchte Russo sie zu beruhigen.

Andrea schüttelte unmerklich den Kopf. Sie wusste es besser. Ihr Vater würde eine Entscheidung, die Vic getroffen hatte, nicht rückgängig machen. Sie hatte begriffen, dass er gar nicht anders handeln konnte, weil Vic sonst allen Respekt einbüßen würde.

Ihr Blick fiel auf Phil und mich. Phil hatte mir eine trockene Decke und für uns beide Gummimäntel aus dem Einsatzwagen der Hoboken Police besorgt. Wir wurden hier eigentlich nicht mehr gebraucht. Bis der Lieferwagen geborgen und seine Ladung untersucht werden konnte, mussten wir uns in Geduld fassen.

»Paul wäre tot, wenn Cotton nicht seinen Hals riskiert hätte«, sagte Russo, der Andreas Blick bemerkte.

»Du hast mit ihnen gesprochen?«, fragte sie.

»Decker hat mit mir gesprochen«, antwortete Russo. »Er wollte unbedingt wissen, was wir hier wollten.«

»Und? Was hast du gesagt?«

Russo hob die Schultern. »Dass Sie sich mit Paul treffen wollten. Aus privaten Gründen. Ich hielt es für besser, so nah wie möglich an der Wahrheit zu bleiben.«

»Das war richtig, Jim.«

»Er hat mir nicht geglaubt.« Auch Russo starrte jetzt in unsere Richtung. »Zum Glück hat er unseren Wagen nicht durchsucht.«

Andrea wandte sich um. Der Lincoln stand oben an der Straße, ein Stück vom Loch im Zaun entfernt.

»Mein Gott, Jauncey – ich hatte ihn ganz vergessen! Ist er etwa immer noch da drin?«

»Natürlich. Ich habe Gene zurückgeschickt, um

Jauncey ruhig zu halten. Nach dem Crash und der Achterbahnfahrt hier runter wäre er fast durchgedreht.« Russo deutete mit dem Kopf in unsere Richtung. »Ich frage mich aber, wieso die G-men hier aufkreuzten.«

Andrea wusste es. Diese gottverlassene Hafengegend sollte für Paul zur tödlichen Falle werden. Vic selbst hatte dem FBI den Tipp zugespielt.

Sie runzelte die Stirn. Vic hatte zwei Fliegen auf einen Streich erlegen wollen. Wer sollte die zweite sein? Und wieso opferte er Stoff im Wert von mehreren Millionen Dollar für einen Mord, solange er Ferrucci und Polonsky hatte?«

Andrea ahnte, dass sie immer noch nicht die ganze Wahrheit kannte. Bei ihrem Vater fand sie keine Hilfe, jedenfalls nicht für ihren Kampf um Paul, der gleichzeitig ein Kampf gegen Vic sein würde. Sie war jetzt auf sich allein gestellt.

»Wir fahren jetzt«, sagte sie zu Jim Russo.

»Nach Atlantic City?«

»Zum Hillside Hotel«, sagte sie. Ihre Stimme klang wieder fest. »Aber vorher suchen wir eine ruhige Stelle. Ich will mit Jauncey reden.«

»Da geht sie hin«, sagte Phil, als oben der Lincoln abfuhr. »Wenn ich nur wüsste, was sie hier wollte …«

»Ihren Geliebten sehen«, sagte ich. »Russo hat es dir doch gesagt.«

»Russo lügt.«

Ich hatte gesehen, wie sie sich in dem Haus am Lake Pocono an Paul Gilligan geklammert hatte, und ich hatte erlebt, wie sie sich hier auf dem Pier aufgeführt hatte, als es eine Weile so ausgesehen hatte, als würde Gilligan nicht mehr aus dem Koma erwachen. Gilligan atmete wieder, war aber noch nicht über den Berg. Er hatte eine schwere Gehirnerschütterung davongetragen. Bob Linton dagegen war mit ein paar Prellungen davongekommen.

Hinter mir ertönte gebieterisch eine Hupe, dann hörte ich Floyd Winters Stimme.

»He, Jerry, was ist jetzt? Wollt ihr da rumhängen, bis euch endgültig Schwimmhäute wachsen?«

Ich drehte mich zu meinen Kollegen Floyd Winter und Hyram Wolf um, die George Baker als Verstärkung geschickt hatte. Sie waren nicht mehr zum Zuge gekommen. Jetzt saßen sie schön trocken in ihrem Dienstwagen, spielten mit der Hupe und hörten Radio.

»Was wollt ihr Geier denn noch hier?«, rief ich zurück.

Floyd und Hyram sahen erst einander, dann Phil ratlos an.

»Sie nehmen uns mit nach Manhattan«, sagte Phil schnell. Er hielt meine nassen Klamotten gebündelt unterm Arm. Das Schulterholster mit meinem Smith & Wesson trug ich unter dem Gummimantel auf der nackten Haut.

»Hältst du mich für fahruntüchtig? Ich hab nichts abgekriegt, und getrunken habe ich auch nicht!«

Mir fiel auf, dass Phil an mir vorbeisah. Ich fuhr herum, und dann rannte ich zu meinem Jaguar hinauf. Phil folgte mir langsam, sehr langsam.

Im Schein einer Batterielampe untersuchte ich endlich die Schäden, die mein kostbarer Renner genommen hatte. Ich zählte acht Löcher im rechten Kotflügel, fünf in der Tür, das rechte Scheinwerferglas war zersplittert. Und dann bemerkte ich das schillernde Rinnsal, das sich mit dem Regenwasser in einer Lache vermischte. Der Kühler hatte also doch wieder was abbekommen.

»Das wird teuer«, sagte ich erschüttert.

»Wir lassen ihn abschleppen«, sagte Phil. »Ich habe alles veranlasst. Komm jetzt, Alter, die Nacht ist fast vorbei, und ich brauche auch mal 'ne Runde Schlaf.«

Gehorsam trottete ich neben Phil her zum Wagen der Kollegen.

»Zum Glück ist der Schaden ja eindeutig bei einem dienstlichen Einsatz entstanden«, sagte ich.

»Na klar, Uncle Sam lässt seine Männer nicht hängen«, meinte Phil. »Der Flitzer wird wie neu, sage ich dir. So, da sind wir.«

Aufatmend ließ sich mein Freund in den Wagen der Kollegen fallen.

»Ihr seid Stümper, gottverdammte Stümper!«, fauchte Vic Colasanto. Er marschierte wie ein angeschlagener Boxer durch den Wohnraum seiner luxuriösen Suite im Hillside Hotel. Immer hin und her, ohne seine Umgebung wahrzunehmen.

Sid Ferrucci stand mit hängenden Armen vor ihm. Er war erst vor wenigen Minuten ins Hillside gekommen, um seinem Boss die schlechten Nachrichten zu erläutern. Es war drei Uhr am Morgen, aber Colasanto hatte noch keine Minute geschlafen.

»Warum kommst du erst jetzt?«, herrschte Colasanto seinen Vertrauten an. »Musstest du dir erst Mut antrinken?«

»Ich wusste doch auch nicht, was passiert war«, verteidigte sich Ferrucci. »Vargos Männer saßen im Treadway fest, es wimmelte von Polizei, auch im Motel. Sie trauten sich nicht zu telefonieren.«

»Wer hat es vermasselt?«, fragte Colasanto. Seine Stimme war ruhig, aber Ferrucci kannte seinen Boss lange genug, um den unheilvollen Unterton herauszuhören.

»Niemand, Vic, es lief alles nach Plan. Die G-men sind voll auf den Notizzettel abgefahren. Sie waren genau um fünf am Motel. Ich habe Gilligan von der Leine gelassen, und Cotton hat sich drangehängt. Bob Linton hat zwei Schüsse auf Cotton abgefeuert, ihn aber nicht lahm gelegt, genau wie vorgesehen. Bob ist zwar ein Dummkopf, aber mit der Schrotspritze kann er umgehen wie kein anderer …«

»Weiter«, sagte Colasanto ungeduldig.

»Gilligan raste davon wie eine Rakete, und Cotton hinterher. Es lief sogar besser als geplant. Gilligan kriegte eine Kurve nicht und stürzte mit dem Dodge ins Hafenbecken, mindestens zwanzig Fuß tief. Er kam nicht mehr raus …«

»Wieso lebt die Ratte dann?«

»Cotton hat ihn rausgefischt.«

»Cotton, immer Cotton! Aber ihm steht die eigentliche Überraschung noch bevor. Um Paul muss sich jetzt eben Kevin kümmern. Sie werden ihn bald laufen lassen, Paul meine ich.« Colasanto stapfte um die weiße Ledercouch herum und blieb dann vor Ferrucci stehen. »Und Andrea?«, fragte er.

Ferrucci ahnte, welche Überwindung es Vic kostete, ihn nach der Frau zu fragen, die als seine Braut galt.

»Sie war auch da«, antwortete er unbehaglich.

»Wo sie jetzt ist, will ich wissen!«

Immer wieder hatte er versucht, das Telefon des Lincoln anzuwählen, ohne eine Verbindung zu bekommen.

»Ich weiß es nicht«, antwortete Ferrucci. »Bruce müsste eigentlich mehr wissen, aber er …«

»Bruce Jauncey? Du hast mit Jauncey gesprochen? Wo ist er?«

»Ich habe ihn so lange bei Kevin gelassen …«

»Warum sagst du mir das erst jetzt?«

Colasanto riss seine Jacke vom Sessel und stürmte zur Tür. Ferrucci rannte hinter ihm her über den menschenleeren Flur.

»Er ist ziemlich übel dran«, sagte Ferrucci, während er hinter Colasanto her über den menschenleeren Flur rannte. »Vargos Leute haben ihn unten bei der Kohleverladung aufgegriffen, nachdem sie es endlich wagten, das Motel zu verlassen. Es war reiner Zufall, Vic, weil sie nicht über die Hauptstraßen fahren wollten. Bruce irrte in der Dunkelheit umher, er wusste nicht, wo er war …«

Colasanto hämmerte gegen die Tür von Kevin Polonskys Zimmer. Die drei Suiten und sechs Zimmer im neunten Stock des Hillside waren ständig für Mitglieder der Orlando-Familie reserviert.

Im Spalt erschien Kevin Polonskys düsteres Gesicht. Als die ausdruckslosen Augen Colasanto erkannten, gab er die Tür frei und steckte die entsicherte Automatic wieder ein.

Bruce Jauncey lag auf dem Bett. Er wimmerte leise. Seine Augen blickten glasig unter halb geschlossenen Lidern hervor. Unter den geschwollenen, blutverkrusteten Lippen leuchteten weiß die Stümpfe der abgebrochenen Vorderzähne. Ein schmutzstarrender Verband bedeckte die rechte Hand.

»Er braucht einen Arzt«, sagte Polonsky. »Ihm fehlen ein paar Zähne, und drei Finger der rechten Hand sind gebrochen. Wer weiß, was sie sonst noch mit ihm angestellt haben.«

»Ruf Doc Weinfeld an, notfalls hol ihn selbst her.«

Colasanto zog einen Stuhl neben das Bett und setzte sich. Ferrucci hatte Jauncey die Lederjacke und die Schuhe ausgezogen. Seine Jeans waren nass und dreckig, als hätte er sich in Schlammpfützen gewälzt.

»Wo ist seine Kanone?«, fragte Colasanto.

»Er hatte sie nicht bei sich, nur die Schulterhalfter«, antwortete Ferrucci.

Colasanto spürte einen brennenden Zorn, der sich jedoch nicht gegen diejenigen richtete, die Jauncey so zugerichtet hatten. Er war wütend auf Jauncey, weil der sich hatte übertölpeln lassen.

»Hi, Bruce«, sagte er. Jaunceys Lider zuckten. »Wer war das?« Jaunceys Zunge tastete über die gebrochenen Zähne. Erschreckt verzog er das Gesicht.

»Wer?«, wiederholte Colasanto.

Die Lippen bewegten sich. »Russo – und Gene …«

»Ich bringe sie um«, knirschte Ferrucci.

Colasanto hob gebieterisch eine Hand, und Ferrucci verstummte.

»Was hast du ihnen erzählt?«, fragte Colasanto.

Jaunceys Lider zuckten, und sein Gesicht überzog sich mit einem dünnen Schweißfilm.

»Sie kriegen jetzt nichts mehr aus ihm raus, Vic«, sagte Ferrucci. »Er hat Fieber, und er hat Angst.«

»Weil er alles ausgekotzt hat, was er wusste, wie ein altes Weib«, sagte Colasanto verächtlich.

Polonsky kam vom Telefon zurück. »Der Doc kommt in einer halben Stunde«, sagte er.

»Was kann er gewusst haben?«, fragte Colasanto nach einem Blick auf Jaunceys schweißbedecktes Gesicht.

»Er war am Montag mit mir in Manhattan«, sagte Polonsky statt einer Antwort.

Colasanto knirschte mit den Zähnen. Es war sein eigener Fehler gewesen. Er hätte Andrea nicht ausgerechnet Jauncey als Aufpasser mitgeben dürfen. Aber hätte er damit rechnen müssen, dass sich Andrea offen gegen ihn stellen würde? Und Jauncey war ein harter Bursche. Aber wenn man etwas nachhalf, verlor er schnell allen Schneid.

Andrea konnte sich jetzt alles zusammenreimen, alles. Er stand auf und zog Ferrucci zur Seite. »Weißt du, wo sie Paul hingebracht haben?«, fragte er.

»In die Krankenabteilung des Bundesuntersuchungsgefängnisses, nehme ich an«, antwortete Ferrucci.

»Sie werden ihn nicht lange festhalten.« Colasanto wandte sich an Polonsky und Ferrucci. »Lasst euch was einfallen. Ich will das Problem aus der Welt haben, endgültig! Ich bin es satt!«, brüllte er plötzlich und riss die Tür zum Flur auf.

Als er auf den Gang hinaustrat, blieb er einen

Augenblick starr stehen. Schräg gegenüber, vor der Tür zu Andreas Suite, stand Jim Russo. Er hatte die Arme vor der Brust verschränkt. Ruhig erwiderte er Colasantos Blick.

»Kevin! Sid!«, sagte Colasanto unterdrückt. »Kommt mit.«

Jim Russo steckte seinen Kopf zur Tür herein.

»Mr. Colasanto möchte Sie sprechen, Miss Orlando«, sagte er.

»Lassen wir die Förmlichkeiten!« Colasanto stieß Russo in den Raum und walzte hinter ihm herein. Sein Hals war angeschwollen, die tiefliegenden Augen flackerten. Mit ihm drängten Ferrucci und Polonsky in Andreas Suite.

Gene Nydick kam aus dem Nebenzimmer und baute sich neben Russo auf. Die beiden ließen Ferrucci und Polonsky nicht aus den Augen.

Andrea war sehr ruhig. Nur ihr blasses Gesicht und die straff gespannten Lippen verrieten ihre Anspannung. Sie lehnte mit einem Glas in der Hand an der Zimmerbar.

»Schick deine Gorillas hinaus«, sagte sie beherrscht.

»Wenn du deine ebenfalls hinausschickst«, sagte Colasanto.

Andrea schüttelte den Kopf. »Dies sind meine Räume. Wir können uns auch morgen früh unterhalten.«

»Die Zeit ist jetzt genau richtig.«

»Wie du willst.«

Andrea stellte ihr Glas weg. Sie hatte sich umgezogen. Sie trug jetzt einen seidenen Hausanzug, der ihre Körperformen betonte.

Sie schritt quer durch den Raum. Ihr war bewusst, dass fünf Augenpaare auf ihre Schenkel und die schwingenden Hüften starrten. Sie setzte sich in einen der tiefen Sessel und schlug die Beine übereinander.

»Wo kommst du her, jetzt mitten in der Nacht?«, fragte Colasanto.

»Ich bin dir keine Rechenschaft schuldig«, antwortete sie.

Mitten in der Nacht hatte sie hinter Lou Manzetti, dem langjährigen Anwalt und Vertrauten ihres Vaters, hertelefoniert und ein langes Gespräch mit ihm geführt und sich seiner Loyalität versichert. Er würde gleich am Morgen von Atlantic City herüberfliegen und ihr zur Seite stehen.

»Weiß dein Vater, was du getan hast?«, fragte Colasanto.

»Dass ich dich versetzt habe? Nein, woher sollte er das wissen.«

Colasanto ballte die Hände. »Überspann den Bogen nicht«, warnte er.

»Was wirst du dann tun? Mich umbringen lassen? Von wem willst du diesmal die Drecksarbeit erledigen lassen? Wieder von Cotton? Er wird nicht ein zweites Mal auf dich reinfallen, Vic!«

»Halt den Mund!«

»Mein Vater hat mir etwas gesagt, worüber ich nachgedacht habe. Er hat gesagt, dass ich so etwas wie eine Prinzessin bin. Dass ich natürliche Rechte und Pflichten habe. Er hatte damit gemeint, dass ich mir meinen Ehemann nicht aussuchen könne, dass ich mich der Familiendisziplin unterzuordnen hätte. Das gilt natürlich nur, solange ich die Thronfolge nicht beanspruche.«

»Wie meinst du das?«

»Wörtlich, Vic. Du bist zu weit gegangen.«

»Meint dein Vater das auch?«

»Mein Vater wird denjenigen unterstützen, der sich durchsetzt.«

Colasanto versuchte zu lachen. »Willst du mich etwa umlegen?«

»Ich gebe dir eine Chance, Vic. Obwohl du Paul keine gegeben hast. Geh nach Las Vegas zurück.«

Colasanto lachte jetzt doch. »Einfach so?«

»Lass dich nicht mehr in Atlantic City sehen. Das ist alles.«

Zu Vic Colasantos Qualitäten, die ihn auch für Führungsaufgaben in der Wirtschaft qualifiziert hätten, gehörte seine Selbstbeherrschung und sein kühles Blut. Diese Eigenschaften waren in den letzten Stunden jedoch zu sehr strapaziert worden. Mit einem heiseren Wutschrei stürzte er sich auf Andrea und schlang seine Hände um ihren Hals.

Der jähe Angriff kam selbst für Ferrucci und Polonsky überraschend. Sie rissen ihre Waffen heraus, um Russo und Nydick in Schach zu halten, doch Andreas Bodyguards reagierten wie ein gut eingespieltes Team.

Nydick, der dem Sessel am nächsten stand, hechtete über den flachen Couchtisch, während Russo blitzschnell zurückwich, hinter Polonsky trat und ihn mit einem knallharten Handkantenschlag in den Nacken zu Boden schickte. Dann erst zog er seine Pistole, die er Ferrucci tief in den Hals presste.

Gene Nydick prallte mit der Wucht einer Kanonenkugel gegen Colasanto. Der Sessel kippte um, und Colasanto fiel mit seinem ganzen Gewicht auf Andrea.

Nydick legte seinen Arm um Colasantos Hals und riss dessen Kopf zurück.

»Dafür wirst du sterben«, keuchte Colasanto. Seine Hände lösten sich nur zögernd von Andreas Hals. Er stieß den angewinkelten Ellbogen in Nydicks Rippen. Nydick stöhnte, als er sich nach hinten fallen ließ und Colasanto mit sich riss. Wie zwei ineinander verbissene Hunde wälzten sie sich über den Teppich.

Andrea wand sich unter dem umgestürzten Sessel hervor. Sie schluckte und rieb ihren Hals.

»Lass ihn los, Gene«, sagte sie heiser.

Nydick lockerte den Würgegriff, mit dem er Colasanto gehalten hatte, ließ ihn schließlich los und kam mit einer katzenhaften Bewegung auf die Füße. Aufmerksam beobachtete er jede von Colasantos Bewegungen.

Colasanto richtete sich auf. Er schwankte einen Moment. Mörderische Wut flackerte in seinem Blick.

»Sag jetzt nichts«, sagte Andrea Orlando. »Geh einfach, geh!«

Erst gegen Mittag betrat ich das District Office des FBI. Ich hatte ein paar Stunden geschlafen und fühlte mich wieder fit. Und in meiner Tasche steckte bereits der Kostenvoranschlag für die Reparatur meines Jaguars.

Rund zweitausend Dollar sollte es kosten, die Kugellöcher zu stopfen, den Kühler zu flicken und die Vorderpartie neu zu lackieren. Ein Klacks, dachte ich, in Anbetracht einer entsprechenden Menge Drogen, deren Auslieferung wir vereitelt hatten.

Meine zuversichtliche Stimmung verflog, als ich Phil an seinem Schreibtisch hocken sah. Er rauchte, und in seinem Aschenbecher entdeckte ich drei ausgedrückte, nur halb aufgerauchte Zigaretten. Kein Zweifel, mein Freund Phil war nervös.

»Du hättest ruhig noch zu Hause bleiben können«, sagte er. »Oder warte, gehen wir gleich zum Lunch.«

»Moment, Moment! Erst will ich wissen, was los ist.«

»Da braut sich was zusammen«, meinte Phil.

»Kannst du nicht deutlicher werden? Komm, reden wir mit dem Chef.«

»Der hängt seit heute Morgen acht Uhr drüben im Federal Court House beim Bundesanwalt fest, und da ist unser Typ anscheinend nicht gefragt. Adams rotiert. Die Anwälte geben sich bei ihm die Klinke in die Hand ...«

»Damit mussten wir doch rechnen, oder?«

»... und Adams' Assistenten schwirren in der Stadt

umher und führen Vernehmungen durch. Colasanto, Ferrucci, Vargo, Russo, weiß der Teufel, wen noch.«

»Was ist mit dem Lieferwagen? Der ist doch längst gehoben, oder?«

»Klar ist er das, er ist sofort zur kriminaltechnischen Untersuchung verfrachtet worden.«

»Und?«, fragte ich ungeduldig.

»Keine Ahnung, Jerry. Adams hat strengste Geheimhaltung angeordnet, nichts sickert nach draußen.«

Jetzt wurde auch ich nervös.

»Es dürfte doch kein Problem sein, die Ladung des Lieferwagens zu untersuchen! Oder ist bei der Bergung was schief gegangen?« Hatte sich vielleicht die Verpackung aufgelöst? Und waren Kokain und Heroin in den Fluss gespült worden?

»Nein, nein«, sagte Phil, »die Bergung war Routine, die Ladung war unversehrt, das weiß ich von Anderson.« Phil grinste vage. »Der Captain hatte nämlich von der Nachrichtensperre noch nichts gehört.«

Captain Anderson leitete die Technische Abteilung der New York City Police. In seinen Verantwortungsbereich fiel auch die Bergung verdächtiger Güter aus den Gewässern im Großraum New York, wozu auch Hoboken und Jersey City zählt.

»Der Dodge hatten fünfhundert Dosen Lackfarbe geladen. Sie waren für einen Betrieb im Hafengelände von Hoboken bestimmt.«

»Fünfhundert Dosen Farbe? Zu je zwei Pfund? Kein schlechtes Versteck für ein paar Kilo Koks oder Schnee, was?«

»Nein«, antwortete Phil mechanisch. Er versuchte nicht einmal, Zuversicht zu heucheln. »Dieser verdammte Zettel – es ging so verdammt glatt. Wir sind darauf angesprungen wie die Zirkusaffen.«

»Was wollte man uns denn vormachen? Kannst du dir darauf einen Reim machen?«, fragte ich.

»Eben nicht. Allenfalls ein Ablenkungsmanöver.«

Phil schnippte eine neue Zigarette aus seiner Packung. »Willst du auch eine?«

»Nein danke, mir ist schon schlecht. Ich gehe in die Einsatzzentrale.«

»George weiß auch nicht mehr als wir.«

»Okay, okay.« Ich setzte mich an meinen Platz, zog das Telefon zu mir heran und wählte die Nummer der Drogenbehörde. Ich fragte nach Harry Brubaker.

»Hi, Harry«, sagte ich, als er sich endlich meldete.

»Wie geht's, Cotton? Ich habe von Ihrem Bravourstück gehört. Was war das eigentlich für eine Show?«

»Wir warten noch auf das Untersuchungsergebnis«, antwortete ich. »Wir rechnen damit, dass die Orlando-Familie bis zu einem halben Zentner Stoff verloren hat.«

»Und für wen sollte das Zeug bestimmt gewesen sein?«, fragte der Drogenfahnder skeptisch.

»Für Gianetti.«

Brubaker schien einen Moment zu überlegen, dann sagte er überzeugt: »Quatsch. Es ist mehr Stoff in der Stadt als je zuvor. Hören Sie zu, Cotton, Orlando ist Ihr Kunde, und um den beneide ich Sie nicht. Wir kriegen nicht einmal Gianettis Connections geknackt, obwohl wir auch nicht pennen. Gianettis Nachschub klappt wie die Lieferungen für eine Hamburgerbude. Wenn wirklich ein Transport in den Bach gefallen wäre, liefen die kleinen Pusher schon mit roten Augen rum, auch wenn ein Verlust auf der Großhandelsstufe erst mit einigen Tagen Verspätung durchschlägt. Gerüchte verbreiten sich mit Lichtgeschwindigkeit.«

Ich legte auf. Mir fiel ein, was der Meister in der Karosseriewerkstatt zu den Löchern in meinem Jaguar gesagt hatte. Seit ich meinen Renner bei ihm reparieren ließ, war er zum Experten geworden, was die Beurteilung von Schäden an Fahrzeugen anging, die durch Schüsse verursacht worden waren.

»Wenn er Sie wirklich hätte aufhalten wollen, hätte

er entweder auf die Windschutzscheibe gehalten, dann wären Sie jetzt nicht hier, oder auf die Reifen. Aber so – als ob er Sie nur reizen wollte. Wie ein Picador den Stier …«

Phil drückte die eben angerauchte Zigarette wieder aus. »Weißt du, was ich für ein Gefühl habe?«, fragte er. »Als ob das alles ein Bluff war. Als ob sich jemand über uns lustig machen wollte.«

Ich stand auf. »Ich gehe rüber ins Untersuchungsgefängnis«, sagte ich.

»Und was willst du da?«

»Mal hören, was Paul Gilligan dazu zu sagen hat. Er wäre bei dem Scherz nämlich um ein Haar draufgegangen.«

Das Telefon auf Phils Schreibtisch klingelte. Er nahm ab und gab mir ein Zeichen.

»Ja, wir kommen«, sagte er und legte auf. Er sah mich an.

»Das war Helen. Der Chef und Adams sind eben zurückgekommen. Kaffee gibt's nicht, sagt Helen. Machen wir uns auf dicke Luft gefasst.«

Noch nie hatte ich einen so kleinen Mann so laut brüllen gehört. Adams stand neben dem Sternenbanner, das hinter dem Schreibtisch des FBI-Chefs drapiert war. Die Adern an seiner Stirn waren zu fingerdicken Strängen angeschwollen, und Speichelbläschen flogen bei jedem zweiten Wort von seinen Lippen, während er erbarmungslos mit uns abrechnete.

»Der Lieferwagen war absolut sauber, so sauber wie die Küche in einem Nonnenkloster! Keine Spur Rauschgift. Mr. Cotton, Mr. Decker! Die Laborexperten sind überzeugt, dass in dem Wagen noch nicht einmal je ein Joint angezündet worden ist! Im Laderaum befanden sich fünfhundert Dosen Farbe, sonst nichts.«

»Außer zwei bekannten Gangstern, von denen mindestens einer bewaffnet war«, sagte ich, als Adams Luft holen musste.

John D. High warf mir einen warnenden Blick zu. Vielleicht glaubte er, es sei besser, wenn sich der Federal Attorney austobte. Vielleicht hatte er Recht, ich hatte aber keine Lust, mich zur Schnecke machen zu lassen.

»Gangster? Was reden Sie da!«, brüllte Adams. »Wenn Sie gründlicher recherchiert hätten, wüssten Sie, dass Paul Gilligan seit vier Monaten als Fahrer bei der Firma Mavis angestellt war, als Aushilfsfahrer auf Abruf, aber immerhin. Die Firma Mavis steht in keinerlei Beziehung zu irgendwelchen Firmen oder Figuren, die der Unterwelt zuzuordnen sind.«

Außer zu Gilligan, dachte ich. Laut fragte ich: »Und der andere? Bob Linton? Steht der auch bei Mavis auf der Lohnliste?«

»Linton ist ein Freund von Gilligan, er ist arbeitslos, und Gilligan hat ihn mitgenommen«, erklärte Adams. »Das ist kein strafbares Verhalten. Gilligan hatte den Auftrag, die Farbe zu einem Anstreicherbetrieb im Hafengelände von Hoboken zu bringen, einer Firma Bannerman. Die Firma existiert, sie hat bei Mavis tatsächlich eintausend Pfund verschiedener Farben bestellt.«

Das war ein sauber eingefädelter Coup, dachte ich und ballte in ohnmächtigem Zorn die Hände.

Sauber eingefädelt – um jemanden reinzulegen. Phil und mich? Oder Gilligan?

»Haben Sie denn auch herausgefunden, Sir, weshalb diese netten Zeitgenossen bewaffnet waren?«, fragte ich. »Mit einer automatischen Schrotflinte?«

»Fahrzeuge der Firma Mavis sind in der Vergangenheit mehrere Male überfallen worden, auch das habe ich nachgeprüft. Ist Ihnen bewusst, was Sie getan haben, meine Herren? Sie hätten um ein Haar zwei Männer in den Tod getrieben!«

»Von denen einer mit einer tödlichen Waffe auf uns geschossen hat«, sagte Phil.

»Haben Sie sich als Polizeibeamte in Ausübung Ihres Dienstes zu erkennen gegeben?«

»Nein, weil ...«

»Hatten Sie Rotlicht oder Sirene eingeschaltet?«

»Es ging um eine verdeckte Ermittlung«, erklärte ich. »Da ist es nicht üblich, mit Musik und Beleuchtung hinter einer verdächtigen Person herzujagen.«

»Uns lagen ernst zu nehmende Hinweise vor ...« Phil kam nicht dazu, den Satz zu beenden.

»Ich kenne diese fadenscheinige Zettelgeschichte bereits«, sagte Adams heftig.

»Ihre ehrgeizigen Assistenten haben eine Menge Material zusammengetragen«, sagte ich böse. »Aber niemand hat sich die Mühe gemacht, uns anzuhören!«

»Deshalb bin ich hier ...«

»Das ist keine Anhörung, das ist eine Abrechnung, eine Farce«, sagte ich, jetzt ebenfalls laut werdend. »Ob die Zettelgeschichte nun fadenscheinig ist oder nicht, fest steht, dass Linton aus dem Dodge sprang und ohne Warnung das Feuer auf uns eröffnete!«

»Mir liegt die Aussage des Robert Linton vor«, sagte Adams kalt. »Demnach hätten Sie ihm und Gilligan vor dem Motel, in dem sie sich gerade eingecheckt hatten, weil sie dort übernachten wollten, aufgelauert und sie verfolgt. Ist die Darstellung bis hierhin korrekt?«

Das war sie, aber sie hörte sich an, als seien zwei ausgeflippte Bullen darauf aus gewesen, eine Treibjagd auf harmlose Zeitgenossen zu veranstalten.

»Mit den Schüssen hatte er Sie nur aufhalten, nicht aber verletzen wollen«, fuhr Adams fort. »Für den unerlaubten Schusswaffenbesitz und das unbefugte Benutzen einer tödlichen Waffe in der Öffentlichkeit wird sich Linton verantworten müssen. Aber Sie, meine Herren, Sie können von Glück sagen, wenn Gilligan und Linton keine Anzeige gegen Sie erstatten werden wegen Amtsmissbrauchs und Körperverletzung!«

»Gibt es denn eine Erklärung dafür, wieso sich die Hinweise auf den Lieferwagen und den Zeitpunkt der Abfahrt vom Treadway Inn Motel in Ferruccis Mietwagen fanden?«, fragte Phil. »Ferrucci arbeitet nämlich für die Orlando-Familie, ganz egal, zu welcher Gewerkschaft er gehört oder auf wessen Lohnliste er steht.«

»Dazu gibt er überhaupt keine Erklärung ab«, antwortete Adams. »Er weiß gar nicht, wovon die Rede ist ...«

»Sagt er«, bemerkte Phil.

Adams wollte wieder losbrüllen, aber jetzt ergriff endlich unser Chef das Wort.

»Uns allen ist bewusst, dass jemand mit einer bestimmten Absicht ein bestimmtes Szenario entworfen hat«, sagte er. »Die Fragen lauten: Wer, warum, wen sollte es treffen oder wem nutzen.«

»Colasanto hat die Geschichte eingefädelt«, sagte ich. Er hatte mir den Köder vor die Nase gehalten, und ich hatte angebissen. Donna D'Angelo würde einiges zu erklären haben.

»Colasanto müsste doch ein Idiot sein, wenn er so eine Geschichte arrangiert!«, sagte Adams aufgebracht. »Was hätte er davon? Können Sie das verraten?«

Liebe, Stolz, Leidenschaft, eben der menschliche Faktor, dachte ich. Wenn Adams nicht selbst darauf kam, würde er es auch nicht verstehen, wenn ich es ihm erklärte. Colasanto hasste mich. Er hatte wahrscheinlich nicht vergessen, wie ich sein Gesicht in den Uferschlamm des Lake Pocono gedrückt hatte. Und Paul Gilligan war ihm bei seinem Aufstieg an die Spitze des Orlando-Clan im Wege, weil sich die Tochter des Don ausgerechnet in diesen jungen Burschen verknallt hatte. Deshalb wollte Colasanto ihn beseitigen lassen. Er gaukelte ihm vor, eine wertvolle Fracht nach Hoboken bringen zu müssen, die auf keinen Fall der Polizei oder einer konkurrierenden Bande in die Hände fallen durfte. Ohne Gilligans Wissen dürfte Colasanto Bob Linton angewiesen haben, uns mit ein paar Schüssen aus der Schrotflinte zu zeigen, dass es um Leben und Tod ging. Wenn Gilligan nicht ins Hafenbecken gestürzt wäre, hätte er die fünfhundert Dosen Farbe mit seinem Leben verteidigt. Wir hätten ihn möglicherweise getötet, und die Presse wäre über uns hergefallen. Sie hätte uns unterstellt, dass wir den Tod eines Kollegen rächen wollten. Phil und ich wären möglicherweise gefeuert worden oder selbst draufgegangen …

»Sie haben sich reinlegen lassen!«, schrie Adams, aber er wirkte nicht mehr überzeugend, die Luft war raus. »Sie haben uns zum Gespött der Mafia gemacht …«

»Ist das alles, was Sie stört?«, fragte ich bitter. Ich fühlte mich von Adams im Stich gelassen. Erst machte er uns heiß auf die Orlando-Familie, aber bei der ersten Krise bekam er kalte Füße.

»Es gilt immer noch die alte Regel, dass die Rechnung erst am Schluss präsentiert wird«, sagte John D. High ruhig.

»Ja, ja«, sagte Adams ungeduldig. »Ich verlange ja nur, dass mit sauberen Methoden gearbeitet wird. Was Sie nämlich mit Edlund angestellt haben, Mr. Decker, war auch nicht ganz koscher. Ihr Glück, dass er sich als Zeuge der Staatsanwaltschaft zur Verfügung gestellt hat. Mit seiner Aussage kriege ich Vargo, und über Vargo kann die Drogenbehörde endlich einen Keil in die Gianetti-Organisation treiben. Bringen Sie mir Colasanto, John. Das ist alles.«

Draußen, als wir im Gang auf den Lift warteten, warf ich den Umschlag mit dem Kostenvoranschlag in einen Abfallkorb.

»He, was soll denn das?«, fragte Phil und fischte ihn wieder heraus.

»Bevor ich mich auf einen Streit darüber einlasse, ob der Einsatz gerechtfertigt war oder nicht, plündere ich lieber meinen Sparstrumpf«, sagte ich.

»Darüber ist das letzte Wort noch nicht gesprochen.«

»Vergiss es. Wenn du mit dem Lunch fertig bist, besorg uns einen Dienstwagen.«

»Was hast du vor?«

»Ich mache einen Krankenbesuch. Für die paar Schritte hinüber zum Bundesuntersuchungsgefängnis brauche ich keinen fahrbaren Untersatz.«

Donna D'Angelo atmete schwer, als sie ihre Lippen von Vics Mund löste. Seine Hand glitt unter ihren Bademantel und streichelte zärtlich über ihre nackte Brust. Sie stöhnte.

»Vic – nicht jetzt, ich muss nachher in den Club, bitte, ich – brauche etwas Schlaf und – nein, bitte nicht!«

Er drängte sie gegen das Bett und öffnete den Mantel, bevor er sie hinabdrückte und über sie glitt. Sie dachte kurz an Greg und Lenny, die beiden Aufpasser, die Vic nebenan einquartiert hatte und die jeden ihrer Schritte überwachten, doch dann gab sie sich ihm hin.

Er war ungeduldig, und es war schnell vorbei, zu schnell. Er stand auf und ordnete seine Kleider. Sie richtete sich auf, raffte den Flauschmantel vor ihrer Brust zusammen und ging schnell ins Bad.

Sie betupfte ihr Auge, das von Ferruccis Faustschlag immer noch stark angeschwollen war, mit kaltem Wasser. Ihre Lippen brannten von Vics harten Küssen. Sie rieb über ihren Mund und strich mit der Bürste über ihr Haar, als sie ihn im Spiegel hereinkommen sah.

»Du solltest inzwischen wissen, dass eine Frau mit ihrem Spiegel lieber allein ist«, sagte sie und lächelte, um ihre Enttäuschung zu verbergen.

Er stand hinter ihr und deutete auf das geschwollene Auge. »Es tut mir Leid, aber es musste sein«, sagte er.

»Warum? Ich verstehe es nicht.«

»Es spielt keine Rolle«, sagte er unwillig. Er lächelte ihrem Spiegelbild zu. Es war ein kurzes, unkonzentriertes Lächeln. Er beugte sich hinab und küsste sie schnell in den Nacken. »Ich muss wieder weg«, sagte er.

»Zu ihr.«

Er schüttelte den Kopf.

»Bisher hast du mich nicht belogen. Warum fängst du jetzt damit an? Ist es so ernst?«

Er packte sie an den Schultern und riss sie zu sich herum. »Gib mir etwas Zeit.«

»Bis nach der Hochzeitsnacht?«

»Es wird keine Hochzeitsnacht geben«, sagte er rau. »Wir beide gehören zusammen. Das wusste ich schon immer, ich habe es nie vergessen, ich wusste bisher nur nicht, wie es hätte gehen können.«

»Und jetzt? Weißt du es jetzt?«

Er nickte. »Ich habe ihr Geld, und niemand wird es bei mir vermuten.«

»Außer ihr«, sagte Donna. »Du gehörst ihr. Wie ein Kleid oder ein Auto.«

Colasanto schüttelte den Kopf. »Sie gibt mich frei. Sie wird sich nämlich selbst in den Prinzessinnenhimmel befördern. Ist das nicht großartig, Darling?«

Er wandte sich abrupt um. Sie hörte das Zuschlagen der Zimmertür, und sie lauschte in sich hinein, wartete auf irgendein Gefühl, ein Echo. Er würde frei sein? Und doch ihr Geld besitzen? Ohne Hochzeit?

Jetzt stieg doch ein Echo aus ihrem Innern auf – Angst.

»Höchstens zehn Minuten«, sagte der Arzt, der die Tür für mich aufschloss.

Paul Gilligan lag in einem hochbeinigen Bett unter dem vergitterten Fenster. In seiner Armvene steckte eine Kanüle, durch die die Infusionslösung tropfte. Ein Netzverband bedeckte seinen Schädel von der Stirn bis in den Nacken. Seine Augen waren geschlossen.

»Hallo, wie geht's?«, fragte ich.

Zögernd öffneten sich die Lider. Gilligan erkannte mich sofort, obwohl er mich bewusst nur kurz in dem Haus am Lake Pocono gesehen hatte. Dass ich es war, vor dem er davongerast und in den Hafen gestürzt war, konnte er nicht wissen, und noch weniger, dass ich ihn wieder herausgefischt hatte.

»Sie …« Seine Stimme klang kraftlos. Die Augen verdunkelten sich, sein Gesicht bedeckte sich mit Schweiß. »Jetzt haben Sie mich erwischt – aber rauskriegen werden Sie nichts aus mir …«

»Ein Gilligan singt nicht«, sagte ich ernsthaft.

»Genau. Seien Sie zufrieden, dass Sie mich haben. Und die zwanzig Dosen …«

»Was für zwanzig Dosen?«

Gilligan sah mich an, und seine Augen zuckten. »Haben Sie den Haftbefehl mitgebracht? Und wann kommt der Spruch mit den Rechten?«

»Es gibt keinen Haftbefehl, also keinen Spruch«, sagte ich. »Es war nämlich kein Rauschgift in dem Dodge Van, Paul. Kein Gramm Koks oder Schnee, nichts.«

»Was ist das denn für ein linker Trick, den Sie da versuchen, Mann? Meinen Bruder haben Sie zum Krüppel geschossen. Was haben Sie mit mir vor?«

»Denken Sie nach, Paul. Wie kommt es wohl, dass wir am Treadway auf Sie gewartet haben?«

»Sie waren das?«

»Ich, stimmt. Und mein Kollege Decker. Wir haben also auf Sie gewartet, obwohl Sie kein Gramm Stoff in Ihrer Kiste hatten.«

Gilligans Atem ging schneller, und der Schweiß nässte seinen Verband. Ich setzte mich neben das Bett und tupfte den Schweiß mit einem Tuch ab.

»Uns hat jemand – verpfiffen?«

»Nicht direkt. Sagen wir, jemand hat uns nach Hoboken dirigiert.«

»Sie lügen …«

»Sie denken nicht nach, Paul. Ihr Kopf hat was abgekriegt, aber das wird wieder. Sie werden selbst drauf kommen.«

»Sie wollen mich reinlegen, Sie!«, keuchte Gilligan.

Ärgerlich blickte ich auf, als die Tür zum Krankenzimmer erneut aufgeschlossen wurde. Und dann wurde es eng in Gilligans Krankenzimmer im Hospitaltrakt des Bundesuntersuchungsgefängnisses. Als Erste kam Andrea Orlando herein, gefolgt von dem Gefängnisarzt und einem schlanken Mann mit dunklem Gesicht. Zwei Männer in weißen Krankenpflegeranzügen blieben in der Tür stehen.

Andrea Orlando schlug den Kragen ihres Nerzmantels hoch. In ihren schönen Augen erschien ein eigenartiger Ausdruck, als sie mich an Gilligans Bett entdeckte. Ihr Gesicht, eben noch blass und angespannt, überzog sich mit einem rötlichen Schimmer.

Der Typ mit dem dunklen Gesicht trat an Gilligans Bett.

»Ich bin Lou Manzetti. Miss Orlando hat mich gebeten, Ihre Interessen zu vertreten. Ich habe als Erstes Ihre sofortige Freilassung bewirkt, Paul. Sie sind transportfähig. Miss Orlando hat veranlasst, dass Sie in eine Privatklinik verlegt werden. Haben Sie alles verstanden, Paul?«

Gilligan nickte.

Der Blick, mit dem er zuerst mich und dann Andrea ansah, verriet Verblüffung. Andrea nahm seine Hand und lächelte ihn zärtlich an.

»Draußen wird er umgelegt«, sagte ich.

Andreas Gesicht wurde wieder bleich. Manzetti sah mich verärgert an.

»Wer sind Sie denn?«

»Das ist Jerry Cotton«, sagte Andrea schnell. »Er hat Paul aus dem gesunkenen Wagen geborgen.«

»Das gibt Ihnen nicht das Recht, meinen Mandanten zu vernehmen, bevor er sich mit mir beraten hat. Und eine förmliche Rechtshilfebelehrung hat vermutlich auch nicht stattgefunden«, sagte Manzetti.

»Gilligan ist nicht Ihr Mandant, solange er Ihnen das Mandat nicht förmlich erteilt hat. Eine Vernehmung ist die Befragung eines Beschuldigten zu einem rechtlich relevanten Sachverhalt nach der Konfrontation der beschuldigten Person mit dem Tatvorwurf. Da ein Tatvorwurf zur Zeit nicht besteht, kann auch keine Vernehmung stattgefunden haben.«

»Ich brauche von Ihnen keine Belehrung zu Fragen des Strafprozessrechts!«, sagte Manzetti aufbrausend.

Der Gefängnisarzt machte der Auseinandersetzung ein Ende, indem er uns zur Tür drängte.

»Sie können den Patienten an der Krankenwagenausfahrt abholen – wenn ich mit der abschließenden Untersuchung fertig bin und den Bericht für den weiterbehandelnden Arzt geschrieben habe«, sagte der Doc. »In etwa zwei Stunden.«

Auch ich wandte mich zum Gehen, aber Paul Gilligans Stimme hielt mich zurück.

»Warten Sie!« Unsicher sah er mich an.

Ich trat noch einmal an sein Bett. Manzetti beobachtete uns von der Tür her aus schmalen Augen.

Gilligan sah mich unsicher an. »Sie haben mich da unten rausgeholt«, sagte er. »Warum?«

Ich hob die Schultern. »Es war sonst niemand da.«

Manzetti schob sich wieder heran. »Sagen Sie nichts, Paul!«, mahnte er.

»Verschwinden Sie!«, fauchte ich den Anwalt an. Ich wandte mich wieder an Gilligan. »Colasanto wollte Sie abservieren, und es gibt keinen Grund zu vermuten, dass er es jetzt nicht mehr will. Den Grund werden Sie besser kennen als ich.« Ich deutete auf Andrea, die an der Tür stand. »Reden Sie mit ihr, sie hat es inzwischen begriffen. Und wenn Sie mit dem Leben davonkommen wollen, reden Sie mit mir.«

Im Gang wandte sich Andrea Orlando an mich. »Ich war letzte Nacht etwas – durcheinander«, sagte sie.

»Schon gut.«

»Ich habe Sie gehasst, weil Sie meinen Vater …«

»Ich sagte, schon gut. Es macht keinen Unterschied.«

»Sie legen keinen Wert darauf, was andere von Ihnen halten, nicht wahr?«

»So krass möchte ich es nicht ausdrücken«, antwortete ich.

Sie starrte mich an, dann weiteten sich ihre Augen. »Sie meinen, es kommt darauf an, wer es ist! Ich habe begriffen. Ich war dumm. Wie konnte ich nur einen Moment lang vergessen, dass ich die Tochter eines – eines …«

Ich sah sie an, während sie nach einem unverfänglicheren Begriff suchte als Mafia-Boss.

»Warum sagen Sie es nicht – Mafia-Boss?«, sagte ich.

»Und wie konnte ich nur glauben, dass ein G-man keine Vorurteile hat!«

»Sind es denn Vorurteile?«, fragte ich. »Niemand ist für das verantwortlich, was sein Vater ist oder tut. Aber Sie verwalten sein Geld, sie geben es aus, obwohl Sie genau wissen, woher es stammt. Sie leben mit Männern wie Colasanto, Ferrucci, Polonsky unter einem Dach.«

Ihr Gesicht wurde schmal und hart. »Jeder muss wohl tun, was er tun muss«, murmelte sie. Mit einer eckigen Bewegung ihrer schmalen Schultern wollte sie mir zeigen, dass sie auf eine Fortsetzung der Unterhaltung keinen Wert legte.

Ich blieb neben ihr, als wir die letzte Personenkontrolle passierten.

»Wohin werden Sie ihn bringen?«, fragte ich sie.

»Paul? Muss ich Ihnen das sagen?«

»Wenn mit seiner Freilassung keine Auflagen verbunden sind – nein.«

Sie blieb stehen und sah mich noch einmal an. Sie rang um einen Entschluss. »Ich habe Colasanto gefeuert«, sagte sie unvermittelt. »Ich weiß nicht, warum ich es Ihnen sage …«

»Das wird er nicht hinnehmen«, sagte ich spontan.

»Er hat keine Wahl«, entgegnete sie schroff.

Sie ließ mich stehen und wandte sich an Manzetti und die Krankenträger, die am Ausgang warteten.

»Ich muss noch einmal ins Hillside Hotel«, sagte sie zu den Krankenträgern. »Bis Paul entlassen wird, bin ich wieder hier.« Sie gab Manzetti ein Zeichen. »Sie können mich begleiten, Lou, und nachher mit mir nach Atlantic City zurückfliegen.«

Manzetti nickte und hielt die Tür für sie auf. Ich sah ihnen nach, während ich an einen der Telefonapparate in der Vorhalle trat. Ich hatte ein verdammt flaues Gefühl in der Magengrube. Andrea überschätzte ihre Möglichkeiten. Ihr Vater saß im Gefängnis. Vic Colasanto würde sich die Macht nicht einfach wieder wegnehmen lassen, von einer Frau schon gar nicht.

Ich erwischte Phil in der Fahrbereitschaft, wo er gerade einen Dienstwagen übernahm, einen verdammten Schrotthaufen, wie er mir fluchend berichtete, aber ein anderes Fahrzeug war angeblich nicht verfügbar.

»Das ist jetzt wurstegal«, unterbrach ich ihn und setzte ihn über die neueste Entwicklung ins Bild.

»Das kann ins Auge gehen«, meinte er prompt.

»Deshalb komm hier herüber und pass auf Andrea und Gilligan auf, bis die beiden sicher in der Luft sind.«

»Okay, und du?«

»Donna D'Angelo schuldet mir immer noch einen Gefallen«, antwortete ich. »Bis dann, mein Freund.«

Jim Russo stoppte die Limousine in der Gästeanfahrt des Hillside, stieg aus und öffnete die hintere Tür, wobei er seine Umgebung aufmerksam musterte.

Es war ihm nicht wohl bei dem Gedanken, dass Andrea ihren hübschen Kopf noch einmal in den Rachen des Löwen stecken wollte. Ohne Gene Nydick wäre er machtlos, falls Colasanto seine Gorillas auf ihn losließ. Er hoffte inständig, dass es nicht dazu kommen würde, nicht hier und jetzt. Dass Vic das Feld kampflos räumen würde, konnte er sich nicht vorstellen, nicht nach der Szene letzte Nacht oben in Andreas Suite.

Andrea hatte Gene Nydick zum Newark Airport vorausgeschickt. Sie hatte einen Lear Jet, der für Krankentransporte eingerichtet war, gechartert und einen Arzt engagiert, der mitfliegen würde. Gene sollte dafür sorgen, dass die Formalitäten nachher nicht unnötige Zeit in Anspruch nahmen.

»Danke, Jim«, sagte Andrea, als sie ausstieg. Sie deutete mit einer Kopfbewegung auf Lou Manzetti, den Rechtsanwalt, der steif auf der Rückbank saß. »Pass auf ihn auf, ich will nicht, dass er mit Vic spricht.« Manzetti war zwar der Anwalt der Familie und einer der wenigen Vertrauten ihres Vaters, aber sie durfte kein Risiko eingehen. Vielleicht dachte Manzetti wie alle anderen. Dass ihr Vater im Gefängnis saß und sie, Andrea, zu schwach war, um sich gegen Vic durchzusetzen.

Ihre Nerven vibrierten, als sie durch die Drehtür in die Hotelhalle wirbelte. Erst in Atlantic City würde sie in Sicherheit sein. Vic konnte es nicht riskieren, sich dort offen gegen sie zu stellen. Seine Möglichkeiten wären ohnehin begrenzt. Ihre Vollmachten ermöglichten es ihr, Vic den Zugang zu allen Konten zu sperren. Er wäre nicht einmal mehr in der Lage, seine eigenen Leute zu bezahlen, geschweige denn diejenigen, die schon zur Familie gehörten, bevor ihr Vater ihn aus Las Vegas geholt hatte.

Für sie ging es jetzt darum, ihm die letzte Basis zu entziehen, an der er seine Macht neu hätte aufbauen können. Vic hatte Paul draufgehen lassen wollen. Das wusste sie, seit Jim und Gene die Wahrheit aus Bruce Jauncey herausgeprügelt hatten. Jauncey hatte ihr schließlich gesagt, dass er zusammen mit Kevin Polonsky schon am Montag zehn Kilogramm Heroin und die doppelte Menge Kokain nach Manhattan gebracht hatte.

Heute Morgen hatte sie mit Aldo Gianetti telefoniert. Aldo hatte keinen Grund gehabt, ihr zu verschweigen, dass seine Kuriere das Geld für diese letzte Lieferung um zwei Uhr am Nachmittag ins Hillside bringen würden. Es war jetzt zwei Uhr dreißig, und sie rechnete damit, dass das Geld noch im Hotelsafe lag. Die Kurse schwankten je nach Herkunft und Reinheit der Ware, aber sie schätzte, dass es mehr als zwanzig Millionen Dollar waren. Dieses Geld würde sie jetzt an sich bringen, nicht um es zu rauben, natürlich nicht.

Für das Geld war die Orlando-Familie verantwortlich und nicht Vic Colasanto. Wenn das Geld abhanden käme, durch welchen Umstand auch immer, würde die Orlando-Familie gegenüber dem Lieferanten für den Verlust geradestehen, bedingungslos. Deshalb musste sie verhindern, dass Vic es an sich brachte. Es wäre genug für ihn, um sich eine eigene, unangreifbare Organisation damit aufzubauen. Jetzt kam es nur noch darauf an, ob sich das Geld im Schließfach der Orlando-Familie befand oder ob Vic es vorgezogen hatte, es woanders zu deponieren, bis er sich über sein weiteres Vorgehen klar geworden war. Sie hoffte, dass der Schock noch anhielt und ihn am klaren Denken hinderte.

Sie betrat den Kassenraum des Hotels. Simpson, der Kassierer, kannte sie.

»Ich möchte an unser Schließfach«, sagte sie.

Simpson lächelte höflich. »Kommt Mr. Colasanto? Oder soll ich ihn anrufen?«

»Weder noch.« Sie unterdrückte ein Zittern. »Gehen wir nach unten.«

Simpson zögerte. »Ich weiß nicht, Miss Orlando …« Knitterfalten überzogen sein fahles Gesicht.

»Wo liegt das Problem, Mr. Simpson?«, fragte sie kühl. »Die beglaubigte Abschrift der Vollmacht, die mir Zutritt zum Schließfach erlaubt, befindet sich bei Ihren Unterlagen. Mr. Colasanto war nur unser Angestellter.«

»War?« Simpsons Augen weiteten sich.

»Ich habe ihn entlassen. Für Ihre Position sieht es auch nicht gut aus, wenn Sie mir den Zugang zu meinem Safe noch länger verwehren.«

Simpson öffnete die Gitterschleuse, und er begleitete sie über die Wendeltreppe in den Tresorraum des Hotels. Er steckte seinen Universalschlüssel ins Schloss am Schließfach der Orlando-Familie und wandte sich ab, während sie den Code in das elektronische Schloss tippte. Die Zahlen waren nur ihrem Vater, ihr und Vic bekannt.

Simpson zog seinen Schlüssel wieder ab, als sie die Schließfachtür öffnete. Sie stieß einen tiefen Seufzer aus, als ihr Blick auf den kantigen Lederkoffer fiel, der das ganze Fach ausfüllte.

»Wenn Sie fertig sind, rufen Sie mich bitte«, sagte Simpson.

»Sie können sofort wieder abschließen«, sagte Andrea.

Sie zerrte die schwere Tasche heraus und ließ sie von Simpson nach oben tragen.

»Gehen Sie jetzt«, sagte Donna D'Angelo. »Gehen Sie! Ich muss in den Club!«

»Können Sie die Wahrheit nicht vertragen?«, fragte ich heftig. »Dass Ihr Freund Vic einen Mord arrangiert hat? An Ihnen hat es nicht gelegen, wenn es schief gegangen ist. Sie waren perfekt.«

Donna D'Angelo strich mit den Händen über ihre Hüften. Sie trug ein rotes Lederkostüm mit schwarzen Strümpfen und dazu passenden roten Schuhen. Das schwarze Haar hatte sie im Nacken zu einem Knoten gebunden. Ihr Gesicht sah seltsam nackt aus, die von blau über violett bis dunkelrot schillernde Umgebung des geschwollenen Auges bildete einen mitleiderregenden Anblick.

»Für den Fall, dass Sie es noch nicht begriffen haben«, fuhr ich laut fort, »die ganze Show gestern hatte nur den einen Zweck, meinen Kollegen Decker und mich nach Hoboken zu lotsen, wo Ihr Freund Vic uns jemandem vor die Flinten dirigiert hatte. Der Bursche war kein Chorknabe, aber in diesem Fall hatte er nur ein Verbrechen begangen – die Tochter seines Don hatte sich in ihn verknallt.«

»Warum erzählen Sie mir das?« Donna D'Angelo hatte sich gefangen.

»Er ist mit knapper Not davongekommen«, fuhr ich erbarmungslos fort. »Ich übrigens auch, aber bei mir gehört das Berufsrisiko zum Job. Wissen Sie, dass seine Braut ihn gefeuert hat?«, fragte ich. »Die hübsche Andrea hat dem smarten Vic den Laufpass gegeben. Hat er Ihnen das noch nicht gesagt?«

In den grün schillernden Augen erschienen kleine Funken. »Es stimmt also«, sagte sie leise. »Aber wieso sagen Sie mir das alles?«

»Vic ist nicht der Typ, der sich einfach an die Luft setzen lässt, nicht wahr? Er wird handeln. Er wird sie umbringen. Oder es zumindest versuchen.«

Ihre Nasenflügel blähten sich. Erregte sie der Gedanke, dass ihr Geliebter frei war, frei für sie? Oder dass er einen Mord begehen wollte? Es ist hoffnungslos, dachte ich. Die Tänzerin war dem Gangster verfallen.

»Es stimmt«, sagte sie kaum hörbar.

»Was?«, fragte ich verblüfft. Ich bekam den Schwenk wohl nicht so schnell mit.

»Ich musste das Spiel mitmachen.« Sie deutete auf das misshandelte Auge, und dann, als wollte sie mir den Anblick nicht länger zumuten, nahm sie die Sonnenbrille vom Tisch und setzte sie auf. Ihre grell geschminkten Lippen zuckten im blassen Gesicht. »Ich musste es mitmachen, aber ich wusste doch nicht, was er vorhatte!« Sie sprach immer noch mit gedämpfter Stimme.

»Okay, wir können vielleicht Ferrucci festnageln, wenn Sie zu Ihrer Aussage stehen.«

Sie schüttelte energisch den Kopf. »Das vergessen wir mal gleich wieder. Haben Sie eine Zigarette?«

Ich gab ihr eine, und sie rauchte hastig.

»Ich habe nicht vergessen, dass ich Ihnen einen Gefallen schulde«, sagte sie dann. Sie stockte, suchte nach einem neuen Ansatz.

»Denken Sie an sich selbst, nicht an mich. Mit Colasanto haben Sie keine Zukunft.«

»Er hat irgendetwas vor. Vielleicht will er sie umbringen. Er hat von Geld gesprochen, von viel Geld, das ihm jetzt gehört, und dass sie sich selbst in den Prinzessinnenhimmel befördern wird …«

Das war es. Es war eine Bombe an Bord. Ich wirbelte zum Telefon herum. Mit fliegenden Fingern wählte ich die Nummer der FBI-Einsatzzentrale.

»Ich muss Phil sprechen«, sagte ich, als sich George Baker meldete. »Es ist dringend, verdammt dringend!«

»Ich lege das Gespräch auf seinen Wagen.« Es dauerte zehn oder zwanzig Sekunden, die sich zu einer Ewigkeit dehnten, bis ich endlich Phils kratzende Stimme hörte.

»Wo bist du?«, fragte ich.

»Sie hat ihren Lover eben abgeholt, wir fahren jetzt über die Canal Street, Richtung Holland-Tunnel, nehme ich an. Keine verdächtigen Wahrnehmungen.«

Die Fahrt ging also nach New Jersey. Wenn sie ein Flugzeug gechartert hatte, um ihren Geliebten möglichst schnell nach Hause zu holen, endete die Fahrt vermutlich am Newark Airport.

»Colasanto hat irgendeine Schweinerei vor«, sagte ich. »Vielleicht eine Bombe im Flugzeug. Lass die Maschine checken, lass notfalls den Start verbieten, tu, was du für richtig hältst. Ich suche Colasanto ...«

Als ich den Hörer auflegte, traf mich seine harte Stimme wie ein Pfeil in den Rücken.

»Sie haben ihn schon gefunden, Cotton!«

Langsam drehte ich mich um. Schnell und wachsam drängten sie herein – Colasanto, der düstere Kevin Polonsky und Greg, einer der Typen, die in Colasantos Auftrag über Donnas Tugend wachten. Erst später erfuhr ich, dass Greg und sein Partner, der fette Kerl mit dem blassen Gesicht, im Nebenzimmer untergebracht waren und Donnas Zimmer mit allerlei elektronischen Kinkerlitzchen systematisch abhorchten. Sid Ferrucci war auch in der Nähe. Ich sah sein knochiges Gesicht draußen im Gang, bevor Colasanto die Tür ins Schloss drückte.

Polonsky trug jetzt eine Pistole. Er baute sich so auf, dass ihm niemand in die Schussrichtung geraten konnte, während Greg mich gründlich abtastete und meinen 38er an sich nahm.

Colasanto grinste dünn in Donnas Gesicht. »Ich habe mir gedacht, dass er noch einmal bei dir aufkreuzen würde«, sagte er triumphierend, »ich habe es mir gedacht!« Sein Lächeln erstarrte, als er hinzufügte: »Aber ich hätte nie geglaubt, dass du mich verraten würdest, wenn ich es nicht mit eigenen Ohren gehört hätte!«

Phil nahm das Mikrofon wieder in die Hand, als die kleine Kolonne drüben in New Jersey aus dem Holland-Tunnel in den Nieselregen zurückkehrte. Die Ambulanz mit dem Schriftzug eines privaten Krankentransportunternehmens fuhr vorne, gefolgt von der großen Limousine mit Jim Russo am Steuer und Lou Manzetti, der steif und würdevoll auf der Rückbank saß. Zügig glitten die drei Fahrzeuge über die rechte Spur, die eine Meile voraus in den New Jersey Turnpike mündete.

»Ja, Phil«, meldete sich George Baker, »ich habe mit Newark Airport gesprochen. Miss Orlando hat tatsächlich einen Lear Jet gemietet, um ihren Freund nach Atlantic City zu schaffen, einen fliegenden OP mit Arzt und Krankenschwester. Die Maschine steht startbereit auf dem Vorfeld. Ich habe veranlasst, dass sie noch einmal von den Spezialisten der Flughafenpolizei durchgecheckt wird.«

»Okay, George«, sagte Phil, »danke.«

Er schloss etwas auf, bis er über das Dach der Limousine hinweg Andreas Schatten hinter der Milchglasscheibe in der Hecktür der Ambulanz erkennen konnte.

Andrea Orlando saß auf einem unbequemen Klapphocker am Fußende der Pritsche, auf der Paul festgeschnallt war. Seine Augen waren geschlossen. Die Tropfflasche steckte in einem Haltering unter dem Wagendach. Der dünne Schlauch schwang bei jeder Bewegung, die der Krankenwagen machte. Von einer breiten Manschette an Pauls Handgelenk führte ein Kabel zu einem Monitor, der die Überwachung seiner wichtigsten Lebensfunktionen erlaubte. Die Kurven, Zacken und Punkte auf dem grünen Schirm bildeten ein verwirrendes Muster. Alan Holtbury, ein erfahrener Krankenpfleger, saß neben Pauls Kopf. Er tupfte den Schweiß von Pauls Stirn und lächelte Andrea zu. Seine bedächtige Art erweckte Vertrauen und Zuversicht.

»Sein Zustand ist normal«, sagte er.

Andrea blickte durch den freien Streifen im oberen Teil der Milchglasscheibe nach draußen. Der Krankenwagen fuhr jetzt ziemlich schnell. Die verstopften Straßen Manhattans und der Holland–Tunnel lagen bereits hinter ihnen. Vor Andreas Augen breiteten sich öde Felder und endlose Betonbahnen unter einem bleigrauen Himmel aus. Ein endlose Minute lang verschwand die Umgebung hinter einem Wasserschleier, als der Fahrer einen Truck überholte.

»Wo sind wir, Alan?«, fragte sie.

»Wir sind gleich am Zubringer, Miss Orlando«, antwortete Holtbury nach einem Blick nach draußen. »Vielleicht noch zwanzig Minuten bis zum Terminal.«

Andrea stieß einen erleichterten Seufzer aus. Sie stand auf und tastete sich an der Haltestange entlang nach vorne. Holtbury überließ ihr seinen Platz, und sie setzte sich neben Paul. Sie streichelte über sein Gesicht.

»Wir sind bald zu Hause, Paul«, murmelte sie.

Seine Lider zuckten, und dann glaubte sie, so etwas wie ein Lächeln in seinen Mundwinkeln zu erkennen. Sie wischte die Tränen aus ihren Augen.

Sie wollten mich umbringen.

Vic Colasanto war versessen darauf, mir das Lebenslicht auszublasen. Einmal, weil er seine Niederlage am Lake Pocono nicht vergessen konnte, und zum anderen, weil Donna D'Angelo mir zu viel gesagt hatte. Die Frage schien nur noch zu sein, wie sie es anstellen wollten.

»Ich will nicht sterben, Vic!« Donna D'Angelos Stimme klang scharf vor Anspannung und verriet ihre Angst.

Colasanto trat auf sie zu und tätschelte ihre Wange. »Das brauchst du auch nicht, Baby. Du kannst deinen Fehler wiedergutmachen.«

»Ja, ja!«, hechelte sie. »Sag mir, wie …«

»Zieh dich aus, Baby«, sagte er.

Ihre Haltung versteifte sich. Sie sah auf mich herab.

Ich lag am Boden, mit dem Gesicht nach unten, den Kopf ein wenig verdreht, sodass ich immerhin einen Teil des Zimmers überblicken und meine Chancen abschätzen konnte – falls ich eine bekommen sollte. Die Hände musste ich hinter dem Nacken verschränkt halten. In dieser Lage war es unmöglich, schnell auf die Füße zu gelangen.

Sie hatten mich nicht gefesselt, und sie würden es auch nicht tun, denn eine Leiche mit Abschürfungen von Riemen oder Stricken an den Hand- oder Fußgelenken ließ sich schlecht als Unfallopfer verkaufen. Doch abgesehen davon, dass ich mich kaum bewegen konnte, hatten sie mich auch so perfekt unter Kontrolle.

Greg lehnte neben der Tür. Seine Hand hatte er in der Tasche seines weiten Regenmantels vergraben. Dort umklammerte sie vielleicht meinen 38er, vielleicht aber auch eine andere kleine Überraschung. Und Kevin Polonsky stand auf der anderen Seite des breiten Bettes und ließ mich keinen Moment aus den Augen.

Kevin Polonsky war ein Killer. Die Behörden von Las Vegas waren überzeugt, dass mindestens sieben Auftragsmorde auf sein Konto gingen. Nur in zwei Fällen hatte es überhaupt eine Anklageerhebung gegeben. Zu einer Verurteilung hatten die Beweise in keinem Fall gereicht.

»Was ist jetzt?«, fragte Colasanto, als Donna immer noch steif dastand. Ich konnte ihr Gesicht nicht sehen, nur ihre Hände, die unruhig über die Hüften strichen und feuchte Schweißspuren auf dem roten Leder des

Kostümrocks hinterließen. »Du bist doch sonst nicht so prüde. Lass ihn etwas Hübsches mit hinübernehmen …«

»Was hast du vor?«, fragte sie tonlos.

»Er wird versuchen, dich zu vergewaltigen, er wäre nämlich nicht der erste Bulle, der es mit einer Beschuldigten oder einer Zeugin treibt. Aber Greg, der Gast aus dem Nebenzimmer, wird dir im letzten Moment mutig zu Hilfe kommen. Dabei wird Mr. Cotton leider aus dem Fenster stürzen …«

Elf Stockwerke tief auf einen gepflasterten Hof …

»Also, Baby, beeil dich!«

Fasziniert sah ich dem Spiel der Finger zu, die den seitlichen Verschluss des Rockes aufhakten. Der Rock glitt an Donnas Beinen zu Boden. Geschickt stieg sie aus dem Kleidungsstück und beförderte es mit einer eleganten Fußbewegung aufs Bett.

Es landete auf der Kante.

Colasanto wandte sich inzwischen an Polonsky.

»Manzetti ist bei Andrea? Kann man ihn erreichen?«

»Er sitzt in der Limousine. Miss Orlando fährt im Krankenwagen mit«, antwortete Polonsky. »Ich habe gesehen, wie sie hinten eingestiegen ist.«

»Verbinde mich mit der Limousine, ich muss Manzetti sprechen!«

»Russo wird dich nicht mit ihm reden lassen. Der Schweinehund steht ganz auf ihrer Seite.«

»Deshalb sollst du ja anrufen«, sagte Colasanto ungehalten. »Sag Russo, du willst aussteigen und brauchst deshalb den Rat des Familienanwalts.«

Donna streifte die schwarzen Strümpfe von den makellos geformten Beinen. Ich schielte unter dem Bett her auf Polonskys Füße. Greg löste sich von der Wand und nahm Polonskys Platz ein.

Polonsky sprach mit jemandem in der Vermittlungsstelle für Funktelefongespräche, dann sagte er plötzlich in verändertem Tonfall: »Hallo, Jim, ich bin's,

Kevin. – He, leg nicht auf! Ich will mit Manzetti sprechen! Ist er bei dir? – Mann, ich will aussteigen! – Ja, deshalb! – Hallo, Mr. Manzetti?«

Colasanto trat neben Polonsky und nahm ihm den Hörer ab. Polonsky zog sich wieder hinter das Bettgestell zurück. Donna warf die Kostümjacke aufs Bett und auf den Rock. Die beiden Kleidungsstücke rutschten herab und fielen neben meiner Hüfte auf den Boden. Absicht? Wollte sie mir eine Chance verschaffen? Ich konzentrierte mich auf das Gespräch, das Colasanto mit Manzetti führte.

»Sie wollen mit dem Patienten und Andrea nach Atlantic City fliegen? Ich werde Ihnen einen Gefallen tun, Lou – wenn Sie sich erkenntlich zeigen! – Orlando? Machen Sie sich nicht lächerlich, Lou, seine Ära ist vorbei! Hören Sie jetzt genau zu, und machen Sie keinen Fehler. Wenn Russo etwas mitbekommt, gehen Sie baden – mit Ihrer Prinzessin. – Cottons Freund Decker dürfte hinter Ihnen herfahren. Nein, drehen Sie sich jetzt nicht um!«, sagte Colasanto scharf, während Donnas BH auf meinen im Nacken verhakten Händen landete.

Das war Absicht!

Donna gab mir ein Zeichen! Ich beobachtete ihre Beine, die sich vor meinem Gesicht bewegten. Sie drehte sich um und bot ihren nackten Körper den Blicken der Gorillas dar – um sie von mir abzulenken! Vorsichtig löste ich meine verkrampften Finger voneinander.

»Falls er auf die Idee kommen sollte, in der Maschine herumzuschnüffeln«, sagte Colasanto gerade, »bringen Sie ihn davon ab, Lou! – Wie bitte? Wie ist mir egal. Vergessen Sie nicht, wer von jetzt an die Macht in Atlantic City haben wird! – Ach ja, der Gefallen. Fliegen Sie nicht mit, Lou. – Ja, das ist ein Rat, mehr nicht.«

Jetzt gab es keinen Zweifel mehr – Colasanto hatte

eine Bombe in die Maschine praktiziert, mit der Andrea Orlando ihren Geliebten nach Atlantic City zurückbringen wollte!

Ich wartete nicht, bis Colasanto den Hörer zurücklegte. Meine Hände lagen bereits neben meinem Körper. Die eine Hand packte die Teile des Lederkostüms, die andere schob sich unter meine Brust, und dann stieß ich mich hoch.

Ich schleuderte den Rock und die Jacke über das Bett. Das Leder klatschte über den Kopf des völlig überraschten Polonsky. Immerhin reagierte er blitzschnell. Blind, wie er sekundenlang war, hechtete er quer über das Bett.

Damit hatte ich gerechnet. Ich rammte meine Schulter gegen den Bettrahmen und stemmte meine Füße hinter mir gegen die Wand.

Das Bettgestell glitt über den Teppichboden auf Greg und Colasanto zu. Colasanto schaffte es gerade noch, sich mit einem geistesgegenwärtigen Sprung aus der Gefahrenzone zu retten, aber Greg war eine Spur zu langsam. Die Kante des schweren Gestells knallte gegen seine Beine und nagelte ihn gegen die Wand. Und Polonskys schwerer Körper krachte auf der anderen Seite auf den Boden.

Ich sprang auf das Bett. Greg, der vor Schmerz schrie, stieß es zurück. Ich stürzte mich von oben auf ihn und riss ihn an mich. Er schüttelte sich wie ein Terrier, um mich abzuwerfen, aber ich krallte mich in seinen Mantel, während Polonsky endlich das Kostüm von sich schleuderte und herumwirbelte. Die Pistole hielt er bereits in der Hand, und er feuerte aus der Drehung heraus.

Die beiden Kugeln drangen von der Seite her in Gregs Leib. Blut spritzte. Sein Körper zuckte in meinen Armen.

Ich versenkte die Rechte in der Tasche seines Regenmantels. Meine Finger umfassten wie von selbst den vertrauten Griff des Smith & Wesson, und dann zerriss das tödliche Blei den dünnen Stoff des Mantels.

Polonsky stand plötzlich starr da. Die Messernarbe zeichnete sich wie ein frisches Brandmal an seinem Hals ab, als die Haut fahl wurde. Die Hand mit der Pistole sank herab, und dann kippte Polonsky nach vorn.

Ich riss den sterbenden Greg herum, als Sid Ferrucci durch die Tür brach. Ich stoppte ihn mit einer Kugel, die ihn in den Gang zurückschleuderte.

Colasantos Augen waren entsetzt geweitet. Er erwachte wie aus einem Schock, als Donna endlich gellend zu schreien begann. Blutspritzer leuchteten hell auf ihrer weißen Haut, aber es war nicht ihr Blut.

Colasanto wollte hinaus. Ich ließ Greg los und warf mich auf Colasanto. Wir stürzten zu Boden. Er wehrte sich verbissen. Seine Faust schrammte einmal hart über meine Nase, und sofort schmeckte ich das Blut in meinem Mund.

Er gab den Widerstand erst auf, als ich seinen rechten Arm auf den Rücken riss und ihm mein Knie ins Kreuz stemmte. Ich verpasste ihm Handschellen, dann zerrte ich ihn um das Bett herum und ließ ihn erst los, als ich das Telefon zu mir heranholte.

Draußen im Gang wurde es lebendig. Ich kümmerte mich nicht darum, auch nicht um den sterbenden Greg oder die schreiende Donna D'Angelo. Ich musste mich erst vergewissern, ob Phil die Bombe gefunden oder den Start verhindert hatte.

Phil stopfte die Hände in die Taschen seines Mantels. Der dünne Nieselregen auf dem Vorfeld des Newark Airport lief kalt über sein Gesicht. Im Stillen fluchte er auf mich, weil ich ihm keine präziseren Informationen gegeben hatte. Lou Manzetti, der Anwalt, hatte ihn davor gewarnt, den Start noch länger zu verzögern.

Paul Gilligan, der Arzt und die Schwester befanden sich bereits in der Klinikzelle des kleinen Jet. Der Arzt drängte auf einen baldigen Abflug. Pauls Weiterbehandlung konnte nur stationär in einer Klinik stattfinden.

»Ich habe die Maschine keine Sekunde ohne Aufsicht gelassen, seit wir sie gechartert haben«, sagte Gene Nydick zu Phil. Er stand mit hochgezogenen Schultern unter der linken Tragfläche.

Skehan und Christie, die Spezialisten der Flughafenpolizei, nickten bestätigend. Sie hatten die Maschine mit Sprengstoffhunden und Detektoren abgesucht.

»Ich würde meine eigene Tochter mitfliegen lassen«, sagte Christie überzeugt. Phil hob die Schultern und machte eine auffordernde Handbewegung zur Limousine hinüber. Jim Russo half Andrea, die im Wagen vor dem Regen Schutz gesucht hatte, hinaus.

Andrea lief an Phil vorbei und stieg dann hinter Gene Nydick über die ausgeklappte Passagiertreppe in die Maschine. Im Einstieg wandte sie sich um.

»Lou, kommen Sie doch!«, rief sie.

Ihre Stimme ging im schrillen Pfeifen des Triebwerks unter, als der Pilot die Turbine hochlaufen ließ.

Jim Russo schleppte einen schweren Lederkoffer mit abgestoßenen Ecken zur Maschine und reichte ihn Gene Nydick an.

Phil zögerte immer noch. Skehan und Christie fuhren bereits mit ihrem Einsatzfahrzeug davon. Sie hatten es nicht für notwendig gehalten, das Gepäck der Passagiere nach Sprengstoff zu durchsuchen. Weshalb auch! Der Verdacht, dass einer von ihnen die Absicht hatte, Selbstmord zu begehen und die anderen mitzunehmen, bestand nicht.

Entschlossen ging Phil auf die Passagiertreppe zu und kletterte hinauf. In der Kabine roch es intensiv nach Lysol. Über der schmalen Tür, hinter der Paul Gilligan lag, brannte eine rote Lampe. Gene Nydick schob den kantigen Lederkoffer ins Heck der Maschine, wo sich die Gepäckfächer befanden.

»Was wollen Sie denn jetzt noch?«, fragte Andrea erschöpft.

»Ich schaue mir lieber das Gepäck an«, sagte er. »Um nichts zu versäumen.«

Andreas Gesicht wurde blass. »In dem Koffer befinden sich nur private Papiere«, sagte sie.

»Trotzdem werde ich ihn mir ansehen«, sagte Phil.

»Ich kümmere mich darum, Miss Orlando«, sagte Manzetti, der hinter Phil heraufgekommen war.

Er kroch hinter dem G-man her in den niedrigen Heckraum. Gene Nydick war wieder nach vorne gegangen.

Phil kniete neben dem Koffer und betrachtete die beiden Zahlenschlösser. Ratlos sah er Manzetti an.

Manzetti lächelte. »Die Zahlenfolge ist sieben, sechs, eins, drei ...« Während sich Phil über das rechte Schloss beugte, zog Manzetti seine Hand aus der Tasche und ließ die lederbezogene Bleikugel des Totschlägers auf Phils Hinterkopf niedersausen.

Er schob sich nach vorn. Kalter Schweiß lief an seinem Brustkorb hinab. Andrea kam mit einem Mitglied der Besatzung aus dem Cockpit.

»Wir müssen starten«, sagte sie. »Wo ist der G-man?«

»Oh, der ist schon wieder ausgestiegen. Es ist alles in Ordnung«, sagte Manzetti. Seine Stimme klang belegt, aber Andrea schien keinen Verdacht zu schöpfen. Der Steward löste die Verriegelung der Passagiertreppe. »Macht es Ihnen etwas aus, wenn ich mit Russo nach Atlantic City zurückfahre?«, fragte er. »Ich vertrage den Lysolgeruch nicht.«

Die Limousine stand noch am Rand des Vorfeldes. Andrea hob die schmalen Schultern.

»Wie Sie wollen, Lou«, sagte sie.

In Donnas Hotelzimmer wurde es eng und laut, aber ich wagte es nicht, meinen Platz an ihrem Telefon aufzugeben. Colasanto hockte neben mir am Boden. Ungerührt sah er zu, wie sich zwei Ärzte um den sterbenden Greg bemühten. Polonsky war tot, Sid Ferrucci schwer verletzt.

Ich riss den Telefonhörer an mich, als der Apparat endlich anschlug.

»Die Maschine ist in der Luft, seit genau dreißig Sekunden!«, schrie George Baker, den ich als Ersten angerufen hatte. »Soll ich sie wieder runterholen?«

Colasanto, der schon ahnte, was George gesagt hatte, grinste verzerrt.

»Nein!«, sagte ich. »Die Zündung wird vielleicht durch einen Membranschalter ausgelöst, der auf Luftdruckveränderungen reagiert. Wenn die Maschine weiter steigt oder wieder sinkt.«

Colasanto nickte.

»Verbinde mich mit Phil. Zum Teufel, er muss doch wissen, was los ist. Wieso hat er die Maschine starten lassen?«

Am anderen Ende herrschte betretenes Schweigen.

»Was ist los?«, schrie ich.

»Phil meldet sich nicht. Die Leute von der Flughafenpolizei haben kurz vor dem Start noch mit ihm gesprochen – ich höre gerade, dass sein Wagen noch am Tor zum Vorfeld steht.«

»Schalte mich zum Tower durch. Ich werde mit dem Cockpit sprechen.«

»Für so etwas gibt es Experten …«

»Haben die Experten die Bombe gefunden? Also tu, was ich dir sage!«

»Okay, okay. Du bleibst am Apparat?«

»Ja«, sagte ich gepresst. »Beeil dich!«

Bis Atlantic City war es nur ein Katzensprung. Der Flug mit dem Lear Jet würde höchstens vierzig Minuten dauern.

Colasanto zerrte an seiner Handfessel. »Viel Zeit haben sie nicht.«

»Wo ist die Bombe versteckt?«

»Schließen Sie die Dinger auf, und geben Sie mir vierundzwanzig Stunden.«

»Nein.«

»Das ist doch billig. Ein Leben gegen …«

»Halten Sie den Mund!«, fuhr ich ihn an, als sich George Baker erneut meldete. Er hatte den Tower in der Leitung

»Wir hören mit, Jerry. Ich gebe dir Owen McKenna von der Flugsicherung.«

»Hier ist McKenna«, hörte ich eine dunkle, deutliche Stimme. »Ich habe die Maschine auf südöstlichen Kurs gelegt, sie fliegt jetzt über dem Meer. Ich habe den Piloten außerdem angewiesen, die erreichte Flughöhe zu halten – 24.000 Fuß. Ich verbinde Sie jetzt mit dem Cockpit.«

Er brauchte mir nicht zu erklären, was diese Anordnung bedeutete. Die Reiseflughöhe des Lear Jet betrug 40.000 bis 45.000 Fuß. Der Fluglotse wollte die Maschine auf der Höhe halten, die sie zu Beginn des Bombenalarms erreicht hatte. Jede Veränderung der Flughöhe konnte die Explosion auslösen. Aber bei der geringen Reiseflughöhe stieg der Treibstoffverbrauch enorm an.

»Wie lange können Sie in der Luft bleiben?«, lautete deshalb meine erste Frage an Frank Dement, den Piloten.

»Eineinhalb bis zwei Stunden, die Tanks waren beim Start nur halbvoll«, lautete die Antwort.

»Okay, Frank, dann wollen wir keine Zeit verlieren. Lassen Sie die Maschine noch einmal durchsuchen. Stellen Sie als Erstes fest, wer sich an Bord befindet.«

»Die Passagierliste …«

»Die ist nur ein Fetzen Papier«, sagte ich hart. »Sehen Sie nach!«

Phil spürte eine sanfte Berührung, die den Schmerz in seinem Schädel ein wenig zu verdrängen schien. Mühsam öffnete er die Augen. Das hübsche blasse Gesicht, das sich über ihn beugte, erkannte er nicht sofort, aber der bestürzte Ausdruck in den dunklen Augen alarmierte ihn.

»Manzetti sagte, Sie wären von Bord gegangen …«

Großer Gott, er befand sich im Lear Jet! Jetzt spürte er auch das Vibrieren der Maschine. Was war passiert? Die Übelkeit in seinem Magen deutete auf eine Gehirnerschütterung hin. Er zuckte zusammen, als Andrea Orlando ihn an der Schulter rüttelte.

»Sie sollen nach vorne kommen«, sagte die attraktive Mafia-Prinzessin. »Wir haben anscheinend doch eine Bombe an Bord.« Ihre Stimme klang fest und zitterte nicht.

Phil richtete sich auf. Er atmete einige Male tief durch, bevor er Andrea nach vorn folgte. Gene Nydick öffnete die Cockpittür für sie.

Frank Dement sah sich um. Überrascht musterte er den blinden Passagier, verlor aber kein überflüssiges Wort. Er reichte Phil den Kopfhörer mit dem Bügelmikrofon. Phil stülpte ihn über den Kopf, dann räusperte er sich und sagte:

»Phil Decker hier …«

»Phil!«, stieß ich erleichtert hervor. »Bist du in Ordnung?«

»In Ordnung? Ich weiß nicht …«

»Phil, wir haben nicht viel Zeit! Wir müssen die verdammte Bombe finden. Oder ihr müsst aufs Wasser runter.«

»Sie kann nur in diesem verdammten Koffer sein«, sagte Phil. »Augenblick …«

Undeutlich hörte ich Phil mit einer weiblichen Stimme reden, dann meldete er sich wieder. »Miss

Orlando bildet sich ein, dass der Koffer voller Geld steckt – Bargeld von Mr. Gianetti. Aber Colasanto hat sie reingelegt.«

Ich sah Colasanto an. »Wir wissen, wo die Bombe ist«, sagte ich zu ihm.

Colasanto grinste und sah verstohlen auf seine Armbanduhr. »Viel Spaß damit«, sagte er ironisch.

»Wir könnten das Teufelsding einfach durch die Ladeluke abwerfen«, meinte Phil.

Ich überlegte kurz und entschied mich dann gegen den Vorschlag. Wir hätten dann immer noch nicht die letzte Gewissheit, dass sich die Bombe tatsächlich in dem Koffer befand. Es bestand immer noch die Möglichkeit, dass Colasanto oder seine Handlanger einen besonders gemeinen Einfall hatten. »Okay«, sagte Phil nüchtern. »Ich gehe jetzt nach hinten, um mir das Ding genauer anzusehen. Ich höre, dass es dort auch einen Anschluss für den Kopfhörer gibt. So können wir plaudern bis …«

Bis zuletzt, hatte er sagen wollen, aber er sprach das Wort dann doch nicht aus.

Ich hielt den Hörer in der verkrampften Hand und sah mich um. Polonsky lag immer noch quer über dem Bett. Die Ärzte hatten Greg notdürftig versorgt. Zwei Sanitäter trugen ihn jetzt hinaus. Die Cops blieben noch im Gang. Ich hatte sie hinausgeschickt, um nicht mehr als unbedingt nötig abgelenkt zu werden.

Donna D'Angelo kam aus dem Bad. Sie hatte Jeans und einen Pullover angezogen und sah jetzt wie ein ganz normaler Twen aus. Etwas hilflos blickte sie sich um, während ich mich noch einmal an Colasanto wandte.

»Sie haben verloren«, sagte ich.

Er schüttelte den Kopf. »Mein Angebot gilt immer noch. Vierundzwanzig Stunden. Wenn Ihr Freund den falschen Draht erwischt und die Maschine in den Bach fällt, können Sie mir sowieso nichts anhaben …«

»Miss Orlando hat sich erst am Vormittag entschieden, den Jet zu chartern«, sagte ich mühsam beherrscht. »Vorher stand nämlich weder fest, ob Gilligan entlassen wird und welches Transportmittel für ihn in Frage kam. Sie hatten gar nicht die Zeit, um eine aufwändige Konstruktion zu beschaffen.« Oder sich etwas Besonderes einfallen zu lassen, führte ich den Gedanken weiter. Die Zeit konnte allenfalls für einen mehr oder weniger genauen Zeitzünder gereicht haben.

Und dann lief es mir eiskalt den Rücken hinunter. In Anbetracht der kurzen Flugzeit musste der Zünder sehr knapp eingestellt sein. Und der größte Teil dieser Zeit war durch die zusätzliche Kontrolle, die ich selbst veranlasst hatte, draufgegangen. Falsch, falsch, dachte ich. Allein die Durchsuchung des Jet musste mehr als eine halbe Stunde in Anspruch genommen haben. Colasanto konnte die genaue, das heißt, die vorgesehene Abflugzeit gar nicht gewusst haben. Die Bombe hätte im Wagen hochgehen können, in dem sie zum Flughafen gebracht worden war. Oder sie wäre explodiert, als der Jet noch am Boden stand.

Ich knirschte mit den Zähnen.

Phil, wo bleibst du?

Mein Blick fiel auf Donna, die vor Colasanto auf den Fersen hockte und ihn mit schräg geneigtem Kopf ansah. Ich weiß nicht, wie lange sie ihn schon so unentwegt anstarrte, mir fiel nur auf, dass auf dem harten Gesicht des Gangsters ein unsicherer Ausdruck erschien. Ich wagte kaum zu atmen. Zwischen den beiden spielte sich etwas ab.

»Was starrst du mich so an?«, fragte er unwillig.

»Ich möchte nie vergessen, wie ein Ungeheuer aussieht«, antwortete sie. »Vielleicht begreife ich irgendwann, warum ich dich geliebt habe. Im Moment begreife ich es nicht.«

Colasanto zog die Oberlippe in die Höhe. Donna

ließ den Blick nicht von ihm, bis er an ihr vorbei auf die blutbespritzte Wand sah.

»Es ist ein Zeitzünder«, sagte Colasanto plötzlich. »Er ist auf zwanzig Minuten eingestellt. Ein Luftdruckschalter aktiviert ihn, sowie die Maschine 20.000 Fuß Höhe erreicht hat.«

Ich starrte auf meine Uhr. Der Jet befand sich jetzt seit genau einundzwanzig Minuten in der Luft! Mein Mund wurde trocken. Wann hatte er die 20.000-Fuß-Marke überschritten?

»Phil!«, brüllte ich mit jäher Angst in den Hörer.

Ich zuckte zusammen, als ich seine Stimme hörte.

»Ich habe den Koffer gerade geöffnet. Oben liegen Geldbündel, ungefähr zwei Zoll – aha, das ist also das Baby. Primitiv, würde ich sagen. Zwei Pfund Plastiksprengstoff, ein Satz Batterien. Das gekapselte Blechding sieht wie ein Druckschalter aus, so was kriegt man in Bastlergeschäften, genau wie die Schaltuhr, japanisch, was sonst, und digital. Weißt du noch, Jerry, früher nahmen sie diese großen Wecker aus dem Kaufhaus, die tickten immer so laut …«

»Phil!«

»Die Zahlen laufen rückwärts, sie rennen richtig. Fünfzig, fünfundvierzig, vierzig – Mann …«

»Das sind die letzten Sekunden!«, keuchte ich. »Schneid die Drähte durch, reiß die Klemmen ab, verdammt!«

»Reg dich nicht auf, Alter, ich hab doch gleich die Zündelektroden aus dem Sprengstoff gezogen. Da, es ist vorbei – null, null, null. Jerry, wir sehen uns heute Abend.«

Ich ließ den Hörer einfach fallen. Tränen rannen über Donna D'Angelos Gesicht, als ich Colasanto an ihr vorbei nach draußen stieß. »Danke«, sagte ich.

»Ich war Ihnen einen Gefallen schuldig«, sagte sie.

»Du hast ganz schön auf meinen Nerven rumgetrampelt«, sagte ich, als ich Phil am Newark Airport abholte.

»Ich weiß nicht, was mit mir los war. Ich war aufgekratzt und hellwach, ich wusste, dass es um Sekunden ging, aber ich weiß nicht mehr, was ich gesagt habe. Ich weiß nicht mal richtig, was ich getan habe. Und Angst hatte ich. Nur die kleine Orlando, die war ganz cool, die hatte irgendwie mit dem Leben abgeschlossen. Ich glaube, weil sie mit Gilligan zusammen war und mit ihm draufgegangen wäre.«

»Sie liebt diesen kleinen Ganoven wirklich«, vermutete ich. »Vielleicht haben sie ja eine Chance, wenn sie von vorne anfangen müssen.« Ich bemerkte Phils fragenden Blick. »Wir haben die zwanzig Millionen Dollar gefunden, die Gianetti für die letzte Rauschgiftlieferung gezahlt hat. Colasanto hat das Geld in einem anderen Schließfach im Hotelsafe untergebracht, auf seinen Namen. Er wäre als superreicher Mann ausgestiegen, wenn der Jet mit Andrea abgestürzt wäre. Jetzt muss die Prinzessin für den Verlust geradestehen, womit sie pleite sein dürfte.«

»Wo der Staatsanwalt die Gianetti-Millionen kassiert hat, könnte er eigentlich für die Reparatur deines Jaguar aufkommen«, meinte Phil. Ich zog den Scheck aus meiner Brusttasche. Phil bekam große Augen. »Von Adams persönlich mit ein paar warmen Worten an uns beide. Aber das Geld stammt nicht aus den Rauschgiftmillionen, sondern aus dem Sonderfonds der Staatsanwaltschaft.«

»Egal«, meinte Phil zufrieden. »Hauptsache, du lädst mich zum Essen ein.«

ENDE

Die Prominenten-Killer

Mein rechter Haken sah gut aus. Ich fand, er hätte ein wenig Wirkung zeigen können, aber er zuckte nicht einmal mit den Wimpern.

Er hämmerte mir zwei kurze Linke in die Rippen und tauchte kunstvoll unter meinem Schwinger weg. Weit holte er zu dem dramatischen Superschlag aus, der mir den Rest geben sollte.

Ich war dämlich genug, mein Kinn hinzuhalten. Dampfhammerhart knallte seine Faust darauf. Meine Innenbeleuchtung geriet ins Flackern, und ich verlor die Übersicht, kippte rücklings über die niedrige Brüstung und stürzte zwei Etagen tief ab. Um zwei Fingerbreit, so wurde mir später erzählt, verfehlte mein Kopf den solide gemauerten Rand des Swimmingpools. Ich klatschte ins Wasser wie eine abgeschossene Ente, schluckte einen Liter der lauwarmen, von Kaliforniens Sonne aufgeheizten Brühe, mit der der Pool gefüllt war, und hustete mich ins Bewusstsein zurück.

»Cut!«, rief Elmer Harder, der Regisseur. »Bei mir war's gut! Wie war's bei euch, Nic?«

Ich trieb noch im Wasser. Von der Brüstung grinste Jo Lash auf mich herunter, zupfte die Smokingfliege gerade und pustete kühlend über die Knöchel seiner Faust.

»Bei mir war's Scheiße!«, rief Nic Dibble, der Chef der zweiten Kameraeinheit. »Der Kerl kam runter wie ein Mehlsack. Keine Bewegung! Keine Gestik! Außerdem klatschte er viel zu nah am Rand ins Wasser. Ich brauche den Aufschlag in der Poolmitte. Wir müssen wiederholen!«

»Kommt nicht in Frage!«, heulte Harder. »Wir liegen zwei Tage hinterm Drehplan zurück und …«

Meine Perücke trieb davon. Ich fing sie ein und schwamm mit schweren Gliedern zur Leiter. Als ich aufs Trockene kroch, hatten sich Harder und Dibble geeinigt.

»Nur der Sturz wird wiederholt!«, trompetete Harder durch den Handlautsprecher. »Marcusos Stunt, zieh 'nen trocknen Dress an und melde dich beim zweiten Kamerateam! Wir anderen drehen Szene 338, den Wortwechsel zwischen Dexter und Marcuso, der der Schlägerei vorausgeht, in Dekoration 18 A.«

Ich schüttelte mir das Wasser aus den Haaren und blickte zu Jo Lash hoch, diesem gemeinen Bastard, der die Stunts für den edlen Barry Dexter machen durfte, während ich die heiklen Szenen des Schurken Rod Marcuso übernehmen musste. Warum hatte er echt zugeschlagen? Um mir zu zeigen, dass er der Boss war?

»Steh nicht rum, Stunt!«, brüllte Dibble. »Zieh dich um, Mann! Beeil dich!«

Ich trabte über das Gelände zum gemeinschaftlichen Garderobenwagen der Stuntmänner, riss mir den nassen, übereleganten Marcuso-Anzug vom Leibe, trocknete mich ab und suchte nach einem zweiten Handtuch, weil ich keinen eigenen Bademantel besaß. Als die junge Frau in die Garderobe kam, trug ich genau die Bekleidung, die ich als Stuntman für Adam, die erste, benötigt hätte. Ich rettete mich mit einem Sprung hinter eine Spindtür.

»Was soll die Show?« Die junge Frau zog die Augenbrauen hoch, sehr hübsche Augenbrauen. »Zieh das Kostüm an, Stunt!«

Sie trug einen zweiten Marcuso-Anzug überm Arm und in der rechten Hand auf einem Plastikkopf eine zweite Kraushaar-Perücke. »Wenn du falsch aussiehst, macht Dibble dich nieder.«

Sie stellte den Plastikkopf ab und warf den Anzug über eine Stuhllehne.

»Beeil dich!«, wiederholte sie den Haupt- und Staatsbefehl der gesamten US-Filmindustrie. Dabei zeigte sie nicht die leiseste Absicht, die Garderobe zu verlassen.

»Könntest du dich umdrehen?«

Sie zog die hübschen Augenbrauen noch etwas höher, zuckte mit den Schultern und wandte mir ihre Kehrseite zu.

Blitzschnell stieg ich in die kurze Badehose, die bei Stuntmen die Unterwäsche vertritt.

Das Garderobenmädchen hatte prächtiges, nussbraunes Haar, das in üppigen, glänzenden Wellen bis auf die Schulter fiel. Sie hätte mit Sarah Fawcett konkurrieren können und nicht nur, soweit es die Haare betraf. Unter dem blauen Arbeitskittel zeichnete sich eine sportlich straffe Figur mit verheißungsvollen Kurven und langen Beinen ab.

»Wo ist das Hemd?«, fragte ich.

Sie drehte sich um. Abschätzend glitt ihr Blick über meinen Körperbau. Unter diesem Blick fühlte ich mich wie ein Gaul auf einer Versteigerung.

»Kein zweites Hemd vorrätig, Stunt! Du musst das alte anziehen. Man sieht nur den Jackenausschnitt.«

Ich griff nach dem nassen Hemd und streifte es über. Es klebte auf der Haut.

Sie warf mir die Hose zu.

»Nicht verknittern!«, warnte sie.

Der Marcuso-Anzug war so verdammt knapp geschnitten, dass ich die Luft anhalten musste, um die Hose schließen zu können. Bei der Jacke krachten die Nähte.

»Vorsichtig, Stunt! Du trägst das letzte Exemplar.«

Die weiß-schwarzen Lackschuhe des Marcuso-Kostüms waren nass wie das Hemd und umschlossen meine Füße wie Schraubstöcke.

Das Garderobenmädchen ging um mich herum, zupfte hier und zupfte da. Dann stülpte sie mir die Kraushaar-Perücke auf und rückte sie zurecht. Sie stand dicht vor mir und musste sich ein bisschen recken. Die Spitzen ihrer Brüste unterm blauen Kittel streiften für eine Sekunde Marcusos nasses Hemd.

Bekanntlich leitet Nässe gut. Bei mir gab's einen heftigen elektrischen Schlag.

»Steh still, Stunt!«, knurrte sie. Zwischen den Lippen hielt sie ein paar Streifen Klebefolie, mit denen sie die Perücke an meinen Ohren befestigte.

»Warum, zum Teufel, reden alle Leute mich mit der Berufsbezeichnung an? Wo bleibt die menschliche Wärme?«

Sie trat einen Schritt zurück und begutachtete ihr Werk. »Woher soll ich wissen, wie du heißt?«, sagte sie, und es klang so gleichgültig, als spräche sie zu einer frisch dekorierten Schaufensterpuppe.

»Jerry. Leicht zu behalten, oder?«

»Vermutlich. Gehen wir, Stunt.«

Sie war schon ein harter Brocken, durch Erfahrung gestählt. Alle attraktiven, jungen Frauen waren in dieser Glimmer- und Glamour-Stadt hundertfach Anmachversuchen ausgesetzt. Jeder Kerl, der ihren Weg kreuzte, versprach ihnen Rollen beim Film und Ruhm als Star, auch wenn er mit dem Geschäft nicht mehr zu tun hatte, als dass er die Studiofenster putzen durfte.

Diese Erfahrungen hatte mein Garderobenmädchen vermutlich längst hinter sich. Sie wusste, was von Versprechungen zu halten war.

Leicht und locker lief sie mit ihren langen Beinen neben mir her zur Kulisse.

»Na, endlich!«, schrie Dibble, der Chef des zweiten Kamerateams. Seine Kamera stand am Rand des Swimmingpools. »Geh rauf auf die Kulisse, Stunt. Stell dich mit dem Rücken zur Brüstung. Stoß dich ab, damit du weit genug rausfliegst. Beweg Arme und Beine während des Sturzes, damit ein bisschen Dramatik reinkommt. Und noch eins, Stunt! Ich will, dass du eine halbe Drehung machst und mit Gesicht und Körper flach aufschlägst. Es muss spritzen. 'ne satte Aufschlagfontäne bringt die Zuschauer zum Lachen. Wir sind hier nicht bei der Olympiade. Hier gibt's keine Punkte für spritzerloses Eintauchen. Alles klar, Stunt?«

Das Haus, von dessen Dachterrasse ich in den Swimmingpool stürzte, bestand auf der Rückseite zur Hälfte aus Stahlstreben, Stützen, Gerüsten, Leitern, usw. Es war ein Kulissenbau, der am Ende des Films kunstvoll in die Luft geblasen wurde.

So stand es im Drehbuch. Lash als Stuntman für die Barry-Dexter-Rolle und Louella Pergan als Stuntgirl für den weiblichen Star würden in dieser Szene ihren großen Einsatz haben.

Jo Lash erwartete mich auf dem Dach. Unter der blonden Perücke und mit dem aufgeklebten Dexter-Schnurrbart sah er sich selbst kaum noch ähnlich, aber das galt für uns alle, die wir in die Rolle der Schauspieler schlüpften, die ihrerseits wieder irgendwelche Filmgestalten verkörperten.

»Habe ich dich gestreift, Carron?«, fragte er arglos. »Tut mir Leid.«

»Du hast voll hingelangt, Jo!«

»War ein Versehen.« Er log, ohne rot zu werden. »Vergiss es!«

Dibbles Regieassistent stellte uns in Positur. Die Szene wurde neu eingeleuchtet, obwohl die Sonne vom Himmel schien. Dibble brüllte Anweisungen von unten. Endlich war alles arrangiert, die Klappe fiel, und Dibble kommandierte: »Action!«

Lash brachte seinen Overkill–Schwinger an. Routiniert ließ er die Faust dicht an meiner Nase vorbeizischen. Da die Szene nur unten im spitzen Winkel gefilmt wurde, blieb Lash nahezu vollständig verdeckt.

Ich hob ab, wie Dibble es vorgeschrieben hatte. Wild ruderte ich mit Armen und Beinen und gab mir Mühe, im Sturz den Körper zu drehen, damit Dibble seinen flachen Aufschlag bekam. Platt wie eine Flunder klatschte ich aufs Wasser.

Unter bestimmten Bedingungen ist der Unterschied zwischen Wasser und Beton nur begrenzt. Man stirbt nicht, aber es tut fast genauso weh.

Ich sackte weg, tauchte langsam wieder auf.

»Gestorben!«, schrie Dibble. »Einpacken!«

Um mich kümmerte sich niemand. Aus dem Drehbuch wusste ich, dass der nächste Take nach meinem Sturz eine Großaufnahme des auftauchenden Marcuso war, und diese Szene würde mit dem Schauspieler der Rolle, mit Evert Nelson, in einer wohltemperierten Badewanne gedreht werden.

Ich schwang mich aufs Trockene und landete vor den Füßen der Garderobenlady.

»Beeil dich, Stunt«, sagte sie. »Ich brauche das Kostüm. Es muss für morgen in Ordnung gebracht werden.«

Sie trabte an meiner Seite zurück zum Garderobenwagen.

»Wie war ich?«, fragte ich.

»Ein Mehlsack hätte nicht eleganter fallen können«, antwortete sie zynisch.

Vor dem Wagen stoppte sie.

»Ich bleib draußen, weil du so empfindlich bist, Stunt. Lass mich die Perücke abnehmen.«

Sie riss mir die Klebestreifen ab, dass ich fürchtete, die Ohren wären daran hängen geblieben, und kassierte die Perücke. Ich legte einen Arm um ihre Taille und zog sie an mich.

»Lass los, Idiot!«, fauchte sie. »Du bist nass wie ein ersäufter Kater.«

»Hör zu, Süße!« Unter dem Druck meiner Arme musste sie mit offenem Mund nach Luft schnappen. »Ich will wissen, wie du heißt und ob du mit mir zu Abend isst.«

Ihre blauen Augen bildeten einen reizvollen Kontrast zum braunen Haar.

»Ich heiße Judy Mart«, keuchte sie, »und ich verzichte auf die zwei Hamburger, die du mir zum Abendessen spendieren würdest. Für so etwas besitze ich bessere Adressen. Kapiert, Stunt?«

»Beiß dir nicht in die Zunge, Judy«, sagte ich. »Du bekämst eine Blutvergiftung.«

Ich gab sie frei, trat zwei Schritte zurück, zog Jacke, Hemd, Hose und Schuhe aus und warf ihr die Klamotten vor die Füße. Dann riss ich die Tür zum Garderobenwagen auf, ging hinein und zog die Tür ins Schloss.

»He, Jerry!«, rief sie von draußen.

Ich traute meinen Ohren nicht. Jerry? Nicht Stunt, nicht Idiot, sondern Jerry?

Mit einem Griff öffnete ich das Fenster neben der Tür. »Noch irgendetwas unklar zwischen uns?«

Sie stand da mit den nassen Marcuso-Kleidern über den Armen und lächelte. Wahrhaftig, sie lächelte.

»Wenn ich's mir richtig überlege, wären zwei Hamburger nicht das schlechteste Abendessen«, sagte sie. »Du erreichst mich unter dem Studioanschluss 8864. Ruf gegen sechs Uhr abends an. Willst du?«

»In Ordnung, Judy.«

Wir brachen beide in Gelächter aus.

Sal Shellows Telefone hatten Griffe in Form des Dollarzeichens. Das war einer von zahllosen Gags, mit denen seine Villa in Beverly Hills vollgestopft war.

Seit fünfzig Jahren lebte Shellow in Kalifornien. Seit fünfzig Jahren verdiente er seine Dollars im Filmgeschäft, anfangs als Laufjunge in einem Studio der Paramount, dann über eine Menge Zwischenstationen, bis er genug Erfahrung, Überredungskunst und Bankkredit erworben hatte, um sich als Filmproduzent zu betätigen.

Die Wände im Bürotrakt der Villa hingen voller Plakate. Alles Filme, die Sal produziert hatte. Die Plakate der Hits waren goldgerahmt, die der Flops schwarz. Fünf andere Farben bedeuteten Reingewinne pro Film zwischen zehn und fünfzig Millionen Dollar.

An diesem Abend gab Shellow eine Party für Amantha Turner, den Erfolgsstar, die auch die Hauptrolle in ›Diamantenmond‹ spielte, dem Film, der zur Zeit unter der Regie von Elmer Harder gedreht wurde. Außer Amantha waren Alvin Terrell, der Darsteller des Barry Dexter, und Evert Nelson, Spezialist für Bösewichter à la Rod Marcuso, erschienen. Dazu jede Menge Starlets, Chorusgirls, Drehbuchschreiber, Journalisten, Agenten usw. In Wahrheit veranstaltete Shellow die Party nicht für Amantha, sondern für ein halbes Dutzend dollarschwere Rinderzüchter aus Texas, denen er ein paar Millionen zur Finanzierung seines nächsten Projekts abschwatzen wollte. Zufrieden stellte er fest, dass sich die Texaner unter der Wirkung gewaltiger Cocktails bei den Starlets festgebissen hatten. Den reichsten Burschen hatte Shellow Amantha sich selbst an den weltberühmten Busen gelegt.

Shellow genehmigte sich eine Spur echten Whisky in dem eisgekühlten Kamillentee, den er zu trinken pflegte.

»Du wirst lasterhaft, Sal«, sagte Irvin Leek, der Shellows Griff zur Flasche beobachtet hatte.

Shellow schüttelte den Geierkopf.

»Schnaps zu trinken ist kein Laster, sondern eine Dummheit, und ich bin nicht dumm«, sagte er. Seine Stimme krächzte, und in fünfzig Kalifornienjahren hatte sein Englisch nicht den harten Akzent der Muttersprache verloren, die er als Salomon Shelowsky bis zur Ankunft in den USA gesprochen hatte.

»Ich kenne dein Laster, Sal.« Irvin Leek rührte in seinem Cocktail. »Girls, Girls und noch einmal Girls. Damit ist bald Schluss, Sal.«

»Wieso Schluss? Jeden Tag kommen zwei Dutzend

Girls in mein Office und bitten mich um eine Rolle. Meine Couch ist die breiteste in ganz Hollywood.«

»Okay, Sal, aber du wirst bald siebzig.«

Shellow runzelte die dichten Augenbrauen.

»Ich bin sehr gesund, Irvin«, knurrte er, »und leistungsfähiger als mancher Typ, der seine Eier in Whisky sterilisiert.«

»Meinst du mich, Sal?«, fragte Leek lachend. »Soll ich meine Cocktails kastrieren wie du? Mich machen scharfe Drinks scharf, aber ich suche mir meine Partnerinnen aus und nehme nicht jedes Girl, das blond, jung und dumm genug ist, allen Versprechungen zu glauben. Ich achte auf Qualität, Sal.«

»Nebbich!« Shellow zuckte mit den Schultern. »So viel Zeit habe ich nicht. Ich muss mich ums Geschäft kümmern.«

»Das musst du, Sal«, bestätigte Leek. Der Tonfall ließ Shellow aufhorchen.

»Was ist los, Irvin?«, fragte er scharf.

»Ich hörte, dass ein Schauspieler in der Stadt herumläuft und verzweifelt zwanzigtausend Dollar aufzutreiben versucht.«

»Einer meiner Schauspieler?«

»Genau, Sal.«

»Das interessiert mich nicht, Leek. Ich gebe den Jungens pünktlich den Wochenscheck. Wenn sie mit Geld nicht umgehen können, wenn sie's verspielen, verkoksen oder mit Weibern durchbringen, so ist das allein ihre Sache.«

»Du irrst dich, Sal. Wenn der Mann umgelegt wird, weil er zwanzigtausend Dollar nicht aufbringen kann, wirst du dir deine letzten Haare vor Gram ausraufen.«

»Nichts in dieser Stadt lässt sich so schnell ersetzen wie ein Schauspieler.«

»Wie viele Szenen vom ›Diamantenmond‹ hat Harder abgedreht?«

»Zwei Drittel.«

Leek nahm genüsslich einen Schluck seines Cocktails.

»Stell dir vor, Sal, der Mann wird umgelegt, bevor das letzte Drittel im Kasten ist. Dann musst du alles Material wegwerfen, auf dem er mitwirkte. Alle seine Szenen müssen mit einem anderen Schauspieler nachgedreht werden. Das würde dich Millionen kosten.«

Shellow packte Irvin Leek an den Jackenaufschlägen.

»Wer ist es?«

»Das weiß ich noch nicht, Sal. Ich bin gerade dabei, es herauszufinden.«

»Verdammt, es ist sinnlos, einen Mann umzubringen, der Geld schuldet. Ein Toter kann nicht zahlen.«

»Er steht auf der Liste der Prominenten.«

Shellows Geierkopf lief rot an.

»Erzähl mir nicht diesen verdammten Unsinn!«, krächzte er. »Diese Liste existiert nicht! Es gibt keine Killergang, die Stars, Regisseure, Agenten, Produzenten usw., mehr oder weniger prominente Leute also, auf eine Liste setzt und sie umzubringen droht, wenn sie die geforderte Summe nicht zahlen. Die Story ist eine Erfindung von schreibenden Schmierfinken, wie du einer bist, Irvin.«

»Arthur Quantico, Schauspieler, erschossen vor zwei Monaten. Gloria Rhomes, Star einer Serie, erdrosselt in ihrem Apartment. Bill Frazer, Drehbuchautor, gestorben an den Folgen eines Messerstichs. Brad Shuler, Komponist, erschlagen aufgefunden am Strand von Santa Monica. Eve Sutton, Schauspielerin …«

»Hör auf!«, schrie Shellow wütend. »Jeder weiß, dass in Hollywood schnell gestorben wird. Diese verrückte Gesellschaft aus Exhibitionisten, Irren, Säufern, Koksern, Sex-Maniacs lebt mit vollem Risiko. Von Zeit zu Zeit muss einer von ihnen dafür bezahlen. Bis jetzt hat die Polizei keinen Beweis für organisiertes Bandenverbrechen gefunden. Quantico war schwul.

Vermutlich wurde er von einem Liebhaber umgebracht. Gloria Rhomes holte sich ganze Baseball-Mannschaften ins Bett. Lauter Riesenkerle mit solchen Händen!« Shellow zeichnete den Umriss einer Kohlenschaufel in die Luft. »Eifersucht! Streit! Zu viel Alkohol beim Liebesspiel! Einen kurzen Druck solcher Hände hält kein Kehlkopf aus. Frazer und Shuler benutzten Koks, rauchten Crack, und der Coroner stellte bei der Leichenschau fest, dass beide wahrscheinlich von Rauschgiftdealern umgebracht wurden.«

»Sal, bist du jemals erpresst worden?«, fragte Leek.

»Dauernd werde ich erpresst! Schauspieler wollen mehr Geld! Agenten verlangen Unsummen für lausige Filmstoffe. Das Finanzamt quetscht mich aus wie eine Zitrone, und manches Girl, das eine Viertelstunde auf meiner Couch zugebracht hat, versucht daraus eine lebenslängliche Rente zu machen.« Shellow reckte den Geierkopf. »Ich zahle nie«, sagte er. Es klang wie das Triumphkrähen eines siegreichen Hahns.

»Du willst nicht verstehen!« Leek zuckte mit den Schultern. »Du bist ein großer, unabhängiger Produzent. Dir kann niemand drohen. Du bist der Mann, der die anderen beschäftigt, alle die Schauspieler, Kameramänner, Regisseure. Würdest du einem Schauspieler eine wichtige Rolle in deinem nächsten Film geben, wenn du von ihm wüsstest, dass er auf der Prominentenliste stünde?«

»Diese Liste gibt's nicht, Irvin! Noch nie ist jemand zur Polizei gekommen und hat gesagt: Ich werde erpresst, ich stehe auf einer Killerliste.«

»Weil sich niemand erlauben kann, zuzugeben, dass die Prominenten-Killer ihn im Visier haben, und du kennst den Grund, Sal. Der Mann oder die Frau erhielte kein Engagement. Film ist ein knallhartes Geschäft. Kein Produzent beschäftigt einen Schauspieler, einen Regisseur, einen Komponisten oder Bühnenbildner, bei dem die Gefahr besteht, dass er mitten während der Produktion abgeschossen wird. Siehst du, Sal, das macht die Idee der Prominenten-Killer so höllisch raffiniert, dass sie fast deinem Köpfchen entsprungen sein könnte. Die Opfer müssen schweigen, sonst sind sie weg vom Fenster. Wer zur Polizei läuft, begeht beruflichen Selbstmord.«

Leek leerte sein Glas und stellte es auf einer Mahagonivitrine ab.

»Natürlich müssen die Killer von Zeit zu Zeit einen Prominenten umbringen, um ihre Glaubwürdigkeit nicht zu verlieren.«

»Wer ist es?«, wiederholte Shellow. »Terrell, Nelson oder etwa Amantha?«

»Ich weiß es nicht, Sal. Die Kredithaie sind diskret. Bis jetzt habe ich nur Andeutungen gehört.«

»Bring mir den Namen!«, verlangte Shellow.

»Dafür musst du einen Tausender springen lassen!«

»Du verdammter Erpresser!«, krächzte der Filmproduzent.

Irvin Leek lachte.

»In dieser Stadt gibt es nichts umsonst, Sal.«

Judy trug ein einfaches weißes Sweatshirt, eine Hose aus rotem Saffianleder, einen mexikanischen Revolutionsgürtel, breit wie ein Ochsengeschirr und pfundweise mit Silber beschlagen. Ihr Haar hatte sie mit einem bunten Seidenfetzen zusammengebunden. Weißes Hemd und roter Saffian umhüllten ihren Körper, als wäre sie reingeboren. Wieso hatte nie ein Regisseur den atemberaubenden Reiz dieser schier endlosen Beine entdeckt?

»Mach den Mund zu, Stunt«, sagte sie und hakte sich bei mir ein.

»Ich dachte, wir hätten es bis zu Judy und Jerry geschafft.«

»Nicht, wenn du mich so anglotzt, Bursche.«

Ich führte sie zu meinem Wagen. Wer in Hollywood auf sich hält, fährt entweder einen sehr teuren oder einen aufgemotzten Schlitten und investiert nötigenfalls den letzten Dollar. Ohne Rotlicht, Sirene und Sprechfunkanlage befand sich der Jaguar in passender Gesellschaft.

Judy bemerkte das New Yorker Kennzeichen.

»Noch nicht lange im Land, Jerry?«

»›Diamantenmond‹ ist mein erster Job in einer Filmproduktion. Vorher fuhr ich Crash-Rennen, arbeitete bei einer Sensationsshow in Florida und holte mir massenweise Schrammen als Stunt in einer europäischen Fernsehserie.«

Was ich Judy vorlog, war mein offizieller Lebenslauf als Jerry Carron, Artist, Sensationsdouble, Stuntman.

Sie stieg in den Jaguar, hantierte an den Griffen herum, bis sie den richtigen gefunden hatte, und kippte die Rückenlehne in Liegestellung.

»Fahr nach Santa Monica«, sagte sie. »Ich kenne ein gutes mexikanisches Restaurant an der Palisades Beach.«

Sie verschränkte die Arme hinterm Kopf. Unter dem straffen Sweatshirt zeichneten sich Hügel und Spitzen ab, deren Anblick einem die Kehle verengte. Verbissen konzentrierte ich mich auf den Straßenverkehr.

»Seit wann bist du im Geschäft?«, fragte ich.

»Im Filmgeschäft?« Sie lächelte mit geschlossenen Augen. »Ich arbeite in der Garderobenschneiderei.«

»Hast du nie versucht, vor die Kamera zu kommen?«

»Ein Dutzend Filmrollen sind mir angeboten worden, sogar Starrollen. Ich habe alle abgelehnt.«

»Warum?«

»Weil ich in keiner Rolle ein Kostüm gebraucht hätte. In dieser Stadt werden jedes Jahr an die tausend Pornofilme gedreht.«

Sie drehte den Kopf und öffnete die Augen.

»Ich bin ein Mädchen vom Lande, Jerry Carron, geboren und aufgewachsen in Shadehill, South Dakota. Mit altmodischen Ansichten. Ich zieh mich nicht für Dollars aus, sondern aus Spaß oder besser noch aus Liebe.«

»Eine Filmrolle kann ich dir nicht anbieten«, sagte ich. »Davor bist du bei mir sicher.«

»Darum habe ich deine Einladung angenommen.«

In Santa Monica erfüllte das Rauschen der Pazifikwellen die Luft. Das Restaurant hieß ›El Gallo‹. Die Tische standen unter Palmen und um eine kleine Tanzfläche, auf der eine Mariachi-Kapelle mexikanische Musik verzapfte.

Judy wurde von vielen Tischen angerufen. Viermal wurde sie von aufspringenden Männern gestoppt, die mit ihr Wangenküsschen tauschten. Für mich fiel ein knappes »Hi, man« ab.

»Du kennst eine Menge Leute«, stellte ich fest, als wir endlich unseren Tisch erreicht hatten.

»Die Leute vom Film sind eine große Familie«, antwortete sie. »›El Gallo‹ ist kein Restaurant für Stars, aber für Schauspieler der zweiten Garnitur und fürs technische Personal.«

Ich bestellte die Drinks, und Judy wählte das Dinner aus. Während wir den ersten Schluck nahmen, steuerte ein großer, schlanker Mann mit eisgrauer Mähne und einem glatten Gesicht unseren Tisch an.

»Hallo, Judy!« Er beugte sich zu ihr, küsste sie links und rechts.

»Hallo, Earl Creyghton!«

Mir fiel ein, dass ich den Mann kannte. Creyghton hatte die zweite männliche Hauptrolle in einer TV-Serie gespielt, die mit zweihundert Folgen über die TV-Schirme der ganzen Welt geflimmert war.

»Darf ich mich einen Augenblick setzen?«, fragte er.

»Nimm einen Drink mit uns, Earl«, forderte Judy

ihn auf, wies auf mich. »Das ist Jerry Carron, ein Stuntman.«

Wir schüttelten uns die Hände. Creyghtons Hand hatte die Festigkeit eines nassen Waschlappens. Er zog sich einen Stuhl heran, ließ sich einen Martini bringen und redete mit Judy über alte Zeiten. Sie hatte seine Kostüme für die Erfolgsserie betreut. Beide schienen sich während der Zeit näher gekommen zu sein, und Creyghton machte ein paar Andeutungen über drehfreie Weekends und Ausflüge nach Las Vegas.

»Läuft Ihre Serie noch, Earl?«, mischte ich mich ein. »Hieß sie nicht ›Gold der Piraten‹?«

»Gold, Liebe und Tod der Piraten!«, verbesserte er. »Über die Produktion von fünfzig neuen Folgen verhandle ich augenblicklich mit den Produzenten. Der Erfolg der Serie war ungeheuer. Weltweit brachte sie über hundert Millionen Dollar Gewinn. Die Produzenten raufen sich um die Rechte, und ich habe ihnen erklärt, dass ich unter hunderttausend Dollar Gage pro Folge nicht zu haben bin.«

Ich kannte solches Gerede. Jedermann in Hollywood behauptet, dutzendweise Eisen im Feuer zu haben. Ich beobachtete Earl Creyghton, während er redete. Eitel strich er sich über das volle Haar, rückte sein edles männliches Profil ins rechte Licht, schob das markante Kinn vor. Mir entging nicht, dass tiefe Falten seine Augen umgaben und seine Lider nervös flatterten.

Schließlich stand er auf und verabschiedete sich. Judy sah ihm nach.

»Armer Earl! Ein Film mit ihm war ein Flop. Seitdem zeigen ihm die Studio-Bosse die kalte Schulter.«

Im Laufe des Abends vergaß ich Earl Creyghton und konzentrierte mich auf Judy Mart. Nach Mitternacht tanzten wir zur Mariachi-Musik mexikanische Tänze, von denen ich nie gewusst hatte, dass ich sie konnte.

Um zwei Uhr morgens stiegen wir in den Jaguar, und bevor ich startete, gingen Judy und ich ein bisschen in den Clinch. Das dauerte zehn Minuten. Dann machte sie sich frei und sagte: »Um sechs Uhr habe ich Kostümprobe mit Louella Pergan. Wenn wir uns zu lange hier festbeißen, wird der gemeinsame Teil der Nacht zu kurz.«

Klar, dass ich mich beeilte, den Jaguar in Gang zu bringen. Die Zufahrtsstraße wurde auf beiden Seiten von Palmen gesäumt. Ich schaltete den Scheinwerfer ein. Die Lichtkegel erfassten zwei Männer, die dicht beieinander am Straßenrand standen. Der eine Mann war mittelgroß, breitschultrig und trug zum schwarzen Anzug einen weißen Hut, der andere steckte in einem hellen Leinenanzug, war einen halben Kopf größer, und sein Haar glänzte silbrig.

»Das ist Earl Creyghton!«, rief Judy. Dann schrie sie auf.

Der Mann im schwarzen Anzug machte eine heftige, zustoßende Armbewegung, die Creyghtons Kehle galt. Ich konnte nicht sehen, was er in der Hand hielt. Dazu war die Entfernung zu groß. Das Resultat war eindeutig. Creyghton taumelte rückwärts. Der Stamm einer Palme hielt ihn auf. So blieb er noch für eine Sekunde auf den Füßen, während das Blut aus seiner Halsschlagader schoss.

Ich trat den Gashebel durch. Der Jaguar heulte auf. Judy schrie.

Der Killer blickte sich um. Unter dem weißen Hut zeichnete sich konturenlos das Oval seines Gesichtes ab. Ohne Hast, aber mit den schnellen, sicheren Bewegungen eines Raubtiers verschwand er aus dem Scheinwerferlicht in die Dunkelheit zwischen den Palmen.

Siebzig, achtzig Yards! Ich riss das Steuer herum, trat auf die Bremse. Der Jaguar stellte sich quer, und die Scheinwerfer schlugen eine Lichtschneise in die Dunkelheit der Palmenpflanzung.

Der Killer war so überrascht, dass er stehen blieb.

Ich stieß die Tür auf und rannte in großen Sätzen auf den Mann zu. Er versuchte, wegzukommen. Ich war schon so dicht dran, dass er die Aussichtslosigkeit spürte, sich herumwarf und mich mit dem Messer abfangen wollte. Mit einer Drehung wich ich aus.

Die Klinge in seiner Faust war lang und schmal. Im Scheinwerferlicht blitzte sie auf wie ein Laserstrahl.

Aus der Drehung schlug ich zu, traf nicht sauber, aber wuchtig irgendwo zwischen Hutrand und Kinn.

Er kippte seitlich um, als hätte ihn ein Baseballknüppel getroffen. Der weiße Hut segelte davon wie eine Frisbee-Scheibe. Er knallte mit dem Kopf gegen einen Palmenstamm und stürzte auf den Boden. Er war nicht ausgeknockt, und das Messer hielt er fest.

Ich stampfte ihm den Absatz aufs Handgelenk. Seine Faust sprang auf. Er stieß einen jaulenden Schmerzensschrei aus. Ich packte ihn an den Jackenaufschlägen seines schwarzen Anzugs und zerrte ihn hoch. Aus ein paar Handbreit Abstand sah ich im Streulicht des Scheinwerfers sein Gesicht, länglich, mit einer geraden, buckligen Nase, einem breitem Mund, ein paar Pockennarben auf den Wangen und schwarzen Knopfaugen unter dichten Brauen.

»Wie heißt du?«

Zwei Gestalten durchbrachen die Oleanderbüsche. Eine Männerstimme rief: »Verdammt, Vince! Wo bist du?«

Im selben Augenblick sahen sie mich. Eine zweite Stimme schrie: »Gib's ihm, Ross!«

Drei Schüsse knallten.

Ich ließ den Killer los und raste zurück zum Jaguar. Waffenlos hatte ich keine Chance, und ich dachte an Judy, die nicht verschont werden würde.

Noch zwei Schüsse fielen.

Die Tür des Jaguars stand offen. Mit dem letzten Satz warf ich mich hinters Steuer. Der Motor lief. Ich schaltete die Beleuchtung aus, hieb den ersten Gang rein und trat den Gashebel durch. Der Jaguar schoss los. Knapp vor der ersten Palme zog ich ihn herum und brachte ihn auf die Straße.

Noch einmal blitzte hinter uns Mündungsfeuer auf. Zwei Minuten später erreichten wir Wiltshire Boulevard.

Judy saß wie erstarrt auf ihrem Sitz, beide Hände vor dem Gesicht.

In der Lichterfülle des Wiltshire-Boulevard erschien alles, was wir erlebt hatten, unwirklich wie eine Filmszene.

»Bist du sicher, dass es Creyghton war?«, fragte ich.

Sie ließ die Hände sinken. Ihr Gesicht war tränenüberströmt.

»Ja, er war es. Wir müssen uns um ihn kümmern.«

»Niemand kann mehr etwas für ihn tun. Er ist tot.«

»Fährst du zur Polizei?«

»Nein«, antwortete ich. »Die Schüsse sind gehört worden. Irgendwer hat die Polizei längst alarmiert.«

»Wir haben den Mord gesehen, Jerry! Wir können …«

»Nichts haben wir gesehen, Süße! Willst du, dass morgen in der Zeitung steht: Miss Judy Mart und Mr. Jerry Carron wurden Augenzeugen eines Verbrechens an dem beliebten Schauspieler Earl Creyghton? Weißt du, was das für uns bedeutet? Sofort hätten wir die Killer auf unseren Fersen, und irgendwann, wahrscheinlich sehr bald, würden sie uns erwischen.«

»Du kannst den Mörder identifizieren, Jerry, oder?«

»Ja, vielleicht kann ich einen Mörder identifizieren. Einen Mörder, verstehst du? An diesem Killing waren mindestens drei Männer beteiligt. Creyghton wurde nicht umgebracht, weil irgendwer mit ihm eine private Abrechnung vornahm. Der Mord war ein Bandenverbrechen.«

»Du willst nicht zur Polizei gehen?«

»Hör zu, Judy! Ich bin nach Kalifornien gekommen, um als Stuntman ein paar Dollar zu machen. Ich habe keine Lust, mich von den Bullen vereinnahmen und als Zeugen gegen eine Gang aufbauen zu lassen. Das ist viel gefährlicher als ein riskanter Stunt. Also sei vernünftig und vergiss, was du gesehen hast! Stell dir vor, wir hätten El Gallo zwei Minuten früher verlassen. Dann wäre Earl Creyghton genauso tot, aber wir wüssten es nicht.«

»Wenn du so denkst, warum hast du dann versucht, den Killer zu fassen?«

Was sollte ich ihr antworten? Dass ich aus beruflichem Jagdinstinkt gehandelt hatte, durfte sie nicht erfahren. »Aus verdammtem Leichtsinn! Oder weil ich dir zeigen wollte, was für ein toller Held ich bin. Wohin fahren wir? Zu dir oder zu mir?«

»Setz mich vor dem Haus ab, in dem ich wohne. Du verstehst doch, dass ich jetzt nicht …«

»Ich verstehe.«

Judy wohnte im Stadtteil South Gate in einem alten Apartmenthaus. Ohne den Zwischenfall hätte die Nacht anders geendet als mit einer kurzen Umarmung in der Haustürnische.

»Schlaf gut und halt den Mund«, verabschiedete ich mich.

Ich wartete, bis sie die Tür hinter sich geschlossen hatte, und fuhr zur nächsten Telefonzelle.

Ich wählte die Nummer eines Anschlusses in Los Angeles.

Die verschlafene Stimme meines Freundes Phil meldete sich. »In Santa Monica wurde der Schauspieler Earl Creyghton umgebracht. Der Mörder ist ein ungefähr dreißigjähriger, mittelgroßer, schwarzhaariger Mann, dessen Vorname Vince lautet. Er hat eine lange, bucklige Nase, einige Pockennarben und schwarze Knopfaugen unter auffällig dichten Augenbrauen. Er arbeitete mit einem Messer. Ich weiß nicht, ob er immer schwarze Anzüge bevorzugt. Heute Nacht trug er dazu einen weißen Hut.«

»Wenn du ihn so genau beschreiben kannst, musst du dicht dran gewesen sein, Jerry.«

»Ich hielt ihn an den Jackenaufschlägen, aber seine Freunde nahmen mich unter Beschuss. Ich musste ihn loslassen.«

»Warst du allein?«, fragte Phil. Manchmal bewundere ich seinen Riecher.

»Nein, ein Mädchen war bei mir.«

»Wird sie den Mund halten?«

»Ja, ich hoffe.«

»War Creyghton prominent?«

»Leidlich, allerdings auf dem absteigenden Ast. Wenn er erpresst und schließlich umgebracht wurde, weil er nicht mehr zahlen konnte, haben wir endlich eine Fährte zu den geheimnisvollen Prominenten-Killern.«

»In Ordnung, Jerry. Ruf mich morgen an.«

Ich legte auf, verließ die Zelle und ging um den Jaguar herum, der im Lichtkreis einer Straßenlaterne stand.

Dicht unter der Heckscheibe entdeckte ich das Einschussloch.

Filmaufnahmen sind oft so langwierig wie Abrüstungsverhandlungen. Um sechs Uhr morgens hatte ich die ›Maske‹ durchlaufen, war auf Rod Marcuso geschminkt worden. Danach folgten zwei Stunden, die ich im Bademantel herumsaß und mit Pokern überbrückte, bis Judy erschien und mir und zwei anderen Stuntmännern die Kostüme und die Perücken verpasste.

Judy sah blass aus. Ich konnte ihr nur zuflüstern: »Alles okay?«

Sie nickte schwach.

Ein kleiner Studio-Bus brachte uns zur Aufnahmehalle, wo der Stab seit acht Uhr arbeitete. Schlechte Stimmung schlug uns wie dicker Mief entgegen. Elmer Harder, der Regisseur, brüllte jeden an, der in sein Gesichtsfeld geriet. Assistenten, Scriptgirls, Beleuchter, Kulissenschieber duckten sich unter dem Gebrüll wie unter einem Gewittersturm. Evert Nelson, der Schauspieler des Marcuso, und Amantha Turner, der blonde Star des Films, standen in den Kulissen und wurden nachgeschminkt. Amantha beantwortete Harders Brüllen mit wütendem Keifen.

Die Szene, die aufgenommen werden sollte, war relativ kompliziert.

Der Schurke Marcuso rennt eine breite, gewundene Treppe im Inneren einer Villa hinauf, verfolgt von zwei Bodyguards der schönen Diane, die von Amantha Turner gespielt wurde. Marcuso erledigt die Leibwächter, schnappt sich Diane und springt mit ihr über die Brüstung in die Halle.

Da für die Großaufnahmen die Schauspieler, für die Action-Szenen aber die Stunts eingesetzt werden mussten, mussten alle Szenen doppelt und dreifach gedreht und im Schneideraum so aneinandergepappt werden, dass beim fertigen Film die Zuschauer keinen Unterschied zwischen Stars und Stunts erkannten.

Alle Personen, die bei den Takes vor der Kamera zu tun hatten, waren doppelt vorhanden, als hätte jeder einen Zwilling mitgebracht, Evert Nelson und ich als Rod Marcuso, die Schauspieler der Bodyguards und die beiden Stuntmen, mit denen ich gepokert hatte, Amantha Turner und das Stuntgirl Louella Pergan, Freundin von Jo Lash, der mir gestern den echten Haken verpasst hatte.

Beide Kameras waren auf Schwenkkränen montiert. Auf Kamera 1 saß Elmer Harder im Regiestuhl und überschüttete sein Team abwechselnd mit Anweisungen und Beschimpfungen.

Zum zwölften Mal fiel die Klappe.

Evert Nelson, alias Rod Marcuso, rannte die Treppe hoch, gefolgt von den Schauspielern der Bodyguards. Auf der obersten Stufe drehte er sich um und fing den vordersten Verfolger mit einem Fußtritt ab.

Nelson war ein großer, gut aussehender Schauspieler mit einem ausdrucksvollen Gesicht, das in der Großaufnahme Energie, Härte und Gefährlichkeit ausstrahlte. Niemand seit Humphrey Bogart konnte so dämonisch wie er mit einer Zigarette hantieren.

Im Privatleben bevorzugte Nelson Süßspeisen, verbrachte einen Tag in der Woche auf der Couch seines Psychiaters und musste sich vor jeder Filmrolle einer Abmagerungskur unterziehen.

Kein Wunder, dass er die oberste Stufe der Treppe schwer keuchend und am Rande eines Herzanfalls erreichte.

»Gestorben!«, schrie Harder. »Die Stunts auf die Szene!«

Ich begab mich ins grelle Scheinwerferlicht und ließ mir vom Regieassistenten die Startposition anweisen. Meine Pokerpartner übernahmen die Bodyguard-Rollen.

»Probedurchlauf!«, befahl der Regisseur. »Action!«

Ich rannte die Treppe hinauf, drehte mich um und wurde von Harders Gebrüll gestoppt.

»Marcuso-Stunt, du rennst zu schnell! Nelson schafft nur zwei Stufen bei jedem Sprung. Du nimmst drei oder vier! Brems dich ab, Mann! Zurück in die Ausgangspositionen! Wiederholung!«

Fünfmal tigerten wir die Treppe hoch, bevor der Regisseur zufrieden war und die erste Aufnahme befahl.

Ich rannte, drehte mich um, trat dem vordersten Stuntman vor die Brust, entriss dem anderen einen Baseballschläger und schmetterte ihm das Holz vor die

Rippen. Malerisch brachen die Kollegen zusammen und rollten sich überschlagend die Treppe abwärts.

»Nicht schlecht«, entschied Harder. »Ich glaube, wir bringen mehr Dramatik rein, wenn Marcuso erst einmal unter einem Knüppelhieb wegtaucht, bevor er seinem Gegner den Schläger entreißt. Macht das mal, Jungs!«

Sechsmal wurde die Szene gedreht. Zwischendurch mussten wir nachgeschminkt werden. Judy und zwei andere Garderobengirls bürsteten und zupften an unseren Anzügen herum. Erst nach ein Uhr beendete der Regisseur mit dem üblichen Ruf »Gestorben!« die Aufnahmeserie.

»Scheinwerfer aus! Eine Stunde Kantinenpause!«

In der Studiokantine setzten Judy und ich uns an einen Tisch.

»Über den Mord an Earl Creyghton wurde in den Nachrichten ausführlich berichtet«, sagte sie und stocherte in ihrem Essen herum. »Die Polizei sucht Zeugen. Der Lieutenant, der die Untersuchung leitet, wurde interviewt. Er sagte, die Gangster hätten wahrscheinlich Schüsse auf Menschen abgegeben, die ihnen zu nahe gekommen wären. Diese Personen forderte er auf, sich zu melden.«

»Bring dich und mich nicht in Schwierigkeiten, Judy! Stell dich stumm, taub und tot!«

Noch vor Ablauf einer Stunde plärrte es aus dem Lautsprecher: »Aufnahmestab und Schauspieler ›Diamantenmond‹ zurück in Halle 4.«

Die nächste Szene sah vor, dass sich Marcuso, der die Bodyguards erledigt hatte, auf Diane stürzte, die, vom Lärm des Kampfes aufgeschreckt, aus ihrem Schlafzimmer kam. Es sollte ein kurzes Gerangel geben, bevor Marcuso mit seinem Opfer über das Geländer in die Halle sprang.

Nelson und Amantha Turner absolvierten ihren Ringkampf, zuerst probeweise, dann bei sechs wiederholten Takes. Von Aufnahme zu Aufnahme zeigte sich Evert Nelson schlapper. Wenn er Amantha aufheben und zum Geländer tragen musste, wankte er unter ihrem Gewicht wie unter der Last eines Zementsacks. Harder raufte sich die Haare.

»Macht Schluss damit!«, schrie er entnervt und wandte sich an den Kameramann. »Die Nahstellungen können wir verwenden. Für die Totale soll Marcusos Stunt Amantha bis ans Geländer tragen.«

»Mich!«, kreischte Amantha los. »Du meinst mein Stuntgirl, oder?«

»Ich meine dich, Süße!« Harder schaltete seinem Gebrüll noch ein paar imaginäre Lautsprecher zu. »Ich will, dass der Stunt dich so hochhebt, dass die Kamera dein Gesicht und deine Titten erfasst, verstehst du? Dafür gibt es keinen Ersatz.«

»Mein Vertrag befreit mich von allen riskanten Szenen!«

»Nichts daran ist riskant! Der Stunt wird dich nicht fallen lassen!«

Mitten in die Auseinandersetzung rief irgendwer die Warnung: »Mr. Shellow kommt ins Studio!«

»Fünf Minuten Pause!«, schrie Harder, ließ den Schwenkarm des Kamerakrans nach unten fahren, hüpfte von seinem Sitz und eilte Shellow entgegen.

Ich wusste, dass Sal Shellow der Produzent unseres Films war. Die Männer, die Filme finanzieren, sind die wichtigsten Leute in Hollywood, die wahren Götter der Filmindustrie.

»Geht's gut voran, Elmer?«, fragte er den Regisseur. Seine Stimme klang wie Rabengekrächz. Shellow war hager, hatte ein scharfes Raubvogelprofil und einen dünnen Kranz grauer Haare um seine ausgeprägte Glatze. Begleitet wurde er von einem ungefähr vierzigjährigen Mann, der eine dunkle Brille trug und in dessen schwarzes Haar sich erste graue Fäden mischten. Im Gegensatz zu Shellow, der sackweite Anzüge in undefinierbaren Farben bevorzugte, trug er helle Armani-Kluft, Gucci-Schuhe, eine Rolex-Uhr und am anderen Gelenk ein massives Platinarmband.

»Wir liegen im Zeitplan, Mr. Shellow!«, versicherte der Regisseur. »Wollen Sie die Muster sehen, Sir? Sie werden begeistert sein. ›Diamantenmond‹ ist die beste Arbeit, die ich je gemacht habe.«

Der Mann mit der Sonnenbrille lachte.

»Das hast du von ›Kalifornia-Melodie‹ und ›Insel des Todes‹ auch behauptet, Harder«, sagte er. »Der eine Film war ein Flop, der andere hat knapp die Herstellungskosten eingespielt.«

»Beide Filme waren erstklassig. Sie wurden schlecht vermarktet!«, bellte der Regisseur.

Mit einer Handbewegung brachte Shellow ihn zum Schweigen.

»Kanntest du Earl Creyghton?«, fragte er.

»Vor zwei Jahren spielte er eine Nebenrolle in ›König der Prärie‹. Er ist ein zweitklassiger Schauspieler.«

»Er ist tot«, sagte Shellow, legte den Arm um die Schultern des Regisseurs, dirigierte ihn außer Hörweite und redete auf ihn ein. Harder reagierte mit Schulterzucken und Gesten, die Ratlosigkeit ausdrückten.

Das Flüstergespräch dauerte nur zwei Minuten. Die Männer kamen zurück. Shellow sagte laut: »Lass weitermachen, Elmer. Ich will ein paar Minuten zusehen.«

»Einen Stuhl für Mr. Shellow!«, schrie der Regisseur ins Megafon. Diensteifrig schleppten ein halbes Dutzend Leute Stühle heran.

Harder schwang sich in den Kommandositz des Kamerakrans.

»Marcusos Stunt in die Szene!«

Ich machte mich auf den Weg ins Scheinwerferlicht.

»Das ist 'ne Chance, Jerry!«, zischte mir der Kollege zu, der unter meinem Knüppelhieb die Treppe hinabgestürzt war. »Auch Cooper und Wayne waren Stuntmänner, bevor ein Produzent sie als Schauspieler und Stars entdeckte.« Er »spuckte« mich dreimal an. »Toi, toi, toi, mein Junge!«

Sal Shellow zeigte sich von mir nicht beeindruckt. Er schäkerte mit dem Scriptgirl und betätschelte das dralle Mädchen von allen Seiten.

Amantha Turner stand am Ende der Treppe zwischen der Tür, die angeblich zu ihrem Schlafzimmer führte, und dem Geländer, über das Marcuso mit ihr in die Halle springen sollte. Eine Visagistin, ihre Garderobiere und zwei Regieassistenten wieselten um sie herum. Ihr Kostüm in dieser Szene bestand aus einem hauchdünnen und durchsichtigen Nachthemd, das ihren weltberühmten Busen so wenig verhüllte, als stünde sie nackt unter einem Moskitonetz.

Der Busen war ihr Markenzeichen. Die ganze Welt wusste, dass sie ihn immer und unter allen Kleidern unverpackt trug. Letztendlich verdankte Amantha ihre steile Karriere der Steilheit ihrer Brüste.

»Helfer raus aus der Szene!«, dröhnte Harders Stimme. Assistenten und Garderobiere hasteten davon. Amantha und ich standen uns im grellen Scheinwerferlicht allein gegenüber.

»Mach mir keine blauen Flecken, Stunt!«, giftete sie mich an.

Amantha hatte tiefblaue Augen, eine kurze Nase und weißblondes Haar. Natürlich trug sie eine dicke Schminkschicht im Gesicht, angeklebte Wimpern und nachgetuschte Augenbrauen, aber auch ohne alle Zutaten war sie eine schöne Frau.

»Keine Probe! Wir drehen sofort!«, befahl Harder. »He, Stuntman, achte darauf, dass du der Kamera immer den Rücken zudrehst! – Amantha, Schätzchen, von dir erwarten deine Fans eine wirklich heiße Show. Heize dem Jungen ein. Mach ihn scharf! Alles klar? Klappe, bitte!«

Ein Studiogehilfe hielt die mit Filmtitel und Szenennummer beschriftete Mappe vor das Objektiv der Kamera und rief: »Diamantenmond, 208, erster Take!« Mit einem trockenen Knall schlug er die Holzleiste hoch.

»Action!«, schrie der Regisseur.

Ich stürzte mich auf Amantha–Diane, die laut aufschrie. Ich packte sie, hob sie hoch. Sie strampelte, stemmte die Hände gegen meine Brust. Ihr Parfum und der Geruch der Schminke hüllten mich ein wie eine unsichtbare Wolke. Im engen Clinch trug ich sie zum Geländer.

Die Szene dauerte zehn Sekunden. Als das Kommando »Aus« fiel, hielt ich sie noch in den Armen.

»Das war gut!«, rief Harder zufrieden. »Nur zur Sicherheit drehen wir eine Wiederholung!«

Vorsichtig senkte ich die Schauspielerin ab, bis ihre Füße den Boden berührten. Amantha sah mich mit einem seltsamen Ausdruck an. Ihre Augen glitzerten.

»War ich nicht zu schwer, Stunt?«, fragte sie sanft.

»Natürlich nicht, Miss Turner.«

Die Hilfskräfte stürzten sich auf uns, um uns in den Ausgangszustand zurückzuversetzen. Amanthas Nachthemdfalten wurden neu geordnet, ihr Haar nachfrisiert. Um mich kümmerte sich Judy, zog den Schlips gerade und bürstete Amanthas Puder von meiner Jacke.

Nach zehn Minuten fiel die Klappe für diese Szene zum zweiten Mal. Alles wiederholte sich. Amantha schrie, wehrte sich, und ich trug sie in zehn Sekunden zum Geländer.

Nur etwas war anders. Ich weiß nicht, ob irgendeiner der rund fünfzig Filmleute, die uns anstarrten, die winzige Veränderung bemerkte, aber ich spürte sie.

Amantha ließ mich ihren Körper fühlen. Sie machte sich schwer, presste ihre Schenkel gegen meine Hüften.

Ihr Arm streifte mein Gesicht. Als ich sie nach Harders »Aus« absetzte, ließ sie ihre Hand einen Augenblick auf meinem Nacken und lächelte mich an.

»Danke, Stunt. Wie heißt du?«

»Jerry Carron.«

»Danke, Jerry.«

»War mir ein Vergnügen, Miss Turner.«

»Amantha für dich, Jerry. Wir arbeiten in derselben Branche.«

Harders Befehle beendeten das kurze Gespräch.

»Nr. 208 ist gestorben! Amantha, Schätzchen, du warst erstklassig! Feierabend für die Schauspieler. Dibble, du drehst mit den Stunts noch den Sprung übers Geländer!«

Am Fuß der Treppe nahmen Shellow und der Mann im Armani-Anzug Amantha in Empfang. Der Produzent drückte sie an sich und verließ mit ihr das Studio. Auch Elmer Harder und sein Aufnahmestab verschwanden aus dem Atelier. Zurück blieben Nic Dibble und das zweite Kamerateam.

»Los, Leute, hüpft übers Geländer, damit wir endlich einen Drink nehmen können!«, trompetete Dibble durch den Handlautsprecher.

Louella Pergan nahm Amantha Turners Platz ein. Natürlich trug sie eine weißblonde Perücke und ein Nachthemd, aber darunter lag sie nicht so bloß wie Amantha.

Als ich den Stuntjob für Diamantenmond bekam, hatte ich unter Jo Lashs Aufsicht ein paar Trainingsaktionen absolviert, darunter auch zwei Stunts mit Louella. Sie war ein Profi in diesem Gewerbe, geschmeidig wie eine Katze, ziemlich gut als Schauspielerin und ausreichend hübsch, um als Double für Stars zu arbeiten. Sie und Lash waren ein Team, das einige der riskantesten Action-Szenen der letzten Jahre hingelegt hatte.

Wir stellten uns dort auf, wo ich Amantha abgesetzt

hatte. Ich nahm Louella in die Arme. Ein Regieassistent korrigierte die Haltung an Hand von Polaroidaufnahmen, die von der vorhergehenden Szene geschossen worden waren.

»Probesprung!«, befahl Dibble.

»Spring nicht daneben, Carron!«, ermahnte mich Louella.

Ich setzte übers Geländer. Louella und ich fielen ungefähr vier Yards runter und landeten auf einer mittelgroßen Luftmatratze.

»Noch einmal!«

Drei Probesprünge. Drei Aufnahmen. Als wir zum insgesamt sechsten Mal aufschlugen, erklärte Dibble die Szene für gestorben.

»Endlich!«, stöhnte Louella und streifte die blonde Perücke ab. Ihr eigenes rötliches Haar war kurz geschnitten.

Am Studioausgang wartete Jo Lash auf sie.

»Hast du zugesehen, Jo?«, fragte Louella.

Lash nickte. »Ich hatte Angst, er würde dich fallen lassen«, sagte er. Seine hellen, eisgrauen Augen musterten mich aufmerksam.

»Keine Sorge, Jo. Für den Fausthieb werde ich nicht an Louella Revanche nehmen. Den rechne ich mit dir selbst ab.«

»Einverstanden, Carron!«

Sie verließen das Studio. Im Flur begegneten sie Judy, und ich beobachtete, dass sich Lash nach ihr umdrehte.

Ich fing Judy ab und zog sie hinter eine Kulisse.

»Es ist besser, wenn wir vorübergehend auf Distanz gehen. Das gemeinsame Abendessen fällt aus.«

»Warum?«

»Ich sah Creyghtons Mörder, aber er sah auch mich. Wir müssen damit rechnen, dass sich die Gangster im Filmbetrieb auskennen und mich finden. Dann wärst auch du gefährdet.«

»Wie du willst, Jerry«, antwortete sie. Es klang leicht beleidigt. Sie löste sich aus meinem Griff, ging weiter und verschwand hinter der Tür zum Requisitenlager.

Ich trabte zur Stuntgarderobe, zog die Marcuso-Kleider aus, schminkte mich ab und duschte. Als ich eine Stunde später dem Wächter am Tor den Ausweis zeigte, war es neun Uhr abends und dunkel.

Jenseits des Gittertors kam ein Mann im hellen Trenchcoat auf mich zu.

»Hallo, Carron.« Er streckte die Hand aus. »Ich möchte mich bei dir bedanken. Es ist fantastisch, wie du meine Action-Szenen doubelst. Meine Fans werden begeistert sein. Du riskierst deine Knochen, ich ernte den Applaus. Dafür sollte ich dir mindestens einen Drink spendieren. Komm mit. Ich kenne eine nette Kaschemme am Feliz Boulevard.«

Evert Nelson, der Schauspieler der Marcuso–Rolle, legte einen Arm um meine Schultern.

»Mein Wagen steht auf Parkplatz zwei.«

Der Vorgang war ungewöhnlich. Die Rangordnung beim Film ist streng wie beim Militär. Ganz oben stehen die großen Regisseure und die Stars mit Weltruhm, gefolgt von den Schauspielern der zweiten Garnitur, den Drehbuchschreibern, Komponisten, usw. Die Stuntmänner stehen ein halbes Dutzend Klassen tiefer, knapp vor den Beleuchtern und Tontechnikern.

Welche Position ein Mann einnimmt, lässt sich am zugewiesenen Parkplatz ablesen. Nelsons Auto, ein silberfarbener SL-Mercedes vom Anfang der achtziger Jahre, stand auf Platz Nummer 184. Mir hatte das Personalbüro Platz 1302 zugeteilt, zu dem ich eine halbe Meile laufen musste.

»Steig ein, Carron«, sagte Nelson munter.

Ich schob einen aufkeimenden Verdacht beiseite. Soviel ich wusste, war Evert Nelson vier-, fünfmal verheiratet gewesen. Ich ließ mich ins Lederpolster fallen. Nelson brachte den Wagen in Gang. Lautlos wie auf

Katzenpfoten rollte der Germany-Schlitten vom Parkplatz.

Auf der Fahrt redete Nelson wie ein Wasserfall. Er sprach von früheren Filmen, klatschte über Regisseure, Schauspieler und Kollegen. In der Kaschemme am Feliz Boulevard kippte er in schneller Folge ein halbes Dutzend Martinis und redete pausenlos weiter, bis ich ihn energisch unterbrach: »Was kann ich für Sie tun, Mr. Nelson?«

»Nenn mich Evert wie alle meine Freunde.«

»Okay, Evert, was willst du von mir?«

Er lachte und zeigte seine prachtvollen Jacketkronen.

»Nehmen wir noch einen Drink«, schlug er vor.

»Nicht für mich.«

Er ließ sich einen weiteren Martini kommen und kippte ihn so rasch, als müsse er sich Mut antrinken.

»Wärst du bereit, mich im Privatleben zu doubeln?«, fragte er. »Es handelt sich um einen Scherz, um eine Wette.«

»Was soll ich machen?«

»Alles ist ganz einfach. Du ziehst meinen Trenchcoat an, steigst in meinen Wagen und übergibst eine Aktentasche einem Mann, der in Altadena auf mich wartet.«

»Wozu das Ganze?«

Er spielte mit seinem Glas. »Ich brauche ein Alibi, Carron. Während du den Mann triffst, werde ich eine Frau treffen. Verstehst du?«

»Ich hoffe, du willst sie nicht umbringen.«

Er lachte. »Eher das Gegenteil. – Machst du's?«

»Warum nicht? Wann?«

Er warf einen Blick auf seine Armbanduhr, ein brillantensprühendes, exklusives Modell.

»Wenn du in einer halben Stunde losfährst, kommst du rechtzeitig. Es bleibt uns noch Zeit für zwei, drei Drinks.«

Unter dem Einfluss neuer Martinis zeigte er Wirkung. Seine Zunge wurde schwer. Lallend erklärte er mir, wie ich zu fahren hätte. Der Mann, dem ich die Aktentasche übergeben sollte, wartete auf einem Parkplatz am Devils Gate.

Beim Aufstehen schwankte er leicht, stützte sich auf mich und lachte. »Die letzten zwei Martinis hätte ich auslassen sollen.«

Er warf mir seinen Trenchcoat zu.

»Zieh ihn an!«

Ich zog den Mantel an. Nelson begutachtete mein Aussehen. »Im Wagen liegt ein Hut, den du aufsetzen kannst.«

Wir verließen die Kneipe und gingen zum Mercedes. Evert gab mir den Schlüssel.

»Wohin soll ich den Wagen zurückbringen?«

»Hast du morgen einen Drehtag?«

»Ja, ab acht Uhr.«

»Behalt den Wagen bis morgen, bring ihn mit zum Studio und stell ihn auf meinen Parkplatz.«

»Geht in Ordnung.« Ich öffnete den Schlag, stieg aber nicht ein.

»Worauf wartest du?«

»Ich brauche ein paar Dollar Benzingeld, falls ich unterwegs tanken muss.«

Er verzog das Gesicht, holte eine abgemagerte Rolle Dollarscheine aus der Tasche und gab mir einen Hunderter.

Aktentasche und Hut lagen auf dem hinteren Behelfssitz. Der Hut stammte aus der Werkstatt eines berühmten Designers und hatte einen unnachahmlichen Knick in der Krempe. Die Aktentasche war aus Plastik und konnte kaum fünf Dollar gekostet haben.

»Mach's gut, Carron«, wünschte Nelson. Ich startete den Motor und grinste zu dem Schauspieler hoch.

»Viel Glück bei der Lady, Evert.«

Das Germany-Auto verhielt sich wie eine rollende Präzisionsmaschine. Sanft wie eine gut gelaunte Katze schnurrte der Motor. Nichts an dem Wagen quietschte oder knarrte. Ich verliebte mich auf Anhieb, und wenn der Vergleich auch hinkt, so muss ich doch zugeben, dass ich drauf und dran war, meinen Jaguar mit diesem Auto zu betrügen wie eine alte Freundin mit einer neuen, attraktiven Frau.

Bevor ich in diesen Einsatz ging, hatte ich das Straßennetz der riesigen Stadt Los Angeles gründlich studiert. Ich kannte mich aus, wusste, dass Devils Gate ein großer Stausee am Rande des Gebirges oberhalb der Stadt war.

Die Parkplätze rund um den See waren nummeriert. Der Mann, dem ich die Aktentasche übergeben sollte, wartete auf Parkplatz vier.

Wie viel glaubte ich von Nelsons Geschichte?

Weniger als zehn Prozent.

Wenn ich die Aktentasche betastete, konnte ich einige Päckchen fühlen. Das Schloss ließ sich nicht öffnen. In diesem Punkt hatte Nelson vorgesorgt.

Genau eine Stunde vor Mitternacht steuerte ich den Mercedes in die Parkplatzeinfahrt und blendete die Scheinwerfer auf.

Nur ein Auto stand auf Parkplatz vier, ein dunkelgrüner Cadillac. Ich fuhr auf ihn zu und stoppte in zehn Yards Abstand.

Eine Männerstimme rief: »Scheinwerfer aus!«

Ich schaltete die Festbeleuchtung ab. Den Motor ließ ich laufen.

Schritte knirschten auf der Asche des Platzes. Die Gestalt eines großen Mannes tauchte neben dem Mercedes auf.

»Gib her!«, befahl dieselbe Stimme, die die Abschaltung der Scheinwerfer verlangt hatte.

Ich übergab ihm die Aktentasche.

»Sehr vernünftig, Mann«, lobte er. »Vergiss nicht den nächsten Termin.«

Von seinem Gesicht war in der Dunkelheit nichts zu

erkennen. Stimme und Sprechweise hatten nichts Auffälliges.

»Verpfeif dich, Nelson!« Er drehte sich um und ging zum Cadillac zurück. Wieder knirschte die Asche unter seinen Schritten.

Ich wartete zwei Sekunden. Dann tippte ich auf den Scheinwerferhebel. Die Lichtkegel erfassten ihn auf halbem Wege zwischen Mercedes und Cadillac. In der Schreckreaktion drehte er sich um. Er hatte ein eckiges Gesicht mit einem Nussknackerkinn, einer kurzen, breiten Nase und hellen Augenbrauen.

»Verdammter Bastard!«, brüllte die Stimme eines zweiten Mannes aus dem Cadillac. Mündungsfeuer blitzte auf. Der linke Scheinwerfer des Mercedes zerplatzte.

Die Typen verstanden keinen Spaß. Ich trat auf den Gashebel, zog das Steuer herum. Der Wagen reagierte so prompt wie ein dressierter Gaul bei einer Stuntnummer, brach in engster Kurve nach links weg, schleuderte mit allen vier Rädern Asche in die Gegend und gewann an Fahrt. Das Manöver rettete den zweiten Scheinwerfer, denn der Mann im Cadillac feuerte noch einmal.

Mit steigender Geschwindigkeit rauschte der Mercedes vom Parkplatz auf den Devils Gate Drive, eine Straße, die sich in engen Kurven abwärts schraubt. Nach zwei Kurven riskierte ich den ersten Blick in den Rückspiegel. Alles blieb ruhig. Keine Autolichter tauchten im Spiegel auf. Anscheinend verfolgten sie mich nicht. Ich nahm die Geschwindigkeit zurück.

Nach der siebten Kurve erfasste der einäugige Scheinwerferstrahl einen grünen, mittelschweren Fünf-Tonnen-Lastwagen, der mir gemächlich entgegengezockelt kam. Er fuhr auf der Straßenmitte. Weder rechts noch links wäre ich mit dem Mercedes vorbeigekommen.

Ich drückte auf den Hupring. Vornehm und sonor

dröhnte das Signalhorn des Vierzigtausend-Dollar-Autos. Krächzend und misstönend röhrte der Lastwagen zurück. Nicht um einen lausigen Fußbreit räumte der Fahrer die Fahrbahnmitte.

Ich begriff und handelte, stieg auf die Bremse, nutzte die Restgeschwindigkeit, um den Mercedes quer zu stellen, warf den Rückwärtsgang rein, setzte den Wagen bis hart an den Rand der Straßenbegrenzung zurück, stoppte ihn und wechselte, als er noch rollte, im Vertrauen auf deutsche Wertarbeit in den Vorwärtsgang.

Kreischend protestierte das Getriebe gegen die Behandlung, aber es flog nicht auseinander.

Der Mistkerl am Steuer des dreckigen Lasters merkte, dass ich die Kurve kriegte. Er beschleunigte seine Karre. Bis auf drei Yards kam er an das Heck heran. Dann machte sich der Mercedes unter dem Druck des Gashebels davon, als wären ihm Flügel gewachsen. Der Laster blieb zurück wie festgeklebt.

Ich jagte bergauf und nahm zwei Kurven, die ich vor einer Minute in umgekehrter Richtung durchfahren hatte. Noch standen ein paar Sorgenfalten auf meiner Stirn. Ich ahnte, was kommen würde.

Es kam nach der vierten Kurve. Genauer gesagt, es kam nicht, sondern es blockierte als massives Hindernis die Fahrbahn noch gründlicher als der Laster. Die unfreundlichen Geschäftspartner von Evert Nelson hatten den Cadillac quer gestellt.

In manchen Filmen werden solche Hindernisse, wenn das Drehbuch es vorschreibt, vom verfolgten Auto übersprungen. Mit einer Rampe oder einem Katapult lassen sich solche ausgefallenen Ideen realisieren, aber wenn zwei Fahrzeuge ohne Tricks und ohne Vorbereitungen aufeinander krachen, dann spielt es keine Rolle, ob ein Stuntman oder ein Fahrschüler am Steuer sitzt.

Ich hatte die Wahl zwischen drei Möglichkeiten:

Augen zu und drauf, Steuer nach links und einen Satz abwärts, Steuer nach rechts und den Hang aufwärts.

Ich wählte die Letzte, denn es war die einzige mit dem Hauch einer Chance. Der Hang war nur mäßig steil. Wenn ich ihn schräg anschnitt, konnte der Mercedes vielleicht die Straße jenseits der nächsten Kurve erreichen.

Ohne Hast zog ich das Steuer herum. Der Wagen durchbrach die Randbepflanzung, ging die Steigung an, die mit niedrigem Gebüsch bewachsen war. Ich wurde gegen die Rückenlehne gepresst. Wie viel Grad hatte dieser verdammte Hang? Vierzig oder fünfzig? Immer stärker schien der Wagen in die Senkrechte zu geraten. Wenn die Räder nicht fassten und durchdrehten, jaulte der Motor. Weiter und weiter fräste sich das gute Stück aus Old Germany durchs Gestrüpp und den Hang hinauf. Der einzige Scheinwerfer stieß seinen Lichtstrahl in den Himmel, als wolle er ein Flugzeug suchen.

Schon sah ich die rot und weiß lackierten Pfähle der Begrenzung. Nur ein paar schräge, unbewachsene Felsplatten trennten mich und den Mercedes vom rettenden Asphalt.

Das verdammte Felsstück war steiler als der Hang in seiner Gesamtheit. Die Vorderräder rutschten ab, griffen nicht. Die drehenden Hinterräder drückten den Wagen aus der Linie und schoben sich quer.

Ich zog den Fuß so hastig vom Gas, als wäre das Pedal glühend geworden. Der Motor starb. In Seitenlage blieb das Fahrzeug am Hang kleben.

Ich hörte Geschrei. Männer keuchten den Hang herauf.

Vorsichtig drückte ich den Schlag auf, denn ich hatte das Gefühl, der Mercedes könne beim leisesten Antippen aus seinem labilen Gleichgewicht geraten und sich hangabwärts überschlagen. Ich turnte raus, lief nicht hinauf zur Straße, sondern blieb auf der Höhe, die der Wagen geschafft hatte. Zehn Yards weiter suchte ich Deckung hinter einem Oleanderstrauch.

Nelsons Freunde erreichten den Wagen. In der Dunkelheit war ihre Zahl nicht sicher auszumachen. Vermutlich waren es vier Männer.

Der Mann, dem ich die Aktentasche gegeben hatte, rief: »Komm raus, Evert!« Ich erkannte ihn an der Stimme.

Sie vermuteten Nelson im Mercedes. Es dauerte eine Minute, bis sie begriffen, dass Nelson nicht ohnmächtig im Wagen herumlag.

»Sucht ihn!«, rief der Mann.

Ein anderer stoppte ihn. »Unsinn, Ken! Wir können ihn immer finden. Der Kerl muss total besoffen gewesen sein oder so vollgestopft mit Koks, dass er sich für Tarzan persönlich hielt.«

»'ne Aktion wie diese hätte ich dem Waschlappen nie zugetraut.« Der Mann, der diesen Satz sagte, sprach leise.

»Gehen wir. Ich will nicht hier herumlungern, bis die Cops auftauchen.«

»Moment noch! Einen Denkzettel können wir ihm auf jeden Fall verpassen. Ich weiß, dass er auf seinen Wagen stolz ist. Kippt den Schlitten den Hang runter!«

»Gute Idee! Er wird in Tränen ausbrechen wie ein Boy, dem das Lieblingsspielzeug zertrampelt wurde.«

Nur aus den Geräuschen konnte ich schließen, was sie taten. Sie stemmten sich gegen die Flanke des Mercedes und brauchten nicht viel Kraft aufzuwenden. Der Wagen senkte sich auf die Seite, überrollte sich und donnerte hangabwärts. Die Fenster zersprangen. Das eingedrückte Blech knallte. Eine Lawine aus Geröll rutschte mit.

Die Typen lachten und arbeiteten sich nach unten. Ich hörte, wie die Motoren des Lastwagens und des Cadillacs ansprangen, sah die Scheinwerfer durch die Nacht wischen.

Nach ein paar Minuten war alles ruhig. Um Lärm zu vermeiden, benutzte ich die Straße.

Der Mercedes lag am Fahrbahnrand auf dem Dach, verbeult wie eine uralte Mülltonne. Um ihn breitete sich eine große Benzinlache aus. Der Wagen erinnerte mich an ein erlegtes, blutendes Wild.

Rund eine Meile musste ich laufen, bis der Fahrer eines alten Chevy auf meinen hochgehaltenen Daumen reagierte. Gegen Zahlung von zwanzig Dollar nahm er mich mit bis in den Stadtteil Montebello.

Ich fand einen offenen Drugstore, ließ mir einen Drink zusammenbrauen und rief Phil an.

Seine Stimme klang verschlafen. Wieso auch nicht? Es war immerhin eine Stunde nach Mittemacht.

»Kannst du kommen?« Ich nannte ihm die Adresse.

»Manchmal träume ich von einem Beruf mit festen Bürostunden«, seufzte er. »Ich komme.«

Nach einer halben Stunde betrat er den Drugstore.

»Evert Nelson hat mich als sein Double zu einem Treff mit verdammt unfreundlichen Leuten geschickt«, sagte ich. »Ich schätze ihre Zahl auf mindestens vier. Ich weiß nicht, ob sie von Anfang an beabsichtigten, Evert Nelson schlecht zu behandeln, oder ob sie sich von mir gereizt fühlten, weil ich ihre Gesichter sehen wollte.«

»Hast du sie gesehen?«

»Nur die Visage des Mannes, dem ich die Aktentasche übergab. Ein großer Kerl mit einem Nussknackerkinn, einer breiten Nase und hellen Augenbrauen. Seine Haarfarbe kenne ich nicht. Er trug einen Hut.«

»Also nicht identisch mit dem Mann, der in Santa Monica Earl Creyghton abstach?«

»Absolut nicht. Vielleicht war er trotzdem mit von der Partie. Ein zweiter Mann saß im Cadillac. Ein guter Schütze, der auf rund zwanzig Yards mit einer Kugel den Scheinwerfer traf.«

»Creyghtons Mörder gilt als Messerspezialist. Mit einer Kanone hat er noch nie gearbeitet.«

»Habt ihr ihn identifiziert?«

Phil nickte. »Vince Shake, sechsunddreißig Jahre, Weißer mit mexikanischem Einschlag, arbeitete als Berufskiller in der Rauschgiftszene, zweimal unter Mordverdacht vor Gericht, nicht verurteilt aus Beweismangel.«

Er zog ein Foto aus der Brusttasche. »Ist er das?«

Die lange, bucklige Nase, die schwarzen Knopfaugen und die dichten Augenbrauen, die über der Nase aneinander stießen, ließen keinen Zweifel.

»Er ist es. Vince Shake. Damit kennen wir immerhin einen Prominenten-Killer mit Namen.«

»Fein.« Phil steckte das Foto weg. »Wir müssen ihn nur noch finden. Eine Kleinigkeit bei zehn Millionen Einwohnern.«

»Auf der anderen Seite kennen wir endlich ein Opfer der Gang, ein noch lebendes Opfer. Nelson wird von der Bande erpresst. Ich bin überzeugt, dass die Aktentasche Geld enthielt, und der Mann mit dem Nussknackerkinn erinnerte an den nächsten Termin.«

»Warum überbrachte Nelson das Geld nicht selbst?«

»Weil er die Hosen voll hatte. Er wusste, dass bei dieser Übergabe irgendetwas passieren würde. Zweifellos hatten die Gangster Vorbereitungen getroffen und eine Falle aufgebaut. Am Ende des Devils Gate Drives wartete ein Lastwagen, mit dem sie die Straße blockierten.«

»Bist du erkannt worden, Jerry?«

»Nein, ich glaube nicht. Morgen werde ich mir Evert Nelson vornehmen.«

»Er wird nicht zugeben, dass er von den Prominenten-Killern erpresst wird. Niemand in Hollywood gibt zu, dass er sich in den Klauen dieser Gang windet.«

»Alle fürchten um ihren Job. Die Studios beschäftigen niemanden, der sich in permanenter Lebensgefahr befindet. Auch Nelson wird leugnen, aber ich bin für ihn kein Polizist, sondern ein Stuntman, den er losgeschickt hat, seine heiße Suppe auszulöffeln. Das Gespräch zwischen ihm und mir wird verdammt ungemütlich verlaufen. Vielleicht kann ich von ihm erfahren, wann der nächste Termin für die Zahlung an die Gang ist. Dann könnten wir zuschlagen.«

»Wie viele Mitglieder der Gang kennen wir?«, überlegte Phil laut. »Vince Shake, der Mann mit dem Nussknackerkinn, den Mann, der gut schießen kann, und den Mann, der den Lastwagen fuhr.«

»Das sind nicht alle. Vince Shake ist wahrscheinlich nur ein gekaufter Killer, und die anderen sind mindestens zum Teil Gangster der zweiten Garnitur. Die Drahtzieher kennen sich in Hollywoods Filmwelt genau aus.«

Ich zahlte den Drink und bat Phil: »Bring mich nach Hause. Ich brauche ein paar Stunden Schlaf. Morgen drehen wir einen Autostunt, bei dem ich einen Wagen zu Schrott fahren muss.« Ich lachte. »Evert Nelson wird es kaum gefallen, dass ich heute Nacht mit seinem Vierzigtausend-Dollar-Mercedes geprobt habe.«

Um sieben Uhr morgens passierte ich das Gittertor zum Studiogelände. Ich warf einen Blick auf den Drehplan, der minutiös angibt, wer, wann und wo zu den Aufnahmen zu sein hat. Ich sah, dass Evert Nelson erst um acht Uhr an der Reihe war, sodass ich ihn vermutlich in seiner Garderobe finden konnte.

Als zweiter Hauptdarsteller in einer großen Produktion hatte er Anspruch auf eine eigene Garderobe. Tatsächlich saß er vor dem Schminkspiegel, eingehüllt in Plastikumhänge, und ließ vom Friseur sein Haar auf Hochglanz bringen. Er war fertig geschminkt und sah so bunt und gleichförmig gesund aus, wie es das grelle Scheinwerferlicht erforderte.

»Was hast du mit meinem Wagen gemacht, Stunt!«,

zischte er mich an. »Du hast ihn zu Schrott gefahren, du …«

»Halt die Luft an, Nelson!«, warnte ich. »Woher weißt du, was mit dem Wagen passiert ist?«

Er zögerte, starrte mich im Spiegel an und wandte sich an den Friseur: »Lass uns ein paar Minuten allein, Teddy!«

Während der Friseur sein Handwerkszeug zusammenpackte, schälte sich Nelson aus den Umhängen. Als Kostüm trug er die Uniform eines US-Luftwaffenkapitäns. Laut Drehbuch raubte er in dieser Verkleidung eine Bank aus.

»Die Polizei rief mich an«, schnaubte Nelson, sobald der Friseur die Garderobe verlassen hatte. »Ich wurde gefragt, ob ich den Wagen gefahren hätte und ob ich betrunken gewesen wäre. Ich wusste nicht, was ich antworten sollte. Schließlich redete ich mich damit heraus, dass ich den Wagen noch nicht vermisst hätte, obwohl er offenbar gestohlen worden sei.«

»Ich wette, die Polizei erzählte dir nichts Neues. Du wusstest längst, dass deine merkwürdigen Freunde dir einen Denkzettel verpasst hatten. Noch in der Nacht werden sie dich angerufen haben.«

»Ich war nicht zu Hause. Du weißt, dass ich eine Frau treffen wollte.«

»Erzähl mir das Märchen nicht zum zweiten Mal, Nelson! Die Story von deiner heißen Nacht mit einer heißen Frau war nur ein Vorwand. Du hattest Angst vor den Männern, die am Devils Gate auf dich warteten. Sie erpressen dich. Irgendwie hast du ihre Forderungen nicht erfüllt.«

»Das ist Unsinn!« Mit nervösen Bewegungen klemmte er sich eine Zigarette zwischen die geschminkten Lippen. »Die Sache war ganz harmlos.«

»Harmlos? Falls die Polizei das Mercedes-Wrack genau untersucht, wird sie mindestens zwei Einschusslöcher entdecken.«

»Du lügst, Stunt!«, schrie er. »Du suchst Ausreden, weil du nicht zugeben willst, dass dich allein die Schuld an dem Unfall trifft. Ich war ein Narr, dass ich dir meinen Wagen gab. Ich hätte wissen sollen, dass du …«

Ich packte ihn am blauen Luftwaffen-Schlips und zog ihn dicht zu mir heran.

»Gib zu, dass du erpresst wirst, Nelson! Gib zu, dass ich den Kopf für dich hinhalten sollte! Was war in der Aktentasche? Geld? Oder nur zurechtgeschnittenes Zeitungspapier?«

Er spuckte die Zigarette aus und verstieg sich dazu, mir die Faust in den Magen zu rammen.

Ich stieß Nelson vor die Brust. Er taumelte rückwärts. Ein Sessel stand passend, und er fiel in die Polster, als wäre es eine geprobte Filmszene.

Im selben Augenblick wurde die Garderobentür geöffnet. Zwei Männer kamen herein. Ich erkannte Sal Shellow, den Produzenten von ›Diamantenmond‹ und den ungefähr vierzigjährigen Mann, der ihn gestern beim Atelierbesuch begleitet hatte.

Shellow ruckte den Geierschädel von links nach rechts und zurück.

»Was ist los?«, krächzte er. »Prügelt ihr euch?«

Nelson raffte sich aus dem Sessel auf und lächelte krampfhaft.

»Hallo, Sal. Nett, dich zu sehen.«

Er streckte dem Produzenten die Hand hin, der sie übersah. Shellow entdeckte die qualmende Zigarette auf dem Boden und zertrat die Glut.

»Willst du das Studio in Brand setzen?« Unter seinem Gekrächze duckte sich Nelson wie ein Schuljunge.

»Tut mir Leid, Sal. Der Stuntman ist daran schuld.«

»Was ist mit deinem Wagen passiert, Nelson?«

Der Schauspieler geriet ins Stottern. »Woher weißt du das?«

»Von mir«, sagte der Mann, der Shellow begleitete. Wie gestern trug er eine dunkle Brille, einen teuren Anzug, Schuhe aus Krokodilleder und Gold und Platin an beiden Handgelenken.

»Es ist Leeks Job, alles zu erfahren, was in Hollywood läuft«, erklärte Shellow. »Wer hat deinen Wagen zertrümmert?«

Nelson streckte die Hand aus und zeigte auf mich.

»Ich lieh ihn dem Stuntman, und er fuhr ihn zu Schrott.«

Dass er log, regte mich nicht auf, aber ich dachte, es würde einen guten Eindruck machen, wenn ich ein wenig Empörung demonstrierte. Ich nahm Nelson zum zweiten Mal beim Schlips.

»Du verdammter Lügner!«, fauchte ich ihn an. »Soll ich dein Gesicht bearbeiten, bis du ohne Maske die Hauptrolle in einem Horrorstreifen spielen kannst?«

»Lass ihn los, Carron!«, befahl Shellow, und ich wunderte mich, dass er meinen Namen wusste. Aber vermutlich kannte er die Namen, Geburtsdaten und die Schuhgrößen aller Leute, die er bei seiner Filmproduktion bezahlte.

Seine hellen Raubvogelaugen starrten mich an.

»Was geschah wirklich?«

»Nelson bat mich, ihn im Privatleben zu doubeln. Er schickte mich mit seinem Wagen zu einem Parkplatz am Devils-Gate-See. Ich übergab einem Mann eine Aktentasche. Danach gab es Krach. Mit einem Cadillac und einem Lastwagen machten sie Jagd auf mich. Ich blieb mit Nelsons Mercedes an einem Berg hängen und flüchtete. Der Wagen war intakt, nur festgefahren. Ein Schleppfahrzeug hätte ihn leicht bergen können. Nelsons Freunde müssen den Schlitten absichtlich den Hang hinuntergestürzt haben.«

Ich hütete mich zu sagen, dass ich die Gangster dabei beobachtet hatte. Niemand sollte darüber nachdenken, aus welchem Grund ich den Helden spielte.

»Was war in der Aktentasche?«, fragte Shellow.

»Keine Ahnung. Fragen Sie ihn.« Ich wies auf den Schauspieler.

Shellow stieß den Geierkopf gegen Nelson, als wolle er ihm die Augen aushacken.

»Zwanzigtausend Dollar oder nichts? Antworte!«

»Nichts!«, flüsterte Nelson. »Zeitungspapier.«

Mit theatralischer Geste schlug er die Hände vors Gesicht.

»Du wirst also erpresst«, konstatierte der Produzent nüchtern. »Leek erfuhr, dass du in der Stadt herumläufst und zwanzigtausend Dollar aufzutreiben versuchst. Womit erpressen sie dich? Rauschgift oder eine Weibergeschichte?«

»Keins von beiden, Sal. Sie drohen, mich umzubringen. Sie rufen an und sagen, sie wollen Geld sehen, oder sie würden mich töten wie andere Prominente, wie Gloria Rhomes oder Arthur Quantico oder …«

»Hör auf!«, schrie Shellow wütend. »Wurdest du schon erpresst, als ich dich für ›Diamantenmond‹ unter Vertrag nahm?«

»Nein, Sal, ich schwör's dir.«

Shellows Miene zeigte deutlich, dass ihm der Schwur nicht das Schwarze unterm Nagel wert war.

»Wie viel haben sie dir abgezapft? Bis jetzt?«

»Hundertzwanzigtausend Dollar.«

»Und jetzt stehst du mit zwanzigtausend Dollar bei ihnen in der Kreide?«

Nelson nickte stumm.

»Okay, ich gebe dir zwanzigtausend Dollar als Vorschuss auf die Endabrechnung deiner Gage«, sagte Shellow grimmig.

»Der Drehplan wird umgestellt. Die Aufnahmen mit dir werden vorgezogen, und ich werde mit Harder sprechen, ob wir nicht einige Szenen mit dir streichen können. Sobald die Takes mit dir abgedreht sind, fliegst du aus dem Vertrag raus.«

»Sal, sie verlangen alle zwei Wochen zwanzigtausend Dollar von mir!«

»Zwei Wochen. Dann muss sich Harder besonders beeilen.«

»Wenn ich nicht zahle, bringen sie mich um!«, schrie Nelson.

»Das geht mich nichts mehr an! Verschwinde aus Hollywood!«

Shellow setzte sich an den Schminktisch, schob Flaschen und Tuben zur Seite, zückte ein Scheckbuch und schrieb einen Scheck über zwanzigtausend Dollar aus. Er reichte den Scheck Nelson. Als der Schauspieler das schmale Papier ergreifen wollte, zog Shellow die Hand zurück, drehte sich auf dem Stuhl um und sah mich an: »Ich will, dass du über die Ereignisse den Mund hältst, Stunt!«

»Wie Sie wollen, Mr. Shellow. Warum informieren Sie nicht die Polizei?«

Die Frage war ihm keine Antwort wert.

»Bist du bereit, diesen Hampelmann noch einmal zu doubeln?« Mit dem Daumen wies er auf den Schauspieler.

»Dafür wurde ich engagiert, Sir.«

»Ich meine nicht die Action-Szenen, sondern die nächste Begegnung mit den Erpressern. Ich gebe dir fünfhundert Extra-Dollar und eine Aktentasche, in der sich wirklich die volle Summe befindet.«

»Um ehrlich zu sein, Mr. Shellow, Sir, möchte ich den Jungs nicht zum zweiten Mal begegnen. Nelson soll die Suppe selbst auslöffeln. Bei echtem Geld besteht keine Gefahr. Niemand schlachtet eine Gans, die goldene Eier legt.«

»Mag sein, aber vielleicht verpassen sie ihm einen Denkzettel und schlagen ihm die Nase ein, weil er beim ersten Mal getrickst hat. Mit einer eingeschlagenen Nase ist er für die Produktion genauso unbrauchbar, als wäre er tot.«

»Meine Nase gefällt mir. Auch ich möchte sie mir nicht einschlagen lassen.«

»Okay, ich erhöhe auf tausend Dollar und garantiere einen Vertrag für den nächsten Film, egal wie deine Nase aussieht.«

»Sie bringen mich in Zugzwang, Mr. Shellow. Es ist eine Menge Risiko dabei, aber ich mache es noch einmal.«

Der elegante Mr. Leek mischte sich ein.

»Wir kennen uns noch nicht, Stunt. Ich bin Irvin Leek. Mir gehört der *Hollywood Inside.*«

Hollywood Inside war ein Klatschblatt, dessen Exemplare überall in den Studios und Garderoben herumlagen. Ich hatte ein paar Mal darin geblättert, während ich auf eine Aufnahme wartete. Die Zeitschrift, die nur zweimal im Monat erschien, beschäftigte sich mit dem Liebesleben der Stars, berichtete über Partys, Skandale, geplatzte Verträge, deutete an, wer aidsgefährdet war, wer sich den Busen hatte liften lassen, usw. Obwohl der *Hollywood Inside* keine hohe Auflage hatte, fürchteten viele Menschen in der Filmindustrie, irgendwann einmal von ihm durch den Schlamm gezogen zu werden.

»Hallo, Mr. Leek. Ich heiße Jerry Carron.«

»Du scheinst ein harter Bursche zu sein, Carron. Erzähl mir die Einzelheiten. Wie viele Männer waren es? Hast du ihre Gesichter gesehen?«

»Nein, Mr. Leek, Gesichter sah ich nicht. Ich schätze, dass es vier oder fünf Männer waren. Genau weiß ich es nicht. Rund um Devils-Gate-See gibt es nicht viel Straßenbeleuchtung.«

»Vielleicht bringe ich einen Bericht darüber. Das kann dich berühmt machen. Gib mir deine Telefonnummer.«

»Nichts wirst du in deine Kloakenzeitung bringen!«, schrie Sal Shellow. »Ich will, dass die Sache totgeschwiegen wird, bis ›Diamantenmond‹ abgedreht ist.«

Leek hob mit einer beschwichtigenden Geste die ringgeschmückten Hände.

»Wie du befiehlst, Sal.«

Shellow wühlte in den Taschen seines sackweiten Anzugs und brachte zwei Hundert–Dollar–Noten zum Vorschein, die er mir mit einem schmerzlichen Aufseufzen überreichte.

»Eine Anzahlung auf den versprochenen Tausender.«

Das Telefon in Nelsons Garderobe läutete. Shellow hob ab, lauschte, hieb den Hörer in die Gabel und krächzte den Schauspieler an: »Der Drehstab wartet auf dich. Beeil dich, verdammt noch mal! Jede Minute Verspätung kostet mich einen Haufen Dollars.«

Er stürmte aus der Garderobe. Leek und ich folgten ihm.

»Wo drehst du heute?«, fragte der Zeitungsmann.

»Freigelände Sektion III.«

»Vielleicht komme ich vorbei und sehe mir deine Action an, Carron. Du interessierst mich, mein Junge.«

Er klopfte mir auf die Schulter und ging dem Produzenten nach. Ich machte mich auf den Weg zur Stuntgarderobe.

Auszug aus dem Drehbuch des Films ›Diamantenmond‹:

Nach dem Bankraub flüchtet Marcuso in einem Auto, wobei er eine Polizeisperre durchbricht. Die Polizei nimmt ihn unter Feuer.

Nic Dibble, der Regisseur des zweiten Aufnahmeteams, zuständig für alle Action-Szenen ohne Schauspielerbeteiligung, hatte sich nicht damit begnügt, sondern drei Hindernisse aufbauen lassen, die der flüchtende Wagen durchbrechen sollte, bevor die Polizei ihn unter Feuer nahm.

Ich trug unter der US-Luftwaffenuniform ein feuerfestes Trikot, Kevlar-Polster um die Arm– und Beingelenke und einen breiten Hüftgürtel als Schutz gegen Stauchungen. Die Kapitänsmütze verdeckte einen Sturzhelm, der mit durchsichtigen Nylonbändern festgezurrt war.

Als Chef der Stuntmen hatte Jo Lash den Hinderniskurs aufgebaut. Die Kulisse täuschte eine Groß-stadtstraße vor. Als Erstes hatte ich einen hölzernen Kiosk zu zertrümmern. Dann folgte der Zusammen-stoß mit einem entgegenkommenden Wagen, der beim Crash in Flammen aufging, und schließlich das Durchbrechen der Polizeisperre, wobei zwei Streifen-wagen so zu rammen waren, dass sie nach links und rechts wegflogen.

Dibble, ein schmächtiger, kleiner Mann mit wirrem Haarschopf und der wütenden Energie eines mordenden Marders im Hühnerstall, war berüchtigt dafür, dass er die Stuntmen zu waghalsigen Aktionen zwang.

Wie jeder Regisseur in Hollywood träumte er davon, Action-Szenen zu drehen, die Filmgeschichte machten wie das berühmte Wagenrennen in Ben Hur. Wie viele Knochenbrüche dabei anfielen, war ihm völlig egal.

Action-Sequenzen, in denen eine Menge Sachen zertrümmert werden, lassen sich nicht proben, sondern nur ausknobeln. Daher werden ein halbes Dutzend Kameras in Stellung gebracht, um aus verschiedenen Blickwinkeln brauchbares Material zu erzielen, das später mit anderen Aufnahmen zu einer großen Verfolgungsjagd zusammengeschnitten werden kann.

Noch einmal ging ich mit Jo Lash die Strecke ab. Zwischen Jo und mir herrschte seit dem echten Fausthieb, mit dem er mich vom Dach in den Swimmingpool befördert hatte, ein gespanntes Verhältnis. Trotzdem verhielt er sich kollegial und professionell, erklärte mir, mit welcher Geschwindigkeit und in welchem Winkel ich die Hindernisse rammen musste, um einerseits die größte Wirkung zu erzielen und andererseits nicht hängen zu bleiben.

Dibbles Stimme gellte aus dem Handlautsprecher.

»Verdammt, wollen wir einen Frühlingsspaziergang drehen oder einen Autocrash? Wann gedenken die Herren Stuntmen, ihre Vorbereitungen zu beenden?«

Marcusos Fluchtauto war ein Thunderbird, frisch lackiert, innen ausgepolstert, mit vierfachen Sicherheitsgurten versehen und einem zusätzlichen T-Träger unter der vorderen Stoßstange. Kleine Sprengladungen unter dem Karosserieblech sollten elektronisch gezündet werden und das Einschlagen der Polizeikugeln vortäuschen.

Lash begleitete mich zum Fahrzeug, schnallte mich fest, überzeugte sich, dass die Gurte stramm saßen, und schlug mir auf die Schulter.

»Hals- und Beinbruch, Carron!«

Er schloss die Tür und hob den Daumen. Ich antwortete mit der gleichen Geste und startete den Motor.

»Stunt startbereit!«, meldete Lash über Walkie-Talkie.

Dibbles gellende Lautsprecherstimme drang bis ins Wageninnere.

»Technik klar? Komparserie auf den Plätzen? Kamera eins bis sechs fertig? Achtung! Aufnahme! Los!«

»Start!«, rief Lash.

Ich trat den Gashebel durch. Der Thunderbird setzte sich in Bewegung und rollte auf die Straßenkreuzung zu, an der ich ihn in eine scharfe Linkskurve reißen musste, bei der er auf den Bürgersteig geraten und den Kiosk wegfegen sollte. Mit einer Geschwindigkeit, die ein paar Meilen zu hoch lag, erreichte ich die Kreuzung, riss das Steuer herum und steuerte nicht gegen, als der Wagen ausbrach. Mit der Flanke prallte der Thunderbird gegen den hölzernen Kiosk und zerlegte den leichten Holzbau in seine Bestandteile. Eine Luftdruckpatrone katapultierte die Schaufensterpuppe, die den Kioskbesitzer vortäuschte, hoch in die Luft.

Ich fing den Thunderbird ab, beschleunigte noch einmal, ließ ihn auf die andere Straßenseite hinüberschwingen, wo mir ein roter Mercury entgegenkam. Nicht ein Mensch, sondern eine ausstaffierte Puppe saß am Steuer. Die Großaufnahme mit dem entsetzten Gesicht eines Schauspielers hinter der Windschutzscheibe war längst gedreht und würde später zwischengeschnitten werden. Über ein Nylonseil wurde der Wagen von einer Winde vorwärts gezogen.

Ich visierte ihn in Höhe der Fahrertür an, krachte hinein und korrigierte im letzten Sekundenbruchteil, damit sich Thunderbird und Mercury nicht verkeilten, sondern mein Wagen abprallte. Natürlich zerknitterte jede Menge Blech an beiden Fahrzeugen. Elektronisch gezündet, explodierte im Mercury eine brisante Mischung aus Sprengstoff und Benzin und hüllte das Auto in eine rotgelbe Feuerwolke.

Ich wurde durchgerüttelt. Ein Seitenfenster zerplatzte und überschüttete mich mit Glaskrümeln. Der heiße Windstoß der Explosion sengte mich an. Mit einem wütenden Tritt aufs Gaspedal brachte ich den Thunderbird unter Kontrolle.

Er schoss vorwärts, raus aus den Flammen und auf die Polizeisperre zu, die knapp zweihundert Yards weiter aufgebaut war.

Eigentlich hätte ich eine Pause verdient gehabt. Ich hätte meine Sicherheitsgurte nachzurren und meinen Sturzhelm unter der Kapitänsmütze geraderücken können, aber der fanatische Dibble wollte, dass ich ohne Zwischenschnitte mit vollem Schwung aus dem ersten Crash in die Konfrontation mit den Polizeiwagen reindonnerte.

Als Hindernisse sperrten zwei Streifenwagen, Kühler an Kühler quergestellt, die Fahrbahn. Komparsen und Stuntmen, als Polizisten verkleidet, Schrotflinten, Maschinenpistolen, Revolver in den Händen, standen vor, neben und hinter den Autos. Die Komparsen waren in sicherem Abstand postiert. Von meinen Stunt-Kumpels wurde erwartet, dass sie sich im letzten Augenblick mit fotogenen Seitensprüngen und dramatischen Salti retteten.

Mein Blickfeld verengte sich auf die beiden Polizeiautos, die Cops, das Mündungsfeuer ihrer Waffen. Serien von Explosionen, die die Einschusslöcher in die Karosserie sprengten, knallten gegen meine Trommelfelle.

Als wäre der Thunderbird eine lenkbare Rakete, steuerte ich ihn auf die Nahtstelle zwischen den beiden Autos zu. Mein Fuß strebte weg vom Gaspedal, hin zur Bremse. Ich musste mich zwingen, ihn auf dem Pedal zu halten. Riesengroß wuchsen die Polizeiwagen vor mir auf. Waren es überhaupt Autos oder bunt lackierte Felswände?

Der Zusammenprall!

Ich wurde nach vorn gerissen. Ohne die vierfache Sicherung der Kreuzgurte hätte ich wie ein Geschoss die Windschutzscheibe durchbrochen. Das gellende Geräusch des zerknitternden Blechs drang bis in die letzte Gehirnwindung, löschte alles Fühlen und Denken aus.

Der Thunderbird bäumte sich auf, fiel scheppernd auf die Vorderräder zurück, als die Wucht des Aufpralls die Polizeiwagen zur Seite schleuderte, und raste weiter, als wäre er ein ausgebrochener Stier.

Ich behielt den Fuß auf dem Gas. Warum, zum Teufel? Alle meine Systeme fielen für ein paar Zehntelsekunden aus. Ich war handlungsunfähig, und der Thunderbird raste dem Ende der Straße entgegen, wo der Asphalt aufhörte und ein paar Baumaschinen und Betonmischer herumstanden, die bei der Anlage der Straßenkulissen benötigt worden waren.

Gerade noch rechtzeitig flackerten rote Warnsignale

in meinem durchrüttelten Gehirn. Ich brüllte meinen Fuß an, er solle sich gefälligst auf die Bremse bequemen, wo er doch gerade noch so gerne hingewollt hatte. Lahm und schwerfällig, so kam es mir vor, wechselte er die Stellung.

Ich hörte die Reifen kreischen, besann mich, dass der Thunderbird auch eine Handbremse hatte, und riss sie mit solcher Wucht hoch, dass ich fürchtete, der Hebel könnte abbrechen.

Fünf Yards vor einem soliden, rostroten Betonmischer kam der Thunderbird zum Stehen, gewissermaßen mit qualmenden Sohlen. Ich stieß die Luft aus und sackte ein bisschen in mich zusammen. Die Tür wurde aufgerissen.

Jo Lash schrie mich an: »Du hättest viel früher bremsen müssen! Ich sagte dir, dass der Aufprall bei höchstens fünfzig Meilen erfolgen darf. Du hattest mindestens siebzig drauf!«

Alles kam zurück. Ich sah, hörte und begriff wieder.

Dibbles Stimme gellte: »Gestorben! Schluss für heute!«

»War's gut?«, fragte ich Lash.

»Nicht schlecht. Am Ende kommt doch nur das in die Kinos, was Dibble und die Miezen im Schneideraum daraus machen.«

Ich löste die Gurte und stieg aus.

Ein halbes Dutzend Techniker bemächtigten sich des Wagens, denn der zerbeulte Thunderbird wurde noch in zwei, drei Szenen gebraucht, in denen Nelson dem Auto entstieg, einen Polizisten erschoss und mit seiner Beute zu Fuß das Weite suchte.

Von seinem Regiesitz auf dem Kamerakran bedachte mich Dibble mit kleinem Lob.

»Dein Stunt hatte Rasanz, Mann!«

Judy kam mir entgegen. Wir hatten uns nur kurz gesehen, als sie die Kapitänsuniform in die Garderobe brachte.

»Anscheinend kannst du mehr als nur in Swimmingpools zu fallen«, sagte sie.

»Danke. Hilf mir beim Ausziehen.«

Ich wollte den linken Arm um ihre Taille legen und verzog unwillkürlich das Gesicht, weil ich einen brennenden Schmerz an der Schulter spürte.

»Bist du verletzt?«

Ich tastete die Schulter ab, fühlte einen Riss im Uniformstoff und darunter im feuerfesten Trikot. Als ich die Finger zurückzog, waren sie blutig.

Judy untersuchte die Stelle.

»Eine lange Schramme. Lass dich verarzten.«

»Hast du einen Spiegel?«

Sie holte einen Spiegel aus ihrer Umhängetasche. Ich sah mir den Riss, die Schramme an.

»Warte eine Minute.«

Die Techniker hatten den Thunderbird an einen Abschleppwagen gehängt, weil er in ein Aufnahmestudio transportiert werden sollte. Ich ging um den Wagen herum und untersuchte die verbeulte Karosserie. Außer Beulen und Dellen wies sie ein gutes Dutzend Löcher von den Mini–Sprengladungen auf, mit denen die Einschläge der Kugeln vorgetäuscht worden waren. Aus optischen Gründen werden solche kleinen Sprengsätze auf der Innenseite des Blechs befestigt. Die Kanten und Zacken der Löcher sind daher immer nach außen gerichtet, was natürlich sachlich falsch ist, aber in einer Szene wie dieser dem Zuschauer nicht auffällt.

Ich allerdings fand drei Löcher, bei denen das Blech eindeutig von außen nach innen durchschlagen worden war, Löcher, die nicht durch einen Mini-Sprengsatz, sondern durch echte Kugeleinschläge verursacht worden waren.

Ich kletterte in den Thunderbird und durchsuchte ihn. Ich hatte Glück. Einem Laien wäre das matte Stück Metall auf dem Boden zwischen Vorder– und

Rücksitzen kaum aufgefallen. Es war stark deformiert, fast platt vom Aufschlag auf irgendetwas, das es nicht hatte durchschlagen können, aber es war eindeutig eine Kugel.

Nachdenklich wog ich die wenigen Gramm in der Hand.

Da hatte also ein Mann die allgemeine Knallerei der Platzpatronen ausgenutzt und mich mit scharfer Munition unter Feuer genommen, und eine Kugel hatte mich gestreift.

Der Grund war klar. Sie hielten mich für gefährlich, weil ich sie vielleicht identifizieren konnte. Sie taten genau das, was ich Judy für den Fall prophezeit hatte, dass wir die Polizei einschalteten.

Ich stand auf der Abschussliste der Prominenten-Killer, ohne prominent zu sein.

Judy winkte. Ich ging zu ihr zurück. In ihrem Gesicht las ich Besorgnis.

»Was hast du gefunden?«, fragte sie.

»Nichts.«

»Und die Verletzung?«

»Schrammen kommen vor. Ich arbeite nicht in einem Büro.«

»Lade mich zum Abendessen ein, Jerry!«

»Ich sagte dir gestern, dass wir Distanz voneinander halten müssen, damit du nicht ins Visier von Creyghtons Mörder gerätst.«

Ihre Augen verdunkelten sich.

»Ich werde dich nicht noch einmal fragen, Stunt! Vielleicht verhilft dir Amantha Turner zu einer Karriere – mindestens bis in ihr Bett.«

Sie drehte sich auf dem Absatz um und rauschte davon.

Ich ging in die Stuntgarderobe und schälte mich aus der Uniform. Unter den Duschen herrschte Hochbetrieb. Fünf Stuntmänner, die als Cops an der Szene mitgewirkt hatten, wuschen sich Schweiß, Schminke und

Atelierstaub vom Körper. Ich fand eine freie Kabine, duschte ausgiebig und ging in die Garderobe zurück.

Jo Lash saß auf einer Ecke des einzigen Tisches, hielt eine Zigarre zwischen den Zähnen und zeichnete auf einem Blatt Papier die Skizze einer Stuntszene.

»Dibble verlangt den Ausbau von Szene 319.«

»Keine Ahnung, was in Szene 319 passiert.«

»Diane gelingt die Flucht aus Marcusos Gewalt mit dessen Auto. Bis jetzt ist im Drehbuch vorgesehen, dass Marcuso zu spät kommt und nichts mehr machen kann. In der neuen Fassung springt Marcuso aufs Dach des startenden Wagens. Diane bremst hart. Marcuso wird nach vorne auf die Motorhaube geschleudert, fällt vor den Wagen und kann sich gerade noch vor den Rädern des wieder anfahrenden Wagens zur Seite rollen.«

Er tippte mit dem Kugelschreiber auf die Skizze.

»Da kommen drei Aktionen zusammen: Sprung aufs Wagendach, ein Vorwärtssalto mit Aufschlag auf die Motorhaube und eine Seitenrolle weg von den Rädern.«

Er sah mich abschätzend an.

»Kriegst du das hin?«

»Wer fährt den Wagen?«

»Louella. Wir machen eine Probe, bei der ich die Sprünge zeige.«

»In Ordnung, Jo.«

Er wies auf die Schramme an meiner Schulter.

»Sieht frisch aus. Heute passiert?«

»Richtig, Jo.«

Mit einer Handbewegung winkte er Pit Fresco, einen anderen Stuntman, heran, der gerade aus dem Duschraum kam.

»Bring den Pflasterkasten, Pit.«

Lash versorgte meine Verletzung, gab mir die Skizze und verließ die Garderobe. Durchs Fenster sah ich, dass Louella auf ihn wartete. Beide bestiegen einen der

Busse, die den Personenverkehr im weitläufigen Studiogelände durchführen.

Zwei Stunden später traf ich Phil in einer italienischen Cafeteria am Mission Boulevard. Wie zufällig saßen wir an der langen Theke nebeneinander.

»Ich habe dir ein Dutzend Fotos mitgebracht«, sagte Phil. »Vielleicht findest du einen alten Freund darunter.« Er schob mir einen kleinen Stapel Polizeifotos zu, den ich durchsah. Das siebte Bild zeigte einen rothaarigen Mann mit stark ausgeprägtem Kinn, einer breiten Nase und farblosen Augenbrauen. Der Name stand auf der Rückseite: Kendall Roscoe.

»Das könnte er sein.«

Phil blätterte in seinem Notizbuch.

»Kendall Roscoe, 38 Jahre, Weißer, vorbestraft wegen Raubüberfall, schwerer Körperverletzung, Beteiligung an Bandenverbrechen. Zuletzt galt er als Boss einer Gang, die Geschäftsinhaber in Lynwood und Compton erpresste.«

»Dann scheint Roscoe seinen Tätigkeitsbereich auf Hollywoods Filmwirtschaft ausgedehnt zu haben.«

»Das wäre ein großer Sprung in seiner Karriere. Seine bisherigen Erpressungen waren von kleinem Format.«

»Ich glaube, dass ein Insider ihn auf die größeren Möglichkeiten in Hollywood gestoßen hat. Inzwischen muss die Gang die Studios derartig unterwandert haben, dass ihre Leute während der Aufnahmen scharf schießen können, wenn die Komparserie mit Platzpatronen ballert.«

Ich legte Phil die plattgedrückte Kugel neben die Kaffeetasse. Er nahm sie zwischen die Finger.

»Wer kommt als Schütze in Frage?«

Ich lachte. »Keine Ahnung! Ich war voll damit beschäftigt, zwei Autos zu rammen. Während der Aufnahme waren mindestens dreißig Leute im Atelier.«

»Die Prominenten-Killer wissen also, dass du Vince

Shake als Mörder Earl Creyghtons identifizieren kannst.«

»Durchaus möglich. Vielleicht haben sie auch erfahren, dass ich Nelson bei der Geldübergabe vertrat.«

Phil hielt die Kugel hoch.

»Wahrscheinlich Kaliber 38. Wann findet die nächste Aufnahme mit Schusswechsel statt?«

»Daran bin ich nicht beteiligt. Beim großen Showdown stehen sich Evert Nelson persönlich als Marcuso und Alvin Terrell als Baxter gegenüber. Tödlich getroffen umfallen – das bringt Nelson noch selbst. Wahrscheinlich werde ich ihn bei der nächsten Geldübergabe zum zweiten Mal vertreten. Shellow, der Produzent, streckt die zwanzigtausend Dollar vor, aber weil er für das Aussehen seines Stars fürchtet, soll ich Nelson doubeln.«

»Dieser Stunt ist zu gefährlich, Jerry.«

»Shellow bot eine Extra-Gage von tausend Dollar. Ich kann nicht mehr zurück. Zweihundert Dollar Vorschuss habe ich angenommen.«

»Ich finde, du solltest aus der Stuntman-Rolle aussteigen.«

»Das wäre zu früh. Wir wissen nicht genug über die Prominenten-Killer. Shake und Kendall Roscoe sind gewöhnliche Gangster. Der wirkliche Boss muss ein Mann aus der Filmbranche sein.«

»Er wird dich nicht an sich heranlassen.« Phil hielt mir die Kugel vors Gesicht. »Das Stück Metall beweist, dass er dich wegräumen will.«

»Irgendwann wird er einen Fehler machen.«

»Hoffentlich macht er ihn nicht zu spät.« Er glitt vom Barhocker. »Zu spät für dich, meine ich.«

Fünf Minuten nach Phil verließ ich die Cafeteria und fuhr nach Hawthorne, wo ich ein winziges, aber sündhaft teures Apartment gemietet hatte. Eine Viertelmeile vor meinem Wohnblock parkte ich den Jaguar und ging den Rest zu Fuß – eine Vorsichts-maßnahme, die den Jaguar und mich vor unerwünschten Löchern in der Karosserie bewahren sollte.

Als ich die Tür meiner winzigen Behausung aufschloss, hörte ich das Telefon schrillen.

Ich meldete mich und vernahm Sal Shellows unverkennbare Krächzstimme.

»Wo treibst du dich rum, Carron? Seit einer Stunde versuche ich dich zu erreichen. Du wirst gebraucht. Mein Wagen ist zu dir unterwegs.«

Ohne eine Antwort abzuwarten, legte er auf.

Produzenten von Filmen rechnen nicht mit Widerspruch.

Ich verließ die Wohnung, fuhr nach unten und wartete auf der Straße. Nach zehn Minuten stoppte ein Rolls-Royce Silver Spirit am Straßenrand. Der Chauffeur trug Uniform, zog die Mütze und erkundigte sich, ob ich Mr. Carron sei. Ich bejahte, und er bat mich, einzusteigen.

»Nehmen Sie bitte vorne bei mir Platz, Sir!«, sagte er. »Die Rücksitze dürfen nur in Anwesenheit von Mr. Shellow benutzt werden.« Der Chauffeur war schwarz, aber er sprach im Stil eines englischen Butlers.

»Warum?«, erkundigte ich mich, während wir einstiegen.

»Wegen des sehr alten schottischen Whiskys in der Bordbar«, antwortete er und schleuste den Rolls in den Verkehrsstrom ein.

Wir fuhren zur Studio City, die so heißt, weil Aufnahmeateliers und Freigelände, Garderoben, Kopierwerke und Verwaltungsbauten der Filmindustrie die Ausmaße eines eigenen Stadtteils hatten.

Für Shellows Rolls öffnete sich der Schlagbaum der Torkontrolle ohne Stop. Der Fahrer brachte mich zum Verwaltungsbau 1 und lieferte mich im Sekretariat der Shellow Productions Inc. ab. Eine Sekretärin mit dem Aussehen einer jüngeren Schwester von Bo Derek brachte mich ins Allerheiligste, in dem ich die drei Personen vorfand, denen ich am Vormittag in Nelsons Garderobe begegnet war: Sal Shellow, Irvin Leek, den Besitzer von *Hollywood Inside,* und Evert Nelson selbst.

»Hör zu, Carron.« Natürlich schenkte sich Shellow jede Begrüßung.

Er setzte einen Kassettenrecorder in Gang. Aus dem Lautsprecher drang eine Männerstimme.

»Hallo, Evert, du mieser, stinkender Hundesohn! Bist du übergeschnappt oder lebensmüde? Glaubst du, wir ließen uns mit Zeitungspapier abspeisen? Hast du nicht begriffen, dass wir meinen, was wir sagen? Du bist ein zweitklassiger Schauspieler, Evert, aber wir können dir sehr schnell eine Hauptrolle verschaffen. Bei deiner eigenen Beerdigung! Wir versuchen es mit dir noch einmal in Güte. Du zahlst statt zwanzigtausend sofort vierzigtausend Dollar. Komm vor Mitternacht zur Seal Beach! Beschaff dir ein Walkie-Talkie! Wir nehmen unter dem Stichwort ›Diamantenmond‹ Kontakt mit dir auf. Fristverlängerung bekommst du von uns nicht!«

Ein Knacken verriet, dass der Anrufer an dieser Stelle eingehängt hatte.

Shellow schaltete den Recorder ab.

»Nelsons privater Anrufbeantworter hat den Anruf aufgezeichnet«, erklärte Shellow. Er wies auf einen braunen Koffer. »Darin sind vierzigtausend Dollar. Ein Walkie-Talkie wird gebracht.« Er holte eine Rolle Dollarnoten aus der Tasche und zupfte drei Scheine heraus, die er auf den Koffer legte. »Dreihundert Dollar von deinem Honorar. Den Rest gibt es, wenn du zurückkommst.«

»Und wenn er nicht zurückkommt, Sal?«, fragte Irvin Leek lächelnd.

»Unsinn!«, krächzte Shellow. »Für ihn besteht keine Gefahr. Der Koffer enthält kein Zeitungspapier, sondern Geld.«

»Mit welchem Wagen soll ich fahren?«

»Besitzt du kein Auto?«

»Doch, Mr. Shellow, aber ich will meinen Jaguar nicht der Gefahr aussetzen, so behandelt zu werden wie Nelsons Mercedes. Soll ich Ihren Rolls-Royce benutzen, Sir?«

»Nimm einen Wagen des Studios!«

Über die Sprechanlage gab er einem Verwalter des studioeigenen Autoparks Anweisung, mir ein Auto auszuhändigen. Während er telefonierte, wurde ein Walkie-Talkie hereingebracht.

»Okay, melde dich bei mir, sobald du das Geld abgeliefert hast«, entschied Shellow. »Hals- und Beinbruch, Carron!«

Der Zeitungsboss begleitete mich zur Tür.

»Mein Angebot gilt nach wie vor, Carron«, sagte er. »Ich mache dich zum Helden von Hollywood, sobald Sal Shellow mir grünes Licht für einen Bericht über dich gibt. Ich kann seine Wünsche nicht ignorieren. Er ist zu mächtig und hat zu viel Geld.«

Das Studio verfügte über eine große Garage, in der ein halbes Hundert Fahrzeuge stand. Ich wählte einen unauffälligen grünen Pontiac und fuhr zum Tor, wo die Wächter den Passierschein gründlich überprüften, bevor sie die Schranke öffneten.

Seal Beach, den Stadtteil am Pazifik, erreichte ich gegen elf Uhr. Ich fand eine Parklücke am Ocean Drive, der parallel zum Strand verläuft, von dem ihn eine Brandungsmauer trennt.

Bei offenem Fenster und eingeschaltetem Funksprechgerät richtete ich mich auf eine längere Wartezeit ein.

Kurz vor Mitternacht drang aus dem Lautsprecher das Quäken einer Stimme: »Diamantenmond! Ich rufe Diamantenmond! Melden!«

Ich schaltete auf Sendung.

»Diamantenmond hört euch. Kommen!«

Zwischen Nelsons Erpressern und mir entspann sich ein kurzer Dialog.

»Wo steht dein Wagen?«

»Ocean Drive.«

»Genauer!«

»Auf der anderen Fahrbahn sehe ich die Neonreklame des Pacific Crown Nightclubs.«

»Leg die Ware auf den Rücksitz! Nimm das Walkie-Talkie und steig aus! Benutz die nächste Treppe zum Strand! Dann geben wir dir neue Anweisungen.«

Ich legte den braunen Koffer auf den Rücksitz, stieg aus und verschloss den Pontiac.

In der Brandungsmauer befanden sich im Abstand von rund fünfzig Yards Steintreppen, über die man zum Strand gelangen konnte. Der Pazifik war friedlich. In hundert Yards Entfernung rollten seine Wellen.

»Okay, ich bin am Strand«, meldete ich ins Funksprechgerät.

»Geh nach Süden!«

Der Strand war so menschenleer wie eine unentdeckte Insel. Wer badet um Mitternacht? Ich stampfte durch den Sand. Am Himmel stand eine dünne Mondsichel, deren Licht die Schaumkronen der Wellen phosphoreszieren ließ.

Vorsichtig vergrößerte ich den Abstand zur Straße. Nichts ist so deckungslos wie ein Streifen Strand.

Zehn Minuten lang ließen sie mich gehen, bevor sie sich wieder bemerkbar machten.

»Hallo, Diamantenmond! Hörst du uns?«

Nicht quäkend und verzerrt, sondern laut und deutlich drang die Stimme aus dem Lautsprecher und bewies, dass der Sprecher sehr nahe war.

»Ja, ich höre euch«, antwortete ich.

»Wir haben nachgezählt. Dieses Mal hast du nicht versucht, uns Zeitungspapier anzudrehen.«

Mir fiel auf, dass er mich weder Evert noch Nelson nannte.

»Wir wollen uns persönlich bei dir fürs Überbringen bedanken. Wir finden dich!«

Dicht an der Brandungsmauer sprang der weiße Lichtkegel eines Scheinwerfers auf und wanderte über den Strand. Es war nicht der schwache Strahl einer Taschenlampe, sondern das kräftige Licht eines Suchscheinwerfers, gespeist aus einer Autobatterie. Der Mann, der ihn bewegte, schwenkte den Strand im weiten Bogen ab, und der Scheinwerfer glitt im ersten Anlauf über mich hinweg, kam sofort zurück und erfasste mich.

Ich warf mich herum und rannte in Richtung Wasser.

Der erste Schuss peitschte. Mit einem Seitensprung brach ich aus der tödlichen Helligkeit aus. Der Scheinwerfer folgte. Sein weißer Geisterfinger berührte mich. Der zweite Schuss krachte und zerschlug das Rauschen der Brandungswellen.

Aus vollem Lauf hechtete ich nach links, überrollte mich, sprang auf und rannte weiter. Die Ausläufer einer Welle klatschten um meine Knie.

Wieder traf mich der Lichtstrahl. Ich ließ mich fallen, und da im selben Sekundenbruchteil der dritte Schuss fiel, sah es aus, als wäre ich getroffen.

Das Wasser hob mich an. Ich schob mich in die nächste Welle und ließ mich tragen. Die Brandung brach über mir zusammen. Der Sog nahm mich mit. Drei, vier Schwimmstöße brachten mich in tiefes Wasser. Noch einmal durchtauchte ich eine brechende Welle.

Der Suchscheinwerfer erlosch. Glaubten sie, sie hätten mich erwischt und verließen sich darauf, dass die Strömung mich mitnähme in den offenen Pazifik als Futter für Haie? Oder gaben sie auf?

Das Wasser war nicht kalt. Ich ließ mich treiben. Erst nach einer halben Stunde schwamm ich zurück an den Strand. Ich landete eine Viertelmeile südlich, zog die nasse Jacke aus und arbeitete mich über den Strand zurück zum Ocean Drive.

Der Drive ist eine vierspurige Straße mit einer Doppelreihe Palmen in der Mitte. Während links und rechts die Wagen vorbeiglitten, trabte ich im Schutz der Bäume nach Norden. Ich wollte mich vergewissern, was sie mit dem Pontiac und den vierzigtausend Dollar gemacht hatten.

Der Pontiac stand unverändert in der langen Reihe der geparkten Fahrzeuge, als wäre er von niemandem auch nur angetastet worden. Erst aus der Nähe sah ich die eingeschlagene Scheibe. Der Koffer war vom Rücksitz verschwunden.

Den Schlüssel hatte ich beim Bad im Pazifik nicht verloren. Ich öffnete den Wagen, setzte mich hinters Steuer und fuhr los. Gegen zwei Uhr morgens betrat ich meine Wohnung in Hawthorne, schälte mich aus den salzklebrigen Kleidern und duschte. Erst dann rief ich die Nummer an, die Shellow mir genannt hatte.

Seine Krächzstimme klang nicht schlaftrunken.

»Das Geld wurde abgeliefert, Sir, aber noch einmal kann ich Evert Nelson nicht vertreten.«

»Warum nicht?«

»Weil sie wussten, dass nicht Nelson das Geld überbrachte. Sie kassierten und wollten mich umbringen.«

»Bist du verletzt?«

»Mag sein, dass ich mich erkältet habe. Davon abgesehen, bin ich okay.«

»Mischte sich die Polizei ein?«

»Nein, Mr. Shellow.«

»Hör zu, Carron! Ich will diesen verdammten Film über die Runden bringen. Wenn die Schnüffler im Studio aufkreuzen, geraten die Aufnahmen ins Stocken. Die Produktionskosten schießen in die Höhe. Die Kalkulation gerät aus den Fugen und ...«

»Ich verstehe, Sir. Sie wünschen nicht, dass ich die Polizei einschalte.«

»Richtig! Nicht vor Ende der Dreharbeiten!«

»Auf mich ist geschossen worden, und ich fürchte, die Jungs belassen es nicht bei dem misslungenen Versuch, sondern ...«

»Ich lege noch einen Tausender auf deine Gage drauf, Carron.«

Ich schwieg nachdrücklich und erlebte die Freude, dass Sal Shellow hastig erhöhte: »Oder zwei Tausender! Einverstanden?«

»Okay, Sir«, stimmte ich zu.

»Bist ein guter Junge, Carron. Tut mir Leid, dass du durch diesen Bastard Nelson in die schmutzige Sache hineingezogen worden bist. Sobald die letzte Klappe zu ›Diamantenmond‹ gefallen ist, werde ich ihn mit einem gewaltigen Tritt in den Hintern feuern, und ich werde dazu meine spitzesten Schuhe anziehen.«

Er legte auf, und ich dachte darüber nach, dass Sal Shellow in mancher Hinsicht das Gemüt eines Pferdeschlächters hatte.

Am Morgen lieferte ich den grünen Pontiac in der Studiogarage ab.

Als der Verwalter das zertrümmerte Fenster entdeckte, wollte er wissen, wem er die Reparaturkosten belasten sollte.

»Ich war im Auftrag von Sal Shellow unterwegs.«

»Ohne schriftliche Anweisung zahlt Shellow keinen Cent«, jammerte er.

»Frag deinen Kollegen vom Nachtdienst. Shellow gab die Anweisung telefonisch.«

Genau bei diesen Worten blitzte in meinem Kopf die Erkenntnis auf, dass ich etwas Wichtiges übersehen hatte. Shellow hatte nur befohlen, mir einen Wagen zu geben. Typ oder Marke waren nicht erwähnt worden. Woher und von wem wussten die Gangster, dass ich den grünen Pontiac gewählt hatte?

Ich rief mir den Wortlaut des Walkie-Talkie-Gesprächs mit den Gangstern ins Gedächtnis. Sie hatten mich gefragt, wo mein Wagen stünde, und waren mit meiner Antwort, dass ich auf der anderen Straßenseite die Neonreklame des Pacific Crown Nightclubs sehen könne, zufrieden gewesen. Weder hatte ich den Wagentyp erwähnt, noch hatten sie danach gefragt. In Sichtweite der Nightclub-Reklame parkten gestern Nacht mindestens zwei Dutzend Fahrzeuge. Also mussten die Gangster gewusst haben, dass es sich um einen grünen Pontiac handelte, in dem die vierzigtausend Dollar lagen.

»Wenn Linsey den Anruf nicht bestätigt, stell ich die Rechnung auf deinen Namen aus und schicke sie ans Lohnbüro«, drohte der Verwalter.

»Dein Nachtdienstkollege heißt Linsey?«

»Ja, Tom Linsey.«

Ich nahm mir vor, diesen Linsey zu fragen, wer sich bei ihm nach dem Wagentyp erkundigt hatte, verließ die Garage und fuhr mit einem Pendelbus zur Garderobe der Stuntmen.

Laut Drehplan stand die Szene 319 für den Nachmittag auf dem Programm, aber Jo Lash wollte mich in die Sprünge einweisen.

In der Garderobe traf ich ihn nicht an. Billy Muff, ein Mitglied der Crew, sagte, er hätte Jo in der Kantine von Studio 4 gesehen. Ich ging zur Halle. Tatsächlich saß Jo mit Louella Pergan zusammen.

Louella sah mich und stieß Jo an. Er drehte sich langsam um. Unsere Blicke trafen sich, und Jos kantiges Gesicht blieb so starr und ausdruckslos, als begegneten wir uns zum ersten Mal.

Ich trat an den Tisch.

»Hi, Louella. Hi, Jo.«

»Was willst du?«

»Die Stunts für Szene 319 proben, wie du gestern vorschlugst.«

Er sah Louella an.

»Deine Schuld, Mädchen. Du hast mich nicht daran erinnert.«

»Ich bin nicht deine Sekretärin«, fauchte sie zurück.

Lash winkte der Serviererin, zahlte und stand auf.

»Gehen wir.«

Szene 319 war eine Außenaufnahme, für die eine Fassade und ein Innenhof mit einer Toreinfahrt aufgebaut worden waren. Beleuchter, Tontechniker, Kamera- und Regieassistenten bereiteten die Aufnahme vor. Das Marcuso-Auto, mit dem Diane fliehen sollte, stand vor der Freitreppe, die wie Marmor aussah und aus gefärbtem Zement bestand.

Lash prüfte den Wagen, einen Cadillac Fleetwood, klopfte auf das Dach und die Motorhaube.

»Zu dünn«, entschied er. »Er könnte Beulen bekommen. Für die Probe müssen wir einen anderen Schlitten nehmen.«

Er schickte Louella in die Studiogarage mit dem Auftrag, ein Auto für die Probe zu holen. Wir machten es uns auf den Regiestühlen bequem.

»Wie gefällt dir das Leben in Hollywood?«, fragte Lash und kaute an einer kalten Zigarre. Das Rauchen ist auf dem Studiogelände streng verboten, ausgenommen, wenn es vom Drehbuch vorgeschrieben wird.

»Nicht schlecht. Der Job wird besser bezahlt als alles, was ich in New York machte.«

Der Satz war keine Lüge. Stuntmen-Honorare liegen höher als G-men-Gehälter.

»Gut bezahlt?«, wiederholte Lash. »Fürs Knochenbrechen bekommen wir einen Bruchteil der Summen, die die Schauspieler fürs Fratzenschneiden erhalten. Findest du das richtig?«

»Warum soll ich darüber nachdenken, Jo? Als Schauspieler kann ich nicht das Salz in der Suppe verdienen. Also begnüge ich mich mit dem Geld, das die Produktion für einen mittelprächtigen Stunt bezahlt.«

»Und freust dich, dass du einen großen Star wie Amantha Turner anfassen darfst«, ergänzte Lash.

»Amantha beachtet niemanden aus dem Fußvolk.«

»Du irrst dich, Carron. Vielleicht stehst du schon auf ihrer Abschussliste. Ich habe beobachtet, wie sie bei der Szene im Treppenhaus mit dir in den Clinch ging. Das war mehr, als der Regisseur verlangte.«

»Ich sah sie noch nie ungeschminkt und weiß nicht einmal, ob sie mein Typ ist.«

»Du hast Recht, Mann. Nur der große Name macht den Star. Hübsche Mädchen, schöne Frauen laufen zu Tausenden in Hollywood herum. Hast du dir schon einen Zeitvertreib aufgerissen?«

Warum, zum Teufel, interessierte sich Lash für mein Privatleben? Ich dachte nicht daran, die Frage zu beantworten.

Er blieb beim Thema.

»Läuft etwas zwischen dir und dem Klassemädchen aus der Kostümabteilung?«

»Meinst du Judy Mart? Ja, sie sieht rasant aus, aber sie scheint mehr auf die Kostüme zu achten als auf den Mann, der darin steckt.«

»Pit Fresco hat einmal versucht, sie zwischen zwei Takes auf ein Kulissensofa zu ziehen«, sagte Lash. »Sie schlug ihm die Nase blutig.«

Er stopfte die kalte Zigarre in die Brusttasche seines Hemdes und stand auf.

»Louella kommt.«

Louella Pergan steuerte einen blauen Chevrolet in die Kulisse. Der Cadillac wurde zur Seite gefahren.

»Sieh dir den Sprung von oben an«, schlug Lash vor.

Über die Freitreppe gingen wir ins Haus, dessen Inneres aus Gerüsten, Verstrebungen und einzelnen Leitern bestand. Vor den Fensteröffnungen hingen Gardinen.

Lash und ich turnten hinauf zu einem Fenster in Höhe der ersten Etage. Er erklärte mir, dass dem

Sprung auf das Dach eines fahrenden Wagens blitzschnell die flache Lage auf dem Dach folgen müsse, weil der Springer anderenfalls sofort runterfiele. Die Beine gegrätscht und die Finger um die Regenrinne gekrallt, ließen sich vierzig, fünfzig Yards Fahrt überstehen, vorausgesetzt, der Fahrer bremste nicht abrupt. Genau das würde Louella nach zwanzig Yards tun. Die Fliehkraft würde mich nach vorn vom Dach schleudern. Der Salto erhöhte den optischen Effekt, führte dann zum Aufschlag auf die Motorhaube und dem Sturz vor die Wagenräder.

»Ich mach's dir vor, Carron«, beendete Lash seine Erklärungen, beugte sich aus dem Fenster und rief Louella zu: »Fahr los, Lou!«

Sie waren ein eingespieltes Team. Louella startete den Chevy mit durchdrehenden Rädern, damit der Eindruck einer hastigen Flucht entstand, aber unmittelbar unter dem Fenster nahm sie für eine Zehntelsekunde den Fuß vom Gas.

Lash sprang. Das Dachblech knallte. Er ließ sich nach vorn fallen und krallte sich an der Regenrinne fest. Louella beschleunigte den Wagen, fuhr dreißig Yards und bremste. Jo schoss vom Dach, fing den Sturz auf die Motorhaube mit den Händen ab und produzierte einen Salto, der ihn vor die Vorderräder des Chevy warf. Er nutzte die Bewegungsenergie für eine Seitenrolle, die ihn aus der Gefahrenzone brachte. Louella gab Gas. Drei, vier Yards von Jos Körper entfernt, rollte der Wagen vorbei.

Lash stand auf und klopfte sich ab. Er kam zum Haus zurück. »Willst du's versuchen?« fragte er zu mir hoch.

Ich stimmte zu. »Okay!«

Louella steuerte den Wagen zurück in die Ausgangsposition.

»Fertig?«, rief Lash.

Ich stand in der Fensteröffnung und nickte.

»Go!«

Louella fuhr an. Unter mir sah ich das blaue Dach, nicht größer als ein Planschbecken für Kinder. Ich sprang, ließ mich fallen, schlug auf. Für eine Sekunde hatte ich das Gefühl, ich läge still. Der Wagen schien unter mir hinwegzurutschen. In einem ungewollten Schlenker glitten meine Beine vom Dach. Mein ganzes Gewicht zerrte an den Fingern, mit denen ich die Regenleiste umklammerte. Ich versuchte, die Beine anzuziehen und den ganzen Körper aufs Dach zu bringen.

Es war zu spät. Louella bremste. Ich schoss vorwärts wie ein schlecht abgefeuerter Torpedo, prallte bäuchlings auf die Motorhaube und fiel dem Wagen vor die Räder. Nicht eine Seitenrolle, nur noch ein verzweifelter Hechtsprung brachte mich in Sicherheit.

Langsam stand ich auf. Die Kulissen bebten im Gelächter aller Leute, die meine Meisterdarbietung zufällig beobachtet hatten.

Lash grinste mich an.

»Als Slapsticknummer in einem komischen Stummfilm war's gut«, sagte er, »aber du doubelst nicht Charly Chaplin, sondern den überaus gefährlichen Gangster Rod Marcuso, und der darf nicht vom Auto fallen wie ein nasser Mehlsack. Probier's noch einmal, Carron.«

Ich probierte die Stuntnummer noch viermal. Am Ende waren Dach und Motorhaube des Chevrolets verbeult, als hätte ein Indianerstamm seine Kriegstänze darauf absolviert. Beim letzten Versuch gelang mir ein halber Salto, und ich erhielt Beifall von Technikern und Beleuchtern, Beifall, der verdammt ironisch klang.

Lash warf einen Blick auf die Armbanduhr.

»Zeit für Kostüme und Maske!«

Da von Stuntmännern nie Großaufnahmen gemacht werden, werden sie von den Maskenbildnern nur oberflächlich behandelt. Bestenfalls werden sie im Stil des Schauspielers, den sie vertreten, sonnengebräunt geschminkt und bekommen eine Imitation seines weltberühmten Schnurrbarts angepappt. Das Kostüm ist wichtiger. Davon gibt es für den Stunt immer eine zweite Ausführung.

Wie üblich brachte Judy das Kostüm in die Garderobe. In Szene 319 trug Marcuso eine weiße Hose und ein weißes Seidenhemd.

»Gestern Abend war ein Detective Sergeant der Los Angeles Police bei mir«, flüsterte Judy, während sie mir die schwarze Perücke aufsetzte. »Er hatte in Erfahrung gebracht, dass Earl Creyghton drei Stunden vor seiner Ermordung im El Gallo mit mir sprach. Er wollte Einzelheiten des Gesprächs wissen.«

»Was hast du ihm gesagt?«

»Dass Earl und ich über frühere Zeiten gesprochen und dass er sich nach einer halben Stunde und einem Drink verabschiedet hätte.«

»Und weiter?«

»Der Sergeant war mit der Antwort zufrieden.«

»Du hast ihm verschwiegen, dass wir Augenzeugen des Mordes wurden?«

Sie nickte. Ihre Augen schimmerten feucht.

»Ich wollte dich nicht hineinziehen, Jerry. Der Sergeant hätte natürlich gefragt, warum ich nicht sofort die Polizei unterrichtet habe, und dann …«

Das Telefon läutete. Pit Fresco, der sich in der Garderobe aufhielt, nahm den Hörer ab, lauschte ein paar Sekunden und rief mich an: »Du wirst verlangt, Carron!«

Ich übernahm den Hörer des Wandtelefons.

»Bist du Jerry Carron?«, fragte eine Männerstimme.

»Richtig.«

»Ich will mit dir sprechen. Triff mich um zehn Uhr heute Abend am Pershing Square!«

Sein Englisch hatte einen harten Akzent.

»Fein«, antwortete ich. »Nur wüsste ich gern, wen ich treffen soll.«

»Wir kennen uns. Für dich können zehntausend Dollar herausspringen. Es hängt ganz von dir ab.«

»Zehntausend Dollar machen mich neugierig.«

»Pershing Square! Zehn Uhr!«, wiederholte er und legte auf.

»Wer war das?«, fragte Judy.

»Ein Mann, der mich heute Nacht treffen will und zehntausend Dollar bietet. Mehr weiß ich nicht.«

»Geh nicht hin! Bestimmt ist es eine Falle.«

»Mach dir keine Sorgen um mich, Judy. Denk an dich selbst.«

Die Aufnahmen zur Szene 319 begannen um zwei Uhr nachmittags. Beide Kamerateams waren im Einsatz, dirigiert von Harder und Dibble, die sich gegenseitig nicht ausstehen konnten. Für Amantha Turner, noch immer bekleidet mit jenem hauchdünnen Nachthemd, in dem ich sie zum Geländer geschleppt hatte, fiel eine Einstellung an, in der sie vom Haus über die Zement-Marmortreppe zum Cadillac laufen und sich in den Wagen stürzen sollte. Gleichzeitig hatte Evert Nelson als Marcuso die Gardine vor dem Fenster zur Seite zu reißen und zum Sprung anzusetzen.

Wir Stunts hatten zu warten, bis die Aufnahmen mit den Schauspielern im Kasten waren. Harder zeigte sich unzufrieden, weil Amanthas Kostüm nach seiner Meinung noch immer zu wenig Haut sehen ließ. Und das, obwohl laut Drehbuch zwischen beiden Szenen eine harte Auseinandersetzung zwischen Amantha und Marcuso stattgefunden hatte, bei der ihre Bluse ziemlich zerfetzt worden war. Amanthas Frisur war kunstvoll verwüstet. Ein Regieassistent schlug vor, ihr die hohen Stöckelschuhe wegzunehmen und sie barfuß flüchten zu lassen, was überzeugender aussähe und sinnlicher wirke. Harder griff den Vorschlag auf. Amantha protestierte, weil der raue Zement ihre nackten Fußsohlen zerschramme. Sie brach in Tränen aus und musste nachgeschminkt werden.

Während dieses Ringkampfes zwischen Regisseur und Star saßen Louella, Lash und ich unbeschäftigt in der Landschaft herum. Ich versuchte, versäumten Schlaf nachzuholen, und sonderte mich ab.

Irgendwann berührte jemand meine Schulter. Ich schlug die Augen auf. Irvin Leek, der Herausgeber des *Hollywood Inside,* zeigte lächelnd seine Jacketkronen.

»Ich will dich bei deinem Stunt sehen, Carron.«

Ich richtete mich auf und blickte in die Szene, wo alle Aktivitäten unterbrochen worden waren, weil Amanthas Fußsohlen gekühlt und gesalbt werden mussten.

»Sieht nicht aus, als käme ich bald an die Reihe«, sagte ich.

Leek setzte sich auf einen wackligen Faltstuhl.

»Sal Shellow sagte mir, dass du die vierzigtausend Dollar abgeliefert hast. Mit Einzelheiten wollte er nicht herausrücken.«

»Er ist mein Arbeitgeber, Mr. Leek. Ohne grünes Licht von ihm lasse ich mich von Ihnen nicht vermarkten, Sir.«

»Gab es Schwierigkeiten?«

»Ein Autofenster wurde zertrümmert«, antwortete ich ausweichend.

Leek knipste eine Mücke von seiner raffiniert einfachen Leinenjacke, die das Etikett ›Charles of the Ritz‹ trug.

»Carron, ich war der erste Mann in Hollywood, der entdeckte, dass bei dem gewaltsamen Tod prominenter Schauspieler und anderer Filmleute eine Gang die Hand im Spiel hatte. Ich machte die wichtigsten Persönlichkeiten der Filmstadt darauf aufmerksam. Niemand wollte mir glauben.«

»Auch nicht die Polizei?«

Sein Lächeln vertiefte sich.

»Wichtige Personen in Hollywood sind die großen Produzenten vom Schlage Sal Shellow, ungefähr ein Dutzend Männer. Wenn ich gegen ihren Willen zur Polizei liefe, wäre ich in kürzester Frist erledigt. Sie haben die Macht, jeden zu ruinieren.«

»Okay, Leek, auch ich werde mich nicht um meine Chance bringen, in der nächsten Shellow-Produktion mitzuturnen.«

Er rückte mit seinem Faltstuhl näher.

»Deine große Chance liegt bei mir, Carron! Sobald ›Diamantenmond‹ abgedreht ist, lässt Sal Shellow Evert Nelson fallen. Dann kann ich deinen Anteil an der Sache groß herausstellen. Hollywood liebt Helden, die sich im wirklichen Leben bewährt haben. Man wird dich mit Angeboten für Hauptrollen überschütten.«

Aus der Szene hallte Harders donnernde Stimme zu uns herüber.

»Neue Aufnahme! Kamera klar? Ton okay? – Action, bitte!«

Amantha lief über die Freitreppe zum Cadillac, riss die Tür auf und stürzte sich hinters Steuer. Nelson fetzte die Gardine weg, stieß einen Wutschrei aus, sprang auf das Fensterbord und …

»Gestorben!«, rief Harder. »Danke, Amantha-Schätzchen! Okay, Evert! – Die Stunts in die Dekoration!«

Ich stand auf. »Sehen Sie sich meinen Stunt an, Mr. Leek, und Sie werden feststellen, dass ich zum Helden nicht tauge. Ich bin jedes Mal heilfroh, wenn ich gesund unten ankomme.«

Auf dem Weg in die Szene begegnete ich Amantha Turner, die, eingehüllt in einen weißen Bademantel und umschwirrt von zwei Garderobieren und dem Chefmaskenbildner, zu ihrem Wagen ging. Sie erkannte mich und rief mich an: »He, Stunt! Hast du zugesehen? War ich gut?«

»Absolut großartig, Miss Turner!«

»Sagte ich dir nicht, du sollst mich Amantha nennen? Verdammt, deinen Namen habe ich vergessen.«

»Jerry Carron.«

»Richtig! Nett, dich zu sehen, Jerry. Ich hoffe, das Drehbuch enthält noch eine Szene für uns beide.«

»Würde mich freuen, Amantha.«

Sie fasste meine Hand. Ihre Finger spielten auf der Innenfläche in einer Weise, die etwas zu bedeuten schien. In den tiefblauen Augen sprang ein verführerisches Licht auf.

»Wenn du versprichst, mich gut festzuhalten, Jerry, verzichte ich auf ein Double.«

Sie entdeckte Irvin Leek, der dicht hinter mir stand, ließ meine Hand los und warf sich ihm an die Brust.

»Irvin, du Mistkerl!«, rief sie, schlang die Arme um seinen Nacken und küsste ihn auf beide Wangen. »Wie konntest du im *Hollywood Inside* behaupten, zwischen Terrell und mir würden Liebesszenen für den Film im privaten Schlafzimmer geprobt? Kein Wort ist wahr. Es ist eine Qual, den Burschen zu küssen. Er schluckt Knoblauchperlen gegen seinen Haarausfall.«

Die Lautsprecherstimme des Regisseurs dröhnte übers Gelände.

»He, Marcuso-Stunt! Brauchst du eine Extra-Einladung?«

Ein Abschied von Amantha erübrigte sich. Sie beachtete mich nicht länger, sondern ließ sich von Leek zum Wagen begleiten.

Ich ging in die Dekoration, stieg auf der Innenseite der Hausfassade zum Fenster hoch. Ein Regieassistent wies mich in die Haltung ein, die Nelson beim Abbruch der Aufnahme angenommen hatte. Vor der Freitreppe stieg Louella, durch eine weißblonde Perücke Amanthas Aussehen angepasst, in den Cadillac.

»Wir drehen ohne Probe!«, entschied Harder. »Alles bereit?«

Außerhalb des Blickfeldes der Kamera übernahm Jo Lash das Kommando.

»Carron, du springst, sobald ich den Arm hebe!«, rief er.

»Action!«, schrie der Regisseur.

Louella brachte den Cadillac in Schwung und ließ die Räder durchdrehen. Lash warf den Arm hoch. Ich sprang, ließ mich aufs Dach fallen und klammerte mich fest.

Dreißig Yards Fahrt! Dann der harte Ruck, als Louella bremste. Ich sauste vom Dach, nutzte den Schwung für den Vorwärtssalto, prallte mit dem Rücken auf die Motorhaube und fiel dem Cadillac vor die Stoßstange. Aus einer Armlänge Abstand sah ich die Reifen, die sich noch oder schon wieder drehten, rollte mich über die linke Schulter weg und spürte den Luftzug des vorbeirasenden Fahrzeugs.

»Kameras aus!«, rief Harder. »War's okay?«

»Bei mir okay!«, antwortete Dibble.

»Also gestorben!«

Ich wollte aufstehen. Ein Regieassistent setzte mir kurzerhand den Schuh zwischen die Schulterblätter.

»Bleib unten, Mann!«

Er schoss drei Polaroidfotos. Dann durfte ich aufstehen, und Evert Nelson musste sich in der Haltung auf den Boden legen, in der ich zum Stillstand gekommen war.

Die Kamera wurde neu eingerichtet, um festzuhalten, wie Rod Marcuso nach Sprung und Sturz aufstand und dem Wagen wütend nachsah. Natürlich war dieser Teil der Szene 319 Nelsons Job.

Ich zog mich um und fuhr mit dem Pendelbus zur Studiogarage.

Tom Linsey, der Verwalter, der mir in der vergangenen Nacht den grünen Pontiac übergeben hatte, war ein älterer, dicklicher Mann mit einem Kranz grauer Locken um eine Dreiviertel-Glatze. Er hatte seinen Dienst um sechs Uhr angetreten, saß im Glasverschlag seines Büros und las in einer Fachzeitung. Wie viele Hilfskräfte in der Filmindustrie war er ein ehemaliger Darsteller, dem niemals eine große Rolle zugefallen war.

Ich drang in seinen Glasverschlag ein.

»Hi, Mr. Linsey! Sie gaben mir gestern auf Mr. Shellows Anweisung den grünen Pontiac. Sie erinnern sich, oder?«

Er sah mich über den Zeitungsrand an und knurrte: »Natürlich erinnere ich mich.«

»Leider brachte ich den Wagen mit einem zerbrochenen Fenster zurück. Ihr Kollege von der Tagesschicht drohte, die Reparaturkosten von meiner Gage einziehen zu lassen, weil keine schriftliche Anweisung von Mr. Shellow vorliegt.«

Linsey faltete die Zeitung zusammen.

»Dundee ist ein Armleuchter. Er hätte sich den Auslieferungsschein ansehen sollen.«

Er nahm einen Aktenordner, öffnete ihn, zeigte mir ein vorgedrucktes und von ihm ausgefülltes Formular.

»Siehst du, was hier steht, mein Junge?«, fragte er und las laut vor: »Ausgehändigt auf Grund einer telefonischen Order von Mr. Shellow persönlich.«

Auch in der Filmindustrie führt die Bürokratie ein strenges Regiment. Das Formular enthielt Spalten für das Kennzeichen, den Wagentyp, das Baujahr und auch für die Wagenfarbe. Linsey hatte alles ausgefüllt.

»Mach dir keine Sorgen. Die Reparatur wird Mr. Shellows Produktionsfirma belastet«, beruhigte er mich.

»Danke, Mr. Linsey. Hat sich irgendwer danach erkundigt, welchen Wagen Sie mir ausgehändigt haben?«

»Nein«, antwortete er, ohne zu ahnen, wie sehr mich sein Nein enttäuschte.

»Sind Sie sicher?«

Er zog die Augenbrauen hoch. »Niemand hat danach gefragt«, bestätigte er.

Ich kaute lange an der Antwort. Wenn Linsey niemandem gesagt hatte, mit welchem Wagen ich unterwegs war, wie und von wem hatten die Gangster erfahren, dass ich einen grünen Pontiac benutzte? Auf der Fahrt zwischen Studio City und Seal Beach hatte ich scharf darauf geachtet, dass ich nicht verfolgt wurde. Kein Wagen hatte sich angehängt. Von wem, zum Teufel, wussten sie, welchen Wagen ich fuhr?

Ich traf Phil in einem Freiluftrestaurant am Brendwood Park.

»Ich habe eine Neuigkeit für dich«, sagte er. »Heute Morgen lief Vince Shake einer Polizeistreife in die Quere. Leider waren die Cops nicht schnell genug. Shake entkam. Er weiß jetzt, dass er gesucht wird.«

»Spricht Shake Englisch mit einem Akzent?«

»Schon möglich. Seine Mutter war Mexikanerin.«

»Dann war es vermutlich Shake, der mich heute anrief.«

Phil sah mich überrascht an.

»Was wollte er?«

»Er will mich treffen und mir zu zehntausend Dollar verhelfen.«

»Dein Gerede kann ich nicht ernst nehmen, Jerry.«

»Du weißt noch nicht, was heute Nacht geschah. Ich nahm ein unfreiwilliges Bad im Pazifik. Sal Shellow schickte mich in Vertretung von Evert Nelson mit vierzigtausend Dollar nach Seal Beach, weil er auf Nelson nicht verzichten kann, bis ›Diamantenmond‹ abgedreht ist. Irgendwer verriet den Killern den Wagentyp und informierte sie, dass nicht Nelson am Steuer saß. Per Walkie-Talkie schickten sie mich auf den Strand und veranstalteten ein Scheibenschießen, bei dem ich die Scheibe war. Nur der Sprung in den Pazifik rettete mich.«

»Zur Hölle mit deinen Alleingängen, Jerry!«, sagte Phil zornig.

»Tut mir Leid, Alter. Ich hatte keine Möglichkeit, dich zu benachrichtigen. Shellow schickte mich von seinem Büro aus ins Rennen.«

»Auf jeden Fall wirst du zu der Verabredung mit Shake, oder wer immer der Anrufer war, nicht allein gehen«, erklärte Phil kategorisch. »Wann und wo sollst du den Mann treffen?

»Pershing Square, zehn Uhr abends.«

»Ich werde in der Nähe sein.«

»Okay, aber misch dich nicht zu früh ein. Ich glaube, dass ich dicht an die Prominenten-Killer herangekommen bin.«

»Sie werden ihre Versuche, dich umzulegen, nicht aufgeben, weil ich in der Landschaft herumstehe«, sagte Phil ironisch.

»Sie wechseln schon von Blei zu Bargeld.«

»Das muss sich erst noch herausstellen«, sagte Phil skeptisch und öffnete seine Jacke. »Du wirst nicht nackt zum Pershing Square gehen.«

Unter dem Tisch gab er mir seinen 38er. Ich schob die Waffe in den Gürtel und verdeckte sie mit meiner Lederjacke.

»Hals- und Beinbruch, Jerry«, sagte Phil, legte zwei Dollarscheine auf den Tisch und verließ das Restaurant.

Vier Stunden später sprang ich am Pershing Square aus einem Taxi, zahlte und stand ratlos in der Gegend herum, denn Pershing Square ist ein großer Platz mit jeder Menge Verkehr und unzähligen Passanten. Vor einem Zeitungskiosk sah ich Phil, der sich eine Abendausgabe kaufte, darin blätterte, dann in der Menschenmenge untertauchte und aus meinem Blickfeld verschwand.

Jemand zupfte mich am Ärmel. Ich drehte mich um. Vor mir stand ein ungefähr zwölfjähriger Junge, dessen Gesichtsschnitt und Hautfarbe den Mexikaner verrieten.

»Señor, Carron?«

»Ja, der bin ich.«

»Bitte, folgen Sie mir, Señor!«

Er schlug den Weg in eine Seitenstraße ein.

»Wie hast du mich erkannt?«

»Foto«, antwortete er lakonisch.

»Nach welchem Foto?«

Er schob eine Hand unter sein T-Shirt und zog eine große, leicht verknitterte Hochglanzfotografie hervor, deren Anblick mir die Sprache verschlug. Das Foto stammte ohne jeden Zweifel aus den Unterlagen, die ich dem Besetzungsbüro des Studios eingereicht hatte. Solche Glamour-Fotos hatte die Dokumentenabteilung des FBI von mir produziert, um damit meine Stuntman-Karriere zu belegen.

Ich nahm dem Jungen das Foto ab, faltete es zusammen und steckte es in die Tasche.

»Wer schickt dich?«

»Ein Señor!«

»Gab er dir das Foto?«

»Ja und drei Dollar.«

»Wohin führst du mich?«

»Sie werden sehen, Señor.«

Er wechselte in eine Straße, in der ein Markt abgehalten wurde.

Das Geschrei der Verkäufer, die ihre Waren anpriesen, erfüllte die Luft. Käufer und Verkäufer sprachen Spanisch miteinander. Der Junge drängte sich an den Auslagen vorbei und blieb vor einem zweistöckigen Haus stehen.

»Aqui, Señor!«

Ein Schaufenster im Erdgeschoss war mit Anpreisungen mexikanischer Speisen bemalt. Statt einer Tür bildete ein Vorhang aus bunten Perlschnüren den Eingang.

Ich drückte dem Jungen zwei Dollar in die Hand, teilte den Vorhang und betrat den Laden.

An einer Theke saßen ein halbes Dutzend Männer. Wie auf ein Signal drehten sie sich nach mir um. Alle waren zweifellos Chicanos mit schwarzen Haaren, braunen Augen und olivfarbener Haut. Sie steckten in Anzügen von auffälliger Eleganz. Massive Goldringe, Armbanduhren, besetzt mit Brillanten, dicke Perlen in grellen Krawatten dokumentierten, dass es ihnen am Geld nicht mangelte.

Keiner lächelte.

Ein Mann, dessen Schnurbart à la Pancho Villa über die Mundwinkel herunterhing, fragte: »Jerry Carron?«

Ich nickte, und er zeigte mit der Hand auf eine Tür im Hintergrund der Kaschemme. »Du wirst erwartet.«

Ich ging an den Männern vorbei, als nähme ich eine Parade ab, stieß die Tür auf und sah mich jenem Mann gegenüber, dem ich nur einmal für wenige Sekunden im Licht der Scheinwerfer meines Jaguars begegnet war: Vince Shake. Wie damals trug er einen schwarzen Anzug, und auf dem Tisch, hinter dem er stand, lag ein weißer Hut.

Shake zeigte ein schiefes Lächeln.

»Du erkennst mich wieder?« Sein Englisch hatte den harten Akzent des Anrufers.

»Selbstverständlich. Du bist der Mann, der Earl Creyghton umbrachte.«

»Wie viel verlangst du, damit du es vergisst?«

»War nicht von zehntausend Dollar die Rede?«

Ohne eine Antwort zu geben, begann er seine Taschen auszuräumen. Er holte Dollarbündel aus der rechten und der linken Rocktasche, aus den Innentaschen und den Hosentaschen. Bündel um Bündel deponierte er links und rechts vom weißen Hut.

»Sollte ich von den Bullen geschnappt werden, wirst

du mich bei einer Gegenüberstellung nicht wiedererkennen.«

Seine schwarzen Knopfaugen starrten mich unter den dichten, harten Augenbrauen mit der Intensität eines Schlangenblicks an.

Ich näherte mich dem Tisch.

»Warum hast du Creyghton getötet?«

»Es war ein Auftrag.«

»Und wer war der Auftraggeber?«

»Das geht dich nichts an.« Er wies auf das Geld. »Kassier und vergiss!«

Dicht vor dem Tisch blieb ich stehen.

»Ich bin neugierig, Mann. Warum trennst du dich von den Dollars und kaufst mein Schweigen?«

»Weil ich Angst habe. Sie versprachen, dich zu beseitigen, aber sie halten ihr Versprechen nicht. Heute Morgen wäre ich um ein Haar von den Bullen gefasst worden. Mit dir als Zeugen hätte mich die Jury in die Todeszelle geschickt. Also kaufe ich dich lieber.«

»Mit echten Dollars oder Blüten?« Ich griff nach einem Geldbündel.

»Zähl nach!«, sagte Shake und streckte die Hand nach seinem Hut aus, als wolle er ihn aufsetzen.

Das war ein Trick. Mit der anderen Hand packte er das Messer, das unter dem Hut lag, warf sich mit der ganzen Länge seines Oberkörpers über den Tisch. Die Hand mit dem Messer zuckte vor wie ein zustoßender Schlangenkopf.

Ich drehte mich zur Seite weg. Die Klinge schlitzte das Leder meiner Jacke auf. Dollarnoten flatterten durch die Luft.

Vom eigenen Schwung wurde Vince Shake weit nach vorn gerissen. Meine Faust traf ihn knapp unter den Nackenwirbeln.

Der Hieb paralysierte seine Armnerven. Er schrie nicht, sondern sackte mit einem schweren Stöhnen in sich zusammen und blieb auf der Tischplatte liegen, als wäre er dort abgeladen worden. Das Messer klirrte auf den Boden. Ich hob es auf und drückte die Klinge in den Schaft. Ein paar Sekunden ließ ich Shake zur Erholung. Dann zerrte ich ihn vom Tisch und stellte ihn gegen die Wand. Haltlos baumelte sein Kopf.

Ich setzte ihm die Faust unters Kinn und zwang ihn, mich anzusehen.

»Du miese Ratte willst mit einem schnellen Messerstich zehntausend Dollar sparen, aber ich glaube, dass noch viel mehr Geld im Spiel ist als lumpige zehn Tausender. Ich will von dir wissen, wer das große Rad dreht. Wer hat dich für den Mord an Earl Creyghton bezahlt?«

»Roscoe«, keuchte er. »Kendall Roscoe.«

»Wer gehört noch zur Gang?«

»Bob Coon und Paco Gomez.«

»Ist Roscoe der Boss?«

»Er ist unser Boss. Er sagt uns, was wir tun sollen.«

»Und wer sagt ihm, was er tun soll?«

»Das weiß ich nicht. Nur Roscoe kennt die anderen.«

»Welche anderen?«

»Die Männer, die bestimmen, welcher Prominente aus dem Filmgeschäft auf die große Reise geschickt wird.«

Seine Augen belebten sich. Er war dabei, die Schockwirkung des Schlages zu überwinden, und er hatte noch nicht aufgegeben.

»Natürlich weißt du, dass andere Prominente erpresst werden mit der Drohung, sie ebenfalls umzubringen. Evert Nelson, zum Beispiel, musste vierzigtausend Dollar abliefern.«

»Damit habe ich nichts zu tun. Mich bezahlen sie für die schmutzige Arbeit.«

»Wen hast du außer Creyghton noch umgelegt?«

Er schwieg. Seine Mundwinkel zuckten. Keimte Verdacht in ihm?

»Du wirst mich zu Kendall Roscoe bringen, oder ich bringe dich zu den Bullen. Verstanden?«

»Warum?«

»Weil ich in das Geschäft einsteigen will.« Ich tippte mit zwei Fingern gegen seine Stirn. »Dahinter musst du einen mächtigen Hohlraum haben, Mann, sonst wärst du nicht mit den paar Tausendern zufrieden, die sie dir für ein Killing bezahlen, während sie bei der Filmprominenz Hunderttausende, vielleicht Millionen Dollar einsacken. Wenn ich mir schon die Finger schmutzig mache, will ich dafür großes Geld sehen. Wo finde ich Roscoe?«

»Okay, ich bring dich zu ihm.« Er zeigte ein schiefes Lächeln. »Könnte sein, dass du der richtige Mann für uns bist.«

Ich ließ ihn los und befahl: »Sammle die Scheine auf!«

Sich zu bücken fiel ihm schwer. Er taumelte, während er die Dollarnoten zusammenklaubte und auf den Tisch legte. Genüsslich verstaute ich ein Päckchen nach dem anderen, weil es nicht zur Rolle gepasst hätte, ihm das Geld zu lassen.

»Als Anzahlung«, sagte ich. Zum Schluss hob ich eigenhändig den weißen Hut auf, beulte ihn aus und stülpte ihn Shake auf den Schädel.

»Gehen wir!«

Die übereleganten Señores längs der Theke rissen die Augen auf, als Shake und ich Arm in Arm das Hinterzimmer verließen. Vermutlich hatten sie erwartet, Shake würde mich an den Füßen hinter sich herschleifen.

Der Mann mit dem Pancho-Villa-Schnurrbart sagte einen kurzen Satz auf Spanisch, den ich nicht verstand, aber der wahrscheinlich die Frage enthielt, ob sie mir die Kehle durchschneiden sollten. Zur Vorsicht schlug ich die Lederjacke so weit zurück, dass sie den Griff des 38ers im Gürtel sehen konnten. Einer nach dem anderen wandte sich wieder der Theke zu.

Ich schob Shake durch den Perlenvorhang ins Freie.

Das Stimmengewirr des Marktes, das irre Geschrei der Anpreisungen und Mariachi-Musik aus voll aufgedrehten Transistorradios vereinten sich zu einer Lärmglocke, die sich über die Straße stülpte wie eine unsichtbare und doch undurchdringliche Masse.

Wir tauchten ein in die Menschenmenge zwischen den Verkaufsständen, Spielbuden und Auslagen. Ich dirigierte Shake und ging einen halben Schritt hinter ihm.

Hörte ich den Schuss? Nein, ich glaube nicht, dass ich den Knall wahrnahm. Mit Sicherheit lässt sich der Ablauf solcher Ereignisse nicht rekonstruieren. Auf jeden Fall flog mir Shakes weißer Hut ins Gesicht.

Shake erstarrte, als wäre er gegen eine Mauer aus Glas gerannt. Dann kippte er nach hinten, fiel gegen mich und nach links. Die Schusswunde auf seiner Stirn war nicht zu übersehen.

Die Menschen begreifen schnell, wenn der Tod zwischen sie fährt. Sie machen ihm Platz. Ein kurzes Aufheulen, das schrille Kreischen von Weiberstimmen, ein wildes Getrampel, Flucht nach allen Seiten, und in zwei Sekunden bildete sich um Shakes Körper ein freier Raum.

Auch ich blieb nicht stehen. Mit einem großen Satz sprang ich nach rechts, rammte eine kurze und dicke mexikanische Señora und duckte mich neben die bunte Auslage eines Obstverkäufers. Eine Handbreit vor meiner Nase zerplatzte eine gelbe Melone. Ich ließ mich nach hinten fallen zwischen aufgestapelte leere Kisten.

Wo war der Schütze? Mit den Blicken suchte ich die Fenster der Häuser ab, die die Zeltdächer der Verkaufsstände überragten. Viele standen offen. In manchen zeigten sich Menschen, aber es war unmöglich festzustellen, aus welchem Fenster geschossen worden war.

Durch die wegdrängende, flüchtende Menge

kämpfte sich ein Mann in den freien Raum um den Toten: Phil. Er beugte sich über Shake, berührte dessen Gesicht und schüttelte den Kopf.

Der weiße Hut lag in Reichweite. Phil ergriff ihn und bedeckte Shakes Gesicht.

Ich rappelte mich aus den Obstkisten auf und pfiff leise.

Phil wandte den Kopf. Unsere Blicke begegneten sich. Ich machte eine kleine Geste, deren Bedeutung er verstand. Er nickte, und ich drehte mich um, stieg über die Kistentrümmer und verschwand in der Menschenmenge, deren hektische Fluchtbewegung langsam abebbte.

Noch bevor ich Pershing Square erreichte, hörte ich die Sirene eines Streifenwagens.

Zwei Stunden nach Mitternacht rief Phil an.

»Okay, ich habe dich aus der Untersuchung rausgehalten, wie du es wolltest. Die Los Angeles Police weiß nichts von dir, abgesehen von ein paar vagen Zeugenaussagen, in denen von einem zweiten Mann die Rede ist. Was versprichst du dir davon, außer einem weiteren Versuch, dich umzubringen?«

»Phil, vor mir liegt ein Foto des Stuntman Jerry Carron. Dieses Foto stammt aus meinen Bewerbungsunterlagen beim Besetzungsbüro. Shake gab es dem Jungen, der mich zu ihm führte, und ich werde herausfinden, von wem Shake es erhielt, genauer gesagt, wer es seinem Boss Kendall Roscoe gab, denn die Gang der Prominenten-Killer arbeitet auf zwei Ebenen. Roscoe, Shake, Bob Coon und Paco Gomez übernehmen die schmutzige Arbeit. Die beiden letzten Namen erfuhr ich von Shake. Die wahren Köpfe sind Männer, die sich in der Filmindustrie auskennen und die keine Schwierigkeiten haben, Fotos aus dem Besetzungsbüro zu beschaffen oder zu erfahren, welchen Wagen die Studio-Garage mir gab. An diese Männer will ich herankommen. Falls Shake die Wahrheit sagte, kennt nur Kendall Roscoe ihre Identität.«

»Pass auf, dass du beim Heranarbeiten nicht auf der Strecke bleibst! Shake wurde auf große Entfernung getötet. Vermutlich benutzte der Mörder ein Gewehr mit Zielfernrohr. Die Polizei konnte den Standort des Schützen bis jetzt nicht finden, und falls er nicht so dumm war, die ausgeworfenen Patronenhülsen liegen zu lassen, wird sie ihn vielleicht nie finden.«

»Okay, Phil, also werde ich meine Rolle weiterspielen und für Evert Nelson die Purzelbäume schlagen, die das Drehbuch vorschreibt. Informier mich über Bob Coon und Paco Gomez. Ich nehme an, du findest ihre Lebensläufe und Vorstrafenregister im Archiv der Los Angeles Police.«

»In Ordnung«, sagte Phil. Seine Stimme klang nicht besonders begeistert.

Der Drehplan der nächsten Tage sah für die Stunt-Crew eine Massenszene vor, in der Rod Marcuso mit seiner Gang die große Millionärsparty sprengt, die zu Beginn des Filmes stattfindet und bei der er zum ersten Mal Diane sieht und sich in sie verknallt.

Massenszenen sind immer der schwierigste Teil der Dreharbeiten. Der Plan sah vier Tage vor, den Einsatz von einer Hundertschaft Komparsen und zwei Dutzend Stuntmen und -girls. Auch die Schauspieler der Hauptrollen wurden gebraucht.

In der Aufnahmehalle 5 war das Innere der Villa aufgebaut, in der laut Drehbuch gleichzeitig mit der Party die Ausstellung einer großen Anzahl Brillanten und Diamanten stattfindet, die Marcusos Gang raubt. Dabei kommt es zu einer gewaltigen Schlägerei zwischen Wächtern, Millionären und Gangstern. Der Held des Films, Barry Dexter, dargestellt von Alvin Terrell und gedoubelt von Jo Lash, rettet Diane zum ersten Mal vor Marcusos Gier, wird aber angeschossen. Mit den Diamanten als Beute, aber ohne Diane, verlassen Marcuso und seine Gangster als Sieger die Villa.

Solche Massenszenen werden tagelang einstudiert wie ein Ballett. Harder und Dibble, die Regisseure, hatten acht Kameras auffahren lassen, die den Ablauf der zehnminütigen Szene aus vielen Blickwinkeln festhalten sollten. Die richtige Mischung aus Totalaufnahmen und Detaileinstellungen wurde später am Schneidetisch hergestellt.

Sechs Stuntmänner und ich als Marcuso bildeten die Gang. Unsere Kostüme waren der Kluft von Rockern nachempfunden, schwarzes Leder, besetzt mit Nieten. Fünfzehn Stuntmen, zum Teil in der Uniform einer privaten Wachtruppe, die übrigen als Teilnehmer der Millionärsparty in weißen Smokings, standen auf der Gegenseite bereit, um sich von uns zusammenschlagen, abräumen oder über den Haufen schießen zu lassen. Zu ihnen gehörte Jo Lash in der Maske des Barry Dexter. Vier Stuntgirls in großen Abendkleidern mischten sich unter die weiblichen Komparsen. Auch sie, so sah es das Drehbuch vor, würden ein schlimmes Schicksal erleiden.

Es war Jos Aufgabe, die Wünsche der Regisseure in Stuntaktionen zu übersetzen. Er probte mit uns, wie wir die Flügeltür aufbrechen, in die große Halle stürmen, die ersten Wächter mit MPi-Garben umnieten sollten, bevor wir uns wie die Wölfe auf die Millionäre und die Diamanten stürzten.

Natürlich war vorgesehen, dass dabei massenhaft Blut vergossen und Kleinholz produziert wurde, aber während der Proben mussten die Möbel und die Vitrinen mit den Diamanten intakt bleiben, und die Kostüme durften nicht verdorben werden.

Was Marcusos Rolle betraf, so hatte der Super-Gangster unter den Millionären und ihren Frauen zu wüten wie ein Marder im Hühnerstall. In einer Pause zählte ich nach, wie viele Tote und Verletzte ich bei meinem Auftritt hinterlassen würde, und kam auf sechs Männer und zwei Frauen. Drei Männer mähte ich beim Start mit der Maschinenpistole um, einem Vierten schlug ich den Kolben auf den Kopf. Dann packte ich eine Frau und warf sie durch ein großes Glasfenster, erledigte den fünften Mann, indem ich ihm den Lauf der Maschinenpistole in den Magen stieß und durchzog. Laut Regieanweisung war damit das Magazin leer. Ich hatte die MPi wegzuwerfen und einen schweren Hammer vom Gürtel zu lösen und in die Hand zu nehmen. Mit ihm zerschlug ich die Diamantenvitrine, doch vorher schaffte ich mir einen Wächter vom Hals. Dann trampelte ich eine Frau nieder. Davor lag ein kurzer Ringkampf mit Diane, deren Anblick Marcusos Leidenschaft entflammt. Er stürzt sich auf sie, wird aber von Dexter gestoppt, sodass Diane flüchten kann. Marcuso muss sich mit den Diamanten begnügen.

Drei Tage lang wurde geprobt. Harder scheuchte die Masse der Komparsen durch die Dekoration, stritt sich mit Amantha und Alvin Terrell, den Hauptdarstellern, beschimpfte Assistenten und Kameramänner. Jo Lash ließ sich von niemandem ins Handwerk pfuschen. Als Stuntman war er ein perfekter Profi, arrangierte die Action-Szenen nach eigenem Programm und gestand den Regisseuren nur zu, ihre Wünsche zu äußern.

Evert Nelson ging mir aus dem Weg. Amantha, eingenäht in ein enges, grün glitzerndes Abendkleid, das weit unterhalb ihres Kehlkopfs anfing, beachtete mich nicht. Zweimal während der Probezeit kam Sal Shellow ins Atelier, brachte Besucher mit, deren Bankkonten er für die Finanzierung seines nächsten Projekts anzapfen wollte, und ließ sich vom Produktionschef die Kostenabrechnung zeigen. Beim zweiten Mal war Irvin Leek, der Herausgeber des *Hollywood*

Inside, in Shellows Gefolge. Zuerst säuselte er mit Amantha herum, erzählte Alvin Terrell ein paar Witze und machte sich während der Proben Notizen mit einem goldenen Cartier–Kugelschreiber in ein Notizbuch, dessen Einband aus schwarzem Krokodilleder bestand. Bei mir blieb er kurz stehen, zeigte lächelnd die Jacketkronen und fragte: »Irgendwelche neue Abenteuer erlebt, Carron? Nicht im Film, meine ich, sondern in der Wirklichkeit.«

»Nein, Mr. Leek«, antwortete ich. Die Antwort entsprach der Wahrheit, denn außerhalb des Ateliers und des Geländes von Studio City ereignete sich in diesen drei Tagen nichts. Niemand rief an und niemand unternahm einen neuen Versuch, mir eine Kugel zu verpassen oder mich auf irgendeine andere Weise loszuwerden. Die Prominenten-Killer ließen mich in Ruhe, als hätten sie es sich anders überlegt.

Beltrachteten sie mich als nicht länger gefährlich, weil Vince Shake tot war? Wussten sie nicht, dass ich auch Kendall Roscoes Gesicht genau genug gesehen hatte, um ihn vor Gericht zu identifizieren? Roscoe war in der Organisation wichtiger als Shake.

Nur einmal traf ich Phil. Er zeigte mir Bilder von zwei Männern.

»Bob Coon und Paco Gomez«, sagte er. »Coon stammt aus New York, arbeitete für verschiedene Bosse und setzte sich vor zwei Jahren nach Kalifornien ab. Paco Gomez gilt als Zuhälter und Profikiller, befreundet mit Vince Shake. Nicht auszuschließen, dass er sich unter den Männern befand, die in der Kneipe an der Theke saßen.«

»Gibt es neue Erkenntnisse über Shakes Mörder?«

»Nein, außer der Tatsache, dass er ein sehr guter Schütze ist.«

»Das ist keine neue Erkenntnis, Phil. Auch der Mann, der die Scheinwerfer an Nelsons Mercedes ausblies, war ein guter Schütze.«

»Ich frage mich, warum er dich bis jetzt verfehlt hat.«

»Keine Ahnung! Wahrscheinlich waren die Bedingungen für ihn nicht günstig. Am Devils Gate blendeten ihn die Scheinwerfer. Am Strand von Seal Beach rettete mich die Brandung, und bei Shakes Ermordung reagierte ich zu schnell.«

»Du vergisst seinen Mordversuch bei der Filmaufnahme.«

»Erstens saß ich in einem fahrenden Auto, und zweitens schoss vielleicht ein anderer, der es nicht so gut kann.«

»Wird bei den Aufnahmen, die jetzt gedreht werden, wieder geschossen?«

»Ja«, antwortete ich und stand auf, »aber nur von der Marcuso-Gang. Nur ich und meine Leute halten Kanonen in den Händen.«

Phil lachte und schüttelte den Kopf.

»Als Gangster bist du total unglaubwürdig, Jerry.«

»Warte ab, bis du den Film siehst!«

Am vierten Tag befahl Harder eine Durchlaufprobe. Wie üblich wurden zunächst die Schauspieler in die Dekoration geschickt, um ihre Gesichter für die Großaufnahmen und in den Naheinstellungen einzufangen.

Also stürmte Evert Nelson als Rod Marcuso durch die Kulissen, ballerte mit der MPi die Wächter zusammen und richtete in Andeutungen das Unheil an, das ich später in den Action–Szenen drastisch vollenden würde.

Die erste Unterbrechung gab es, als sich Nelson-Marcuso nach dem Einsacken der Diamanten auf Diane-Amantha zu stürzen hatte. Amantha brach ihr Spiel ab, stieß Nelson, der sie gerade umschlungen hatte, heftig zurück und protestierte in Richtung Regisseur: »Das ist zu lahm, Elmer! Sag diesem

Schlappschwanz, er soll mich runterreißen auf den Boden und sich mit mir herumwälzen!«

Harder sprang von seinem Regiestuhl auf und ging in die Dekoration.

»Guter Gedanke, Amantha-Schätzchen! Los, Nelson, mach eine halbe Vergewaltigung aus der Szene.« Er sah sich nach Alvin Terrell, dem Schauspieler der Dexter-Rolle, um. »Al, du beginnst deine Aktion nicht mit einem Fausthieb, sondern mit einem Fußtritt, der Marcuso von Diane runterschleudert. – Macht das mal, Leute!«

Nelson umschlang Amantha, ging mit ihr in die Knie und bettete sie vorsichtig auf den Boden.

Der Regisseur heulte auf.

»Du kannst dich nicht mit ihr hinlegen, als wärt ihr seit zwanzig Jahren verheiratet. Pack sie! Reiß sie an dich! Dann runter und drauf!«

»Harder, unter dem Teppich ist der Boden aus eisenhartem Beton!«, schrie Nelson. »Du kannst nicht von mir verlangen, dass ich mich draufwerfe wie auf ein Wasserbett. Ich werde mir nicht die Knochen brechen, weil Amantha immer noch glaubt, sie wirke in einer Pornoproduktion mit.«

Amantha lachte höhnisch. »Okay, Evert, ich weiß schon lange, dass du keine Ahnung davon hast, wie man ein bisschen Pfeffer in eine Szene bringt.« Sie wandte sich an den Regisseur. »Lass mich die Szene mit Nelsons Stunt drehen! Waren wir nicht in der Treppenhausszene erstklassig?«

Harder setzte den Lautsprecher an.

»Nelsons Stunt in die Dekoration!«

Ich arbeitete mich durch die Masse der Komparsen.

»Zur Stelle, Mr. Harder!«

»Hi, Jerry!« Amantha strahlte mich an, als hätte ich ihr gestern einen hochkarätigen Brillanten geschenkt. »Nett, dich zu sehen, mein Freund.«

Drei Tage lang hatte sie mich nicht beachtet. Jetzt

umarmte sie mich vor versammelter Mannschaft und küsste mich auf beide Wangen.

»Ich will dich als Partner, Jerry.«

»Traust du dir zu, die Szene mit Amantha hinzulegen?«, fragte Harder. »Denk daran, dass sie nicht beschädigt werden darf!«

»Ich werde es versuchen, Mr. Harder.«

»Pass auf! Ich zeige dir, was du tun musst.«

Er gab seinem Assistenten den Handlautsprecher, ging auf Amantha los und spielte mir vor, wie ich mit ihr umgehen sollte.

»Kapiert?«

»Ich hoffe, Sir.«

Er musterte mich kritisch. Ich trug das Lederkostüm des Gangsters Marcuso in einer billigeren Ausführung als Evert Nelson. Harder war mit irgendetwas unzufrieden.

»Bringt das Kostüm des Stuntman in Ordnung!«, brüllte er.

Sekunden später stand Judy Mart vor mir und hantierte an meinem Kostüm. Als sie die schwarze Lockenperücke zurechtrückte, flüsterte sie: »Viel Spaß mit Amantha!«

Harder zappelte vor Ungeduld. »Alles klar?«, schrie er. »Jeder zurück in die Ausgangsposition! Bist du bereit, Amantha? Du hast dreißig Sekunden, bevor Dexter mit einem Fußtritt Marcuso von dir runterholt.« Er wandte sich an Terrell, den Schauspieler der Dexter-Rolle. »Tritt dem Stunt in die Rippen und schrei Amantha an: ›Lauf! Schnell!‹«

Er klatschte in die Hände.

»Probe! Action, bitte!«

Amantha schrie und wandte sich zur Flucht. Mit Panthersätzen stürzte ich mich auf sie, riss sie in meine Arme. Sie trommelte mit beiden Fäusten gegen meine Brust. Ich ließ mich auf den Rücken fallen, damit sich Amantha keine blauen Flecke holte. Ein paar

Sekunden lang lag sie auf mir, strampelte mit den Beinen, ließ ihre Hüften kreisen und schrie wie am Spieß.

»Sehr gut!«, überbrüllte Harder ihr Geschrei. »Bring sie jetzt unter dich, Stunt!«

Ich wälzte mich herum. Es sah heftig und gewalttätig aus, aber ich ging vorsichtig mit ihr um. Sie bäumte sich unter mir auf.

»Acht, neun, zehn!« Harder schrie die Zahlen durch den Lautsprecher. »Dein Einsatz, Terrell!«

Ein Stuntman hätte sich auf die Technik verstanden, mit einem wuchtig aussehenden Tritt mich kaum zu berühren. Terrell war Schauspieler und trat einfach zu, dass meine Rippen krachten und mir die Luft wegblieb. Ich schnellte mich von Amantha weg und überschlug mich.

»Das war gut!«, lobte der Regisseur. »He, Stunt, wenn du mit der linken Hand in Amanthas Haar greifst, ihren Kopf nach hinten reißt, erzielen wir einen noch stärkeren Eindruck von Marcusos Brutalität. – Macht Amantha und den Stunt fertig für eine zweite Probe!«

Ich massierte meine schmerzenden Rippen.

»Bitte, sagen Sie Mr. Terrell, dass ich kein Fußball bin. Es genügt, wenn er den Tritt andeutet. Ich schleudere mich von Miss Turner weg. Er muss sie nicht tatsächlich von mir befreien.«

Terrell zog die Augenbrauen hoch.

»Wenn du auch meine Rolle mit einem Stuntman besetzen willst, Harder, habe ich nichts dagegen«, sagte er beleidigt.

Amantha, an der Maskenbildner, Friseuse und Garderobiere arbeiteten, um ihr Aussehen in den Anfangszustand zurückzuversetzen, rief: »Carron hat Recht! Du hast zugetreten wie ein Pferd!«

»Ruhe!«, überbrüllte der Regisseur den Streit. »Alle auf die Plätze für Probe Nr. 2!«

Die zweite Probe verlief schlechter als die Erste. Das geschieht oft. Elmer Harder befahl Probe Nr. 3, mit deren Ergebnis er zur allgemeinen Erleichterung zufrieden war.

»Morgen drehen wir!«, entschied er.

Eine halbe Stunde später kam Judy Mart in die Stuntmen-Garderobe, um die Kostüme zu holen.

»War 'ne scharfe Show, die du mit Amantha hingelegt hast«, sagte sie beiläufig. »Hoffentlich enttäuschst du sie nicht, wenn es zwischen euch ernst wird.«

»Hör zu, Judy! Vergiss Amantha und denk daran, dass niemand in diesem Studio erfahren darf, dass wir zusammen im El Gallo waren! Die wichtigsten Männer der Gang, die Creyghton und ein halbes Dutzend andere Prominente umbrachte, sind ganz in der Nähe. Sie haben Jobs beim Film – wahrscheinlich einflussreiche Jobs. Wenn sie herausfinden, dass zwischen uns eine Verbindung besteht, gerätst du in akute Lebensgefahr.«

Sie brach in Gelächter aus, das eher zornig als fröhlich klang.

»Die Story erzählst du mir zum dritten– oder vierten Mal, Jerry Carron«, sagte sie. »Zugegeben, dass es eine neue Methode ist, einem Mädchen etwas von Lebensgefahr vorzufaseln, wenn man es loswerden will.«

»Du irrst dich, Judy, aber …«

Sie öffnete die Tür.

»Vergiss nicht, Amanthas Schminke von deinem Hals zu entfernen«, sagte sie giftig.

Am nächsten Tag gegen ein Uhr fiel die Klappe für die Aufnahme der großen Überfallszene.

»Action, bitte!«, befahl Elmer Harder.

Krachend zersplitterte die Tür unter der Wirkung elektronisch gezündeter Sprengladungen. Zwei Rauchbomben stießen Qualm aus. Die Komparsen brachen in Geschrei aus. Ich stürmte an der Spitze meiner sechs in schwarzes Leder gekleideten Gangster in die Villa, die Maschinenpistole an der Hüfte. Ich zog durch. Dramatisch flackerte das Mündungsfeuer, erzeugt von speziellen Platzpatronen. Winzige Sprengladungen, batteriegezündet, rissen Löcher in die Uniformen der drei Wächter, die nicht nur zusammenbrachen, sondern rücklings über ein Geländer kippten. Ich rannte eine breite Treppe hinunter, schlug dem Stuntkollegen, der mir im weißen Smoking entgegenkam, die Maschinenpistole auf den Kopf. Sich viermal überschlagend, rollte er die Stufen hinunter.

Die Komparsen in Smoking und Abendkleidern flüchteten nach allen Seiten. Links und rechts von mir wüteten meine Leute nach genau einstudiertem Plan. Mir geriet ein schwarzhaariges Mädchen in einem weißen Abendkleid in den Weg. Im normalen Leben hieß sie Helen Brewfield und war ein erfahrenes Stuntgirl. Ich ließ die MPi fallen, packte Helen und warf sie in ein großes Fenster. Das Glas, das aus einer hauchdünnen, leicht brüchigen Kunststoffmasse bestand, zersplitterte, und Helen stürzte an einer Hauswand hinunter zu Tode, doch wurde dieser Sturz später nachgedreht. Im Augenblick fiel sie nur zwei Yards tief und landete auf einer Luftmatratze.

Mich griff Helens Film-Verlobter an. Ich hob die MPi auf, rammte ihm den Lauf in den Magen und feuerte. Mini-Sprengladungen zerrissen den Stoff auf seinem Rücken und brachten kleine Plastikblasen mit rotem Farbstoff zum Zerplatzen.

Ich warf die leere Maschinenpistole weg und schlug einen uniformierten Wächter zusammen, der die Vitrine mit den Diamanten zu verteidigen versuchte. Mit dem Hammer zertrümmerte ich das Glas der Vitrine und raffte die Steine an mich.

Dann folgte die Sekunde, in der Marcuso zum ersten Mal Diane erblickt. Ich brauchte nicht zu schauspielern. Das besorgte Nelson in einer Großaufnahme, die längst gedreht war. Ich musste den Hammer fallen lassen und mir Amantha schnappen, wie wir es geprobt hatten. Ich riss sie zu Boden, wälzte mich über sie. Wir produzierten den Dreißig-Sekunden-Ringkampf. Dann mischte sich Dexter ein und verpasste mir den Tritt, der mich von Amantha herunterwarf.

Dieses Mal war es nicht Alvin Terrell, der Schauspieler, sondern Jo Lash, der Stuntman, und Jo malträtierte mir nicht die Rippen, sondern täuschte den Tritt perfekt vor. Ich schnellte mich weg und überschlug mich, sprang auf.

Jo fing mich mit einem prachtvollen Haken ab, der haarscharf an meiner Nase vorbeizischte und auf der Leinwand geradezu mörderisch wirken würde. Ich stürzte zum zweiten Mal.

Amantha flüchtete. Im Liegen riss ich einen Revolver aus dem Gürtel und legte auf Dexter-Lash an. Jo packte einen Stuhl und warf ihn mir an den Kopf. Der Stuhl, aus Leichtholz flüchtig zusammengeklebt, zerbrach in seine Einzelteile. Jo flüchtete. Ich feuerte dreimal. Laut Drehbuch traf ich ihn. Trotzdem gelang ihm die Flucht.

Ich hatte meinen Leuten zuzuschreien: »Raus, Jungs!« Nur noch vier waren übrig geblieben. Zwei hatte Jo vor dem Zusammenstoß mit mir erledigt.

Wir stürmten aus der Halle, und ich rannte das zweite Stuntgirl um, wie vorgeschrieben.

»Gestorben!«, dröhnte Harders Stimme aus dem Lautsprecher. »Ich glaube, es war sehr gut! Ich danke euch allen!«

Eine Welle der Erleichterung durchlief das Atelier. Die Komparsen drängten sich um die Assistenten der Produktionsleitung, die ihre Arbeitsbestätigungen abzeichnen mussten, bevor es Geld für sie an der Kasse gab. Zu mir kam Amanthas Garderobiere.

»Miss Turner will dich sehen, Stunt.«

Amantha saß hinter der Kulisse in einem Winkel und stärkte sich mit Champagner.

»Willst du ein Glas, Jerry?«

»Gerne. Zufrieden mit mir, Amantha?«

Sie beugte sich vor und brachte ihre Lippen dicht an mein Ohr.

»Besuch mich heute Nacht in meiner Villa«, flüsterte sie. »Bel Air – The Golden House. Lass den Wagen unten und komm zu Fuß rauf. Pass auf, dass die Bel-Air-Privatpolizei dich nicht sieht.«

»Danke für die Einladung, aber ich …«

»Ich habe dir Wichtiges zu sagen, Jerry Carron.« Sie sah mich bedeutungsvoll an. »Ab zehn Uhr werde ich auf dich warten.«

Die Garderobiere brachte das Glas für mich, und Amantha füllte es eigenhändig.

»Auf unseren nächsten Film, Jerry Carron.«

Sie beugte sich vor und küsste mich auf eine Weise, die ziemlich jugendgefährdend war. Dass eine Menge Leute zusahen, kümmerte sie nicht.

Bel Air ist *der* Stadtbezirk von Los Angeles, in dem die Großen und Reichen der Filmindustrie hoch über dem Smog von Los Angeles ihre Villen gebaut hatten, als es in Beverly Hills keinen Platz mehr gab.

Eine Privatpolizei bewacht den inneren Bereich. Schlagbäume und Kontrollposten sperren die Zufahrtstraßen. Bei Tag und Nacht patrouillieren Streifenwagen.

Gegen zehn Uhr verließ ich den Jaguar und benutzte einen Fußweg, der sich durch riesige, blühende Oleanderbüsche bergaufwärts schlängelte.

Für die Rundfahrten der Touristen bei Tage gibt es Lagepläne der Filmstar-Villen. Ich hatte mir einen solchen Plan besorgt und wusste, wo ›The Golden House‹ lag.

Ich hielt mich im Schatten der Oleanderbüsche. Als ich vom Fußweg auf die breite, gewundene Straße wechselte, musste ich zweimal vor den Scheinwerfern vorbeigleitender Autos in Deckung gehen. Ohne Zusammenstoß mit der Bel Air Police erreichte ich ›The Golden House‹.

Amanthas Villa hatte vor ihr fünf andere, längst vergessene Stars als Besitzer gesehen. Ein gewaltiges, goldbronziertes Gittertor versperrte die Einfahrt. Im Mauerpfeiler war eine Sprechanlage eingelassen.

Auf mein Läuten reagierte nicht ein Dienstmädchen oder der Butler, sondern Amantha selbst fragte: »Wer ist da?«

»Jerry Carron.«

»Verdammt, steh nicht vor dem Tor herum! Komm zur Lieferanteneinfahrt.«

Ich trabte an der Mauer entlang. An ihrem Ende führte eine schmale Gasse zum Haus und endete ebenfalls vor einem Gittertor, das nicht goldbronziert, sondern verrostet war.

Jenseits des Gitters tauchte eine Gestalt auf. Trotz der Dunkelheit erkannte ich Amantha am Lichtschimmer ihres weißblonden Haares und vielleicht auch am Duft ihres Parfums, in den sich der angenehme Geruch von gutem alten Whisky mischte, der ihren Atem durchwehte. Sie hantierte am Schloss.

»Verdammt, der elektrische Öffner funktioniert nicht«, schimpfte sie. Alle meine Vorstellungen über das traumhafte Leben von Filmstars in ihren Villen brachen zusammen, als ich Amantha eigenhändig am rostigen Gitter rütteln sah.

Nach zwei Minuten brachte sie das Schloss auf. Das Tor quietschte in den Angeln. Amantha griff nach mir, zog mich ins Innere und schmetterte das Tor zu.

»Komm!«

Sie hängte sich an meinen Arm und dirigierte mich auf einem unbeleuchteten Weg zum Haus.

»Pass auf! Fall nicht in den Pool«, flüsterte sie.

Warum, zum Teufel, sprach sie so leise, als wären wir auf Patrouille im Feindgebiet?

Die Villa zeichnete sich als großer, verwinkelter Bau, von Palmen umstanden, gegen den Himmel ab. Im Wasser des Pools glitzerten die Spiegelbilder von Kaliforniens Sternen.

Nur hinter vier Fenstern brannte Licht. Über eine Terrasse und durch eine Glastür führte mich Amantha in den Raum, schloss die Tür und zog Vorhänge vor.

»Willkommen, Carron«, sagte sie und eilte an die Bar, auf deren Theke ein halbvolles Glas stand, aus dem sie sich einen schnellen Schluck genehmigte.

Ich sah mich im Zimmer um.

Eine vierköpfige Familie hätte sich darin nicht beengt gefühlt. Nur die halbe Beleuchtung brannte. Ein guter Teil des Raumes blieb im schummrigen Halbdunkel, und ich ahnte eine Menge bequeme Sitz- und Liegegelegenheiten darin.

Im hellen Teil stand die Bar mit Spiegelwand und zwei Flaschenregalen, ein weißer Flügel, eine nachtblaue Couch und ein überdimensionaler Fernsehapparat, auf dessen Bildschirm eine Seifenoper als Stummfilm flackerte, denn Amantha hatte den Ton abgedreht.

Aber die wahre Attraktion im Raum war Amantha Turner selbst. Die weißblonde Haarmähne fiel ungebunden bis auf die Schultern. Ihre Ringe und Armbänder und die hochhackigen Sandaletten an ihren Füßen waren aus massivem Material, Gold, Platin und Leder. Der Rest war Seide und noch weniger. Aus Seide war der japanische Kimono, den sie nachlässig über einem roten, hauchdünnen Nachthemd trug. Dass sie ihre beiden Markenzeichen nie verpackte, erwähnte ich schon.

»Bist du gesehen worden?«, fragte sie.

»Nein, von niemandem. Ich richtete mich nach deinen Anweisungen, ließ den Wagen am Fuß des Hügels zurück und kam zu Fuß.«

Sie leerte ihr Glas und füllte nach.

»Schalt die Hi-Fi-Anlage ein.«

Ich fand, sie hätte mir einen Schluck anbieten können, aber sie benahm sich, als könne sie keinen Tropfen entbehren.

Der Hi-Fi-Turm stand neben dem TV-Gerät. Ich drückte die richtigen Knöpfe. Die Lautsprecher verströmten Sweetmusik von der schwülen Sorte. Amantha wiegte sich in den Hüften.

»Wollen wir uns einen Film von mir ansehen? Ich habe alle auf Kassette.«

»Du sagtest, zwischen dir und mir gäbe es Wichtiges zu besprechen.«

Sie kicherte. »Keinen Film mit Amantha? Du ahnst nicht, was dir entgeht, Carron. Bevor ich berühmt wurde, verdiente ich die ersten Dollar bei einer wirklich scharfen Pornoproduktion. Wirst du neugierig?«

»Nicht die Bohne. Lass uns ernsthaft miteinander reden.«

Ihr Gesicht veränderte sich. Die tiefblauen Augen verschossen einen bösen Blick.

»Okay, Carron«, sagte sie, drehte sich um und griff ins Regal des offenen Barschranks. Ich glaubte, sie wolle ein Glas herausnehmen, um mir endlich einen Begrüßungsdrink anzubieten. Als sie sich mir wieder zuwandte, hielt sie in der rechten Hand einen kurzläufigen Revolver von der leichten Sorte, aber mit genug Power, jeden ausgewachsenen Mann umzublasen.

»Du wirst mich nicht vergewaltigen, Carron!« Sie zischte den Satz wie bei einer Großaufnahme.

»Ich habe nicht die Absicht.«

»Du bist scharf auf mich.«

Ich wollte sie nicht kränken. Also schwieg ich.

»Alle Leute im Studio sahen, wie scharf du auf mich bist.«

»Du stellst die Tatsachen auf den Kopf, Amantha. Du warst es, die die Show abzog, nicht ich.«

Sie kam hinter der Bartheke hervor und näherte sich mit schleichenden Schritten.

»Glaubst du, ich ließe mich freiwillig von einem lächerlichen Stuntman, von einem Purzelbaum-Artisten vernaschen? Ich, ein Weltstar? Die Polizei, die Presse und die Filmbranche werden keine Sekunde daran zweifeln, dass du es mit Gewalt versucht hast und ich dich in Notwehr tötete.«

Mir kam es vor, als rutschte sie immer tiefer in die Rolle der bedrängten Unschuld. War sie verrückt? Zur Vorsicht hob ich die Hände.

»Warum willst du mich töten, Amantha? Ich gehe freiwillig.«

»Schlag das Glas der Fenstertür ein!«, befahl sie.

»Aus welchem Grund?«

»Damit klar zu erkennen ist, dass du mit Gewalt eingedrungen bist.«

»Zum Teufel, Amantha, du selbst hast mich reingeholt.«

»Im Drehbuch steht es anders.«

In mir keimte ein Verdacht. »Wer hat das Drehbuch geschrieben?«

Sie biss sich heftig auf ihre schöne üppige Unterlippe. Langsam, wie unter hypnotischem Zwang, fuhr sie mit der linken Hand durch ihr Haar, warf es nach vorn und brachte es durcheinander. Dann löste sie die lockere Schleife des Gürtels, der ihren japanischen Kimono notdürftig zusammenhielt, und begann, an dem hauchdünnen Stoff des roten Nachthemds zu zerren. Das Zeug zerriss wie ein morscher Schleier. Kein Zweifel, dass Amantha keinen Maskenbildner brauchte, um wie ein Vergewaltigungsopfer auszusehen.

Ich packte einen Stuhl, hob ihn hoch, machte drei Schritte bis zur Fenstertür und tat, als wolle ich mit dem Stuhl das Glas zerschlagen. Dann schwang ich herum und schleuderte ihn Amantha auf die Figur. Es war ein schwerer, ledergepolsterter Stuhl, und ich hoffte, er würde Amanthas Fassade nicht beschädigen.

Sie machte ernst – sie schoss, und sie war so schnell, dass der Revolver zweimal krachte, bevor der Stuhl sie von den Füßen holte. Sie fiel gegen die nachtblaue Couch, kreischte, verlor den Revolver, warf sich nach vorn und grapschte nach der Waffe.

Ich musste mich verdammt beeilen, fing ihre Hand ab, packte Amantha um Taille und Knie, hob sie hoch und warf sie auf die nachtblaue Turnwiese. Dann hob ich den Revolver auf. Es war ein Colt, Modell Cobra.

Amantha lag reglos auf und zwischen den zahllosen Kissen, sah mich aus weit aufgerissenen Augen an. Ihr berühmter Busen hob und senkte sich unter heftigen Atemzügen, aber ihr Gesicht verriet keine Furcht.

»Pack aus!«, sagte ich. »Hättest du geschossen?«

»Ja«, flüsterte sie.

»Mich getötet?«

»Sie verlangen es.«

»Wer ist ›sie‹?«

»Die Prominenten-Killer.«

»Erpressen sie dich?«

»Seit vier Monaten. Bis jetzt verlangten sie Geld. Vor drei Tagen rief ein Mann an und befahl mir, dich herzulocken, eine Vergewaltigung vorzutäuschen und dich zu töten. Er schrieb mir vor, was ich tun sollte, so genau, wie in einem Drehbuch eine Szene beschrieben wird.«

»Und darauf hast du dich eingelassen?«

»Mir blieb keine Wahl. Er drohte, bei einer Weigerung würde ich umgebracht wie Gloria Rhomes oder Earl Creyghton und all die anderen, die sie schon getötet haben.«

»Warum wendest du dich nicht an die Polizei?«

»Die Polizei kann mich nicht schützen. Ich bin ein Star, und ich will ein Star bleiben. Ich brauche

Publicity, Auftritte, Öffentlichkeit. Ich kann mich nicht unter falschem Namen irgendwo verkriechen.«

»Ich verstehe. Lieber begehst du einen Mord.«

Sie schwieg lange und sah mich intensiv an. Kaum merkbar dehnte sie ihren Körper. Ihr nackter Schenkel berührte meine Hüfte.

»Sie setzen mich unter schrecklichen Druck«, flüsterte sie. Ihre Augen schimmerten feucht. Sie hatte gelernt, bei Bedarf Tränen zu produzieren. »Bitte, verzeih mir! Verrat mich nicht! Ruf nicht die Polizei! Ich werde …« Sie legte die Arme um meinen Nacken. »Du und ich können eine wunderbare Zeit miteinander haben.«

Ein melodisches Läuten hallte durch den Raum. Es dauerte ein paar Sekunden, bis ich begriff, dass es die besondere Klingel eines Telefons war. Der Apparat stand in Reichweite auf einem niedrigen Glastisch.

»Heb ab!«, befahl ich. Amantha löste den Nackengriff, hob den Hörer ans Ohr. Ich brachte mein Gesicht dicht an das ihre und vernahm eine Männerstimme.

»Alles klar, Amantha? Hast du's ihm gegeben? Ist er tot?«

Ich nickte heftig. Sie reagierte nicht schnell genug. Ihr »Ja« kam unsicher, stotternd. Der Mann schöpfte sofort Verdacht.

»Lügst du? Warum hast du nur zweimal geschossen? Du solltest auf Nummer Sicher gehen! Das ganze Magazin.«

»Er war sofort tot«, log Amantha hilflos. Ohne zu zögern, hängte der Anrufer ein.

Ich nahm ihr den Hörer aus der Hand.

»Höchste Zeit, dass du von hier verschwindest«, sagte ich. »Du bekommst Besuch. Bist du allein im Haus?«

»Ja, die Dienstmädchen und den Chauffeur habe ich weggeschickt, weil …«

»Zieh dir etwas an!«

Sie rollte sich von der Couch, lief zu einer Tür, öffnete sie und schaltete das Licht ein. Ich folgte ihr.

Der Raum war ein Ankleidezimmer mit einigen Dutzend Yards Wandschränken. Amantha stieg von Seide und Tüll um auf Jeans und Pullover.

Sie zerrte noch an dem hautengen Pullover, als irgendwo im Haus ein Fenster zerklirrte.

Ich packte ihre Hand und löschte das Licht.

Krachend zerbarst Holz.

»Was ist das?«, flüsterte Amantha.

»Vorbereitung für eine neue Filmszene. Der Take ›Vergewaltigung und Notwehr‹ ist gestorben. Jetzt wollen sie inszenieren: ›Amantha Turner und ihr Geliebter von einbrechenden Räubern getötet.‹ Kapierst du? Neuauflage vom Mord an Sharon Tate und ihren Freunden. Wir müssen raus.«

Natürlich kannte sie sich in ihrem Haus besser aus als ich und übernahm die Führung. Durch ein halbes Dutzend dunkle Zimmer gelangten wir in die Eingangshalle. »Vorsicht!«, zischte ich.

Die Schritte des Mannes waren deutlich zu hören. Er kam näher. Dann sprang der Lichtstrahl einer Taschenlampe auf und traf Amantha.

»Ich habe sie!«, schrie er und schoss sofort.

Mit zwei Kugeln aus dem Cobra-Colt antwortete ich. Sein triumphierender Schrei erstarb in Gegurgel. Der Lichtstrahl erlosch. Hart schlugen die Waffe und die Lampe auf. Dann der dumpfe Aufschlag des Körpers.

»Zur Tür!«

Wir rannten durch die Halle und prallten gegen die Eingangstür. Ich ertastete den Knauf, drehte ihn und riss die Tür auf. Die vorgelegte Sperrkette gab nur einen handbreiten Spalt frei.

»Oh, verdammt!«

Ich knallte die Tür ins Schloss und entriegelte die Kette.

Ein Mann rief: »He, Bob! Wo bist du?«

Zum zweiten Mal riss ich die Tür auf. Hollywoods laue Nachtluft schlug uns entgegen.

Amantha und ich rannten die Auffahrt hinunter zum großen Tor, von dem sie mich zum Kücheneingang verscheucht hatte.

»Wie können wir's öffnen?«

Für eine Antwort fehlte ihr der Atem. Sie wies auf einen kleinen Metallkasten im Pfeiler. Ich öffnete die Klappe, ertastete einen Schalter, drehte ihn. Knirschend schwangen die Torflügel auseinander.

Die Killer, die noch im Haus nach uns suchten, entdeckten die offene Tür. Ich sah das Gefuchtel von Taschenlampen. Hastig zog ich Amantha weiter.

Bel Airs Straßen werden von großartigen tropischen Gewächsen gesäumt. Amantha und ich schlugen uns wortwörtlich in die Büsche. Trotz der Dunkelheit fand ich den Fußweg, der den Hügel hinabführte und dessen Benutzung Amantha mir vorgeschrieben hatte, damit ich nicht einer Patrouille der privaten Bel Air Police vor den Kühler lief. Zehn Minuten später standen wir vor meinem Jaguar.

Ich verfrachtete den Filmstar und sprang hinters Steuer.

»Wohin?«

Sie war völlig außer Atem. Ihre Markenzeichen wogten wie das Weltmeer.

»Ich weiß nicht«, japste sie.

Wenn ich Amantha Turner bei der Polizei ablieferte, platzte meine Stuntman-Rolle. Andererseits musste sie in Sicherheit gebracht werden, denn sie war ernsthaft gefährdet. Wem konnte ich sie anvertrauen?

Sal Shellow fiel mir ein. Der Produzent war ein mächtiger Mann, und er hatte das größte Interesse daran, dass Amantha kein Haar gekrümmt wurde, mindestens solange ›Diamantenmond‹ noch nicht abgedreht war.

Seine Villa lag im alten Teil von Beverly Hills. Ich fand den Gedanken gut und brachte den Jaguar in Schwung.

»Wohin?«, fragte Amantha schwach.

»Zu Shellow.«

Sie erhob keinen Einspruch. Ausgepumpt hing sie im Sitz.

Ich wusste, dass ich nicht einfach an Shellows Haustür klingeln konnte. Seine Villa umgab eine Burgmauer mit Stahlspitzen und Glasscherben. Als ich den Jaguar vor dem Tor stoppte, tauchte dahinter ein bewaffneter Wächter mit einem riesigen Hund auf.

»Scher dich zum Teufel!«, sagte er.

»Ich muss Mr. Shellow sprechen!«

Der Wächter lachte, und der Hund bellte.

»Ohne Anmeldung und nach Mitternacht?«

»Ich heiße Jerry Carron. Nenn ihm meinen Namen! Das genügt!«

»Nicht einmal den Namen Ronald Reagan würde ich Mr. Shellow nennen.«

»Hör gut zu, mein Freund! Wenn du Sal Shellow nicht mitteilst, dass Jerry Carron vor seiner Tür steht, wird ihn das zwei oder drei Millionen Dollar kosten. Shellow wird Hackfleisch aus dir machen.«

Die Drohung mit dem Verlust von Dollarmillionen beeindruckte den Wächter mehr als der Name des Präsidenten der USA. Er drückte den Rufknopf seines Walkie-Talkies.

»Torwache Barkoff. Eine wichtige Nachricht für Mr. Shellow. Ein gewisser Jerry Carron behauptet, Mr. Shellow dringend sprechen zu müssen.«

Eine Minute später knickte der Wächter devot zusammen und sagte: »Bitte die Störung zu entschuldigen, Mr. Shellow, Sir. Dieser Mann lässt sich nicht abweisen.«

Shellow krächzte so laut, dass ich seine Stimme hören konnte.

»Jawohl, Sir!«, flüsterte der Wächter und reichte mir das Walkie-Talkie. »Er will Sie sprechen.«

Ich meldete mich. »Carron, Sir! Ich bringe einen Gast, den Sie ein paar Wochen sicher unterbringen müssen, wenn Sie Ihren Film zu Ende drehen wollen.«

»Wen?«

»Das möchte ich vor fremden Ohren nicht sagen. Sehen Sie selbst, Mr. Shellow.«

»Amantha?«, fragte er mit sicherem Instinkt.

»Genau.«

»Der Wächter soll dich reinlassen. Fahr vor den Haupteingang. Pass auf, dass niemand Amantha sieht.«

Ich gab dem Wächter das Walkie-Talkie zurück, ging zum Jaguar, zog die Jacke aus und verhängte die Schauspielerin, die sich alles apathisch gefallen ließ.

Der Wächter öffnete das Tor. Ich fuhr über eine Viertelmeile Auffahrt zur Villa, die mit ihren Türmen und Erkern aussah, als hätte Walt Disney sie für einen Märchenfilm gebaut.

Sal Shellow stand auf der obersten Stufe einer Freitreppe, eingehüllt in einen dicken Schlafrock. Ich zog Amantha aus dem Jaguar, ohne ihr die Jacke abzunehmen.

Der Einfachheit halber nahm ich sie auf die Arme und trug sie die Treppe hoch.

»Ist sie verletzt?«, kreischte Shellow.

»Nein.«

Er eilte voraus, führte uns durch die Halle und eine Zimmerflucht in sein privates Büro.

Ich stellte Amantha auf die Füße und enthüllte sie.

»Hallo, Sal«, sagte sie schwach.

Er beachtete sie nicht, sondern fragte mich: »Was ist los mit ihr?«

»Sie hat Probleme. Die Prominenten-Killer haben sie auf der Liste.«

Shellow holte aus und knallte der Schauspielerin

eine Ohrfeige hoher Qualität. Amantha schrie und presste die Hand gegen die malträtierte Wange.

»Wie viel verlangen sie? Warum zahlst du nicht?«, tobte Shellow.

»Es geht nicht um Geld«, mischte ich mich ein.

Seine runden Raubvogelaugen starrten mich an.

»Um was dann?«

»Es hat keinen Zweck, darüber zu reden. Amantha muss sorgfältig beschützt und bewacht werden, auch während der Aufnahmen.«

»Willst du mehr nicht sagen, Carron?«

»Richtig, Mr. Shellow. Betrachten Sie die Sache als eine Privatangelegenheit zwischen Amantha und mir.«

»Du bist der merkwürdigste Stuntman, der je für mich gearbeitet hat«, sagte der Filmproduzent nachdenklich.

Das Telefon läutete. Shellow hob den Hörer, der die Form eines Dollarzeichens hatte, ans Ohr, lauschte und befahl: »Gib das Gespräch auf meinen Apparat!«

Er schaltete den angeschlossenen Lautsprecher ein, sodass ich mithören konnte.

Eine Männerstimme sagte: »Harry Tower von der Bel Air Police, Mr. Shellow. Wir machen uns Sorgen um Miss Turner. Einer der Nachbarn will Schüsse gehört haben. Wir fuhren zur Villa, fanden sie verlassen und entdeckten Spuren eines Einbruchs. Wissen Sie, ob Miss Turner sich in ihrem Haus aufhielt?«

Shellow sah mich fragend an. Ich zuckte mit den Schultern.

»Das ist keine gute Nachricht, Tower«, sagte er. »Ich werde sie Amantha schonend beibringen. Nein, sie war nicht zu Hause, sondern den ganzen Abend bei mir. Ich werde veranlassen, dass sie einige Tage und Nächte in meinem Haus wohnt. Behalten Sie Amanthas Villa unter Kontrolle! Ihr Personal kommt morgen zurück.«

Er legte auf.

»Gut so, Carron?«

Ich beantwortete die Frage nicht. »Gute Nacht, Mr. Shellow.«

Amantha hatte sich in einen Sessel sinken lassen. Sie sah jammervoll aus wie ein Hund, der gerade noch vor dem Ertrinken gerettet wurde. »Kann ich einen Whisky bekommen, Sal?«, wimmerte sie.

Shellow kümmerte sich nicht um ihren Wunsch. Er begleitete mich zum Ausgang.

»Hals- und Beinbruch, Carron«, krächzte er.

»Danke, Sir.«

Ich sprang in den Jaguar und fuhr zurück zum Tor. Wächter und Hund tauchten im Scheinwerferlicht auf. Der Hund bellte und zerrte an der Leine. Diensteifrig öffnete der Mann das Tor.

Vom ersten Telefon, das ich finden konnte, rief ich Phil an.

»Auch Amantha Turner wird von den Prominenten-Killern erpresst. Sie lockte mich in ihre Villa, täuschte eine Vergewaltigungsszene vor und versuchte, mich umzubringen. Es sollte wie Notwehr aussehen.«

»Das hört sich an wie eine Szene aus einem schlechten Film.«

»Mag sein, aber es geschah wirklich. Unmittelbar nach den Schüssen rief ein Mitglied der Gang bei Amantha an und wollte bestätigt haben, dass sie es mir besorgt hatte. Obwohl sie ein Filmstar ist, gelang es ihr nicht, dem Mann ihren Erfolg vorzuschauspielern. Sie hatte ihre Nerven nicht unter Kontrolle. Er witterte Amanthas Versagen. Kaum zwei Minuten nach dem Telefongespräch drangen drei oder vier Leute in die Villa ein und gaben sich eine Menge Mühe, Amanthas Panne auszubügeln. Ich musste auf einen von ihnen schießen, und ich traf ihn.«

»Was geschah mit Amantha Turner?«

»Ich brachte sie zu Sal Shellow. Sie wird in seinem Haus bleiben, bis der Film abgedreht ist.«

»Und der Mann, auf den du geschossen hast?«

»Ich weiß nicht, wie schwer er verletzt wurde. Die Bel-Air-Polizei rief nach der Schießerei bei Shellow an. Die Privatcops vermuteten einen Einbruch. Einen Toten fanden sie nicht.«

»Bel Air ist ein überwachter Bezirk, oder?«

»Richtig. Die Bewohner des Viertels leisten sich eine private Polizeitruppe.«

»Du sagtest, dass die Gangster zwei Minuten nach dem Anruf in Amanthas Villa eindrangen. Also müssen sie in der Nähe gewartet haben. In einem überwachten und von Privatpolizei kontrollierten Bezirk können sie nicht ihren Wagen am Straßenrand abstellen und darin sitzen bleiben, ohne einer Streife aufzufallen. Außerdem gibt es in den Straßen von Bel Air weder Telefonzellen noch einen Drugstore, von dem aus sie telefonieren konnten.«

»Du hast Recht, Phil. Sie konnten nicht auf der Straße warten, nicht telefonieren, und drittens konnten sie nach der Schießerei Bel Air nicht ohne Zusammenstoß mit der Polizei verlassen.«

»Einzige Schlussfolgerung, sie benutzten eine Bel-Air-Villa in der Nähe von Amanthas Golden House.«

»Es muss möglich sein, diese Villa unter den Luxushütten von Bel Air herauszufinden.«

»Ich werde mich darum kümmern«, sagte Phil.

»Ruf mich in Boulder City an, Colorado Hotel. Die Stunt-Crew und das zweite Kamerateam fahren ab morgen für drei Tage an den Lake Mead für Hubschrauberaufnahmen, bei denen der Hoover-Staudamm die Kulisse abgibt.«

»Bist du aktiv beteiligt, Jerry?«

»Die Szene schreibt vor, dass Marcuso der Polizei per Hubschrauber entkommt. Ich werde unter dem Hubschrauber hängend über den See fliegen und jenseits der Staumauer verschwinden.«

»Nimm einen Revolver mit, Jerry!«

»Okay, Phil, aber vom Hubschrauber aus werde ich nicht schießen können. Ich brauche meine Hände zum Festhalten.«

Der Transport der Ausrüstung von Los Angeles nach Boulder City am Fuß des Hoover-Staudamms nahm einen ganzen Tag in Anspruch. Schauspieler wurden nicht gebraucht. Die Szenen, die am See und am Staudamm gedreht werden sollten, waren reine Action-Aufnahmen. Die Gruppe der Stuntmänner flog voraus nach Las Vegas. Mit Ausnahme von Louella Pergan, die Jo Lash begleitete, war es eine reine Männertruppe.

In Las Vegas wartete ein Bus, aber die Stunts ließen sich nicht ins triste Boulder City verfrachten, ohne vorher ihr Glück in zwei, drei Spielcasinos zu versuchen. Ich schloss mich nicht aus, riskierte zweihundert Dollar und gewann einen halben Tausender, der mehr oder weniger aus Jo Lashs Tasche stammte, denn er spielte am selben Black-Jack-Tisch wie ich und verlor.

Um rund fünfhundert Dollar ärmer gab Jo auf, tippte mir auf die Schulter und schlug vor, wir sollten einen Drink an der Casino-Bar nehmen.

Ich als Gewinner spendierte eine Runde Daiquiris für Jo, Louella und ein halbes Dutzend Stuntkollegen, die sich nach und nach an der Bar einfanden.

»Auf deine zukünftige Karriere, Carron!« Jo hob sein Glas. »Wenn du Amantha nicht enttäuschst, wird sie dich als Partner in ihrem nächsten Film verlangen.«

Von der anderen Seite stieß Pit Fresco mir den Ellbogen in die Rippen.

»Los, Carron, erzähl uns, wie sie ist! Fühlen sich ihre Titten so großartig an, wie sie aussehen?«

Billy Muff überschrie ihn: »Jeder weiß, dass Amanthas Titten nicht angefasst werden dürfen, damit das Silikon keine Dellen bekommt.«

Jo Lash legte einen Arm um Louella und küsste sie flüchtig auf die Lippen.

»Besser echte Muskeln als ein falscher Busen, Mädchen«, sagte er lächelnd. »Wo immer ich dich anfasse, Abdrücke bleiben nicht zurück.«

Louella duldete den Kuss, löste sich aus Lashs Armen und wandte sich an mich.

»Mit Amantha setzt du auf die falsche Karte, Carron.«

»Ich verstehe nicht, was du meinst Louella.«

Sie strich sich über das kurz geschnittene, rötliche Haar. Ihre hellen, blassblauen Augen suchten meinen Blick.

»Als Star ist Amantha Turner erledigt«, sagte sie. »Ich glaube, ›Diamantenmond‹ ist ihr letzter Film.«

»Unsinn!«, schrie Pit Fresco. »Sie ist der weibliche Filmstar mit der zweithöchsten Kasseneinnahme des vergangenen Jahres. Wenn ›Diamantenmond‹ ihr letzter Film sein soll, muss sie schon an einem Herzschlag sterben.«

»Oder sie verliert ihre Titten!«, überschrie ihn Billy Muff. »Stellt euch vor, sie wacht eines Morgens auf, und die Dinger sind einfach weg! Geklaut! Oder aufgelöst im Whisky, den sie am Abend getrunken hat. Dann wäre die Arme tatsächlich weg vom Fenster, denn wer will schon ihr Gesicht sehen.«

Alle brüllten vor Lachen. Nur Louella verzog keine Miene.

»Was denkst du, Carron?«, fragte sie. »Gibst du Amantha noch 'ne Chance?«

»Darüber müssen wir unter vier Augen sprechen, Louella.«

Jo Lash zog sie an sich.

»Kommt nicht in Frage!«, rief er. »Halt dich an den Star, Carron. Das Double gehört mir. Los, Mann, spendier noch eine Runde von meinem Geld!«

Vier Stunden später, als die Stunt-Mannschaft endlich den Bus enterte, hatten zwei Drittel der Jungs mehr getrunken, als sie vertragen konnten. Sie grölten, rissen Witze, brachen immer wieder in brüllendes Gelächter aus, aber auf der Fahrt zwischen Las Vegas und Boulder City schliefen die meisten ein.

Das Aufnahmegelände sah aus wie eine Mischung aus Truppenübungsplatz und Baustelle.

In einem ehemaligen Steinbruch hatten Techniker Gebäudekulissen montiert: Marcusos geheime Kommandozentrale, die von der Polizei gestürmt wird. Mit Raketenfeuer aus einem Hubschrauber hält ein Komplize des Gangsters die Polizisten in Schach, bis es seinem Boss gelingt, sich an die Strickleiter des Helikopters zu klammern und so zu entkommen.

Die Maschine, ein ausgemustertes Huey-Cobra-Modell der Army, voll flugfähig und noch mit der Aufhängevorrichtung für Panzerabwehrraketen ausgerüstet, wurde von Jo Lash geflogen. Ein Feuerwerker packte die Aufhängung mit Spezialraketen voll. Die Stuntmänner legten Polizeiuniformen an und luden ihre Waffen mit Platzpatronen.

An den ersten Aufnahmen war ich nur passiv beteiligt. Im Marcuso-Kostüm, das dieses Mal aus weißen Hosen und einem roten Hemd bestand, kauerte ich auf dem flachen Dach, in den Händen eine Maschinenpistole und die Ohren gegen den Hubschrauberlärm mit Wachspfropfen verschlossen. Ich hatte ein paar Salven auf die Polizisten zu verfeuern und mich hinzuwerfen, sobald Jo mit dem Hubschrauber in den Steinbruch hinabtauchte und den Cops die Raketen aufbrannte.

Jo ging mit der Maschine um, als wäre sie so einfach zu bedienen wie ein Fahrrad. Er kam nach unten gerauscht, hängte den Helikopter fünf Yards über dem Dach an seinen Schraubflügeln auf und ließ ihn langsam herumschwenken. Das sah enorm bedrohlich aus und machte sich wahrscheinlich sehr gut auf der Leinwand. Aber ich lag im scharfen Wind, den die Rotorblätter verursachten, und musste die Lockenperücke festhalten, damit sie nicht davongeblasen wurde. Fauchend zischten die Raketen zwischen die Cops. Der Feuerwerker jagte zwei Streifenwagen, die von den Raketen getroffen wurden, per Knopfdruck in die Luft. Meine Stuntkollegen in Polizeiuniform produzierten optisch eindrucksvolle Stürze und Salti.

Dibble, der Regisseur des zweiten Kamerateams, zeigte sich ungewohnt zufrieden. »Leute, mit solchen Effekten reißen wir die Zuschauer von den Stühlen!«, krähte er wie ein triumphierender Hahn.

Die nächste Szene wurde am späten Nachmittag geprobt. Das Drehbuch schrieb vor, dass Marcusos Komplize nach dem Verfeuern der Raketen eine Runde mit dem Hubschrauber flog, zurückkam, zum zweiten Mal über dem Dach stoppte und Marcuso sich an eine ausgeworfene Strickleiter hängte.

Ich vertauschte das Wachs im Ohr mit dem Knopflautsprecher eines Walkie-Talkie, das mir unters Hemd geschnallt wurde. Das Mikrofon wurde am Hemdkragen befestigt, denn für den Stunt war eine Verständigung mit dem Piloten unerlässlich.

Wir probten die Szene ›trocken‹. Jo kam mit dem Hubschrauber. Ich stand auf, warf die Maschinenpistole weg und reckte die Arme. Der Rotorwind zerrte mir das Hemd aus der Hose. Im Knopfhörer gellte Lashs Stimme: »Wie viel Yards? Sag mir, wie viel Yards ich sie absinken lassen muss!«

»Komm runter, bis ich Stopp rufe!«, schrie ich und wusste nicht, ob sich meine Stimme gegen den Motorenkrach durchsetzen konnte.

Der olivfarbene Bauch des Helikopters senkte sich wie eine frei schwebende Stahlplatte.

»Stopp!«, schrie ich. »Stopp!«

Aus einer Klappe fiel die Strickleiter und schleifte übers Dach. Ich ergriff sie, ließ sie aber sofort wieder los.

»Okay!«, meldete ich. »So geht's!«

Lash zog die Maschine hoch. Eine Automatik rollte die Strickleiter auf. Sobald sich die Leiter wieder im Bauch der Maschine befand, landete er den Hubschrauber hundert Yards hinter den Kameras auf einer Fläche aus Betonplatten.

Wir kamen vor Dibbles Regiestuhl zusammen.

»Sah ziemlich lahm aus!«, knurrte der Regisseur. »Wie wäre es, wenn du mit ausgeworfener Leiter ins Bild gefegt kämst und Carron springen müsste, um sie zu erwischen?«

»Willst du, dass sich Carron den Hals bricht?«, widersprach Lash. »Er kann nicht eine Leiter anspringen, die mit fünfzig Stundenmeilen durch die Luft fliegt.«

»Irgendwie müssen wir Pfeffer reinbringen!«

Zwischen Lash und dem Regisseur brach Streit aus. Jo weigerte sich lange. Am Ende einigten sie sich darauf, dass die Leiter zwar bei Stillstand des Hubschraubers ausgeworfen, aber vor dem Abflug nicht eingeholt wurde, sodass ich rund fünfzehn Yards unter der Maschine hing, wenn sie den Schwenkbereich der Kameras verließ.

»Machen wir eine Probe«, entschied Dibble.

»Lass die Kameras mitlaufen. Der Stunt kann nicht zehnmal geprobt werden. Das hält Carron nicht aus.«

»Sal Shellow schlägt mir jeden unbrauchbaren Yard Film um die Ohren!«, wehrte sich der Regisseur.

»Ohne Kamera flieg ich nicht!«

Lash gewann. Statt einer Probe machten wir einen ersten Take. Jo startete die Maschine, schraubte sie hoch, jagte sie an den Wänden des Steinbruchs entlang und brachte sie über dem Dach zum Stehen. Die

Strickleiter fiel. Ich griff zu, hängte mich ein, schrie mein »Okay« ins Mikrofon und wurde hochgerissen.

Mit gedrosselter Geschwindigkeit zog Lash die Maschine hoch und flog mit mir als Anhängsel über das Aufnahmegelände. Alle Gesichter und alle Kamera-Objektive waren nach oben gerichtet.

Jo meldete sich im Kopfhörer.

»Ich geh runter! Spring ab, sobald du Bodenkontakt hast, und mach dich aus dem Staub!«

Die Landung klappte reibungslos. Jo senkte die Maschine sanft ab wie eine Kinderwiege. Ich sprang von der Leiter, kämpfte mich gegen den Rotorenwind von der Landefläche und sah zu, wie der Hubschrauber aufsetzte, nachdem die Automatik die Strickleiter aufgerollt hatte.

Langsam kamen die Rotorflügel zum Stillstand. Jo stieg aus, grinste und hielt den Daumen hoch. Wir gingen zum Aufnahmeteam.

Dibble hüpfte vor Begeisterung. »So war's viel besser«, lobte er. »Carron hing an der Leiter wie ein reifer Apfel, der jede Sekunde vom Ast fallen kann. Den Leuten im Kino wird der Atem still stehen.«

Lash nahm dem Scriptgirl das Drehbuch aus der Hand.

»Der Strickleiter-Effekt lässt sich ausbauen«, sagte er. »Die nächste Szene soll zeigen, wie der Helikopter über den See auf die Staumauer zufliegt, die Staumauer überspringt und dahinter verschwindet. Wenn Carron mitmacht, verschärfen wir die Show dadurch, dass er während des Flugs noch an der Strickleiter hängt.«

»Machen wir!«, rief der Regisseur. »Ich postiere eine Kamera auf der Staumauer, die du genau anfliegst, Jo. Wir stimmen die Brennweite mit der Fluggeschwindigkeit ab, bis hin zur Großaufnahme. Für die Gegenschnitte schicke ich eine Kamera in einem Boot auf den See.«

»Carron hat noch nicht zugestimmt«, unterbrach Lash. »Was sagst du zum Vorschlag, Carron?«

»Wie lange muss ich an der Leiter hängen?«

»Schätzungsweise zwanzig Minuten. Wir brauchen einen weiten Anflug über die Seefläche, und jenseits der Staumauer kann ich nicht landen. Wir müssen hierher zurückkommen.«

»Vergiss nicht, dass wir zweimal drehen müssen! Ich brauche mindestens eine Reserveaufnahme!« Dibble kritzelte in einem Notizbuch. »Außerdem muss die Mauer mit gedrosselter Geschwindigkeit angeflogen werden, damit wir die Maschine mindestens achtzig Sekunden im Bild halten können.«

Lash zuckte mit den Schultern. »Dann rechne mit einem Rundflug von einer halben Stunde.«

»Denkst du, dass ich mich so lange an ein paar Leitersprossen festhalten kann?«, fragte ich.

»Ich würde mich nicht auf die eigene Kraft verlassen. Wir schnallen dich mit einem Sicherheitsgurt fest.«

»Das Ding darf nicht erkennbar sein!«, schrie Dibble. »Auch nicht in einer Großaufnahme.«

»Du kannst nicht so nah rangehen, bis die Zuschauer merken, dass nicht Mr. Evert Nelson persönlich, sondern nur ein armes Stuntman-Schwein seinen Hals riskiert!«, bellte Lash zurück. »Der Gurt ist aus Nylon und so gut wie unsichtbar. – Machst du's?« wiederholte er seine Frage.

»Gegen ein Extra–Honorar?«

Ein flüchtiges Grinsen zuckte über sein Gesicht.

»In Ordnung«, stimmte er zu. »Ich werde ein paar Hunderter für dich bei Sal Shellow herausschlagen.«

Er stand aus dem Klappsessel auf und wandte sich an den Regisseur. »Wir drehen die Abholszene noch einmal, aber danach ist Schluss. In dieser Hitze komme ich um vor Durst.«

Weil am Morgen die Strahlen der Sonne ins Objektiv der Kamera auf dem Staudamm fielen, mussten die Aufnahmen auf den Nachmittag verschoben werden.

Lash forderte mich auf, mit ihm und Louella eine Proberunde zu fliegen. Wir gingen an Bord des Huey-Cobra und starteten. Als die riesige Fläche des Lake Mead, des Sees, der sich aus den aufgestauten Fluten des Colorado Rivers gebildet hat, unter uns lag, drückte Lash die Maschine bis auf ein paar Yards über die Wasserfläche nach unten. Er nahm die Geschwindigkeit zurück.

»Mit diesem Tempo werde ich auch fliegen, wenn du dranhängst, Carron«, erklärte er. »Bei größerer Geschwindigkeit gerät die Strickleiter in Schräglage, und du bekommst Probleme mit dem Fahrtwind. – Gib ihm eine Schutzbrille für die Augen!«, befahl er Louella.

Wir überflogen das Motorboot mit der zweiten Kamera und umkreisten es. Lash erkundigte sich über Sprechfunk, ob alles in Ordnung sei, erhielt die Bestätigung und zog die Maschine zehn oder fünfzehn Yards höher, bevor er die Staumauer anflog.

Auf der Talseite ragt die Mauer über zweihundert Yards auf, aber von der Wasseroberfläche des Sees gerechnet, betrug der Höhenunterschied nur rund zwanzig Yards.

Dibble hatte ein großes, rotes Plakat aufstellen lassen, das den Standort der Kamera anzeigte. Lash hielt darauf zu, drückte die Maschine und rauschte so dicht über die Köpfe des Kamerateams hinweg, dass sich die Männer duckten. Der Wechsel von der glatten Seefläche zum steilen Absturz der Schlucht jenseits der Mauer war atemberaubend. Das quadratische rote Plakat taumelte dicht an der Mauer abwärts wie ein welkes Blatt.

»Der Junge hat die Pappe nicht festgehalten«, überschrie Lash die Fluggeräusche des Helikopters. Er nahm Sprechkontakt mit dem Regisseur auf, legte den

Huey-Cobra in eine Kurve und flog über die Mauer zurück.

Er verständigte sich mit Dibble über Anflughöhe und Fluggeschwindigkeit. Louella öffnete eine Bodenluke und ließ die Strickleiter abrollen. Ich sah, wie das Ende ins Wasser klatschte und mitgeschleift wurde, bis Lash den Hubschrauber um zwei Dutzend Yards hochzog. Hundert Yards vor der Mauer korrigierte er die Höhe noch einmal, sodass die Leiter in ausreichendem Abstand über die Köpfe des Kamerateams hinwegglitt.

Dibble verlangte einen weiteren Anflug bei gedrosselter Geschwindigkeit. Der Vorgang wiederholte sich, nur wählte Lash von Beginn an die richtige Höhe. Das Ende der Strickleiter berührte weder Wasser noch Mauer.

Lash drehte ab, flog zum Landeplatz zurück und setzte auf. Wir sprangen aus der Maschine.

»Zeit genug für einen Drink«, sagte er nach einem Blick auf die Armbanduhr. »Heute lade ich dich ein, Carron.«

Wir fuhren zu einem Steakhaus am Seeufer. Während wir aßen, sprachen wir über Stuntaktionen, alte und neue Tricks in unserem Gewerbe und machten uns über die Stars lustig, die in der Presse verbreiteten, sie ließen sich nie doubeln, sondern sprängen persönlich von den höchsten Kirchtürmen. In Wahrheit erlauben die Versicherungen einem Filmstar nicht, seinen kostbaren Hals zu riskieren, weil die Millionenkosten eines Films auf dem Spiel stehen.

Um drei Uhr nachmittags meldete sich Dibble über ein Walkie-Talkie, teilte mit, dass die Lichtverhältnisse jetzt in Ordnung wären, und forderte uns zum Start auf.

»In Ordnung. Wir kommen«, bestätigte Lash. Er zahlte die Rechnung. Louella steuerte den Wagen zurück zum Landeplatz.

Während Jo noch einmal den Helikopter sorgfältig überprüfte, kleidete ich mich im Garderobenwagen um und stieg ins Marcuso-Kostüm. Judy war in Hollywood geblieben, weil sie bei den Atelieraufnahmen gebraucht wurde. Eine junge Schwarze betreute die Stuntmen-Garderobe.

Im roten Hemd und weißer Hose, die Perücke mit ein paar Extra-Klebestreifen besonders gründlich befestigt, ging ich zum Landeplatz. Louella band mir das Walkie-Talkie unters Hemd, befestigte Knopflautsprecher und Mikrofon. Sorgsam setzte sie mir die durchsichtige Brille aus Plastik auf.

Lash meldete sich über Sprechfunk aus dem Hubschrauber.

»Hörst du mich, Carron?«

»Verständigung ist okay!«

»Ich starte.«

Die Rotorblätter begannen zu kreisen, drehten sich schneller und schneller, bis nur noch eine flirrende Scheibe über der Maschine zu stehen schien. Der Helikopter hob ab. Louella und ich stemmten uns gegen den Fahrtwind, der rasch schwächer wurde, je höher sich der Huey-Cobra in die Luft schraubte.

»Achtung! Leiter kommt!«, kündigte Lash an.

Zwischen den Kufen öffnete sich die Bodenluke. Die Strickleiter rollte ab und berührte den Beton. Wir fassten sie. Louella, die auch ein Sprechfunkgerät trug, rief: »Straffen!«

Lash rollte die Leiter auf, bis sie wie das Seil eines Windvogels zwischen dem Hubschrauber und uns stand.

Ich setzte die Füße auf die dritte Sprosse. Louella legte mir die Haltegurte aus durchsichtigem Nylongewebe um und befestigte sie mit Karabinerhaken.

»Hals- und Beinbruch, Carron!«, sagte sie, sah mich einige Sekunden lang an mit einem Ausdruck in den Augen, den ich nicht zu enträtseln vermochte.

Plötzlich reckte sie sich und küsste mich. Dann wandte sie sich hastig ab.

Lashs Stimme dröhnte lauter als das Motorengeräusch dicht an meinem Trommelfell.

»Alles klar, Mann?«

»Kann losgehen, Jo!«

Ich fühlte, wie ich nach oben schwebte. In einer Parabel zog Lash die Maschine hoch. Schon glitt ich über die Kulissen und die Gerätewagen. Der Fahrtwind blies mich nicht heftiger an als bei einer schnellen Motorradfahrt. Ich hörte Lashs Meldung an Dibble. »Wir sind in der Luft, Nic!« Auch Dibbles Kommando kam bei mir an. »Alle Kameras drehbereit!«

Wir überflogen den Waldstreifen zwischen Steinbruch und Ufer und brausten über das Restaurant hinweg, in dem wir gegessen hatten. Die Menschen schauten hoch zu uns. Manche winkten. Ich war versucht zurückzuwinken, aber es hätte nicht zur Rolle gepasst. Sekunden später lag die blanke, spiegelnde Fläche des Sees unter uns.

Der Stunt schien glatt zu verlaufen und war nicht annähernd so gefährlich, wie er hoffentlich aussah. Der Sicherheitsgurt hielt mich problemlos auf der Leiter. Nicht einmal wenn ich die Sprossen losgelassen oder meine Füße den Halt verloren hätten, wäre ich abgestürzt.

Lash meldete sich.

»Für den Anflug auf die Mauer senke ich die Mühle um ein paar Yards ab!«

Als graue Barrikade begrenzte die Staumauer den Horizont. Wir bewegten uns genau darauf zu.

Plötzlich ging ein Ruck durch meinen Körper. Wasser spritzte auf. Das Ende der Leiter furchte durch die Wasserfläche. Schon tauchten meine Füße ein, wurden vom Widerstand von der Sprosse gedrückt, glitten ab.

»Höher!«, schrie ich ins Mikrofon. »Verdammt, du ersäufst mich, Jo!«

Lash antwortete nicht, aber die Maschine stieg hoch. Meine Füße und das Ende der Leiter kamen vom Wasser frei.

Ich blickte nach unten. Der Abstand zwischen der Sprosse, auf der ich stand, und der Oberfläche des Sees blieb gering, höchstens ein oder zwei Yards.

»Gib noch ein paar Yards zu, Jo!«

Keine Antwort! Hatte sich das Motorgeräusch der Maschine verändert?

Ich hob den Kopf. Als mächtiger Wall wuchs die Staumauer vor meinen Augen hoch und füllte mein Blickfeld wie ein Hindernis, dem ich nicht mehr entgehen konnte. Mit der Grelle eines Blitzschlags zuckte die Erkenntnis durch mein Gehirn: Lash fliegt zu tief. Du wirst gegen die Mauer prallen.

»Steigen, Jo!«, brüllte ich. »Steigen!«

Nichts geschah! Nur die Staumauer wuchs und dehnte sich, als wäre sie durch einen schrecklichen Zauber lebendig geworden.

Ich löste die Karabinerhaken des Haltegurts mit einer Hand. Der Impuls, loszulassen und zu springen war übermächtig, aber ein Rest meines klaren Verstandes behauptete sich gegen das Gefühl von Panik und Todesangst. Ein Aufschlag mit rund fünfzig Stundenmeilen Beschleunigung aufs Wasser würde mich mit fast der gleichen Sicherheit umbringen wie der Anprall gegen die Mauer. Ich sprang nicht. Ich tat das Gegenteil und hangelte mich die Strickleiter hoch.

Wie viele Sekunden blieben mir?

Achtzig Sekunden Anflugzeit hatte Dibble verlangt. Erhöhte Lash die Fluggeschwindigkeit?

Hand über Hand arbeitete ich mich dem olivfarbenen Boden des Hubschraubers entgegen. Vier, drei Körperlängen unter der Lukenöffnung traf ein harter Schlag die Strickleiter. Ihr unteres Ende prallte gegen die Staumauer und wurde über die Breite der Fahrbahn hinweggeschleift. Ich wurde durchgerüttelt. Für Sekunden hatte ich das Gefühl, unsichtbare Hände versuchten, mich von der Leiter zu reißen. Einen Atemzug später hatte die Maschine die Mauer überflogen. Die Strickleiter kam frei, pendelte zurück. Zweihundert Yards tief gähnte die Schlucht, die die Wasser des Colorado River jahrtausendelang in den Fels gefräst hatten.

»Du Scheißkerl!«, brüllte ich und kämpfte mich weiter nach oben, besessen von dem Gedanken, Lash an den Kragen zu gehen.

Der Hubschrauber legte sich in eine enge Kurve und überflog die Mauer zum zweiten Mal. Er hatte genug Höhe gewonnen, dass die Strickleiter nicht das Hindernis berührte. Ich erhaschte einen Blick auf die Männer des Kamerateams. Vier, fünf lagen auf dem Boden. Andere starrten mit entsetzten Gesichtern zu uns hoch.

Die glatte Wasserfläche tauchte unter mir auf. Völlig unerwartet tönte Lashs Stimme im Kopfhörer.

»Hängst du noch dran, Carron? Die verdammte Mühle bockt! Ich versuche 'ne nasse Landung. Hörst du mich?«

»Ja, ich höre dich!«, schrie ich.

Das Motorengeräusch setzte aus. Der Hubschrauber sackte durch. Wieder klatschte das Ende der Strickleiter ins Wasser. Im nächsten Augenblick sprang der Motor an, Fehlzündungen knatterten. In einer Hüpfbewegung gewann der Huey–Cobra ein paar Yards Höhe.

Eine halbe Meile Distanz zur Staumauer schaffte die Maschine, bevor der Motor zum zweiten Mal aussetzte. Es schien, als fiele die Mühle wie ein Stein vom Himmel, aber Lash gelang es, den Motor noch einmal in Gang zu bringen und den Hubschrauber zu stabilisieren.

»Carron, spring, wenn ich dieses Miststück zum Stillstand bringe!«, schrie er.

Ich fühlte, wie sich die Vorwärtsbewegung der Maschine verringerte

»Jetzt!«

Ich ließ los, drehte den Körper im Sturz und tauchte aus rund zehn Yards Höhe glatt und problemlos ins Wasser. Mit zwei Schwimmstößen durchbrach ich die Oberfläche, sah den Hubschrauber, der zwei Dutzend Yards seitlich weggedriftet war. Die Rotorflügel kreisten gleichmäßig. Der Motor röhrte, als hätte er gerade mit Erfolg eine Inspektion hinter sich.

Lash stand im offenen Seiteneinstieg, stieß sich ab und sprang in elegantem Bogen ins Wasser, tauchte auf und kraulte mit größter Anstrengung von der Maschine weg.

Eine halbe Minute lang sah es aus, als bliebe der Hubschrauber auch ohne Pilot flugfähig. Ganz plötzlich legte er sich auf die Seite, schmierte ab und schlug aus der geringen Höhe von zehn, zwölf Yards auf. Die Rotorblätter quirlten durchs Wasser wie ein gigantischer Schaumschläger. Ein Dutzend Fehlzündungen knallten. Der Motor verreckte. Die Drehflügel erlahmten, kamen zum Stillstand. Langsam, unter friedlichem Luftgeblubber machte sich der Helikopter auf den Weg zum Grund des Lake Mead.

Motorboote jagten heran. Eine kleine, hellblaue Jacht fischte Lash aus dem Wasser. Mich zog die Besatzung eines weißen Rennbootes an Bord.

»Mann, dein Glück ist unermesslich!«, sagte der Bootsbesitzer. »War noch jemand in der Maschine?«

»Nur der Pilot, den die Jacht auffischte.«

Er legte die Hände an den Mund und rief zum anderen Boot hinüber: »Unser Mann ist unverletzt!«

»Unserer auch!«, kam die Antwort.

Hinter der Reling richtete sich Jo Lash auf, gestützt von einem eifrigen blonden Mädchen im Bikini.

»Tut mir verdammt Leid, Jerry!«, rief er. »Lieber Himmel, um ein Haar hätte ich dich umgebracht.«

Mein Retter hielt mir einen Becher Whisky hin.

»Nimm einen Schluck.«

Ich hob das Glas gegen Lash und prostete ihm zu. In seinem Gesicht zeichnete sich Erstaunen ab. Er begriff nicht, dass ich mit diesem Schluck den neuen Fehlschlag der Prominenten-Killer feierte.

Die Boote brachten uns an Land, wo die Polizei schon wartete. Beamte der Umweltschutzbehörde tauchten auf. Der Sheriff wurde alarmiert und zeigte Lust, die gesamte Filmgesellschaft zu verhaften. Dibble kam von der Staumauer, noch blass vor Angst. Er musste den Sheriff durch Vorlage der Drehgenehmigung stoppen. Lash sagte aus, dass es ihm nicht gelungen sei, den Hubschrauber beim Anflug auf die Mauer auf die notwendige Flughöhe zu bringen, und am Ende hätte sich die Maschine nicht in der Luft halten lassen.

Ich wurde befragt und konnte nur aussagen, dass der Huey-Cobra nicht genug Höhe für die Überquerung der Mauer hatte und der Motor zeitweise aussetzte. Erst am späten Abend ließ der Sheriff uns ins Hotel zurückkehren mit Ausnahme von Jo Lash, den er vorsorglich in Haft nahm. In gedrückter Stimmung saßen die Mitglieder des Filmteams im Hotel. Die meisten mieden mich, als wäre die Todesnähe, in der ich mich befunden hatte, ansteckend.

Kurz vor Mitternacht kam Dibble, der Regisseur, von einem Telefongespräch mit Shellow und verkündete: »Die Außenaufnahmen werden abgebrochen. Mr. Shellow schickt keinen zweiten Hubschrauber. Die Kosten sind zu hoch. Was sich von unserem Material nicht verwerten lässt, wird durch Trickaufnahmen ergänzt.«

Er zog sich einen Sessel heran und setzte sich zu mir.

»Wenn du vor die Mauer geknallt wärst, Carron,

hätte die Sache dir zu Weltruhm verholfen. Shellow hätte das Filmmaterial an alle Nachrichtenredaktionen der Erde verkauft. Mindestens drei Milliarden Menschen wären Augenzeugen deines Todes geworden. So, wie es ausgegangen ist, zeigt der Streifen nur einen Stunt wie tausend andere.«

Sagte ich schon, dass manche Leute im Filmgeschäft das Gemüt von Pferdeschlächtern haben?

Vierundzwanzig Stunden später traf ich Phil in einer kleinen Nachtbar an der Temple Avenue in Los Angeles. Hinter der Theke tanzten Go-Go-Girls und rollten die Anatomie in Augenhöhe der Gäste.

»Die TV-Nachrichten meldeten, dass bei Dreharbeiten ein Hubschrauber in den Lake Mead stürzte. Zwei Stuntmänner konnten gerettet werden.« Phil schüttelte sein Glas, dass die Eiswürfel im Orangensaft klirrten. »Bist du einer der Geretteten?«

»Richtig«, antwortete ich, »und der andere ist der Mann, der mich umzubringen versuchte – Jo Lash.«

»Großartig«, sagte Phil ironisch. »Hast du ihm deinen FBI-Ausweis gezeigt und ihn verhaftet?«

»Der County Sheriff nahm ihn fest. Wahrscheinlich wird ein Verfahren gegen ihn eingeleitet wegen Umweltgefährdung, weil Öl und Treibstoff des Hubschraubers das Seewasser verschmutzen. Die Kautionssumme dürfte bei Zehntausend Dollar liegen. Ich erwarte seine Freilassung für morgen.«

»Keine Anklage wegen Mordversuch? Sagtest du nicht, er wollte dich umbringen?«

»Ich kann nichts beweisen, aber ich werde mir Jo vornehmen, sobald er in Los Angeles auftaucht. Konntest du feststellen, wem die Nachbarvillen von Amanthas Golden House gehören?«

»Lauter ehrenwerten Leuten. Mit einer Ausnahme. Ein Zweiunddreißig-Zimmer-Bungalow mit dem hübschen Namen ›The Melody‹ steht seit Monaten leer. Der letzte Besitzer hieß Brad Shuler und …«

»… und wurde am Strand von Santa Monica erschlagen aufgefunden«, ergänzte ich. »Er war ein prominenter Komponist für Filmmusik.«

Links und rechts von uns brachen die Bargäste in Klatschen und schrilles Pfeifen aus, weil das Go-Go-Girl seine Hüften rotieren ließ.

Ich sprang vom Barhocker.

»Sal Shellow erwartet mich in seiner Villa. Er ließ mir ausrichten, er wünsche mich umgehend zu sehen. Wahrscheinlich will er mich noch einmal beschwören, die Polizei aus dem Spiel zu lassen, bis ›Diamantenmond‹ abgedreht ist. Für ihn hängen einige Millionen Dollar von der Fertigstellung des Films ab.«

Durchs nächtliche Los Angeles fuhr ich hinauf nach Beverly Hills. Dieses Mal gab es keine Diskussion mit dem Wächter am Tor. Es genügte, dass ich meinen Namen nannte. Das Tor wurde geöffnet. Ich fuhr durch den Park zum Eingang von Shellows Märchenburg.

Vor dem Eingang saßen in Schaukelstühlen zwei breitschultrige Jungs. Jeder hielt eine Schrotflinte auf den Knien.

»Moment mal«, sagte der Mann links vom Eingang und richtete den Schrotpuster auf meine Magengrube. Der andere hob ein Walkie-Talkie ans Ohr, lauschte und sagte: »Okay, Sir!« Dann nickte er seinem Kollegen zu, der mit dem Lauf der Schrotflinte eine einladende Bewegung machte, weg von meiner Magengrube und hin zur Tür.

Shellow empfing mich in der Halle. Er steckte in einem Smoking und sah darin aus wie ein Altkleiderhändler, der das beste Stück des eigenen Warenbestandes angelegt hat. Hinter ihm stand auf der Treppe zur ersten Etage ein dritter Mann mit einem Schrotgewehr in den Händen.

»Er bewacht Amanthas Schlaf«, sagte Shellow.

»Acht Boys der besten Schutztruppe Kaliforniens passen bei Tag und Nacht auf sie auf. Der Spaß kostet mich tausendachthundert Dollar die Woche.« Grimmig setzte er hinzu: »Natürlich ziehe ich ihr alle Extrakosten von der Gage ab.«

»Wie geht es Amantha?«

»Nicht schlecht, scheint mir. Sie tut ihre Arbeit, lässt sich jeden Tag von der Leibwache ins Studio begleiten und schließt sich, wenn sie zurückgebracht wird, mit einer Flasche Whisky in ihrem Zimmer ein. In sechs Tagen drehen wir ihre letzte Szene.«

»Worüber wollen Sie mit mir sprechen, Sir?«

»Ich will dir den Streifen vorführen, den Dibble von deinem Flug drehte«, antwortete er. »Komm mit.«

Der private Vorführraum lag im Keller. Es gab breite gepolsterte Sessel und eine eigene Bar.

»Willst du einen Drink?«

Ich verneinte, und Shellow hob einen der berühmt-berüchtigten Telefonhörer in Form des Dollarzeichens ans Ohr und befahl: »Fahr den Streifen ab!«

Das Licht erlosch, der Vorhang öffnete sich. Auf der Leinwand erschien der Mann, der die Klappe vors Objektiv hielt, auf der die Szenennummer stand.

Außenaufnahmen werden wegen der störenden Nebengeräusche in der Regel ohne Ton gedreht. Lautlos wie ein heranschwebendes Insekt tauchte der Hubschrauber über der weiten Fläche des Lake Mead auf. Ich hing darunter wie eine eingefangene Beute.

Der Eindruck änderte sich, als die Strickleiter das Wasser berührte. Ich geriet in Bewegung, genauer gesagt, ich zappelte, stieß mit den Beinen um mich und legte den Kopf in den Nacken. Man erkannte, dass ich irgendwelche Worte gegen den Hubschrauber brüllte. In diesem Augenblick veränderte der Kameramann die Brennweite, holte den Hubschrauber und mich näher heran. Hand über Hand hangelte ich mich hoch. Meine Füße verloren die Sprossen. Die Leiter drehte sich, und ich pendelte. Mehr und mehr füllten der Hubschrauber und ich die ganze Breite und Höhe der Leinwand.

»Von hier ab können wir die Aufnahmen nicht für ›Diamantenmond‹ verwenden«, sagte Shellow nüchtern. »Man erkennt, dass nicht Nelson unter der Maschine hängt.«

Das Bild wackelte. Der Hubschrauber und ich verschwanden nach oben von der Leinwand. Als Letztes waren meine Füße und das pendelnde Ende der Strickleiter zu sehen. Gleich darauf erschien wieder das friedliche Panorama des Sees, wegen der veränderten Brennweite leicht unscharf.

»Warte!« Shellow lächelte schief. »Du hast einen zweiten Auftritt. Dibbles Kameramann ließ die Spule weiterlaufen.«

Zehn, zwölf Sekunden Seepanorama, bevor der Huey-Cobra von rechts im Bild auftauchte, sich von der Staumauer wegbewegte, zweimal durchsackte und zum Stillstand kam. Ich sprang ab. Wenige Sekunden später verließ Jo Lash in einem fast preiswürdigen Kopfsprung die Maschine, und nach noch einmal fünf atemberaubenden Sekunden schmierte der Hubschrauber ab und stürzte in den See.

»Schade, dass die Maschine nicht explodierte«, sagte Shellow. »Feuer erhöht den dramatischen Effekt.«

Während der Hubschrauber versank, rauschten mit hoher Bugwelle die Boote heran. Gleich darauf wurde die Leinwand hell.

»Die Spule war aufgebraucht. – Willst du die Aufnahmen sehen, die vom Boot gemacht wurden?«

»Nicht unbedingt, Mr. Shellow. Ich weiß, was geschah. Ich war dabei.«

Mit einem Knopfdruck schaltete er die Beleuchtung ein. Seine runden Vogelaugen musterten mich.

»War es ein Unfall, Carron? Oder ein neuer Versuch, dich umzubringen?«

»Wollen Sie Jo verdächtigen, für die Prominenten-Killer zu arbeiten? Sie sahen doch, dass der Hubschrauber tatsächlich abstürzte. Jo befand sich genauso in Lebensgefahr wie ich.«

»Wirklich?« Spöttisch zog er die Augenbrauen hoch. »Ich erinnere mich an drei Filme, für die Lash Stunts mit Hubschraubern machte, zum Beispiel sprang er in ›Agenten sterben einsam‹ aus einer Maschine, die Sekunden später in der Luft explodierte. Mit Hubschraubern kann er umgehen.«

»Auch ein erfahrener Pilot ist machtlos, wenn die Maschine ausfällt.«

»Nett von dir, Jo nicht die Schuld zu geben, Carron.« Er legte eine Hand auf meine Schulter. »Manchmal zweifle ich daran, dass Stuntman dein einziger Beruf ist.«

»Was soll ich noch sein, Sir?«

»Irgendeine Sorte Polizist.« Lauernd wartete er auf meine Reaktion. Ich lächelte. Schließlich zuckte Shellow mit den Schultern.

»Für mich ist wichtig, dass ich ›Diamantenmond‹ abdrehen kann. Harder braucht noch zehn Tage. Ich erhöhe deine Gage um fünftausend Dollar, Carron.«

»Danke, Sir! Ich habe eine Bitte, Mr. Shellow. Geben Sie dem Besetzungsbüro Anweisung, dass mir jede Personalakte ausgehändigt wird, die ich zu sehen wünsche.«

»Geht in Ordnung. Ich rufe das Büro morgen früh an.«

Er begleitete mich aus dem Vorführraum und durch die Halle bis zum Wagen. Ich saß schon hinter dem Steuer, als er den Raubvogelkopf durchs offene Fenster schob.

»Hast du dir den Film genau angesehen, Carron?«

»Ich glaube schon, Sir.«

»Aber es scheint dir nicht aufgefallen zu sein, dass Lashs Maschine, als sie beim Rückflug über die Mauer zum zweiten Mal ins Bild kommt, mindestens zwanzig Yards höher fliegt.«

»Es ist mir aufgefallen. Gute Nacht, Sir.«

Er zog den Kopf zurück. Ich gab Gas. Im Rückspiegel sah ich, dass er mir nachstarrte. Zweifellos war er ein schlauer, alter Bursche.

Ich fuhr nach Hawthorne zu meiner Wohnung. Die letzte Viertelmeile ging ich zu Fuß. Je näher ich meinem Wohnblock kam, desto vorsichtiger bewegte ich mich.

Nichts geschah, bis ich die Haustür öffnete. Ich hörte das Öffnen und Schließen eines Wagenschlags, warf mich herum und zog den Colt Cobra aus Amanthas Besitz. Eine Frau überquerte die Fahrbahn, lief auf mich zu und warf sich mir in die Arme.

»O Jerry, ich bin so froh, dich wiederzusehen! Sie erzählten, du seist mit einem Hubschrauber abgestürzt und …«

Ich griff in Judys Haar und zog vorsichtig ihren Kopf in den Nacken. Ihre blauen Augen schimmerten feucht.

»Wie lange wartest du schon?«

»Drei Stunden! Ich wollte Gewissheit.«

»Wie du siehst, bin ich okay.«

Sie lächelte. »Biet mir einen Drink an, Jerry«, sagte sie.

»Wohin sollen wir gehen?«

»Steht keine angebrochene Flasche in deinem Kühlschrank?«

Drei Sekunden lang sahen wir uns in die Augen. Der Schlüssel steckte im Schloss. Ich drehte ihn, stieß die Tür auf und zog Judy ins Haus.

Film ist ein hartes Geschäft. Um sieben Uhr morgens musste Judy in der Studiogarderobe sein. Kein Wunder, dass uns fürs Frühstück keine Zeit blieb und ich auf der Fahrt zwischen Hawthorne und Studio City gegen die Geschwindigkeitsbeschränkung verstieß. Vor den Toren der Filmstadt sprang sie nach einem flüchtigen Abschiedskuss aus dem Jaguar.

Ich stellte den Wagen auf dem Parkplatz ab, ging zurück, zeigte dem Pförtner den Ausweis und holte das versäumte Frühstück in der Studio-Kantine nach.

Laut Drehbuch gab es für mich nur noch einen Einsatz. Wenn Lash als Barry Dexter die Filmheldin Diane, gedoubelt von Louella, aus der brennenden Villa rettete, die vom teuflischen Marcuso in die Luft gejagt worden war, hatte ich in den brennenden Trümmern umzukommen. Die Aufnahme war für den letzten Drehtag vorgesehen, weil die Kulissen der Villa dabei draufgingen.

Von der Kantine brachte der Bus mich zum Verwaltungsbau. Ich ging ins Besetzungsbüro und wandte mich an ein Bürogirl, das Dolores del Rio ähnelte. Aber in Hollywood ähneln alle Mädchen irgendeinem Filmstar. Ich verlangte meine Personalakte und Jo Lashs und Louella Pergans Unterlagen. Sie weigerte sich und rief den Bürochef, bei dem Shellows Anweisung vorlag und der sofort die Akten holen ließ.

Aus meiner Akte fehlten drei Fotos, aber weder das Mädchen noch der Bürochef wussten eine Antwort auf die Frage, wem meine Unterlagen ausgehändigt worden waren. Jeder Regisseur, Produktionschef oder Publicity-Manager konnte Personalakten anfordern, ohne dass darüber Buch geführt wurde.

Lashs Papiere enthielten seinen Lebenslauf. Er stammte aus einer Zirkusfamilie und hatte zehn Jahre als Artist in der Manege gearbeitet, unter anderem in einem Job, dessen Bezeichnung mir ein leises Pfeifen entlockte. Ich blätterte in Louellas Akte und sah, dass sie Jo bei diesem Job als Assistentin gedient hatte.

Ich gab die Akten zurück, fuhr zur Studiogarage und hatte das Glück, den Verwalter Tom Linsey zu treffen, der mir in der Nacht den grünen Pontiac ausgehändigt hatte.

»Sie erinnern sich an mich, Mr. Linsey?«

Er rückte an seiner Brille und nickte.

»Ich muss Sie noch einmal fragen, ob sich in der Nacht irgendwer bei Ihnen erkundigt hat, welchen Wagen Sie mir gaben.«

»Niemand. Da bin ich absolut sicher, mein Junge.«

»Kam nach mir jemand in die Garage?«

»Lass mich nachdenken. Richtig! Ein paar Minuten später kam Miss Pergan. Sie sprach von einem Fahrzeug, das sie für eine Stuntszene am nächsten Tag brauchte.«

»Kann sie gesehen haben, dass ich einen Pontiac wählte?«

»Sie kann's gelesen haben. Das Ausleihformular lag noch auf dem Tisch.« Misstrauisch blinzelte er mich an. »Was bezweckt dein Gefrage, Mann?«

»Ich suche nur den Schuldigen an dem eingeschlagenen Fenster, Mr. Linsey.«

»Vergiss es. Shellow bezahlt die Rechnung.«

Ein gutes Gefühl, wenn eine Vermutung zur Gewissheit geworden ist. Zufrieden schlenderte ich übers Gelände zur Atelierhalle 5, in der die Dreharbeiten für ›Diamantenmond‹ weiterliefen. Auf dem Programm stand eine Liebesszene zwischen Diane und Dexter, die in zwei Versionen gedreht wurde für Länder mit strenger und solche mit lascher Zensur. Amantha und Alvin Terrell blickten sich in die Augen, tranken sich zu. Dann schleuderte Terrell das Champagnerglas auf den Boden, hob Amantha auf die Arme und trug sie zur Couch, wo zwanzig Sekunden Leidenschaft vorgesehen waren.

Drei Dutzend Leute sahen der Leidenschaft im grellen Scheinwerferlicht aus Berufsgründen zu. Die Bedingungen waren so nervtötend, dass selbst Amanthas Leibwächter von Zeit zu Zeit gähnten. Ich sah Judy, die den Reservesmoking für Terrell-Dexter bereithielt. Sie lächelte und hob die Hand.

Aus einer Gruppe Männer hinter der Kamera löste sich Irvin Leek, der Besitzer des *Hollywood Inside*. Er wartete, bis Elmer Harder die Aufnahme abbrach und das rote Licht, das Signal für absolute Ruhe, erlosch. Dann kam er zu mir.

Wie üblich trug er die Ausstattung eines Spitzendesigners, dieses Mal ein Sakko aus gelber Seide, weit geschnitten, damit das blaue Hemd aus feinstem Leder zu sehen war.

»Hi, Carron!« Er nahm die dunkle Brille ab, auf die er sonst nie verzichtete. Sah ich zum ersten Mal seine Augen? Sie waren wasserhell und standen ein wenig schief. Anders ausgedrückt: Leek schielte leicht. Vielleicht trug er deswegen meistens die dunkle Brille.

»Ich höre, dass du dir beinahe den Hals gebrochen hättest«, sagte er. »Als Sensationsdarsteller scheinst du zur Spitzenklasse zu gehören.«

»Ein Stunt, der seine Szene verpatzt, gehört nicht zur Spitzenklasse.«

»Nach meinen Informationen war es Jo Lash, der die Aufnahme vermurkste.«

»Es war nicht Lash, sondern der Hubschrauber.«

»Auf jeden Fall landest du immer auf den Füßen wie eine Katze.«

»Ich fiel ins Wasser, Mr. Leek.«

Er setzte die Brille auf. »Sobald ›Diamantenmond‹ abgedreht ist, werde ich dich in meiner Zeitung groß herausbringen, Carron. Ich prophezeie dir eine Bombenkarriere.«

Einer der Studio-Laufjungen kam zu uns und fragte: »Mr. Jerry Carron?«

Ich bejahte, und er gab mir einen Zettel.

»Sie werden gebeten, diese Telefonnummer anzurufen.«

»Danke.«

Im Zentrum des Ateliers befahl Harder: »Neue Aufnahme!«

Der Regieassistent rief: »Aufnahme! Ruhe, bitte!«

Eine Sirene röhrte. Die roten Lampen leuchteten auf.

Ich schlich mich davon. Jenseits der schalldicht gepolsterten Tür ging ich zu einem Telefon und wählte die Nummer auf dem Zettel.

Phil meldete sich und sagte knapp: »Jo Lash wird um zwölf Uhr aus dem Gefängnis in Boulder City entlassen. Sein Anwalt hinterlegte eine Kaution von zehntausend Dollar. Louella ist unterwegs und holt ihn ab. Ich schätze, dass beide um sechs oder sieben Uhr in Los Angeles sein werden. Was wirst du tun?«

»Ich werde mit Jo unter vier Augen reden.«

»Und ich?«, fragte Phil.

»Sei in der Nähe!«

Lash bewohnte einen Bungalow im Stadtteil Monrovia, eine verdammt luxuriöse Hütte. Vor der Garage stand ein staubbedeckter, deutscher Sportschlitten, für den Jo rund achtzigtausend Dollar hingeblättert haben musste.

Auf mein Läuten öffnete Louella. Sie war erstaunt, mich zu sehen. Oder war es Angst?

»Kann ich Jo sprechen?«

Sie zögerte. »Wir sind erst vor einer halben Stunde aus Boulder City gekommen.«

»Was ich Jo zu sagen habe, verträgt keinen Aufschub, Louella.«

Sie gab den Eingang frei und führte mich durch den Bungalow in ein großes Wohnzimmer, dessen Fensterfront auf den Garten und den Swimmingpool blickte. Lash lag auf der Couch. In Reichweite standen eine Whiskyflasche, zwei Gläser und der Behälter für die Eiswürfel.

»Hallo, Carron!«, rief Lash und richtete sich auf.

»Fein, dass du kommst. Ich hätte dich noch heute angerufen. Wenn ein Stunt schief gelaufen ist, muss man darüber reden, damit keine falschen Gefühle zurückbleiben.«

»Okay, reden wir darüber, Jo. Du wolltest mich umbringen.«

Seine Augen verengten sich. Unter den Wangen zeichnete sich die Muskulatur ab.

»Das sagst du besser nicht noch einmal, Carron!«, knurrte er.

»Du wolltest mich umbringen. Die Hubschraubernummer war der vierte Versuch. Erstens hast du ...«

Weiter kam ich nicht. Er fegte den Tisch mit allem, was draufstand, zur Seite, sprang mich an und wollte mir den Mund mit einem wuchtigen Haken verschließen oder besser noch zerschlagen.

Ich nahm den Kopf weg und konterte hart. Er stockte für eine Sekunde. Dann legte er richtig los.

Ich hielt mit. Bei allem, was Lash getan hatte und was schwerer wog als ein Fausthieb, so stand doch als erster Posten der heimtückische und überflüssige Kinnhaken auf der Rechnung, mit dem er mich vom Dach in den Swimmingpool befördert hatte. Mit schweren Brocken schlug ich ihm die Luft aus dem Körper, steckte zwei, drei Treffer weg und brach sein Selbstvertrauen, als eine krachende Rechte sein Gehirn ins Schwimmen brachte. Ich wusste, dass in diesem Augenblick eine Welle von Übelkeit in Lash hochschwappte. Er wich zurück. Sein Atem ging keuchend.

Louella war im Raum. Ich war überzeugt, dass sie eingreifen würde, wenn sie erkannte, dass Lash verlor. Ich ließ die Arme sinken und bot Lash mein Gesicht an. Was nur ein Trick war, hielt er für eine Chance und griff an. In Wahrheit waren seine Reaktionen schon zu langsam. Mit zwei linken Haken fuhr ich dazwischen. Unfähig, die Bewegung abzustoppen, schlug er Löcher in die Luft und riss damit seine Deckung auf. Meine rechte Faust rammte sein Kinn. Lashs Kopf flog weit in den Nacken. Er taumelte zwei, drei Schritte rückwärts und brach zusammen.

Ich fuhr herum. Louella stand dicht hinter mir, die Whiskyflasche, die Jo vom Tisch gefegt hatte und die den Sturz überstanden hatte, in der Hand. Sie schlug zu. Ich blockte den Schlag mit dem Ellbogen und umklammerte ihr Handgelenk.

»Lass den Unsinn, Mädchen!«

Sekundenlang starrten wir uns in die Augen. Ein Rest Whisky gluckerte aus der Flaschenöffnung und lief über unsere Hände.

»Bastard!«, zischte Louella. Sie riss das Knie hoch. Mit einer schnellen Drehung konnte ich das Schlimmste vermeiden. Sie setzte sofort nach. Sie beherrschte das harte Geschäft nicht nur als Show, und ihr Körper war ein Bündel durchtrainierter Muskeln und Sehnen. Es war, als müsse ich eine Leopardin bändigen, ohne ihr weh zu tun. Schließlich riss ich sie hoch und warf sie über drei, vier Yards hinweg auf die Couch. Die Wucht des Aufpralls verschob das Möbelstück.

Ich griff unter die Jacke und zog den Colt Cobra.

»Bleib liegen, Louella!«

Ihre Augen funkelten mich an. Sie rang nach Luft. »O verdammt, warum hatte ich gestern noch Mitleid mit dir!«, fauchte sie.

»Darum der Kuss vorm Start? Du wusstest, dass Jo mich vor die Staumauer donnern wollte, oder?«

Sie schloss die Augen. Ihr Gesichtsausdruck veränderte sich. Sie sah unglücklich und verzweifelt aus.

Lash regte sich, bewegte den Kopf, stemmte sich hoch, aber die Arme knickten ihm weg, und er fiel wieder in sich zusammen.

Ich ging zu ihm, setzte den Fuß an seine linke Schulter und drehte ihn auf den Rücken. Seine Arme schlugen auseinander. Er hatte die Augen geöffnet. Der Brustkasten hob und senkte sich in schweren

Atemzügen, und allmählich belebte sich sein Blick.

»Hörst du mich, Jo?«, fragte ich und stieß ihm die Schuhspitze gegen die Rippen.

Unverständliche Laute drangen aus seiner Kehle. Ein Blutfaden sickerte aus einer Platzwunde am Kinn.

Ich setzte mich in einen Sessel.

»Jo, du bist Mitglied einer Gang, die berühmte und reiche Leute in Hollywood erpresst. Alle diese Leute sind auf irgendeine Weise mit der Filmindustrie verheiratet. Ihr droht ihnen, sie umzubringen, falls sie nicht zahlen, und damit sie euch glauben, liefert ihr von Zeit zu Zeit einen Beweis und bringt einen Prominenten, den ihr ausgemolken habt, tatsächlich um. Euer letztes Opfer war Earl Creyghton.«

Lash machte einen zweiten Aufrichteversuch. Dieses Mal schaffte er es.

»Du spinnst«, knurrte er.

»Beim Mord an Creyghton wurde ich zufällig Augenzeuge. Der Mann, der diesen Mord beging, war ein Profikiller mit Namen Vince Shake. Das erfuhr ich später. Unser erster Zusammenstoß, Jo, fand am Devils Gate statt.«

»Weißt du, welchen Blödsinn du redest, Mann?«, stieß er hervor.

»Am Devils Gate«, wiederholte ich. »Nelson, der zwanzigtausend Dollar abzuliefern hatte, aber pleite war, schickte mich in seinem Mercedes. Ich schaltete die Scheinwerfer ein. Ein guter Schütze blies sie aus. Ich habe mir deine Personalakte angesehen, Jo. Einige Jahre hast du als Kunstschütze gearbeitet, mit Louella als Assistentin. Trotz deiner Schießkünste sah ich das Gesicht des Mannes, dem ich das Geld übergab. Damit kannte ich zwei Mitglieder der Gang, und das brachte euch zu der Überzeugung, ich müsste unbedingt beseitigt werden.«

Wankend stellte sich Lash auf die Füße, taumelte zu einem Sessel und ließ sich hineinfallen.

»Hol Whisky!«, befahl er Louella.

Ich hob den Colt an. »Sie bleibt, wo sie ist. Dir, Jo, könnte ich noch eine Menge Fragen stellen. Zum Beispiel, wer während des Auto-Stunts auf mich schoss? Das warst nicht du, aber ich glaube, dass du in Seal Beach den Finger gekrümmt hast, und ganz sicher warst du es, der Vince Shake erschoss, als er mich mit zehntausend Dollar kaufen wollte.«

»Ich hielt dich für einen Stuntman, Carron«, sagte Lash mühsam, »aber du bist ein Fantast.«

»Die zehntausend Dollar, die Shake bot und die er allerdings durch einen heimtückischen Messerstich einsparen wollte, brachten mich auf den Geschmack. Wo ein drittklassiger Killer mit solchen Summen herumwirft, muss noch eine Menge mehr Geld zu holen sein. Ich will beteiligt werden, Jo.«

»Niemand wird dir ein Wort glauben!«

»Bis jetzt habe ich diesen Unsinn niemandem erzählt. Du und deine Freunde, ihr müsst gemerkt haben, dass ich nicht zur Polizei ging. Denkst du, ich hätte geschwiegen, weil Sal Shellow mich darum bat, damit er den Film beenden kann? O nein, so billig verkaufe ich mich nicht. Ich will einsteigen. Ich will bei den Prominenten-Killern mitmachen.«

Lash wandte sich an Louella.

»Erklär du ihm, dass er einem verdammten Hirngespinst nachjagt!«, schrie er.

Louella reagierte nicht so, wie Lash es wollte, sondern fragte vorsichtig: »Du bist kein Schnüffler, Carron?«

»Ich bin ein geldgieriger Bursche«, antwortete ich, »und nötigenfalls verkaufe ich mich an die Polizei, obwohl die Jungs miserabel zahlen. Ich werde ihnen Namen nennen, die ich von Vince Shake erfuhr, zum Beispiel Bob Coon, Paco Gomez und Kendall Roscoe. Ich werde erklären, dass Amantha Turner und Evert Nelson erpresst werden und dass du, Jo, vielleicht zusammen mit anderen, der Mann im Filmgeschäft bist, der die Opfer auswählt.«

»Man wird dich auslachen.«

»Niemand wird lachen, denn ich kann der Polizei erklären, warum Vince Shake erschossen wurde, wer in Amanthas Villa eindrang und wer Nelsons Mercedes zum Schrottwrack machte.«

Ein Telefon stand in Reichweite. Ich streckte die Hand aus.

»Ich gebe dir zehn Sekunden.«

Lash glotzte mich an, leckte sich über die anschwellenden Lippen und dachte zweifellos darüber nach, auf welche Weise er mich noch überrumpeln konnte. Es war Louella, die auf mein Ultimatum reagierte.

»Zehn Sekunden genügen nicht«, sagte sie. »Wir brauchen vierundzwanzig Stunden.«

»Wozu?«

»Um die anderen zu überzeugen, dass sie dich einsteigen lassen.«

»Die anderen? Wer ist das?«

»Du selbst hast die Namen genannt: Roscoe, Coon, Gomez.«

»Wer noch?«

»Niemand«, antwortete sie so prompt, als hätte sie die Frage erwartet.

»Wer ist der Boss?«

»Kendall Roscoe.«

»Spätestens morgen Abend will ich ihm gegenüberstehen. Begriffen, Louella?«

»Ja, ich werde dafür sorgen.«

Ich stand auf und grinste Lash an.

»Du musst mich verstehen, Jo. Auch ich hätte gern einen Bungalow und einen Schlitten, wie er vor deiner Tür steht. Du kennst die Gagen für Stuntmänner. Mit Turnübungen vor der Kamera kann ich es nicht schaffen. Akzeptier mich als Partner, und ich werde dein Freund.«

In der Tür drehte ich mich noch einmal um.

»Noch eins, Louella! Falls ihr auf den Gedanken verfallen solltet, die vierundzwanzig Stunden zu einem neuen Mordversuch auszunutzen, wird ein Rechtsanwalt einen Brief von mir der Polizei übergeben.« Ich lachte. »Natürlich nur, wenn ihr Erfolg habt. Sonst gehe ich selber hin.«

Ich verließ die Villa, winkte einem Taxi, das vorbeikam, und stieg ein. »Fahr Richtung Studio City.«

»Okay«, antwortete Phil, der am Steuer saß. »Wie ist es gelaufen?«

»Louella bringt mich morgen mit Kendall Roscoe zusammen.«

»Schlagen wir dann zu?«

»Auf jeden Fall treffen wir alle Vorbereitungen.«

Während in Halle 5 Elmer Harder die letzten Szenen mit den Schauspielern drehte, hatte Nic Dibble das Stuntteam, die Feuerwerker, den Bauingenieur und seine Kameraleute zu einer ersten Stellprobe fürs große Finale in die Außenkulisse beordert.

Lash und Louella kamen mit ein paar Minuten Verspätung. Jo trug ein Pflaster auf dem Kinn, und Louella hatte sich stärker geschminkt als gewöhnlich. Ihre Nerven hatten beide unter Kontrolle. Als hätte es keinen Zusammenstoß zwischen uns gegeben, beteiligten wir uns an der Planung der Stunt–Aktion, die besonders schwierig war, weil die Villa während der Aufnahme etappenweise in die Luft gejagt werden sollte. Die Spezialisten für Knalleffekte erläuterten, wo sie ihre Ladungen anbringen und in welcher Reihenfolge sie die Villa sprengen würden. Der Bauingenieur bezeichnete die Gefahrenzonen, an denen nicht nur Gips und Pappe, sondern auch Stahl und Steine den Stuntman um die Ohren fliegen konnten. Auf Grund dieser Angaben legte Jo fest, wie wir uns durch das Inferno zu bewegen hatten. Dibble ließ die Kameras einrichten. Noch vor der Pause wurden bei einer Durchlaufprobe die Zeitphasen festgelegt.

»Schluss für heute!«, entschied Dibble. »Morgen machen wir weiter.«

Louella kam zu mir.

»Du kennst den Pacific Crown Nightclub in Seal Beach?«

»Welche Frage! Genau gegenüber parkte ich den Pontiac und ließ mich von euch zum Scheibenschießen auf den Strand schicken.«

Sie tat, als verstünde sie nicht.

»Warte im Club ab acht Uhr abends auf Jo und mich.«

»In Ordnung, Louella. Wirst du eure Freunde mitbringen?«

»Das weiß ich nicht. Sie haben sich noch nicht entschieden.«

Sie wandte sich ab und ging zu Lash zurück.

Ich hoffte, in der Kantine Judy Mart zu treffen, aber sie kam nicht. Von einem anderen Mädchen, das wie Judy in der Kostümabteilung arbeitete erfuhr ich, Judy sei mit irgendeinem Sonderauftrag unterwegs und käme heute nicht mehr ins Atelier zurück.

Von einer Telefonzelle außerhalb des Studiogeländes führte ich ein langes Gespräch mit Phil, das den Vorbereitungen der abendlichen Begegnung galt.

Dann fuhr ich zur Locktide Company, einem Unternehmen, das absolut sichere Tresorfächer vermietet. Am Tage meiner Ankunft in Hollywood hatte ich ein kleines Fach gemietet. Ein bewaffneter Angestellter begleitete mich in den Stahlkeller, ließ mich aber vor dem Fach diskret allein.

Ich öffnete es.

Vermutlich bargen die Nachbarfächer kostbaren Schmuck und dicke Brillanten. In meinem Safe lagen der 38er Smith & Wesson mit der speziellen Registriernummer, die ihn als Regierungseigentum kennzeichnet, und mein FBI-Ausweis.

Ich steckte den Ausweis in die Tasche, legte das Holster an und klopfte gegen die Stahltür.

Der Angestellte bediente den Lift.

Im Büro der Firma kündigte ich das Fach. Wenn alles so ablief, wie ich erwartete, brauchte ich es nicht länger.

Pünktlich um acht Uhr abends betrat ich den Nightclub in Seal Beach. Ich ankerte an der Bar, bestellte einen entschärften Drink und wimmelte zwei Mädchen ab, die die Ergiebigkeit meiner Brieftasche testen wollten.

Knapp eine Stunde später kamen Jo Lash und Louella.

»Du kannst Roscoe sehen«, informierte mich Lash knapp. »Wir bringen dich zu ihm. Mein Wagen steht auf dem Parkplatz des Clubs.«

»Mein Wagen auch, und ich werde selbst fahren und dir folgen.«

Er zuckte mit den Schultern. Zusammen verließen wir den Nachtclub. Jo und Louella stiegen in ihren deutschen Sportwagen. Ich startete meinen Jaguar und hängte mich an.

Nicht nur aus Vorsicht bestand ich darauf, meinen eigenen Wagen zu benutzen. Mit einer Batterie hatte ich den Peilsender aktiviert, damit Phil auch ohne Sichtkontakt folgen konnte. Ich wusste ihn und ein halbes Dutzend Einsatzwagen der Los Angeles Police, die wiederum von Phil dirigiert wurden, in der Nähe. Der Peilsender sorgte dafür, dass der Abstand nicht zu groß wurde.

Ein zweites Mini-Gerät aus der elektronischen Trickkiste steckte in meiner Brusttasche: ein Walkie-Talkie von der Größe einer Zigarette mit einem Mikrofon, das kleiner war als der Kopf eines Streichholzes. Phil und ich hatten ein Stichwort vereinbart, das ihn und die Cops aufforderte, in Aktion zu treten. Wir hatten den Namen des Films gewählt: Diamantenmond, ein Wort, das ich benutzen konnte, ohne den Verdacht der Gangster zu erregen.

Lash fuhr von Seal Beach am Pazifik entlang nach Costa Mesa, verließ den Coast Highway und stoppte nach wenigen Minuten auf dem Quai eines Binnenhafens, der von Motor- und Segelbooten aller Größenklassen bevölkert wurde.

Ich wartete, bis er und Louella ausgestiegen waren, und sagte ins Mikrofon: »Bootshafen! Wahrscheinlich gehen wir an Bord einer Jacht.«

Da das Walkie-Talkie keinen Empfangsteil hatte, war eine Bestätigung durch Phil nicht möglich.

Ich verließ den Jaguar und hielt mich dicht an Lash. Wir gingen an der langen Reihe der ankernden Boote vorbei bis zu einem weißen Kajütkreuzer, an dessen Reling ein Mann stand. Er war knapp mittelgroß, schwarzhaarig und trug einen scharf ausrasierten Schnurrbart. Nach dem Foto, das Phil aus den Polizeiakten beschafft hatte, erkannte ich ihn: Paco Gomez, Zuhälter und Killer aus dem mexikanisch-amerikanischen Gangstermilieu von Los Angeles.

Er schob einen schmalen, beweglichen Streifen der Reling zur Seite, um uns an Bord zu lassen.

»Ken ist in der Kajüte.«

Ich holte Amanthas Colt aus der Jackentasche und nahm ihn in die linke Hand, damit ich die rechte frei behielt für den 38er im Schulterholster.

»Geh voraus! Ich will niemanden in meinem Rücken.«

Gomez schüttelte den Kopf. »Ich bleibe, wo ich bin. Wir wollen sicher sein, dass du nicht einen Schwarm Schnüffler hinter dir herziehst.«

Der Eingang zur Kajüte befand sich am Heck. Auf

dem kurzen Weg ließ ich Gomez nicht aus den Augen.

Eine Treppe führte zur Tür. Auf Louellas Klopfen wurde sie von innen geöffnet. Ich ließ Lash vorgehen und betrat die Kajüte als Letzter.

Zwei Männer erwarteten uns. In gewisser Weise waren beide alte Bekannte, obwohl ich den einen nur für wenige Sekunden im Scheinwerferlicht gesehen und den anderen in der Dunkelheit angeschossen hatte.

Bob Coons rechter Arm lag in einer Schlinge. Sein Gesichtsausdruck verriet, dass er mir die Verletzung gern heimgezahlt hätte. Er war etwas über dreißig Jahre alt, ein plumper, übergewichtiger Schlägertyp mit niedriger Stirn unter blondem Haar, wässrigen Blauaugen und einer breiten Nase.

In Kendall Roscoe erkannte ich den Mann, dem ich auf dem Parkplatz am Devils Gate die Aktentasche mit Zeitungspapier übergeben hatte. Er saß vor einer Whiskyflasche, hielt das Glas in der Hand und zermalmte mit seinem Nussknackergebiss Pistazienkerne, die er in kurzen Abständen aus einer Schale nachschaufelte. Unter den dichten, von der Sonne gebleichten Augenbrauen musterte er mich aus grünen Augen. Das rote Haar hatte das Aussehen von rostigem Draht.

Mit Ausnahme von Roscoe standen wir alle.

Er spülte den Brei der Pistazienkerne mit Whisky runter, behielt das Glas in der Hand und fragte: »Wie viel Geld verlangst du, Carron?«

»Einen fairen Anteil von jedem Dollar, den ihr aus Hollywoods Prominenten herausquetscht. Ich will nicht mit ein paar tausend Dollar abgefunden werden, sondern in das Geschäft einsteigen.«

»Du willst ein Mitglied unserer Firma werden, oder?«

»Richtig, aber mit voller Beteiligung.«

»Und vollem Risiko?«

»Das versteht sich von selbst.«

Er streckte die Hand aus und zeigte auf den Colt.

»Warum steckst du nicht die Kanone weg?«

»Weil ich euch nicht traue.«

»Du traust uns nicht, aber von uns verlangst du, dass wir dir vertrauen und dich in alle unsere kleinen Geheimnisse einweihen. Du willst wissen, wen wir abkassieren, wie viel Dollar wir machen und wer zur Organisation gehört. Wir haben Aufnahmebedingungen, Carron, die du erfüllen musst, damit wir dir vertrauen können.«

»Ich höre.«

»Das Prinzip ist einfach. Wer selbst einen Mann oder eine Frau umgebracht hat, kann nicht seine Partner verpfeifen. Bevor Hollywoods Prominente uns gaben, was wir forderten, mussten wir einige von ihnen umlegen, damit die anderen unsere Drohungen ernst nahmen. Die Arbeit haben wir uns geteilt. Jeder, auch Louella, hat mindestens einen Prominenten auf die große Reise geschickt. Begriffen, Carron? Unsere Bedingung lautet: Leg einen Mann um.«

»Wen?«

»Evert Nelson. Als Geldquelle taugt er nichts mehr. Er ist pleite und wird keinen neuen Job finden. Da er Angst hat, ist er vorsichtig geworden. Wir kommen nicht an ihn heran. Dir vertraut er. Immerhin hast du schon zweimal für ihn den Kopf hingehalten.«

Das war es! Wenn ich nur über einen Mord ins Zentrum der Gang eindringen konnte, mussten wir uns mit den Leuten begnügen, die wir fassen konnten. Im Kopf baute ich einen Satz zusammen, in dem das Wort ›Diamantenmond‹ vorkam, wollte irgendetwas über den Film sagen und so Phil und die Cops herlotsen.

»Für den Fall, dass du kalte Füße bekommst, haben wir vorgesorgt«, sagte Roscoe. »Deine hübsche Freundin wird uns so lange Gesellschaft leisten, bis Nelsons Beerdigung stattgefunden hat.«

»Sprichst du von Judy Mart?«

»Heißt sie so?« Roscoe warf sich Pistazienkerne ins Maul. »Ich denke, niemand wird sie vermissen. In Studio City ist sie nur eines von tausend Mädchen. Wenn sie nicht zur Arbeit kommt, wird man sie von der Lohnliste streichen und vergessen.«

»Warum habt ihr sie entführt? Sie weiß nichts und kann euch nicht gefährlich werden.«

»Mann, wir krümmen ihr kein Haar, solange du dich an die Spielregeln hältst. Sobald du Nelson die Luft abgestellt hast, geben wir sie dir zurück.«

Ich hob den Colt.

»Du wirst mir sagen, wo Judy ist.«

Jo Lash schob sich zwischen Roscoe und die Revolvermündung. »Nichts wird er dir sagen«, erklärte er eisig. »Du drängst dich in unsere Organisation. Du willst ans große Geld. Also bezahl den Preis, den wir verlangen. Für dich gibt es kein Zurück. Genug geredet! Wir geben dir drei Tage, um Nelson die letzte Fahrkarte zu verpassen. Mach, dass du rauskommst, Carron!«

Tausend Gedanken schossen mir gleichzeitig durch den Kopf. Wenn ich das Stichwort aussprach, Phil und die Polizei rief, riskierte ich Judys Leben. Wenn ich Lash und Roscoe weiter unter Druck setzte, würde wahrscheinlich eine Schießerei zwischen uns ausbrechen. Wussten Lash und Roscoe, wo sich Judy befand? Wer war bei ihr? Wer bewachte sie?

Ich entschied mich für Zeitgewinn.

»In Ordnung«, sagte ich und bewegte mich langsam auf die Kajütentür zu. »Ich werde mich um Nelson kümmern, aber ich warne euch. Wenn ihr das Mädchen anrührt, bekommt Nelson Gesellschaft – im Leichenschauhaus.«

Ich stieß die Tür auf, verließ die Kajüte und sprang die Stufen der Treppe hinauf an Deck.

Paco Gomez lehnte an der Wand des Steuerhauses.

Inzwischen war es dunkel geworden. Auf dem Pier brannten einige Bogenlampen.

Ich flankte über die Reling, ging zum Jaguar, stieg ein und fuhr vom Quai. Nach einer Viertelmeile sagte ich in das Mini-Mikrofon: »Phil, triff mich in South Gate, 455 Cazueco Avenue! Schick die Cops nach Hause. Heute werden sie nicht mehr gebraucht.«

Die riesigen Entfernungen in Los Angeles kosten Zeit. Ich brauchte vierzig Minuten bis zu dem alten Apartmenthaus, das mit winzigen Wohnungen vollgestopft war wie ein Bienenkorb mit Waben. Ich kannte die Nummer von Judys Apartment, fuhr in einem brüchigen Fahrstuhl hinauf und läutete an der Tür.

Auf der anderen Seite des Flurs kam eine junge Schwarze aus ihrer Wohnung.

»Wollen Sie zu Judy? Sie ist noch nicht nach Hause gekommen. Ich habe einen Schlüssel und war vor wenigen Minuten in Judys Wohnung.« In einem breiten Lächeln blitzten ihre Zähne auf. »Auch gestern Nacht kam Judy nicht nach Hause. Anscheinend sind Sie zur Zeit nicht gefragt, Mister.«

Ich verzichtete auf weitere Fragen, ließ mich vom Lift nach unten schaukeln und ging zurück zum Jaguar. Neben meinem Wagen stand in zweiter Reihe ein roter Ford, an dem die große Antenne auffiel. Am Steuer saß Phil. Ich stieg ein.

»Dreh eine Runde«, sagte ich. »Wie viel von dem Gerede zwischen Roscoe und mir hast du mitgehört und verstanden?«

»Nur Bruchstücke. Das Ding in deiner Brusttasche funktioniert nicht so gut, wie es funktionieren sollte.«

»Sie verlangen, dass ich Evert Nelson umbringe.«

»Warum hast du die Cops und mich nicht gerufen?«

»Weil sie Judy Mart gekidnappt haben. Sie drohen, Judy umzubringen, falls ich abspringe.«

»Schlau ausgedacht.«

»Zu raffiniert, um von Roscoe ausgebrütet worden

zu sein. Er ist nicht der Boss der Prominenten-Killer. In seinem Gehirn ist die Idee nicht entstanden.«

»Vielleicht Jo Lash?«

»Nein, auch ihn halte ich nicht für den Drahtzieher. Wer könnte leichter auf den Gedanken verfallen, prominente Personen aus dem Filmgeschäft mit Morddrohungen zu erpressen als ein Mann, der selbst zu diesem Kreis gehört?«

»In diesem Fall hätten wir eine große Auswahl, Jerry.«

»Erinnere dich an die Vergewaltigungsshow in Amantha Turners Villa. Kaum zwei Minuten nach dem Anruf, der ihnen klar machte, dass Amantha mich nicht in vorgetäuschter Notwehr abgeschossen hatte, brachen sie mit mindestens vier Leuten in die Villa ein. Sie müssen in einem Haus, das ganz in der Nähe liegt, gewartet haben.«

»Ich habe die Bungalows und ihre Besitzer überprüft, Jerry. Keiner von ihnen kommt als Boss der Prominenten-Killer in Frage.«

»Warum nicht? Weil er selbst prominent ist und in Bel Air wohnt? Das ist kein Hindernis.«

»Soll ich dir aufzählen, wem die Nachbarhäuser gehören? ›Lucky Place‹ ist Eigentum von Gloria Gosh. Sie war vor dem Krieg ein Star und muss ungefähr achtzig Jahre alt sein. ›Fine Spot‹ befindet sich im Besitz von Abi und Helen Silverman, die an jenem Abend eine Party für dreihundert Personen gaben. ›Sweet Home‹ gehört Sam Powell, dem Lieblingspartner der achtzigjährigen Gloria Gosh. Er ist noch knapp zehn Jahre älter als sie. Und ›The New Castle‹ wird von einem Produzenten bewohnt, der mindestens dreimal reicher ist als Sal Shellow.«

»Du sprachst von einer leerstehenden Villa, Phil.«

»›The Melody‹, in der Brad Shuler wohnte, bevor er in Santa Monica erschlagen wurde.«

»Warst du in der Villa? Steht sie wirklich leer?«

»Am Tor hängt ein Schild: ›Zu verkaufen oder zu vermieten.‹ Darunter steht die Telefonnummer eines Immobilienmaklers. Ich rief ihn an, und er bestätigte, dass ›The Melody‹ nicht bewohnt würde.«

»Lass uns hinfahren!«, schlug ich vor.

Von South Gate bis zu den Hügeln von Bel Air braucht ein Auto eine Stunde. Wir benutzten den Jaguar, und Phil saß neben mir wie in New York.

Die Zufahrtstraßen ins Herz von Bel Air, wo die Villen der Reichen und Mächtigen, der Stars aus Film, Showbusiness und Television stehen, sind für den allgemeinen Verkehr gesperrt. Schlagbäume, bewacht von der privaten Bel Air Police, einer uniformierten, bewaffneten Truppe, versperren die Durchfahrt. Auch uns zwang die Barriere zum Halten. Aus einem verglasten Wächterhaus kam ein Policeman und trat an den Wagen, die Hand auf dem Revolvergriff.

»Wer erwartet Sie?«

»Niemand.« Ich zeigte ihm den FBI-Ausweis, den er sorgsam im Lichtschein seiner Taschenlampe begutachtete.

Er hob ein Walkie-Talkie vor den Mund und rief seine Zentrale:

»Zwei G-men verlangen die Einfahrt. Wie soll ich mich verhalten?«

Ich konnte die Antwort mithören.

»Sind ihre Ausweise in Ordnung? Dann haben wir kein Recht, FBI-Beamte aufzuhalten.«

Mit einem Knopfdruck öffnete er den Schlagbaum.

»Kontrollieren Sie jeden, der in den Bezirk einfahren will?«, fragte ich.

»Jeden, den wir nicht kennen. Er muss angemeldet sein, oder wir halten Rückfrage bei dem Bewohner, den er besuchen will. Die Besitzer der Häuser lassen wir selbstverständlich passieren.«

»Kennen Sie alle Bewohner von Bel Air?«

»Die meisten, Sir. Außerdem haben wir ein Verzeichnis der Wagen und ihrer Kennzeichen, für die wir ohne Kontrolle den Schlagbaum öffnen dürfen. Die Leute, die Häuser in Bel Air besitzen, fahren durchweg ungewöhnliche Autos, zum Beispiel Rolls-Royce, Bentley, Mercedes und so weiter. Uns genügt ein Blick auf den Wagen, und schon wissen wir, wer einfahren will.«

»Danke für die Auskunft.«

Langsam ließ ich den Jaguar anrollen. Hinter seinem Heck senkte sich der Schlagbaum.

Die Straßen von Bel Air sind wahrscheinlich das sauberste Stück Asphalt in den Staaten. Die Villen und Bungalows verstecken sich in ummauerten, parkartigen Gärten. Gittertore sichern die Zufahrten.

Ich fuhr an Amantha Turners ›Golden House‹ vorbei.

»›The Melody‹ ist die übernächste Villa«, sagte Phil. »Der Eingang liegt am Ende einer schmalen Zufahrt. Am besten gehen wir zu Fuß hin.«

Hundert Yards weiter parkte ich den Jaguar zwischen Palmen, die die Straße säumten. Wir gingen zurück und hatten die Hälfte bis zur Zufahrt hinter uns, als die Lichter eines Wagens auftauchten, der uns entgegenkam. Wir nahmen Deckung hinter Palmenstämmen und wollten den Wagen vorbeifahren lassen, aber er bog in die Zufahrt zur Melody-Villa ein. Wir sahen die Silhouette der Karosserie. Es war eine große Limousine.

»Er fährt zu der Villa, in der Shuler wohnte«, flüsterte Phil. »Komm!«

Wir rannten zur Stichstraße. An ihrem Ende stand der große Wagen vor dem Gittertor. Die Scheinwerfer waren aufgeblendet. Ich sah das Schild mit dem Verkaufsangebot, von dem Phil gesprochen hatte.

Langsam schwang das Tor auf. Die Limousine rollte an. Unmittelbar hinter ihrem Heck schloss sich das Tor. Die Schlusslichter des Fahrzeugs verschwanden hinter der ersten Kurve der Auffahrt.

»Unbewohnt, Phil?«, fragte ich ironisch.

Er knurrte ein paar Unfreundlichkeiten.

Die Straße stieg leicht an. Durch die Gitter waren nur einige Yards der Auffahrt zu sehen und die verwilderten Sträucher des Parks.

Phil stemmte sich gegen die Mauer neben dem Tor. Sie war an die drei Yards hoch. Auf Phils Schulter stehend, erreichte ich die Krone, verschaffte mir Halt und reichte ihm beide Hände. Er schwang sich auf die Mauer. Gleichzeitig ließen wir uns zwischen die Sträucher auf der Innenseite fallen.

Das Haus war ein langgestreckter, flacher Bungalow. Durch die geschlossenen Fensterläden drang kein Licht.

Der große Wagen stand vor dem Eingang. Es war ein Cadillac Seville, ausgestattet mit jedem Luxus und allen Extras.

Ich öffnete den Schlag. Die Innenbeleuchtung schaltete sich ein. Der Geruch von herbem Parfum schlug mir entgegen. Auf dem lederbezogenen Beifahrersitz lag eine bunte Zeitschrift, eine Ausgabe des *Hollywood Inside*.

Lautlos drückte ich den Schlag ins Schloss, wies auf den Eingang des Bungalows und flüsterte Phil zu:

»Wir gehen rein!«

Drei Minuten brauchte Phil für die Öffnung der Eingangstür. Die Halle war finster bis auf einen Lichtschimmer, der unter einer Tür hervordrang.

Ich zog den 38er, schlich auf die Tür zu, tastete nach dem Knauf und drehte ihn. Langsam schwang die Tür auf und gab den Blick in den Raum frei.

Nur wenige Möbel standen darin. Sie waren verstaubt. Ein großer Teppich lag aufgerollt auf dem Boden.

Dicht neben der Teppichrolle saß Judy Mart auf einem Stuhl. Ihre Hände waren hinter der Lehne gefesselt, und ihre Füße waren an die Beine des Stuhls gebunden. Ihr Kopf hing nach vorn. Der Körper war schlaff, und mich durchzuckte der Gedanke, sie könne tot sein. Dann griff der Mann, der vor dem Stuhl stand und der Tür den Rücken zukehrte, in Judys Haar und hob ihren Kopf an. Ich sah, dass sie die Augen geöffnet hielt und ihre Lippen noch nicht die Farbe verloren hatten. Unter der gestrafften Haut des Halses pulsierte die Schlagader.

Der Mann ließ Judys Haar los. Ihr Kopf fiel wieder nach vorn. Der Mann drehte sich um, und wir standen uns Auge in Auge gegenüber.

Auge in Auge, denn Irvin Leek trug nicht die gewohnte dunkle Brille.

Sein Gesicht versteinerte. Er war paralysiert.

Ich ging auf ihn zu, bis die Mündung des 38ers den feinen, vergoldeten Knopf seiner blauen Blazer-Jacke berührte.

»Der Mann, der sich rühmt, als Erster auf die Prominenten-Killer aufmerksam gemacht zu haben, ist gleichzeitig der Boss der Bande«, sagte ich. »Eine schlaue Rechnung, die dich vor jedem Verdacht sichern sollte.«

Mit Anstrengung verzerrte er die Lippen zu einem Lächeln.

»Okay, Carron, früher oder später hättest du es auf jeden Fall erfahren. Du willst doch bei uns mitmachen, großes Geld verdienen. Zwischen Partnern sind Geheimnisse überflüssig.«

»Leek, ich erhalte jeden Monat einen bescheidenen Gehaltsscheck von Uncle Sam, mit dem ich so gerade über die Runden komme. Ich werde ihn nicht gegen dein großes, schmutziges und blutiges Geld eintauschen.«

Ich schob ihn aus dem Weg, ging zu Judy und beugte mich über sie. Vorsichtig hob ich ihren Kopf. Ich spürte ihren Atem, aber ihr Blick blieb leer.

»Was hast du ihr gegeben?«, herrschte ich Leek an. »Ein Schlafmittel?«

Ich steckte den 38er ins Holster und machte mich daran, Judys Fesseln zu lösen. Sie glitt vom Stuhl. Ich musste sie auffangen.

Leek hielt die Situation für eine Chance, warf sich herum und rannte zur Tür. Er prallte mit Phil zusammen, und Phil fing ihn mit einem linken Haken ab. Leek fiel auf den Boden, von dem eine kleine Staubwolke aufstieg. Benommen stemmte er sich hoch.

Breitbeinig stand Phil vor ihm und befahl: »Runter!«

Leek ließ sich zurücksinken.

»Aufs Gesicht!«

Er wälzte sich herum. Staub und Schmutz verschmierten den feinen blauen Stoff seines Anzugs. Phil tastete ihn ab und zog eine 22er Pistole aus einem Gürtelholster. Die Waffe war ein kostbares Stück Schießspielzeug mit Perlmutteinlagen im Griff, und das Holster bestand aus feinstem Saffianleder.

»Sieh dich nach einem Telefon um«, bat ich Phil. »Judy muss schnellstens in die Hände eines Arztes. Dieser Bastard hat sie mit irgendeinem Teufelszeug außer Gefecht gesetzt.«

Phil wandte den Kopf.

»Ein Auto kommt«, sagte er. »Lösch das Licht!«

Ich hörte das Motorengeräusch. Phil packte Leek, zog ihn hoch und zischte ihn an: »Wer ist das?«

Leek versuchte, sich loszureißen. Mit einem trockenen Haken schaltete Phil den Mann ab.

Ich trug Judy in die Deckung eines großen Schranks, legte sie nieder und sprang zum Lichtschalter.

Wir hörten das Schlagen von Autotüren und wenig später Schritte und Stimmen der Leute, die in die Eingangshalle kamen.

Ich öffnete die Tür einen Spalt.

Ein Mann rief: »He, Leek! Wo bist du?«

Jo Lashs Stimme.

»Mach Licht, Louella!«, befahl er.

Zwei Dutzend Lampen flammten an der Decke auf,

angeordnet als Noten auf fünf Messinglinien. (Später erfuhren wir, dass sie die Anfangstakte des größten Hits aus der Produktion des ermordeten Filmkomponisten bildeten.)

Ich sah Lash, Louella Pergan und Kendall Roscoe, berührte Phils Schulter und flüsterte: »Ende der Vorstellung.«

»Okay«, hauchte er. »Drei, zwei – go!«

Das letzte Wort brüllte er. Unter unseren Fußtritten flog die Tür auf.

»FBI!«, rief ich. »Hände hoch, und keine Bewegung!«

Sekunden der Erstarrung! Als Erster warf Roscoe die Arme hoch und schrie: »Nicht schießen!«

Am härtesten reagierte Louella. Sie riss die Umhängetasche auf, die sie an der Schulter trug, und griff hinein.

»Du hast keine Chance, Louella!« Ich schwenkte den 38er.

Lash trat gegen einen Stuhl, der quer durch die Halle schlitterte, und warf sich herum zur Flucht.

Louella schleuderte die Tasche weg. In den Händen hielt sie eine massige Selbstladepistole.

»Weg mit der Waffe!«

Sie feuerte. Eine Handbreit neben meinem Kopf splitterte Holz aus dem Türrahmen.

Ich zog durch. Unter der Wucht des Einschlags bäumte sich ihr Körper auf. Ungezielt zerschmetterte die zweite Kugel aus ihrer Pistole das Glas einer Vitrine. Der Rückstoß riss ihr die Waffe aus der Hand. Louella brach in die Knie.

Lash hatte die Tür fast erreicht.

»Ich schieße!«, schrie Phil, aber Lash riss die Tür auf und verschwand mit einem gewaltigen Hechtsprung ins Freie.

Ein Automotor röhrte.

Ich raste durch die Halle, erreichte die Tür.

Drei Fahrzeuge standen auf dem kleinen, asphaltierten Platz, in den die Auffahrt mündete, außer Leeks Cadillac der Achtzigtausend-Dollar-Sportwagen, der Lash gehörte, und ein roter Mercury Marquis. Es war der Mercury, dessen Motor übertourt röhrte, weil der Mann am Steuer zu wenden versuchte.

Lash hatte die Tür des Sportwagens aufgerissen und sich tief hineingebeugt.

»Mach Schluss, Jo!«, schrie ich.

Geduckt fuhr er herum. In den Händen hielt er eine langläufige Waffe – ein Gewehr oder eine Maschinenpistole.

Ich hatte keine Wahl und musste schießen. Ich feuerte dreimal. Alle Kugeln trafen. Lash stürzte rücklings gegen die Karosserie. Die Waffe fiel ihm aus den Händen. Dicht vor dem Wagen brach Lash zusammen.

Dem Fahrer des Mercury war es gelungen, den Wagen zu wenden. Mündungsfeuer zuckte im Fahrzeug auf. Ich schnellte mich in die Deckung von Lashs Auto und bekam die Waffe zu fassen, die er verloren hatte: eine Schrotflinte.

Ich sprang auf, benutzte das Dach des Sportwagens als Auflage und blies dem Mercury eine Ladung Schrot ins Heck.

Zwei, drei Fenster zersprangen zu Glaskrümeln. Der Wagen schlitterte, blieb in Fahrt und verschwand in der ersten Kurve Richtung Tor.

In langen Sprüngen hetzte ich hinterher, repetierte, sah ihn vor der zweiten Kurve und verpasste ihm noch eine Ladung Schrot. Er stellte sich quer. Pfeifend entwich Luft aus einem oder zwei Reifen. Trotzdem schlitterte er in die Kurve hinein. Drei Sekunden später krachte und klirrte es. Metall schepperte auf Metall. Der Motor erstarb in einer Serie von Fehlzündungen.

Ich rannte die Auffahrt hinunter. Als ich die zweite Kurve erreichte, sah ich den Mercury am Gittertor kleben. Ein Mann kroch aus dem Wrack.

»Bleib unten! Streck die Arme zur Seite!«

Er gehorchte. Ich ging zu ihm und erkannte Paco Gomez. In den Trümmern des Mercury lag ein zweiter Mann. Sein Gesicht konnte ich nicht sehen. Von der Verbandsschlinge um seinen Hals schloss ich auf Bob Coon.

Phil kam. Er warf einen kurzen Blick auf die Szene.

»Arbeit für das Aufräumkommando«, sagte er.

Alarmiert von den Schüssen rauschte ein Streifenwagen der Bel Air Police heran. Dann folgten in kurzen Abständen Polizeifahrzeuge, Ambulanzen und Notarzt, die Autos der Mordkommission und schließlich die bunte Meute der Reporter.

Getötet worden war niemand. Jo Lash und Bob Coon schwebten in Lebensgefahr. Die Kugel in Louellas Schulter hatte ein Gelenk zertrümmert. Paco Gomez war mit ein paar Rippenbrüchen davongekommen.

Keine Verletzungen hatten Leek und Roscoe davongetragen. Sie zu schonen gab es keinen Grund. Sie wurden sofort verhört.

Nach Mitternacht fuhr ich ohne Phil zu Sal Shellows Disney-Schloss.

Selbstverständlich hatte Shellow längst erfahren, was sich in Bel Air ereignet hatte.

»Hallo, G-man«, begrüßte er mich. »Kann ich Ihren wirklichen Namen erfahren?«

»Jerry Cotton.«

»Kommen Sie, Mr. Cotton!« Er führte mich in sein Arbeitszimmer, öffnete einen Wandschrank und entnahm ihm zwei Gläser und eine Kristallflasche.

»Zweihundert Jahre alter Scotch«, sagte er. »Normalerweise erlaube ich mir ein Glas, wenn ein Film die

Zehn-Millionen-Dollar-Gewinnmarke überschreitet, aber heute trinken wir einen Schluck auf den Schrecken.«

Er füllte das Quantum von etwa drei Fingerhüten in jedes Glas.

»Warum hat Irvin Leek ständig von den Prominenten-Killern geredet, wenn er selbst der Boss war?«

»Das sicherte ihn vor jedem Verdacht, denn Leeks nächstes Ziel war es, die millionenschweren Produzenten zu erpressen. Eine Kostprobe haben Sie zu spüren bekommen, Mr. Shellow. Aus Ihrer Tasche zahlten Sie vierzigtausend Dollar für Nelson, damit er nicht während der Produktion von ›Diamantenmond‹ getötet wurde. Bei Ihrer nächsten Produktion wären Sie nicht so billig davongekommen.«

»Ich hätte niemanden beschäftigt, der erpresst wird.«

»Dann hätten Sie kaum noch Filme produzieren können, Sir. Wir fanden eine Liste mit achtzig Namen, lauter hochkarätige Leute.«

»Wie kann es einer Horde Verbrecher gelingen, nach Bel Air einzudringen?«, wütete Shellow. »Angeblich kontrolliert die Privatpolizei jedes fremde Fahrzeug.«

»Irvin Leek besitzt ein Haus in Bel Air. Ihn lassen die Polizisten ohne Kontrolle passieren. Jo Lash und Roscoe mit seinen Gangstern kamen als Besucher. Leek teilte den Wächtern an den Straßenschranken mit, welche Fahrzeuge seine Besucher benutzten, und so wurden sie nicht aufgehalten. Leek traf sie nicht in seinem Haus, sondern im Bungalow ›The Melody‹. Er hatte sich den Signalgeber für die automatische Toröffnung verschafft.« Shellow nippte an dem zweihundertjährigen Whisky.

»Wunderbar, wie Sie den Fall gelöst haben, mein Junge!«

»Er ist noch nicht abgeschlossen. Auch gegen Amantha Turner wird der Staatsanwalt Anklage erheben.«

»Das gibt eine wunderbare Reklame für meinen Film.« Shellows Raubvogelaugen leuchteten. »In wenigen Tagen beenden wir die Dreharbeiten. Danach ist jede Schlagzeile, die sich mit Amantha beschäftigt, bares Geld.« Ihm fiel etwas ein. Er griff zum Dollarzeichen-Hörer seines Telefons und wählte eine Nummer. Der Teilnehmer meldete sich. Shellow krächzte: »Liegst du schon im Bett, Dibble? Hör zu, Mann. Lash und Louella fallen als Double für die Schluss-Action-Szenen aus. Du musst dich nach anderen Stunts umsehen. Was sagst du, auch für den Marcuso-Stunt? Moment mal!«

Er nahm den Telefonhörer vom Ohr und sah mich an.

»Dibble will wissen, ob er auch einen neuen Stuntman für die Marcuso-Rolle besorgen muss.« Er beugte sich vor und beklopfte meine Schulter. »Wie ich Sie einschätze, Jerry, machen Sie die Kleinigkeit noch. Es handelt sich nur um zwei Drehtage.«

»Tut mir Leid, Mr. Shellow. Meine Stuntman-Rolle ist beendet.«

Er runzelte die Stirn und sträubte die Augenbrauen.

»Sie haben einen Vertrag mit mir, Mann. Sie kassieren eine Gage.«

»Die Gage wird Ihnen aus der Staatskasse zurückgezahlt, Sir!«

Ich sah ihm an, dass er sich noch nicht zufrieden geben wollte. Zehn Sekunden zögerte er, bevor er den Hörer hob und giftig in die Muschel sagte: »Auch für Marcuso brauchen wir einen neuen Stuntman, Nic, aber kauf keinen teuren Mann ein.«

ENDE

Das letzte Lächeln

Die Serviererinnen trugen froschgrüne Kittel und gestärkte weiße Häubchen, die wie Kronen auf ihrem Haar steckten. Auf Tabletts schleppten sie Toast und Schinken mit Spiegelei, Toast und Schinken mit Rührei, Orangensaft, Kaffee und Tee durch die Gänge zwischen den Tischreihen. Außerhalb der beschlagenen Fenster wurden Motoren immer dann laut, wenn die Ampel an der Einmündung West 46th Street in den Broadway auf Grün umsprang.

Hugh Murdough fand seinen freien Eckplatz, wo er sich geborgen fühlte. Er entschied sich für Spiegelei, wie jeden Morgen. Ausnahmsweise, weil es dieser Tag war, auch für Pfannkuchen mit Ahornsirup. Nur Kaffee, kein Orangensaft. Murdough dehnte sein Frühstück zehn Minuten länger aus. Statt nur einer rauchte er zum Kaffee zwei Zigaretten kurz hintereinander. Es gab niemanden, dem das aufgefallen wäre. Nicht einmal die Girls in Grün sahen in ihm einen Grund, mehr als die üblichen Worte zu finden.

Guten Morgen, Sir, Sie wünschen, Sir? Nummer sechsunddreißig, sehr gern, Sir. Mit Spiegelei oder mit Rührei?

Dabei hätten sie durchaus herauskriegen können, wer dieser Stammgast war, mit ein bisschen Interesse. Er kannte sie alle, hatte sich die Namen eingeprägt, mit denen sie sich untereinander anredeten. Pat, die Brünette. Josey, die dunkelhaarige Irin. Und all die anderen. Himmel, auch in seinem Beruf sah er von morgens bis abends Gesichter, laufend neue Gesichter.

Trotzdem wusste er immer, mit wem er es zu tun hatte, wenn er den betreffenden Menschen nur einmal gesehen hatte.

Vielleicht war es eine Frage des Niveaus. Er hatte es, doch dabei war er nie überheblich. Diese Howard-Johnson-Girls hatten es eben nicht. Serviererinnen! Er drückte seine Zigarette aus und stand auf. Sein Herzschlag wurde schneller, und er spürte das Pochen unter den Rippen. Den vom Computer ausgedruckten Kassenzettel trug er wie ein inhaltschweres Dokument. Würde ihr die um einen Dollar höhere Summe auffallen? Wegen der Pfannkuchen?

Er war froh, dass Sharon an diesem Tag nicht frei hatte, nicht krank war und aus keinem anderen Grund fehlte. In ihrer Kassenbox, von Panzerglas eingerahmt, sah sie schutzbedürftig aus. Es gab eine Menge Touristen, die mit Bargeld bezahlten. Kreditkarten waren noch nicht in allen Ländern der Welt selbstverständlich. Murdough hatte schon mehrmals vorgehabt, Sharon mit einem Augenzwinkern zu sagen, dass er gut auf sie aufpassen würde, solange er in dem Howard-Johnson-Laden frühstückte. Nein, solange er da war, brauchte sie keine Angst zu haben vor gottverdammten Straßengangstern.

Aber natürlich hatte er nie einen Ton rausgekriegt. Jedes Mal sagte er sich, dass es an ihrem Lächeln lag. Nur deshalb war sein Hals wie zugeschnürt. Sie war imstande, ihn mit diesem Lächeln aus der Wirklichkeit herauszuheben und in eine Art Schwebezustand zu versetzen.

Er schob ihr den Computerausdruck hin und nickte ihr mit seinem heiseren »Guten Morgen« zu.

»Oh, guten Morgen ...«, rief sie, und es hörte sich an, als hätte sie fast ein ›Mr. Murdough‹ oder gar ein ›Hugh‹ hinzugefügt. Sie war klein und zierlich, und das kurzgeschnittene Haar ließ ihre graublauen Augen groß und leuchtend wirken. Ihre Stimme ähnelte der einer Sprecherin von NBC Radio – so sanft und dunkel, dass manche Hörer anriefen und ihr Komplimente machten. Einige verstiegen sich sogar zu Heiratsanträgen.

Murdough wusste, er hätte so etwas nie fertig gebracht. Mit hämmerndem Herzen sah er Sharon zu, wie sie seine Kreditkarte entgegennahm, um den Betrag unter seiner Kontonummer zu buchen. Sie gab ihm die Karte zurück und blickte zu ihm auf – nur kurz, bevor sie sich dem nächsten Kunden zuwandte. Aber sie hatte immer Zeit, ihm, Hugh Murdough, dieses Lächeln zu gönnen, das ein bisschen länger dauerte und mehr bedeutete als bei den anderen. Davon war er überzeugt.

Er war froh, dass sie ihm das Lächeln an diesem Tag noch geschenkt hatte. Ein letztes Mal.

»Du bist dran«, sagte ich zu meinem Freund und Kollegen. »Als Bankangestellter machst du dich gut. Du brauchst dich nicht mal zu verkleiden.«

»Schön, dass ich nicht wie ein Buchhalter aussehe«, entgegnete Phil Decker grinsend. Er stellte seinen Kaffeebecher auf den Tisch, stand auf und ging nach nebenan.

Die Tür des Aufenthaltsraums hatten wir einen Spaltbreit offen stehen lassen, sodass wir sehen konnten, wenn nebenan jemand am Schalter erschien. Der junge Clerk, mit dem wir zusammenarbeiteten, hieß Frank Miles. Er trug einen leichten hellen Anzug, weiße Schuhe und ein feines Shirt unter dem Sakko. Wie diese beneidenswerten Kollegen, die in Miami auf Gangsterjagd gehen.

Auf der anderen Seite des Tresens hob eine dunkelhaarige Lady ihre Handtasche auf die schmale Fläche vor dem Sicherheitsglas. Sie zog eine mit Brillanten besetzte Sonnenbrille vom schmalen Nasenrücken, der so ebenmäßig braun war wie ihre Gesichtshaut. Ihre Augen waren betörend und dunkelbraun. Ich bedauerte, Phil den Vortritt gelassen zu haben. Aber er war an der Reihe.

»Ich hätte gern Bargeld«, sagte die Lady und hielt eine rot-grün-weiß bedruckte Kreditkarte hoch, die sie aus ihrer Tasche gewühlt hatte. »Ist das hier richtig?« Sie sah abwechselnd Frank und Phil an.

Eine Engländerin. Ihre Sprache war kühl. Und doch vibrierte da etwas. Teufel auch!

Wer wirkte mehr auf sie? Frank, der aussah, als spielte er in einer Fernsehserie mit, für die gerade eine Szene in dieser Bankfiliale an der Broad Street in Manhattan gedreht wurde? Oder Phil, groß und athletisch, korrekt gekleidet wie der G-man aus der Farbbroschüre des US-Justizministeriums?

»Yes, Madam«, antwortete Frank Miles. »Sie befinden sich bei der Bargeld-Auszahlungsstelle für Kreditkarteninhaber.« Das war das einzig Störende an Frank. Er sprach wie ein amtlicher Schriftsatz aus der Finanzbehörde.

»O fein!«, sagte die Lady mit einer Sprachmelodie, die nach Oxford klang. Oder irgendwo in der Gegend. »Dann hätte ich gern tausend Dollar.«

Frank erledigte die Formalitäten in seiner amtlichen Art. Die Engländerin händigte ihm ihre Kreditkarte und ihren Pass aus, und Frank bat um Verständnis dafür, dass die vorgesehene Sicherheitsrückfrage ein oder zwei Minuten dauern würde. Die Lady hatte Verständnis und gab Phil damit Zeit, seinen Part abzuspulen. Wir mussten den Zeitaufwand so begrenzt wie möglich halten. Gelegentlich standen die Leute vor dem Schalter Schlange. In Zeiten der Dollarschwäche ist New York immer wieder die große Attraktion für Touristen.

»Ich bin Special Agent des FBI, Madam«, sagte Phil, schob seinen aufgeklappten Dienstausweis in die Zahlmulde und nannte seinen Namen.

Die Lady sang ein neues, gedehnteres »Oh!«. Mit einem Lächeln, das zwischen vornehmer Amüsiertheit und erwachendem Interesse angesiedelt war, widmete sie meinem Freund und Kollegen einen Augenaufschlag und einen Blick, der mich im Aufenthaltsraum unruhig werden ließ. »Dann darf ich Sie mit einem Inspector von Scotland Yard vergleichen?«

»Gern, Madam, dagegen ist nichts einzuwenden.«

Da ich Phil nun schon so verdammt lange kenne, hörte ich überdeutlich, wie alles Berufsmäßige aus seiner Redeweise schwand. Ich fragte mich, ob er überhaupt noch in der Lage war, den Job ordentlich auszuführen.

»Das FBI-Hauptquartier in Washington hat eine Fahndung gegen Kreditkartenbetrug veranlasst«, fuhr er fort.

»Oh, ist das so?«

»In der Tat, Madam. Wir versuchen, Fälschungen aufzuspüren. Wenn Sie einverstanden sind, würde ich Ihre Kreditkarte gern kurz untersuchen.«

»Aber ja! Ich habe darüber gelesen. Man fährt in Urlaub, kommt wieder nach Hause, und plötzlich werden einem Beträge belastet, für die man nie unterschrieben hat. Jeder, der Kreditkarten benutzt, sollte froh sein, dass etwas gegen den Missbrauch getan wird.«

»Vielen Dank für Ihr Entgegenkommen, Madam.«

Frank Miles hatte seinen Teil der Formalitäten erledigt. Name und Unterschrift im Pass stimmten mit der Karte überein, und die Computer-Anfrage bei der amerikanischen Filiale der Kreditkarten-Gesellschaft hatte bestätigt, dass die betreffende Nummer in Ordnung war und kein Sperrvermerk vorlag.

Phil übernahm das flache Stück Plastik und schob es in das Durchleuchtungsgerät, das wir unter dem Tresen aufgebaut hatten. Wir waren in der Lage, die Linien und Muster im Kunststoff, die Wasserzeichen ähnelten, genau einzustufen. Eine Fälschung musste schon brillant sein, wenn wir sie nicht erkennen sollten. Auf den Einsatz hatten wir uns lange genug vorbereitet. Alle Creditcard Companys hatten uns bereitwillig mit Informationen versorgt.

»Danke, Madam«, sagte Phil und gab die Karte zurück. »Alles in Ordnung.«

Frank zählte zehn Hundert-Dollar-Scheine hin.

»Oh, ist das alles?«, sagte die Engländerin und sah Phil enttäuscht an. »Mehr brauchen Sie nicht zu überprüfen?«

»Nun«, sagte mein Freund und Kollege und tat, als gäbe es noch Risiken, über die er bislang geschwiegen hatte. »Reisen Sie allein, Madam?«

»Aber ja!« In ihren Augen glommen kleine Feuerpunkte.

»Dann sollten Sie mir vielleicht vorsichtshalber Ihre Hoteladresse geben.« Er schob seine Visitenkarte hinter den tausend Dollar her. »Selbstverständlich können Sie mich auch jederzeit anrufen. Die Sicherheit aller New-York-Besucher liegt uns sehr am Herzen.«

Die Lady strahlte vor Dankbarkeit und schrieb ein paar Zeilen auf einen Zettel. Phil blickte ihr nach. Ich hatte den Eindruck, er konnte sich nicht losreißen. Sie trug einen eleganten Hosenanzug. So viel war auch aus meinem Blickwinkel zu erkennen gewesen. Phil, der die volle Perspektive genoss, musste es mit einer Augenweide zu tun haben.

Er nickte Frank schließlich zu und kehrte in den Aufenthaltsraum zurück. »Victoria Douglas«, las er triumphierend vor, setzte sich, trank einen Schluck lauwarmen Kaffee und zündete sich eine Zigarette an. Dann sah er mich an. »Klingt richtig englisch, nicht wahr?«

»Sehr«, nickte ich.

Er bemerkte es nicht. »Hotel George Washington, Fifth Avenue«, las er weiter und schob anerkennend die Unterlippe vor. Wieder blickte er mich an, während er den Zettel einsteckte. »Na, was sagst du?«

»Vor Ehrfurcht fällt mir nichts ein«, brummte ich.

Phil musterte mich durch seinen Zigarettenqualm. »Sag mal, du bist doch nicht neidisch?«

»Keine Spur. Engländerinnen sind spröde und trocken. Lass dir das gesagt sein.«

»Also doch neidisch.« Phil nickte wie ein Seelendoktor, der seine Diagnose endlich bestätigt fand.

»Du warst an der Reihe«, erwiderte ich in gespielter Zerknirschung. »Und ich bin kein Spielverderber.«

»Himmel, ich weiß nicht, was das soll!« Phil tat empört und war in Wirklichkeit stolz auf seine Eroberung, die er praktisch in der Tasche hatte. »Was war denn mit deiner Studentin aus Quebec – vor zwei Stunden?«

»Die hatte den Charme einer Tiefkühltruhe.«

»Okay, zugegeben. Aber dann war da noch diese schwarzhaarige Deutsche. Und die Schwedin mit dem goldblonden Haar.« Phil klemmte die Zigarette in den Mundwinkel und faltete schwärmerisch die Hände. »Mann, wenn ich *deine* Chancen gehabt hätte!«

»Du hast ein kurzes Gedächtnis«, knurrte ich. »Ich habe dir gesagt, was mit der Deutschen los ist. Sie hat ihren Mann sitzen lassen, um zu ihrem Liebhaber zu ziehen. Der hat inzwischen eine andere gefunden, und jetzt versucht sie, auf einer Auslandsreise Klarheit zu gewinnen.«

Phil blies den Mund auf und nickte verständnisvoll und mitleidig. »Zu der Art von Klarheit sollte man möglichst nicht beitragen. Und die Schwedin? Mir ist es entfallen. Vielleicht eine Bigamistin?«

Ich schüttelte den Kopf. »Eine unverheiratete Pastorin. Sie hat vor ihrer Kirchengemeinde bei Malmö Reißaus genommen, um sich ein paar Wochen auszutoben.«

»Das halte ich für hoch interessant!«

»Ich auch. Aber was dahintersteckt, schreckt mich ab.«

»Du meinst, bei Malmö in einen kirchlichen Ehehafen einlaufen zu müssen.«

»Die andere Möglichkeit ist noch abschreckender.«

Phil grinste mitleidig. »Ein verheirateter G-man zu werden? Die Ehefrau fromm und goldblond?«

Ich sah unseren nächsten Kunden und stand auf.

»Jetzt bin ich dran«, sagte ich und war froh, das Thema nicht noch gründlicher behandeln zu müssen.

Phil drehte sich um. »Du bist wirklich ein Pechvogel, Alter.«

Der, der sich dem Tresen näherte, war groß und hager, hatte eine spitze Nase und vorstehende Augen. Sein cremefarbener Anzug stammte garantiert aus einem teuren Textilladen für Gentlemen. Aber er sah darin aus wie ein Farmer im Gehrock.

Frank erkundigte sich nach seinen Wünschen und erhielt eine deutsche Kreditkarte auf den Namen Walter Fink. In flüssigem Englisch mit amerikanischem Ostküsten-Akzent bat er um tausend Dollar in bar. Die gängige Summe. Nun sind Deutsche, die sich einen amerikanischen Akzent angewöhnen, häufiger als Deutsche mit einem der britischen Akzente. Letztere sind nämlich wesentlich schwieriger.

Während Frank die Sicherheitsüberprüfung anleierte, kramte ich dennoch meine spärlichen Sprachkenntnisse hervor. »Sind Sie mit einer zusätzlichen Kontrolle einverstanden, Herr Fink?«, fragte ich auf Deutsch und war sicher, dass es sich schaurig anhörte. Gleichzeitig zeigte ich ihm meine ID-Card.

Seine Augen schienen der Nasenspitze noch ein Stück weiter zu folgen.

»Was für eine Kontrolle?«, entgegnete er unwillig.

Er war ein Deutscher, der kein ›Ü‹ aussprechen konnte, und er rollte das ›R‹, als hätte er eine Kartoffel im Mund.

»Wir prüfen Kreditkarten auf mögliche Fälschungen«, erklärte ich, wieder im vertrauten Amerikanisch. Am Rand meines Blickfelds sah ich Phil, der sich durch den Türspalt aus dem Aufenthaltsraum schob. Das berufsmäßige Misstrauen steckt ihm ebenso in Fleisch und Blut wie mir.

Walter Spitznase starrte mich an. Sein Mund stand dabei halb offen.

Frank reichte mir die Kreditkarte. »Alles in Ordnung, Herr Fink«, sagte er, dem Starrenden zugewandt, der überhaupt keine Notiz von ihm nahm.

Natürlich. Eine Fälschung hat ja nur dann Sinn, wenn die Sicherheits-Nachfrage bei der Kreditkarten-Gesellschaft keine Beanstandung ergab.

Ich ließ die Karte fallen, kaum dass ich sie in der Hand hatte.

Walter war nicht der eiskalte Hund, der er für den Job hätte sein müssen. Er machte auf dem Absatz kehrt und setzte die langen Beine in Bewegung. Seine Beschleunigung war erstaunlich.

Phil war als erster bei der Tür, die linker Hand in eine Nische der Schalterhalle führte. Ich folgte meinem Freund und Kollegen mit einem Schritt Abstand.

Unser falscher Deutscher rempelte zwei Girls an, die einen Berg von Geschäftspapieren verloren. Sie schrien empört. Drei Männer, die schon nahe beim Ausgang waren, drehten sich um. Sie sahen den Rennenden und versuchten ihn aufzuhalten. Zumindest stellten sie sich ihm in den Weg. Das Ausweichmanöver kostete Spitznase eine wertvolle Sekunde.

Phil und ich holten auf und erwischten ihn unter dem Portal, noch bevor er die flachen Steinstufen hinunterstürmen und im Fußgängergeschiebe untertauchen konnte. Als wir ihn packten, sah es tatsächlich aus, als wollte er unter das Jackett greifen.

Wir waren schneller und bogen ihm die Arme auf den Rücken. Ich ließ meine Stahl-Acht zuschnappen. Phil erledigte den Griff für ihn und förderte eine Beretta 951 zutage. Ein veraltetes Modell, Kaliber neun Millimeter. Walter schien nicht zu den besser verdienenden Ganoven zu gehören. Mein Eindruck vom Farmer im Gehrock stimmte.

Er protestierte nicht, klappte einfach den Mund zu, als wir ihn zurück in die Bank und in unseren kleinen Aufenthaltsraum führten. Nur sein Blutdruck schien ihm die Augen vollends aus den Höhlen treiben zu wollen. Wir setzten ihn auf einen Stuhl. Frank hatte die Kreditkarte in unser Gerät gelegt. An mindestens drei Stellen überschnitten sich die Linien des wasserzeichenartigen Musters. Es überraschte uns nicht einmal mehr.

Ich kehrte in den Aufenthaltsraum zurück und warf das Stück Plastik auf den Tisch. Es klapperte, bevor es zur Ruhe kam. »Fälschung«, sagte ich rau.

Walter Spitznase stierte trotzig auf das Kärtchen, das zum Beweisstück geworden war.

»Sie sind vorläufig festgenommen«, sagte Phil und klärte ihn über seine Rechte auf.

Walter reagierte nicht einmal auf das Angebot, von nun an nur noch in Gegenwart eines Anwalts zu sprechen. Er verlangte nicht einmal den Rechtsbeistand, auf den er Anspruch hatte. Keine Silbe kam über seine Lippen. Sein wirklicher Name am allerwenigsten.

Ich zeigte auf das Bildschirmgerät, mit dem Frank Miles die Zentralcomputer der Kreditkarten-Gesellschaft anzapfte. »Wetten, dass wir in zehn Minuten wissen, wer Sie sind?«, sagte ich.

Auch zum Wetten hatte er keine Lust.

Als ich telefonierte, sah ich bereits das unsichere Flackern in seinen Augen. Fünf Minuten später trafen die beiden Kollegen vom Erkennungsdienst ein, die ich um Unterstützung gebeten hatte. Sie nahmen die Fingerprints des Festgenommenen, und er kriegte zittrige Hände. Nach genau zehn Minuten war ich so weit, dass ich die Printcodes an NCIC in Washington durchgeben konnte. NCIC steht für National Crime Information Center, das ist das zentrale elektronische Archiv des FBI-Hauptquartiers in Washington. Jeder Polizeibeamte in den Vereinigten Staaten kann sich dort in Sekundenschnelle Informationen beschaffen.

Ich brauchte mich dazu lediglich mit meiner persönlichen Kennziffer auszuweisen.

Die Kollegen vom Erkennungsdienst zogen ab, nachdem sie die Beretta und die nachgemachte Kreditkarte in Kunststoffbeutel gepackt und verstaut hatten.

Walter beobachtete, was sich auf dem Bildschirm abspielte. Seine Gesichtsmuskeln begannen unkontrolliert zu zucken. Er wurde ein Nervenbündel.

Auf dem kurzen Weg von der Subway-Station bis zu ihrer Wohnung an der East 86th Street wurde Sharon Aldridge von einem Gewitter überrascht. Der Himmel verdüsterte sich von Manhattan Uptown her. Sharon rannte den Bürgersteig entlang und glaubte, es noch zu schaffen. Blitze zuckten über dem Häusermeer zwischen Hudson River und East River. Nach den ersten Donnerschlägen klatschten dicke Regentropfen herab. Im Staub auf den Autodächern bildeten sich geränderte Flecken. Der Wolkenbruch setzte in der nächsten Zehntelsekunde ein.

Auf der kurzen Entfernung zwischen zwei Hauseingängen wurde Sharon bis auf die Haut durchnässt. Mit beiden Armen umklammerte sie die prallvolle Einkaufstüte aus braunem Packpapier, die durchzuweichen drohte. Keuchend erreichte sie den Eingang des Apartmenthauses, in dem eine dichte Menschentraube Schutz gefunden hatte. Sharon bahnte sich ihren Weg zu den Fahrstühlen.

Der Portier verließ seine Glaskabine und wedelte mit einem blauen Plastiksack. Er hielt ihn für Sharon auf, und sie versenkte ihre Lebensmittel hinein. »Danke, Mr. Evans«, sagte sie und betrat den Lift, als die Türen zur Seite glitten. »Habe ich Post?«

»Jede Menge Liebesbriefe«, antwortete er augenzwinkernd.

»Den schönsten dürfen Sie lesen«, rief Sharon lachend.

Der Fahrstuhl trug sie in den sechsten Stock. Die

nasse Kleidung klebte auf ihrer Haut. Sie begann zu frieren. Das Gebäude hatte eine hervorragend funktionierende Klimaanlage. Sharon schulterte den Plastiksack, um die Wohnungstür aufzuschließen. Nachdem sie von innen verriegelt hatte, brachte sie ihre Einkäufe in die Küche und eilte ins Bad, wo sie den Jeansrock, die Jacke und die restlichen Sachen auf den Fliesenboden fallen ließ. Sie nahm eine heiße Dusche. Anschließend frottierte sie sich gründlich ab, und ihr Kreislauf geriet wieder in Bestform.

Nackt, wie sie war, ging sie in die Küche, räumte ihre Einkäufe in Kühlschrank und Schränke und warf die Kaffeemaschine an. Sie holte die Post aus dem Briefkasten an der Eingangstür. Mr. Evans verteilte die Sendungen tagsüber. Ein Service, der bereits selten wurde. In vielen Apartmenthäusern gab es keinen Portier mehr, bei dem man seine kleinen Alltagsprobleme abladen konnte.

Der Regen trommelte gegen die Fensterscheiben. Immer noch rollte der Donner über Manhattan.

Im Vorbeigehen sah Sharon sich im Garderobenspiegel an. Sie empfand sich selbst als einen halben Kopf zu klein. Aber ansonsten hätte sie sich sehen lassen können, wenn sie zu denen gehört hätte, die sich an Badestränden hüllenlos zeigten. Ihr Körper war straff, vom Tennis durchtrainiert. Sie dachte daran, dass es in ihren fünfundzwanzig Lebensjahren nur zwei Männer gegeben hatte, die sie so gesehen hatten. Zwei Männer, zwei Enttäuschungen, zwei Trennungen in Freundschaft. Vor genau zehn Monaten hatte sie beschlossen, nie wieder eine feste Bindung einzugehen.

Die Kaffeemaschine brodelte. Sharon legte den Stapel Briefe und Werbebroschüren auf den Tisch. Sie versorgte sich mit einem Schinken-Käse-Sandwich und einem Becher Kaffee, setzte sich und begann, die Post durchzusehen. Die Hälfte war Werbung, die sie schon aus der Post im Restaurant aussortiert hatte. Sämtliche Zustellbezirke Manhattans und der anderen Boroughs wurden offenbar jeden Tag mit dem gleichen Zeug überflutet. Tonnen von Papier wurden nur produziert und bedruckt, um als Altpapier erneut den Zellulosebrei in einer Fabrik anzureichern.

Sharon verzehrte den Rest ihres Sandwichs mit Genuss, zündete sich eine Zigarette an und öffnete einen Brief aus Portland in Oregon. Ihre Mutter schilderte die kleinen Höhepunkte ihres Hausfrauendaseins, bestellte Grüße von Daddy und erkundigte sich, ob sie denn nun wirklich zu Weihnachten nach Hause kommen würde. Der Rest der Post bestand aus Rechnungen: Strom, Telefon, die Monatsabrechnung des Supermarkts.

Da war noch ein Umschlag ohne Briefmarke, den sie beinahe für eine von diesen Hauswurfsendungen gehalten hätte.

Sie rettete ihn vor dem Mülleimer, als sie sah, dass ihr Name und ihre Adresse mit Schreibmaschine geschrieben waren. Kein Matrixdrucker war am Werk gewesen.

Der Umschlag war zugeklebt.

Stirnrunzelnd öffnete sie ihn mit dem Brotmesser. Ein einzelnes, zusammengefaltetes Blatt Papier kam zum Vorschein. Im ersten Moment dachte sie an diese Drohbriefe, die alleinstehende Frauen bisweilen erhielten. Dann zog sie verblüfft die Augenbrauen hoch, als sie den Bogen glättete.

Maschinenschrift. Die gleiche wie auf dem Kuvert.

Verehrte Sharon, bitte verzeihen Sie mir, wenn ich Sie so anrede, als würden wir uns näher kennen …

Sie griff nach der Zigarettenschachtel, ohne den Blick vom Papier zu wenden, fingerte eine neue Zigarette heraus und zündete sie an.

… aber ich erlaube es mir wegen der besonderen Umstände, die mich dazu gebracht haben, mich auf diesem Wege an Sie zu wenden.

Sie schüttelte den Kopf und blinzelte. Es musste ein alter Mann sein, der das geschrieben hatte. Oder einer, der die Sätze aus einem Ratgeber für den perfekten Briefstil abgeschrieben hatte.

Ich möchte meinen Namen nicht nennen, liebe Sharon, denn er spielt keine Rolle mehr. Vielleicht erinnern Sie sich an mich, so, wie ich mich an Sie erinnere – an Ihr Lächeln, das Sie mir jeden Morgen an der Kasse in Howard Johnson's geschenkt haben. Möglicherweise haben Sie mich aber nur als einen von vielen Bürotypen gesehen, mit Anzug und Krawatte und mit sorgfältig gescheiteltem Haar.

Ich hätte Ihnen gern gesagt, wie sehr ich Sie verehre, Sharon.

Leider habe ich das nicht geschafft.

Aber Sie sind der einzige Mensch, an den ich mich in meiner jetzigen Lage wenden kann. Ich kenne sonst niemanden, zu dem ich Vertrauen haben könnte. Denn es geht mir nur darum, dass Sie mich ernst nehmen. Ich weiß, Sie werden es tun und meinen Brief nicht in den Papierkorb werfen.

Ich verabschiede mich von Ihnen, Sharon. Für immer. Sie haben mich heute Morgen zuletzt gesehen. Wenn Sie diesen Brief lesen, bin ich schon tot, und ich darf Ihnen versichern, dass mein letzter Gedanke Ihrem zauberhaften Lächeln galt. So muss auch Ihr ganzes Wesen sein. Ich habe von Ihnen geträumt, Sharon, jede Nacht.

Verbrecher haben mich in einen Sumpf getrieben, aus dem es keinen Ausweg gibt. Ich kann mich nicht befreien, würde mich nur immer tiefer hineinreißen. Deshalb scheide ich aus dem Leben. Zugleich will ich damit anderen eine Chance geben – den vielen, die in einer ähnlichen Lage sind, wie ich es war. Die meisten sind unfreiwillig hineingeraten, und die, die sie ausbeuten, scheffeln Millionen.

Bitte verzeihen Sie mir, Sharon. Ich weiß, Sie werden tun, was getan werden muss.

Schluss. Kein Gruß, kein Name. Auch auf der Rückseite nicht.

Sie lehnte sich zurück und blies beim Ausatmen die Wangen auf. Dann las sie den Brief ein zweites und ein drittes Mal.

Walter Spitznase war mit den Nerven restlos fertig, als er seinen richtigen Namen auf dem Bildschirm entzifferte.

Clay Tierney.

Phil und ich hatten nichts dagegen, dass er auch sein Vorstrafenregister studierte. Bestimmt kriegte er schon nicht mehr aus dem Kopf zusammen, wann, wie oft und wie lange er wegen Hehlerei, Kreditwucher, Glücksspiel und betrügerischer Buchmacherei gesessen hatte. Seine Nasenspitze ragte weiß aus dem Zigarettenqualm, mit dem er sich handschellenklirrend eingenebelt hatte.

Ich schaltete den Drucker ein, damit wir die NCIC-Information schwarz auf weiß hatten.

Phil rief unseren Chef im District Office an der Federal Plaza an und gab ihm die Einzelheiten durch. John D. High versprach, den Haftbefehl für Tierney noch bis zum Dienstbeginn am nächsten Morgen zu beschaffen und uns Kollegen zur Ablösung zu schicken. Dem Federal Attorney lag am Herzen, dass wir in der Kreditkartengeschichte weiterkamen. Das Justizministerium in Washington D.C. verlangte täglich einen Bericht über den Stand unserer Ermittlungen.

Tierney war ein kleiner Fortschritt.

Ich steckte den Computerausdruck in die Tasche und löschte die Daten vom Bildschirm.

Steve Dillaggio und Zeerookah erschienen nach einer Zigarettenlänge.

»All right, Tierney«, sagte ich kumpelhaft, »dann wollen wir mal!« Phil und ich nahmen ihn in die Mitte. Im Jaguar musste er sich auf den Notsitz quetschen. Er wurde ruhiger. Erst als wir fünf Minuten unterwegs waren, begriff er, dass wir nicht zur Federal Plaza fuhren. Vom unteren Broadway wechselte ich auf die Eigth Avenue hinüber, Richtung Uptown. Ich beobachtete Tierney im Innenspiegel.

Er linste nach links und rechts aus dem Wagen. Seine Kopfbewegungen wurden schneller, aufgeregter. »Was soll das?«, schrie er auf einmal.

Ich sah Phil erstaunt an und konzentrierte mich wieder auf die Fahrbahn.

»Das war Mr. Tierney«, sagte mein Freund und Kollege. »Hast du das gehört?«

Ich nickte. »Wenn du es auch gehört hast, kann ich es mir nicht eingebildet haben.«

Tierney packte die Lehne des Beifahrersitzes und rüttelte daran. »Ich lasse mich doch von euch nicht verscheißern!«, heulte er. »Das brauche ich mir doch nicht gefallen zu lassen! Ich doch nicht!«

»Doch«, antwortete Phil und drehte sich um.

Sein Blick genügte. Tierney ließ die Lehne los und faltete sich auf dem Rücksitz zusammen. »Ich will einen Anwalt«, nuschelte er, das Kinn auf den angezogenen Knien. Phil wandte sich wieder nach vorn, klinkte das Funkmikro aus und rief die Zentrale. »Mr. Tierney will nun doch einen Anwalt. Einen Namen hat er nicht genannt. Also ...«

»Als ob ich einen persönlichen Rechtsverdreher hätte!«, fauchte Tierney dazwischen. »Sehe ich so aus?«

»... nehmt euch bitte die Liste vor und versucht, jemanden aufzutreiben, der bereit ist, einen mehrfach einschlägig vorbestraften Kreditkartenbetrüger zu verteidigen.«

»Da muss es erst mal zu 'ner Anklage kommen!«, empörte sich unser spitznasiger Mitfahrer.

»Wenn ihr den Anwalt habt«, fuhr Phil fort, »kann er im Zellentrakt auf uns warten. Over und Ende.«

»Aber da fahren wir doch gar nicht hin!«, kehrte Tierney zum Ausgang seines Protests zurück.

Phil bequemte sich, ihm eine direkte Antwort zu geben. »Doch«, sagte er lächelnd, indem er sich halb umwandte. »Wir müssen nur zwischendurch eine Kleinigkeit zu uns nehmen, auf dem Weg. Sie sind selbstverständlich Gast des FBI, Mr. Tierney.«

Ich sah im Spiegel, wie er heftig schluckte und die Augen auf und zu klappte. »Aber das hier liegt doch nicht auf dem Weg!«, schrie er und stieß den ausgestreckten Zeigefinger zu dem kleinen hinteren Fenster auf der rechten Wagenseite hin.

»Über die Fahrtroute entscheiden immer noch wir«, sagte ich schneidend.

Er zuckte zusammen und wurde stumm. Ich bemerkte, wie er mich anstarrte. Er hatte den feinen Instinkt, den Leute in seinem Fach haben. Dabei wusste er verdammt genau, dass wir nichts Ungesetzliches mit ihm vorhatten.

Ich fuhr zügig durch bis zur West 33rd Street. Dann nahm ich Gas weg und fand eine Parklücke an der Bordsteinkante. Schwere Limousinen rollten im Schritttempo. Jede Menge Figuren lungerten, schlenderten oder schlurften auf dem Bürgersteig. Blickfang, ob man wollte oder nicht, waren langbeinige Girls mit kurzen Röckchen oder den Dingern, die man früher Hot pants nannte. In dieser Branche veralten bestimmte Modeerscheinungen nie. Wir befanden uns im Herzen des Straßenstrichs von Manhattan.

Den es eigentlich gar nicht geben darf.

Aber die Cops haben ihre liebe Last damit, dauernd harmlose Spaziergängerinnen festzunehmen. Und wieder laufen lassen zu müssen.

Phil nahm Tierney die Handschellen ab. »Wir haben Vertrauen«, sagte mein Kollege. »Wir wollen es Ihnen ersparen, von allen angestarrt zu werden. Und wir passen gut auf. Klar?«

In seinem Gesicht las ich, dass ihm überhaupt nichts klar war. Noch nicht. Er würde an diesem Abend aus dem Staunen nicht mehr herauskommen.

Wir stiegen aus und nahmen ihn wieder in die Mitte.

Der Laden, den wir im Sinn hatten, war dreißig Yards entfernt.

In Sichtweite rannte Tierney gegen eine unsichtbare Wand.

Unsere Reflexe funktionierten. Wir packten zu und hatten seine Unterarme gleichzeitig im Griff.

»Keine Dummheiten, Tierney«, sagte ich warnend. »Oder wir greifen auf die Handschellen zurück. Dann haben Sie einen von uns am Arm. Dauernd.«

Er schüttelte heftig den Kopf. »Macht, was ihr wollt. Da kriegt ihr mich nicht rein.«

Er starrte auf die Kneipenfassade, als stünde er vor dem Höllentor, das von zwei Hilfsteufeln flankiert war.

Ein Plakatmaler hatte das Gebäude komplett bepinselt, sodass es aussah wie ein Mississippi-Raddampfer in voller Fahrt. Die Bugwelle teilte sich gischtend beiderseits des Eingangs, und darüber konnte man den Namen des Kahns lesen. »Southern Belle«.

»Ich bin doch nicht verrückt!«, keuchte Tierney. Er stemmte sich gegen unseren Griff.

Phil und ich wechselten einen raschen Blick. Wir hatten den richtigen Riecher gehabt. Die Raddampfer-Kneipe, die auch drinnen wie ein alter Mississippi-Kahn eingerichtet war, hatte in der Halb- und Unterwelt ihren besonderen Namen. Wer dringend Geld brauchte, kriegte es hier – zu Zinsen, bei deren Höhe unserem Bankmann Frank Miles die Schuhe aufgegangen wären. Auch der Nervenkitzel verbotener

Spielchen konnte im ›Southern Belle‹ befriedigt werden. Genügend Burschen warteten darauf, Pokerhaie an die verschiedenen Creep joints der jeweiligen Nacht zu vermitteln – die geheimen Treffpunkte für illegales Glücksspiel, von den Syndikaten zur Verfügung gestellt. Hatte einer einen gestohlenen Wagen anzubieten, ging er ins ›Southern Belle‹. Und auch die Buchmacher, die mit den Riesen-Gewinnchancen lockten, fanden hier ihre Opfer.

Clay Tierney musste dort drinnen bekannt sein wie ein bunter Hund.

Wir zogen ihn einfach mit uns. Bei den ersten Schritten schwebte er fast zwischen Phil und mir, so fest mussten wir zupacken. Dann, nach und nach, ergab er sich in sein Schicksal. Vielleicht baute er auf die vage Hoffnung, dass Phil und ich in dem Laden unbekannt waren.

Das Erdgeschoss war durch Balustraden unterteilt, die an Schiffsdecks erinnern sollten. Es herrschte Halbdunkel, von Schummerlicht aus Messinglaternen durchbrochen. Jazzmusik diente als Geräuschkulisse. In den oberen Stockwerken sah es ähnlich aus. Früher war das ›Southern Belle‹ einmal ein Nobelschuppen gewesen. Aber die Umgebung an der Eigth Avenue hatte sich als nicht nobel genug erwiesen.

Wir ließen uns an einem Tisch in der Nähe der Theke nieder. Tierney wählte schon von selbst den Platz zwischen Phil und mir. Wir bestellten Drinks bei einem kurz geschürzten Girl. Ihrer Kehrtwende gab sie einen eindrucksvollen Schwung, für manch einen die Herausforderung zum Klaps auf den wohl gerundeten Körperteil. Sie gehörte allem Äußerlichen nach nicht zu der Sorte, die sich deswegen von der Männerwelt erniedrigt und ausgebeutet fühlt.

Tierney sah zerknittert aus. Er betrachtete seine Hände, die auf den eleganten Hosenbeinen ruhten, als trüge er immer noch die Acht aus Chromstahl. Er sah aus, als wollte er sich in sich selbst verkriechen. Nicht einmal als das Girl die Drinks brachte, hob er den Kopf. Blickfänge reizten ihn auch schon nicht mehr.

Die Kneipe füllte sich erst nach und nach. Es war früher Abend. Die Büros hatten eben geschlossen, und die Heerscharen von Angestellten verließen Manhattans Offices und Geschäfte, um in den entfernten Wohngebieten die Beine lang zu machen. Jene Gestalten, die abends und nachts die Szene beherrschten, krochen dafür aus ihren vor der Sonne verdunkelten Schlafhöhlen und ließen sich vom trüben Licht der Etablissements anziehen.

Die Typen, die an uns vorübertänzelten, waren allesamt bestens gelaunt. »Hi, Clay, alter Halunke!« »He, Freunde, lasst euch nichts andrehen, was den Dollar nicht wert ist!« Auf diese Art ging es am laufenden Band, bis sie in Zweierreihe die Theke belagerten. Tierney erwiderte die freundlichen Grüße jedes Mal mit einem gequälten Ächzen, als müsste er sich in Grund und Boden schämen, hier bekannt zu sein. Die ›Freunde‹ sollten Phil und ich sein, nahm ich an. Doch ich konnte mir nicht vorstellen, dass uns auch nur einer der Gents wirklich für Geschäftspartner des Spitznasigen hielt.

Wir versorgten uns mit Zigaretten und Feuer. Phil und ich beschränkten uns auf das Sodawasser, das die Kleine zum Whisky geliefert hatte. Tierney dagegen kippte den Bourbon hinunter, als sei es das einzige Mittel gegen Verdursten. Nach einer Weile fühlte er sich stärker.

»Ihr verdammten Schweinehunde«, sagte er halblaut und ohne den Kopf zu heben. »Was wollt ihr mit diesem Schwachsinn erreichen?«

Phil und ich beobachteten das Kommen und Gehen. Die Thekenreihen lösten sich auf, Tische wurden besetzt. Nicht alle Ecken und Winkel konnten wir überblicken. Typen verschiedener Hautfarben bewegten sich in ständigem Durcheinander. Schwarze waren wie Paradiesvögel gekleidet, unter den Weißen überwogen die grauen Mäuse. Durch das Stimmengewirr konnte man die Hintergrundmusik kaum noch hören.

»Eine dumme Frage«, sagte ich und blickte Tierney von der Seite an. »Erstens kennen Sie die Antwort, und zweitens haben wir schon erreicht, was wir wollten. Die, die es angeht, dürften mittlerweile wissen, dass man Clay Tierney in der Chase-Manhattan-Filiale an der Broad Street den Walter Fink nicht abgekauft hat. Und dass er jetzt mit zwei Burschen im ›Southern Belle‹ sitzt, die nur so tun, als ob sie mit ihm einen Handel vorhätten.«

»Außerdem«, sagte Phil, »hat sich unser Freund Clay noch nicht zurückgemeldet – da, wo er sich zurückmelden müsste.«

»So kommt eins zum anderen«, nickte ich. »Dabei könnten wir die unangenehme Situation so schnell beenden.«

»Natürlich!« Tierney hörte sich weinerlich-vorwurfsvoll an. »Das möchtet ihr wohl, was?«

»Es ist unser Beruf«, erinnerte ich ihn. »Machen wir Nägel mit Köpfen, Clay. Geben Sie zu Protokoll, was Sie über die Kreditkarten-Haie wissen, und wir erlösen Sie aus dieser Klemme. An der Federal Plaza wartet bestimmt schon Ihr Anwalt.«

»Eben drum«, grinste er mit plötzlicher Schlagfertigkeit. »Bevor ich den nicht sehe, sage ich keinen Ton. Und von Kreditkarten-Haien habe ich im Leben noch nichts gehört.«

»Okay«, nickte ich. »Vielleicht gabeln wir hier einen oder zwei Burschen auf, die es besser wissen.«

Sein Gesicht wurde kalkig. »Ich muss mal für Jungs«, behauptete er gepresst.

»Nichts dagegen«, sagte ich und stand auf. »Ich zeige Ihnen den Weg.«

»Damit habe ich gerechnet«, schnaufte er.

Phil blieb am Tisch. Wenn es sein musste, würde er mir den Rücken frei halten. In der trüben Beleuchtung fiel es nicht auf, dass ich Tierney am Arm hielt. Rechts an der Theke vorbei schoben wir uns durch das Gedränge der Herumstehenden. Diesmal hörte ich keine Bemerkungen, sah nur das eine oder andere Grinsen. Ich konnte mir nicht vorstellen, dass auch nur ein einziger Thekensteher Mitgefühl für Tierney aufbrachte. Schadenfreude überwog.

Ich prägte mir ein Gesicht ein. Der Mann war dunkelhäutig, Portorikaner vermutlich. Er wandte sich einen Atemzug zu spät seinem Drink zu, deshalb sah ich noch, dass er Tierney aus schmalen Augen wütend musterte. Ich würde ihn später fragen, weshalb er so ärgerlich war.

Die Toiletten für Gentlemen waren blitzsauber. Ein Laden wie das ›Southern Belle‹ wurde von der Gewerbeaufsicht besonders streng kontrolliert. Die Inhaber riskierten ihre Konzession nicht wegen nebensächlicher Gründe.

Beim Eintreten hörte ich das Summen einer Be- und Entlüftungsanlage. Fenster schien es nicht zu geben. Ich lockerte den Griff ein wenig. Tierney riss sich los.

Wie mit einer Rakete auf dem Rücken rannte er los. Er brachte sich auf drei Yards Abstand von mir. Ich fegte hinter ihm her, aber er war schnell genug, um seinen Vorsprung zu halten.

Weiter hinten beschrieb der gekachelte Raum einen Knick nach rechts. Vom Eingang her war das auf den ersten flüchtigen Blick nicht zu sehen gewesen.

Ein Hase hätte den Haken nicht besser geschlagen als Tierney. Er verschwand in dem Winkel hinter den weißen Kabinen, und ich hörte nur noch das Rasen seiner Schritte. Als ich die Ecke erreichte, schepperte es.

Tierney ging durch das Fenster. Die Arme hatte er dabei schützend hochgeworfen. Über seinen Kopf und seine Schultern regneten glitzernde Glasscherben.

Ich sah ihn nur diese Zehntelsekunde lang. Ich spurtete in den fünf Yards langen Gang. Das Fenster, von dem ich nichts geahnt hatte, war ganz hinten.

Tierney segelte aus dem Scherbenschwall in die Dunkelheit. Ein Hinterhof, vermutete ich. In der Kneipe hatten wir vom Schwinden des Tageslichts nichts mitgekriegt.

Trockene Schläge hackten durch das Rauschen des Verkehrslärms.

Die letzten beiden Yards bewältigte ich mit einem Sprung. Ich zog den Kopf ein und entspannte die Muskeln. Den gezackten Scherbenrand des Fensters überwand ich ohne Schaden. Über die linke Schulter rollte ich mich ab und nahm dem Betonboden damit die Härte. Ich landete auf etwas Weichem, geriet dadurch aus der Balance, als ich hochfederte und den 38er zog.

Es rettete mich.

Ein Lichtkegel zuckte auf die Stelle zu, an der das Weiche lag. Tierneys Körper.

Die Schüsse klangen jetzt, aus unmittelbarer Nähe, härter und schmetternder.

Ich kippte aus dem Lichtkegel weg und spürte das Sengen der Geschosse. Hart fiel ich auf die Seite und warf mich sofort herum. Die Taschenlampe ruckte in diesem Moment in meine Richtung. Ich jagte vier Kugeln in die Mündungsblitze, die wie aufplatzende Feuerblumen beiderseits des grellen Lichts waren. Kurze Schreie gellten. Der Lichtkegel malte Tanzfiguren in den Abendhimmel und fiel zu Boden, wo er als weißgelber Fleck bis an ein erstarrtes Gesicht heranreichte. Ich richtete mich auf und behielt den Smith & Wesson im Anschlag. Das Gesicht war dunkelhäutig, aber es verlor an Farbe. Ich erkannte den Portorikaner. Der zweite Mann, auf der anderen Seite des Lichtflecks, rührte sich ebenfalls nicht mehr. Es war kein Täuschungsmanöver.

Eine Hintertür flog auf. In dem hellen Rechteck sah ich Phil, geduckt und sprungbereit. Er entspannte seine Haltung, als er mich sah.

Unsere Bestandsaufnahme war niederschmetternd.

Die beiden Kerle hatten gewusst, welchen Fluchtweg Tierney einschlagen würde. Sie hatten ihn mit Blei empfangen. Den letzten Teil ihrer Kalkulation, in der Dunkelheit zu verschwinden, hatte ich platzen lassen. Es war ein schwacher Trost für Phil und mich, denn die Spinnenfäden, die Tierney und seine Mörder mit dem großen Netz verbunden hatten, waren nun abgeschnitten. Die beiden Schießer zu identifizieren war nicht schwierig. Doch damit stellten wir die Verbindung nicht wieder her. Gerüchte, von V-Leuten aufgeschnappt, halfen uns in diesem Fall nicht weiter. Wir brauchten Hieb- und Stichfestes, um die fette Schmarotzerspinne in der Mitte des Netzes aufzuspießen.

Ich lud meinen Dienstrevolver nach und verstaute ihn im Schulterholster. Obwohl das ›Southern Belle‹ brechend voll war, traute sich niemand auf den Hinterhof.

Ich hielt Wache, während Phil zum Jaguar lief, um den Funkspruch abzusetzen. Dann, als er zurückkehrte, zündeten wir uns Zigaretten an und warteten auf die Spurensicherer und die dunkel gekleideten städtischen Beamten, die in ihrem Kastenwagen drei Särge mitbringen würden.

Mit der Gemütlichkeit war es vorbei.

Sharon Aldridge liebte es normalerweise, nach Feierabend nackt in ihrem Apartment umherzulaufen. Besonders an diesem Abend hätte sie es genossen, weil es selbst nach dem Gewitter und trotz Klimaanlage noch so schwül war, dass ihr jegliche Kleidung wie eine klebrige Schicht auf der Haut vorgekommen wäre. Jetzt aber fühlte sie sich unwohl, als ob sie jäh in eine fremde Umgebung geraten war und von gierigen Blicken abgetastet wurde.

Sie ließ den Brief auf dem Küchentisch liegen und lief ins Schlafzimmer, wo sie leichte Shorts und ein T-Shirt anzog.

Das Gewitter hatte aufgehört. Regenperlen bedeckten die Fensterscheiben. Sharon öffnete die Tür zum Balkon und schloss sie wieder. Der Wunsch im Freien zu sitzen versiegte so schnell, wie er aufgekeimt war. Sie ging in die Küche zurück, schenkte Kaffee nach und zündete sich eine neue Zigarette an.

Der Brief war kein Scherz.

Jemand drängte sich in ihr Leben und ergriff von einem Teil ihres Bewusstseins Besitz. Sie konnte nichts dagegen tun. Es war geschehen. Und es ließ sich nicht ungeschehen machen, indem sie das Papier zusammenknüllte und wegwarf. Das war keine Lösung.

Sie haben mich heute Morgen zuletzt gesehen …

… habe von Ihnen geträumt, Sharon, jede Nacht …

Die meisten Sätze kannte sie schon auswendig. Der Mann, der das geschrieben hatte, war nicht verrückt. Ein einsamer Mensch musste er gewesen sein – wenn er denn schon tot war. Sie zermarterte sich das Hirn, doch sie kam nicht darauf, wer er sein konnte. Anzug, Krawatte, gescheiteltes Haar – so liefen jede Menge Bürotypen herum.

… Verbrecher haben mich in einen Sumpf getrieben …

Sie versuchte, sich die Reihe der Kunden vor ihrer Kassenbox bildlich vorzustellen. Gescheiteltes Haar …

Dieser seltsame Mensch vielleicht, über den sie manchmal fast geschmunzelt hatte, weil er so unbeholfen wirkte? Irgendwie hatte er ein Mausgesicht. Ein Eindruck, der wahrscheinlich erst durch seinen strengen Scheitel entstand. Und seine Sprache war nicht die eines New Yorkers gewesen. Andererseits gab es in New York eine Menge Leute, die nicht wie New Yorker sprachen.

Sie verscheuchte die Überlegung aus ihrem Kopf. Wenn sie sich zu sehr auf dieses eine Gesicht konzentrierte, verlor sie den klaren Blick für die Dinge.

Sharon sprang auf, klemmte die Zigarette in den Mundwinkel und ging bis in den Livingroom, wo sie beim Balkonfenster stehen blieb und zusah, wie sich die Dunkelheit in die Schluchten aus Beton und Glas senkte. Sie starrte hinaus, bis Zigarettenasche auf den Fußboden fiel. Ärgerlich über sich selbst, ging sie in die Küche zurück. Warum, in aller Welt, war sie nicht in der Lage, einen klaren Entschluss zu fassen?

Einfach die Polizei anrufen und sagen, was geschehen war. Kurz und bündig. Es wäre die einfachste Lösung gewesen, wenn es nicht diesen entscheidenden Haken gegeben hätte. Den Selbstmord eines Unbekannten melden? Eines offenbar Verrückten, der nicht einmal mitgeteilt hatte, wo seine Leiche zu finden war? Die Cops hatten ihre Erfahrungen im Umgang mit spleenigen Mitbürgern. Der Beamte, dem sie die Sache schilderte, würde in Gelächter ausbrechen und ihr erklären, dass sie es mit dem erpresserischen Liebesbrief eines hoffnungslos Verklemmten zu tun hatte.

Sharon zermalmte den Zigarettenrest im Aschenbecher und ging zum Telefon. Sie zwang sich, den Hörer abzunehmen. Es lag nicht in ihrer Verantwortung, den Briefschreiber zu beurteilen. Vielleicht musste sich ein Psychologe damit befassen.

Sie tippte die Nummer des Polizeireviers an der East 80th Street, die sie neben der Feuer-Notrufnummer auf einem kleinen Aufkleber notiert hatte. Als am anderen Ende abgenommen wurde, nannte sie Vor- und Zuname, Beruf und Adresse. »Ich habe einen Selbstmord zu melden, Sir«, sagte sie und wunderte sich, wie ruhig ihre Stimme war. Bestimmt fiel dem Desk-Beamten das auch auf.

»Warten Sie einen Moment, Madam«, bat er höflich. »Ich verbinde Sie mit der Detective Division.«

Das war die Kriminalabteilung, wusste Sharon. Es knackte in der Leitung, bevor sie sich bedanken konnte. Sie würde mit einem der Cops in Zivil sprechen. Nur einmal hatte sie mit der Polizei zu tun gehabt, vor zweieinhalb Jahren. Der junge Bursche, der sie in einen Hauseingang gestoßen und befingert hatte, war geschnappt worden. In den Vernehmungen hatte er behauptet, ihre Jeans seien so eng gewesen, dass er dem Anblick ihres Hinterns nicht hätte widerstehen können. Der Richter hatte das Verfahren eingestellt, nachdem es dem Attorney gelungen war, sie als die eigentlich Schuldige hinzustellen.

»Hallo?« Eine freundliche Männerstimme. Die Spätschicht musste gerade erst begonnen haben. Im Revier war noch alles frisch und ausgeruht.

Sharon erfuhr, dass sie es mit dem zuständigen Beamten im Dezernat für unnatürliche Todesfälle zu tun hatte. Sie erklärte, was geschehen war. Dabei versuchte sie, so knapp wie möglich zu formulieren.

»Würden Sie mir den Brief vorlesen, Madam?«

Sie holte das maschinenbeschriebene Papier von nebenan. Als sie die Textstellen mit dem zauberhaften Lächeln zitierte, spürte sie, wie sie errötete. »Verzeihung«, sagte sie leise. »Es war wohl doch ein Irrtum. Ich hätte nicht anrufen sollen.«

»Doch, Madam, Sie haben sich absolut richtig verhalten. Allerdings vermute ich, dass wir es in diesem Fall nicht wirklich mit einem Selbstmord zu tun haben. Dieser Bursche, der Sie so sehr vergöttert, versucht unter Umständen, Sie unter Druck zu setzen, Sie langsam auf ein Ziel vorzubereiten, das er sich gesetzt hat. Warten Sie, ich verbinde Sie mit einem Kollegen, der für so etwas Fachmann ist. Telefonterror, Drohbriefe, Erpresserbriefe und all diese Scherze.«

Es knackte mehrere Male, ehe Sharon den Fachmann am Apparat hatte, der sich als wortkarg und desinteressiert erwies.

Sie schilderte erneut, was sie innerlich in Aufruhr versetzt hatte.

»Damit kann ich nichts anfangen«, sagte der Beamte. »Wenn der Kerl wirklich versuchen würde, sich an Sie heranzumachen, würde er einen Treffpunkt vorgeschlagen haben. Oder irgendetwas in der Art. Er würde sich deutlicher zu erkennen geben. Ich verbinde Sie …«

Sharon seufzte und erfuhr, dass sie ihre Angelegenheit der Vermisstenabteilung der Detective Division vortragen sollte. Wenn sie auch nur eine vage Beschreibung von dem mutmaßlichen Briefschreiber hatte, so würde möglicherweise jemand als vermisst gemeldet sein, auf den die Beschreibung passte.

Der Beamte, der die Meldungen über vermisste Personen in seinem Bildschirmgerät erfasste und verwaltete, gehörte wiederum zur höflicheren Sorte. Aufmerksam hörte er zu und stellte nur wenige Zwischenfragen.

Zum Schluss wurde er hellhörig. »Die Sache mit der Sprache«, sagte er gedehnt, ohne daraus einen vollendeten Satz zu machen. »Wie ist das zu verstehen? Dieser Mann, der Ihnen vielleicht den Brief geschrieben hat – sprach er mit ausländischem Akzent? Oder mit einem anderen amerikanischen Akzent?«

»Er war Amerikaner«, antwortete Sharon überzeugt. »Viel habe ich ja nicht von ihm gehört, außer ›Guten Morgen‹ und vielleicht ein paar Worte über das Wetter. Vielleicht ist er auch gar nicht derjenige …«

»Auf jeden Fall ein Anhaltspunkt«, unterbrach sie der Beamte. »Können Sie den Akzent nachmachen?«

Sharon verdrehte die Augen. Aber sie versuchte es.

»Das ist ein Kentucky-Akzent«, sagte der Cop. »Völlig sicher. Ihr Mann kommt also aus einem anderen, Bundesstaat. In diesem Fall ist der FBI zuständig. Warten Sie, ich gebe Ihnen die Telefonnummer …«

»Nein!«, rief Sharon entnervt. »Können Sie denn

nicht wenigstens nachsehen, ob Sie jemanden haben, auf den die Beschreibung passt? Ich meine, wenn er tot ist, wird man ihm nicht anhören können, dass er mit einem Kentucky-Akzent sprach. Und die Leute, die ihn gefunden haben, werden auch nicht erst seine Geburtsurkunden geprüft haben, um festzustellen, an welche Dienststelle sie sich wenden müssen.«

»Das sicher nicht, Madam«, entgegnete der Beamte scharf. »Aber aufgrund unserer erkennungsdienstlichen Möglichkeiten sind wir in der Lage, nahezu jeden Toten sehr schnell zu identifizieren. Ich kann Ihnen also versichern, dass ich in meiner Datei keine FBI-Fälle habe.«

»Also gut«, sagte Sharon ergeben. »Sagen Sie mir die Telefonnummer. Ich schreibe mit.«

Eine Minute später sprach sie mit einem Special Agent von der Nachtbereitschaft des FBI-Distrikts New York. Sein Name war Floyd Winter. Er fragte Sharon, ob sie sich durch den Brief belastet fühle und was ihr Eindruck sei – ob man den Schreiber ernst nehmen müsse, ob er wirklich ein Frühstückskunde bei Howard Johnson's gewesen sein könne.

Sie redete sich alles von der Seele.

Jetzt war sie froh, doch telefoniert zu haben. Der G-man bat sie für das Zuständigkeits-Hin-und-Her um Entschuldigung und erklärte, dass auch er nicht sicher sein könne, ob es sich um einen FBI-Fall handele. Trotzdem tat sie ihm gern den Gefallen, den Brief noch einmal vorzulesen, zumal er sie vorher um Erlaubnis gefragt hatte, den Text auf Tonband mitschneiden zu dürfen.

Special Agent Winter versprach ihr, dass er oder ein Kollege sie benachrichtigen würde, sobald etwas Näheres bekannt sei.

»Du brauchst dich nicht zu entschuldigen«, sagte Leonard Boise väterlich. »Du hast dich telefonisch angemeldet, wie es sich gehört. Und natürlich war ich interessiert, deinen Bericht zu hören. Da spielt die Tageszeit überhaupt keine Rolle.«

Der Mann, der ihm gegenübersaß, hatte die Arme vor der Brust verschränkt. Er hob die linke Hand und rieb sich das Kinn mit Daumen und Zeigefinger. »Aber mit einer schlechten Nachricht kommt man schließlich nicht gerne«, sagte er unsicher. »Und erst recht nicht so spät am Abend.«

Boise schüttelte den Kopf, lachte und lehnte sich im Sessel nach links. Er wandte sich zur Seite und blickte zu seinem Stellvertreter auf. »Sag du es ihm, Adam. Anscheinend bin ich so eine Respektsperson, dass man mir nicht glaubt, wenn ich jemanden für sein Verhalten lobe.«

Der Unterführer, ein drahtiger Mann in Jeans und schwarzer Lederjacke, wollte widersprechen. Den Eindruck, den Boise da wiedergab, hatte er nun wirklich nicht erwecken wollen. Wie käme ich dazu, Ihnen nicht zu glauben, wollte er sagen. Aber er schwieg. Denn trotz dieses väterlichen Tons und dieses Lächelns ging etwas Eisiges von dem Mann mit dem silbergrauen Haarkranz und dem grauen Schnauzbart aus. Mit seiner Halbglatze und dem runden Kopf wirkte Boise gemütlich, wozu auch sein schwerer Körperbau beitrug. Trotzdem, das wusste jeder, der auf seiner Lohnliste stand, war er durchtrainiert und fit. Dank Segeln, Reiten, Tennis und Golf hatte Boise mit seinen achtundvierzig Jahren keine Sorgen um seine Gesundheit. Er war unverheiratet. Neidvolle Gerüchte besagten, dass er auch ausgiebig jene körperlichen Aktivitäten betrieb, für die er die gut gewachsenen Girls brauchte, die er fast immer um sich hatte.

Adam Greene lehnte an dem kleinen Bartresen in der Fensternische des Kaminzimmers. Er nickte und setzte dabei den Gesichtsausdruck eines Sergeants auf, der von seinem Lieutenant den Befehl erhalten hatte, einem besonders ungeschickten Rekruten den aufrechten Gang beizubringen.

»Sperr die Ohren auf, Scott«, sagte er herablassend. »Du hast dich in jeder Beziehung richtig verhalten. Es war deine verdammte Pflicht und Schuldigkeit, dich sofort zu melden. Pannen, wie sie Tierney passiert sind, passieren immer wieder. Dafür sind wir alle nur Menschen. Ihr habt die Sache im ›Southern Belle‹ glänzend ausgebügelt. Fertig, aus. Mit dem Ergebnis können wir leben.«

Scott starrte Greene stirnrunzelnd an. Er hatte diesen Schönling nie leiden können. Schwarzhaarig, hoch gewachsen, Mitte dreißig, und er sah aus wie ein gelackter Hollywood-Star aus der Frühzeit des Tonfilms. Greenes Gesicht war bartlos und so glatt wie seine ganze Art. »Ich kann es nicht so leicht verdauen, dass wir drei Männer verloren haben«, gestand Scott. »Darüber muss ich erst mal weg. Irgendwie fühlt man sich ja verantwortlich.«

Boise, der an seinem Drink genippt hatte, stellte das Kristallglas auf den Marmortisch. Er zog eine lange weiße Zigarette aus einer edlen schwarzen Packung. Als Scott aufspringen wollte, um ihm Feuer zu geben, winkte er ab. Er benutzte ein silbernes Tischfeuerzeug und blickte den Unterführer über den weißlichen Qualm hinweg an. »Du hast es jetzt kundgetan, Mann. Wir wissen dein Verantwortungsbewusstsein zu schätzen. Punktum. Dein schneller Lagebericht gibt uns die Möglichkeit, angemessen zu reagieren. Hämmere das in deinen Schädel, dann wird dir alles Weitere klar. Du und deine Leute, ihr seid eine Weile zum Stillhalten verurteilt. Ist ja klar, was?« Er grinste kumpelhaft.

»Natürlich«, antwortete Scott mit belegter Stimme. »Damit habe ich gerechnet.«

»Verständnisvoller Bursche«, lachte Boise. »All

right, leider haben unsere Freunde vom FBI zum ersten Mal eine Karte in die Finger gekriegt. Vorläufig können sie nichts weiter damit anfangen, abgesehen davon, dass sie festgestellt haben, dass es eine Fälschung ist. Was nicht passieren darf, ist – nun, was ist es, Scott?«

»Sie dürfen keine zweite Karte vom selben Grafiker erwischen.«

»Haargenau!«, rief Boise, und es klang geradezu begeistert. »Bislang ist alles goldrichtig gelaufen, mein Junge. Ihr habt im ›Southern Belle‹ dafür gesorgt, dass es keine Verbindungen mehr gibt. Die G-men haben begriffen, dass sie uns nicht zu schlau werden können. Also – was wollen wir mehr?« Er stand auf. »Ich habe es mir überlegt, Scott: Am besten bleibst du erst mal hier und wirst Mitglied der Palastwache.« Er lachte über das Wort. »Einverstanden?«

Scott stand ebenfalls auf. Seine Augen waren groß geworden. »Das ist eine Ehre«, sagte er ungläubig. »Damit hätte ich ja nun wirklich nicht gerechnet. Klar bin ich einverstanden. Da gibt's doch gar nichts zu …«

Boise bremste seinen Redeschwall mit einer Handbewegung. »Irgendwann wärst du sowieso reif für den Job gewesen. Für Burschen, die Leistung zeigen, habe ich schon immer etwas übrig gehabt. Aus praktischen Gründen kriegst du die Anerkennung eben etwas früher als vorgesehen. All right, ich zeige dir dein künftiges Arbeitsgebiet.«

Scott war froh, dass Boise ihn durch den Bungalow führte. Auf Greenes Gesellschaft verzichtete er gern. Der Stellvertreter des Syndikatsbosses blieb im Kaminzimmer und nahm sich Zigaretten.

Der Unterführer folgte dem vor bulliger Energie strotzenden Mann durch einen mit weichem Teppichboden ausgelegten Korridor. In der Nähe des Eingangs betrat Boise einen Raum mit schmucklosen Wänden. Geräte summten, und ein Dutzend Bildschirme war über einem langen Pult mit Tastaturen, Telefonhörern und Mikrofonen aneinandergereiht.

Scott fühlte sich verteufelt an ein Polizeirevier erinnert. Ein offener Durchgang rechter Hand führte in einen Aufenthaltsraum mit bequemen Polstermöbeln, Tischen und einem Kühlschrank. Aber auch dort war kein Mensch zu sehen.

»Hier wirst du die meiste Zeit verbringen«, sagte Boise und blieb vor den Monitoren stehen. Er zeigte auf die flimmernden Bilder. »Fällt dir was auf?«

Scott sah es sofort. Drei Bildschirme zeigten jeweils die Zufahrt, vom Hauseingang aus gesehen. Scott runzelte die Stirn. Dreimal die Nordwestseite des Grundstücks mit dem Ausblick auf den Long Island Sound. Verschwommen waren sogar City Island und die Bronx am Horizont zu erkennen. Je dreimal das Anwesen in den übrigen Himmelsrichtungen. »Da sind kleine Unterschiede«, sagte der Unterführer nach genauerem Hinsehen.

»Richtig!«, rief Boise mit dem Ton eines Lehrers, der seinen Schüler lobt. »Du erinnerst dich, dass ich dir die Hausnummer genannt habe, als du anriefst?«

»Ja. Eins – eins – acht.«

»Stimmt. Ich hätte dir auch 117 oder 119 nennen können. Diesen Raum hier, in dem wir uns befinden …«, Boise zeigte auf den Fußboden, »… gibt es übrigens auch dreimal.«

»Das heißt …?«

»Genau!«, lächelte Boise. »Alles ist in dreifacher Ausfertigung vorhanden. Drei Grundstücke, drei Bungalows. Ich kann jederzeit in den Bau wechseln, in den ich gerade will. Und überall ist alles vorhanden. Whisky, Zigaretten – ich brauche praktisch nichts hin und her zu schleppen. Der Grund ist dir natürlich klar, was?«

»Niemand weiß, wo Sie sich gerade aufhalten.«

»Du hast es erfasst, mein Junge.«

»Und die Nachbarn? Kriegen die nichts mit?«

Boise machte eine wegwerfende Handbewegung. »Alles wohlhabende Leute. Die haben es nicht nötig, sich um andere zu kümmern. Hier will jeder nur in Ruhe gelassen werden. Außerdem sind die Hecken um meine Grundstücke ziemlich hoch.«

Scott konnte nur staunen. Natürlich wendete Boise auch den alten Trick an, der schon zu Al Capones Zeiten bekannt gewesen war. Der Syndikatsboss besaß drei große Limousinen. Mindestens zwei davon waren ständig in New York City oder auf Long Island unterwegs. Durch die getönten Scheiben konnte man nicht in die Fahrzeuge blicken, und so wusste wirklich kein Mensch, wo Boise steckte – in einem seiner drei Autos oder in einem seiner drei Bungalows. Scott hätte es nicht gewundert, wenn der clevere Bursche auch noch Drillingsschwestern als Freundinnen hatte. Drei mögliche Betten für die Nacht. Zuzutrauen war es ihm wirklich.

Er musste also eine Menge Feinde haben.

»All right, mein Junge«, sagte Boise. »Ich lasse dir jetzt dein Quartier zeigen. Du bist mit dem Taxi gekommen, stimmt's?«

Scott nickte. Der Syndikatsboss betätigte die Taste einer Sprechanlage und rief einen Mann, den er Jack nannte. Der Mann war zwei Minuten später zur Stelle und erhielt den Befehl, Scott in seine Unterkunft und in seinen Aufgabenbereich einzuweisen.

Die beiden zogen ab.

Leonard Boise lächelte. Er rief Greene über eine zweite Sprechanlage und schaltete Monitor drei auf eine andere Kamera, die im Keller des mittleren Bungalows installiert war. Gemeinsam betrachteten sie das Bild. Greene rauchte eine von Boises langen weißen Zigaretten.

Der Bodyguard namens Jack führte Scott in den schallisolierten Schießstand, den Boise für sein Privatvergnügen und für das Training seiner Leibwächter hatte bauen lassen. Scott war auch jetzt noch völlig arglos.

»Siehst du«, sagte Boise und stieß seinen Stellvertreter am rechten Oberarm an. »Man muss jemanden nur seelisch richtig aufbereiten, dann geht er einem voll auf den Leim.«

Greene lachte lautlos. »Ein Idiot wie Scott sowieso.«

Im Schießstand traten drei weitere Bodyguards aus einem Nebenraum. Jack wich zur Seite, und sie eröffneten das Feuer aus Maschinenpistolen. Auf dem grauen Monitorbild sackte Scott in sich zusammen wie eine große Marionette, der man sämtliche Fäden auf einen Schlag durchtrennt hatte.

Sofort begannen die Leibwächter mit dem Aufräumen. Sie wussten, dass sie beobachtet wurden. Sie wickelten die Leiche in schwarze Gartenfolie und reinigten den Fliesen-Fußboden. Der Long Island Sound war nah. Und in der riesigen Bucht war eine mit Beton beschwerte Leiche noch kleiner als eine Nadel im Heuhaufen.

Boise schaltete den Monitor zurück. Man konnte wieder zur Tagesordnung übergehen. Die entscheidenden Spuren, die sich von Tierney ausgehend hätten verfolgen lassen, gab es nicht mehr.

In Helens Reich, dem Vorzimmer des Chefs, lag dieser unvergleichliche Duft. Niemand kochte Kaffee wie John D. Highs Sekretärin. Jedenfalls kennen Phil und ich niemanden mit solchen Fähigkeiten. Auch die Kollegen vom FBI-Distrikt New York nicht.

Helen deutete mit einem Lächeln auf die Tür zum Office Mr. Highs. Das bedeutete zweierlei. Punkt eins: Der Chef erwartete uns. Punkt zwei: Helen hatte Tassen und Kaffeekanne für uns bereitgestellt. So gesehen begann der Tag mit den besten Voraussetzungen.

Die wesentlichen Informationen über den vergangenen Abend hatte John D. High bereits. Wir erfuhren, dass der Anwalt für Tierney noch im Vernehmungstrakt des District Office eingetroffen war. Er war kurz darauf wieder nach Hause geschickt worden.

»Die beiden Toten vom Hinterhof des ›Southern Belle‹ sind inzwischen identifiziert«, sagte Mr. High und forderte uns mit einer Handbewegung auf, uns zu bedienen. Er klappte seinen Schnellhefter auf. »Martinez Scipio und Alfred Urban. Beide gehören zu den untersten Rängen. Es wird langwierig werden, wenn wir versuchen, über sie weiterzukommen.«

Phil nahm die Kaffeekanne und schenkte ein.

»Wir sollten uns noch einmal gründlich mit dem ›Southern Belle‹ befassen«, schlug ich vor. »Und die Zusammenarbeit mit der Chase Manhattan Bank müsste auch weiterlaufen.« Ich hob die Hände ein Stück und ließ sie auf die Tischplatte fallen.

Der Chef nickte. Er wusste, was ich sagen wollte. Wir standen in engem Kontakt mit allen Kreditkarten-Gesellschaften. Bei sämtlichen Banken waren die Angestellten in den Bargeld-Auszahlungsstellen für Karteninhaber informiert und zu strenger Verschwiegenheit verpflichtet worden. Der FBI-Einsatz durfte nicht an die große Glocke gehängt werden. Keine Zeitung und kein Fernsehsender hatten bislang darüber berichtet. Die Kreditkarten-Haie sollten nicht vorgewarnt werden. Wie auch immer – wir hatten alles angeleiert, was sich beim augenblicklichen Stand der Dinge anleiern ließ.

»Wir haben insgesamt drei Tote«, sagte Phil. »Auch wenn sie alle kleine Lichter waren, meine ich trotzdem, es müsste doch möglich sein, ihre Verbindungen auszuforschen. In einer Gangsterorganisation, die über alle Bundesstaaten verbreitet ist, lässt sich nicht alles voneinander abschotten.«

John D. High ging nicht darauf ein. Die Art, wie er

den Schnellhefter zuklappte, veranlasste Phil und mich, das Thema nicht noch zu vertiefen.

Der Chef nahm ein einzelnes Blatt Papier. Gedruckte Linien und Buchstaben schimmerten durch. Der Vordruck für Aktennotizen, der innerhalb des District Office verwendet wurde. Mr. High sah uns kurz an und fragte: »Was halten Sie von folgendem Satz, sinngemäß: Die meisten sind unfreiwillig in diese Lage geraten, und die, die sie ausbeuten, scheffeln Millionen.« Er ließ den Bogen sinken.

Alles, was vom Dienstschluss des Vortages bis zum nächsten Dienstbeginn zu Protokoll genommen wird, landet morgens auf dem Schreibtisch des Chefs. Er ist derjenige, der den großen Überblick hat. Und darauf sind wir angewiesen. Ohne John D. High wären wir verraten und verkauft.

Also hatte er seinen Grund, uns ausgerechnet diesen Satz vorzulesen.

»So etwas passt zu vielen Situationen«, entgegnete ich. »Der erste Teil des Satzes – unfreiwillig in diese Lage geraten – deutet aber wohl darauf hin, dass nicht vom normalen Berufsleben die Rede ist.«

»Wo sich auch mancher ausgebeutet fühlt«, nickte Mr. High und lächelte. »Nein, darauf spiele ich nicht an.«

»Wenn Tierney nicht tot wäre«, sagte Phil gedehnt, »könnte ich mir fast vorstellen, dass er so etwas von sich geben würde. Wir hatten ihn immerhin beinahe so weit.«

Ich nahm einen ausgiebigen Schluck Kaffee und blickte den Chef über den Rand der Tasse hinweg an. »Die Aktennotiz scheint länger zu sein«, sagte ich. »Und Sie würden den Satz nicht erwähnen, wenn er nicht mit den Kreditkarten-Haien zu tun hätte.«

John D. High ließ die Katze aus dem Sack. »Eine Vermutung von mir«, entgegnete er. »Was ich zitiert habe, stammt aus dem Abschiedsbrief eines Selbstmörders. Es ist der Hinweis auf das Millionenscheffeln, der mich stutzig gemacht hat.«

Das lag allerdings auf der Hand. Auf siebenhundert Millionen Dollar werden die Schäden geschätzt, die allein in den Vereinigten Staaten jährlich durch den Missbrauch von Kreditkarten entstehen. Die Verbrecherorganisation, der wir auf der Spur waren, musste einen enormen Anteil an dieser Summe haben.

Der Chef erklärte uns Floyd Winters Aufzeichnungen in Stichworten. Dann las er uns den Text des Briefes vor. »Ich möchte, dass dieser Selbstmörder – wenn es ihn gibt – gefunden wird«, schloss Mr. High. »Es ist möglich, dass ich mich irre. Aber es ist nicht ausgeschlossen, dass wir auf eine verwertbare Spur stoßen. Sprechen Sie mit Sharon Aldridge. Sie werden sie noch beim Erkennungsdienst antreffen. Wir versuchen, eine Fahndung zusammenzustellen.«

Phil und ich leerten unsere Kaffeetassen und drückten die Zigaretten aus. John D. High übergab mir die Aktennotiz. Er bat uns, ihn sofort zu benachrichtigen, wenn wir in der Sache auf etwas Neues stießen.

»Das riecht nach Einsatz rund um die Uhr«, sagte mein Freund und Kollege, als wir im Fahrstuhl standen.

Ich sah ihn an, um seinen Gesichtsausdruck zu beurteilen. »Der Gedanke behagt dir nicht«, stellte ich fest.

»Ist das ein Wunder?«, entgegnete er mit zusammengezogenen Brauen. »Ich habe für heute Abend eine Verabredung.«

»Doch nicht etwa in einem gewissen Hotel an der Fifth Avenue?«

Phil lächelte stolz. »In der Tat. Ich sehe, du erinnerst dich an Victoria. Sie hat auf dich Eindruck gemacht. Du willst es nur nicht zugeben.«

»Und jetzt bin ich neidisch«, sagte ich scheinbar ergeben. »Ich kann es gar nicht mehr abstreiten. Deine kleine Engländerin würde ich dir wirklich gern ausspannen.«

»Keine Chance«, entgegnete Phil. »Du bist nicht ihr Typ.« Meinen Spott hatte er entweder nicht mitgekriegt, oder er ignorierte ihn gekonnt.

»Pech für mich«, sagte ich grinsend.

Wir erreichten die Offices des Erkennungsdienstes und fragten uns durch. Wir fanden die zierliche junge Frau im Dienstraum der Fotografen und Grafiker. Ein Kollege setzte nach ihren Angaben Fototeile zusammen. Das geschah in einem japanischen Gerät mittels eines Keyboards, das der Kollege virtuos bediente. Das Gerät mixte die gewünschten Fototeile, die als Schwarzweiß-Dias katalogisiert waren und durch Codierungen abgerufen werden konnten. Das jeweils vorläufige Ergebnis erschien auf einem kleinen Bildschirm.

»Den Scheitel etwas höher zur Mitte«, sagte Sharon.

Wir nickten ihr grüßend zu und setzten uns auf Stühle in einer Ecke. Sharon erwiderte den Gruß mit einem etwas unsicher wirkenden Lächeln. Trotzdem konnte ich mir auf einmal verdammt gut vorstellen, weshalb der unbekannte Briefschreiber sich so hoffnungslos in sie verliebt hatte.

Der Namenlose mit dem Mausgesicht kriegte im Handumdrehen seinen höheren Scheitel verpasst.

»Das ist er«, sagte Sharon. »Wenn Sie ihm jetzt noch Schlips und Kragen und ein Anzugjackett geben könnten ...«

Der Kollege tippte auf ein paar Tasten und hatte ihrer Bitte entsprochen, bevor sie den Satz zu Ende bekam.

»Ja, so ist es gut.« Sharon nickte bekräftigend. »Das ist der Mann, hundertprozentig. Allerdings ...«, sie wandte sich zu Phil und mir um, »... kann ich nicht beschwören, dass er auch wirklich den Brief geschrieben hat.«

Phil und ich stellten uns vor.

»Aber Sie schätzen seine Persönlichkeit so ein, dass er es gewesen sein könnte«, sagte ich.

Der Kollege zog eine erste Kopie von dem Foto-Phantombild. Zwei weitere Kopien übergab er uns gleich darauf und versprach, alle Dienststellen in Manhattan Midtown mit dem Bild und den Fahndungshinweisen zu versorgen. Das Lokal, in dem Sharon Aldridge arbeitete, lag im Zentrum von Midtown nur einen Steinwurf vom Times Square entfernt. Es war kaum anzunehmen, dass der Unbekannte weiter entfernt von dem Howard–Johnson–Restaurant arbeitete, in dem er regelmäßig frühstückte.

Wir gingen mit Sharon hinaus.

»Vielleicht habe ich mich in eine fixe Idee verrannt«, sagte sie, während wir auf einen Fahrstuhl warteten. »Sie müssen sich vorstellen, dass man meistens kaum richtig hinsieht, wenn man die Leute am laufenden Band abfertigt. Aber irgendwie habe ich es im Gefühl, dass es dieser zurückhaltende Bursche mit dem Scheitel war.«

»Er hat ja auch einen Hinweis darauf gegeben«, sagte ich und deutete auf den Text des Briefes.

Wir betraten den Fahrstuhl.

Sharon sah mich an. »Männer, die ihr Haar mit Scheitel kämmen, gibt es genug, wage ich zu behaupten.«

»Den weiblichen Instinkt unterschätzen wir trotzdem nicht«, sagte Phil.

Sharons Lächeln war wieder da.

Sie wurde ernst, als wir den Hof der Fahrbereitschaft erreichten.

»Was haben Sie vor?«, erkundigte sie sich. »Ist es nun tatsächlich ein FBI-Fall?«

»Das muss sich erst noch herausstellen«, entgegnete ich. »Auf jeden Fall möchten wir uns an Ihrem Arbeitsplatz und in der Umgebung umsehen. Inzwischen läuft die Fahndung an. Es müsste mit dem Teufel zugehen, wenn wir nicht spätestens heute Mittag wissen, wer Ihr heimlicher Verehrer war.«

Wir stiegen in den Jaguar. Phil zwängte sich auf den Notsitz, damit Sharon es auf der Beifahrerseite bequemer hatte. Wir wussten bereits, dass sie sich für diesen Tag frei genommen hatte.

»Ich bin so froh, dass Sie sich um die Sache kümmern«, sagte sie, als wir schon in Richtung Uptown fuhren. »Gestern Abend habe ich geglaubt, ich könnte es in meinen vier Wänden nicht mehr aushalten. Ich musste dauernd an diesen armen Menschen denken. In was für einer aussichtslosen Lage muss er gewesen sein! Und dann: Warum hat er nicht den Mut gehabt, mich anzusprechen? Vielleicht, wenn ich mit ihm hätte reden können, wäre er nicht zum Selbstmörder geworden. Ich habe mir sogar Vorwürfe gemacht. Kann es sein, dass ich an der Kasse nicht freundlich genug war? Dass er mich irgendwie für unnahbar gehalten hat? Aber auf der anderen Seite versuchen Männer oft genug, mit mir anzubändeln. Daran kann es wirklich nicht liegen.«

»Bestimmt nicht«, lächelte ich. »Der Mann auf dem Phantombild hat es jedenfalls nie versucht. Da sind Sie sicher?«

»Absolut.«

»Dann ist auch das ein Punkt, der Ihre Vermutung bestätigt.«

»Wir werden ihn finden«, bekräftigte Phil von der Sitzbank aus. Sharon wandte sich kurz um und schenkte auch ihm ihr unvergleichliches Lächeln – nicht zuletzt aus Dank dafür, dass er ihretwegen seine langen Beine einschlafen lassen musste.

Das Original des Abschiedsbriefs hatte Sharon im District Office zurückgelassen. Chemiker würden das Papier analysieren, Techniker würden herausfinden, auf was für einer Schreibmaschine der Text geschrieben worden war. Beide Ergebnisse waren vermutlich weniger entscheidend als das Phantombild.

Ich parkte den Jaguar in der West 46th Street, die

Einbahnstraße in östlicher Richtung ist. Über Funk meldete ich uns bei der Zentrale ab. Ich erfuhr, dass von den Dienststellen der City Police noch keine Meldungen eingegangen waren. Wir gingen mit Sharon in das Restaurant, in dem nur noch eine kleine Schar von späten Frühstücksgästen mit Spiegeleiern oder Rühreiern beschäftigt war. Sharon machte uns mit der Kollegin bekannt, die sie vertrat. Wir zeigten unsere Dienstausweise und dann das Phantombild. Die Kassiererin erinnerte sich an den Mann, war aber sicher, ihn an diesem Tag nicht gesehen zu haben.

Weder sie noch Sharon konnten dem Gesicht einen Namen zuordnen. Es hatte daher auch keinen Sinn, die Buchungsbelege durchzuforsten, auf denen die Codenummern und der jeweils dazugehörige Name des Kreditkarteninhabers vermerkt waren.

Kein besseres Ergebnis erzielten wir im Personal-Aufenthaltsraum. Die Serviererinnen bescheinigten Sharon zwar übereinstimmend, dass das Phantombild hervorragend gelungen sei. Auch erinnerten sich alle, den Mann öfter im Restaurant gesehen zu haben. Aber keines der Girls kannte seinen Beruf oder seinen Arbeitsplatz, geschweige denn seinen Namen.

Mehr und mehr waren Phil und ich überzeugt, dass der Bursche mit dem Mausgesicht tatsächlich der Sonderling war, als den Sharon ihn einschätzte.

Wir setzten uns mit ihr an einen freien Tisch und nutzten die Gelegenheit für ein zweites Frühstück. Wir bestellten Kaffee und Sandwiches. Phil marschierte mit dem Phantombild los und fragte die Leute im Lokal, denen man nicht auf zehn Yards Entfernung den Touristen ansah. Er war wieder zur Stelle, als eine von Sharons Kolleginnen ein vollbepacktes Tablett herbeitrug.

Phil schüttelte den Kopf. »Der Mann muss so verdammt schüchtern gewesen sein, dass er im Schatten der Bordsteinkante geschlichen ist, um bloß nicht aufzufallen.«

»Dann bleibt nur der mühsame Weg«, sagte ich. »Es sei denn, die Cops haben etwas für uns.«

Nach zehn Minuten verließen wir das Lokal. Phil und ich trennten uns, nachdem wir unsere Walkie-Talkies aus dem Jaguar geholt und noch einmal per Funk nachgefragt hatten. Keine Ergebnisse. Sharon blieb bei mir. Wir begannen, in den Geschäften, Luncheonettes und anderen Restaurants rings um die Einmündung West 46th Street-Broadway nachzufragen. Ich erkundigte mich bei Taxifahrern, immer dann, wenn sie gerade anhielten, um Fahrgäste aufzunehmen. Die Cabbies haben meistens ihr festes Revier, in dem sie auf Kunden pirschen. Zwei Fußstreifen-Cops, die uns begegneten, kannten das Phantombild bereits, nicht aber den Mann, den es darstellte.

»Kenne ich«, sagte der fünfte oder sechste Taxi-Driver, als Sharon und ich schon eine knappe Stunde unterwegs gewesen waren. »Vermittelt mir oft Fuhren, der Junge. Hugh Murdough. Arbeitet am Desk im Globe Hotel.«

»Ich weiß, wo das ist!«, rief Sharon aufgeregt. »Keine zwei Minuten von Howard Johnson's!«

»Hat er was verbrochen?«, fragte der Driver.

»Er wird vermisst«, antwortete ich und steckte das Phantombild ein.

»Ach, du liebe Güte.« Der Mann am Lenkrad verzog das Gesicht. »Er wird sich ja wohl nicht die Tageseinnahme unter den Nagel gerissen haben. Soviel ich weiß, hat er nämlich mit den Abrechnungen zu tun.«

Ich bedankte mich, richtete mich an der Beifahrerseite auf und warf die Wagentür zu. Sharon und ich wechselten einen Blick. Über den unerwarteten Erfolg war sie genau so froh wie ich.

Ich verständigte Phil mit dem Walkie-Talkie. Sharon führte mich zu dem Hotel, das in der Tat nur wenige Schritte von ihrem Arbeitsplatz entfernt war, an der West 46th Street, Ecke Eigth Avenue.

Das Hotel mit dem Globus über dem Eingang gehörte zu jener mittleren Klasse, die sich auf die Unterbringung von Reisegruppen spezialisiert hat. In der dicht bevölkerten Lobby schwirrten französische, deutsche und holländische Sprachfetzen durcheinander. Wir wandten uns dem Rezeptionsdesk zu. Murdough, der Mann mit dem Mausgesicht, war nirgendwo zu sehen. Es überraschte uns nicht mehr.

Ich zeigte einem der Clerks unauffällig meinen Dienstausweis. Wir wurden in das Büro des Hotelmanagers geführt. Ein grauhaariger, elegant gekleideter Mann namens Lobell. Ich klärte ihn mit wenigen Worten auf. Er überwand seine Fassungslosigkeit und rief: »Natürlich! Deshalb ist Murdough heute nicht zum Dienst erschienen! Ich habe bei ihm zu Hause anrufen lassen, aber er hat sich nicht gemeldet.«

Lobell war sofort bereit, uns Murdoughs Arbeitsplatz zu zeigen.

Phil entdeckte uns hinter dem Empfangstresen und steuerte quer durch das Gedränge und Geschnatter in der Lobby auf uns zu. Eine erste Bestätigung über Murdoughs Identität war vom Police Precinct Midtown South gekommen.

Murdough war in der Tat für die Abrechnungen zuständig gewesen. Er hatte den Computer betätigt, der die Rechnungen für die Gäste zusammenstellte und ausdruckte, und er hatte die Geräte bedient, in die die Kreditkarten zusammen mit den vorgedruckten Belegsätzen der verschiedenen Karten-Gesellschaften eingelegt wurden. Außerdem gab es noch ein Fotokopiergerät und eine elektronische Schreibmaschine. Die umfangreiche Telefonvermittlung, ebenfalls hinter dem Desk, wurde von einer Angestellten bedient. Ein weiterer Arbeitsbereich, mit dem Murdough nichts zu tun gehabt hatte, war die Verwaltung der Zimmer und der eingehenden Post für Gäste.

Wir ließen uns Murdoughs Privatadresse geben.

Phil ging nach nebenan, um zu telefonieren. Ich wusste, dass er den Chef anrief, damit wir einen Durchsuchungsbefehl erhielten.

Sharon bestand darauf, mit einem Taxi nach Hause zu fahren. Sie wollte uns nicht noch mehr Zeit stehlen, sagte sie. In Wahrheit, das spürte ich, ahnte sie, dass wir ihr vorerst noch nicht sagen konnten, in welche teuflischen Verstrickungen Murdough vermutlich geraten war. Sie wusste, dass wir sie nicht zu seiner Wohnung hätten mitnehmen können. Ich gab ihr meine Visitenkarte mit der dienstlichen und der privaten Telefonnummer. Auf unerklärliche Weise fühlte ich mich nicht wohl dabei, sie allein gehen zu lassen. Aber sie war schließlich nur die Empfängerin eines Abschiedsbriefs gewesen. Nichts weiter.

Hugh Murdoughs Bleibe befand sich in einem älteren Wohngebäude an der West 99th Street.

Zwei uniformierte Cops warteten in ihrem Streifenwagen auf uns. Der zuständige Richter hatte den Durchsuchungsbefehl per Fernkopierer an ihr Revier übermittelt.

Der Revierleiter, ein Captain, hatte die Richtigkeit der Kopie nach telefonischer Rücksprache mit dem Richter amtlich besiegelt. Wir bedankten uns, verständigten den Hausmeister und ließen uns die Wohnungstür im dritten Stock zeigen.

Auf unser Klingeln rührte sich nichts.

Der Hausmeister setzte seinen Universalschlüssel ein. Dann ließ er uns in der Wohnung allein. Sein Respekt vor dem Durchsuchungsbefehl und unseren Dienstausweisen mit den Silberadlern war groß genug.

Wohnzimmer, Schlafzimmer, Küche, Bad. Und ein kleiner Eingangsflur mit Garderobe und Schirmständer. Das war die ganze Herrlichkeit, in der sich ein Teil von Murdoughs Junggesellenleben abgespielt hatte.

Auf dem Wohnzimmertisch herrschte ein heilloses

Durcheinander, das ganz und gar nicht zu der sonst mustergültigen Ordnung passte. Hauptsächlich war es Papierkrieg, den Murdough auf dem Tisch angehäuft hatte. Wir nahmen uns die Sachen vor.

Schon die ersten Blätter, die wir in die Hand kriegten, waren heiß.

Fotokopien.

Alle zeigten Kreditkarten. Vorder- und Rückseite. Gedruckte Namen vorn, auf der Rückseite die Unterschrift des Inhabers.

Dann Schuldscheine, ausgestellt auf den Namen Hugh Murdough, meist mit Briefköpfen. ›Madame Suzette‹, ›Rosie's Bar‹, ›Crazy Horse‹, ›Redlight District‹, ›Lulu's Place‹ und ähnlich schillernde Namen waren darunter, die Beträge stets mindestens vierstellig.

Einen Stapel von Mahnungen hatte Murdough zusammengeheftet, fast ausnahmslos letzte Mahnungen von kleinen Kreditbanken, deren Zinssätze hart am Rand der Legalität rangierten.

Unter dem ganzen Papierkrieg fanden wir ein flaches Kunststoffding, das aussah wie ein großes Stempelkissen.

Der letzte Beweis.

Ich klappte den Deckel auf, und wir betrachteten eine Wachsmatrize mit dem Abdruck der Vorderseite einer Kreditkarte.

Der Name, wenn auch spiegelverkehrt, ließ sich entziffern. Ake Johansson. Ein Hotelgast aus Skandinavien also.

Damit wurde die Arbeitsweise klar. Leute wie Murdough waren Zulieferer für das Syndikat. Die nächste Stufe wurde von verkrachten Grafikern und Druckern übernommen. Passende Kunststoffplatten zu besorgen war vermutlich das Einfachste an der ganzen Geschichte. Und Typen wie Clay Tierney übernahmen den Part, die gefälschten Karten in Bargeld umzusetzen. In vielen Fällen, so hatten die Nachforschungen der Kreditkarten-Gesellschaften ergeben, wurden die Fälschungen sogar mehrmals benutzt – dann allerdings in weit voneinander entfernten Städten der USA. Die Gangsterorganisation musste einen gut funktionierenden Postverteilerring aufgebaut haben.

Phil hatte die Summen aus den Schuldscheinen und Mahnungen rasch addiert. »Mehr als fünfzigtausend Dollar«, sagte er kopfschüttelnd.

»Und dazu die Belastung, zu ständig neuen Verbrechen gezwungen zu werden«, sagte ich. »Damit hätten wir auch den Grund für Murdoughs Freitod.«

Das andere war klar, ohne dass wir uns gegenseitig darauf hinweisen mussten.

Hugh Murdough hatte eine Spur gelegt.

Der Abschiedsbrief war der erste Teil der Fährte. Der Papierkrieg und die Wachsmatrize Teil zwei.

Wir riefen die Spurensicherer.

Der Mann umarmte Sharon sanft, und doch spürte sie dabei die explosive Kraft seiner Muskeln. Sie schmiegte sich fest an ihn, zog ihn mit sich auf das große, weiße Bett. Da war nichts als dieses Bett in einer wolkenweichen Umgebung, und erst jetzt wurde ihr bewusst, dass sie beide nichts mehr auf dem Leib trugen. Sie versuchte sein Gesicht zu erkennen. Nur mit Mühe gelang es ihr. Es war Jerry Cotton, der G-man. »Jerry!«, hauchte sie und küsste ihn wild und voller Verlangen.

Sie schrie auf, als er ihrem Verlangen nachgab.

Ein Gong dröhnte durch das Tosen ihrer entfesselten Gefühle. Der Dreiklang wiederholte sich – lauter, drängender.

»Ich werde nicht öffnen«, hauchte Sharon. »Wir sind überhaupt nicht da.«

Der Gong war hartnäckig.

Sharon öffnete die Augen und sah ihren Livingroom.

Und der Türgong ließ seine nervtötenden drei Töne hallen.

Sharon brauchte lange Sekunden, um zu begreifen, dass dies die Wirklichkeit war. Sie sprang auf, wollte ins Bad, um den Hausmantel überzustreifen. Erst jetzt sah sie, dass sie vollständig angekleidet war. Sie hatte sich nur für ein Nickerchen auf die Couch gelegt und musste tief geschlafen haben. Rührte ihr Herzklopfen noch von dem Traum her? Oder lag es an dem abrupten Aufwachen?

Der Traum war so wirklichkeitsnah gewesen, dass sie glaubte, purpurrot werden zu müssen, wenn sie dem G-man das nächste Mal begegnete.

Das Ding-Dong-Ding wollte nicht aufhören. Sharon zwang sich zur Ruhe und spähte durch den Spion.

Draußen stand ein strohblonder Mann, stämmig gebaut, mit ein paar Sommersprossen in der Nasengegend. Ein jungenhafter Typ. Sie schätzte ihn auf Ende zwanzig. Er trug Turnschuhe, Jeans und einen Parka. An seiner rechten Hüfte lag eine prallvolle Segeltuchtasche, die an einem Schulterriemen hing.

Sie hatte den Mann noch nie gesehen.

»Wer sind Sie, und was wollen Sie?«, fragte sie durch die Sprechanlage.

Er nahm den Daumen von dem Klingelknopf und grinste die Weitwinkeloptik des Spions an. Aus der Brusttasche zog er einen Presseausweis und hielt ihn vor das Türauge.

»Kenneth Young«, las Sharon stirnrunzelnd. »Damit weiß ich immer noch nicht, was Sie wollen. Sind Sie Reporter?«

»Haargenau, Ma'am. Habe ich das Vergnügen, mit Miss Sharon Aldridge zu sprechen?«

»Ich bin nicht sicher, ob ich darauf antworten muss.«

»All right, all right.« Er lachte leise und drehte die

Karte um. Ein kurzer Text und ein Firmenstempel mit Unterschrift bestätigten, dass er als Text- und Bildreporter für den ›Star‹ arbeitete. »Würden Sie so nett sein, mir ein Gespräch unter vier Augen zu gewähren? Wenn Sie wollen, rufen Sie bei meiner Redaktion an. Ich bin kein Gangster, der Sie vergewaltigen und ausrauben will.«

»Dafür hätte ich Sie glatt gehalten«, entgegnete Sharon und kicherte fast. Sie blickte auf ihre Armbanduhr. Kurz nach drei nachmittags. Sie musste mehr als zwei Stunden geschlafen haben.

Ihr Magen reagierte auf die Feststellung mit einem Knurren. Statt eines ordentlichen Mittagessens hatte sie sich nicht mehr als einen Joghurt erlaubt. »Lassen Sie mich in Ruhe«, sagte sie energisch. »Sie hätten vorher anrufen können. Es ist sowieso Zufall, dass Sie mich hier antreffen.«

»Ich habe es erst bei Howard Johnson's versucht.«

»Was?«

»Wie ich gesagt habe.«

»Rücken Sie heraus mit der Sprache«, forderte Sharon, und ihre Stimme war dunkel vor Misstrauen.

Der Reporter flüsterte in die Sprechanlage, als stünden auf dem Korridor Leute, die zuhörten. »Ich habe von einem Abschiedsbrief erfahren. Wissen Sie, ich habe einen guten Draht zur City Police. Die lassen mich sogar in ihre Protokollbücher sehen.«

»Gehen Sie!«, fauchte Sharon.

»Wenn Sie meinen. Dann schreibe ich das, was ich weiß. Und das ist 'ne ganze Menge. Vielleicht stimmt nicht alles an der Story – all right. Aber ich werde im Text darauf hinweisen, dass die Person, die es angeht, keine Auskunft geben wollte.«

»Mistkerl!« Sharon zwang sich zur Ruhe und fragte sich, ob der Bursche nicht doch ein Gangster war, der auf diese raffinierte Tour bei einsamen Girls zu landen versuchte.

Vielleicht hatte er nur so lange geredet, um sich zu vergewissern, dass sie allein in der Wohnung war. Aber andererseits würde ein Gangster nichts über den Abschiedsbrief wissen.

Sie öffnete die Tür.

»Himmel!«, sagte Young mit einem Blick zur Decke und folgte Sharons auffordernder Handbewegung. Mit federndem Schritt steuerte er auf den Livingroom zu. Er setzte sich unaufgefordert in einen Sessel und begann, seine Kameraausrüstung, Notizblock und Kugelschreiber auszupacken.

Sharon beobachtete ihn von der Tür her. »Der ›Star‹ hat nicht gerade den besten Ruf«, sagte sie. »Ein Revolverblatt, sagen die Kolleginnen. Das Blut soll einem entgegenfließen, wenn man es aufschlägt.«

»Die beste Reklame«, erwiderte Young. »Eine Zeitung muss immer im Gespräch bleiben. Was wir tun, nennt sich Boulevard-Journalismus und ist etwas durchaus Anständiges.«

»Für die hässlichsten Sachen gibt es doch immer wohlklingende Bezeichnungen.«

»Lady!«, stöhnte er. »Wenn das Ganze in eine Grundsatzdiskussion ausarten soll, ist die Story bald nichts mehr wert. Ich bin der Erste und Einzige, der die Geschichte ausgegraben hat. Folglich muss der ›Star‹ die erste und einzige Zeitung sein, die darüber berichtet. Klar? Sonst kann ich gleich wieder nach Hause gehen.«

»Ich hätte nichts dagegen«, erwiderte Sharon.

Er schickte einen erneuten Blick zur Decke. »Und ich hätte nichts dagegen, wenn Sie mir was Alkoholfreies anbieten. Meine Kehle ist wie Sandpapier vom vielen Gerede.«

Sharon seufzte und tat, als fiele ihr die Entscheidung schwer. Sie ging in die Küche, nahm Coke-Dosen aus dem Kühlschrank und begann, einen Teller mit Sandwiches zu fabrizieren.

»Sie haben gestern Abend das Revier an der East 80th angerufen!«, rief Kenneth Young von nebenan. »Sie wurden von Pontius zu Pilatus gereicht. Diese Bürokratenseelen gehen einem ziemlich auf den Geist, was?«

»Das kann man wohl sagen«, erwiderte Sharon und trug das volle Tablett in den Livingroom.

Young sperrte die Augen auf. »He! Was ist das? Ein Wiedergutmachungsversuch?«

»Eigennutz«, widersprach Sharon und stellte das Tablett auf den Tisch. »Sie haben mich aus dem Schlaf gerissen, und ich habe einen Bärenhunger. Es liegt nur an meiner guten Erziehung, dass ich andere nicht zuschauen lassen kann.«

»Jesus«, seufzte er. »Sie können einen in Depressionen stürzen.« Trotzdem griff er ungeniert als Erster zu. »Was ich brauche«, sagte er kauend, »ist der Originaltext des Briefs.«

»Dann müssen Sie sich an den FBI wenden«, erwiderte Sharon und nahm sich ebenfalls eine Sandwichhälfte.

»Das ist nicht Ihr Ernst, Lady!«

»Aber ja. Ich denke, Sie haben die Polizeiprotokolle gelesen.«

»Allerdings. Sie wurden zum Schluss an den FBI verwiesen, richtig. Aber ich habe nicht angenommen, dass sie tatsächlich …«

»Doch. Und die G-men waren wesentlich zuvorkommender als die Beamten der City Police.«

Young notierte es feixend. »Weiter?«, fragte er und hob den Kopf.

»Wissen Sie, ich bin nicht sicher, ob ich Ihnen überhaupt etwas sagen darf. Ich habe keine Erfahrung in solchen Dingen. Ich meine, müssten Sie nicht eigentlich die Polizei und den FBI fragen?«

Der Reporter schüttelte energisch den Kopf. »Lassen Sie das meine Sorge sein, Sharon. Die Erfahrung habe ich. Wenn es unsereinem nicht mehr erlaubt sein soll, mit den Betroffenen direkt zu sprechen, wo bleibt dann die vielgerühmte Pressefreiheit? Leben wir in einem demokratischen Staat oder nicht?«

»Ja, aber ...«

»Kein Aber, Lady. Und ein bisschen sollten Sie auch Ihr Herz für einen Typen wie mich entdecken, der noch kräftig an seiner Karriere bastelt. Was meinen Sie, was für einen Haufen Pluspunkte ich kriege, wenn ich die Story heute Abend im Kasten habe – vor Redaktionsschluss!«

Sharon verzehrte den Rest ihres zweiten Sandwichs, trank einen Schluck und zündete sich eine Zigarette an.

»Haben Sie trainiert, Mutterinstinkte zu wecken?«

»Ja«, gestand er mit entwaffnendem Grinsen.

»Dann war Ihr Training schlecht. Bei mir rührt sich überhaupt nichts.«

Das Grinsen fiel ihm aus dem Gesicht. Er starrte sie an. Nach einer Weile runzelte er die Stirn. »Ich glaube, das war ein weiblicher Trick. Sie meinen das Gegenteil von dem, was Sie sagen. Stimmt's?«

Sharon lächelte unergründlich. Dann gab sie sich einen Ruck. »Also gut. Ich bin froh, dass ich es überwunden habe – dieses Erlebnis von gestern Abend. Es war wie ein Albtraum, wissen Sie? Ich bin sicher, dass man auch den Toten bald finden wird. Ich sage Ihnen, was ich weiß, und dann lassen Sie mich in Ruhe, okay?«

»Das Letztere klingt mir etwas zu endgültig, aber ansonsten bin ich begeistert.«

»Sie werden mich in Ruhe lassen, wenn Sie Ihre Story haben«, sagte Sharon überzeugt. Weder Jerry Cotton noch sein Kollege hatten sie zu Stillschweigen verpflichtet. Und sie wusste ja auch nichts Weltbewegendes – nur, wer der Briefschreiber vermutlich war. Denn den letzten Beweis gab es ja erst, wenn die

Fachleute die Schreibmaschinenschrift verglichen und festgestellt hatten, dass er die Maschine und das verwendete Papier entweder bei sich zu Hause oder an seinem Arbeitsplatz greifbar gehabt hatte. Sharon schilderte dem Reporter die ganze Geschichte und den Inhalt des Briefes, den sie ja fast auswendig kannte. Sie fügte hinzu, dass Hugh Murdough aus ihrer Sicht ein bedauernswerter Mensch gewesen sein musste.

»Und wenn er Sie doch angesprochen hätte?«, fragte Young eindringlich. Es klang ein bisschen lauernd.

»Wenn ich es geahnt hätte, hätte ich versucht, seinen Selbstmord zu verhindern.«

Kenneth Young nickte zufrieden. Er schoss ein paar Fotos von Sharon. Dann stand er auf und hatte es auf einmal eilig. Sharon wusste, jetzt hatte er seine Story im Kasten.

Murdoughs Wohnung sah nicht so aus, als ob er jemals eine Party gefeiert hätte. Alles war zu aufgeräumt. Was Ordnung und Sauberkeit anbelangte, hätte er es vermutlich mit jeder Hausfrau aufgenommen. Allein der Gedanke an Musikgedröhn, umgekippte Aschenbecher und verschüttete Drinks musste ihn verrückt gemacht haben.

Die zehn Spurensicherer, die Murdoughs Bleibe jetzt bevölkerten, bildeten zusammen mit Phil und mir wahrscheinlich den größten Menschenauflauf, den es hier jemals gegeben hatte. An der Party fehlten nur die Musik und die Drinks.

Der Leiter des Einsatzkommandos, Lieutenant Beamish, trat auf uns zu und schüttelte den Kopf. »Nichts«, sagte er bedauernd. »Wir suchen natürlich weiter. Aber bei diesem ordnungsliebenden Burschen kann ich mir nicht vorstellen, dass ihm die Autopapiere zwischen alte Zeitungen rutschen. Oder in eine Sofafalte.«

Wir teilten die Meinung des Lieutenants.

»Also schleppt er sämtliche Papiere in seiner Brieftasche herum«, sagte Phil. »Er wird ja wohl nicht zu den leichtsinnigen Leuten gehören, die so was im Auto liegen lassen.«

»Noch ist überhaupt nicht sicher, ob er ein Auto hat«, sagte ich. »Langsam fange ich an, ihn mir als Benutzer öffentlicher Verkehrsmittel vorzustellen. Bei seiner Unscheinbarkeit dürfte es in der Subway für ihn nie riskant gewesen sein.«

Wir fuhren zweigleisig. Während die Kollegen vom Erkennungsdienst ihre Arbeit fortsetzten, verließ Phil die Wohnung, um bei den Nachbarn herumzuhorchen. Ich rief unterdessen im District Office an und hatte das Glück, Myrna an den Apparat zu kriegen. Von ihrer unvergleichlich rauchigen Stimme schwärmen sämtliche Kollegen. Sogar die im FBI–Hauptquartier in Washington, die hin und wieder aus dienstlichen Gründen bei uns anriefen.

»Da Sie jetzt im Dienst sind«, sagte ich und lächelte den Hörer an, »müssen Sie heute Abend frei haben.«

»Nehmen Sie den Mund nicht zu voll, Jerry«, entgegnete Myrna und lachte verhalten. »Selbst wenn ich nicht schon eine Einladung zum Essen hätte, müsste ich doch bei Ihnen damit rechnen, zum soundsovielten Mal versetzt zu werden.«

»Höchstens aus dienstlichen Gründen.«

»Etwas anderes hätte ich Ihnen auch niemals vorgeworfen.«

»Manchmal«, seufzte ich, »wird einem dieser Beruf ganz schön verleidet.«

»Wenn es so ist, verstehen Sie, damit zu leben. Sie machen jedenfalls keinen unzufriedenen Eindruck auf mich.«

»Da sehen Sie, wie gut ich mich verstellen kann.«

»Jerry! Seit wann haben Sie Zeit für eine Plauderstunde?«

»Ich gebe nur Phil einen kleinen Vorsprung«, erwiderte ich und erklärte ihr, was ich wollte.

Myrna verband mich mit dem Großraumbüro, in dem Computerdesks zwischen wuchernden Zimmerpflanzen stehen. Dem Operator, der sich meldete, gab ich die Personalien Murdoughs durch und bat ihn, herauszufinden, ob der Mann ein Auto besessen hatte und wenn ja, welchen Typ und welche Zulassungsnummer. Anschließend sprach ich mit Mr. High und informierte ihn über den Stand der Dinge. Der Chef stellte das Gespräch wieder zu dem Operator um. Er forderte mich auf, mir Notizen zu machen.

»Hugh Murdough, Wohnadresse West 99th Street«, las er von seinem Bildschirm vor, was er aus dem Zentralcomputer des Kraftfahrzeugregisters hervorgezaubert hatte. »Zugelassen auf diesen Namen und die Anschrift ist ein Dodge Omni, Baujahr 1986, GLHS-Version, 2,2-Liter-Maschine, 175 PS.«

Ich stieß einen Pfiff aus. »Stille Wasser sind wirklich verdammt tief. Unser Freund hat sich nicht nur in den Edelbordellen, sondern auch am Gaspedal abreagiert. Haben Sie die Farbe des Wagens dabei?«

»Leider nicht, Jerry.«

Ich bedankte mich und legte auf.

Phil erschien, wedelte mit seinem Notizblock und teilte mir mit, dass Murdough einen ziemlich schnellen Flitzer besaß, einen dunkelblauen Dodge Omni. Ich klärte Phil grinsend über die technischen Daten auf, die er bei den Nachbarn nicht gekriegt hatte.

Wir gaben die Einzelheiten an die Zentrale durch und veranlassten eine sofortige Fahndung im gesamten Stadtgebiet von New York City sowie in den angrenzenden Countys der Bundesstaaten von New York und New Jersey.

»Mein Gott!«, rief das Girl und legte die flache Hand vor den Mund.

»Bin ich gemeint?«, brummte Adam Greene. Das Eigengewicht seiner Zunge schien sich geringfügig erhöht zu haben. Er merkte es selbst und riss sich zusammen. Er drückte den Knopf, der den automatischen Schließmechanismus des Garagentors auslöste.

Das Girl stand leicht schwankend auf dem Platz zwischen Garagentrakt und Haus. Ein zweigeschossiger Traum von einem Haus, das wusste Greene, und er war stolz darauf.

»Das ist ja wie im Paradies!«, staunte die Kleine, ohne sich umzudrehen.

»Mehr Bibelkenntnisse hast du bestimmt nicht«, sagte Greene glucksend. Einen Moment blieb er stehen und betrachtete ihre Linien, die sich im Gegenlicht einer Gartenlaterne scharf umrissen abzeichneten. Hinreißende Linien – die Beine rassig aufragend über hohen Absätzen, das pralle Rund der Hüften, die schmale Taille – und all das mit nur einem Hauch von einem Kleidchen drapiert.

Greene näherte sich ihr und legte seinen Arm besitzergreifend um diese Taille. Er erinnerte sich, dass sie Rhonda hieß. Sein Grips funktionierte also noch. Sie hatte ihm ihren Namen ganz am Anfang dieses Abends genannt. Bei Disco-Rhythmen, Cocktails und Glitzerlicht hatte er sie in Manhattan abgeschleppt. Sie hatte sich bereitwillig hierher nach Queens entführen lassen.

Klar, dass sie über das Grundstück in Verzückung geriet. Die Wirkung war beabsichtigt. Vollendete Weiblichkeit und der Geruch von Dollars zogen sich immer gegenseitig an, das war Greenes Erfahrung. Vorausgesetzt, die Weiblichkeit war nicht gepaart mit Intelligenz.

In Rhondas Fall konnte davon keine Rede sein.

»Was ist das?«, fragte sie nach einem Rundblick

über den von Pilzleuchten erhellten Garten. »Ein Wald?« Sie deutete auf die Ostseite des Anwesens.

»Ein Park«, sagte er und tätschelte ihre Kehrseite, die ihm den Atem raubte. »Flushing Meadows Corona Park. Die beste Aussicht hat man aus dem oberen Stockwerk. So ein Grundstück, Baby, kriegt man nur mit Beziehungen.«

»Das glaube ich«, hauchte sie ergriffen, schlang die Arme um seinen Hals und stellte sich auf die Zehenspitzen, damit sie ihn küssen konnte.

»Weißt du was?«, sagte er heiser. »Wir nehmen jetzt einen Drink in der Bar, und dann kühlen wir uns ein bisschen ab. Okay?«

»Abkühlen?«, kicherte sie. »Mit Eiswürfeln?«

»Genau«, brummte er. »Ich bewerfe dich damit, und für jeden, den du auffängst, kriegst du einen Dollar.«

Auf dem Weg durch die Halle im Erdgeschoss alberten sie weiter herum. Rhonda bestaunte die teure Einrichtung und die Originalgemälde, von denen sie nur so viel verstand, dass wertvoll gleichbedeutend war mit einem hohen Kaufpreis. Auf der breiten Treppe, die in den Keller führte, versuchte Greene zum ersten Mal, seine Eroberung zu entblättern. Das Kleidchen erschien ihm so lächerlich, dass man es ebenso gut rechtzeitig entfernen konnte.

Rhonda entwand sich ihm mit hellem Lachen, kickte ihre hochhackigen Schuhe weg und floh barfuß in das geflieste Reich, aus dem ihr angenehme Wärme entgegenströmte. Greene schaltete fluchend das Licht ein. Das kleine Miststück war trotz aller Hemmungslosigkeit und trotz des Alkohols noch gewitzt genug, das anzuwenden, was es offenbar für weibliche Raffinesse hielt.

Im aufflammenden Halogenlicht aus wasserdichten Deckenleuchten entdeckte sie die Bar an der Schmalseite des Swimmingpools und stieß kleine Schreie des Entzückens aus. Aus dem Weiß des Fliesenbodens und der Wände erhoben sich eine Theke aus nachtschwarzen Fliesen und Regale aus Glas und Nickelstahl. Die Barhocker waren mit schwarzem Kunststoff bezogen und gegen jede Nässe unempfindlich.

Rhondas Fußsohlen klatschten, als sie auf die Theke zulief und sich auf einen der Hocker schwang. Ihre Begeisterung hielt an, äußerte sich noch immer in diesen spitzen Lauten, die sie von sich gab. »Barkeeper!«, rief sie, indem sie sich halb umwandte. »Einen Manhattan! Aber schnell, ich verdurste!«

Greene hätte ihr am liebsten den hübschen Hintern versohlt. Aber sie war in so einer idiotischen Stimmung, in der sie sich nur bockig anstellen würde, wenn er jetzt zum Angriff überging. Also spielte er den Diensteifrigen und erfüllte ihr den Wunsch. Mehr Alkohol, das war es, was sie brauchte. Er hielt sich mit den eigenen Drinks zurück, nahm mehr Soda als Whisky und versorgte Rhonda mit Zigaretten und immer neuem Nachschub an Flüssigem.

Nach dem vierten Cocktail war sie reif. »Was …s is mit der … mit der …?«

»Abkühlung?«, grinste Greene.

»Richtig, Baby!« Sie lachte schrill und piekte mit der blutroten Nagellackspitze ihres Zeigefingers in die Richtung seiner Nase. »Die Abkühlung! Wo is – sie? Her da – damit!«

»Dreh dich um«, sagte Greene.

Sie tat es und fiel fast vom Hocker. »Im – Ernst?«, schrie sie. »Mein G – gott, ich hab doch gar keinen – keinen …«

»Badeanzug?«, feixte Greene, als sie ihn ansah. »Weißt du was, gleich fliegst du rein – so, wie du bist!« Er tat, als würde er hinter der Bar hervorstürzen, auf sie zu.

Erschrocken nahm sie Reißaus, verharrte auf halbem Weg vor der Stirnseite des Pools und zerrte sich den wenigen Stoff vom Leib. »Ich w – werde mir doch nicht m – mein Kleid ru – ruinieren!«, kicherte sie. Nackt hastete sie weiter und schrie in gespieltem Entsetzen, als sie sah, dass Greene nun tatsächlich hinter dem Tresen hervorkam und sich ebenfalls auszog.

In vollem Vertrauen auf eine annehmbare Temperatur des grün schillernden Wassers schnellte sie mit einem Kopfsprung vom Beckenrand weg, gleich neben der Einstiegsleiter aus funkelndem Edelstahl.

Adam Greene rannte hinter ihr her. Als er sprang, sah er, wie sie tauchend eine volle Wende beschrieb und unter ihm in entgegengesetzter Richtung floh. Das verdammte Luder wollte ihn zum Narren halten. Nicht mehr lange, nahm er sich vor. Mit nach vorn gestreckten Armen tauchte er in das zweiundzwanzig Grad warme Wasser ein. Sofort warf er sich herum und kam kurz hoch, um Luft zu holen. Das Schrillen ihrer Stimme traf seine Ohren wie ein Stechen.

»Hölle und Teufel!«, brüllte er. »Jetzt reicht es! Halt die Klappe, verdammt noch mal! Irgendwann wird der Spaß langweilig!«

Dieses Schrillen, das die Ohren schmerzen ließ, hörte nicht auf.

Sie hatte die Handläufe der Leiter gepackt und sah so aus, als ob sie nicht mehr die Kraft hätte, sich hochzuziehen.

Greene schwamm mit wenigen Kraulzügen auf sie zu. Ihr Schreien wechselte in ein stoßweises Kreischen. Jeden Augenblick, so schien es, würde sie ihm den klassischen Schreikrampf vorspielen – wie immer der aussehen mochte. Es reichte wirklich. Er umfasste ihre Schulter mit der Linken, zog sich auf sie zu und verpasste ihr eine schallende Ohrfeige.

Endlich wurde es still.

Rhondas Körper zuckte. Sie schluchzte. Mit einem jähen Kraftaufwand stieß sie ihn vor die Brust und floh mit wilden Schwimmbewegungen.

Durch ihren unerwarteten Stoß sackte er neben der Leiter unter Wasser. Er war es gewohnt, die Augen beim Tauchen offen zu lassen.

Der Mann stand neben der Einstiegsleiter.

Greene glaubte, einen Faustschlag gegen das Herz zu erhalten. Er tauchte auf und sah den Mann noch immer, da Rhonda nicht mehr die Sicht versperrte.

Der Mann hatte ein Mausgesicht und bewegte sich leicht in den Wellen, die von Rhondas panischer Flucht verursacht wurden.

Auf dem Beckenboden lag die Pistole, mit der er sich erschossen hatte, gleich neben einer Autobatterie. Das schwere Ding hatte er sich an den Füßen festgebunden. Bei einer Wassertiefe von zwei Yards befand sich sein Kopf knapp unter der Oberfläche. Das Loch in der Schläfe wirkte unbedeutend. Die toten Augen starrten Greene an.

»O verdammt, verdammt!«, schrie er und musste sich überwinden, um die Leiter hinaufzuhasten. Oben wirbelte er herum. »Warum sagst du nicht gleich, was los ist, du dämliches Stück! Was soll der Quatsch, so ein Theater zu veranstalten! He, was soll der Quatsch?«

Sie hatte sich auf den jenseitigen Beckenrand gezogen und hockte dort zitternd und schluchzend, nicht imstande, auch nur einen Laut hervorzubringen.

Greene schnaufte und starrte von oben auf den Toten, der wie ein abgestorbenes Stück Baum im Wasser pendelte.

»Ganz ruhig, Popsy, so ist es brav. Diese bösen, bösen Polizisten werden deiner Mom nichts antun, nicht wahr? Du bist ja da, Popsy, und du wirst es nicht zulassen, habe ich Recht? Sollten sie es wagen, deine Mom anzufassen, wirst du ihnen in die dreckigen Finger beißen, dass sie schreien. Oh, wir werden uns gegenseitig beschützen, Popsy, denn wir halten ja zusammen! Und wenn wir jemals wieder freikommen, beschweren wir uns bei Bürgermeister Koch persönlich. Ja, das werden wir tun. Das ist ein Mann von Format. Schließlich hat er selber vor seiner letzten Wahl gesagt, New Yorks Einwohner sollen nach Einbruch der Dunkelheit wieder auf den Bürgersteigen ihrer Straßen spazieren gehen können, ohne Angst haben zu müssen. Dazu gehört ja wohl auch, dass deine Mom dich Gassi führen kann, Popsy, ohne von lüsternen Cops entführt zu werden. Habe ich Recht? Aber du wirst sie beißen, das versprichst du mir doch! Sobald sie auf einen dunklen Hinterhof fahren und über deine Mom herfallen, beißt du sie! Am besten nicht nur in die Finger, sondern auch …«

»Ruhe!«, brüllte der Sergeant auf dem Beifahrersitz des Streifenwagens.

Der Toy-Pudel im Fond gab einen maunzenden Laut von sich, der eher zu einer Katze gepasst hätte.

»Ich habe es nicht nötig, mir das Wort verbieten zu lassen!«, schrie die Eigentümerin jener langen und wohlgeformten Schenkel, auf denen der Toy-Pudel, maunzte. »Außerdem könnten Sie ruhig etwas schneller fahren, wenn Sie schon harmlose Spaziergängerinnen aufgreifen, um ihre Personalien festzustellen!«

Der Sergeant, dessen silbergraue Schläfen von langen Dienstjahren zeugten, drehte sich um. Sein Nebenmann, ein jüngerer Beamter, ließ den Streifenwagen weiter im Schritttempo dahinrollen. »Wir sind scharf drauf, Mom«, sagte der Sergeant grinsend, »noch ein paar Spaziergängerinnen zu schnappen. Wir haben nämlich was dagegen, dass ihr euch in dieser Gegend breit macht!«

»Ach! Haben wir in diesem Land das Recht der freien Wohnungswahl oder nicht?«

»Haben wir, Mom, haben wir. Zeig uns deine Wohnung an dieser Straße, und du und Popsy, ihr habt sofort wieder eure Ruhe.«

»Das könnte dir so passen, Bulle«, fauchte die Lady, die nur ein knappes Höschen trug und darüber ein Shirt, das ihren Bauchnabel frei ließ und sich über ihren großen Brüsten spannte. »In meinen eigenen vier Wänden lasse ich mich noch lange nicht vergewaltigen!«

»Sergeant!«, rief der junge Patrolman. »Zum Teufel, müssen wir uns das gefallen lassen?«

»Auch daran wirst du dich gewöhnen«, sagte der ältere Beamte. »In ein paar Jahren wunderst du dich auch nicht mehr, wenn eine erwachsene Frau, die noch nicht alt genug ist, um senil zu sein, mit ihrem Hund redet, als hätte sie Sohn oder Tochter vor sich.«

»Klarer Fall für den Psychiater«, grinste der Patrolman.

Plötzlich gab er Vollgas.

Die wasserstoffblonde Lady im Fond hatte den Mund schon aufgerissen. Sie klappte ihn wieder zu, als sie von der Beschleunigungskraft in die Polster gepresst wurde.

Der Sergeant hatte sich reaktionsschnell nach vorn gewandt. Automatisch lag seine Rechte auf dem Revolvergriff. Er spähte durch die Windschutzscheibe und sah sofort, was sich abspielte. Als der Patrolman in die Bremse stieg, war er draußen, noch bevor der Streifenwagen zum Stehen kam. Der Sergeant schlug die Wagentür zu, rannte nach vorn, flankte über den Kotflügel hinweg und verharrte nach drei rasanten Sätzen breitbeinig, den Smith & Wesson im Anschlag.

»Stehen bleiben!«, brüllte er. »Polizei! Stehen bleiben, oder es knallt!« Er feuerte einen Warnschuss in den tintenblauen Abendhimmel über Queens.

Die beiden Gestalten verharrten wie schockgefrostet auf dem Bürgersteig. Ihre Hände wurden als helle Flecken über ihren Köpfen erkennbar.

Der Patrolman hatte die Handbremse angezogen und war im nächsten Moment zur Stelle. Gemeinsam trieben die beiden Beamten die Burschen zum Streifenwagen, wo sie sich vorbeugen und mit den Händen auf der Motorhaube abstützen mussten. Die Typen kannten die Prozedur. Als der Patrolman sie abklopfte und zwei Klappmesser, einen Schlagring und eine Fahrradkette zum Vorschein brachte, fiel sein Blick aut zwei lange Beine, die um die nächste Straßenecke verschwanden. Ein Toy-Pudel trippelte hinterher. Die Beamten legten den dickeren Fischen Handschellen an. Der Sergeant lobte den jüngeren Kollegen mit einem Schulterklopfen für seine Aufmerksamkeit. Der Patrolman deutete auf den Wagen, an dem sich die Burschen zu schaffen gemacht hatten. Ein Kompaktfahrzeug, das von der Form her einem Volkswagen Rabbit glich.

Der Sergeant stellte fest, dass die Fahrertür bereits aufgebrochen war. Als er zum Wagenheck ging, stieß er einen Pfiff aus. »He, das ist ein Dodge Omni! Haben wir so was nicht auf der Fahndungsliste?« Er zupfte den zusammengefalteten Computerausdruck aus der Brusttasche seines Uniformhemds.

Zehn Sekunden später hatten sie Gewissheit, und der Sergeant setzte seinen Funkspruch an das Revier ab. Die beiden Autoknacker, die sie auf frischer Tat ertappt hatten, waren alte Bekannte der Detective Division. Sie hatten sich auf die Version geeinigt, dass der Wagen schon den ganzen Tag am selben Fleck gestanden habe und dass sie nur vorgehabt hatten, nach dem Rechten zu sehen.

»Hätte ja sein können«, sagte der eine, »dass dem Fahrer drinnen schlecht geworden ist – oder so. Man hat ja schon Tote in solchen Wagen gefunden.«

»Yeah«, antwortete der Sergeant gedehnt. »Hätte wirklich sein können.« Er blieb mit seinem Kollegen und den Festgenommenen an Ort und Stelle. Gleich würde es hier von Polizeifahrzeugen wimmeln.

Und die käufliche Lady mit ihrem Toy-Pudel hatte noch einmal Glück gehabt.

Alle Selbstsicherheit war von Adam Greene abgefallen, als hätte er eine Karnevalsmaske getragen, deren Gummiband gerissen war.

Er lief zur anderen Beckenseite und half Rhonda auf die Beine. Trotz Gänsehaut und trotz Zitterns war ihr Körper noch beeindruckend, aber er hatte keinen Blick mehr dafür. »Jetzt brauchen wir einen klaren Kopf, Baby, verstehst du! Kennst du den Kerl? Hast du ihn schon mal gesehen?«

Sie starrte ihn mit flackernden Augen an. »Wieso denn ausgerechnet ich? Was habe ich denn mit deinem Kram zu tun?«

»Man kann nie wissen«, entgegnete er fahrig. Er umfasste ihre Schultern und führte sie am Pool entlang in Richtung Bar. Rhonda barg erschauernd den Kopf an seiner Brust. Sie wagte es nicht, in das jetzt wieder ruhige, kristallklare Wasser zu blicken.

Greene schenkte zwei doppelte Bourbon ein. Auch Rhonda trank das scharfe Zeug pur. Ihre Finger zitterten noch, als sie sich eine Zigarette anzündete. Greene frottierte sich ab und zog sich an. In der Zeit, die er dafür brauchte, gelang es ihm, seine Gedanken halbwegs zu ordnen.

Rhonda hüllte sich in einen Bademantel, den er ihr aus dem Nebenraum der Bar zuwarf. Er schenkte sich den zweiten Drink ein.

Okay.

Der Kerl hatte die Autobatterie mitgebracht. Nicht nur das. Er hatte seinen schauerlichen Auftritt genau geplant. Von der Bar aus war er natürlich nicht sofort zu sehen, wie er da als Leiche im Wasser stand. All right, all right, sagte sich Greene, du musst von vorne anfangen, dann findest du auch die Erklärung

Du kennst den Knilch nicht, der sich in deinen Swimmingpool geschlichen hat, um ausgerechnet hier sein Leben zu beenden. Freiwillig. Klar. Die Pistole hatte er an die Schläfe gesetzt. Die Autobatterie schon an die Füße gebunden, hatte er sich über den Beckenrand rutschen lassen und abgedrückt. Aber warum, in aller Welt, hatte er so eine idiotische Schau abgezogen?

»Bin gleich wieder da«, sagte Greene aus einer Eingebung heraus und lief los.

Rhonda nickte geistesabwesend und bediente sich aus der Whiskyflasche.

Greene sah in den Versorgungsräumen nach, die sich auf der anderen Seite des Pools hinter einer Stahltür befanden. Die Wasseraufbereitungsanlage und die Gasheizung summten. Greene fand ein Kellerfenster, das mit Hilfe eines Seitenschneiders aufgebrochen worden war. Der Kerl musste es geschafft haben, die Alarmanlage auf der Umfassungsmauer auszutricksen. Natürlich hatte er das geschafft. Die Anlage funktionierte auf Radarbasis und war mit Boises Sicherungssystem verbunden, wenn sich Greene nicht in seinem Haus aufhielt. Es gab tote Winkel unterhalb der Radarmelder. Wer sich mit so etwas auskannte, hatte ein leichtes Spiel.

Greene kehrte in die Wärme des Swimmingpools zurück. Der Weg, auf dem der unbekannte Lebensmüde eingedrungen war, spielte die weniger große Rolle. Wichtiger war es, den Grund herauszufinden.

Mehrere Sekunden lang sah Greene den stehenden Toten vom Beckenrand aus an.

Nein, er hatte den Mann nie gesehen. Solche Leute kannte er überhaupt nicht. Dieses Mausgesicht, das straff gekämmte und gescheitelte Haar und der Anzug mit Schlips und Kragen – der Schreibtischhengst aus dem Bilderbuch.

Greene riss sich von dem unglaublichen Anblick los und kehrte an seinen Stammplatz hinter der Bar zurück. Es nützte nichts. Er musste Boise verständigen, auch wenn es schon so verdammt spät war.

Rhonda kippte ihren dritten Doppelstöckigen.

Greene nahm das Telefon aus dem Regal, stellte es

auf den Tresen und tippte die Nummer seines Brötchengebers. Einer der Bodyguards meldete sich nach dem zweiten Rufzeichen. Die Burschen wachten rund um die Uhr.

Greene sagte, dass es dringend sei. Das genügte. Sein Wort als Stellvertreter hatte Gewicht. Fühlte sich Boise wider Erwarten belästigt, würde er seine Wut an ihm und nicht an den Leibwächtern auslassen.

Der Syndikatsboss meldete sich mit verschlafener Stimme, die aber sofort hellwach klang, als sein Vertrauensmann erklärte, er habe eine Leiche im Swimmingpool gefunden. Ohne zu unterbrechen, hörte sich Boise die Schilderung seines Stellvertreters an.

»Selbstmörder, die so etwas tun«, sagte er schließlich, »wollen meistens eine Art Rache ausüben. Deshalb wählen sie den Ort, an dem sie krepieren möchten, sorgfältig aus.«

»Aber ich kenne ihn doch überhaupt nicht!«, rief Greene.

»Aber er kennt dich, aus welchem Grund auch immer. Vielleicht hat er auch nur von dir gehört. Hast du nachgesehen, was er bei sich hat?«

Greene biss sich auf die Unterlippe. Er musste eingestehen, daran nicht gedacht zu haben. »Nein«, sagte er dumpf.

»Dann tu es jetzt. Ich warte.«

»Ich beeile mich«, versprach Greene und legte den Hörer auf die Theke.

Greene zog seine Jacke wieder aus und schob die Hemdsärmel hoch. Er dachte nicht daran, zu dem Toten ins Wasser zu steigen. Stattdessen legte er sich flach an den Beckenrand. Mit der rechten Hand griff er am Kopf der Leiche vorbei zwischen die Revers. Er erreichte die Innentasche des Jacketts und kriegte tatsächlich eine Brieftasche zu fassen. Noch auf dem Fliesenboden liegend, klappte er sie staunend auf.

Der Selbstmörder hatte nicht im Traum daran gedacht, seine Identität zu verschleiern.

Es war alles vorhanden. Führerschein, Identity Card, Kreditkarten, Fahrzeugpapiere. Greene zupfte die Identity Card aus der Brieftasche und rappelte sich auf. Mit langen Sätzen eilte er zur Theke zurück.

»Ich habe was gefunden«, keuchte er in den Telefonhörer. »Hugh Murdough heißt der Bursche. Hat alle Papiere bei sich.«

»Das wundert mich nicht«, entgegnete Boise ruhig. »Sonst noch was?«

»Reicht das nicht?«

»Okay, bleib, wo du bist. Ich lasse feststellen, was der Mann mit uns zu tun hat. Ich rufe dich wieder an.«

Adam Greene bemerkte, dass seine Hände zitterten, als er sich einen neuen Drink einschenkte. Er dachte über Boises Worte nach. Natürlich hatte Leonard Recht. So ein Selbstmord, an diesem ungewöhnlichen Ort, geschah nicht aus einer Laune des Lebensmüden heraus. Dahinter steckte eine ganz massive Absicht. Völlig klar. Zufrieden mit dieser Erkenntnis, zündete er sich eine Zigarette an.

Bereits nach dem zweiten Zug summte das Telefon.

Rhonda schrak hoch und versank gleich darauf wieder in Geistesabwesenheit.

Greene riss den Hörer hoch. »Ja?«, stieß er hastig hervor.

»Murdough war Kartenbeschaffer. Irgendwie muss er es fertig gebracht haben, seine Kontaktleute zu beobachten. Dadurch hat er die Spur zu dir aufgenommen. Oder zu mir. Ist auch möglich. An meine Behausungen kam er nicht heran, wegen der starken Sicherheitseinrichtungen. Also hat er seine Sache bei dir durchgezogen. Als mein Stellvertreter bist du ja fast genauso gut wie ich.«

Greene lächelte geschmeichelt. »Und jetzt?«

»Der Kerl muss natürlich verschwinden. Ich schicke

dir Leute vorbei. In einer Stunde ist für dich alles vergessen.«

Greene bedankte sich und legte auf. Seine umnebelten Sinne gierten nach dem nächsten Whisky. Er empfand plötzlich Dankbarkeit, mit einem Mann wie Leonard Boise zusammenarbeiten zu dürfen.

108th Street, Queens, südlich der Roosevelt Avenue.

Ich stoppte den Jaguar hinter dem Pulk von Polizeifahrzeugen und ließ das Rotlicht kreisen. Wir stiegen aus.

»Weshalb diese Gegend?«, fragte Phil verwundert.

»Wenn wir die Antwort haben«, erwiderte ich, »hat Murdough uns einen Riesenschritt weitergebracht.«

»Du meinst, das war seine Absicht?«

»Ich bin sicher.«

Die Kollegen von der City Police hatten ein Riesenaufgebot in Marsch gesetzt. Wen sie damit beeindrucken wollten, war mir noch nicht ganz klar. Uniformierte Cops und Beamte in Zivil machten den Halbkreis innerhalb der Fahrzeuge zum Ameisenhaufen. Immerhin war es ihnen gelungen, die Neugierigen auf Abstand zu halten. In den offenen Wohnungsfenstern ringsherum hingen Trauben von Menschen. Sie mussten den Eindruck haben, da unten seien ein paar Millionen Dollar in bar gefunden worden, die aus den letzten unaufgeklärten Banküberfällen stammten.

Ein Patrolman, dem wir unsere Dienstausweise gezeigt hatten, führte uns zu Captain Egan, dem Einsatzleiter, der zugleich Dienststellenleiter des zuständigen Reviers war.

»Als ich hörte, dass es sich um einen FBI-Fall handelt, habe ich höchste Sicherheitsstufe angeordnet«, sagte Egan, ein Mann von athletischer Statur. Die Knöpfe seiner Uniformjacke glänzten blankpoliert wie Gold. »Das Fahrzeug haben wir nicht mehr aus den

Augen gelassen, seit es gefunden wurde. Ist es richtig, dass Sie vor allem den Eigentümer des Wagens suchen?«

»Stimmt«, antwortete ich.

Phil und ich wollten uns dem dunkelblauen Dodge zuwenden und mit den Spurensicherern reden.

»Nun, dann habe ich wohl goldrichtig gehandelt!«, rief Captain Egan und nagelte uns damit auf der Stelle fest. »Ich habe mir von der Zulassungsstelle den Namen geben lassen und zwanzig Beamte losgeschickt. Die sind jetzt unterwegs.« Er deutete mit einer schweifenden Annbewegung auf die Wohnhäuser. »Irgendwo muss unser Freund Murdough ja stecken, stimmt's?«

Phil und ich wechselten einen Blick. Es fehlte nur noch, dass Egan in schallendes Gelächter ausbrach. Aber er tat es nicht. Dass es nicht angebracht war, erkannte er vermutlich an unseren Mienen.

»Ziehen Sie die Beamten ab«, sagte ich, »und lassen Sie sie ihre eigentliche Arbeit tun. Die Kriminalitätsrate in New York ist noch nicht so weit unten, dass wir die Cops zum Indianerspielen schicken können.«

Der Diensteifer sackte dem Captain in die Kinnlade. Er kriegte den Mund nicht wieder zu, während er mich anstarrte. Dabei war ich anständig gewesen und hatte darauf geachtet, dass keiner seiner Untergebenen in der Nähe war. Von seiner Autorität würde nichts verloren gehen.

»Wir würden gern mit den Männern sprechen, die den Wagen gefunden haben«, sagte Phil versöhnlich. »Und mit den Spurensicherern.«

Für mich hörte es sich an, als müsste er sich meinetwegen entschuldigen.

»Aber ja, natürlich«, erwiderte der Captain verdattert und zeigte uns die Männer.

Fast tat er mir Leid. Ich nickte ihm zu. »Nichts für ungut, Mr. Egan. Kann sein, dass es unser Fehler war.

Wir hätten im Fahndungsersuchen vermerken sollen, dass es nur um den Wagen ging. Und dass Murdough wahrscheinlich nicht auf Verwandtenbesuch ist.«

»Sondern?«

»Irgendwo in Ihrem Dienstbezirk hat er sich umgebracht. Der Mann war Zulieferer eines Gangster-Syndikats.«

»Allerdings«, knurrte Egan. »Das hätte mich davon abgehalten, ein Indianerspiel anzuzetteln.« Er grinste.

Ich grinste zurück.

Wir wandten uns dem kleinen dunkelblauen Flitzer zu, während Captain Egan hinter uns zum Walkie-Talkie griff, um seine Indianer zurückzupfeifen.

»Musste das sein?«, sagte Phil halblaut und vorwurfsvoll.

»Irren ist menschlich«, entgegnete ich. »Ich hatte ihn für einen Radfahrer gehalten, und gegen die bin ich allergisch.«

Wir sprachen mit dem Sergeant und dem Patrolman, die zwei gesuchte Autoknacker geschnappt hatten und dafür eine professionelle Lady laufen lassen mussten. Phil staunte, dass der Straßenstrich bis in diese Gegend vorgedrungen war, die er für einen gutbürgerlichen Teil von Queens gehalten hatte. Er musste erfahren, dass gewisse Spaziergängerinnen gerade solche Gebiete bevorzugten, weil sie sich dort neue Interessentenkreise erschließen konnten.

Dass Murdoughs Wagen den ganzen Tag an dieser Stelle gestanden hatte, überraschte uns nicht. Es gab uns zusätzliche Gewissheit, dass er seine Selbstmordabsicht wirklich in die Tat umgesetzt hatte.

Der Lieutenant, der den Einsatz des Spurensicherungskommandos leitete, führte uns zu dem Kastenwagen seines Trupps und zeigte uns ein paar Plastiktüten. Murdoughs Flitzer war alles andere als eine Fundgrube. In dem Wagen herrschte noch mustergültigere Ordnung als in seiner Wohnung. Die Tüten enthielten nichts außer der Betriebsanleitung, dem Service-Scheckheft, einem Stadtplan und Straßenkarten der umliegenden Bundesstaaten.

Ich bat Phil, mit den Kollegen das Erforderliche abzusprechen, damit die Ermittlungsunterlagen nach Abschluss des Einsatzes an den FBI übergeben werden konnten. Ich ging zurück zum Jaguar, öffnete die Beifahrertür, legte den linken Ellbogen auf das Dach und zündete mir eine Zigarette an. In meinen Gedanken schob ich all die Einzelheiten beiseite – von Captain Egans Pflichtbesessenheit bis zum Ausufern des Straßenstrichs nach Queens. Ich kehrte zum Ausgangspunkt meiner Überlegungen zurück.

Hugh Murdough hatte ein Zeichen setzen wollen. Daran gab es für mich nichts zu rütteln. Er war nicht aus einer Laune heraus von Manhattan nach Queens gefahren. Hätten ihn Probleme am Arbeitsplatz in den Selbstmord getrieben, würde er sich dort, im Globe Hotel, umgebracht haben.

Aber nein.

Er hatte die 108th Street in Queens gewählt. Dafür musste es einen Grund geben. Unser Hauptproblem im Kampf gegen die Kreditkarten–Haie war es, die Hintermänner aufzuspüren. Hatte Murdough von diesen Schwierigkeiten geahnt? Hatte er seinen Tod mit einer nachträglichen Rache an denen verbinden wollen, die ihn ins Unglück getrieben hatten?

Ich fand den Weg, um es ergründen zu können.

Ich rief die Kollegen von der Nachtbereitschaft an. Les Bedell setzte sich für mich an einen der Computer-Terminals und verschaffte sich über die Standleitung Zugriff zum Zentralarchiv in Washington. Als erstes nahm er sich die Datei vor, in der alle Personen registriert sind, die jemals in den Vereinigten Staaten mit dem Gesetz in Konflikt geraten sind. Sollte das keinen Erfolg bringen, konnten wir immer noch auf die Datei mit den ehemaligen Armeeangehörigen oder auf jene mit den im öffentlichen Dienst Tätigen zurückgreifen.

Mit Hilfe des Suchwort-Programms verringerte Les die Millionen Daten auf wenige tausend, indem er alles aussonderte, was nicht das Stichwort Queens in der Wohnanschrift hatte. Natürlich steckte darin schon eine Unsicherheit, denn nicht alle registrierten Adressen im FBI-Archiv stimmten noch. Die betreffenden Leute konnten längst umgezogen sein. Manchmal hing es auch ganz einfach davon ab, wie aktuell die Eintragungen waren. Bei uns in den Staaten gibt es eben keine Einwohner-Meldepflicht wie in bestimmten Ländern Europas.

Les nahm als nächstes Suchwort Elmhurst. Das ist der Teil von Queens, zu dem die 108th Street gehört.

»Jetzt geht es abwärts«, klang die Stimme des Kollegen quäkend aus dem Funklautsprecher. »Warte – ich habe auf dem Bildschirm jetzt nur noch – achtundvierzig Namen.«

»Okay«, sagte ich. »Elmhurst ist auch nicht gerade klein. Nehmen wir mal an, dass Murdough kein begeisterter Fußgänger war. Geben wir ihm fürs erste vier Straßenzüge im Quadrat um die Fundstelle.«

»Ich habe den Stadtplan hier«, sagte Les. »Oberhalb geht es übrigens nur bis zur 111th, weil dann der Corona Park anfängt. Das Ganze dauert einen Moment.«

Ich zündete mir eine neue Zigarette an. Les tastete inzwischen die Straßen von der 104th bis zur 108th und die Namen der Querstraßen ein.

Phil tauchte aus dem Pulk von Polizeibeamten und Polizeifahrzeugen auf. Ich erklärte ihm, was lief.

»Drei Namen«, ließ sich Les Bedell Sekunden später vernehmen.

»Nummer eins: Derek Jones, einundzwanzig Jahre, weiß, männlich, 105th Street, vorbestraft wegen Raubüberfalls auf eine Tankstelle, außerdem Jugendstrafen. Nummer zwei: Clifton Chalmer, dreiunddreißig, weiß,

104th Street, Vergewaltigung in drei Fällen, räuberische Erpressung in zwei Fällen, steht unter Bewährung, hat Gefängnisstrafen von insgesamt zehn Jahren verbüßt.«

Phil fasste sich an den Kopf. »Ich sage nie wieder, dass dies eine gutbürgerliche Gegend ist!«

»Dann hätten wir noch einen Adam Greene«, fuhr Les fort, »siebenunddreißig Jahre alt, weiß, männlich, 111th Street, Hausnummer 23, nicht vorbestraft, zweimal angeklagt wegen Kreditbetrugs und Kreditwuchers. In beiden Fällen wurde das Verfahren aus Mangel an Beweisen eingestellt. Außerdem war er insgesamt sechsmal als Zeuge geladen – in allen Fällen handelte es sich um Ermittlungen gegen das organisierte Verbrechen. Die Syndikatsspitzen, um die es ging, waren Salvatore Mercante, Edmond Feather, Leonard Boise und Tony Gambero.«

»Keiner von denen wurde verurteilt«, sagte ich.

»Richtig«, bestätigte Les. »Aber auf jeden Fall scheint Greene von den Burschen auf unserer Liste der dickste Fisch zu sein.«

»Und der, der am besten zu Murdough passt«, sagte ich, bedankte mich bei Les und bat ihn, mich noch einmal mit der Funkzentrale zu verbinden.

Hyram Wolfe meldete sich.

»Wir verlassen die 108th Street«, sagte ich und nannte Name und Adresse Greenes. »Wir brauchen einen Durchsuchungsbefehl, so schnell wie möglich. Außerdem könnte es sein, dass wir ohne Verstärkung nicht auskommen. Wir melden uns von Ort und Stelle wieder. Und verständige bitte den Chef, Hyram.«

»Geht in Ordnung. Da wäre übrigens noch etwas. Eine telefonische Anfrage nach Phil. Eine Lady namens Victoria Douglas bittet dringend um seinen Anruf. Sie sagt, er wüsste, welches Hotel und welche Telefonnummer.«

Vor meinem geistigen Auge sah ich den Kollegen,

wie er am Funkdesk saß und grinste. Ich beendete das Gespräch und klinkte das Mikro ein.

Phil zog die Schultern hoch, winkelte die Arme an und hob die Hände vor den Brustkasten. »So geht es einem, wenn man ein gefragter Mensch ist.«

Ich schenkte mir einen Kommentar, um zu vermeiden, dass er eine neue Neid-und-Eifersuchts-Debatte begann. Bevor wir losjagten, bat ich den Captain, uns einen Teil seiner Beamten als unauffällige Eingreifreserve hinterherzuschicken.

Leonard Boise verließ das Bad frisch und munter, obwohl es auf Mitternacht zuging. Er betrat das Ankleidezimmer und den begehbaren Schrank und entschied sich für ein walnussfarbenes T-Shirt zu einem leichten dunkelblauen Anzug. Dazu schlüpfte er in bequeme Leinenschuhe. Die Leichtigkeit der Schuhe und der Kleidung gaben ihm das Gefühl besonderer Beweglichkeit. Und die brauchte er in dieser Nacht, das sagte ihm der Instinkt.

Es ging nicht allein darum, diesen Verrückten zu beseitigen, der sich Greenes Swimmingpool für seine Sterbestunde ausgesucht hatte. Der Rattenschwanz an undichten Stellen, den Murdough möglicherweise hinter sich hergezogen hatte, musste ausgeforscht werden.

In einer männlich-herben Wolke von Eau de Cologne öffnete Boise die Tür zum Schlafzimmer des Bungalows Nummer 119, den er an diesem Abend benutzte. Die beiden Girls, blond und brünett, räkelten sich matt und schläfrig auf dem französischen Bett. Der Barwagen mit Flaschen, Gläsern und Eiskübel stand neben dem Bett. Boise war stolz auf sich, auf seine Fitness.

»Bye, bye, Darlings!«, rief er gut gelaunt. »Ich lasse euch ein Weilchen allein. Euch wird die Zeit nicht lang werden, was?«

Er deutete auf den Barwagen und auf die Regalwand mit Fernseher und Stereoanlage.

Die beiden Girls gähnten nur.

Boise schloss die Tür behutsam, als dürfte er sie nicht stören. Er ging hinüber ins Sicherheitszentrum des Bungalows. Aus dem Aufenthaltsraum holte er sich eine Dose Coke und ein Glas. Über die Sprechanlage teilte er den Bodyguards mit, dass die eingeteilten Männer jetzt antanzen könnten. Er setzte sich an das Monitordesk, goss Coke ins Glas und zündete sich eine Zigarette an.

Die Schlafzimmer und die Badezimmer des Bungalows waren die einzigen Räume, deren Videokameras außer ihm niemand aktivieren konnte. Er hatte dazu einen persönlichen Benutzercode zwischengeschaltet, den nur er kannte. Er holte sich das Bild vom Schlafzimmer in Nummer 119 auf Bildschirm eins und musste grinsen. Die beiden Süßen hatten sich noch immer nicht aufgerafft, lagen einfach da, nackt und bildhübsch, wie sie waren. Gelangweilt schaltete Boise das Bild weg. Gelegentlich, wenn er große Partys gab, veranstaltete er Spielchen in seinen Schlafzimmern. Wenn alle alkoholisiert genug waren, zog er sich zurück und schnitt das Ganze auf Videokassette mit.

Vier Mann meldeten sich bei ihm – fertig zum Einsatz. Sie betraten den mit Elektronik vollgestopften Raum und stellten sich in Linie auf. Alle vier waren durchtrainierte Burschen. Mit ihren Baseballschuhen, Jeans und schwarzen Lederblousons sahen sie fast aus wie uniformiert.

Boise wandte sich ihnen mit dem Drehstuhl zu, schlug die Beine übereinander und schnippte Zigarettenasche in den Aschenbecher. »Lasst hören«, forderte er aufgeräumt.

Sie wussten, dass sie seine Anweisung zu wiederholen hatten.

»Wir haben den Landcruiser klargemacht«, sagte

der Truppführer, ein schwarzhaariger Mann mit gepflegtem Vollbart. »Die Aluminiumkiste ist mit Stangenblei vollgepackt. Die Verschlüsse funktionieren einwandfrei. Trotzdem haben wir zwei Ketten aus rostfreiem Edelstahl als zusätzliche Sicherung – damit der Deckel nicht doch irgendwann aufgeht, wenn er ein paar Jahre bei den Fischen war.«

Die Bodyguards grinsten.

»Sehr gut«, sagte Boise. »Weiter!«

»Wir laden den Mann bei Mr. Greene ein und fahren nach Hewlett Point. Da setzen wir Sam und Gavin ab, damit sie das Boot aus dem Yachthafen holen. Wir treffen uns dann an der Küste und bringen die Aluminiumkiste mit dem Beiboot an Bord. Jake und ich fahren mit dem Landcruiser zurück, Sam und Gavin übernachten in der Kajüte, draußen auf dem Long Island Sound. Die beiden laufen erst gegen Mittag wieder in den Hafen ein, und falls sie einer fragt, sagen sie, sie waren angeln.«

»Gut«, nickte der Syndikatsboss. »Nichts daran auszusetzen. Noch Fragen?«

Der Mann mit dem Vollbart bejahte. »Sie sagten, dieser Typ hat sich selbst ins Jenseits befördert. Wäre es da nicht besser, wenn er irgendwo gefunden wird?«

Boise drückte die Zigarette aus und hob anerkennend den Zeigefinger. »Das ist ein wichtiger Punkt, vielleicht der wichtigste überhaupt!« Er hatte seine Männer stets zum Mitdenken angeregt. Stumpfsinnige Befehlsempfänger konnte er nicht brauchen. Wenn sie begriffen, weshalb sie etwas taten, dann taten sie es doppelt gut. Er lehnte sich zurück. »Ich habe darüber schon nachgedacht«, sagte er gedehnt. »Und ich bin zu dem Ergebnis gekommen, dass es auf jeden Fall besser ist, die Leiche verschwinden zu lassen. Es ist doch so: Egal, wohin wir den Toten transportieren – wir können nicht ausschließen, dass es Zeugen gibt. Ein alter Knabe mit Schlafstörungen, der zufällig aus einem

Fenster linst. Oder so etwas. Vor diesen verdammten Zufällen ist man nie sicher. Verschwindet die Leiche aber endgültig, kann auch niemand mehr eine Spur aufnehmen. Deshalb ist die zusätzliche Deckelsicherung mit den Ketten zum Beispiel sehr wichtig.«

Die vier Männer nickten. Sie hatten verstanden. Offene Fragen gab es nun nicht mehr.

Boise schickte sie los.

Ich parkte schräg gegenüber, in der dunklen Zone zwischen den Lichtkreisen zweier Laternen.

Greenes Grundstückseinfahrt war durch ein mannshohes Rolltor verschlossen. Die Gitterstäbe bestanden offensichtlich aus massivem Stahl, waren glatt und freundlich weiß lackiert. Eine gleichhohe Mauer aus weißen Steinen schloss sich an beiden Seiten bis zu den Nachbargrundstücken an. Vom Haus selbst war wegen der hohen Bäume und des Buschwerks in dem parkähnlichen Garten nichts zu sehen.

»Bist du sicher, dass sich Murdough ausgerechnet dort eingeschlichen hat?«, fragte Phil zweifelnd.

»Wozu haben wir unseren Durchsuchungsbefehl?«, entgegnete ich.

»Wir warten darauf«, korrigierte mein Freund und Kollege.

»Vergewissern wir uns.« Ich ließ die Seitenscheibe ein Stück abwärts schnurren und zündete mir eine Zigarette an.

»Was bedeutet, dass es an mir hängen bleibt«, erwiderte Phil ergeben, griff aber bereits zum Funkmikro und rief die Zentrale an.

»Vielleicht hat deine kleine Engländerin schon wieder angerufen, und du erfährst, wie groß ihre Sehnsucht ist.«

Phil konnte mit keiner passenden Antwort kontern, da sich Hyram Wolfe in diesem Moment meldete. John

D. High war unterwegs zum Office. Steve Dillaggio und Zeerookah standen in den Startlöchern, um den Durchsuchungsbefehl entgegenzunehmen, den der Chef mitbrachte. Er kannte die Richter, die er auch mitten in der Nacht aufsuchen konnte, um so ein Dokument mit amtlichem Siegel und Unterschrift an Land zu ziehen. Da Steve und Zeery mit ihrem Dienstwagen zu dieser Stunde schnell vorankommen würden, konnten wir damit rechnen, spätestens in einer Dreiviertelstunde die offizielle Erlaubnis zu haben, uns ungefragt auf Greenes Anwesen zu bewegen.

Allerdings würden wir keine Dreiviertelstunde mit Daumendrehen verbringen. Wir hatten das Gesetz auf unserer Seite, wenn wir es dem Steuerzahler ersparten, fürs Herumsitzen entlohnt zu werden.

Wir überprüften die Trommelkammern unserer Dienstrevolver, holsterten die Waffen, steckten die Walkie-Talkies ein und vergewisserten uns, dass die Straße menschenleer war. Dann erst stiegen wir aus. Captain Egans Einsatzreserve befand sich in der 110th Street in Bereitstellung. Wir wollten jedoch nicht die Pferde scheu machen, bevor wir überhaupt eine Ahnung hatten, was uns erwartete.

Wir stellten fest, dass oberhalb der Einfriedungsmauer Radarmelder installiert waren. In der Nähe des Tors suchten wir uns einen toten Winkel und halfen uns gegenseitig hinüber. Kein Sirenenschrillen setzte ein, als wir auf dem weichen Erdboden hinter der Mauer verharrten.

Auch das Knurren von Wachhunden blieb aus.

Greene schien auf hundertprozentige Sicherheit keinen Wert zu legen. Vielleicht deshalb nicht, weil er sich zu selten hier aufhielt. Wenn er tatsächlich für einen dieser Männer arbeitete, denen nachgesagt wurde, sie seien führende Köpfe des organisierten Verbrechens, würde er auch kaum Zeit haben, sich häufiger in seine eigenen vier Wände zurückzuziehen.

Wir horchten. Kein Laut war zu hören. Geräuschlos näherten wir uns dem Rand der Zufahrt und drangen in Richtung Wohnhaus vor. Gleich darauf war erster Lichtschein auszumachen, der von Gartenlaternen herrührte. Die Bepflanzung war indessen so dicht, dass man von der Straße aus nichts davon hatte sehen können. Der Lichtschein verstärkte sich rasch mit jedem Yard, den wir hinter uns brachten.

Auch im Erdgeschoss des Hauses brannte Licht.

Unbehelligt überquerten wir den Vorplatz und erreichten die Seitenwand des Garagentrakts. Vorn, auf der Straße, näherte sich Motorengeräusch. Bremsen schabten metallisch. Die Motordrehzahl ging bis zum Leerlauf zurück. Aus dem Wohngebäude war ein Klingelschrillen zu hören. Sekundenlang herrschte Stille. Dann setzte sich in gut zweihundert Yards Entfernung das Rolltor in Bewegung.

Ich spähte um die Garagenecke.

Die Eingangstür des Wohnhauses schwang auf. Im zusätzlichen Lichtschein, der in breiter Bahn aus der Halle flutete, war die Silhouette eines Mannes zu sehen.

Das Motorengeräusch schwoll wieder an. Phil und ich brauchten uns nicht zu verständigen. Ich zog den 38er und schnellte los. Der zunehmende Lärm des herannahenden Wagens machte meine Schritte unhörbar.

Der Mann im offenen Eingang sah mich erst, als ich nur noch zwei Yards entfernt war. Er zuckte zusammen, als hätte ich ihm einen Peitschenhieb verpasst. Ein Typ wie aus einem Hollywood–Filmkatalog. Das Alter, das im Zentralarchiv registriert war, passte. Ich musste Adam Greene vor mir haben.

Er riss den Mund auf, um loszubrüllen.

Das Motorendröhnen war jetzt so laut, dass es unmittelbar hinter uns zu sein schien.

Ich tupfte Greene die Linke auf das Schlüsselbein und trieb ihn damit in die hell erleuchtete Halle. Ich hörte seine Zähne aufeinander klappen. Er stolperte rückwärts, ruderte mit den Armen und riss eine Blumensäule um. Es krachte, als der Steinguttopf zerschellte und Erde, Wurzeln, Blätter und Blüten verstreut wurden. Phil war im selben Moment zur Stelle. Gemeinsam tauchten wir in den Hauseingang. Eine Sekunde später wäre nicht mehr rechtzeitig gewesen.

Ein dunkelgrüner Toyota Landcruiser jagte auf den Vorplatz und wurde herumgerissen. Das schwere Fahrzeug wedelte in einer fächerartigen Bewegung über den Asphalt. Die Reifen kreischten. Das Scheinwerferlicht beschrieb die gleiche Bewegung, als wäre es der trichterförmige Fortsatz eines ins Kreisen geratenen Metallklotzes.

Wir fanden Deckung beiderseits der Türflügel.

Weit hinter uns war Greene auf einem Perserteppich gelandet. Er überblickte die Lage nicht, begann zu brüllen, als ob die Kerle im Landcruiser nicht längst erkannt hätten, in was sie hineingerieten.

Ich wirbelte herum und erreichte Greene mit wenigen federnden Sätzen. Eine schnelle, aber brettharte Handkante genügte, um das Gebrüll abzuschalten und ihn ins Traumland zu schicken.

Auf dem Vorplatz endete das Kreischen der Reifen. In dem Moment, in dem ich wieder an meiner Türseite war, flogen draußen die Türen des Toyota auf. Vier Männer in Lederblousons schnellten ins Freie. Sie ließen uns keine Gelegenheit, ihnen mit einem Warnschuss zu verdeutlichen, dass sie es nicht mit ihresgleichen zu tun hatten.

Erste Mündungsfeuer zuckten bei den huschenden Gestalten auf.

Die Schüsse klangen hart und trocken. Ein schwacher Nachhall wehte von der Fassade in Richtung Straße. Kugeln trafen den Türrahmen mit schmetterndem Schlag. Ein Geschoss sirrte in die Halle und schlug einen Spiegel in Stücke.

Wir erwiderten das Feuer. Die 38er ruckten in unseren Fäusten und wummerten dumpf.

Zwei Schießer waren hinter dem Toyota in Deckung gegangen. Die beiden anderen hatten sich ein Stück weiter entfernt in die Büsche geschlagen. Während wir die Kerle hinter dem Wagen in Deckung zwangen, wechselte ich einen Blick mit Phil. Er nickte, griff mit der freien Hand in die Jackentasche und legte zwei Speedloader bereit.

Was ich vorhatte, wusste er. Ich brauchte Feuerschutz, um das Haus zu verlassen. Es konnte zur Falle für uns werden. Dann nämlich, wenn es den beiden in den Büschen gelang, zu einem Seiten- oder Hintereingang vorzudringen.

Ich jagte die letzte Kugel aus meiner Trommel in einen verglühenden Mündungsblitz, der unmittelbar hinter dem Heck des Geländewagens aufgezuckt war.

Ein gellender Schrei stach durch das Krachen der Schüsse.

Nur noch ein Mann feuerte hinter dem Toyota.

Ich zog mich in Deckung zurück, schwenkte die Trommel aus, betätigte den Ejektor und stieß sechs neue Patronen mit dem Speedloader in die Kammern. Mit kurzem Druck entfernte ich den Hartkunststoff des Loaders und ließ die Trommel einrasten. Ich gab Phil das Zeichen. Er nickte, ohne sein Feuern zu unterbrechen.

Ich zog die Beine an, spannte die Muskeln und schnellte in flacher Flugbahn ins Freie. Mit einem ruckartigen Sidestep fegte ich nach links weg. Kugeln schrammten über den Asphalt, wo ich eben noch gewesen war. Hakenschlagend rannte ich weiter nach links, auf die Buschgruppen am Rand des Vorplatzes zu. Zwitschernde Geschosse folgten mir.

Kopfüber tauchte ich in die Zweige eines Jasminstrauchs. Betäubender Blütenduft umnebelte mich für eine Hundertstelsekunde. Auf weicher Erde rollte ich mich ab und schnellte sofort nach rechts. Blei prasselte durch die Zweige. Weiße Blütenblätter schwebten wie Schneeflocken herab. Ich rollte mich weiter ab und horchte dabei auf das unverkennbare dumpfe Wummern von Phils Smith & Wesson, das sich von den Automatics, die die Gangster verwendeten, klar unterschied.

Ich robbte unter dem Gebüsch entlang auf den Platzrand zu.

Das Geschehen überschlug sich, bevor ich einen Gedanken fassen konnte.

Zwei Mann entschieden sich für den Sturmangriff auf Phil. Der, der hinter der Motorhaube des klobigen Fahrzeugs kauerte, gab dem anderen Feuerschutz, der direkt hinter ihm aus einem Maulbeerbusch hervorbrach und losrannte. Der Dritte, ebenfalls im Buschwerk, hatte seine Last damit, mich in Deckung zu zwingen. Er schaffte es nicht, denn ich war längst nicht mehr links von dem Jasmin, wo er mich vermutete.

Ich erreichte den Rand des Platzes, schob die Arme vor, legte die Ellbogen auf und hatte den 38er noch im selben Atemzug im Beidhandanschlag. Zweimal hintereinander zog ich durch. Ein kurzer Schmerzenslaut folgte. Das Geschossprasseln in meiner Nähe hörte auf. Ich schwenkte den Smith & Wesson nur ein Stück nach rechts und jagte die dritte Kugel aus dem Lauf. Die Fensterscheibe an der Fahrerseite des Toyota flog in tausend Krümeln auseinander.

Phil erwischte den Hakenschlagenden, der auf ihn zustürmte, mit einem Schuss in die Beine. Der Mann überschlug sich und schrie vor Schmerzen, als er mit der Nase über dem rauen Asphalt schlitterte.

Der Kerl beim Landcruiser warf sich herum und stieß sich ab.

Ich federte hoch, die Waffe schussbereit. »Stehen bleiben!«, brüllte ich. »Hier ist der FBI! Keine Bewegung!«

Er hörte nicht auf mich, dachte überhaupt nicht daran. Und er war um den Bruchteil einer Sekunde zu schnell. Mein Schuss, der ihm die Beine unter dem Leib wegreißen sollte, ging ins Leere. Der Fliehende verschwand im Gebüsch. Ich rannte los, um ihn zu verfolgen.

Phil tauchte im Hauseingang auf, den Dienstrevolver am langen Arm.

Sirenengeheul näherte sich auf der Straße. Captain Egans Männer hatten die Schüsse gehört. Sie würden das Grundstück abriegeln. Ich bremste meine Schritte ab und begann, Waffen einzusammeln. Phil kümmerte sich um Greene, der in der Halle laut stöhnte.

Für den Mann hinter dem Heck des Toyota gab es keine Hilfe mehr. Meine Kugel hatte ihn tödlich getroffen. Der andere im Buschwerk war lediglich bewusstlos. An seinem Schultersteckschuss würde er nicht zugrunde gehen. Auch der, den Phil mit einem Beinschuss gestoppt hatte, war ohne Bewusstsein.

Da das Tor der Grundstückseinfahrt noch offen stand, rauschte der erste Streifenwagen heran. Ich lief auf die Cops zu, sagte ihnen, dass einer der Kerle in Jeans und Lederblouson flüchtig war, und übergab ihnen die sichergestellten Waffen. Drei Automatic-Pistolen, Typ Colt Government.

Phil und ich hatten Zeit, uns näher mit Greene zu befassen. Phil hatte ihm Handschellen verpasst. Der Hollywood-Schönling stand unsicher, seine Augen sahen aus, als trüge er milchige Kontaktlinsen. Seine Whiskyfahne hätten wir nicht mehr wahrnehmen müssen, um zu wissen, dass sein Pegelstand weit über Normalnull war.

Ich zeigte ihm meinen Dienstausweis mit dem Silberadler. »Wir sind vom FBI, Greene. Kriegen Sie das mit?«

Er stierte mich an. Da sich sein Mund öffnete, schien er begriffen zu haben. Er sah fassungslos aus.

»Murdough hat uns auf Ihre Spur gebracht«, fuhr ich fort. »Hugh Murdough!«

Er zuckte zusammen, wie vorhin, als ich so plötzlich vor ihm aufgetaucht war. Abwehrend, als verkörperte ich eine schlimme Gefahr, streckte er die Hände aus, hinter denen die stählerne Acht schimmerte. Seine Lippen bewegten sich, aber er brachte noch keinen Ton heraus.

Phil und ich sahen uns erstaunt an. Was, in aller Welt, hatte Hugh Murdough hier in Bewegung gesetzt? Sein Name wirkte auf Greenes umwölkte Gehirnwindungen jedenfalls unglaublich. Dazu trug aber wohl auch bei, dass wir die vier Schießer aus dem Toyota abgewehrt hatten. Greene musste sich in einem vom Whisky verstärkten Zustand völliger Hoffnungslosigkeit befinden. »Ich …«, sagte er, »ich – will einen Anwalt. Ich – will – Kronzeuge werden. Ich …«

»Gegen wen?«, fragte ich rasch, noch bevor wir unsere Verblüffung überwunden hatten.

»Gegen wen!«, schrie Greene mit dem Jähzorn des Betrunkenen. »Gegen wen schon! Als ob ihr das nicht wüsstet! Tut doch nicht so! Ihr wollt doch bloß Boise gegen mich ausspielen! Aber da bin ich schneller! Ha!« Er lachte schrill und krümmte sich vor verbissenem Vergnügen. »Ich mache ihn fertig, bevor er mich fertig macht!«

Ich überließ ihn Phil, lief nach draußen und ließ mir das Funkmikro aus dem Streifenwagen geben. Ich rief die Zentrale im District Office des FBI und gab den Namen durch. Diesmal wartete ich nicht ab, um zu erfahren, ob Victoria Douglas schon wieder nach Phil gefragt hatte. Mit der Gewissheit, dass diese Nacht für uns noch lange nicht zu Ende war, lief ich ins Haus zurück.

Mein Freund und Kollege hielt Greene am Arm fest, damit er nicht umkippte. Der umnebelte Hausherr führte uns in den Keller, der sich als Traum aus Fliesen,

Marmor, kristallklarem Wasser und sonstigen Kostbarkeiten entpuppte. Die weibliche Whiskyleiche, hingegossen vor der Bartheke, störte das Bild nicht.

Nur der Tote, der im Pool neben der Leiter stand, hatte Greenes Traum zum Albtraum gemacht.

Der Durchsuchungsbefehl, den Steve und Zeery Minuten später brachten, erschien uns fast überflüssig. Wir zeigten ihn Greene trotzdem. An seinen stumpfen Augen sahen wir, dass er nicht begriff, was das Dienstsiegel, die Unterschrift und der ganze vorgedruckte Kram bedeuteten.

Von dem einen Schießer, der mir ins Gebüsch entwischt war, fehlte jede Spur. Auf der Straße, so erfuhren wir von den Cops, war er nicht aufgetaucht. Ich konnte daraus nur folgern, dass er über Nachbargrundstücke getürmt sein musste.

Wir gerieten in Alarmstimmung, als wir erfuhren, dass Leonard Boise nicht weit entfernt wohnte, in Great Neck, einen Katzensprung von der Grenze zwischen Queens und Nassau County.

Der Summton war leise und doch unüberhörbar fordernd.

Fluchend schob sich Boise von der Blondine weg, die mit einem erleichterten Seufzer zurücksank. Die Brünette schlief tief und fest am Fußende des Betts. Der Mann mit dem grauen Haarkranz schwang sich über die Kante, stieß die Füße in die Lederpantoffeln und fischte seinen Hausmantel vom Fußboden. Er hastete in das Sicherheitszentrum und schaffte es erst dort, den Mantel vollends überzustreifen.

Er drückte auf den Knopf, der den Alarmton ausschaltete. Die Digitalanzeige gab den Ursprung des Alarms an. Kamera sechs. Boise warf sich auf den Drehstuhl, tastete die Codierung mit der sechs ins Keyboard und holte das Bild auf Monitor vier.

Unwillkürlich riss er die Augen weit auf.

Die Bildröhre lieferte eine verschwommene Nachtaufnahme von der Toreinfahrt des Bungalows. Vor dem Tor stand ein Oldsmobile Delta mit eingeschalteten Scheinwerfern. Der Wagen gehörte nicht zu seinem Fuhrpark, das sah Boise auf den ersten Blick. Aber der Mann an der Sprechanlage stand auf seiner Lohnliste. Es war der Bärtige, den er als Truppführer losgeschickt hatte.

Boise hatte das Gefühl, dass seine Nerven schrillten.

Er griff nach dem Mikrofon für die Sprechanlage und schaltete es ein. »Was ist los, zum Teufel?«

Die Stimme des Bärtigen klang gehetzt, wie aus großer Entfernung, als gäbe der Moskau-Korrespondent von NBC einen Telefonkommentar ab. »Greene hat uns reingelegt! Der hatte Bullen da! Wir konnten überhaupt nichts machen!«

»Komm rein«, knurrte Boise und betätigte den Toröffner. »Mit dem Wagen! Los, los, beeil dich!« Er wusste in diesem Moment, dass er die Nacht nicht gemeinsam mit den beiden Hübschen im französischen Bett beenden würde.

Mit Hilfe der Bildschirme überwachte er, wie der Bodyguard den Wagen, den er unterwegs geknackt haben musste, in die freie Garage fuhr. Ein Hauch von Zufriedenheit erfüllte Boise. Im Grunde hatte er sich auf seine Leute immer verlassen können. Sie waren zuverlässig, und sie dachten mit, wie er es ihnen beigebracht hatte. Bei Greene musste es wirklich eine Panne gegeben haben. Und die konnte nur mit diesem verfluchten Hund namens Murdough zusammenhängen.

Boise holte seine Sachen, die er im Schlafzimmer über einen Sessel geworfen hatte. Beide Girls schliefen jetzt. Er kümmerte sich nicht um sie. Die Kleidungsstücke über dem Arm, die Schuhe in der Hand, öffnete er dem Bärtigen die Haustür. Er beorderte ihn in das

zwei blasse Girls, die zitternd im Livingroom von Nummer 119 hockten. Fürsorgliche Kollegen hatten sie in flauschige Bademäntel aus den Beständen des Syndikatsbosses gehüllt, was aber gegen die Kälte von innen her auch nicht half.

Joe Brandenburg und Fred Nagara kümmerten sich um die Girls, die von immer neuen Kälteschauern geschüttelt wurden. Cops verteilten Kaffee und Tee aus Thermoskannen. Die Blondine und die Brünette rauchten mit tiefen Lungenzügen.

»Wie steht es jetzt mit der Erinnerung?«, fragte Mr. High.

Joe wandte sich kurz um und schüttelte den Kopf. »Die beiden scheinen wirklich nicht viel mitgekriegt zu haben.«

Die Blondine sah uns vorwurfsvoll an. »Leo hat uns doch nicht verraten, was er so alles treibt!«, wisperte sie. »Auf einmal war er weg. Das ist alles.«

Der Chef sah uns an und zuckte mit den Schultern. Mehr konnten wir wirklich nicht erwarten. Wir wandten uns ab und sahen uns weiter um. Dabei konnten wir nur hoffen, dass es irgendwo in den drei Bungalows Hinweise gab, die uns weiterbrachten. Eine Hoffnung auf tönernen Füßen. Denn Boise konnte unmöglich der Mann sein, der belastendes Material herumliegen ließ. Für den Ernstfall, der bei ihm jetzt eingetreten war, musste er ganz einfach vorgesorgt haben.

Wir fanden alles, was im Augenblick nicht viel wert war. Über seine Sicherheitseinrichtungen konnten wir nur staunen. Es war ein enormer Aufwand, den er da getrieben hatte – jahrelang mit Erfolg. Einen Teil seines Fuhrparks hatte er ebenfalls zurückgelassen. Den Oldsmobile mit der kurzgeschlossenen Zündung konnten die Kollegen noch in der Nacht an den rechtmäßigen Eigentümer zurückgeben.

Als sich der Himmel im Osten schon grau färbte

und wir unseren soundsovielten Kaffee schlürften, wurde es für uns zur unumstößlichen Tatsache, dass wir in eben dieser Nacht nicht mehr herauskriegen würden, wo Leonard Boise sich verkrochen hatte.

SHARON: ICH HÄTTE EIN LEBEN RETTEN KÖNNEN!

Die Schlagzeile stach uns ins Auge, als wir an der Kreuzung Broadway / Houston Street bei Rot anhalten mussten. An der Ecke befand sich ein Kiosk. Der Inhaber hatte die Morgenzeitungen in Drahtgestellen vor eine bunte Bude gehängt. Phil schwang sich ins Freie, fischte im Laufen Kleingeld aus der Tasche und war zwei Sekunden später wieder zur Stelle. Er zog die Tür zu, als ich den Jaguar anrollen ließ. Mehr als eine Mütze voll Schlaf hatten wir uns nicht erlauben können. Trotzdem waren wir beide pünktlich gewesen, als ich Phil an der üblichen Ecke abgeholt hatte.

Er glättete die druckfrische Ausgabe des ›Star‹ auf den Knien und las vor, da ich mich auf das Verkehrsgewühl konzentrieren musste. Unterzeile: ›Selbstmörder gesteht heimliche Liebe in Abschiedsbrief – wo ist Hugh Murdough? Eine Reportage von Kenneth Young.‹

»Mr. Young ist nicht ganz auf dem Laufenden«, brummte ich.

»Ich fürchte«, entgegnete Phil, »ihm ging es bei der Geschichte mehr um die Tränendrüsen der Leser. Hör dir das an: Sharon Aldridge hat für alle, die ihr tagaus, tagein begegnen, ein freundliches Lächeln. Die nette Art der zierlichen jungen Frau ist mehr als nur berufsmäßig. Das spüren die Kunden des Schnell-restaurants an der Ecke Broadway und West 46th Street immer ganz deutlich. Sharon wird deshalb auch von ihren Vorgesetzten besonders geschätzt, denn sie trägt zum guten Ruf des Restaurants bei. Ein Mann allerdings nahm Sharons Lächeln persönlich. Aber er wagte es nie, sie anzusprechen. Erst als er sich von dieser Welt verabschiedete, gestand er ihr seine Liebe – in einem Brief. Sharon ist verzweifelt. ›Hätte ich doch nur etwas für ihn tun können!‹, sagt sie im Gespräch mit dem Star-Reporter. ›Wenn ich nur einmal mit ihm ge-redet hätte, hätte ich sein Leben bestimmt retten können.‹ Absatz.«

Ich knurrte einen Fluch und schaltete die Sirene ein. Gleichzeitig versuchte ich, den Flitzer nach links zu quälen, zur mittleren Fahrspur hin.

Phil sagte nichts. Er hatte verstanden. Er griff zum Funkgerät, während ich das Magnet-Rotlicht durch das offene Fenster stieß und auf das Wagendach pappte.

Es dauerte ewige Sekunden, bis in dem sich träge dahinwälzenden Fahrzeugstrom eine Lücke entstand. Keinem der anderen Fahrer konnte ich einen Vorwurf machen. Wo kein Platz ist, kann man nicht ausweichen. Nach rechts abzubiegen hätte keinen Sinn gehabt. Bis wir durch die engen Wohnstraßen westlich des unteren Broadway die Avenue of the Americas erreichten, hatte ich auch gewendet. Um diese Zeit war ohnehin alles verstopft, was im südlichen Manhattan an Fahrbahnen verfügbar war.

Phil hatte Verbindung mit der Zentrale im District Office und ließ sich Mr. High geben. Der Chef hatte Sharons Adresse und Telefonnummer in der Akte, die mittlerweile ziemlich dick geworden war. Mr. High versprach, Sharon sofort anzurufen.

East 86th Street, sechster Stock.

Unter den augenblicklichen Umständen war das eine halbe Weltreise. Rotlicht und Sirene verschafften uns einen kleinen Zeitvorteil. Dann, oberhalb der East 14th Street, ging es unverhofft schneller. Blech und Chrom wurden dünnflüssiger. Ich nahm die Park Avenue und trat das Gaspedal durch. Der Jaguar machte einen Satz, und die Tachonadel kletterte rasant. Ich knüppelte die Gänge hoch. Die linke Spur war nahezu frei. Aber auch dann, wenn ich Fahrzeuge in einiger Entfernung erblickte, konnten die Driver noch rechtzeitig Platz machen. Wir befanden uns in der Gegend, in der die meisten Angestellten ihre Offices ohnehin mit Bussen oder Subway erreichten, denn hier herrschte der größte Mangel an Parkplätzen.

Das Lämpchen des Funkgeräts flackerte, als wir die West 42nd Street eben überquert hatten. Phil klinkte das Mikro aus und schaltete auf Empfang.

»Sie meldet sich nicht«, sagte John D. High. »Ich habe es auch in dem Howard-Johnson-Restaurant versucht. Dort ist sie noch nicht angekommen. Sie hat auch keinen freien Tag. Ich bitte die Kollegen vom Revier an der 80th Street, einen Streifenwagen loszueisen.«

»Wir werden schneller dort sein«, versicherte Phil mit einem Seitenblick.

Ich nickte entschlossen. Die Jaguar-Maschine brummte satt, und mit über siebzig Meilen pro Stunde scheuchte ich den Flitzer über unübersichtliche Kreuzungen und vorbei an Lieferwagen, die sich im Schneckentempo nicht schnell genug zur Seite quälen konnten.

Phil hängte das Mikro weg und schleuderte die Zeitung nach hinten auf die schmale Sitzbank. Er hatte keine Ruhe, noch mehr von dem schwülstigen Text vorzulesen. Das meiste konnte ich mir auch so denken.

Dieser Kenneth Young hatte sich Informationen erschlichen, an die er unter normalen Umständen nicht hätte herankommen können. Doch alles Wenn und Aber nützte jetzt nichts mehr. Zu dem Zeitpunkt, als er Sharon ausgequetscht hatte, war für uns auch noch nicht abzusehen gewesen, dass sie einmal in Gefahr geraten würde. Auch jetzt war eine solche Möglichkeit vage – aber nicht mit einer Handbewegung wegzuwischen.

Obwohl wir alle Fahndungsmöglichkeiten ausnutzten, hatten wir noch immer nicht die leiseste Ahnung, wo Leonard Boise steckte.

Er würde die Morgenausgabe des ›Star‹ aber genauso gut entdecken können wie wir. Und er befand sich in Panik. Sehr wahrscheinlich. Der Name Hugh Murdough musste ein Reizwort für ihn sein. Nicht auszumalen, was es bedeuten konnte, wenn er von Sharon Aldridge erfuhr.

Im Fahrstuhl war es so eng wie an jedem Morgen.

»Kommen Sie schon!«, rief der immer übertrieben gut gelaunte Mr. Smyth aus dem siebten Stock, als Sharon zögerte. »Auf eine Sardine mehr oder weniger kommt's in der Büchse doch nicht an, oder?« Er war der Einzige, der schallend lachte.

Immerhin – keine Bemerkung über den Zeitungsartikel. Wahrscheinlich hatte noch keiner den ›Star‹ gelesen. Falls sie überhaupt das Revolverblatt lasen.

Sharon quetschte sich in die zusammengeballten Düfte von morgendlicher Frische. Sie glaubte, das Telefon in ihrer Wohnung klingeln zu hören. Aber sie war nicht sicher. Es konnte auch aus einer der Nachbarwohnungen kommen. Und außerdem – wenn jemand wirklich etwas Dringendes von ihr wollte, konnte er sie auch bei Howard Johnson's erreichen.

»Alle etwas zusammenrücken!«, rief Mr. Smyth fröhlich, während sich die Fahrstuhltür schloss. »Und keine Angst, liebe Mitbürger, da wir alle Leichtgewichte sind, ist die Tragfähigkeit unserer Sardinenbüchse noch lange nicht überschritten!« Wieder war er der einsame Lacher.

Entweder hatte er Recht, oder der Fahrstuhl verkraftete mehr, als auf dem Typenschild angegeben war. Sharon wusste nicht, worüber sie am meisten froh sein sollte – darüber, dass sie heil unten ankam, oder darüber, dass sie den Witzchen des gut gelaunten Nachbarn nicht mehr ausgesetzt war.

Der Menschenschwall ergoss sich zum Ausgang hin. Sharon sah den strohblonden Haarschopf, obwohl sie nicht einmal auf ihre Umgebung geachtet hatte. Er hatte Signalwirkung, wie er da vor der Portierloge lungerte. Sharon war überzeugt, vom Regen in die Traufe geraten zu sein. Und natürlich entdeckte er sie sofort. Mit freudigem Grinsen schoss er auf sie zu, nahm besitzergreifend ihre Hand und zog sie an die Seite. Sie war wütend auf sich selbst, weil sie es geschehen ließ. Im Winkel zwischen Portierloge und Ausgang, wo es einen breiten Fenstersims gab, blieb er mit ihr stehen. Ihre Hand hielt er noch immer.

»Wie geht es Ihnen heute?«, fragte er mit seinem Dauergrinsen.

»Bis eben ging es mir gut«, antwortete Sharon. »Jetzt habe ich Sie gesehen. Und ich nehme an, den nächsten Schlag vor den Kopf bekomme ich, wenn ich Ihre Zeitung sehe.«

Er spielte Enttäuschung. »Und ich dachte, Sie würden anerkennend feststellen, dass ich dazugelernt habe. Ich überfalle Sie nicht mehr in Ihrer Wohnung. Ich warte wie ein anständiger Mensch, bis Sie von selbst zum Vorschein kommen.«

Sharon stieß die Atemluft durch die Nase aus. »Ein anständiger Mensch ruft an und fragt, ob sein Typ verlangt wird.«

Young seufzte schwer. »Yeah, ich lerne langsam, verdammt langsam. Aber ich merke, Sie können mir eine Menge beibringen. Wie wäre es …?«

»Ich bin auf dem Weg zur Arbeit«, fiel Sharon ihm ins Wort. Mit einem Ruck zog sie ihre Hand aus der seinen. »Zwei Minuten habe ich Ihretwegen schon verloren. Ich werde den Bus verpassen.«

»Oh, das macht nichts. Ich wollte Ihnen sowieso anbieten, Sie hinzufahren.«

»Zur Bushaltestelle?«

»Machen Sie sich nicht über mich lustig. Ich bin ein sensibler Hund.«

»So sehen Sie aus. Als Zeitungsmann sollten Sie präzise formulieren. Mir graust es vor Ihrem Artikel.«

Er zog eine zusammengerollte Ausgabe des ›Star‹ aus seiner Kameratasche. »Ein Punkt für Sie, Sharon. Wie ist es, fahre ich Sie zu Howard Johnson's?«

»Nein.«

»Was?« Seine Verblüffung war die erste echte Regung, die er zeigte.

»Nein!« Sharon wandte sich ab.

Er hielt sie fest. »Warten Sie doch! Himmel, seien Sie doch nicht so dickköpfig! Sie wissen nicht, weshalb ich hier bin. Und Sie wissen nicht, was passiert ist. Murdough wurde gefunden!«

Sie blieb abrupt stehen und drehte sich um. »Ist das wahr?«, hauchte sie.

»Und nicht nur das«, knurrte er mit bekräftigendem Nicken. »Dieser Bursche hat vielleicht was ausgelöst, sage ich Ihnen! Ich war selbst draußen in Queens. Schon mal was von Greene und Boise gehört?«

Sharon schüttelte den Kopf.

»Das sind Gangster«, erklärte Young. »Aber keine kleinen Nummern. Die gehören beide zur absoluten Spitze. Murdough hat praktisch dafür gesorgt, dass Greene festgenommen wurde. Boise konnte zwar noch entwischen, aber es ist nur eine Frage der Zeit, wann sie ihn schnappen.«

Sharon verlor die Geduld und wandte sich endgültig zum Gehen. »Ich weiß nicht, was Sie dann noch von mir wollen.«

Young lief hinter ihr her. »Jesus, ich brauche Ihre Geschichte! Mehr über Sie und Murdough! Human touch – das ist es, was die Leser wollen! Menschlich berührt sein, verstehen Sie?« Er folgte ihr auf die Straße hinaus.

Sharon wandte sich nach rechts und ging mit zügigen Schritten. Sie wusste, dass sie Young nicht abschütteln konnte. Aber sie wollte nichts tun, um ihn zu ermutigen. Dieser hartnäckige Kerl brachte es fertig, sogar im Bus mitzufahren und ihr anschließend an der Kasse bei Howard Johnson's auf der Pelle zu hocken. Sie würde den Geschäftsführer um Hilfe bitten müssen. »Wahrscheinlich dichten Sie mir an, mit Murdough ins Bett gestiegen zu sein und ihm dann den Laufpass gegeben zu haben. Oder ihn so verhöhnt zu haben, dass sich der arme Kerl umbringen musste. Dass er dann nebenbei noch ein paar hochkarätige Gangster hat auffliegen lassen, hat sich mehr oder weniger von selbst ergeben.«

»Das ist einfach unfair, Sharon! Sie haben noch nicht mal den Artikel von heute Morgen gelesen und kanzeln mich mit einem solchen Vorurteil ab! Außerdem geben Sie mir gar keine Zeit, Ihnen zu erklären, was läuft. In der Redaktion wurden die Jobs aufgeteilt. Ein paar Kollegen kümmern sich um den Fall Boise. Ich habe den Auftrag, Ihre Geschichte fortzusetzen, weil ich doch einmal dran war und ...« Er unterbrach seinen Redeschwall, als sie plötzlich stehen blieb.

Der Zeitungsstand an der Ecke Lexington Avenue sah aus wie an jedem Morgen. Bunte Illustriertenbilder und schwarze Lettern von Zeitungsschlagzeilen. Mit einem Unterschied: Sharon fühlte sich von ihrem eigenen Namen angesprungen. Es erschlug sie fast.

Langsam drehte sie sich um.

Young rollte seinen »Star« auseinander und hielt ihr die Titelseite entgegen. »Das wollte ich Ihnen vorhin schon zeigen. Jetzt tun Sie doch nicht so ...« Er verstummte abermals, denn sie hatte den Gesichtsausdruck einer Tigerin, als sie die Unterzeile und den fett gedruckten Vorspann las.

»Wie nennt man das?«, sagte sie tonlos. »Boulevard-Journalismus?«

»Das – das ist richtig«, stotterte er.

»Ich würde so ein hochtrabendes Wort nicht dafür gebrauchen«, sagte Sharon kalt. »Für mich ist das primitivste Schmiererei. Sie haben das geschrieben, was Sie wollten. Nicht das, was ich gesagt habe. Ich möchte nicht wissen, wie viele Menschen Sie schon in Schwierigkeiten gebracht haben, weil Sie ihnen Worte in den Mund gelegt haben.«

»Sie sind ungerecht, Sharon, wirklich. Wenn Sie den Artikel genau lesen, werden Sie Ihre Meinung ändern.«

»Danke vielmals.« Sie setzte ihren Weg fort. »Ich kann ja noch froh sein, dass Sie kein Foto von mir gebracht haben. Sonst wäre es heute das reinste Spießrutenlaufen für mich.«

»Das Bild ist auf Seite drei«, sagte er zerknirscht, »mit der Fortsetzung der Geschichte.«

Vor dem Fußgängerüberweg blieb sie abermals stehen. Die Ampel zeigte ohnehin Rot für sie. »Lassen Sie mich in Ruhe!«, zischte sie. »Verschwinden Sie!«

Sein Widerstandswille regte sich. »Dies ist ein freies Land«, knurrte er. »So können Sie nicht mit mir umgehen. Die Pressefreiheit …«

»Ihre Auffassung von der Pressefreiheit können Sie sich an den Hut stecken!«

Fußgänger, die in der Nähe standen, drehten sich um.

»Sie auch!«, rief er aufgebracht. »Danke, dass Sie mir die passende Formulierung vorweggenommen haben! Ich kriege jedenfalls die Story. Verlassen Sie sich drauf. Und wenn ich Ihre Kolleginnen aushorche.«

»Aha!«, sagte sie grimmig. »Da kommt er zum Vorschein, der Revolverblatt-Schmierer! Zum letzten Mal: Hören Sie auf, mich zu belästigen! Ich werde den nächsten Streifen-Cop um Hilfe bitten.«

Die Ampel sprang auf Grün um. Die Menschentraube setzte sich in Bewegung. Einige, die den Wortwechsel verfolgt hatten, grinsten.

Kenneth Young dachte nicht daran, sich von Sharon einschüchtern zu lassen. Sie hatte so ziemlich alles an ihm verletzt – seinen männlichen Stolz, seine Berufsehre. Und ihre Drohung konnte sie nicht wahrmachen. Wie es der Zufall wollte, tauchten ausgerechnet jetzt weder ein Streifenwagen noch eine Fußstreife auf.

Hartnäckig blieb Young an Sharons Seite, obwohl sie ihre Schritte immer mehr beschleunigte.

Wenn die Passanten zur Seite blickten, so lag das einzig daran, dass Sirenengeheul und ein kreisendes Rotlicht in Verbindung mit einem roten Jaguar ungewöhnlich waren. In Manhattans Straßenschluchten sind Sirenen von City Police und Fire Brigade fast ständig zu hören.

Kein Mensch regt sich darüber noch groß auf – bis auf die Betroffenen.

Als ich den Flitzer vor dem Apartmenthaus an der East 86th Street ausrollen ließ, war das Interesse in der Umgebung schon wieder erlahmt. Phil meldete der Funkzentrale, dass wir das Fahrzeug verließen. Wir stürmten in die Eingangshalle des Gebäudes. Die Portierloge war nicht besetzt. Phil blieb trotzdem dort, während ich den Fahrstuhl nahm.

Im sechsten Stock drückte ich den Knopf neben Sharon Aldridges Namensschild.

Wie erwartet. Nichts rührte sich. Wir brauchten den Hausmeister. Bei Gefahr im Verzug hatten wir das Recht, die Wohnungstür öffnen zu lassen.

Als ich ins Erdgeschoss zurückkehrte, tauchte auch der Mann auf, dessen Reich der vorübergehend verwaiste Glaskasten in der Halle war. Er trug einen frisch gestärkten hellblauen Overall. »Evans« stand auf einem aufgenähten Namensschild über der linken Brusttasche. Als wir ihm unsere Dienstausweise zeigten, zog er wissend die Augenbrauen hoch.

»Sie sind wegen Miss Aldridge hier, stimmt's?« Er zeigte auf seine Loge.

Durch die Glasscheibe konnten wir den »Star« auf dem Schreibtisch liegen sehen. Evans hatte die dritte Seite aufgeschlagen. Er hatte also gelesen, dass es FBI-Beamten zusammen mit Sharon gelungen war, Hugh Murdough als den anonymen Abschiedsbriefschreiber zu identifizieren.

Ich nickte. »Sie scheint nicht in ihrer Wohnung zu sein. Trotzdem müssen wir uns vergewissern.«

»Ist sie in Gefahr?«, entgegnete Evans. »Ich habe die Nachrichten im Radio gehört. Die Sache mit Murdough und diesem Boise ...«

Wir gewannen den Eindruck, dass wir diesem Mann überhaupt nichts zu erklären brauchten. »Sie haben Recht«, sagte Phil. »Bitte öffnen Sie die Wohnung für uns.«

»Tue ich gerne.« Evans nickte. »Aber wenn Sie mich fragen, ist es überflüssig. Ich habe Miss Aldridge vor fünf Minuten gesehen, und da war sie gesund und munter. Dieser Schreiberling vom ›Star‹ hat ihr aufgelauert, hier vor meiner Loge! Miss Aldridge sah nicht gerade begeistert aus. Ich erinnere mich vom ersten Mal an den Burschen. Da ist er in die Wohnung rauf, um sie auszuquetschen – für diesen Mist, den er da verzapft hat.« Er deutete abermals auf die Zeitung.

»Kenneth Young«, sagte ich, »der ›Star‹-Reporter.«

»So wird er wohl heißen«, brummte Evans.

»Ist Miss Aldridge mit ihm weggegangen?«

»Ja.«

»Wie sieht der Mann aus?«

»Blond, richtig hellblond«, antwortete Evans und fügte hinzu, dass der Reporter Parka und Jeans trage.

»Und sind die beiden mit seinem Wagen weggefahren?«

»Das habe ich nicht sehen können. Nur, dass sie nach rechts gegangen sind. Das ist aber Miss Aldridges normale Richtung. Sie nimmt jeden Morgen den Bus an der Ecke Third Avenue. Richtung Midtown.«

Ich unterdrückte einen Fluch. Phil sah mich an und hob die Schultern. Uns blieb keine andere Möglichkeit, wir mussten den Zeitverlust von ein, zwei Minuten in Kauf nehmen. Immerhin hatten wir dafür aber die Zeit gespart, die dabei draufgegangen wäre, in der Wohnung nachzusehen.

Evans erlaubte mir, sein Diensttelefon zu benutzen. Ich rief beim ›Star‹ an und ließ mich mit dem Leiter der Lokalredaktion verbinden.

»Cotton, Special Agent, FBI«, sagte ich. »Wenn Sie meine Identität überprüfen wollen, rufen Sie bitte im District Office an. Die Kosten werden Ihnen erstattet. Ich brauche eine Auskunft. So schnell wie möglich.«

»Ihr Name ist mir geläufig. Von Pressekonferenzen beim FBI. Ich bin Daryl Holt. Vielleicht haben Sie schon mal was von mir gelesen.«

»Nein, tut mir Leid.«

Holt lachte. »Na gut, ich erwarte nicht, dass jeder vom ›Star‹ begeistert ist. Was kann ich für Sie tun?«

»Ihr Mitarbeiter Kenneth Young – was für einen Wagen fährt er?«

»Einen Chevette, silbergrau. Ziemlich klappriges Ding. Das Kennzeichen kann ich Ihnen nicht sagen. Aber die Scheiben sind mit ›Star‹-Aufklebern vollgepappt.«

»Danke, das reicht.«

»Er hat hoffentlich nichts verbrochen.«

Ich verneinte und legte auf. Der Portier folgte uns, als Phil und ich nach draußen liefen. Youngs Chevette stand nur zwei Fahrzeuglängen vor meinem Jaguar. Die grellroten Aufkleber mit dem schwarz aufgedruckten ›Star‹ waren einfach nicht zu übersehen.

»Jetzt müsste sie gerade bei der Haltestelle angekommen sein«, sagte Evans mit einem Blick auf seine Armbanduhr. »Vielleicht erwischen Sie sie noch.

Andernfalls verfolgen Sie einfach den Bus, der gerade losgefahren ist.«

Wir nickten ihm zu und nahmen uns nicht die Zeit, ihm für die weisen Ratschläge zu danken. Wir schwangen uns in den Jaguar, und Phil meldete der Zentrale unsere Fahrtrichtung.

Sie beachtete ihn nicht mehr.

Das änderte zwar nichts an seiner Hartnäckigkeit, aber er hatte endlich aufgehört, sie mit seinen Wortattacken zu bombardieren. Wie ein stummes Anhängsel marschierte er neben ihr her. Bis zur Bushaltestelle an der Third Avenue waren es jetzt nur noch zweihundert Yards. Sharon war überzeugt, ihn dort abhängen zu können – vielleicht durch einen Trick. Sie hatte so etwas in Filmen gesehen.

Mit der Schlange der Wartenden stieg sie vorn in den Bus ein, zeigte ihre Karte und ging nach hinten durch. Dabei musste sie versuchen, ein paar Leute zwischen sich und den Reporter zu bringen. Unmittelbar bevor der Bus anfuhr, brauchte sie dann nur durch die noch offene mittlere Tür ins Freie zu springen.

Sie lächelte voller Vorfreude darauf, diesen Plan in die Tat umzusetzen.

Young packte sie plötzlich. »Vorsicht!«, schrie er.

Im selben Moment röhrte ein Automotor. Reifen wimmerten. Andere Passanten wichen fluchend zurück. Sharon riss sich los, da sie glaubte, Young wolle sie nur beeindrucken. Rechts war eine Toreinfahrt, nur zwei Schritte entfernt. Die beste Gelegenheit zum Ausweichen, zum Abschütteln.

»Nein!«, brüllte Young. Es klang fast verzweifelt.

Er lief ihr nach.

Es ist zum Verrücktwerden, dachte sie, der gibt einfach nicht auf! Im Laufen warf sie den Kopf herum, um zu sehen, wie viel Vorsprung sie hatte.

Etwas Eisiges durchzuckte sie.

Die Chromschnauze einer Limousine stieß in den Torweg vor und schien Young auffressen zu wollen. Sein Gesicht war verzerrt vor Angst. Der Wagen verlangsamte das Tempo, als wollte der Fahrer dem Reporter Zeit zum Weglaufen geben.

Zwischen den Seitenwänden der Einfahrt klang das Motorenbrummen hohl. Mit einem fast schmerzhaften Nachhall drückte es auf die Trommelfelle. Die dunkel getönten Scheiben des Wagens wirkten auf Sharon drohend. Sie konnte niemanden dahinter erkennen. Es war, als würde die Limousine ferngelenkt.

»Lauf!«, schrie Young. »Um Himmels willen, lauf!«

Sie gehorchte, lief schneller. Sie hörte weder ihre eigenen noch Youngs Schritte. Das Motordröhnen fraß alles auf. Vor ihr öffnete sich der Hinterhof. Morgendlich trübes Halbdunkel, düstere Wände mit blanken Fensterscheiben, in denen sich die gegenüberliegenden Fenster spiegelten, Müllkübel, herumliegende Kinderfahrräder, Go-Karts.

Auf der anderen Seite gab es die gleiche Einfahrt, von der 85th Street aus. Die beiden Häuserzeilen teilten sich jeweils die Hinterhöfe.

Die jenseitige Einfahrt verdunkelte sich. Glänzender Karosserielack glitt herein, mit dem filigranen Chrom der Kühlerhaube bewehrt.

Sharon warf sich nach links. Da musste es Eingänge geben, eine rettende Tür. Sie betete, dass es keine verschlossene Tür war.

Von beiden Seiten rollten die Fahrzeuge wie Raubtiere auf Samtpfoten heran.

Auch Kenneth Young schaffte es bis auf den Hof. Sharon hastete auf den Pulk der Müllkübel zu. Die großen Behälter bildeten eine Gasse bis hin zu drei flachen Betonstufen. Darüber abblätternder grauer Lack einer Tür aus Stahlblech. Sharon ergriff den Knauf.

Ihr Gebet war nicht erhört worden.

Ihr Herz hämmerte. Sie hatte das Gefühl, an dem Stahlblech zusammensinken zu müssen. Sie presste sich mit dem Rücken dagegen. Young eilte auf sie zu.

»Das ist eine Falle!«, stieß er hervor. »Verdammt, warum haben Sie sich losgerissen? Auf dem Bürgersteig hätten wir eine Chance gehabt!« Er duckte sich neben ihr, zog seine Kameratasche auf den Oberschenkel und zerrte den Verschluss auf. Es war die nervliche Anspannung, die sein Keuchen verursachte, nicht etwa körperliche Schwäche.

Sharon schrie auf. Ihre Augen weiteten sich.

Im Schritttempo schob sich die Motorhaube aus der Zufahrt von der 86th Street. Ein brauner Plymouth Reliant, das konnte Sharon jetzt erkennen. Aber die getönten Scheiben erlaubten noch immer keinen Blick ins Wageninnere.

Young ruckte herum. Er hatte die Kameratasche geöffnet.

»Runter!«, zischte er, ohne sich zu Sharon umzudrehen. »Runter mit Ihnen! In den Dreck!«

Entsetzen packte sie, als sie sah, wie er in die Tasche griff und eine Pistole zum Vorschein brachte. Sie wollte gehorchen, wollte sich hinwerfen. Aber sie schaffte nur noch den Ansatz der Bewegung.

Der Plymouth machte einen Satz und stoppte. Die Türen flogen auf. Gestalten schnellten hervor.

Sharon sah blassrote Blitze. Sie konnte sie nicht sofort mit den trockenen Lauten in Verbindung bringen, die sich so anhörten, als ob eine Schulklasse beim Pausenklingeln die Bücher zuklappte.

Young wurde durchgeschüttelt. Die Pistole fiel ihm aus der Hand, bevor er sie hochbringen konnte. Diese unsichtbaren Fäuste, die den Reporter packten, rissen ihn hoch und schleuderten ihn dann rücklings auf die Müllkübel, von denen zwei oder drei unter seinem Gewicht scheppernd umkippten.

Sharon wollte schreien. Ein Krampf erfasste ihren

Körper, krümmte sie und ließ sie keinen Laut hervorbringen.

Die Männer, die auf lautlosen Schuhsohlen auf sie zuliefen, trugen schwarze Lederblousons und Jeans. Ihre Pistolen waren größer als die von Young, doppelt so lang, mit klobigen Läufen. Erst jetzt begriff Sharon. Schalldämpfer! Deshalb diese unbedeutenden klatschenden Geräusche.

Tief in ihr begann sich der Schrei zu lösen. Dennoch brachte sie ihn nicht mehr heraus.

Die Kerle packten sie. Einer pappte ihr einen süßlich schmeckenden Klebestreifen auf den Mund, bevor sie auch nur daran denken konnte, den Kopf zur Seite zu biegen. Sie zerrten sie von den Müllbehältern weg.

Wie in einer Momentaufnahme sah sie noch den reglosen Körper des Reporters. Das Grauen packte sie wie eine Eisenfaust. Mehr als zehn Kugeln hatten Young getroffen. Sein Blut zu sehen brachte Sharon an den Rand einer Ohnmacht. Aber die Kerle hielten sie und schleiften sie, als ihre Knie nachgaben.

Der zweite Wagen, ein schwarzer Chevrolet Caprice, war zur Stelle und wendete auf dem Hinterhof. In der Federung schaukelnd kam die schwere Limousine zum Stehen. Die rechte Tür zum Fond wurde geöffnet, und die Gangster stießen Sharon hinein. Sie landete mit dem Gesicht auf den Oberschenkeln eines Mannes. Kräftige Hände packten zu, rissen ihr die Arme auf den Rücken und fesselten sie. Die Tür wurde zugeschlagen.

Die Hinterreifen des Chevrolet heulten nur kurz auf, als der Fahrer die Limousine in Gang setzte.

Wir fuhren mit heruntergelassenen Seitenscheiben.

Phil spähte ununterbrochen zum Bürgersteig, während ich den Jaguar im Schritttempo an der endlosen Reihe der parkenden Fahrzeuge entlangrollen ließ. Ich nutzte jede Gelegenheit, um ebenfalls einen Blick nach rechts zu werfen. Sharons kurzer Haarschnitt war genauso einprägsam wie vermutlich Youngs Blondkopf.

Die Lücken zwischen den Wagen an der Bordsteinkante waren unterschiedlich groß. Doch über Wagenhecks und Motorhauben hinweg hatten wir ein ausreichendes Beobachtungsfeld. Wie es aussah, würden wir allerdings Evans' Ratschlag befolgen und auf gut Glück hinter dem Linienbus herfahren müssen, den wir auf der Third Avenue vermutlich zu sehen kriegten.

Ein Schrei gellte – weit entfernt jedoch.

Reflexartig stieg ich in die Bremse und nahm Gas weg, um die Motor- und Rollgeräusche des Jaguars zu verringern.

Vier, fünf Yards entfernt verharrten Fußgänger. Sie blickten in einen Torweg. Ihre Unschlüssigkeit schien sie auf dem Fleck kleben zu lassen.

Ich gab Gas und ließ die Kupplung fliegen. Einen Jaguar würgt man nicht ab. Unter meinem Gasfuß machte der Flitzer einen Satz. Ich tippte auf den Metallbügel unter der Hupe, der die Sirene aufheulen ließ. Hart schlug ich das Lenkrad ein. Das flache Heck des Jaguar wedelte und ließ die Reifen wimmern. Zielgenau stieß ich die Schnauze in die Einfahrt.

Die Leute spritzten auseinander. Jetzt, endlich, konnten sie sich bewegen.

Phil hatte den 38er in der Rechten, schwenkte die Trommel aus und klappte sie wieder ein.

Wir dachten an Sharon. Beide. Aber der Schrei war schon nicht mehr zu hören. Meine Nerven vibrierten.

Im Halbdunkel der Einfahrt erschien die Chromfront einer Limousine, zwanzig Yards entfernt, nicht mehr. Der Chrom tauchte abwärts. Vollbremsung. Die Federung ließ den schweren Wagen nachschwingen.

Ich gab Gas.

Der Wagen vor uns stieß zurück. Wir konnten das

Heulen des Getriebes im Rückwärtsgang hören. Phil packte den Türgriff mit der Linken. Er spannte die Muskeln. Ich duckte mich über das Lenkrad und rechnete mit Mündungsblitzen und heißem Blei.

Der Wagen schwang nach links weg, in den Teil des Hofes, den wir nicht einsehen konnten. Was wir aber sahen, war die jenseitige Ausfahrt. Ich rammte das Gaspedal auf den Bodenteppich. Noch einmal vollführte der rote Flitzer einen Satz. Im nächsten Sekundenbruchteil wechselte ich auf das Bremspedal. Die Reifen kreischten. Ich hielt den Jaguar in der Spur. Phil stieß die Tür auf.

Wir fegten in dem Moment auf die freie Hoffläche, in dem der Driver der Limousine den Wählhebel in Position brachte und anfuhr.

Phil schnellte hinaus, während der Jaguar seinen letzten Schwung noch auswimmerte.

Jetzt waren sie da, die Mündungsblitze. Wie feurige Blüten, von einem Maler auf dunkle Leinwand gekleckst, standen sie in dem offenen Seitenfenster des Wagens. Ein Plymouth Reliant. Dunkelbraun. Seine Hinterreifen drehten durch. Im Aufheulen der Maschine hämmerten die Schüsse. Die Kugeln lagen hoch. Eine zog meinem Jaguar mit hässlichem Knirschen einen Blechscheitel.

Phils 38er bellte.

Ich zog die Handbremse, hatte die Tür im selben Moment geöffnet und warf mich nach links. Ich zog den Kopf ein. Mein Schwung reichte. Über die linke Schulter rollte ich mich ab. Im Hochfedern befreite ich den Smith & Wesson aus dem Leder. Breitbeinig und geduckt ließ ich den Revolver zum Beidhandanschlag emporfliegen.

Das Fenster des Plymouth war leer. Keine Feuerpunkte mehr. Phils 38er hämmerte aus der Deckung hinter der Jaguarhaube. Der Plymouth bockte und geriet aus dem Kurs.

Auf der anderen Seite erschien eine Silhouette. Der Fahrer verließ das sinkende Schiff. Aber er dachte nicht an Flucht. Irgendein Wahnwitz ließ ihn herumwirbeln. Vor seinem schwarzen Lederblouson zeichnete sich der helle Edelstahl seines Revolvers klar und deutlich ab.

»Die Waffe weg!«, brüllte ich. »FBI!«

Rechts krachte der Plymouth gegen die Hofmauer. Ich sah es am Rand meines Blickfelds. Phil hörte auf zu schießen.

Der Mann vor mir sah nur mich. Sein Gesicht war wie Kalkbrei, und es verzerrte sich. Ich sah das Zucken in seinen Augenwinkeln, und im selben Moment setzte sein Zeigefinger zum Krümmen an.

Ich zog durch und schnellte nach links weg. Der Smith & Wesson ruckte in meinen Fäusten. Der harte Schlag des Schusses vereinte sich mit dem Krachen des Edelstahl-Revolvers. Ich spürte den Hauch der Kugel im Fallen. Es war, als hätte mich ein sengender Atem gestreift – irgendwo nahe der rechten Kopfhälfte.

Ich rollte mich ab und war im nächsten Moment auf den Beinen. Mit einer halben Körperdrehung schwenkte ich den Dienstrevolver in die Visierlinie.

Überflüssig.

Der Gangster war in sich zusammengesunken und lag verkrümmt da. Den feinen Revolver hatte er unter sich begraben. Phil erschien aus der Deckung, sah in dem Plymouth nach und gab mir ein Zeichen. Alles in Ordnung.

Ich hörte ein Wimmern, während ich mit der gebotenen Vorsicht auf den am Boden Liegenden zuging. Ich konzentrierte mich auf ihn, musste es tun, denn er war für eine teuflische Überraschung gut. Ich konnte nicht sehen, ob und wo ich ihn erwischt hatte. Möglich, dass er mit einer perfekten Finte auf mich lauerte. Den 38er im Anschlag, näherte ich mich der reglosen Gestalt.

Das Wimmern blieb. Es war irgendwo hinter mir. Ich sah aus den Augenwinkeln, dass sich Phil von dem Plymouth abwandte und an mir vorbeispähte. Er lief los.

Ich stieß den Gangster an und wich sofort zurück. Er sank auf die Seite und fiel auf den Rücken. Jetzt sah ich den Einschuss in seinem Oberkörper. Er konnte kein Leben mehr in sich haben. Die blicklosen Augen bestätigten es. Der Revolver lag neben ihm. Ein Ruger, Kaliber 357 Magnum.

Phil lief an mir vorbei. Ich hob die Waffe auf und versenkte sie in meine Jackentasche. Langsam drehte ich mich um und folgte meinem Kollegen.

Die Frau war grauhaarig und unscheinbar, wie sie da zwischen den Müllkübeln kauerte. Nur dieses Wimmern kam über ihre Lippen, während ihr Körper bebte.

Phil nahm sie in die Arme und versuchte sie zu beruhigen. Er führte sie behutsam von dem Toten weg, der auf umgekippten Müllkübeln lag. Die Frau trug einen geblümten Kittel. Das Beben ließ nicht nach. Der Schock beim Anblick des Toten war zu groß gewesen. Wir hatten ihren Schrei gehört. Jetzt wusste ich es.

Ich brauchte nicht zweimal hinzusehen, um festzustellen, dass wir Kenneth Young gefunden hatten. Ich sah Phil an. »Und Sharon?«, fragte ich.

Er hob die Schultern und schüttelte resignierend den Kopf. Ich holsterte den 38er, lief zum Jaguar und forderte über Funk Ambulanzwagen und Erkennungsdienst an.

Der Gangster auf dem Beifahrersitz des Plymouth war nicht lebensgefährlich getroffen. Phil hatte ihm die Waffe abgenommen. Die rechte Schulter des Mannes blutete. Er starrte mich an. Seine Augen flackerten.

»Wo ist Sharon Aldridge?«, fragte ich und ließ ihn einen Blick auf den FBI-Adler werfen. Außer ihm war nichts und niemand im Wagen.

»Du kannst mich«, knurrte er schmerzerfüllt.

Ich packte ihn am Kragen. Er schrie auf. »Wo ist sie?«, wiederholte ich.

»Wer?«, brüllte er. Der Schmerz ließ seine Augen nach hinten wegkippen.

»Sharon Aldridge«, sagte ich langsam und deutlich.

»Kenne ich nicht.« Ich ließ ihn in den Sitz zurücksinken. Er schrie noch einmal. Ich wandte mich ab und lief zu Phil hinüber.

Die Frau in seinen Armen zitterte noch immer. Ihr Gesicht war kreideweiß, und ihre Mundwinkel zuckten. Aber sie brachte außer ihrem Wimmern keinen Ton hervor. Sie hatte den Toten gesehen und den Wagen, wie er vermutlich gerade anrollte. Sie musste angenommen haben, dass die Mörder sie ebenfalls töten würden. Es hatte keinen Sinn. Sie konnte nicht reden. Vielleicht in einer halben Stunde, wenn der Notarzt ihr eine Spritze gegeben hatte.

»Irgendetwas stimmt an der Sache nicht«, sagte Phil und deutete mit einer Kopfbewegung auf den Plymouth. »Wenn Sharon bei Young gewesen ist, dann muss sie doch …« Er unterbrach sich und starrte mich an.

Ich nickte. »Zwei Möglichkeiten. Entweder, sie konnte fliehen. Oder es gibt einen anderen Wagen.« Ich machte kehrt.

Sirenengeheul näherte sich. Bei der rasenden Fahrt durch die Straßenschluchten gewann es ein vielstimmiges Echo. Es schien, als pflanzte es sich fort.

Mit wenigen schnellen Schritten war ich erneut bei dem Verwundeten. Er erschrak, musste an meinem Gesichtsausdruck sehen, wie ernst es mir diesmal war. »All right«, sagte ich schneidend. »Ab sofort nur noch Klartext. Du bist der einzige Überlebende, Buddy. Deinen Partner kann niemand mehr zur Rechenschaft ziehen. Aber dich haben sie beim Kanthaken – für den Mord an Kenneth Young. Die Zeugin steht da drüben.« Mit einem Nicken deutete ich in Phils Richtung.

Die Augen des Gangsters schienen hervorzutreten. »Das ist nicht wahr!«, heulte er.

»Ich bringe dich hin«, sagte ich kalt. »Du kannst alles sehen, alles hören. Du bist dran wegen Mord. Die Frau sagt gegen dich aus. Mein Kollege und ich sagen gegen dich aus. Dir ist klar, dass Todesstrafen im Bundesstaat New York wieder vollstreckt werden.«

Er sperrte den Mund auf und keuchte. »Ich – ich …« Plötzlich versuchte er, sich vorzubeugen und an das Handschuhfach zu gelangen.

Wieder schrie er, als ich ihm mit einer schlappen Bewegung den Arm wegschlug. Er sank zurück. Ich öffnete das Handschuhfach. Zwei Pistolen lagen darin. Klobige Schalldämpfer waren auf die Mündungen geschraubt. Wegen der größeren Zielgenauigkeit hatten die Kerle auf ihre anderen Waffen zurückgegriffen, als Phil und ich aufgetaucht waren. Sie hatten ohnehin nicht mehr unbemerkt verschwinden können. Ich nahm die Pistolen mit dem Taschentuch heraus und trug sie zum Jaguar. Dann kehrte ich zurück.

»Noch mal von vorn«, sagte ich. »Ich nehme an, dass ich eben die Mordwaffen sichergestellt habe. Und falls du denkst, dass du dich nach Murdoughs Vorbild aus der Affäre ziehen kannst, irrst du. Ab sofort werden alle, die dich bewachen, sehr genau auf dich aufpassen. In einem Jahr, vielleicht auch früher, setzen sie dich dann auf den Stuhl. In deinem Fall wird das Verfahren wohl nicht allzu lange dauern.«

»Hör auf!«, ächzte er. »Verdammt, noch mal, hör auf! Glaubst du, das weiß ich nicht selber?«

»Ich hätte dich nicht für so schlau gehalten.«

»Ich sage, was ich weiß.«

Ich tat unbeeindruckt. »Ich denke, du kennst Sharon Aldridge nicht.«

»Mann, hör auf!«, schrie er. »Ich will einen anderen, der mich verhört, wenn du nicht dazu in der Lage bist!«

»Okay, okay«, sagte ich beruhigend. »Dann mal raus damit.«

Der Mann schnaufte erleichtert. »Boise hat die Kleine«, begann er.

Mit ausklingender Sirene kam der Ambulanzwagen hinter dem Jaguar zum Stehen. Phil führte die zitternde Frau auf den Notarzt und die Krankenpfleger zu, die ihm entgegenliefen.

»Weiter!«, forderte ich.

Mein Gegenüber holte Luft, als müsste er einen Anlauf für all das nehmen, was er auf Lager hatte.

Die Stimme des Mannes war leise und eindringlich, nicht einmal unsympathisch.

»Wir beide werden uns zusammenraufen müssen«, sagte er. »Wissen Sie, Sharon, es ist immer einfacher, wenn man sich nach der Decke streckt. Ich habe Sie entführt. Würden wir vor ein paar hundert Jahren leben, könnten wir eine romantische Geschichte daraus machen. Aber unsere Zeit ist hart und grausam. Jeder muss sehen, wie er am besten zurechtkommt. Verstehen Sie? Was ich damit sagen will, ist, dass Sie sich nach den gegebenen Umständen richten sollten. Arbeiten Sie mit mir zusammen – wenigstens, solange Sie meine Geisel sein müssen. Sie haben keine andere Wahl. Machen Sie es sich leichter. Später lasse ich Sie laufen. Irgendwo in Südamerika. Sie kriegen sogar das Flugticket für die Heimreise von mir.«

Sharon glaubte seinen Versprechungen nicht. Sie saß stocksteif neben ihm im Fond des Chevrolet Caprice, und sie wusste, dass niemand von außen in den Wagen sehen konnte. Dafür hatte sie alles von ihrer Umgebung mitgekriegt. Die Fahrt über die Queensboro Bridge, weiter über Vernon Boulevard und Astoria Boulevard, quer durch das Häusermeer des nördlichen Queens.

Der Fahrer bog nach links ab. Sharon sah das Straßenschild der 48th Street. Bis zum La Guardia Airport waren es jetzt höchstens noch zehn Minuten. Der Beifahrer, im schwarzen Lederblouson wie der Mann am Lenkrad, sortierte die Sachen, die er in Hosen- und Jackentaschen bei sich hatte. Klar, wenn sie ein Flugzeug nehmen wollten, durften sie keine Waffen mit sich führen. Es erstaunte Sharon, dass sie dieses Risiko eingehen wollten. Andererseits war gerade der Inlands-Flughafen von New York City ein plausibles Ziel. Hier starteten neben Linienflügen die Shuttle-Maschinen, die im Pendelverkehr nach den Großstädten und Geschäftszentren des Nordostens flogen. Man ging an Bord, wie man einen Bus bestieg. Die Ticket-Bucherei entfiel. Man zahlte einfach mit seiner Kreditkarte bei der Stewardess. Mehr nicht.

Sharon hatte auch den Mann neben ihr ein paar Mal verstohlen angesehen. Mit seinem grauen Haarkranz und dem grauen Schnauzbart sah er richtig vertrauenerweckend aus. Aber sie wusste, dass es eine Maske war, hinter der sich ein eiskalter Gangster verbarg.

Sharon versuchte sich an das zu erinnern, was Kenneth Young ihr erklärt hatte. Greene und Boise, richtig. Das waren die Namen der beiden Gangstergrößen, die Hugh Murdough gewissermaßen ans Messer geliefert hatte. Aber mit welchem von beiden hatte sie es zu tun? Sie ärgerte sich über sich selbst, dass sie nicht genauer zugehört hatte. Doch es hatte an Youngs Aufdringlichkeit gelegen. Warum, in aller Welt, war er nur so fürchterlich hartnäckig gewesen?

Sharon zwang sich, nicht mehr an ihn zu denken. Denn eine unerklärliche Art von Schuldgefühl befiel sie. Hätte sie nicht freundlicher zu ihm sein müssen? Wäre dann nicht alles anders gekommen? Wenn sie zu ihm in den Wagen gestiegen wäre, würde er vielleicht noch leben. Nein, hör auf damit, sagte sie zu sich selbst. Die Gangster hatten sie so oder so beobachtet.

Es hätte keinen Unterschied gemacht. Möglich, dass sie sogar noch leichteres Spiel gehabt hätten, wenn Young seinen Willen durchgesetzt und seinen Wagen benutzt hätte.

Der Mann neben ihr ließ seine Worte wirken. Sharon bemerkte jedoch, dass er sie wartend ansah. Sie wusste, dass ihr nichts anderes übrig blieb, als auf seine Forderung einzugehen. Nicht nur zum Schein. Täuschen konnte sie ihn nicht. Sie dachte an Kenneth Young, und sie wusste, was sie zu tun hatte.

Sie wollte leben. Zuerst langsam, dann immer entschlossener nickte sie.

Der Mann neben ihr lachte leise. »Ich habe Ihnen richtig angesehen, wie Sie nachdachten. Irgendwie wusste ich, dass Sie zum richtigen Ergebnis gelangen würden. Sie werden sehen, wie gut es ist, vernünftig zu sein. Natürlich sind Sie auch klug genug, es nicht mit irgendeinem dummen Trick bei mir zu versuchen. Die Zentralverriegelung des Wagens ist eingeschaltet, und die beiden hinteren Türen haben eine zusätzliche Sicherung – eigentlich für kleine Kinder gedacht. Sie können sie jedenfalls nicht öffnen.«

Sharon nickte abermals.

»In Ordnung, dann nehme ich Ihnen erst mal den Klebestreifen ab. Beißen Sie die Zähne zusammen. Das ist wörtlich gemeint.«

Sharon gehorchte. Trotzdem schmerzte es, als der Mann den Streifen rasch abzog. Sie legte den Kopf auf die Seite, presste den Mund gegen die Schulter und kämpfte gegen das Brennen ihrer Haut an. Der Mann knüllte den Klebestreifen zusammen und ließ ihn auf den Bodenteppich fallen. Beruhigend klopfte er auf Sharons Schulter.

»Keine Sorge, gleich geht es Ihnen besser. Wie fühlen Sie sich? Können Sie sprechen?«

Sharon hob den Kopf und sah ihn an. Der erste Laut, den sie hervorbrachte, war ein Krächzen. Sie räusperte sich angestrengt. »Ich werde mich nach Ihnen richten«, sagte sie schließlich.

»Das ist vernünftig. Wir werden zwar in den Flughafen keine Waffen mitnehmen, aber mindestens einer von uns Dreien wird ständig in Ihrer Nähe sein. Versuchen Sie also nicht erst, mir wegzulaufen. Auch ohne Pistolen oder Revolver haben wir Mittel und Wege, Sie in unserer Gewalt zu halten.«

»Daran zweifle ich nicht«, entgegnete Sharon matt.

»Gut!« Er sprach es langgezogen aus. »Wissen Sie, es ist sowieso der reinste Blödsinn, wenn man diese Filme im Fernsehen sieht. Da spaziert der böse Entführer mit dem Schießeisen in der Jackentasche durch eine große Menschenmenge, vor sich die zitternde Geisel. Was stellen sich diese Drehbuchautoren und Regisseure bloß vor! Wenn dieser Entführer schießt – was dann? Dann hat er keine Geisel mehr! Also, wenn er klug ist, stellt er es so an, dass er seine Geisel mit anderen Mitteln in Schach hält. Erschießen würde er sie vielleicht erst dann, wenn ihm die Nerven durchgehen, weil ihn die Cops in die Enge getrieben haben. Verstehen Sie?«

»Ja«, antwortete Sharon. »Sie werden keine Schwierigkeiten mit mir haben. Ich will nicht sterben.«

»Ihre Ehrlichkeit ist verblüffend. Ich bin ziemlich sicher, dass ich Ihnen glauben kann. Nun, ich werde Ihnen jetzt die Fesseln abnehmen. Dann haben Sie noch ein bisschen Zeit, die Arme wieder beweglich zu machen.« Er klappte ein Taschenmesser auf und veranlasste sie, sich vorzubeugen.

»Ein Streifenwagen!«, sagte der Fahrer unvermittelt.

Der Mann neben Sharon hielt inne. Auch die Haltung des Beifahrers spannte sich an. Ihre Blicke wanderten nach vorn.

Der blau-weiße Karosserielack eines Radio Car glitt auf der linken Fahrspur vorüber. Die Cops sahen nicht einmal zur Seite. Ihr Wagen entfernte sich zügig.

Der Beifahrer drehte sich um. Er trug einen gepflegten Vollbart. »Besser kann es nicht kommen«, sagte er zuversichtlich. »Mehr Pluspunkte können wir gar nicht kriegen.«

»Das kann sich schnell ändern«, entgegnete der Anführer der Gangster. »Man soll nie zu sehr von einer Sache überzeugt sein.« Er durchtrennte die Fesseln, ließ das Messer zusammenschnappen und steckte es wieder ein.

Der Beifahrer nickte und wandte sich nach vorn.

Sharon zog die Arme vor den Körper und krümmte sich. Fast hätte sie geschrien. Der jähe Schmerz in den Handgelenken schien nicht nachlassen zu wollen. Aber sie sagte sich, dass sich die Blutzirkulation dort, wo die Fesseln tiefe Striemen hinterlassen hatten, rasch normalisieren musste.

»Geben Sie her«, sagte der Mann. »Ich helfe Ihnen.«

Alles in ihr sträubte sich dagegen, aber sie wusste, dass sie ihn nicht vor den Kopf stoßen, seinen Unwillen nicht erwecken durfte. Also richtete sie sich auf und hielt ihm die Hände hin. Er nickte zufrieden, lächelte und begann, ihre Handgelenke zu massieren. Tatsächlich half es. Der Schmerz wich. Eine Weile blieb nur noch ein feines Prickeln wie von tausend Nadeln.

»Wer sind Sie?«, fragte sie vorsichtig. »Mr. Greene?«

Er lachte und schüttelte den Kopf. »Ihr Freund, der Reporter, hat Ihnen die Neuigkeiten also schon berichtet! Nein, Greene, dem armen Kerl, geht es wesentlich schlechter als mir. Also?«

»Dann sind Sie Mr. Boise.« Sharon kam sich fast vor wie ein Kind, das dem guten Onkel aufsagte, was es in der Schule gelernt hatte.

»Leonard!« Boise lächelte wieder. »Wir wollen doch nicht zu förmlich sein. Schließlich befinden wir uns in einer – sagen wir – Schicksalsgemeinschaft. Habe ich Recht ?«

Sharon nickte, sagte aber nichts. Sie wollte nicht zu

unterwürfig erscheinen, denn das würde ihn misstrauisch machen.

Der Fahrer nahm Gas weg und zog den Chevrolet auf eine abzweigende Spur. In der nächsten Minute rollte die schwarze Limousine vor den Airport-Gebäuden entlang. Sonnenschein ließ Urlaubs-Atmosphäre entstehen. Von hier aus flog man nach Florida, nach Kalifornien …

Oder in den Tod, dachte Sharon.

Boise ließ ihre Handgelenke los, als der Driver auf einen Parkplatz einbog und den Chevrolet zwischen die weißen Linien bis dicht an eine Leitplanke rangierte.

»Also dann!«, sagte Boise. »Denken Sie an meine Worte, Sharon. Sollte es Ihnen auch noch so verlockend erscheinen, im Gewühl unterzutauchen – versuchen Sie es nicht erst. Wir erwischen Sie.«

Plötzlich, ohne dass sie auch nur eine Bewegung wahrgenommen hätte, schraubte sich seine Faust um ihr linkes Handgelenk, das er eben noch massiert hatte. Ein oder zwei Fingerkuppen gruben sich tief in ihr Fleisch. Schmerz zuckte bis in die Schulter hoch. Sie schrie auf und krümmte sich.

Er ließ los. »Sehen Sie!«, lachte er. »Es gibt viele Möglichkeiten, nicht wahr?«

Sharon standen Tränen in den Augen. Sie presste die Lippen zusammen und überwand den Schmerz.

Boise strich ihr über die Wange. »Sorry, tut mir wirklich Leid. Aber die kleine Demonstration musste sein.« Er wandte sich nach vorn. »Alle Eisenwaren beseitigt?«

Die beiden nickten. Der Beifahrer deutete auf das Handschuhfach. Boise nahm seine eigene Pistole und reichte sie nach vorn. Mit zwei Handgriffen löste er auch das Innenholster, das er am Gürtel trug. Der Bärtige verstaute es ebenfalls im Handschuhfach. Dann betätigte er die Zentralverriegelung und stieg aus.

»Jetzt sind Sie dran«, sagte Boise und nickte Sharon zu.

Sie gehorchte. Langsam und vorsichtig schob sie sich aus dem Wagen. Die Angst war in ihr verwurzelt. Eine zu hastige Bewegung, die Boise oder einer der anderen missdeuten konnten, würde zu erneuten Schmerzen führen. Und sie wusste, dass sie nicht die Nerven hatte, wegzulaufen. Ihre Beine würden den Dienst versagen. Sie würde nicht schnell genug sein, um auch nur ein paar Yards Vorsprung zu schaffen.

Der Fahrer schloss den Chevrolet ab. Boise brachte Sharons Handtasche mit, an die sie nicht einmal mehr gedacht hatte. Er streifte ihr den Lederriemen über die Schulter und hielt ihr den angewinkelten Arm hin. Sharon hakte sich bei ihm ein. Sie fühlte sich wie ein dummes Lamm, das sich von dem Mann streicheln ließ, der in der anderen Hand das Beil hielt.

Durch den Sonnenschein gingen sie auf die Halle zu, über deren Eingang »Departures« stand. Sharon glaubte, die Sonne nie wieder genießen zu können. In der Halle war es weniger belebt, als sie und wahrscheinlich auch Boise angenommen hatten. Geschäftsleute, die Termine wahrzunehmen hatten, benutzten meist die Maschinen um sieben oder acht Uhr. Dann war man rechtzeitig in Washington, Philadelphia oder Chicago, um noch den größten Teil des Vormittags nutzen zu können.

Sharon fragte sich, weshalb sie ausgerechnet jetzt über anderer Leute Angelegenheiten nachdachte. Waren ihre eigenen Probleme nicht schwerwiegend genug?

Die beiden Männer in den Lederjacken kannten das Ziel. Sie steuerten auf das Abflug-Gate für Chicago zu. Die Sicherheitsüberprüfung lief in Sekundenschnelle ab. Es gab keine getrennten Kabinen für Männer und Frauen. Alle wurden von uniformierten Beamten mit Metalldetektoren abgetastet.

Drei Minuten später saßen sie in der zweistrahligen Maschine, deren Sitzreihen bald vollständig besetzt waren.

»Nein«, antwortete der Verwundete auf meine Frage. »Treffen wollten wir uns nicht. Fünf Mann und eine Frau, meinte Boise, wären eine zu auffällige Reisegesellschaft. Wir sollten selbstständig abhauen. Bolivien ist das Bestimmungsland. Er hat uns Adressen gegeben.«

Phil war bereits am Funkgerät meines Wagens und gab die Einzelheiten an die FBI-Zentrale durch. »Boise nimmt die Shuttle-Maschine nach Chicago«, sagte er. »Seine Personenbeschreibung haben wir in der Datei. Vorsorglich sollten aber auch alle anderen Abflüge kontrolliert werden – falls er seine Absicht geändert hat. Sein Fahrzeug ist ein schwarzer Chevrolet Caprice, Kennzeichen unbekannt, müsste aber auf seinen Namen zugelassen sein.« Phil fügte eine kurze Beschreibung von Sharon hinzu und sagte, dass ein Foto von ihr in der heutigen Morgenausgabe des ›Star‹ zu finden sei. Er klinkte das Funkmikro ein.

Die Frau, die unter schwerem Schock stand, war ins Hospital gebracht worden. Die Besatzung des zweiten Ambulanzwagens, eben zur Stelle, übernahm den Verwundeten. Ein Einsatzkommando der zuständigen Mordabteilung von Queens hatte den gesamten Hof abgesperrt, auch für die Bewohner der angrenzenden Häuser. Beamte in Zivil waren in den Etagen unterwegs, um etwaige Zeugen aufzuspüren. Meist waren es Hausfrauen, die sich um diese Zeit noch in den Wohnungen aufhielten. In der Toreinfahrt von der 85th Street stand ein schwarzer Kastenwagen. Die Hecktür war geöffnet. Zwei Männer in grauen Kitteln lehnten an der Ladefläche und rauchten Zigaretten. Hinter ihnen waren Särge zu erkennen.

Wir schwangen uns in den Jaguar und fuhren hinter dem Ambulanzwagen her. Ich bog nach rechts ab, gleich darauf erneut nach rechts in die Third Avenue, Richtung Midtown. Phil rief noch einmal die Zentrale. Die Fahndung stand, einschließlich Sharon Aldridges Personenbeschreibung. Ergebnisse gab es noch nicht. Phil ließ die Seitenscheibe herunter und zündete sich eine Zigarette an.

Ich blickte zur Uhr.

Die meisten Shuttle-Maschinen fliegen etwa auf die volle Stunde ab, sofern die Plätze ausreichend besetzt sind. Für uns bedeutete das, dass Boise in dieser Minute startete. Es war neun Uhr. Geringfügige Zeitverschiebungen ergaben sich bei den Shuttle-Flügen leicht.

Aber wir konnten nicht darauf bauen, dass die Funknachricht noch rechtzeitig bei den Sicherheitskräften auf La Guardia angekommen war.

Wir erreichten die East 60th Street. Ich zog den Jaguar nach links, auf die Queensboro Bridge zu.

»Boise rechnet nicht damit, dass er verfolgt wird«, sagte Phil. »Er hat ja nicht mehr mitgekriegt, dass die beiden im Plymouth gescheitert sind.«

»Du meinst, er wäre sorglos?« Ich zündete mir ebenfalls eine Zigarette an.

»Das nicht. Aber ich denke, er hält sich noch immer für den großen Sieger. Mit Sharon als Geisel hat er für den Notfall vorgesorgt. Und jetzt hat er auch noch ein ganzes Flugzeug voller Passagiere.«

»Mal den Teufel nicht an die Wand«, sagte ich. »Die Kollegen auf dem Airport sind hoffentlich vorsichtig genug.«

Unser Gespräch versiegte. Auf der Brücke, die sich in der Mitte auf Roosevelt Island stützt, überquerten wir den East River. Eine Segeljacht, vom Hilfsmotor getrieben, glitt in Richtung Upper Bay. Die Leute an Bord würden ihren Tag draußen auf dem Atlantik genießen. Wir konnten nur an die junge Frau denken, deren Leben auf dem Spiel stand.

Die Hoffnung, dass die Sicherheitsbeamten auf La Guardia die Chicago-Maschine noch vor dem Start benachrichtigen konnten, war gering. Klappte es doch, würde Boise misstrauisch werden, sobald das Flugzeug auf einen Platz abseits der Rollbahn gelenkt wurde. Spätestens dann wusste er Bescheid. Und es gab niemanden an Bord, der ihn hindern konnte, Sharon zu bedrohen. Dabei würde er es nicht bewenden lassen. Immerhin verfügte er über zwei Bodyguards. Sie konnten weitere Passagiere als Geiseln nehmen.

Vielleicht war es besser, wenn die Maschine in der Luft war. Der Captain und seine Crew konnten über Funk informiert werden. Sie hatten während der Flugdauer von rund zwei Stunden genügend Zeit, die Lage zu sondieren und uns wiederum über Funk darüber zu berichten. Von La Guardia aus würden wir oder die Kollegen ihnen Verhaltensmaßregeln geben. Das Beste würde wahrscheinlich sein, wenn der Pilot unauffällig auf Gegenkurs ging und nach New York zurückkehrte. Andererseits war der Himmel wolkenlos. Boise brauchte nur aus dem Fenster zu sehen. Er würde Hudson River, East River und Long Island Sound vom Lake Michigan unterscheiden können.

Wir konnten es drehen und wenden, wie wir wollten – jede Entscheidung, die wir treffen würden, hatte ihr Risiko.

Der East River und Manhattan blieben hinter uns zurück. Ich scheuchte den Jaguar in die Abbiegespur auf den Vernon Boulevard. Das Lämpchen des Funkgeräts flackerte. Phil meldete sich. Diesmal war der Chef dran.

»Die Maschine ist in der Luft«, sagte er. »Eine vollbesetzte Boeing 737. Die Bestätigung habe ich eben erhalten. Wir warten jetzt auf Nachricht aus dem

Cockpit. Bis zu Ihrem Eintreffen auf dem Airport werde ich nichts weiter veranlassen, wenn es die Lage nicht erfordert.«

Phil nannte unsere Position und beendete das Gespräch.

Bereits nach zehn Minuten erhielten wir die Funkinformation, die die letzten Unklarheiten beseitigte. Leonard Boise saß neben einer jungen Frau, auf die Sharons Beschreibung passte. Eine Ausgabe des ›Star‹ befand sich nicht an Bord der Maschine. Sharons Äußeres war jedoch unverwechselbar. Die beiden Männer mit den Lederjacken hatten ihre Plätze in der Sitzreihe vor dem Syndikatsboss und seiner Geisel. Einzelheiten über die Lage im Passagierraum der Maschine würden wir von den Kollegen auf dem Airport erhalten. Der Chef überließ es ausdrücklich uns, die notwendigen Entscheidungen an Ort und Stelle zu treffen.

Zwei Stewardessen hatten abkassiert. Sie schoben den lautlos rollenden Wagen mit den Kreditkartenmaschinen wieder nach vorn, in ihren Bereich, der durch einen Vorhang abgeteilt war. Aus den Bordlautsprechern sickerte Hintergrundmusik. Die Gespräche der Passagiere waren gedämpft. Längst hatte die Maschine ihre Reiseflughöhe erreicht. Das Turbinengeräusch war nur noch ein Rauschen, das man kaum wahrnahm.

Leonard Boise fühlte sich entspannt. Er zündete sich eine seiner langen weißen Zigaretten an, lehnte sich zurück und rauchte mit Behagen. Aus halb geschlossenen Augen blickte er unauffällig nach rechts.

Sharon hielt sich tapfer. Sie blätterte in einer Illustrierten. Boise lächelte kaum merklich. Der Mann neben ihr, um die vierzig Jahre alt, war in seine Geschäftspapiere vertieft. Ein Typ, der nicht das geringste Interesse für seine Umgebung hatte. Wahrscheinlich dachte er noch nachts im Ehebett an die Karriere. Er würde nicht versuchen, mit Sharon anzubändeln.

All right, er war allmählich überzeugt, dass er sich auf die junge Frau wirklich verlassen konnte. Sie hing an ihrem Leben, und sie war intelligent genug, um über mögliche Folgen nachzudenken, bevor sie etwas tat.

Auch die beiden Bodyguards hatten den mittleren und den Platz links am Gang zwischen den Sitzreihen gewählt. In der Enge des Flugzeugs waren sie so beweglich wie möglich. Boise schätzte die Gesamtzahl der Plätze auf etwa hundert.

Wieder erschienen zwei Stewardessen. Es waren die, die vorhin kassiert hatten. Diesmal schoben sie einen Servierwagen. Auf der Chicago-Route wurden immerhin Drinks und Snacks angeboten. Boise entschied sich für Mineralwasser und ein Schinkensandwich. Sharon nahm Kaffee, der aus einer großen Isolierkanne in Plastikbecher abgefüllt wurde, und dazu eine Packung Kekse. Auch die beiden Leibwächter hatten sich versorgt. Sie tranken Dosenbier. Boise hatte nichts dagegen, solange sie nicht auf härteren Stoff umstiegen oder das Bier literweise in sich hineinkippten. Er spürte es an sich selbst: Man beurteilte eine Lage mit wesentlich klarerem Kopf, wenn man ruhig und entspannt war.

Die beiden, die den Plymouth benutzt hatten, würden eine Maschine nach Philadelphia nehmen oder nach Washington D.C., um dann in einem Shuttle-Flug in den Südwesten umzusteigen. Schwierig konnte die Überquerung der Grenze nach Mexiko werden. Aber in Texas gab es genügend Privatpiloten, die ihr Geschäft damit machten, die Radarüberwachung zu unterfliegen. Man musste nur genügend Zeit haben, um den richtigen Burschen zu finden.

Das Flaschenklirren des Servierwagens entfernte sich zum Heck des Flugzeugs hin.

Vorn wurde der Vorhang beiseite geschlagen. Eine Stewardess, die Boise noch nicht gesehen hatte, blickte in den Passagierraum. Im ersten Moment glaubte er, dass sie ihren Kolleginnen etwas zurufen wollte. Dann aber blieb ihr Blick an ihm haften, nur für einen Moment. Er beobachtete ihre Reaktion, ihr krampfhaftes Bemühen, eben diese Reaktion nicht zu zeigen. Sie blickte über die Sitzreihen hinweg, als wollte sie die Vollzähligkeit der Passagiere kontrollieren oder etwas ähnlich Unsinniges tun.

Boise ließ sich nichts anmerken. Äußerlich völlig ruhig rauchte er seine Zigarette zu Ende. Doch seine Sinne schrillten Alarm. Etwas war geschehen. Er war in der Lage, zwei und zwei zusammenzuzählen. Was schief gelaufen war, musste mit dem Ablauf der Sache auf dem Hinterhof zwischen East 85th und 86th Street zu tun haben. Sinnlos jedoch, darüber jetzt nachzudenken. Er drückte die Zigarette aus und beugte sich vor. Auf seinen Zischlaut hin wandte sich der Bärtige zu ihm um.

»Es ist passiert«, sagte Boise leise, »was wir nicht wollten.«

Der Bodyguard sah ihn aus weiten Augen an, erwiderte aber nichts. Er drehte sich wieder nach vorn um, als Boise ihm bestätigend zugenickt hatte. Sie mussten den Plan für den Notfall anwenden, so bitter das auch war. Sie hatten diesen Plan mit Worten durchgespielt und doch gehofft, dass sie ihn nicht brauchen würden. Aber Boise hatte ihnen von vornherein gesagt, dass man jederzeit mit allem rechnen musste. Und eben deshalb hatten sie Sharon Aldridge als Geisel.

Er würde das Startzeichen geben, und die beiden wussten, was sie zu tun hatten. Er überlegte, ob er warten sollte, bis die Stewardessen mit dem Servierwagen nach vorn zurückgekehrt waren. Er entschied sich dagegen. Je weniger Gedränge dort vorn herrschte, desto günstiger für ihn.

Er beugte sich zur Seite. »Sharon!«, flüsterte er.

»Ja?« Sie hauchte es nur.

»Wir beide müssen nach vorn. Es hat einen Zwischenfall gegeben.« Er hielt kurz inne, aber der Typ rechts von ihr raschelte nur mit seinen Papieren und tippte wie besessen auf dem Taschenrechner. »Sie laufen vor mir her – so schnell Sie können. Ist das klar?«

»Aber …«

»Kein Aber und kein Warum«, zischte er. Seine Rechte näherte sich ihrem Arm. »Muss ich Sie erst daran erinnern?«

Sie zuckte zusammen. Sie presste die Zähne aufeinander, dass die Lippen einen Strich bildeten.

»All right«, sagte Boise so leise, dass nur sie es hören konnte. »Wir stehen ganz langsam auf, ich tue so, als ob ich Sie durchlassen wollte, und erst auf mein Zeichen rennen Sie los. Klar?«

Sharon nickte unmerklich.

Eine Sekunde lang musterte er sie forschend, um herauszufinden, ob sie es schaffen würde. Dann nickte er, mehr zu sich selbst. Sie hatte begriffen. Sie wollte am Leben bleiben, mit aller Macht. Deshalb brauchte er sich ihretwegen keine größeren Sorgen zu machen. Er konnte sich fast ausschließlich darauf konzentrieren, die Cockpit-Crew in den Griff zu kriegen.

Er schluckte den letzten Bissen des Sandwiches hinunter und stand auf. Die kleine Flasche mit dem Mineralwasser ließ er auf dem Sitz zurück. Sharon folgte seinem Beispiel und schob sich an ihm vorbei in den Mittelgang.

»Jetzt!«, zischte er.

Sharon rannte los. Mit ihrem Hosenanzug war sie beweglich genug. Er folgte ihr mit einem Schritt Abstand. Sie war schnell, schneller als erwartet. Mehr konnte er sich nicht wünschen. Er hatte damit gerechnet, ihr einen Stoß in den Rücken versetzen zu müssen. Überflüssig. Sie hastete auf den Vorhang zu, als säße ihr der Teufel im Nacken.

Hinter ihm, das wusste er, sprangen die Bodyguards auf. Sharon und er waren schon bei den vorderen Sitzreihen. Erst jetzt wurden die Leute überhaupt richtig aufmerksam, vermochten sich aber wohl kaum zu erklären, was der plötzliche Spurt von vier Personen zu bedeuten hatte.

Sharon schlug den Vorhang zur Seite.

Boise war mit einem blitzartigen zusätzlichen Schritt bei ihr und packte sie von hinten. Sharon schrie nicht – noch nicht, denn er fügte ihr keine Schmerzen zu.

Die Stewardess, am Büfett beschäftigt, ruckte erschrocken herum.

Boise hielt Sharon mit der Linken. Mit der Rechten packte er die Frau an der Uniformjacke. »Wo ist der Besteckkasten?«, zischte er.

»Hinter mir«, antwortete die Stewardess mit erstickter Stimme.

»Aufmachen!«, befahl er und ließ sie los. Er hob den linken Arm und legte ihn vor Sharons Kehle. »Wenn ich zudrücke, stirbt sie. Klar? Dazu brauche ich keine Waffe. Begriffen?«

Die Stewardess nickte, kreideweiß im Gesicht. Sie zog die Schublade auf.

Aus dem Passagierraum war ein vielstimmiger Entsetzensschrei zu hören.

Boise wusste, dass er sich beeilen musste. Er fand ein Küchenmesser mit immerhin handspannenlanger Klinge, riss es heraus und hob es drohend hoch.

»Vorwärts, ins Cockpit!«

Die Stewardess gehorchte und schob sich mit abwehrend erhobenen Händen von Boise weg auf das verschlossene Schott zu. Sie öffnete es und zögerte.

Boise forderte sie mit einer herrischen Kopfbewegung auf, als erste einzutreten. Er bewegte das Messer nach links und legte die Klingenspitze auf die freie Stelle von Sharons Hals.

Die junge Frau wagte nicht mehr, sich zu rühren.

Die Stewardess begann vor Entsetzen zu zittern. »Haben Sie keine Angst, Madam«, stieß sie tonlos hervor. »Ich werde alles tun, was der Mann verlangt. Jeder an Bord dieser Maschine wird alles tun …«

»Halten Sie keine Festreden!«, zischte Boise. »Los jetzt, rein in die gute Stube!«

Die Stewardess gehorchte. Erst jetzt wurden der Kapitän und die beiden anderen aufmerksam. Doch bevor sie reagieren konnten, beherrschte Boise die Szene.

Vor der verwirrenden Vielfalt der Instrumente und den kleinen Bildschirmen, auf denen vibrierende Linien und Symbole standen, waren die Gesichter der Männer schreckensstarr und fassungslos.

»All right«, sagte Boise rau. »Ihr seht, was los ist. Ich nehme an, damit sind die Fronten geklärt. Was ich jetzt will, ist die Waffe, die ihr an Bord habt – hier im Cockpit, schätze ich.«

Der Captain, ein dunkelhaariger Mann mit Oberlippenbart, wollte verneinen. Boise sah es ihm deutlich an. Doch der Mann besann sich unter seinem eisigen Blick. Er nickte dem Bordingenieur zu. Der Uniformierte wandte sich zur Seite und öffnete ein Fach neben seinem Desk.

»Keine Dummheiten!«, zischte Boise. »Bestimmt will keiner von euch die Kleine schreien hören.«

Der Ingenieur förderte einen Smith & Wesson mit Vier-Inch-Lauf zutage, fasste ihn am Lauf und hielt ihn dem Geiselnehmer entgegen. Boise legte das Messer in die Linke und krümmte das Handgelenk, sodass er die Schneide hinter Sharons Ohr platzieren konnte. Er nahm den Revolver und überzeugte sich mit einem raschen Blick, dass alle Trommelkammern geladen waren.

»Und die Reservemunition«, forderte er.

Der Ingenieur holte ein Päckchen aus dem Fach und legte es auf die Kante seiner Arbeitsfläche.

Boise schob den Smith & Wesson unter den Hosenbund, schnappte sich das Munitionspäckchen, steckte es in die Tasche und hatte den Revolver im nächsten Moment wieder in der Hand.

Der zweite Bodyguard erschien im offenen Schott.

Er nickte Boise zu. Der Syndikatsboss gab ihm das Messer und drückte Sharon stattdessen die Laufmündung des Revolvers unter das Kinn. »Ist das die einzige Waffe an Bord?«, wandte er sich an den Captain.

»Ja«, antwortete der Pilot. »Ich schwöre es.«

Boise knurrte heiser und zufrieden. »Sie werden lachen, Mister, aber ich glaube Ihnen auch so – ohne heiligen Eid. So, und jetzt verlange ich eine Durchsage an die Passagiere. Hören Sie gut zu, und sagen Sie genau das, was ich Ihnen vorbete. Nicht mehr und nicht weniger. Klar?«

Der kleine Junge sah seine Mutter an.

Grenzenloses Staunen und Nicht-Verstehen lagen in seinen Augen – nicht einmal Angst. Er rührte sich nicht, denn der Mann stand hinter ihm und hielt seinen blonden Haarschopf gepackt. Es schmerzte stark, sobald er auch nur versuchte, eine heftigere Bewegung zu machen. Nur seine Mutter konnte er ansehen. Sie saß gleich rechts von ihm. In ihrem Gesicht war ein Ausdruck, den er noch nie an ihr beobachtet hatte.

Nie hätte er gedacht, dass ausgerechnet seine Mom so ein Gesicht zustande bringen konnte.

Im Fernsehen, in den spannenden Filmen, sahen Frauen manchmal so aus. Meistens dann, wenn sie Angst vor einem Mörder hatten. Und seine Mom rührte sich auch nicht, obwohl diese Männer sie gar nicht festhielten.

Überhaupt wagte niemand im Flugzeug, sich zu bewegen.

Der kleine Junge suchte in seinem Gedächtnis nach ähnlichen Bildern. Er hatte sie gesehen, natürlich im Fernsehen. Auch das Wort dafür hatte er gehört. Geißel – Geisel – nein, das brachte er durcheinander, er wusste es. Geiselnahme! Sogar in den Nachrichtensendungen verwendeten sie das Wort manchmal. Dies war also eine Geiselnahme.

Der Mann mit dem Bart war auf einmal vor ihm gewesen und hatte ihn vom Platz neben seiner Mom gezerrt – in den Gang zwischen den Sitzen. Dort hatte er ihm die Hände um den Hals gelegt, wie er es mit seinen Freunden manchmal beim Killerspiel tat, aus Spaß. Und dann hatte der Mann die Leute im Flugzeug angebrüllt, hatte geschrien, dass sie hersehen sollten, damit sie genau mitkriegten, was passieren würde, wenn sie sich nicht völlig ruhig verhielten oder wenn sie Dummheiten machten.

Dann war der andere Mann nach vorn gelaufen und mit einem Messer wiedergekommen. Der Mann mit dem Bart hielt es jetzt in der Hand. Der kleine Junge sah die Klinge links von seinen Augen. Weit hinten standen die Stewardessen mit den Flaschen und Sandwiches auf ihrem Wagen. Beide klammerten sich an den Wagen, als würden sie sonst umfallen.

Die leise Musik in den Lautsprechern verstummte. Es knackte ein paar Mal.

»Hier spricht der Kapitän«, ertönte die Männerstimme, die zu Anfang des Fluges schon einmal über Flughöhe, Flugdauer, Reisegeschwindigkeit und diese Dinge gesprochen hatte. »Ladies and Gentlemen, unsere Maschine befindet sich in der Gewalt von Geiselnehmern. Ich bitte Sie dringend, Ruhe zu bewahren und alles zu tun, was die Geiselnehmer verlangen. Ich habe Sie darüber zu informieren, dass wir die Waffe, die wir an Bord mitführen, an den Mann übergeben mussten, der hier im Cockpit eine Frau in seiner Gewalt hat. Mir wurde gesagt, dass zwei weitere Männer vor Ihren Augen einen Jungen als Geisel genommen haben. Bitte tun Sie auf keinen Fall auch nur das Geringste, was das Leben des Kindes in Gefahr bringt. Ich kann Ihnen zusagen, dass die Flugsicherheit jederzeit gewährleistet ist, auch wenn wir Chicago nicht anfliegen werden. Ich werde gezwungen, den Kurs zu ändern. Wir werden mehrere Zwischenlandungen zu machen haben und auch auftanken müssen. Welches unser Ziel ist, wurde mir noch nicht gesagt.« Der Captain hielt inne, nur noch ein Rauschen war aus den Lautsprechern zu hören. »Noch eines, Ladies and Gentlemen«, sagte er dann, »ich werde jetzt auf Anweisung des Geiselnehmers die erreichbaren Bodenfunkstellen informieren. Wenn wir irgendwo landen, so bedeutet das keinesfalls, dass wir dort mit Hilfe rechnen können. Der Geiselnehmer sagt, dass er die Anti-Terror-Techniken kennt. Keine Spezialeinheit der Armee oder der Polizei hat eine Chance. Wenn aber alles nach seinen Wünschen läuft, werden wir voraussichtlich heute Abend frei sein. Ende der Durchsage.« Abermals knackte es in den Lautsprechern. Die Musik wurde nicht wieder eingeschaltet.

Die Menschen im Passagierraum waren wie gelähmt.

»Wie heißt du, mein Junge?«, fragte der Mann mit dem Messer.

»Dennis, Sir.«

»Und wie alt bist du?«

»Sechs Jahre, Sir.«

»Du gehst also schon zur Schule, Dennis?«

»Ja, Sir.«

»Also gut. Dann verstehst du bestimmt auch, was ich dir erkläre.«

»Ganz bestimmt, Sir.«

»In Ordnung. Hör gut zu. Ich werde dich gleich loslassen, wenn du schön brav bist. Wir beide wollen es uns ja nicht die ganze Zeit unbequem machen, was? Ein paar Stunden werden wir noch miteinander auskommen müssen. Du wirst dich also auf den Fußboden setzen. Vor mir. Die Stewardessen bringen uns Kissen und Decken und etwas zu trinken. Dann haben wir es richtig gemütlich. Wenn du müde wirst, kannst du schlafen. Nur eines darfst du nicht: einfach aufstehen und weglaufen. Hast du das verstanden?«

»Ja, Sir.«

»Okay, Dennis. Dann machen wir es so, wie ich gesagt habe. Du weißt, ich werde böse, wenn du versuchst, abzuhauen.«

»Ja, Sir.« Dennis sah seine Mom an, und er verstand ihr flehentliches Nicken. »Keine Angst, Mom«, sagte er. »Es passiert schon nichts. Mach dir keine Sorgen.« Er sprach in diesem Ton, mit dem er sie beruhigte, wenn er eine Spinne tötete, vor der sie sich ekelte. Oder wenn er abends zu ihr ins Bett kroch, weil sie weinte. Er hatte sie oft beruhigen müssen, seit sich Dad letztes Jahr von ihr hatte scheiden lassen.

Sie versuchte sich mit einem Lächeln bei ihm zu bedanken. Das Lächeln gelang ihr nicht.

»Bist ein anständiger Kerl, Dennis«, sagte der Mann mit dem Messer. »Setz dich jetzt hin.«

Dennis gehorchte sofort. Er fühlte sich wohler, als der Mann seine Haare losließ. Und was war schon dabei, wenn er die nächsten paar Stunden auf dem Fußboden zubrachte? Bestimmt würde er seine Comics lesen dürfen. Und sicher machte der Mann auch sein Versprechen wahr, dass er etwas trinken durfte.

Der zweite Mann, der keinen Bart hatte, holte Decken und Kissen von den Stewardessen. Danach mussten sich die beiden Frauen ganz hinten in eine frei gebliebene Sitzreihe setzen.

»Sir?«, fragte Dennis ohne sich umzudrehen.

»Ja, mein Junge?«

»Fliegen wir weiter weg als Chicago?«

»Eine ziemliche Ecke, denke ich.«

»Aber dann haben wir bestimmt nicht genug Essen an Bord.«

Beide Männer lachten. »Du weißt Bescheid!«, rief der mit dem Bart. »Brauchst dir aber keine Sorgen zu machen. Wenn wir das erste Mal landen, lassen wir uns die feinsten Sachen bringen. Wahrscheinlich kannst du dir sogar was wünschen.«

»Oh, danke, Sir.« Dennis sah seine Mom an. Er hoffte, sie verstand, dass er mit den Männern anständig reden musste, damit sie nicht dachten, er würde etwas Verbotenes tun. Mom durfte sich vor allem keine Sorgen machen. Das war das Wichtigste.

In den nächsten Stunden musste er gut aufpassen. Bestimmt waren unter den Männern an Bord solche, wie sie es in den Fernsehfilmen gab. Die irgendwann aufsprangen und die Gangster überwältigten. Dann musste er, Dennis, schnell genug sein. Er studierte die Gesichter der männlichen Passagiere, die er sehen konnte. Wer von ihnen war ein Geheimagent?

Phil und ich verließen den Tower von La Guardia Airport in der Minute, in der wir wussten, dass die Boeing 737 der Eastern Airlines in der Gewalt der Gangster war und den Kurs nach Südwesten änderte.

Mit Rotlicht und Sirene jagten wir quer durch den riesigen Borough Queens und dann durch Brooklyn, Richtung Jamaica Bay. Unser Ziel war der Marine-Flugplatz Floyd Bennett Field, unmittelbar oberhalb des Rockaway Inlet gelegen.

Als wir dort eintrafen, hatte Mr. High bereits alle Wege für uns geebnet.

Eine A-10 Thunderbolt stand für uns aufgetankt

bereit. Pilot und Copilot erwarteten uns auf dem Flugfeld. Ein Dienstwagen des FBI stand ebenfalls dort. Steve und Zeery übergaben uns die Ausrüstung, die wir möglicherweise brauchten – unter anderem die schweren 357er Magnum-Revolver von Smith & Wesson. Wir kletterten durch die offene Einstiegsluke der zweistrahligen Maschine, die im Ernstfall eine Bombenlast von mehr als sieben Tonnen tragen kann.

Pilot und Copilot nahmen ihre Plätze ein. Wir stülpten die Helme über, die mit Bordfunk ausgestattet waren. Dann ließen wir uns auf den Behelfssitzen nieder und legten die Gurte an.

Noch vor dem Start erhielten wir die Funknachricht, dass die entführte Boeing im Anflug auf Louisville, Kentucky, war. Unsere Piloten wählten als erstes Ziel einen Air-Force-Stützpunkt in Charleston, West Virginia.

Laufend erhielten wir die weiteren Meldungen der Radarüberwachung und der Flughäfen, mit denen die Boeing Kontakt aufnahm.

Wir überflogen Kentucky und den Südostzipfel von Missouri, als die Passagiermaschine auf Südwestkurs lag. Alle Dienststellen waren angewiesen worden, auf jede Forderung der Flugzeugentführer einzugehen. Die Entscheidung, wann etwas unternommen werden sollte, lag bei uns. Wir kannten Boises Ziel, daher konnten wir uns schon jetzt ausmalen, was er vorhatte.

Die Boeing landete in Little Rock, Arkansas, und dann in Dallas, Texas. Anfangs glaubten Phil und ich, dass Boise schon in Dallas versuchen würde, umzusteigen. Aber wir täuschten uns. Noch einmal erhob sich die Boeing in die Luft, und nach der nächsten Positionsmeldung waren die Navy-Piloten und wir uns einig, dass die Passagiermaschine Kurs auf San Antonio nahm.

Wir jagten auf die nordöstlich der südtexanischen Stadt gelegene Randolph Air Force Base zu.

FBI-Kollegen aus dem örtlichen Office empfingen uns mit einem Dienstwagen. Wir schwangen uns in den Fond der Limousine. Der Kollege am Lenkrad hatte das Magnet-Rotlicht schon aufs Dach gesetzt. Von dem zweiten Kollegen erfuhren wir während der Fahrt, dass es in der Boeing bislang keine Zwischenfälle gegeben hatte. Die Maschine war mittlerweile an die sechs Stunden unterwegs. Verpflegung war in Little Rock an Bord gebracht worden. Ein Arzt wurde nicht benötigt. Alle Passagiere hielten offenbar durch.

In San Antonio war erst Mittag. Der Zeitunterschied zwischen Atlantic Standard Time und Mountain Standard Time beträgt drei Stunden.

Wir erreichten den International Airport im Norden der Stadt, als die Boeing der Eastern Airlines über San Marcos eben zum Sinkflug ansetzte. Wir hatten Zeit, unsere Vorbereitungen zu treffen.

Leonard Boise würde eine kleinere Maschine verlangen, mit der er die Grenze nach Mexiko überqueren konnte. Dazu durften wir es nicht kommen lassen. Denn der größte Unsicherheitsfaktor lag in der Frage, ob Boise nur Sharon oder auch den kleinen Jungen als Geisel mitnehmen würde.

Alle anderen Starts und Landungen waren abgesagt worden. Maschinen, die sich ebenfalls im Anflug auf San Antonio befanden, wurden nach Austin umgeleitet.

In der Einsatzzentrale, die die FBI-Kollegen und die Sicherheitsbehörde des Airports für uns eingerichtet hatten, warfen Phil und ich einen letzten Blick auf die Schnittzeichnungen der Boeing 737 – Draufsicht und Seitenansicht. Bei der von Boise gekaperten Maschine handelte es sich um den neuen Typ 737-300 mit erweitertem Sitzabstand. Dadurch befanden sich nur hundertzehn Passagiere an Bord.

Nur!

Im Augenblick waren es mindestens hundertzehn zu viel.

Ein Schatten glitt über das Flugfeld. Die Maschine schwebte glitzernd aus der Sonne heraus von Südwesten her der Landebahn entgegen, die ihr der Tower zugewiesen hatte. Phil und ich hatten die Jacketts abgestreift. Wir legten die Schulterholster an, die für die schweren Magnum-Revolver maßgeschneidert waren. Dann stiegen wir in die orangefarbenen Overalls des Bodenpersonals. Die dazugehörigen Schnürstiefel hatten rutschsichere Gummisohlen. Wir verstauten die Blendgranaten, die wir aus New York mitgebracht hatten, in den Beintaschen. Der Chef der Flughafensicherung gab mir den Schlüssel, den wir brauchten, um in den Frachtraum der Maschine zu gelangen. Der Einstieg befand sich unter dem Heck der Boeing. Wir mussten es nur schaffen, unbemerkt dorthin zu gelangen. Alles weitere hing dann von unserer Lautlosigkeit ab. Boise hatte keine Möglichkeit, uns vom Cockpit oder vom Passagierraum aus zu sehen.

Durch das große Fenster des Raumes sahen wir die Maschine landen. Der Pilot setzte sie mustergültig auf. Gleich darauf verschwand sie aus unserem Blickfeld, rollte vermutlich bis ans Ende der Landebahn. Der Tower, rechts von dem Gebäude, in dem wir uns befanden, versperrte die Sicht.

Phil und ich steckten jeder zwei Speedloader für die 357er Smith & Wessons in die Hosentaschen. Außerdem gehörten Bowiemesser zu unserer Ausrüstung. Wir schoben sie in Lederscheiden, die wir unterhalb der Revolverholster festschnallten. Die Lautsprecher, die in unserer Einsatzzentrale aufgestellt worden waren, begannen zu rauschen. Wir würden den gesamten Funkverkehr mithören können. Ein FBI-Kollege aus San Antonio, Frank Durado, würde das

Gespräch mit den Geiselnehmern oder mit dem Captain der Boeing führen. Phil und ich hatten die Bewegungsfreiheit, die wir für den aktiven Part des Einsatzes brauchten.

Es schepperte in den Lautsprechern.

»Boeing 737, Eastern Airlines an Tower San Antonio International Airport.« Der Captain der Maschine gab sein Kennzeichen durch und erklärte, dass er das Funkmikro nun an den Mann übergeben würde, der das Flugzeug in seine Gewalt gebracht hatte.

»Einverstanden«, sagte G-man Frank Durado. Seine Stimme war völlig ruhig, obwohl seine Nerven so angespannt sein mussten wie die unseren.

Abermals krachte es in den Lautsprechern. »All right, Gentlemen, beginnen wir mit den Verhandlungen! Mit wem habe ich das Vergnügen?«

»Special Agent Frank Durado, FBI-Office San Antonio. Sagen Sie mir, wer Sie sind?«

Der Geiselnehmer lachte. »Sind Sie noch bei Trost? Mann, in was für eine Provinz sind wir hier geraten!«

Wir wussten, dass es Boise war. Er würde die Verhandlungen nicht von einem Bodyguard führen lassen.

»Nichts für ungut«, sagte Durado. Ich konnte mir vorstellen, was für eine Überwindung es ihn kostete. »Ich bin bevollmächtigt, Ihre Forderungen entgegenzunehmen.«

»Und zu erfüllen, hoffe ich!«

»Auch das, soweit es in unseren Kräften steht.«

»Lassen Sie diese dämliche Einschränkung weg!«, brüllte Boise. »Sie werden alle Forderungen erfüllen. Alle! Verstanden?«

»Verstanden.«

»Das will ich hoffen.«

Ein kurze Pause entstand. Phil und ich wechselten einen Blick. Boise war nervös, höllisch nervös. Etwas anderes hatten wir nicht erwarten können. Es erhöhte das Risiko für die Geiseln. Aber in gleichem Maße gab es uns auch Chancen. Noch waren wir bester Hoffnung.

»Folgendes«, sagte der Syndikatsboss barsch. »Ich will eine kleine Passagiermaschine, zweistrahlig. Ich brauche mindestens fünf Plätze. In zehn Minuten ist der Vogel hier längsseits! Klar?«

»Das lässt sich machen. Lassen sie die Boeing vor die Abfertigung rollen. Inzwischen besorgen wir eine Cessna von Alamo Air. Das ist eine Chartergesellschaft, die hier auf dem Airport tätig ist.«

Boise lachte erneut. »Das könnte euch so passen, was! Die Boeing bleibt, wo sie ist. Und ich will keinen Typen von eurem gottverdammten Bodenpersonal sehen, bevor wir mit der Cessna in der Luft sind. Zur Information: Ich habe hier einen hervorragenden Rundumblick. Wir kriegen alles mit. Begriffen?«

Für uns war es ein Tiefschlag. Den gesamten Plan konnten wir vergessen.

»Jawohl«, sagte Durado, und man hörte ihm an, dass er sich jetzt nur noch mühsam beherrschte. »Aber wir können keine Gangway bis dort draußen …«

»Sie könnten schon!«, brüllte Boise. »Aber Sie brauchen nicht! Wozu hat denn dieser feine Vogel Notrutschen?«

Durado schluckte. Wir hörten es. »Also gut. Die Alamo Air verfügt über den Typ Cessna 501 Citation. Ist das in Ordnung?«

»Und wie!«, rief Boise höhnisch. »Ich will nur zwei Mann an Bord sehen. Den Piloten und den Copiloten. Die beiden sollen ihre Maschine so an die Boeing heranrangieren, dass ich aus dem Cockpit hineinsehen kann. Keine versteckten Überraschungen in der Cessna! Bedenken Sie, ich habe mehr als hundert Leute, die ich nacheinander umlegen kann! Und das, verehrter G-man, werden Sie wohl nicht verantworten können.«

»Ihre Forderungen werden erfüllt.«

»Okay. Dann beeilt euch! Die Zeit läuft.«

Der Leiter der Sicherheitsbehörde sah uns an. Es gab nichts zu überlegen. Wir mussten es tun. Es war die einzige Möglichkeit, die wir noch hatten.

»Ich kenne die Citation nicht«, sagte ich. »Aber mehr als eine Kurzeinweisung ist nicht nötig. Wir brauchen die Maschine nur bis zu der Boeing zu bewegen.«

Der Beamte nickte. Er hatte den Telefonhörer schon in der Hand. Während er das Office von Alamo Air anrief, stiegen Phil und ich aus unseren Overalls.

Keine drei Minuten vergingen, bis zwei Männer in weißer Kluft zur Stelle waren. Sie hatten die gleiche Kluft für uns dabei. Auf dem Rücken prangte in geschwungener schwarzer Schrift der Firmenname Alamo Air. Wir streiften die Sachen über und liefen gemeinsam mit den beiden Piloten hinaus.

Jetzt war es unser Vorteil, dass sich die Boeing außerhalb unseres Blickfelds befand. In einem offenen Jeep jagten wir auf den weiter südlich gelegenen Hangar der Charterfluggesellschaft zu. Vor den Hallen standen wartende Passagiermaschinen. Hinter den Fenstern der Warteräume erblickten wir die vielen rätselnden Gesichter der Menschen, die noch eine Weile aushalten mussten.

Noch vier Minuten.

Die Citation, eine schlanke weiße Maschine mit schwarzen Seitenstreifen und dem schwarzen Schriftzug der Gesellschaft, stand bereits mit laufenden Turbinen vor dem Hangar. Ein Techniker hatte das Cockpit geöffnet.

Wir sprangen aus dem Jeep und hasteten an Bord.

Die Einweisung dauerte zwei weitere Minuten. Die Alamo-Air-Piloten gaben uns das Hals-und-Beinbruch-Zeichen und schwangen sich über die rechte Tragfläche zu Boden. Phil schloss das Cockpit und verstaute seine langen Beine vor dem Copilotensitz. Wir legten die Gurte an. Der Jeep schoss davon.

Ich schob die Regler vor und brachte den Vogel auf Kurs. Die Triebwerksgeräusche waren wie ein vornehmes Singen.

Wir rollten am Tower vorbei.

Noch eine Minute.

Die Boeing stand einsam am Ende der Landebahn. Schon auf fünfhundert Yards Entfernung sahen wir, dass an der offenen Bugtür die Notrutsche angebracht war.

Ich erhöhte die Rollgeschwindigkeit der Cessna. Phil und ich waren uns einig. Wir wollten sie an Bord haben, alle, bevor wir etwas unternahmen. Die Passagiere in der Boeing mussten hundertprozentig sicher sein, ehe wir auch nur daran denken konnten, die Geiselnehmer auszuschalten.

Wir blieben in der Zeit, obwohl wir den Eindruck hatten, dass sich die letzten hundert Yards zu einer zähflüssigen Masse entwickelten, in der kein Vorankommen mehr war.

In der Bugtür der Boeing war niemand zu sehen, nichts rührte sich. Die dicken Gummiwülste der Notrutschen schwangen in der Brise, die über dem Flugfeld wehte, leicht auf und ab.

Hinter den Cockpitfenstern konnte ich dagegen die hellen Flecken von Gesichtern erkennen.

Mit geradezu elegantem Schwung ließ ich die Cessna unter die riesige Nase der Boeing rollen und brachte sie zum Stehen. Phil schaltete das Funkgerät auf Empfang.

»All right«, sagte Boise. »Der Copilot öffnet das Cockpit und geht wieder auf seinen Platz. Alles Weitere ergibt sich. Ihr rührt euch nicht vom Fleck.«

»Verstanden«, antwortete Phil, gab mir das Funkmikro und stieg nach hinten. Die Triebwerksgeräusche waren mit doppelter Lautstärke zu hören, als er die Einstiegsluke öffnete. Phil kehrte auf seinen Platz zurück. Das Funkgerät war nach wie vor eingeschaltet. Boise hatte uns bewusst darüber im Unklaren gelassen, ob wir es noch brauchten oder nicht.

Er hatte uns nicht verboten, zur Seite zu blicken.

Uns stockte der Atem, als wir ihn sahen. Er erschien in der Bugtür, und er hielt Sharon umklammert. Die Waffe musste er bei einem der Bodyguards in der Maschine zurückgelassen haben.

Gemeinsam mit der jungen Frau sprang er auf die Rutsche. Wir konnten nur hoffen, dass Sharon noch einen Rest von Nervenstärke hatte und sich nichts anmerken ließ, wenn sie uns erkannte.

Boise hielt sie noch immer fest an sich gepresst, als sie den Boden erreichten. Er hastete mit ihr herüber und stieß sie in die Einstiegsluke. Er keuchte, zwängte sich zusammen mit ihr auf einen Sitz gleich hinter uns. Im Spiegel über mir sah ich Sharons maskenhaft starres Gesicht. Ich wusste in diesem Moment, dass sie durchhalten würde.

»All right, Freunde, es geht weiter«, sagte Boise mit öliger Stimme.

Alles überschlug sich.

Der Bärtige erschien mit dem kleinen Jungen. Der Mann hatte ein Messer in der Rechten, als er sprang. Gemeinsam mit dem Jungen erreichte er den Bodenwulst der Rutsche.

Oben tauchte der dritte Gangster auf. Er hatte den Revolver.

Er sprang.

In diesem Sekundenbruchteil glaubten wir, unseren Augen nicht trauen zu dürfen.

Der Junge ließ sich einfach nach vorn kippen, als der Gangster ihn notgedrungen loslassen musste, um sich selbst über den Wulst zu schieben.

Der andere war etwa in der Mitte der Rutsche.

Phil schnellte vom Sitz hoch und wirbelte herum.

Ich kam im selben Moment hoch, hatte ich den Smith & Wesson in der Rechten, warf mich nach hinten und schlug zu.

Boises Würgegriff erschlaffte, ehe er richtig zudrücken konnte.

Ich zog ihm den Revolverlauf noch einmal über den Schädel. Zur Sicherheit.

Phil war bereits auf der Tragfläche und warf sich lang auf das weiße Profil. Ich erreichte die Luke in der nächsten Zehntelsekunde.

Phils 357er wummerte.

Der Bärtige, der sich mit erhobenem Messer auf den Jungen stürzen wollte, wurde weggeschleudert.

Ich jagte meine Kugel über die Tragfläche hinweg.

Der dritte Gangster brachte den Revolver nur noch hoch. Aber er schaffte es nicht mehr, auf den Jungen zu schießen.

Das Magnum-Geschoss warf ihn rücklings auf die Gummifläche. Er federte ein paar Mal hoch wie auf einem Trampolin, als schon kein Leben mehr in ihm war.

Sharon hatte sich von dem Bewusstlosen befreit. Ich half ihr aus der Maschine.

Wir liefen auf den Jungen zu.

»Seid ihr Geheimagenten?«, krähte er.

Wir schlossen ihn in die Arme, gemeinsam mit Sharon. Dann blieb uns nichts mehr, als ihn seiner Mutter zu übergeben, die die Maschine als erste von den Passagieren verließ.

Die FBI-Kollegen aus San Antonio führten Leonard Boise ab.

Während des Monate dauernden Prozesses gegen Boise trafen wir Sharon Aldridge noch häufig. Sie hatte die albtraumhaften Erlebnisse überwunden.

Überall in den Staaten wurden Männer wie Hugh

Murdough erlöst. In den meisten Fällen kamen sie mit hohen Geldstrafen davon. Nur wenige erhielten geringe Gefängnisstrafen. Das Syndikat hatte die Schwachen auf teuflische Weise ausgenutzt, hatte mit geradezu unglaublicher Zielsicherheit jene kleinen Angestellten aufgespürt, die hochverschuldet waren und die Möglichkeit des Nebenverdienstes begierig angenommen hatten.

Verkrachte Grafiker und Drucker, auch kleine, Kunststoff verarbeitende Betriebe hatten Boise zugeliefert. Ein gigantischer Betrügerring war entstanden, der in der Tat Millionen eingestrichen hatte.

Hugh Murdough musste den Verbindungsmann, der ihm die Kartenabdrücke und Fotokopien abgenommen hatte, eines Abends in einem der Luxusbordelle gesehen haben – zusammen mit Adam Greene. Dadurch erst war es möglich geworden, dass Murdough die Spur für uns gelegt hatte.

Leonard Boise wurde zu zweimal lebenslänglich verurteilt.

ENDE

Das Ziel heißt Überleben

Outdoor-Tours, Überlebenstraining – in den USA wird diese Art der Freizeitgestaltung bei gestressten Großstädtern immer beliebter. Mit primitivsten Hilfsmitteln in der Wildnis überleben, im Kampf gegen die unbezähmbare Natur, einzig und allein aufs Durchkommen konzentriert. Der Indianer Watonga bietet solche Outdoor-Touren an. Eine kleine Gruppe Menschen führt er in den Bridger-Tenton National Forest, ein riesiges Naturschutzgebiet in Wyoming. Doch was als Abenteuerurlaub geplant war, wird zur blutigen Hetzjagd. Gedungene Killer lauern der Survival-Gruppe auf. Ihr Auftrag lautet, keinen der Menschen am Leben zu lassen. Ein Mord, der bereits über ein Jahrzehnt zurückliegt, soll weiterhin verschleiert bleiben …

3-404-31476-X

BASTEI LÜBBE

Als die Tochter seines alten Universitäts-Mentors auf brutale Weise ermordet wird, setzt Rechtsanwalt Victor Saberdene alles daran, den Mörder zur Strecke zu bringen. Doch dies gelingt erst, nachdem Caro Thorne, die Schwester der Ermordeten, den potentionellen Täter schwer belastet. Acht Jahre später bekennt sich ein Unbekannter zu dem Verbrechen und begeht Selbstmord. Der zu Unrecht des Mordes Verurteilte, Carl Varada, schwört blutige Rache und wird Victor Saberdene, der inzwischen mit Caro verheiratet ist, das Leben zur Hölle machen. Victor Saberdene sieht nur einen Ausweg: Er wendet sich an seinen alten Jugendfreund Charlie Nichols. Gemeinsam wollen sie den sardonischen Varada zur Strecke bringen. Doch je länger sich Charlie Nichols mit der Vergangenheit seines Freundes und dessen Frau beschäftigt, um so größer werden seine Zweifel an der Rechtmäßigkeit ihres Vorhabens ...

ISBN 3-404-14432-5

BASTEI LÜBBE

In mehreren Städten der Vereinigten Staaten sterben Menschen, denen erst vor kurzem ein Herzschrittmacher implantiert wurde. Joe Duval, ein Kriminalbeamter aus Chicago, wird mit der schwierigen Aufgabe betraut, den offenbar wahnsinnigen Täter zu stellen. Als professioneller Polizeibeamter hat er es sich zur Pflicht gemacht, Dienst und Privatleben auseinanderzuhalten. Doch in diesem Fall muß er von seinen Prinzipien abweichen. Denn Lally Duval, Joes Schwester, verbirgt vor ihrem Bruder ein Geheimnis: Auch der jungen Ballett-Lehrerin aus Neuengland wurde ein Herzschrittmacher implantiert, der sich jederzeit in eine tödliche Waffe verwandeln kann. Die Suche nach dem Wahnsinnigen wird für Joe Duval zu einem Spiel um Leben und Tod, denn niemand weiß, wann und wie der Täter wieder zuschlagen wird ...

ISBN 3-404-14447-3

BASTEI LÜBBE

Für Sharon Blautner, Nachtschwester auf der Geschlossenen Abteilung eines New Yorker Krankenhauses, ist es ein Tag wie jeder andere. Bis zu dem Moment, als man ihr einen Verrückten bringt, der sich von Außerirdischen verfolgt fühlt. Bill Kaiser weist alle Symptome einer schizophrenen Persönlichkeit auf. Doch er ist zugleich intelligent, gebildet und hochsensibel. So sensibel, dass er errät, welchen Schicksalsschlag die verschlossene Krankenschwester zu verbergen sucht. Als Bill Kaiser vorübergehend in den Hochsicherheitstrakt der Klinik verlegt wird, verhilft Sharon ihrem Patienten unfreiwillig zur Flucht. Bill Kaiser entkommt, und für Sharon Blautner ändert sich alles. Sie verliert ihren Job und erkennt zu spät, dass Bill Kaiser nicht verrückt ist – jedenfalls nicht so, wie sie dachte. Sie ist die einzige, die ihn stoppen kann. Doch dazu muß sie sich dem stellen, was sie am meisten fürchtet ...

ISBN 3-404-14464-3

BASTEI LÜBBE

Keine Frau mit Selbstbewusstsein würde es soweit kommen lassen wie Sarah Booth: Sie ist unverheiratet, ohne Arbeit und über dreißig, und sie steht kurz davor, Dahlia House, den angestammten Familienbesitz, zu verlieren. Zudem wird sie noch von Jitty, dem Geist einer Bediensteten ihrer Urgroßmutter heimgesucht, die – bildlich gesprochen – mit beiden Beinen fester auf dem Boden steht als Sarah. In ihrer Not entführt sie sogar einen Hund und erpresst Lösegeld. Was letztendlich zur Folge hat, dass sie in einen handfesten Mordfall gerät: Nach über zwanzig Jahren kehrt Hamilton Garrett V. in sein Elternhaus zurück, wo er als Kind seine Mutter getötet haben soll. Hat er es tatsächlich getan? Und ist es vernünftig, dass Sarah sich in den mutmaßlichen Mörder verliebt? Als sie zuviele Fragen stellt und eine weitere Leiche auftaucht, wird sie selbst plötzlich zur Verdächtigen – und muss feststellen, dass derjenige, der die Toten stört, sehr schnell selbst mit einem Fuß im Grabe steht.

ISBN 3-404-14462-7

BASTEI LÜBBE